Koekoeksjong

Van dezelfde auteur

Oktober

Søren Sveistrup

Koekoeksjong

Vertaald uit het Deens door Mattijs Warbroek

A.W. Bruna Uitgevers

Oorspronkelijke titel
Tælle til en, tælle til to

Vertaling
Mattijs Warbroek
Omslagbeeld
Shutterstock
Omslagontwerp
Studio Vonk & De Boer

ISBN 978 94 005 1094 4
NUR 305

Voor mijn gezin

DEEL 1

Mei 1992

1

Het is nog maar een ogenblik geleden dat de bus vanuit de warme zon op de landweg afsloeg naar de stoffige onverharde weg die door het bos slingert, maar het voelt nu al koel om in de schaduw van de bomen te rijden. De bosvloer wordt bespikkeld door het zonlicht dat door de groene bladeren schijnt, insecten zwermen in het diffuse licht, en boven in de boomkronen fladderen vogeltjes druk rond op jacht naar een partner of takjes voor hun nesten. Hoewel het nog maar mei is, en het pas net tien uur 's ochtends geweest is, voelt de vijfentwintigjarige biologieleraar Bjarke Venø dat het zo warm zal worden als op een zomerse dag. Hij kijkt tevreden naar Ann-Louise, zijn collega van middelbare leeftijd die achter het stuur van de bus zit, zoals vele keren eerder op de excursies van het kindertehuis. Geroutineerd worstelt ze met de ongelijkmatige weg terwijl ze meeneuriet met het lied van de leerlingen.

De wielen van de bus gaan rond en rond, rond en rond...

Het lied vermengt zich met het gelach van de kinderen en Bjarke glimlacht bij de aanblik van hun vrolijke gezichten die hij kan zien in de grote achteruitkijkspiegel van de bus. Vervolgens laat hij zijn blik door de grote ramen naar buiten gaan. De natuur laat zich van haar mooiste kant zien en het krioelt van het leven van het voorjaar. Niet in de laatste plaats van het vogelleven. De paartijd barst serieus los op het moment dat de maand mei aanbreekt. Vogels baltsen, bouwen nesten en leggen eieren. Bjarke hoopt dat hij de kinderen dezelfde betoverende ervaring kan geven die hijzelf kreeg toen hij als kind op ontdekkingstocht ging in de kweldergebieden aan de westkust. Een verwachtingsvol gevoel in zijn buik vertelt hem dat het reisje iets speciaals betekent, omdat de kinderen op de stoelen achter hem zoveel problemen hebben. Hij bedenkt dat het met die motivatie was dat hij nu bijna drie maanden geleden solliciteerde als invalkracht bij Kindertehuis Aggersminde. Als pas afgestudeerde leerkracht wist hij niet dat het tehuis ook een eigen school had met een vaste lerarenstaf en zelfs echte klaslokalen die verbonden waren met het oude gebouw van het tehuis. En zodra hij de vacature in het vakblad had gelezen, had hij gesolliciteerd. Gespannen en zenuwachtig was hij een paar weken later naar Jyllinge gekomen voor een gesprek met de directeur. Toen hij vervolgens een rondleiding had gekregen met de mededeling dat hij de aanstelling kreeg, had hij nauwelijks kunnen wachten om aan de slag te gaan met alle onderwijsideeën waarvan zijn hoofd overliep.

Terwijl Bjarke vanbinnen blij is dat ze toch gewoon zoals gepland op excursie zijn gegaan, neemt hij discreet de notities in zijn kladblok nog eens door om zich voor te bereiden op zijn plan om de kinderen te vertellen over alle verschillende vogelsoorten.

Niet dat hij echt had gedacht dat het uitstapje zou worden afgelast. Hoewel hij wel het gevoel had gehad dat er iets gaande was, overviel het hem toch toen hij die ochtend bij de directeur was geroepen. De directeur had uitgelegd dat hij naar aanleiding van de excursie enkele berichten had ontvangen van bezorgde familieleden die hun vraagtekens hadden gezet bij de 'veiligheid' van het uitstapje. Iets wat Aggersminde als verantwoordelijk kindertehuis natuurlijk serieus moest nemen. In eerste instantie had Bjarke niet helemaal begrepen wat de directeur bedoelde, maar toen was het kwartje gevallen. De media stonden al ongeveer een week vol met reportages over een negenjarige jongen, Daniel Stryger Hansen, die spoorloos was verdwenen uit een natuurspeeltuin aan de rand van een dorpje op Zuidwest-Seeland. Er werd natuurlijk gezocht en de omgeving was uitgekamd door de politie, de burgerwacht en vrijwilligers, terwijl een foto van het sproetige gezicht van de jongen steeds weer te zien was in de landelijke kranten en journaals. De foto ging gepaard met een beschrijving: kort, rossig haar, sproeten, tenger gebouwd, ongeveer één meter twintig lang, gekleed in een blauwe, korte Adidas-broek, blauw T-shirt, rode bodywarmer en witte tennisschoenen. Er was ook een foto gepubliceerd van een wit met blauwe schooltas van het merk Salomon. Zijn wanhopige ouders hadden de publiciteit opgezocht om mensen om hulp te vragen, maar dat was tot nu toe zonder resultaat. Met grote ernst had de politie verklaard dat er aanwijzingen waren voor een misdrijf en in de media werd gespeculeerd over mogelijke verbanden met andere onopgeloste zaken; daar had de recherche echter geen commentaar op willen geven. Bjarke was net als iedereen geraakt door het nieuws en had meegeleefd met de jongen en zijn familie, maar het was niet bij hem opgekomen dat de families van de kinderen in de vierde klas bezorgd zouden zijn door wat er op Zuidwest-Seeland was gebeurd. De onzekerheid over het lot van Daniel Stryger Hansen was immers op meer dan honderd kilometer afstand ontstaan.

Gelukkig had de directeur geoordeeld dat er geen belemmeringen waren en dat Bjarke de leerlingen gewoon mee op excursie kon nemen. Echter wel met de wezenlijke verandering dat de reis naar het nabijgelegen meer Gundsømagle Sø zou gaan, en niet naar het vogelreservaat zoals Bjarke oorspronkelijk van plan was geweest. Gundsømagle Sø lag dichter bij het tehuis en iedereen zou zich er veilig voelen, aangezien de kinderen vaker in het gebied op schoolreis waren geweest om een kampvuur te maken en verstoppertje te spelen. Bjarke had zenuwachtig en geïrriteerd in het kantoor van de directeur gestaan, want hij had veel tijd gestoken in zijn voorbereidingen op het bezoek aan het vogelreservaat. Maar toen hij zich vervolgens had verdiept in de ornithologie rond Gundsømagle, zag hij dat hij zijn leerlingen nog steeds de ervaring kon geven die hij zich had voorgenomen. In de maanden van zijn tijdelijke aanstelling had hij met de excursie in het vooruitzicht geprobeerd om de interesse van de kinderen te wekken in het vogelleven in de meren en veengebieden van Denemarken en hij heeft het trotse gevoel dat hij in zijn missie geslaagd is, want de kinderen lijken naar aanleiding van vandaag in een extra goed humeur.

De buschauffeur zegt dag, dag, dag. Dag, dag, dag. Dag, dag, dag. De buschauffeur zegt dag, dag, dag, als de bus gaat rijden.

'Zijn we er bijna?' Bjarke probeert zich verstaanbaar te maken te midden van het lawaai van de kinderen en de radio van de bus die nieuwe berichten ontvangt over etnische zuiveringen in Joegoslavië. Hij moet zijn vraag aan Ann-Louise herhalen, maar op hetzelfde moment rijdt de bus het bos uit en spreidt het landschap zich voor hen uit. Het is de eerste excursie die Bjarke zelf voor een schoolklas heeft georganiseerd en de aanblik van het enorme rietland dat zich naar alle kanten uitstrekt van het bos naar het meer geeft hem kriebels in zijn buik.

***

De zon staat hoog aan de hemel en door het vocht uit de vegetatie druipt het zweet van Bjarkes neus wanneer hij anderhalf uur later door het riet loopt met de kinderen achter zich aan. Ze sjokken dapper langs de oever van het ondiepe water, aan alle kanten omgeven door twee meter hoge stengels, en ook al doet Bjarke zijn best om zo geëngageerd mogelijk over de kleine karekiet te vertellen, hij merkt dat de interesse van de kinderen is afgenomen. Uitgerust met rubberlaarzen, emmers en schepnetjes hebben ze veren en eierschalen verzameld van sterns, mezen en meeuwen. Onderweg hebben ze ook dode zaden, magische stenen en zoetwatermosselen gevonden. Bjarke heeft net laten zien hoe je de mosselen met een zakmes kunt openmaken. Nu is het geduld echter op, ver voordat het volgens Bjarkes programma tijd is voor pauze. Maar dan krijgt hij eindelijk in het oog wat hij zocht, en hij wijst enthousiast.

'Kijk! Kom eens kijken, het nest van een kleine karekiet.'

De kinderen, vooral de meisjes, verzamelen zich om Bjarke heen, die op zijn hurken is gaan zitten. Een paar meter verderop in het riet kun je net het nest zien dat bijna klaar is. Het is een vrij gewoon nest, maar het biedt Bjarke de perfecte mogelijkheid om de uitleg te geven die hij had voorbereid.

'Het nest is een teken dat het mannetje en het vrouwtje elkaar gekozen hebben en hebben gepaard. Vroeger dachten mensen dat dat gebeurde op Valentijnsdag. Als ze klaar zijn met bouwen, legt het vrouwtje haar eieren en wanneer de eieren zijn uitgekomen, krijgen de ouders het druk met het zorgen voor de jongen, zodat ze groot en sterk worden en leren vliegen.'

De meisjes kijken toe terwijl de twee karekieten druk rond het nest fladderen en sommige kinderen barsten uit met een 'ah' en 'oeh' bij het zien van de idylle. Bjarke glimlacht voor zich uit en het lukt hem bijna om de jongens die op de achtergrond aan het zeuren zijn te negeren.

'Ik heb honger.'

'Wanneer gaan we verstoppertje doen?'

'Jakkes, wat is dát!'

Bjarke draait zich om met een gevoel van opluchting dat iets het gezeur heeft onderbroken. Een jongen van wie Bjarke nog weet dat hij Emil heet staat een stukje verderop met een gezicht vol walging te kijken naar iets tussen het riet. De kinderen wringen zich naar hem toe en Bjarke doet voorzichtig zijn zakmes terug in zijn rugzak, die hij weglegt op een hobbelige bult tussen het riet, voordat hij naar hen toe gaat om mee te kijken.

Wanneer hij bij hen komt, ziet hij Emil met trillende vinger wijzen in de richting van het dichte riet, waar een ander vogelnest hangt. Het is klein en slordig, vrijwel geheel verborgen voor de onoplettende kijker, en het grote, lichtrode jong in het nest is blind en naakt, en lijkt op een foetus. Maar het beweegt. De uitpuilende ogen draaien druk rond achter de oogleden en wankelend, met zijn benige rug tegen de binnenkant van het nest, is het bezig om een ei naar de rand te bewegen. Met zijn spitse klauwtjes stevig in de dicht op elkaar gepakte takjes zet het jong een onzekere stap naar de bovenkant en de kleine, lichtrode pootjes trillen onder het gewicht van het ei.

'Wat ís dat?' klinkt het vanuit de nieuwsgierige groep kinderen. Bjarke zelf is ook verbluft, want hij had niet verwacht om zoiets hier te zien.

'Dat is ook een nest van een karekiet. Maar het heeft bezoek gekregen van een koekoeksjong en dat is niet zo goed, zoals jullie kunnen zien,' legt hij met gedempte stem uit terwijl hij ervoor zorgt dat de kinderen op afstand van het nest blijven.

'Waarom duwt hij het ei eruit?'

'Dat is zijn natuur,' antwoordt Bjarke. 'Koekoeken zijn niet zoals andere vogels. Ze vormen geen paartjes, maar paren met verschillende partners, waarna de vrouwtjeskoekoek haar eieren in de nesten van andere vogels legt, zodat ze zelf niet voor ze hoeft te zorgen. Wanneer het koekoeksjong uit het ei komt, begint het de andere eieren en jongen uit het nest te duwen om ruimte voor zichzelf te maken.'

Het koekoeksjong heeft de bovenkant van het nest bereikt en met een krachtsinspanning lukt het om zijn niet-uitgekomen rivaal over de rand te duwen. Het kleine, lichte ei lijkt haast door de lucht te zweven en landt in het stilstaande water onder het nest, waar al een levenloos karekietjong ronddrijft.

'Duwt hij ze er allemaal uit zodat ze doodgaan?' vraagt een ongelovige stem in de groep terwijl een paar van de meisjes trekken met hun gezicht.

'Dat is zijn natuur. Maar hij wordt daarna mooi en groot en roept de hele zomer "koekoek", en dat vinden we toch ook fijn.'

'Emil is ook een koekoeksjong,' zegt een van de meisjes plotseling plagend en ze wijst naar de jongen die het nest heeft ontdekt.

'Je bent zelf een koekoeksjong!' roept Emil snel terug naar het meisje dat Mia heet, maar veel kinderen zijn hem al aan het uitlachen.

Voordat Bjarke iets kan zeggen, duikt Ann-Louise op tussen het riet.

'Goed! Leg je rugzakken weg en ga lekker verstoppertje spelen, dan gaan we daarna eten. Emil, jij kunt beginnen met tellen.'

'Ik wil niet tellen!'

'Jij telt. Leg jullie rugzakken daar neer!' Ann-Louise geeft geroutineerd aanwijzingen, zodat er geen ruimte is voor twijfel. 'De schepnetten moeten hier op een stapel komen, aan de slag.'

De kinderen doen wat Ann-Louise zegt en ze leggen allemaal hun rugzakken op de bult aan de oever waar Bjarkes rugzak al ligt. Bjarke moet wederom toegeven dat hij veel kan leren van haar kordate manier van doen. Emil staat er even besluiteloos bij, maar draait zich dan resoluut om en begint hardop het telversje op te zeggen.

‘Ik tel tot één en ik tel tot twee. De kip die neemt geen schoenen mee. Ik tel tot drie en vier, dat kost geen tijd. Kijk hoe de kip haar vleugels spreidt.’

De kinderen gillen opgewonden en de laatsten gooien hun emmer en netje opzij en schieten snel het riet in. Ann-Louise neemt een stapel emmers in haar armen en loopt terug naar het vlonderpad.

‘Moet ik hier blijven om een oogje in het zeil te houden?’ vraagt Bjarke.

‘Nee, het is oké. Ze weten hoe ver ze mogen gaan.’

Bjarke knikt opgelucht, hij is wel toe aan even pauze. Later wordt hem gevraagd of hij op dat moment het geluid van een motor hoorde in de buurt van de oever, maar dat kan hij zich niet herinneren. Alleen het geluid van Emils stem die het telversje verder opzegt terwijl hij zelf het zweet van zijn voorhoofd veegt en zijn collega volgt met de schepnetjes onder zijn arm.

‘Ik tel tot vijf en ik tel tot zes…’

***

Als Emil klaar is met het rijmpje, draait hij zich om en kijkt in het rond. Er is niemand te zien, maar hij baant zich snel een weg door het riet langs de oever aan de linkerkant, waar hij even daarvoor nog gegiechel en fluisterende stemmen hoorde. Een paar stappen verder vindt hij de eerste drie meisjes.

‘Gevonden!’ roept hij.

Hij gaat snel weer door en worstelt zich verder tussen de hoge stengels door, deze keer in de richting van het meer.

‘Zeg eens koekoek!’

Rondom in het rietland roepen zijn klasgenoten ‘koekoek’ en hij verandert van koers in de richting van het geluid. Vrijwel direct krijgt hij verschillende van de anderen in het oog.

‘Gevonden, gevonden!’ roept hij en even later nog eens: ‘Gevonden!’

Sommige kinderen lopen geërgerd en beteuterd terug naar de oever, maar Emil heeft geen tijd om triomfantelijk te doen. Hij voelt nog steeds schaamte als hij denkt aan hoe hij net nog koekoeksjong werd genoemd. Hij begrijpt niet helemaal waarom Mia dat zei, maar hij twijfelt er niet aan dat koekoeksjongen gemeen en stom zijn en alleen maar aan zichzelf denken. Daarom doet het pijn in zijn buik om ermee vergeleken te worden. Hoe meer Emil eraan denkt, hoe belangrijker het voor hem wordt om de anderen te vinden en het spel te winnen.

'Zeg eens koekoek!' roept hij weer, zo hard hij kan, en hij schiet er snel vandoor in de richtingen vanwaar hij het geroep hoort komen. Hij zwaait met zijn armen, mept de harde stengels opzij en al snel vindt hij meerdere klasgenoten die terug moeten sjokken. 'Zeg eens koekoek!' commandeert hij en hij merkt hoe fijn het voelt om goed te zijn in zoeken.

Hij stopt even en probeert op een rijtje te krijgen wie hij nog niet heeft gevonden. Hij mist in elk geval nog Anders, Ole en Mia, maar er is nu niemand meer die nog koekoek roept. Het is stil om hem heen en hij hoort alleen het geluid van zijn eigen laarzen in het ondiepe water en het zwiepende geluid van het riet tegen zijn kleren. Hij gaat wat langzamer vooruit, nog steeds vastbesloten om het spel te winnen, en pas als hij een flink stuk verder het gebied in is, bijna helemaal bij het meer, waar ze niet mogen komen, stopt hij. Hier waait het een beetje. Het riet wuift om hem heen, maar hij ziet geen van zijn klasgenoten en nu hij daar alleen staat krijgt Emil weer het gevoel dat hij moet huilen.

'Het is niet leuk als jullie niks zeggen,' probeert hij hardop. 'Zeg eens koekoek!'

Het geroep dat hij hoort is anders. Het lijkt echter. Haast als van een echte vogel. Tegelijkertijd is het verrassend dichtbij. Zo dichtbij dat Emil zich geschrokken omdraait en onderzoekend het bosje riet in staart waar hij net langs is gelopen.

'Anders, ben jij dat?' probeert hij.

Maar in de stilte die volgt hoort hij alleen de wind ruisen in het riet.

'Hé, Anders, zeg eens iets!'

Emil houdt zijn adem in en luistert geconcentreerd.

'Ik weet dat hier iemand is,' zegt hij luid en hij worstelt zich snel door de dichtstbijzijnde rietkraag om te zien wie van zijn klasgenoten zich daar verstopt heeft, maar er zit niemand. Alleen nog meer riet dat vrolijk golft in de wind.

Dan hoort hij het geroep weer. Nu nog dichterbij en Emil krimpt in elkaar. Deze keer komt het uit het riet voor hem. Emil zet aarzelend een stap naar voren en steekt langzaam een hand uit om het opzij te duwen. Maar dan blijft zijn hand verstijfd in de lucht hangen. De gedachte komt bij hem op dat het geluid misschien helemaal niet afkomstig is van een van zijn klasgenoten. Dat iets of iemand, hij weet niet wat, meedoet aan het spel. Een monster misschien. Emil probeert die gedachte van zich af te schudden. Hij is een grote jongen nu, bijna elf jaar, en hij weet best dat het kinderachtig is om zulke dingen te denken. Hij wil nog een stap naar voren zetten wanneer hij plotseling vlakbij het geluid van een zware ademhaling hoort.

Emil kijkt langzaam omhoog. In het flikkerende zonlicht kan hij een lange gestalte onderscheiden, die boven hem uittorent aan de andere kant van het riet. De gestalte staat stil, alsof hij wacht. Ademt hard in en uit, haast als de paarden achter het hek thuis op de boerderij. Emil staat als versteend. Hij hoort zijn eigen hart bonzen. Het is alsof alles er plotseling van afhangt of hij verscholen kan blijven staan zonder adem te halen. Dan draait hij zich om en rent zo hard hij kan de andere kant op.

Emil slaat de rietstengels opzij en voelt ze in zijn gezicht zwiepen. Hoewel hij niet meer weet waar de oever is, baant hij zich een weg naar voren. Zijn laarzen voelen zwaar als lood, keer op keer trekt hij ze los uit het slijk en hij strompelt panisch verder, terwijl het water omhoogkomt waar hij zijn voeten neerzet. Hij ploetert blindelings verder en weet dat als hij ook maar één keer durft om te kijken, de angst een einde aan zijn leven zal maken.

Ineens blijft een van zijn voeten steken in de modder. Emil valt voorover en het lukt niet meer om zijn handen uit te steken. Met zijn gezicht vooruit stort hij in het ondiepe water, een kort ogenblik krijgt hij geen lucht en wanneer hij in paniek zijn hoofd optilt, blijft hij doodsbang tussen het riet liggen luisteren of hij stappen of ademhaling hoort. Er vallen druppels van zijn kin, maar verder is het stil. Dan kijkt hij voorzichtig om. Het begint hem langzaam te dagen waarom hij is gevallen en hij begint te schreeuwen.

***

Het is begonnen met regenen wanneer de burgerauto's van de politie uit het bos tevoorschijn komen. Donkere wolken hebben zich samengepakt in de lucht boven het meer en wanneer de drie voertuigen de parkeerplaats bereiken en stilhouden tussen de andere politieauto's, hoort Bjarke het in de verte donderen.

Het uitstapje is uitgelopen op een nachtmerrie. Boven zijn hoofd cirkelt een helikopter, honden speuren in beide richtingen langs de oever van het meer en rondom in het rietland ontwaart hij tientallen dienders in uniform die rondlopen met hun blik strak op het ondiepe water gericht. Op de parkeerplaats en op het vlonderpad bevinden zich in het wit geklede technisch rechercheurs. Met diepe ernst lopen ze in de regen met koffertjes en wisselen ze woorden uit die Bjarke niet kan verstaan, terwijl een aantal van hun collega's zich hebben opgesteld rond een witte tent diep in het riet, waar de lichaamsdelen gevonden zijn.

Bjarke was onmiddellijk die kant op gestormd toen hij het geschreeuw hoorde. Emil had midden in het riet hysterisch in het water liggen trappen om zich los te rukken van een nat kledingstuk dat zich om zijn voet gewikkeld had. Mia en een paar andere kinderen die voor hem waren aangekomen stonden er stil en gechoqueerd naast. Pas toen het tot Bjarke doordrong dat het een kletsnatte, rode bodywarmer was die Emil rond zijn voet had, begon hij te begrijpen waar de kinderen naar staarden. In het troebele water naast hen dreven een witte sportschoen, een blauwe korte broek en een schooltas, en daarnaast stak een levenloos jongensgezicht uit het slijk. Zijn sproeten waren grijs, het rode haar was nat en verfomfaaid, terwijl zijn ogen uitdrukkingsloos de lucht in staarden. Daarna had Bjarke tot zijn afschuw een eindje verderop een blote kinderarm ontdekt en hij had in allerijl de kinderen daar weggeleid.

Bjarke voelt dat hij weer moet overgeven. Hij staat in de regen naast de bus, in de hoek van de parkeerplaats waar ze een paar uur eerder in een heel ander leven de bus hadden neergezet. Het onwerkelijke gevoel dreigt hem te overmannen, maar hij moet zichzelf bij elkaar rapen en aan de kinderen denken. Door de ruiten van de bus kan hij hun bange, afgematte gezichten zien, terwijl de politie nog steeds rondgaat om de laatste kinderen te ondervragen. Om de beurt hebben verschillende politiemensen Emil en de andere kinderen steeds hetzelfde gevraagd. 'Hoe zag de man in het riet eruit? Welke kenmerken had hij? Welke kant ging hij op?' Bjarke denkt dat alle kinderen allang alles hebben gezegd wat ze te zeggen hebben en het enige waar hij aan kan denken, is om ze zo ver mogelijk bij het meer vandaan te krijgen, dat voor altijd de plek zal zijn waar Daniel Stryger Hansen vermoord is teruggevonden.

Als Bjarke eindelijk te horen krijgt dat de ondervragingen voor nu afgelopen zijn en de laatste politieagent de bus verlaat, stapt hij snel in. Emil zit op een van de voorste stoelen te rillen onder een dekentje, terwijl Ann-Louise met tranen in haar ogen probeert om zijn veiligheidsgordel vast te krijgen.

'Mijn rugzak, waar is mijn rugzak?!'

Meerdere kinderen beginnen ook driftig onder hun stoelen te zoeken en Bjarke realiseert zich dat ze de rugzakken vergeten zijn op die bult in het riet. Ann-Louise is bezig de veiligheidsgordels van een paar andere kinderen vast te maken, dus gaat hij snel de bus uit en loopt door de regen naar het vlonderpad. Hij herinnert zich plotseling dat de agenten hun heel duidelijk hadden gemaakt om niet het riet in te gaan, omdat het hele gebied grondig werd onderzocht, maar nu zijn ze aan het werk bij de witte tent waardoor er niemand in de buurt is om te vragen. Bjarke kijkt om zich heen en springt omlaag in het riet. Even later vindt hij de drijfnatte rugzakken op de plek waar ze die hadden achtergelaten. Snel raapt hij ze bij elkaar, maar als hij de zijne wil pakken, ziet hij dat de rits openstaat. Hij kijkt gedesoriënteerd in het grote vak en ziet tot zijn verrassing zijn zakmes onderin liggen, met het mes uitgeklapt. Bjarke pakt het mes langzaam op. Hij weet zeker dat hij het mes had ingeklapt voordat hij het in de tas deed. Aarzelend en met een ongerust gevoel in zijn buik pakt hij het lemmet tussen duim en wijsvinger om het in te klappen, maar hij ontdekt dan dat het kleeft van het bloed. Verward kijkt hij om zich heen, tot zijn oog op het nest valt.

Tussen de rietstengels is het nest waar hij en de kinderen een paar uur geleden naar stonden te kijken in grote plukken uit elkaar gescheurd. In het water onder het nest drijft iets onbestemds en Bjarke moet dichterbij komen om te zien wat het is. Hij realiseert zich dat het stukken vlees zijn. Het koekoeksjong is in stukken gesneden. De dunne, lichtrode pootjes, de vleugeltjes en het lijfje dobberen in het ondiepe water naast het ei en het dode karekietjong. Het geaderde kopje van het koekoeksjong met de uitpuilende ogen is op een geknakte rietstengel gespiesd.

Niet veel later stapt Bjarke de bus weer in. Hij zet de natte rugzakken op de vloer en laat zich op zijn stoel vallen. Ann-Louise sluit de deuren van de bus vanaf haar plek achter het stuur en scheurt terug door het bos alsof de duivel hen op de hielen zit. Ze zegt af en toe iets zorgzaams en geruststellends, maar Bjarke hoort niet precies wat. Vanaf zijn stoel kijkt hij beduusd in de achteruitkijkspiegel van de bus. Alle kinderen zitten op hun plek, sommigen huilen, sommigen kijken beteuterd door de ramen naar buiten, anderen houden elkaars hand vast.

Hij zou iets over de vondst van het koekoeksjong moeten zeggen. In gedachten zoekt hij koortsachtig een verklaring voor wat er gebeurd kan zijn en in zijn hoofd flitsen honderden beelden van die dag voorbij. Steeds weer komt hij tot de conclusie dat alleen een van de kinderen gezien kan hebben waar hij zijn mes wegstopte, maar het is voor hem compleet onbegrijpelijk dat een kind het mes zou hebben gepakt om het te gebruiken voor wat hij net zag.

Bjarke probeert zich te vermannen. Er moet een andere en lang niet zo onheilspellende en voor de hand liggende verklaring zijn die hem duidelijk zal worden wanneer hij afstand heeft kunnen nemen van deze nachtmerrie. Hij maakt zijn veiligheidsgordel vast en zijn ademhaling begint eindelijk normaal te worden wanneer hij weer een blik in de achteruitkijkspiegel werpt. Deze keer merkt hij het uitdrukkingsloze gezicht op dat hij kan zien boven de stoelen helemaal achter in de bus. Wanneer de heldere, geheimzinnige ogen plotseling zijn blik vangen in de spiegel is Bjarke de eerste die wegkijkt.

Donderdag 13 februari, nu

2

Wanneer de metro afremt voelt Silje Thomsen de druk van de lichamen achter zich in de overvolle wagon. De deuren glijden open en met bonzend hart en haar hand om haar telefoon geklemd verlaat ze snel de metro. De signaalgeluiden vermengen zich met gesprekken en de suizende geluiden van een metro die aan de andere kant van het perron aankomt. Zonder om te kijken beweegt ze zich snel door de mensenmenigte van de spits. Als die gek in dezelfde trein zat als zij, was ze niet van plan om ook maar een seconde te verspillen. Op de roltrap dringt ze zich langs mensen heen en als ze de straat op komt voelt ze een lichte zucht van opluchting dat ze zich kan verstoppen in het winterduister dat haar ontvangt met neerdalende natte sneeuw. De lichten van de auto's vegen over de boulevard en de banden glibberen spattend over het natte wegdek terwijl ze op een drafje naar een van de bushalteborden aan de rechterkant van het plein loopt. De bus die ze moet hebben staat al klaar langs het trottoir en Silje versnelt haar pas, maar vlak voor ze er is ziet ze de bus langzaam optrekken en bij de halte wegrijden. Buiten adem blijft ze staan. Voordat de frustratie echt kan indalen, voelt ze de telefoon trillen in haar hand, en hoewel er geen twijfel bestaat over wie het is, kijkt ze doodsbang op het schermpje.

Ik tel tot twee en ik tel tot drie. Silje kijkt om, komt ze thuis of nie?

Het bericht van de onbekende afzender doet Silje verwilderd omkijken naar de mensen die uit het metrostation komen krioelen. Dan draait ze zich om en stapt resoluut de rijbaan op. Auto's remmen, sommige slippen in de sneeuw en toeteren naar haar, maar ze bereikt de overkant en vlucht wild rennend de dichtstbijzijnde straat in.

Pas wanneer Silje de doorgang bij de woonblokken heeft bereikt, durft ze weer wat vaart te minderen. Ze schudt de emoties en kou van zich af en merkt dat ze doorweekt is van de sneeuwvlokken die om haar heen dwarrelen en die elke keer wanneer ze omkijkt in haar haren worden gevangen. Haar telefoon trilt.

Ik tel tot vier en ik tel tot vijf. Silje is nat en een erg geil wijf.

Ze haast zich over de paadjes, zoals ze zo vaak gedaan heeft met de warme hand van haar dochter in de hare, maar als ze het laatste woonblok passeert en op de besneeuwde weg met vrijstaande huizen komt, voelt ze zich nog steeds niet veilig. Hoewel de huizen er achter hun hekken en heggen gezellig uitzien met het gouden licht dat vanuit de ramen op de sneeuw valt, loopt ze snel over de stoep tot ze de houten schutting bereikt met het tuinhek waarop het TE KOOP-bord is vastgespijkerd. Ze duwt het hek open en terwijl ze over het tuinpad naar haar huis loopt, voelt ze haar telefoon opnieuw vibreren.

Ik tel tot ha, ik tel tot ho. Is het spel voorbij en vind ik haar zo?

Silje probeert driftig de juiste sleutel te vinden. Achter zich voelt ze het donker van de tuin steeds dichterbij kruipen, maar uiteindelijk weet ze de voordeur open te krijgen en tuimelt ze de gang in. Ze gooit de deur hard achter zich dicht en draait het extra slot erop. Binnen voelt de duisternis veilig, daarom laat ze het licht uit en loopt ze snel door het donkere huis langs de lege kamer van haar dochter de keuken in, zonder eerst haar jas en natte schoenen uit te trekken.

Bij het licht van haar telefoon zoekt ze koortsachtig in de rommel in de keukenla en als ze wat van de spulletjes op het aanrecht heeft gelegd, vindt ze het pakje met de nieuwe simkaarten. Ze rolt het plastic open, peutert er een nieuwe kaart uit en zorgt ervoor dat haar contacten op de telefoon zijn opgeslagen zoals ze inmiddels gewend is. Als ze de oude kaart eruit heeft gehaald en heeft vervangen door de nieuwe, voelt ze zich meteen opgelucht. Ze zet haar telefoon aan en terwijl ze met snelle passen terug door het huis loopt, zoekt ze haar dochters nummer op.

Hallo lieverd. Alles is oké. Dit is mijn nieuwe nummer dat je vanaf nu moet gebruiken. Tot snel. Kus, mam ☺

Buiten adem gaat ze in de grote, donkere hoekkamer bij het

raam staan om waakzaam door de open jaloezieën naar buiten te kijken. De donkere voortuin met zijn struiken en bomen, waar ze ooit zo graag in werkte, is bedekt onder een laag verse sneeuw, en op de weg ziet ze in het schijnsel van de straatlantaarns de sneeuwvlokken die dansend uit de lucht komen vallen en rondwervelen in de wind. Het tafereel brengt haar bijna tot rust, maar dan ziet ze een gedaante. Door de spleten in de schutting ziet ze hem langzaam en onderzoekend voortbewegen. Ze houdt haar adem in en staat klaar om 112 te bellen. Maar als de gedaante wat verder is, ontwaart ze onder het tuinhek een hondje aan een riem, dat met vastgekoekte sneeuw aan zijn pootjes verder trippelt met een oudere vrouw achter zich aan.

Silje glimlacht in het donker. Opgelucht en een tikje beschaamd, omdat ze zich als volwassen vrouw verstopt als een klein kind. Ze vertelt zichzelf dat ze haar verstand niet moet verliezen. Dat ze morgen moet beginnen om serieus werk te maken van haar plannen om een nieuwe en veilige plek te vinden, waar ze opnieuw kunnen beginnen, ook al kan ze dat eigenlijk niet betalen. Maar dan trilt haar telefoon en pakt ze die op om haar dochter te antwoorden.

Gevonden.

Dat ene woordje op het scherm van de onbekende afzender licht groen op en verlamt haar. Direct is de angst weer terug, maar deze keer gecombineerd met verwarring. Het is nog maar een paar tellen geleden dat ze het nieuwe nummer in gebruik nam, en behalve haar dochter kent niemand het. Dan denkt ze dat ze in paniek haar oude simkaart terug in de telefoon moet hebben gedaan, toen ze met de kaartjes aan het rommelen was.

Terug in de keuken haalt ze met trillende handen de spullen op het aanrecht overhoop. Ze weet precies waar ze het pakje met simkaarten had neergelegd en ze schijnt in blinde paniek op het aanrecht en op de vloer. Maar het pakje is er niet. Ze begint in de la te zoeken en telkens wanneer ze weer wat dingetjes opzijgooit, komt dezelfde gedachte omhoog. Op de verpakking stond het telefoonnummer van de nieuwe simkaart die ze uitgekozen heeft en als de verpakking niet meer op het aanrecht ligt waar ze die had achtergelaten, dan moet daar een reden voor zijn. Toen ze thuiskwam zat de voordeur echter op slot en de ramen waren veilig vergrendeld. Dat blijft ze voor zichzelf herhalen tot haar telefoon weer trilt en ze ineenkrimpt.

Deze keer geen tekst. Slechts een melding met een onduidelijke foto. Terwijl de tranen over haar wangen lopen, prent ze zichzelf in dat ze er niet op hoeft te tikken, maar dan plaatst ze toch haar vinger op het scherm om de foto te openen.

Ze begrijpt eerst niet wat erop staat. Dan onderscheidt ze een donkere ruimte met het silhouet van een vrouw. De vrouw staat met haar jas aan bij een raam door jaloezieën naar buiten te kijken. Door de lamellen van de jaloezieën die de vrouw uit elkaar houdt met haar hand zijn in het diffuse licht van een straatlantaarn sneeuwvlokken te zien. Dan realiseert Silje zich dat zij de vrouw op de foto is. Bang draait ze zich om naar de deur van de woonkamer, waar in het donker plotseling iets tot leven komt.

Vrijdag 14 februari, nu

3

Naia Thulin kan het niet laten om te glimlachen. Bjørns stem is warm en met zijn nieuwe bontmuts, stoppels en de sneeuw op de achtergrond lijkt hij op een Arctische woesteling. Terwijl ze aan het facetimen zijn, botst hij in zijn enthousiasme om haar uit te leggen hoe heerlijk wintersport is bijna op een andere voetganger op de stoep in Indre By waar hij loopt. Zelf is Thulin op weg de stalen lift uit op de tweede verdieping van het gebouw in Glostrup waar haar werk, NC3, gehuisvest is.

Voor Thulin voelt het onwennig om zo vroeg op de dag te lachen en er was ook niets wat erop wees dat het zover zou komen toen ze drie kwartier geleden in haar dienstauto ging zitten om door de sneeuw naar haar werk te rijden. Eerst werd er in het nieuwsbulletin uitgeweid over het feit dat het ministerie van Justitie vandaag een besluit gaat nemen over het bezwaar dat de nabestaanden van Caroline Holst hadden ingediend tegen het onderzoek. Na ruim twee jaar is de moord op de negentienjarige scholier uit Hvidovre nog steeds niet opgelost en het aanstaande besluit over het bezwaar gaf de nieuwslezers aanleiding om nog eens allerlei vreselijke details rond het misdrijf op te sommen. Daarna kwamen twee andere presentatoren aan het woord die ervoor hadden gekozen om erbij stil te staan dat het vandaag 14 februari is. Valentijnsdag dus, iets waar Thulin geheel tevreden niet bij had stilgestaan, totdat deze twee presentatoren hun mond opendeden. Ze hadden gekwetterd over het vinden van de ware en het bouwen van een liefdesnestje, maar het was pas echt ondraaglijk geworden toen de luisteraar werd aangemoedigd om op te bellen en te vertellen over hun eigen ontmoeting met hun grote liefde. Toen Thulin eindelijk de parkeerplaats op reed, had ze op het punt gestaan om te bellen en voor te stellen om de feestdag voor altijd te verbieden, maar toen had het beeld van Bjørn op het scherm van haar telefoon al haar bezwaren tegen nepromantiek weggenomen.

Bjørn, of de vader van Valde zoals ze hem tot een paar maanden geleden nog noemde, komt weer in beeld en hoewel Thulin geen zin heeft om het gesprek af te breken, herinnert ze zichzelf eraan dat ze zich moet haasten, als ze niet te laat wil komen op haar vergadering.

'Maar is er nog iets speciaals wat we moeten meenemen?'

'Alleen jullie goede humeur. Het wordt superleuk.'

Thulin is aangekomen bij de eerste partij glazen deuren naar haar afdeling, waar ze haar toegangspas scant. Ze was er pas een paar dagen geleden achter gekomen dat de wintersportreis naar Isaberg in Zweden van Le's jaar komend weekend al zou plaatsvinden. Na het werk was ze zoals wel vaker bij Bjørn langsgegaan en Bjørn, die net de deelnemerslijst had ontvangen, had verbaasd gevraagd waarom zij en Le niet waren aangemeld zoals ze hadden afgesproken. Thulin had zichzelf voor haar kop geslagen. Deels omdat ze inzag dat ze zich niet op tijd had aangemeld op het ouderportaal, deels omdat het Thulin zelf was geweest die Bjørn had voorgesteld om samen mee te gaan op de reis, ook al wist ze heel goed dat het een reisje was voor vaders en hun kinderen.

Bjørn had direct geprobeerd om uit te zoeken of Le en Thulin nog mee konden, maar voordat hij haar een paar minuten geleden belde, wist ze niet of het Zweedse pension een extra kamer had kunnen regelen. En pas nu denkt Thulin aan skikleding, die een vermogen kost.

'Als jullie niks hebben, laat mij dan checken wat ik nog in de kast heb van mijn meisjes.'

'Dat ga ik uitzoeken. En weet je zeker dat het oké is dat ik mee-ga?'

'Natuurlijk is dat oké. Het is een belachelijke regel dat alleen vaders mee mogen op een vaderreis.'

Bjørn glimlacht schalks op het scherm en Thulin moet lachen. Het was een van Le's argumenten geweest om niet mee te hoeven.

Omdat Le naar eigen zeggen geen vader heeft, vond ze dat de reis voor haar niet relevant was, waar Thulin het volkomen mee oneens was.

'Bedankt,' zegt ze en ze meent het.

'Ik doe het voor mezelf. We sturen de kinderen de sneeuw in en dan gaan wij ervandoor om een plek te vinden om onszelf te verwennen. Zie ik je bij de bus?'

Thulin knikt glimlachend en verbreekt tegen haar zin in de verbinding met Bjørn. Ze is bij de tweede partij glazen deuren aangekomen en wanneer ze nog een keer haar toegangspas gescand heeft, komt ze de eigenlijke afdeling binnen. De toegangsprocedure is een van de weinige zaken waar ze moeilijk aan kon wennen sinds ze ruim een jaar geleden begon aan haar aanstelling als rechercheur bij het Nationaal Centrum voor Cybercriminaliteit. De NC3, zoals de afdeling in het dagelijks taalgebruik wordt genoemd, valt onder de Nationale Dienst voor Bijzondere Criminaliteit die gevestigd is op het industrieterrein in Glostrup, en als je er rondloopt doe je er goed aan om steeds je toegangspas bij de hand te hebben. Maar nu irriteren de vele sluizen haar niet en ze gebruikt de wandeling om na te denken over wanneer ze het werk van vandaag af kan krijgen, zodat ze naar huis kan om in te pakken voor Le en zichzelf.

Als iemand Thulin drie à vier maanden geleden zou hebben gezegd dat ze zich gelukkig zou inlaten met een gescheiden vader van de school van Le, zou ze diegene hebben uitgelachen. Ten eerste zou zo'n verhouding voor haar ongeveer zo aantrekkelijk hebben geklonken als een ledenvergadering van de vereniging van eigenaren. Ten tweede was haar hart op dat moment nog gebroken op een manier die ze niet eerder had ervaren.

De dagen in oktober hadden zich voortgesleept met zwaar gemoed en ze had geprobeerd om zich te focussen om het leven voor Le zo goed mogelijk te maken. Op een avond nadat ze Le naar bed had gebracht was Thulin, in een wanhopige poging om zichzelf bij elkaar te rapen en verder te komen, er voor gaan zitten om haar Tinder-profiel bij te werken en zich een weg door de vleeskeuring te swipen. Dat was nog vreselijker geweest dan ze zich herinnerde en in de oneindige stroom liefdeskandidaten die zich aanboden met opgepompte bovenlichamen, sportwagens en carbonfietsen, was Bjørns gezicht plotseling opgedoken. Ze had hem herkend, omdat ze hem af en toe in de gangen van de school tussen andere ouders had gezien en ze had uiteraard nee geswipet bij zijn vierenveertig jaar en licht arrogante 'ik weet dat ik er goed uitzie'-blik die ze meende te zien in zijn iets te mooie ogen. Net zoals dat ze natuurlijk nee had geswipet bij alle anderen.

Een week later was de man doorweekt van de regen de deur van Copenhagen Skatepark door gekomen, waar ze tussen de andere ouders de tijd had zitten doden op haar telefoon terwijl ze wachtte tot Le klaar was met haar training. Bjørn had toen vriendelijk geknikt om aan te geven dat hij haar herkende van school. Aangezien er verder geen plekken vrij waren behalve op haar bankje, had ze wel ja moeten zeggen toen hij vroeg of hij erbij mocht komen zitten. Al snel was hij een gesprek begonnen met de vraag van wie zij de moeder was. Hoewel Thulin niet in de stemming was om met iemand te praten, was er iets met Bjørn waar je geen nee tegen kon zeggen. Hij had een benijdenswaardige lichtheid over zich, leek direct en geïnteresseerd, en de arrogantie die ze op Tinder had menen te zien bleek een vermogen te zijn om rust te vinden in zichzelf. Hij had verteld dat hij de vader was van Valdemar, die ook gek was op rondrijden op een plank met wieltjes, en dat hij de skateboarddienst op zich had genomen terwijl zijn exvrouw de paardrijlessen van zijn grote meiden deed.

Thulin had in de loop van het gesprek verteld over haar ervaringen met Le, die niet echt geïnteresseerd was in haar klas, maar alleen in haar skateboard, graffiti en in de volkomen onrealistische wens om na de zomervakantie naar een kostschool te gaan. Bjørn wist alles van nukkige tieners, aangezien Valde twee grote zussen had, en zijn onbezorgde houding had Thulins humeur goedgedaan. Toen hij was opgestaan om de skatehal te verlaten, had hij zich nog even omgedraaid en met een leuke twinkeling in zijn ogen gezegd dat hij overigens ja had geswipet, maar dat hij haar niets kwalijk nam. Thulin had het niet kunnen laten om te glimlachen.

Ze had zichzelf eraan herinnerd dat ze in niemand geïnteresseerd was en al helemaal niet in hem, maar nadien was ze zich erop gaan verheugen om Le op te halen uit de skatehal. Hun gesprekken op de bank waren steeds langer geworden, totdat hij haar uitnodigde om bij hem thuis te komen eten. Thulin had aanvankelijk ja gezegd, vervolgens een paar uur later geschreven dat ze verhinderd was, om zich uiteindelijk weer te bedenken en hem te laten weten dat ze toch wel kon komen. Ze had van tevoren besloten dat ze niet met hem naar bed wilde, maar ze had moeten lachen en zich op haar gemak gevoeld aan de eettafel in zijn gezellige keuken, waardoor het toch was gebeurd, voor het grootste deel zelfs op haar initiatief.

Voor Bjørn was het ogenschijnlijk simpel en eenvoudig geweest. Hij had verteld dat hij al lang voor haar gevallen was, en hoewel het voor Thulin in het begin niet zo was geweest, was het fijn dat hij zo direct en ongecompliceerd was.

Ze hadden meestal bij hem afgesproken in zijn huis aan een van de kleine straten achter Carlsberg in Vesterbro. Je hoefde niet het grote vastgoedexamen te hebben gedaan om vast te stellen dat Bjørns positie als directeur van een groot telecombedrijf hem meer dan gemiddeld vermogend had gemaakt. Gelukkig was dat niet iets waar Bjørn, of zijn huis, mee te koop liep. Misschien was het vooral merkbaar met betrekking tot dat beetje extra dat hij als persoon uitstraalde, terwijl het in het huis tot uitdrukking kwam in de ruwe en ogenschijnlijk achteloze charme die in een woningadvertentie waarschijnlijk zou worden aangeduid als New Yorkse stijl. Plus natuurlijk een stel obligate Arne Jacobsen-leunstoelen die meer moesten hebben gekost dan Thulin in een jaar verdiende. Thulin was geleidelijk aan gevallen voor het feit dat Bjørn een extraverte, creatieve loddervos was die zijn ideeën en voorstellen niet langer dan een paar minuten voor zich kon houden, en uiteraard was het ook zeer verslavend dat hij een goede minnaar was en fantastisch kon koken.

Toch had Thulin er eerst op gestaan dat ze hun relatie geheim zouden houden, vooral omdat ze, door schade en schande wijs geworden, Le er niet bij wilde betrekken, mocht de relatie geen stand houden. Maar nadat ze Bjørn steeds vaker begon te zien, werd het vreemd. En op zijn zachtst gezegd onpraktisch. Voor hem was er geen voorbehoud en twee maanden en nog een lieve liefdesverklaring later had hij haar zelfs duidelijk gemaakt dat hij klaar was om met haar samen te wonen. Dat had Thulin overweldigd. Daar kon natuurlijk geen sprake van zijn, want de gedachte was op dat moment nog niet bij haar opgekomen. Ze kon haar gevoelens voor hem echter niet ontkennen en zijn woorden hadden haar de moed gegeven om de geheimzinnigdoenerij achter zich te laten. Toen ze de bom bij Le liet vallen, bleek uiteraard dat Le de relatie heus wel had doorzien en accepteerde ze die ongeïnteresseerd. Le kende Valdemar uit haar parallelklas niet heel erg goed en zolang het haar leven niet overhoopgooide maakte het haar, voor zover Thulin kon zien, helemaal niets uit. Thulin had echter een steek in haar hart gevoeld toen ze op een dag bij school zag dat Le het niet kon opbrengen om Bjørn fatsoenlijk te groeten, ook al was hij zeer welwillend geweest en praatte hij tegen Le als een volwassene, iets wat ze normaal gesproken niet kon weerstaan. Dus geheel onaangedaan door de situatie was Le niet, ook al probeerde ze koel te blijven. Het leven als twaalfjarige is soms al zwaar genoeg, had Bjørn tegen haar gezegd, en Thulin kon het haar ook niet kwalijk nemen dat ze gereserveerd was. Daarom had ze de skireis naar Zweden gezien als een welkome kans om Le en haar met Bjørn en Valdemar samen te brengen op een manier die niet gekunsteld zou zijn. Le had zich verzet en gezegd dat ze naar een skate-evenement zou gaan, en gisteravond had ze nog met de deur van haar kamer gesmeten uit protest tegen het vooruitzicht dat ze weg zouden gaan. Aksel, die was langsgekomen om te helpen bij het dichten van de ramen in de keuken, had haar uiteraard verdedigd en herinnerde Thulin eraan hoe ze zelf op die leeftijd was geweest.

'Totaal onmogelijk. En het is verdorie toch niet vreemd dat dat meisje het moeilijk heeft gehad na dat gedoe tussen jou en die idioot van afgelopen najaar?'

Thulin had geen zin om te worden herinnerd aan het najaar of 'die idioot'. Bovendien moet Aksel, de gepensioneerde politieagent die in haar leven is sinds ze zelf zo oud was als Le, zich niet met haar liefdesleven bemoeien. Terwijl Thulin de gang met kantoren in loopt en ze Le schrijft om te vertellen dat de skireis doorgaat, merkt ze hoezeer ze hoopt dat het een succes wordt en het hen alle vier dichter bij elkaar zal brengen. Dat is niet een gevoel waar ze aan gewend is en vreemd genoeg verheugt ze zich erop, ondanks het vooruitzicht van een busreis, lawaaierige kinderen en kletsende vaders.

'We moeten op huiszoeking. Er is iemand als vermist opgegeven. We vertrekken over vijf minuten,' klinkt het uit Raheems kamer, wanneer ze hem op de gang passeert. Raheem is haar vaste partner bij NC3, maar Thulin maakt geen aanstalten om te stoppen.

'Ik heb een afspraak met Krause, ik kom er zo aan,' antwoordt ze in het voorbijgaan, terwijl ze in de richting van het kantoor aan het einde van de gang loopt waar Krause zit. Krause is haar direct leidinggevende en hoofd van de werkgroep die zich richt op onderzoek naar cyberstalking, grooming en seksuele misdrijven online. Een werkveld dat constant is toegenomen sinds ze is begonnen. Corona was duidelijk te zien geweest in het stijgende aantal aangiftes en zaken. Daarna volgde nog een golf door #MeToo, de oorlog in Oekraïne en de economische crisis, en niets daarvan had ingeteerd op de kracht van de daders van seksuele misdrijven of van de internetstrijders. Integendeel, het bombardement nam toe, nu ook met hackeraanvallen en ransomware als sterk opkomende problematiek, waardoor Thulin en de overige medewerkers genoeg te doen hebben om het allemaal bij te houden. Daar staat tegenover dat ze niet alleen een eigen kantoor heeft, maar ook vaste werktijden, en dat ze niet meer 's nachts wordt opgebeld door een commanderende chef. Het is ook prettig dat ze niet meer hoeft uit te rukken naar bloederige plaatsen delict en zich niet meer constant schuldig hoeft te voelen tegenover Le.

'Binnen,' antwoordt Krause nadat ze op de openstaande deur van zijn kantoor heeft geklopt.

'Sorry dat ik te laat ben,' zegt Thulin zonder dat ze het meent.
'Geeft niks. Ga zitten.'
'Kan het wachten? Raheem zei dat er een huiszoeking is en ik heb nog een berg werk weg te werken.'
Thulins belangstelling voor de huiszoeking was niet volledig oprecht, als ze eerlijk moest zijn. Ze wilde liever naar haar kantoor gaan om online tweedehandsskikleding te zoeken.
'Het duurt niet zo lang. Ga zitten.'
Met tegenzin gaat ze bij het grote bureau zitten terwijl Krause in de leren stoel tegenover haar zit.
'Hoe gaat het met alles?' vraagt hij en hij kijkt haar afgemeten aan met iets wat met een beetje goede wil interesse zou kunnen zijn.
Thulin kan zich niet herinneren dat Krause zoiets eerder heeft gevraagd. Hij is iets ouder dan zij, een technisch begaafde en ambitieuze man die zich in allerlei soorten cybercriminaliteit heeft verdiept, maar die daarentegen niets leert van de hr-cursussen waar de korpsleiding hem naartoe stuurt.
'Prima, bedankt.'
Ze overweegt heel even of hij verwacht dat ze hem dezelfde vraag stelt, maar Krause knikt tevreden.
'Je weet dat ik blij ben om je erbij te hebben op de afdeling. Ik weet heel goed dat jouw competenties op veel andere plekken kunnen worden ingezet, maar je moet weten dat ik grote ambities heb met NC3. Tweehonderd mensen vormen niet bepaald een bastion tegen cybercriminelen, maar we zullen al binnen een jaar groeien tot het dubbele. Irritant genoeg wordt er ook op andere plekken gereorganiseerd. De korpsleiding hecht bijvoorbeeld veel geloof aan de heroprichting van de Landelijke Eenheid en ze gaan op strooftocht bij andere afdelingen. Dat betekent dat er ongezonde concurrentie ontstaat.'
'O, oké,' zegt Thulin meelevend.
'Ja, dat is klote.'
Krause praat verder over de problematiek zonder dat Thulin enig idee heeft waar hij met zijn verhaal naartoe wil. Alle chefs binnen de politie concurreren met andere afdelingen en de her-

oprichting van de Landelijke Eenheid, de elite-eenheid voor het oplossen van moordzaken, is de laatste vondst die de mensen bij logistiek de rillingen geeft, aangezien dat gerespecteerde korps veel aandacht naar zich toe kan trekken. Of het een goed of een slecht idee is om de eenheid opnieuw op te richten, daar heeft Thulin geen mening over. Al zo lang als ze zich kan herinneren heeft ze haar eigen redenen om een gecompliceerde verhouding te hebben met dat deel van de politie.

'Maar om ter zake te komen, ik ben verplicht te vertellen dat ik een verzoek heb gekregen,' onderbreekt Krause zijn politie-politieke overwegingen. 'De Landelijke Eenheid wil graag dat jij rechercheur wordt in hun nieuwe onderzoekseenheid voor moordzaken en ik wil graag weten hoe jij daarin staat.'

Thulin kijkt Krause aan. Ze heeft gehoord wat hij zei, maar het komt zo onverwacht dat ze een tijdje alleen maar zit te staren. Enerzijds heeft ze voor zichzelf besloten dat ze niet meer aan moordzaken wil werken en anderzijds is het aanbod afkomstig van de Landelijke Eenheid, wat voor Thulin hetzelfde is als een brandslachtoffer met derdegraads brandwonden vragen of een baan bij de brandweer misschien iets zou kunnen zijn.

'De Landelijke Eenheid heeft contact opgenomen omdat ze mij als rechercheur willen?' herhaalt ze om er zeker van te zijn dat ze hem goed begrepen heeft.

'Ja,' antwoordt Krause vreugdeloos. 'Ik begrijp ze helaas maar al te goed. Net zoals dat ik jou zou begrijpen als je ja zegt. Het is niet met mijn instemming als je ons verlaat, maar ik heb uiteraard hoog van je opgegeven en gezegd...'

'Ik heb geen interesse.'

Krause valt stil en kijkt haar aan. 'Je hebt geen interesse?'

Thulin heeft zin om haar antwoord kracht bij te zetten met een 'nee, zeg, jezus', maar ze staat gewoon op. 'Was er anders nog iets?'

'Thulin, ze gaan het waarschijnlijk geen twee keer vragen.'

'Dat gaan ze niet doen, nee.'

Krause gaat staan en zegt iets als dat hij dankbaar is voor haar antwoord. Ze is inmiddels al bij de deur, en terwijl ze snel de gang uit loopt, besluit ze om Bjørn te bellen om zijn aanbod te aanvaarden voor het lenen van de skikleding die hij misschien nog in de kast heeft liggen.

4

Op de brievenbus die langs de stille straat met vrijstaande huizen in Vanløse hangt is een van de twee achternamen doorgestreept. Het TE KOOP-bord hangt een beetje scheef aan het tuinhek en erachter, ingeklemd tussen twee voorname villa's, staat een huis van rode bakstenen dat op een afgebroken tand lijkt. Een van de naastgelegen villa's is half aan het zicht onttrokken door een steiger met afdekzeil en achter het bakstenen huis torent een trieste verzameling massieve woonblokken, maar vanaf Thulins plaats aan het stuur van de dienstwagen ziet het perceel er idyllisch uit, met pas gevallen sneeuw decoratief uitgestrooid over de schutting en de bomen en struiken die erboven uitsteken.

'Maar waarom ben je niet geïnteresseerd?' vraagt Raheem vanaf de bijrijdersstoel. Vanachter zijn zonnebril kijkt hij nieuwsgierig naar Thulin, die de auto heeft geparkeerd achter de enige politieauto die bij het adres staat dat Raheem haar had gegeven. 'De meeste mensen zouden verdomme alles uit hun handen laten vallen als ze gevraagd zouden worden.'

'Nou, dan solliciteren die mensen toch?'

'Het is vet om geheadhunt te worden, dat weet je best,' vervolgt hij terwijl hij zijn gordel losmaakt. 'De Landelijke Eenheid doet immers de meest geprofileerde moordzaken en heeft heel veel middelen tot haar beschikking. En ze laten een zaak niet los als ze eenmaal begonnen zijn.'

Thulin zet de motor uit en de voorruit wordt direct bedekt door de sneeuw die met grote vlokken naar beneden komt. Een moment geleden scheen de zon nog, maar nu voelt het voorjaar weer ver weg. Thulin schat dat Raheem halverwege de dertig is. Hij woont in een driekamerappartement in Nordvest, draagt een ringetje in zijn oor, heeft tatoeages tot ver in zijn nek en hij is een voormalige hacker. Het enige waar hij officieel voor is veroordeeld, is dat hij als tiener illegale kopieën van films maakte, maar Thulin is ervan overtuigd dat dat slechts het topje van de ijsberg is. Raheem weet gesprekken over de 'grijze gebieden', zoals hij ze noemt, echter behendig te vermijden. Formeel begon zijn interesse in IT met een baan als systeembeheerder bij een internationaal computerspelbedrijf. Later, nadat hij in enkele grijze gebieden verzeild was geraakt en er weer uit was gekomen, liet hij zich inhuren als hackerconsultant bij kleine en grote bedrijven, die hem lieten testen of hun beveiliging goed genoeg was. Daarnaast won hij een paar jaar achter elkaar in no time *Capture the Flag*, de rekruteringswedstrijd van NC3, die doorlopend op de website wordt gezet. En naar verluidt waren het de grijze gebieden die een spaak in het wiel staken om direct een vaste aanstelling te krijgen. In tegenstelling tot Thulin heeft Raheem nooit op de politieacademie gezeten, wat hem een stapje voor geeft als er buiten de kaders moet worden gedacht. En hij is zonder twijfel de beste IT-specialist met wie ze ooit heeft samengewerkt. Daarnaast is hij goed gezelschap en zeer populair, niet in de laatste plaats bij de vrouwelijke medewerkers, maar op dit moment heeft Thulin er spijt van dat ze eerlijk antwoord heeft gegeven toen hij vroeg waarom Krause met haar wilde praten.

'Ik heb een dochter van twaalf. Ik kan zaken nu achter me laten als ik vrij ben,' zegt ze nadrukkelijk, terwijl ze eraan denkt om uit het dashboardkastje een paar plastic handschoenen te pakken voor zichzelf en Raheem.

'Ik geloof er geen barst van. Je gaat ja zeggen.'

'Mijn vader was rechercheur bij de oude eenheid, dus nee, dat ga ik niet doen.'

Thulin stapt de auto uit en klapt de deur achter zich dicht. Ze kijkt op naar de grijze lucht en rilt, maar als Raheems verraste gezicht aan de andere kant van de auto verschijnt, ziet ze dat ze er niet vanaf komt zonder verklaring.

'Hij was veel weg. En wanneer hij thuis was, was hij er ook niet. Uiteindelijk viel hij om met trombose, dus nee, bedankt, ik pas ervoor.'

Thulin heeft niet de behoefte om het verder uit te leggen en ze steekt doelbewust de weg over naar de schutting terwijl ze haar ogen tot spleetjes knijpt tegen de sneeuwvlokken.

'Sorry. Dat is vervelend om te horen,' zegt Raheem wanneer hij haar heeft ingehaald bij het hek en ze merkt dat hij het meent.

'Het is al lang geleden,' zegt Thulin om het weg te wuiven, ook al voelt het voor haar niet altijd zo. Ze doet het hek open en laat hem voorgaan. 'Kom, laten we dit snel afhandelen, des te eerder kunnen we weer terug.'

'Maar het is natuurlijk mooi dat je blijft,' zegt Raheem en hij vervolgt met zijn onschuldigste stem: 'Want het zou niet zo mooi zijn als ik nooit te horen zou krijgen hoe het afloopt met je vaderreisje als valentijnsdate.'

'Het is geen date, mafkees. Het is een skireis met mijn dochter.'

'Ja, vast,' zegt hij terwijl hij glimlachend knikt.

Wanneer ze over het tuinpad loopt, ziet Thulin dat de pittoreske indruk die ze vanaf de weg van het huis kreeg van dichtbij niet overeind blijft. Er zitten scheuren in de gevel en de ramen, de regenpijp en schoorsteen zien er slecht onderhouden uit. De trieste uitstraling wordt versterkt door een paar lange plukken vergeeld gras die samen met een gescheurde trampoline en een grote plastic glijbaan uit de sneeuw in de voortuin steken, terwijl er een paar verroeste fietsen tegen de lege carport staan. Over de schutting naar de naburige villa zijn tussen de fladderende afdekzeilen een paar ramen te zien, maar verder lijkt de voortuin besloten als je eraan denkt om het tuinhek achter je dicht te doen.

De stemmen die vanuit het bakstenen huis komen trekken Thulins aandacht wanneer ze het stenen trapje bereiken dat geflankeerd wordt door een paar met sneeuw bedekte bloempotten. Door de openstaande voordeur ziet ze twee agenten in uniform die in de gang bij de ingang naar de keuken met een in een pak gestoken man staan te praten. De man ziet eruit alsof hij een jaar of veertig is en hij lijkt sterk aangedaan. Toen Thulin nog op haar oude afdeling werkte, hoorde het voeren van dat soort gesprekken ook bij haar werk en ze benijdt haar collega's niet. Een van de agenten, een oudere man met een rood gezicht, ziet dat Raheem en zij zijn aangekomen. Hij loopt snel op ze af op de stenen trap en doet de voordeur zorgvuldig achter zich dicht.

'De vermiste vrouw heet Silje Thomsen, eenenveertig jaar en administratief medewerker. Zoals afgesproken kwam haar ex-man gisteravond om acht uur naar het huis om hun dochter te brengen. Omdat er niet werd opengedaan gingen ze naar binnen met de sleutel van de dochter en troffen ze het huis leeg aan. Hetzelfde gebeurde vanochtend, waarna de ex-man melding deed. We hebben niemand kunnen vinden die weet waar de vrouw kan zijn en het laatste teken van leven was gistermiddag rond halfzes, toen ze haar dochter een bericht stuurde vanaf haar nieuwe telefoonnummer. De dochter belde haar moeder later op dat nieuwe nummer, maar zonder succes en nu lijkt haar telefoon te zijn uitgezet.'

'Dus jullie hebben haar telefoon niet gevonden?' vraagt Raheem.

'Nee, maar er zijn verschillende computers binnen. Haar exman weet geen wachtwoorden en zo, omdat ze al een halfjaar in een scheiding liggen. En de relatie was niet supergoed, om het zacht uit te drukken. Maar nu kunnen jullie zien of jullie iets uit de elektronica weten te krijgen om erachter te komen waar ze is.'

De oudere agent zet een stap opzij, doet de voordeur open en nodigt ze met een armgebaar uit om binnen te komen.

'Maar ze wordt dus pas sinds gisteravond vermist, zeg je?'

De vraag komt van Thulin, want terwijl ze in de kou te wachten stond, voelde ze plotseling irritatie opkomen.

'Ja, maar vooral de dochter is ongerust. Haar moeder is kennelijk al een poosje ziek gemeld vanwege stress en zelfs haar ex-man geeft toe dat het niets voor haar is om niet thuis te zijn wanneer hun dochter komt.'

'Wat stond er in het bericht van haar moeder dat de dochter zo verontrustte?' wil Thulin weten.

'Ze schreef iets als "Alles is oké. Dit is mijn nieuwe nummer. Kus, mam". Niets bijzonders.'

'Dat was wat er stond?'

'Ja.'

'Waar haalden jullie dan het idee vandaan dat jullie óns moesten bellen?'

Zowel de agent als Raheem verstijft een beetje, en allebei kijken ze Thulin verbaasd aan. Maar het is niet de eerste keer dat ze het idee heeft dat NC3 door agenten wordt gebruikt als een makkelijke manier om het werk rond vermiste personen af te handelen en ze kan haar irritatie niet verbergen.

'NC3 houdt zich niet bezig met vermiste personen. Alleen bij het vermoeden van een misdrijf. Jullie politiedistrict heeft zijn eigen IT-afdeling die dit op zich zou moeten nemen. Anders komen wij verder nergens aan toe behalve achter mensen aan zitten die niet thuis zijn.'

'Nee, oké. Maar die van ons waren bezig met een andere zaak, dus...'

'Wie heeft jullie groen licht gegeven om NC3 hier te laten komen?'

'Dat was ik.'

Thulin kijkt Raheem aan, die een beetje ineenkrimpt onder haar blik.

'Ze zeiden dat een van de computers in huis aan staat en dan zijn wij feitelijk verplicht om ernaar te kijken.'

'En jullie hebben natuurlijk gecheckt of jullie niet gewoon het gps-systeem van haar auto kunnen tracken?' vraagt Thulin onbewogen met een knik in de richting van de lege carport.

'De vrouw heeft geen auto. Die heeft haar man gekregen terwijl zij het huis kreeg totdat het verkocht is,' klinkt het zwak van de agent, die ter compensatie verontschuldigend glimlacht.

Thulin weet nu al dat ze haar tijd beter had kunnen besteden aan de stapel werk op haar bureau. Ze gaat door de voordeur naar binnen terwijl ze de sneeuw van zich af klopt en Raheem geïrriteerd aankijkt.

'Laten we dit snel afhandelen dan. Jij neemt de bovenverdieping en als er een kelder is, dan is die ook voor jou.'

5

Thulin is nog steeds geïrriteerd wanneer ze de blauwe beschermers over haar schoenen heeft getrokken en een grote hoekkamer binnenkomt. Omdat de jaloezieën voor de ramen aan de straatkant omlaag zijn is het er halfdonker, maar in het daglicht dat tussen de lamellen door stroomt wordt het haar snel duidelijk dat het interieur van het huis net zo verwaarloosd is als de gevel. Ooit was het misschien een uitnodigende woonkamer met weldoordachte symmetrie, mode uit woonbladen en gezellige details, maar zoals de kamer er nu bij ligt is het een duidelijk teken van een gezin dat uit elkaar valt. Opvallende plekken op de houten vloer geven aan waar ooit meubels hebben gestaan en op een van de zachtgrijze muren steekt een reeks schroeven werkloos de ruimte in, met eronder kleurrijke ingelijste posters die verweesd in een verhuisdoos staan. De rest van het interieur bestaat uit een grote hoekbank, een paars, geknoopt tapijt, een glazen bijzettafel, een flatscreen, een Montana-boekenrek met halflege planken en een witte secretaire met een kleine verzameling familiefoto's in lijstjes, waarvan de helft leeg is. Op de bijzettafel ligt een kartonnen map met het opschrift SCHEIDINGSPAPIEREN naast een bord met aangekoekte etensresten en een glas waar rode wijn uit gedronken is. En zo te ruiken is het lang geleden dat er gelucht is.

Thulin pakt haar plastic handschoenen en gaat aan de slag. Niet omdat ze verwacht dat vingerafdrukken een rol gaan spelen in de zaak, maar omdat het verplicht is bij het doorzoeken van computers, iPads en wat ze verder aan elektronische apparaten kunnen vinden die moeten worden ontcijferd om iets over de eigenaar te vertellen. Terwijl ze haar ronde door de kamer maakt en ze op weg is naar de secretaire om de inhoud van de lades te onderzoeken, hoort ze door de gesloten deur naar de keuken een gefrustreerde mannenstem, waarschijnlijk die van de exman, antwoord geven op de vragen van de agenten.

'Nee, ik heb geen idee waar ze kan zijn. Ik weet ook niet met wie ze samen is, waar ze slaapt of wat ze verder allemaal uitspookt, maar ik weet wel dat ik te laat op mijn werk kom omdat ik hier nu ben, verdomme!'

'Wanneer hebben jullie elkaar voor het laatst gesproken?'

'We spreken niet met elkaar. We hebben een regeling en zij was het zelf die de wisseldag op donderdag wilde en toen was ze er niet!'

De stemmen uit de keuken gaan door in dezelfde gesloten kringloop en als Thulin klaar is in de woonkamer, loopt ze een smalle gang in waarvan de eerste deur naar een slaapkamer leidt. Ook hier zijn de jaloezieën omlaag. Op het niet-opgemaakte tweepersoonsbed, dat maar één dekbed heeft, vindt ze een geopende laptop met een stukje gekleurd plakband over de camera. Thulin doet hem in een doorzichtige plastic zak en steekt hem onder haar arm terwijl ze de kamer rondkijkt. Op de vloer staat een halflege koffiemok, op het nachtkastje liggen een paar zelfhulpboeken over stress en angst, en als Thulin routinematig in het laatje van het nachtkastje kijkt, vindt ze een klein keukenmes en een pepperspray van het soort dat online wordt verkocht. Ze houdt even stil en begint automatisch na te denken over de reden dat de vermiste vrouw die dingen in haar nachtkastje bewaart, maar ze schudt de gedachten weer van zich af, omdat het niet meer tot haar taken behoort. Als ze klaar is met het doorzoeken van de kasten tegen de andere muur, kijkt ze in de badkamer, maar behalve een paar potjes van de apotheek met slaapmedicatie en angstremmende psychofarmaca is er niets opmerkelijks te zien.

Vanuit de badkamer loopt ze terug de smalle gang op, waar nog drie deuren openstaan. De eerste leidt naar een kamer die volledig ontdaan is van meubilair. De volgende gaat naar een kamer die zo te zien gebruikt wordt als opslagruimte. De gordijnen zijn dicht en op de vloer staan een strijkplank, een kledingrek, een oud matras en een paar verhuisdozen. De laatste deur leidt naar een kinderkamer, een lichte en mooie kamer die misschien wel de enige in het huis is die er bewoond uitziet met een opgemaakt bed, een wit bureau en een kledingkast met spiegel. Aan de muur hangt een paar rolschaatsen aan een haakje tussen twee posters met vrouwelijke handbalspelers erop van wie Thulin de namen niet kent. Het is zo netjes dat Thulin bedenkt dat er moet worden opgeruimd in Le's kamer, die eerder doet denken aan de wachtruimte van een winderig tramstation in een van de voorsteden. Ze loopt de gang weer in en kijkt snel even door het raam naast de achterdeur naar buiten. De achtertuin is net als de voortuin omheind met een overgroeide schutting, waar de pas gevallen poedersneeuw nog mooi en ongerept op ligt. Ze merkt op dat de achterdeur is voorzien van twee schuifgrendels, maar verder is er niets bijzonders te zien en Thulin loopt weer terug door het huis.

De huiszoeking heeft haar tot nu toe nog geen tien minuten gekost en als het verkeer een beetje meewerkt zou ze snel weer terug kunnen zijn bij NC3. Wanneer ze de hoekkamer weer binnenkomt en naar de deur van de keuken loopt, ontdekt ze een paar mandjes onder in het Montana-boekenrek die eerder aan haar aandacht waren ontsnapt. Ze gaat op haar hurken voor het boekenrek zitten om erin te kijken, hoewel ze betwijfelt of ze iets interessants zal vinden. De laatste ruimte die ze nog moet doen is de keuken en daarna wil ze Raheem helpen, mocht hij boven nog niet klaar zijn.

'Waarom neem je de spullen van mijn moeder mee?'

Thulin schrikt en draait zich om in de richting van de stem die uit de donkere hoek naast de bank komt. Een meisje van Le's leeftijd met lang, donker haar zit op de vloer met haar rug tegen de muur en ze kijkt Thulin met grote, waakzame ogen aandachtig aan. Met haar handen omklemt ze een telefoon in een lichtrood hoesje.

'Hoi. Ik ben van de politie. Hoe heet jij?'.

Het meisje antwoordt niet. Thulin realiseert zich dat ze daar al die tijd al in het halfduister moet hebben gezeten zonder zich kenbaar te maken terwijl Thulin de woonkamer doorzocht en ze doet haar best om vriendelijk te doen.

'Het is mijn werk om de computer van je moeder te doorzoeken om erachter te komen waar ze naartoe kan zijn gegaan. We geven hem weer terug. Is dat oké?'

'Mijn moeder ging nooit ergens naartoe zonder het eerst tegen mij te zeggen,' zegt het meisje stuurs.

Thulin kan zien hoeveel zorgen ze zich maakt. Het hielp waarschijnlijk ook niet om vanuit de keuken de harde woorden van haar vader over haar moeder te horen en Thulin denkt heel hard na om iets geruststellends te zeggen.

'Daar heb je vast gelijk in. Maar soms begrijpen volwassenen elkaar verkeerd of vergeten ze te zeggen dat ze iets moeten doen, en dan kan het nodig zijn om in hun spullen te zoeken om erachter te komen waar ze zijn.'

'Maar waarom is er dan iemand in huis geweest?'

Thulin aarzelt. Ze heeft niet van de agent gehoord dat er iemand in huis zou zijn geweest.

'Waarom denk je dat er iemand binnen is geweest?'

'Omdat er was opgeruimd en schoongemaakt in de keuken toen ik hier gisteren met mijn vader kwam. Maar mama maakt nooit schoon in de keuken. Dat doe ik.' Het meisje kijkt Thulin aan met een mengeling van trots en onzekerheid.

'Misschien had ze gewoon zin om schoon te maken, zodat jij het niet altijd hoeft te doen.' Thulin glimlacht bemoedigend naar het meisje.

'Er zijn ook dingen die verdwijnen. Mijn moeder denkt dat ik ze weggooi, maar dat is niet zo.'

Thulin twijfelt over hoe ze met het gesprek moet verdergaan. Ze spitst haar oren naar de keuken om te horen of de twee agenten in de buurt zijn zodat zij het kunnen overnemen, maar ze hoort niets.

'Wat voor dingen?'

'Mama's horloge. Mijn oude sleutel met de smiley die ik onder de bloempot had gelegd. Zulke dingen.'

Het meisje lijkt echt ongerust. Aan de andere kant ligt het huis duidelijk overhoop, dus is het niet moeilijk voor te stellen dat er af en toe dingen verdwijnen. Thulin gaat een stukje bij het meisje vandaan op de rand van de bank zitten en probeert haar blik te vangen, maar het meisje blijft naar haar telefoon turen.

'Nu gaan wij ernaar kijken en we komen er vast achter waar je moeder is. Kom, laten we je vader opzoeken.'

Thulin steekt haar hand uit naar het meisje, maar ze pakt hem niet aan.

'Er was alleen een bovenverdieping, dus ik ben klaar om te gaan. Jij ook?'

De vraag komt van Raheem, die zijn hoofd de woonkamer in steekt. Hij staat met een in een doorzichtig plastic gewikkelde vaste computer onder de arm. Thulin probeert weer haar hand uit te steken naar het meisje om haar overeind te helpen, maar ze pakt hem nog steeds niet aan.

'Hoe lang is het geleden dat jullie spullen begonnen te verdwijnen?' vraagt Thulin dan.

'Dat was tegelijk met dat mijn moeder bang begon te worden voor die berichtjes.'

'Welke berichtjes?'

De deur naar de keuken gaat open en de vader van het meisje dringt zich langs Raheem heen de woonkamer in. Zijn mond staat strak en zonder te groeten kijkt hij zoekend rond totdat hij het meisje ontdekt.

'Amalie, we gaan. Je gaat met mij mee naar kantoor en dan krijgen we je moeder later wel te pakken.'

Het meisje staat gehoorzaam op en met de telefoon tegen zich aan gedrukt volgt ze haar vader naar de deur, waar Raheem een stap opzij doet om plaats te maken.

Thulin kijkt ze door de jaloezieën na totdat ze verdwenen zijn tussen de sneeuwvlokken. Dan stapt ze in de richting van de keukendeur en duwt die open.

De ruimte is groot en aantrekkelijk met modieuze, olijfgroene keukenkastjes. In het midden staat een kookeiland met grote lades en een gootsteen van porselein. Op de keramische kookplaat staan een paar schone pannen. Stickers in de vorm van zwarte vogels zitten op de terrasdeuren naar de achtertuin en achter in de eethoek staat een kleine, witte keukentafel met twee bijpassende stoelen.

'Wat is er?' vraagt Raheem, die Thulin gevolgd is om mee te kijken. Thulin antwoordt niet. Er is niets wat opvalt in de keuken. Alleen een ordelijke netheid en de geur van lavendel van een schoonmaakmiddel.

6

De kleine Toyota Aygo draait stationair en de airconditioning werkt op volle toeren om de condens op de ruiten weg te krijgen. Marie Holst drukt ongeduldig op de claxon terwijl ze kijkt naar haar kleine rijtjeswoning met de afbladderende voordeur die ze met opzet open had laten staan toen ze zelf een poosje geleden naar buiten ging. Ze heeft net gekeken hoe laat het is en in het halletje ziet ze de scheve kapstok en het schoenenrek, maar geen Thor. Gefrustreerd begint ze de ruiten te drogen met een doekje, omdat de airco alleen niet voldoende is.

'Malte, wat ging hij nog doen? Waar blijft-ie?'

Haar elfjarige zoon Malte zit met zijn schooltas op schoot naast haar op de bijrijdersstoel en helpt haar de condens op de voorruit weg te vegen met de mouw van zijn jas.

'Hij komt eraan. Misschien moest hij gewoon nog even naar de wc.'

Marie kan het niet laten om zich aan Thor te ergeren, ook al weet ze best dat haar ongeduld vandaag een heel andere reden heeft. Ze probeert zich te beheersen en zich te concentreren op het verwijderen van de condens, maar dan geeft ze het op en drukt ze weer op de claxon, deze keer aanhoudender. Eindelijk verschijnt Thor in de deuropening. Hij smijt de voordeur achter zich dicht en even later gaat hij op de achterbank zitten met een stoffen tas met schoolboeken in zijn armen.

'Rustig aan, mens!'

Marie kijkt goed om zich heen en rijdt weg bij de stoeprand. Ze heeft de weg waaraan ze wonen nooit wat gevonden. Hij is druk en gevaarlijk voor kinderen, omdat hij tussen twee hoofdwegen in ligt en te veel automobilisten hem gebruiken als sluiproute. Maar door de ligging van het huis was de prijs destijds overkomelijk en bovendien ben je 's ochtends snel op weg.

'Thor, je moet op tijd in de les zijn. Je kunt je niet nog meer afwezigheid veroorloven, anders moet je straks alle stof inhalen. Begrijp je wat ik zeg?'

'Ik heb het onder controle.'

'Waarom heb je vandaag dan een afspraak met de rector?'

Thor heeft zijn telefoon gepakt en in plaats van haar blik te beantwoorden in de achteruitkijkspiegel steekt hij zorgvuldig zijn AirPods in zijn oren.

'Thor, ik heb je agenda gezien in het ouderportaal. Waarom heb je een afspraak met...'

'Het is gewoon een waarschuwing. Er gebeurt geen zak. En dat ik niks gezegd heb, komt doordat ik dacht dat hij al lang geklikt zou hebben.'

'Praat hem gewoon naar de mond. Dat is belangrijk. Hij wil graag helpen.'

'Mam, hebben ze het over ons op de radio?'

Marie kijkt naar Malte, die voorovergebogen bij de luidspreker van de autoradio zit, en ze realiseert zich dat hij naar het nieuws luistert.

'*... de moord op de negentienjarige scholier is nog steeds niet opgelost en aangezien de nabestaanden geklaagd hebben over het onderzoek, moet het ministerie van Justitie vandaag beslissen of...*'

Marie zet de radio uit. Vanwege Malte had ze ervoor gezorgd dat de radio en de tv niet aan stonden tijdens het ontbijt, aan de autoradio had ze echter niet gedacht.

'Het is niets waar jij je zorgen over hoeft te maken, Malte. Het komt allemaal goed. Af en toe moet je de dingen een beetje in beweging zetten, maar daar zorg ik wel voor. Oké?'

'Oké.'

'Nu is het vrijdag en jij mag je gewoon verheugen op de voetbaltraining van vanmiddag.'

'En papa's receptie.'

'En papa's receptie. Natuurlijk.'

Die was Marie helemaal vergeten, de opening van het nieuwe clubgebouw. Het is alsof Malte haar gedachten kan lezen.

‘Thor en ik kunnen er ook zelf heen gaan als jij niet wilt.’
‘Natuurlijk wil ik dat wel. We gaan samen.’
‘Ik weet niet of ik tijd heb,’ zegt Thor vanaf de achterbank.
‘Dat heb je wel,’ vertelt Marie hem snel met een blik in de achteruitkijkspiegel.
‘Misschien moeten we een cadeautje voor hem meenemen, mama,’ zegt Malte.
‘Daar zorg ik wel voor. Daar hoef jij niet over na te denken, schat. Oké?’
Marie maakt een mentale aantekening van de wens van haar zoon, ook al heeft ze weinig zin om tijd te besteden aan een cadeau zoeken voor de man met wie ze niet meer samen is. Ze zijn aangekomen bij de verlopen ingang van de school en nog voordat Marie helemaal tot stilstand is gekomen achter de andere auto’s aan de kant van de weg, heeft Malte het portier al opengedaan.
‘Denk eraan dat je vandaag zelf naar huis moet. Er ligt brood in de la,’ roept ze hem achterna.
Malte zwaait naar haar en rent naar het schoolgebouw. Marie komt erachter dat Thor geen millimeter bewogen heeft op de achterbank.
‘Thor, je moet de rest van de weg lopen.’
Hij kijkt op van zijn telefoon. ‘Waarom kan ik niet gewoon met je meerijden?’
‘Omdat het vrijdag is. Ik ga zo naar de rouwgroep.’
Hij bromt geïrriteerd en trekt de tas met boeken naar zich toe.
‘Je zou eens kunnen proberen om mee te gaan,’ probeert Marie om de stemming te verlichten.
‘Grapjas…’ Thor doet de autodeur open.
‘Fijne dag vandaag, en probeer of je niet…’
Maar voordat ze haar zin heeft kunnen afmaken, heeft Thor het portier al dichtgesmeten.

Als Marie even later stilhoudt op de besneeuwde parkeerplaats voor de kerk van Hvidovre, heeft ze zichzelf er nog eens van verzekerd dat het allemaal snel beter zal worden. Ze holt naar de ingang en door de ramen van de kerk heen ziet ze dat de anderen al begonnen zijn. In het portaal doet ze stilletjes haar jas uit en ze sluipt zo onopvallend mogelijk de kerk in, waar ze plaatsneemt op een lege stoel in de kring van acht, negen mensen die met hun gezichten naar elkaar toe zitten. Aan de ene kant zijn ze vrijwel vreemden voor elkaar, aan de andere kant delen ze de rouw wanneer ze wekelijks de kerk gebruiken. De groepsleider is bezig vragen te stellen aan een oudere man van wie Marie de naam vergeten is. Ze wil niet onnodig storen, dus knikt ze alleen even discreet naar Therese, die op de stoel tegenover haar zit. Therese, die een paar jaar jonger is dan zij, weet precies wat voor dag het vandaag voor Marie is en Marie waardeert de kleine glimlach van verstandhouding die Therese haar schenkt. Ze hebben elkaar hier in de groep ontmoet, ongeveer twee jaar geleden, en zonder haar zou Marie misschien niet de kracht hebben gehad om te blijven komen.

Marie herinnert zich de eerste keer nog heel goed. Op haar stoel, ten overstaan van de onbekende gezichten, had ze stamelend gezegd wie ze was en waarom ze er was. De anderen hadden vriendelijk en uitnodigend gegroet, afgezien van Therese, die stil en gesloten overkwam. Marie had haar onderzoekende blik op zich gevoeld en het was pas toen het Thereses beurt was om te praten dat Marie sympathie voor haar kreeg. Toen was ze erachter gekomen dat Therese zich een paar maanden eerder bij de groep had aangesloten omdat haar man met hun baby een ongeluk had gehad in de buurt van de snelweg naar Helsingør. Een ernstig auto-ongeluk dat haar man en haar kind niet hadden overleefd.

Ondanks haar onoverkomelijke verlies had Marie een aura van kracht rond Therese gevoeld, wat ze gewoonweg bewonderde. Het verlies had duidelijk sporen achtergelaten op haar gezicht, maar ze had rechtop op de stoel gezeten, zonder ook maar iets van zelfmedelijden. Toen Marie later op de avond weg wilde rijden, had ze gezien dat Therese de bus miste en was ze gestopt om te vragen of ze haar een lift kon geven. Therese had haar aanbod schoorvoetend aanvaard en verteld dat haar auto een lekke band had. Verder had ze onderweg niet veel gezegd. Marie had hoopvol gevraagd of het hielp om naar de rouwgroep te komen en Therese had kort, direct en eerlijk geantwoord.

'Nee. Niet echt.'

'Maar... waarom ga je dan?'

'Het is haast een voorwaarde om weer aan het werk te mogen. Bovendien is het beter dan thuis zitten snotteren.'

Therese is sociaal werker bij de gemeente Gladsaxe en pas later had ze Marie verteld dat ze het als haar redding had gezien dat ze zo snel na de tragedie weer mocht komen helpen. Ook al betekende het dat ze zowel heen als terug vijfenveertig minuten moest rijden van het zomerhuisje waar ze was gaan wonen omdat ze niets betaalbaars kon vinden in Kopenhagen. Die eerste avond in de auto had ze de hele weg naar het treinstation waar Marie haar zou afzetten stil en geduldig geluisterd naar Maries snikkende uitbarsting. Ze was uitgestapt met een formeel 'bedankt voor de lift' en Marie was alleen achtergebleven met al haar tranen en gedachten. Voordat ze zichzelf weer bij elkaar had kunnen rapen om de auto te starten en weg te rijden, was het portier weer opengegaan en kwam Therese weer zitten, deze keer met een zakje van de stationskiosk. Ze had het zakje opengemaakt en Marie een van de twee frambozenkoeken gegeven die ze net had gekocht. 'Je hebt nog steeds een gezin. Vecht voor hén,' had ze gezegd en vervolgens hadden ze samen in de donkere auto hun koeken opgegeten. Daarna waren ze vriendinnen geworden en er ging bijna geen dag voorbij zonder dat Marie met haar belde.

Marie probeert zich te concentreren op wat er wordt gezegd. De oudere man vertelt nog steeds over zijn vrouw die onlangs is overleden en zijn stemt trilt. Hoewel Marie graag meelevend wil zijn, kan ze zich niet concentreren op zijn woorden. Ze zit afwezig naar het grote messing beeld van Christus met engelen op zijn schouder te kijken en al snel zijn haar gedachten bij de klachtenbrief en in hoeverre zij en haar advocaat alle voor de hand liggende argumenten hadden opgeschreven. Haar advocaat zou pas vanmiddag om drie uur door het ministerie van Justitie over het besluit worden gebeld en voor Marie lijkt dat nog een eeuwigheid te duren.

'Hallo Marie. Heb jij zin om vandaag iets met ons te delen?'

Marie komt erachter dat de groepsleider haar vriendelijk zit aan te kijken, net als Therese en de rest van de kring.

'Dat hoeft natuurlijk niet, maar ik dacht dat het misschien een bijzondere dag voor je is vandaag.'

Het is niets nieuws voor Marie dat de groepsleider of een van de anderen een vriendelijk bedoelde opmerking maakt over ontwikkelingen in de zaak waarover ze in de media gelezen of gehoord hebben. Iets anders zou misschien ook vreemd zijn geweest. In die zin onderscheidt Maries situatie zich ook van die van de andere nabestaanden. Hoewel ze zich kwetsbaar voelt en niet echt prijs stelt op de aandacht, doet ze haar best om vriendelijk te antwoorden, want ze weet dat iedereen het beste met haar voorheeft.

'Dat is het ook. Er is immers al dat gedoe met de zaak en ik hoop natuurlijk dat het in ons voordeel uitvalt.'

'Ja, uiteraard. Maar hoe gaat het met jóú?'

Marie zou er inmiddels aan gewend moeten zijn dat de groepsleider zulke vragen stelt, maar vandaag overvalt het haar toch.

'Daar sta ik niet zo bij stil. Het is zoals het is en... zolang de zaak loopt, moet ik me daarop concentreren.'

Vanuit haar ooghoeken ziet Marie dat Therese knikt om haar te steunen en haar op haar gemak te stellen, maar de groepsleider gaat door.

'Uiteraard. Aan de andere kant is de "zaak", zoals jij het noemt, natuurlijk iets waar je geen controle over hebt. Heb je nog verder nagedacht over de gesprekken die we hebben gehad om zelf te accepteren en ruimte te nemen, zodat je...'

'Ja, maar nu is het belangrijk om te doen wat juist is voor háár.' Marie hoort zelf dat haar stem wat scherp klinkt en ze ademt diep in om zichzelf tot rust te brengen.

'Je bedoelt Caroline?'

'Ja. Caroline.'

Marie knikt om het gesprek af te sluiten, maar ze merkt dat ze op het verkeerde been is gezet en voordat ze het kan voorkomen grijpt de groepsleider de mogelijkheid aan.

'Maar wat denk je dat Caroline tegen je zou zeggen als ze nu hier zou zijn?'

'Dat weet ik niet.'

'Maar als je erover nadenkt, wat denk je dat ze zou zeggen?'

'Dat maakt toch niks uit?'

'Maar misschien zou ze juist zeggen dat...'

'Maar daar weet je niets van, want ze is hier niet.'

Maries stem trilt een beetje. De groepsleider valt stil en kijkt haar aan. Marie zit met bonzend hart en kan het niet laten om opstandig terug te kijken.

'Iemand heeft haar weggenomen. Iemand heeft haar pijn gedaan. Als ze hier vandaag zou zijn, zou ze waarschijnlijk vragen waaróm.'

Marie voelt de ogen van de anderen op zich gericht, maar ze kan zich nu niet meer inhouden.

'Waarom ze Malte niet meer door de lucht kan slingeren of met Thor kan stoeien op de bank. Waarom ze niet meer ruzie kan maken met haar moeder en met de deur kan smijten om het vervolgens weer goed te maken. Waarom ze haar verjaardag niet meer kan vieren en ons allemaal voor haar kan horen zingen...'

Maries laatste zin galmt door de kerk en ze ziet Thereses meelevende blik.

'Sorry. Ik weet het niet.'

Heel even is alleen het zachte geluid van een telefoon die overgaat te horen. Marie realiseert zich dat het die van haar is. Ze steekt haar hand in haar tas en haalt de telefoon tevoorschijn. Het is haar advocaat. Ze staat op en loopt snel de kring uit terwijl ze achter zich hoort dat de groepsleider probeert om verder te gaan door iemand anders in de kring het woord te geven.

'Ja, hallo?'

Uit de toon van haar advocaat kan ze eerst niets opmaken wanneer hij vertelt dat het besluit eerder dan verwacht is medegedeeld. Haar hoop laait op, maar dan vertelt hij hoe het besluit is uitgevallen. Ze sluit haar ogen en voelt haar tranen prikken terwijl hij in detail de juridische grondslag begint uit te leggen.

'Maar daar kunnen we toch tegen in beroep gaan?' probeert ze hem te onderbreken.

'We hebben geklaagd wat we kunnen. Zoals de zaken er nu voor staan is er helaas geen mogelijkheid meer om het besluit te veranderen.'

Haar advocaat begint de argumenten verder uiteen te zetten, maar Marie begrijpt het niet en haalt de telefoon bij haar oor vandaan. Ze merkt dat Therese is opgestaan en vragend achter haar staat. In de kring zitten de anderen zwijgend met nieuwsgierige blikken te kijken. Marie kan geen woord uitbrengen, maar Therese begrijpt het en slaat haar armen om haar heen.

'Ik moet gaan,' stamelt Marie. Ze maakt zich los uit Thereses omhelzing en grist haar tas van haar stoel. Met een brok in haar keel loopt ze snel over de kerkvloer naar de uitgang en probeert zich te richten op wie ze nu kan bellen. Haar blik glijdt langs de engelen op het Christusbeeld en het laatste wat Marie denkt voordat ze de deur achter zich dichttrekt, is dat die in werkelijkheid niet bestaan.

7

'Ga zitten. Haar telefoon staat uit en kan niet worden getraceerd. Uit haar agenda of andere dingen blijkt niet waar ze kan zijn, maar er is iets anders wat je moet zien.'

Thulin gaat ongeduldig op de stoel zitten waar Raheem naar wijst en waar ze zo vaak op zit als ze hem en zijn schermen raadpleegt in zijn kantoor bij NC3. Voor haar lichten op de twee schermen op Raheems bureau de gekleurde blokken van Silje Thomsens elektronische agenda op. Raheem staat op en doet snel de deur achter haar dicht om daarna weer te gaan zitten. Voor hen op het bureau staat de laptop van Silje Thomsen, waarvan de inhoud op de schermen wordt weergegeven terwijl Raheem zijn vingers geroutineerd over het toetsenbord laat gaan. Nu nog sneller dan normaal.

'Maar hoe zit het met haar afspraken via Facebook, Instagram...'

'Nee, niks. Ook niet op Tinder. Het was daarentegen behoorlijk interessant om haar berichtgegevens te onderzoeken.'

'Waarom?'

'Even wachten.'

'Wat bedoel je?'

'Even wachten!'

Thulin draait ongeduldig op haar stoel. Het gesprek met de dochter van Silje Thomsen had haar bezorgd gemaakt en toen zij en Raheem in de auto waren gestapt, had ze hem gevraagd om de zaak te prioriteren als ze weer terug waren bij NC3. Zij was ook direct aan de slag gegaan met het regelen van de noodzakelijke machtiging om toegang te krijgen tot Thomsens digitale privéleven, maar de daaropvolgende wachttijd had zoals in zoveel andere gevallen haar geduld op de proef gesteld.

Al sinds ze begon bij NC3 heeft Raheem haar er regelmatig aan herinnerd dat het in de eerste plaats de moeilijkheid van het wachtwoord is die bepaalt hoe snel hij bij de gegevens kan komen die zijn opgeslagen op een computer zoals die van Silje Thomsen. Als hij geen enkel idee heeft van wat het wachtwoord zou kunnen zijn, moet hij een decoderingsbox gebruiken. Thulin heeft al lang door dat dit elektronische wondertje, ter grootte van een PlayStation-console, een van de belangrijkste gereedschappen is in Raheems elektronische werkplaats. Ze heeft verschillende keren gezien dat hij het kastje eerst van allemaal persoonlijke gegevens over de computereigenaar voorziet, zoals naam, persoonsnummer, adres, namen van familieleden, huisdieren, scholen, werkgevers enzovoort. Vervolgens wordt het kastje aangesloten op de betreffende computer en gaat het aan de slag met het kraken van het wachtwoord door de verschillende gegevens te combineren. Volgens Raheem kan het honderden combinaties per minuut proberen, maar als het wachtwoord uit acht tekens bestaat en willekeurig is, kan het proces theoretisch jaren duren. Thulin begrijpt echter dat het deze keer erg snel ging, aangezien Silje Thomsen de voornaam en het geboortejaar van haar dochter heeft gebruikt als wachtwoord voor de computer.

Het volgende waar Raheem mee aan de slag was gegaan, was het eigenlijke uitlezen. Uitlezen is de term die hij en zijn collega's gebruiken voor het leeghalen van de gegevens van de computer, maar aangezien de hoeveelheid gegevens kan variëren en enorm kan zijn, had Thulin hem in het geval van Silje Thomsen gevraagd om zich vooral te concentreren op de berichten van de laatste weken. Vijf kwartier later had hij Thulin opgebeld en gevraagd of ze direct kon langskomen, wat betekende dat hij iets ontdekt moest hebben. Ze had gehoopt dat hij een idee zou hebben van waar Silje Thomsen zich kon bevinden, maar zoals ze zelf in de agenda van de vrouw kan zien is die, afgezien van een paar notities over het handbal van haar dochter, een afspraak met de vakbond en een afspraak bij het Centrum voor Familierecht, ontzettend leeg. Raheem verwisselt de weergave op het scherm met een overzicht van het telecomverkeer.

'In eerste instantie was het moeilijk om überhaupt iets te vinden. Haar nieuwe nummer is van een prepaidkaart, maar het nummerregister kon me gelukkig doorverwijzen naar de provider waarvan ze het gekocht had. Toen heb ik het verkeer op het nummer gecheckt, dat was zo gepiept, want het was alleen het bericht naar haar dochter dat gistermiddag om zes minuten voor halfzes werd verzonden. Volgens de provider werd de telefoon ongeveer tien minuten later uitgeschakeld, maar...'

'Kon de provider zeggen waar de telefoon zich bevond toen hij werd uitgezet?'

'Ze hebben geregistreerd dat hij contact had met de masten in Vanløse en het ziet ernaar uit dat hij zich bevond in de sector van Silje Thomsen, dus alles wijst erop dat ze thuis was. Maar ze konden me ook zeggen dat Silje Thomsen in twee maanden tijd negen keer is gewisseld van prepaidkaart en telefoonnummer. Dat was dus iets om verder uit te zoeken.'

'Négen keer?'

Raheem knikt zonder zijn ogen van het scherm te halen.

'Het ziet er op het eerste gezicht naar uit dat de problemen zijn begonnen op 5 december, wanneer Silje Thomsen dit ontvangt op haar toenmalige telefoonnummer.'

Raheems vingers vliegen over de toetsen en Thulin kijkt op het scherm waar het berichtenverkeer wordt weergegeven dat begint op 5 december, wanneer er een foto wordt verzonden met Silje Thomsen erop. Ze staat bij daglicht op een trottoir in Indre By, tussen de krioelende mensenmassa en kerstversieringen. Ze is verwikkeld in een telefoongesprek en lacht met degene die ze aan de lijn heeft. De foto is genomen vanaf de andere kant van de rijbaan en Silje Thomsen lijkt zich er niet van bewust dat iemand een foto van haar maakt. In het bericht onder de foto heeft de afzender maar één woord geschreven.

Gevonden.

Verwonderd leest Thulin het woord hardop.

'Silje Thomsen is ook benieuwd,' zegt Raheem.

Hij scrolt omlaag naar een nieuw bericht op het scherm, het antwoord van Silje Thomsen.

Hallo, bedankt voor de mooie foto ☺ Wie speelt er verstoppertje?

'Maar daar krijgt ze geen antwoord op. Alleen nog meer foto's van Silje Thomsen die in Indre By aan het winkelen is. Steeds met dezelfde tekst.'

Thulin bekijkt de nieuwe foto's van Silje Thomsen en dat ene woordje dat eronder geschreven staat.

Gevonden.

'Silje Thomsen wordt natuurlijk ongeduldig en schrijft ten slotte dat ze aangifte gaat doen bij de politie als ze op die manier gevolgd blijft worden. Maar dat heeft geen effect. Integendeel.'

Op het schermt scrolt Raheem nu omlaag naar nog meer foto's van Silje Thomsen in verschillende situaties en op verschillende plekken. Allemaal begeleid door het woord 'gevonden'. Op de foto's ziet Silje Thomsen er steeds gejaagder uit. Haar kraag staat omhoog rond haar gezicht, een paar keer heeft ze een muts op, andere keren een zonnebril, en wanneer ze die niet draagt, is de angst in haar blik waarneembaar.

'Dit gaat de weken erop zo door, waarbij ze steeds foto's van zichzelf krijgt. Bij metrostations, voor cafés en supermarkten, maar later ook dicht bij haar huisadres. Aan de data te zien blijft ze steeds langer thuis, tenzij de stalker even is opgehouden met fotograferen. Ze blokkeert doorlopend het telefoonnummer van de afzender, wisselt zelf van nummer en verandert alle overige accounts, profielen en e-mailadressen, maar de stalker weet haar te vinden en gaat door. Helemaal tot aan gistermiddag, toen er iets nieuws gebeurde.'

Er verschijnt een nieuwe foto op het scherm, deze keer van 13 februari. Een foto van Silje Thomsen op de kinderkledingafdeling van een warenhuis, waarschijnlijk Magasin of Illum in Indre By. De foto is van bovenaf genomen, vermoedelijk van een van de roltrappen, en ook al is het op vijf, zes meter afstand van Silje Thomsen, Thulin kan duidelijk zien dat het niet goed gaat met de vrouw. Het contrast met de foto's die in december van haar zijn genomen is groot, en deze keer wordt de foto begeleid door meer woorden.

Ik tel tot één en ik tel tot twee. Ik vind je steeds, doe je nog mee?

Raheems vingers gaan verder over het toetsenbord. 'De volgende foto die Silje Thomsen ontvangt, komt zo te zien uit Nørreport, waar ze tien minuten later op weg de trap af is naar de metro. Ook hier staat een tekst bij.'

Thulin kijkt op het scherm en herkent de toegang tot de metro in Nørreport op een foto die vlak achter Silje Thomsen in de sneeuw genomen is, maar het is de tekst eronder die Thulins aandacht trekt.

Ik tel tot drie en vier, dat kost geen tijd. Kijk hoe Silje haar benen spreidt.

'Daarna komen er geen foto's meer, wat kan betekenen dat ze haar achtervolger heeft weten af te schudden,' zegt Raheem terwijl hij een ander scherm opent. 'In plaats daarvan komen er drie tekstberichten,' vervolgt hij, maar Thulin is ze al aan het lezen op het scherm.

Ik tel tot twee en ik tel tot drie. Silje kijkt om, komt ze thuis of nie?

Ik tel tot vier en ik tel tot vijf. Silje is nat en een erg geil wijf.

Ik tel tot ha en ik tel tot ho. Is het spel voorbij en vind ik haar zo?

'Volgens de registratie van haar provider ontvangt Silje Thomsen het laatste van die berichten wanneer ze helemaal bij haar huis is, een paar minuten voordat ze haar simkaart vervangt en haar dochter dat bericht vanaf haar nieuwe nummer stuurt.'

Thulins blik rust nog steeds op de berichten op het scherm en ze weet niet wat ze ervan moet denken.

'Dus het bericht aan haar dochter dat alles goed is, is de laatste activiteit? Ze ontvangt verder geen foto's meer of een bericht dat ze is gevonden?'

'Nee. Tenzij het van iCloud is gewist natuurlijk.'

'Maar waarom heeft ze geen aangifte gedaan?' vraagt Thulin en ze knikt in de richting van de vele foto's van Silje Thomsen op het andere scherm.

'Ze hééft aangifte gedaan. Dat heb ik net opgezocht. Ze heeft zelfs meerdere keren aangifte gedaan, maar het plaatselijke politiedistrict heeft niets kunnen doen, omdat de afzender niet getraceerd kan worden. Ik heb het zelf geprobeerd, maar het IP-adres verplaatst zich de hele tijd, omdat...'

Raheem begint iets onbegrijpelijks uit te leggen over het digitale konijnenhol waardoor het onmogelijk is om de afzender te vinden. Thulin staart naar het grote aantal foto's van Silje Thomsen en naar de vulgaire rijmpjes, en ze moet weer denken aan het keukenmes en de pepperspray in het nachtkastje van de vrouw.

De meeste zaken tegen cyberstalkers die hun slachtoffers – over het algemeen vrouwen – bedreigen of manipuleren, of die wraak op ze nemen, moeten in principe worden afgehandeld door de plaatselijke politiedistricten. Normaal gesproken draagt NC3 alleen bij aan dergelijk onderzoek in het geval van zedendelinquenten, kinderporno of afpersing van bedrijven en overheidsinstanties door hackers. Maar het stalken nam in het geval van Silje Thomsen grote vormen aan en door het feit dat het wordt gepresenteerd als een spelletje verstoppertje lopen de koude rillingen over Thulins rug. Ze onderbreekt haar gedachtegang en herinnert zichzelf eraan wat hun taak is.

'Het lukt je dus niet om ook maar in de buurt te komen van wie de afzender is?'

'Nee, het spoor loopt steeds dood op een server in Azië. Maar het feit blijft dat deze persoon de moeite heeft genomen om deze vrouw twee maanden lang te stalken, en nu is ze verdwenen. We moeten er dus snel mensen op zetten.'

'Het is niet aan ons om te bepalen wat er moet gebeuren. Als er al een zaak voor het stalken is, dan schrijf je een rapport voor dat politiedistrict met het dringende verzoek om...'

'Daar kunnen we niet op wachten, want er is nog iets,' onderbreekt Raheem haar. Hij schuift zijn eigen gehavende laptop erbij op het bureau. 'Toen ik die klootzak niet kon traceren, heb ik in plaats daarvan de signatuur door ons eigen archief gehaald om te checken of de persoon in kwestie geregistreerd is in verband met andere zaken. Er was geen honderd procent zekere match, maar de signatuur ligt dicht bij die van een andere zaak.'

'Het verandert niets dat deze persoon vaker iemand heeft gestalkt.'

'Het is een moordzaak. Je raadt nooit welke.'

Raheem draait het scherm van zijn laptop naar Thulin, zodat ze kan zien wat zijn zoekactie heeft opgeleverd. Terwijl Thulin haar blik over het scherm laat gaan, kan ze haast het schoonmaakmiddel in de keuken van Silje Thomsen weer ruiken.

8

De deur naar het kantoor van Krause staat open, maar hij zit niet achter zijn bureau. In de aangrenzende ruimte vindt ze zijn assistent, die haar vertelt dat hij in een vergadering met de leiding zit en pas over een paar uur gestoord kan worden. Thulin geeft het op om hem te bellen en in plaats daarvan zet ze koers naar het trappenhuis dat naar de gang van de leiding voert.

Buiten valt de sneeuw gestaag, maar het enige waaraan ze kan denken is de samenvatting van de zaak die ze net heeft gelezen. Na het gesprek met Raheem had ze in haar eigen kantoor ingelogd bij het archief en nadat ze het goedkeuringsproces had doorlopen, had ze de zaak gevonden die door de politie van Vestegnen nog als open stond gemarkeerd.

De verslagen van het onderzoek van een moordzaak kunnen met alle bijlagen al snel honderden pagina's lang zijn, afhankelijk van de duur en complexiteit van het onderzoek, terwijl de samenvatting doorgaans ongeveer veertig pagina's telt. In de zaak van Caroline Holst was de samenvatting echter bijna het dubbele geweest. Het eerste wat Thulin in het oog sprong, was dat het taalgebruik in het misdaadonderzoek volledig hetzelfde was als van het politiedistrict waar zij eerder werkte, ook al viel de moord op de negentienjarige vrouw onder een ander district. Ook hier was sprake van droge, nuchtere beschrijvingen, die altijd in schril contrast staan met het feit dat iemand een ander mens van het leven heeft beroofd, met alle vertwijfeling en verdriet die dat tot gevolg heeft. Thulin had er bijna drie kwartier over gedaan om de samenvatting te lezen, ook al had ze geprobeerd om op te schieten. Dat wat ze over de zaak uit de media wist was nu aangevuld met een reeks vreselijke details, die ze het liefst niet had willen weten. Enkele passages had ze meerdere keren moeten lezen, omdat de inhoud zo schokkend was. Toen ze eindelijk was aangekomen bij het gedeelte dat specifiek ging over het stalken van de jonge vrouw, had ze gehuiverd.

Thulin is aangekomen bij de vergaderruimtes op de gang van de leiding. Aangezien ze weet dat haar zal worden verzocht om te vertrekken als ze gaat vragen waar ze zijn, opent ze zonder te kloppen de eerste deur die ze ziet. Om de ronde tafel achter in het lokaal herkent ze een paar hoogwaardige gezichten uit de leiding, waaronder dat van Krause. De manier waarop hij haar aankijkt verraadt duidelijk dat ze hem bij iets belangrijks heeft gestoord.

'Er is iets wat je moet zien,' zegt ze onaangedaan door zijn afwijzende houding, wanneer hij naar haar toe komt in de deuropening. Eerder op de dag was hij nog bang geweest dat ze zijn afdeling zou verlaten voor de Landelijke Eenheid, maar over die zorgen is hij blijkbaar heen, want hij kijkt haar streng aan.

'Ik heb nu geen tijd.'

'Wij zijn per vergissing opgeroepen voor een vermissingszaak in Vanløse. De vrouw is door haar ex-man als vermist opgegeven en op het eerste gezicht was er niets wat direct verdacht leek, maar bij het uitlezen van haar computer is gebleken dat ze werd gestalkt.'

'Thulin, we zullen dit later moeten doen.' Ze kan zien hoe de spiertjes rond zijn ogen zich aanspannen uit ergernis over dat ze tegen hem blijft praten.

'Iets wijst erop dat het dezelfde stalker is naar wie onderzoek is gedaan in de zaak-Holst.'

Krause heeft met een ongeduldige beweging de deur vastgepakt en staat op het punt die dicht te doen. Dan houdt hij midden in zijn beweging stil en kijkt haar verbaasd aan. Thulin ziet geen reden om te wachten tot hij van zijn verbazing bekomen is.

'Raheem zegt dat het op dezelfde digitale signatuur lijkt, maar het spoor naar de afzender loopt dood. Ik heb de samenvatting van de zaak gelezen en er zijn overduidelijk enkele overeenkomsten.'

'Caroline Holst?'

'Ja.'

'En Raheem is daar zeker van?'

'De cyberafdeling van Europol zal ons moeten helpen met de vergelijking, maar zoals gezegd wordt er een vrouw vermist.'

'Hoe lang wordt ze al vermist?' Krause heeft de deur nu weer volledig geopend en buigt zich licht naar Thulin toe.

'Sinds gisteravond.'

'Sinds gisteravond nog maar?' Hij ziet er bijna teleurgesteld uit.

'Dat maakt toch niet uit? Als Raheem denkt dat het dezelfde stalker is, dan is het het beste dat jij je hotline naar de afdeling Ernstige Misdrijven tegen Personen gebruikt om ervoor te zorgen dat ze onmiddellijk naar de zaak gaan kijken. Ik mail je het materiaal zo meteen.'

'Goed plan. Maar jij moet hem nemen.'

Thulin heeft zich al omgedraaid om weg te lopen. Ze stopt en kijkt sprakeloos om naar Krause.

'Ik kan die zaak niet nemen. Ik ben niet degene die zich bezighoudt met vermiste...'

'Je hoeft hem alleen maar op gang te brengen,' onderbreekt hij haar. 'Zorg ervoor dat je Ernstige Misdrijven tegen Personen direct te pakken krijgt en laat de cyberafdeling van Europol weten dat we hun hulp nodig hebben.'

'Raheem heeft al geprobeerd ze te pakken te krijgen. Ze antwoorden niet en zoals gezegd ben ik niet...'

'Je zegt zelf dat het snel moet gaan,' onderbreekt hij haar weer, 'en het klinkt alsof jij er middenin zit. Neem contact op met onze verbindingsofficier bij Europol en zorg ervoor dat hij erachteraan gaat. Jij kent hem. Hess heette hij toch?'

Krause doet snel de deur voor Thulins neus dicht en ze blijft heel even voor zich uit staren. Hoewel het irrelevant is voor de zaak, overweegt ze of ze de deur open zal doen om te antwoorden dat ze op geen enkele manier het gevoel heeft dat ze degene kent aan wie Krause refereert.

In plaats daarvan draait ze zich om en haalt haar telefoon tevoorschijn om Raheem te laten weten dat ze langs moet bij de afdeling Ernstige Misdrijven tegen Personen. Ze voelt hoofdpijn opkomen en het helpt niet dat Mark Hess ter sprake is gebracht. De laatste keer dat ze van hem hoorde, was hij op weg naar Moldavië, en zij zou er niets op tegen hebben als hij zich permanent in dat land zou vestigen.

9

De beltoon van zijn telefoon klinkt en Hess draait zich om naar de achterbank van de auto, waar hij zijn jas heeft neergegooid. Hij kan er net niet bij. In plaats daarvan richt hij zijn aandacht weer in de richting van de voorruit om te kijken wanneer hij af moet slaan. Het gaat hem tijd kosten als hij verkeerd rijdt en hij is al te laat. Dus als hij op het allerlaatste moment het bord naar het Bispebjerg-ziekenhuis opmerkt, moet hij afslaan voordat hij richting kan aangeven. Hoewel hij vaker in het ziekenhuis is geweest, kent hij dit deel van de stad niet bijzonder goed. Dat vindt hij echter prima, want het is altijd gemakkelijker ademhalen als hij niet op elke straathoek wordt begroet door spoken uit het verleden.

Dat was even daarvoor wel anders, toen hij vanaf de luchthaven via de Langebro-brug in de richting van het centrum was gereden. Het havenfront en het licht van de cafeetjes aan de grachten hadden geleid tot een stoet herinneringsbeelden aan de nazomer en het najaar. Zelfs de zwarte sneeuw aan de kant van de weg en de saaie grijstinten van februari hadden die niet kunnen tegenhouden. Nog uitdagender was het voor hem geworden toen hij door Vesterbro was gereden, langs de skateparken, muren met graffiti en niet in de laatste plaats het zijstraatje met het appartement op de vierde verdieping dat toen bijna zijn thuis was geworden. Het had hem verbaasd hoeveel gevoelens hij nog koesterde voor die plek en hij had hardnekkig de andere kant op gekeken. Hij weet dat hij destijds de juiste beslissing heeft genomen en de afgelopen maanden heeft hij zo weinig mogelijk aan de breuk gedacht. Hij was afwisselend in Moldavië en Roemenië geweest als rechercheur in een taskforce van Europol om de mensenhandel van vluchtelingen uit Oekraïne te bestrijden. Sinds de uitbraak van de oorlog heeft Europol zijn operaties verlegd en een groot deel ervan draait om het beperken van de criminaliteit die is ontstaan in het verlengde van de oorlog. De gruwelen die Hess heeft meegemaakt waren extreem en hij heeft gelukkig geen ruimte meer gehad om over zichzelf na te denken. Zijn elf tot twaalf uur lange werkdagen waren compensatie geweest voor een onverklaarbaar schuldgevoel, maar helaas betekenden de vele werkuren dat hij vaak niet kon slapen wanneer hij eindelijk vrij was. Hij was neerslachtig geweest toen hij Kopenhagen vroeg in het najaar had verlaten, maar hij heeft zich geleidelijk aan verzoend met het feit dat de dingen zijn zoals ze zijn. Het weerzien met de hoofdstad die ochtend heeft hem er alleen maar van overtuigd dat het inderdaad verstandig was dat hij een retourticket had geboekt voor later die middag.

Hess parkeert voor het robuuste gebouw van het ziekenhuis en stapt snel uit. Van de achterbank pakt hij zijn jas en het cadeau voor Jon dat hij gisteren nadat hij het telefoontje van het ziekenhuis had gekregen nog net voor sluitingstijd had kunnen kopen in een kleine outdoorwinkel in Den Haag. Hess was niet verrast geweest toen een verpleegkundige hem vertelde dat Jon zich had laten opnemen. Gemiddeld gebeurde dat zo'n beetje elk halfjaar en aangezien Hess de enige familie was die in Jons dossier stond, was hij altijd degene die opgebeld werd. Toen Hess jonger was had hij zich zorgen gemaakt, maar mettertijd was hij gaan inzien dat de opnames een regelmatig deel waren geworden van het leven dat zijn twee jaar oudere broer gegund was. Jon zelf had hij gisteren niet gesproken, maar van de verpleegkundige had hij begrepen dat het naar omstandigheden oké met hem ging. Hess had zich vervolgens op de praktische voorbereidingen van zijn bezoek gestort.

Nu slaat hij het portier dicht, hij neemt het cadeau onder de arm en begeeft zich haastig naar de ingang. Het is duidelijk te zien dat het cadeau een hengel is. Ook ingeschoven is de telescopische stang nog een halve meter lang. De punt is zelfs door het cadeaupapier gekomen en kijkt nieuwsgierig naar buiten, maar Hess troost zich met de gedachte dat Jon niet aan dat soort dingen hecht. Hij zal daarentegen geraakt en dankbaar zijn door het cadeau en met veel te luide stem persoonlijke anekdotes gaan vertellen over die keer dat Hess en hij toen ze nog kinderen waren naar het meer gingen om te vissen.

Hess loopt de foyer van het ziekenhuis binnen en beluistert ondertussen het bericht dat eerder in de auto op zijn voicemail is ingesproken. Een IT-specialist van NC3 stelt zich voor als Raheem en vraagt hem om zo snel mogelijk terug te bellen vanwege een dringende zaak. Hess moet weer even aan Naia Thulin denken, maar hij raakt ook geïrriteerd. Gisteren, toen hij had besloten om Jon te bezoeken, had hij zijn werkgever al laten weten dat hij een dag vrij moest nemen, wat kennelijk verder niet gecommuniceerd was. Hij prent zich in dat hij ervoor moet zorgen dat de opdracht wordt doorgestuurd als hij even een moment heeft. Op de mat in de foyer stampt hij de sneeuw van zijn hoge schoenen en loopt snel de poortjes bij de receptie door. Hierbinnen kent hij de weg heel goed. Hij gaat naar links en verder de gang uit naar de verschillende afdelingen op de benedenverdieping en nadat hij een paar keer aan een koord heeft getrokken om de deuren te openen, komt hij binnen bij de afkickkliniek voor alcohol. Met zijn jas in zijn ene hand en de hengel in de andere komt hij gejaagd aan bij de balie van het kleine glazen hok.

'Hallo, waarmee kan ik u helpen?' vraagt de jonge verpleegkundige die hem achter de balie opgewekt en met een glimlach tegemoetkomt.

'Ik ben hier voor mijn broer die gisteren is opgenomen.'

'Wat is zijn naam?'

'Jon Hess. Het was de bedoeling dat ik nu om elf uur met hem mee zou gaan op de intake, maar ze zijn vast al begonnen.' Hess wijst op de grote klok aan de muur die aangeeft dat hij een kwartier te laat is.

De verpleegkundige knikt vriendelijk. 'Moment, ik vraag het even aan mijn collega's, ik ben net binnengekomen.'

Ze loopt terug het glazen hok in, waar een handvol van haar collega's in verplegersuniform zit te vergaderen aan een tafel vol koffiekopjes, thermoskannen en papieren. Terwijl Hess staat te wachten kijkt hij ongeduldig om zich heen. Er hangen een paar patiënten rond en achter een glazen deur ziet hij een paar verkleumde stervelingen op de rokersplek staan, maar Jon, die daar meestal tot het meubilair behoort, ziet hij er niet. Dat zou kunnen betekenen dat zijn intake nog niet is afgelopen. Hess kan zich niet herinneren hoe vaak hij op plekken als deze is geweest. Of misschien wil hij er liever niet aan denken. In gedachten gaat hij zijn plan voor die dag langs en maakt een inschatting van de tijdstippen. De intake met de behandelaars duurt hooguit nog een kwartier, daarna zal zijn gesprek met Jon waarschijnlijk een uur in beslag nemen. Als Jon trek heeft gaan ze misschien lunchen in de kantine, maar daarna zal hij moe zijn en weer rust nodig hebben. Dan komt het afscheid, waarbij Hess hem geld geeft. Altijd contant, want Jon heeft inmiddels al een paar jaar een uitkering en staat meestal rood. Maar niet te veel contanten, want Hess weet waar het meeste geld aan zal worden uitgegeven. Als Hess de reistijd meerekent, kan hij zodoende over ongeveer drie uur weer op de luchthaven zijn, wat mooi op tijd is voor zijn vlucht naar Den Haag om 15.25 uur.

Zijn telefoon, die Hess vergeten is uit te zetten, rukt hem met volhardend gerinkel uit zijn berekeningen. Hij haalt hem tevoorschijn om hem uit te schakelen, maar hij herkent het nummer, hetzelfde dat hem in de auto had gebeld, en hij besluit op te nemen om ervanaf te zijn.

'Ja?'

De persoon aan de andere kant van de lijn stelt zich voor en Hess begrijpt dat het dezelfde Raheem is die zijn voicemail had ingesproken. Hij hoort hoe de man inademt om een heel verhaal te gaan houden, dus is Hess hem voor.

'Bedankt voor je bericht, maar ik ben vrij. Je moet bellen naar...'

'Dat heb ik geprobeerd. We hebben je hulp nodig. Het gaat om...'

De beller begint iets uit te leggen, maar Hess' aandacht wordt plotseling getrokken door de geüniformeerde mensen rond de koffietafel in het glazen hok. Een paar van hen kijken vluchtig zijn kant op. Eerst denkt hij dat het is omdat hij aan het telefoneren is terwijl dat niet mag, dan ontdekt hij dat de jonge verpleegkundige met een ernstige gezichtsuitdrukking op de achtergrond staat te praten met een oudere collega. Als ze het gesprek heeft afgesloten, begeeft ze zich weer naar de balie. Pas als ze ziet dat Hess naar haar kijkt, weet ze snel een kleine glimlach op te zetten.

'Is hij al uitgecheckt?'

Hess houdt zijn hand over de microfoon van zijn telefoon, terwijl hij de verpleegkundige vragend aankijkt. Dit is al vaker gebeurd. Dat hij alles uit zijn handen had laten vallen om Jon te hulp te komen, alleen om erachter te komen dat zijn broer de ontwenningskliniek of de psychiatrische instelling die Hess gebeld had al lang verlaten had.

'Nee, maar als u even wilt wachten.'

'Wachten waarop?'

'Er komt zo een arts aan die u meer kan vertellen. Als u gewoon even wilt plaatsnemen, het duurt niet lang.'

Hess merkt een onrust op en hij breekt het telefoongesprek af. De ontwijkende blik van de verpleegkundige maakt het alleen maar erger en ze krimpt ineen als hij haar aandachtig aankijkt.

'Zoals ik al zei ben ik net aangekomen. Ik ken de details niet.'

'Waar is hij?'

'Zoals ik al zei ken ik...'

'Waar is hij, vraag ik je.'

***

Het kost Hess minder dan een minuut om de trappen op te rennen naar de vijfde verdieping van het ziekenhuis. Vanuit het trappenhuis komt hij in de hoofdgang naast de lift en hij holt buiten adem door de automatische deuren van de intensive care.

Hij voelt meteen de ernst van de situatie. Een stukje verderop in de gang staat een vrouw van middelbare leeftijd in doktersjas in een telefoon te praten die aan de muur hangt. Als ze hem opmerkt, beëindigt ze het gesprek.

'De broer van Jon?'

'Ik wil hem graag zien als dat kan.'

'Goedemorgen, ik heet Mette en ben de arts van de afdeling. Volgt u mij naar mijn spreekkamer. En kunt u uw telefoon uitzetten, alstublieft?'

'Ik wil hem graag zien.'

'Dat is nu even niet mogelijk. Kom binnen.'

De arts heeft de deur naar een kantoor geopend en maakt een uitnodigend gebaar. Haar gezichtsuitdrukking heeft Hess nog ongeruster gemaakt en hij blijft staan met het gescheurde cadeau voor Jon in zijn handen, niet in staat zich nog te bewegen. In de verte hoort hij een telefoon rinkelen en het is pas wanneer de arts die uit zijn zak haalt om hem uit te zetten, dat hij zich realiseert dat het zijn eigen toestel is.

10

'Waar blijft hij? Het is dringend!'

Thulin kijkt ongeduldig naar Nylanders assistent, die haar vraag beantwoordt met een verontschuldigend schouderophalen voordat hij verder de gang in loopt en uit het zicht verdwijnt. Thulin heeft sterk de indruk dat ze voor straf moet wachten. Ze hebben op de gang staan wachten sinds ze twintig minuten geleden samen met Raheem aankwam op het hoofdbureau van de politie en bij haar voormalige werkplek op de afdeling Ernstige Misdrijven tegen Personen. Haar frustratie is alleen nog maar toegenomen doordat ze net te horen heeft gekregen dat er nog steeds geen nieuws is rond Silje Thomsen.

Thulin kijkt ongedurig om zich heen terwijl ze hoort dat Raheem de wachttijd gebruikt om te proberen telefonisch contact te krijgen met de forensisch onderzoekers van de cyberafdeling van Europol die hen zouden moeten kunnen helpen. Voordat ze wegreden bij NC3 had Raheem haar verteld dat hij tevergeefs had geprobeerd om contact te krijgen met Mark Hess, en afgezien van het feit dat de klus haast heeft, vindt Thulin het best dat hij er niet bij betrokken wordt. Ze loopt rusteloos heen en weer en gluurt de kantoren in, maar het enige wat dat haar oplevert is dat ze kan vaststellen dat de afdeling – afgezien van een aantal nieuwe gezichten – nog de oude is. Het meubilair is versleten en ouderwets en op de bureaus zijn in alle drukte gebruikte koffiekopjes en bordjes met ontbijtresten achtergelaten. Ze merkt aan de blikken die een paar oude bekenden haar sturen dat ze anders naar haar kijken dan vroeger, wat ze wel begrijpt. Samen met Hess had ze een reeks moorden opgelost die de afdeling uiteindelijk in een kwaad daglicht hadden gesteld. De zaak, haar laatste, werd in de media de 'kastanjemanzaak' genoemd en het was duidelijk geworden dat Nylander en sommige rechercheurs verkeerde conclusies hadden getrokken met betrekking tot een paar belangrijke sporen. Vanuit de korpsleiding en de media was de kritiek vanzelfsprekend niet mals geweest en Thulin had in de pers kunnen volgen hoe Nylander nog net zijn functie had weten te behouden. De reputatie van de eerder zo hoog aangeschreven afdeling had echter een duikvlucht genomen, wat Nylander en zijn medewerkers ongetwijfeld pijn moest hebben gedaan.

'Thulin, wat kan ik voor je doen?'

Thulin draait zich om. Ze herkent Jarl Eriksen, die voor haar staat met een stapel papier onder zijn arm. Hoewel hij al adjunct-chef is, is hij nog maar begin dertig en ze herinnert zich hoe sommigen van haar collega's hem de bijnaam 'de kroonprins' hadden gegeven, omdat hij stiekem op Nylanders stoel aan het azen was. Thulin gokt dat hij sindsdien niet minder eerzuchtig is geworden. Hij draagt een pak, heeft een autoritaire houding en kijkt doelgericht. Tegelijkertijd merkt ze op dat de blik die hij haar schenkt wat afgemeten is.

'Niets, dank je. Ik wacht op Nylander.'

'Nylander heeft het druk met sollicitatiegesprekken, maar ik ben bekend met jullie briefing, dus je kunt met mij praten. Het moet helaas wel even tussendoor, maar je kunt een stukje met me meelopen.'

Tot Thulins verbazing loopt de adjunct-chef in hoog tempo verder de gang in en ze beseft dat ze hem wel moet volgen als ze wil dat hij luistert.

'Goed, dan weet je dus dat het om een vermiste vrouw uit Vanløse gaat. We hebben een deel van haar gegevens uitgelezen, en...'

'Dat hebben we begrepen. Er kan een opsporingsbericht voor de vrouw worden uitgestuurd.'

'Een opsporingsbericht is niet genoeg. De vrouw kan in gevaar zijn.'

'Onze mensen hebben met de agenten gesproken die ter plaatse zijn geweest. Er is niets wat wijst op een misdrijf en ze is nog maar sinds gisteravond vermist. Daarom is onze inschatting dat we nog wel even kunnen wachten.'

'Als je onze briefing hebt gelezen, dan weet je ook dat er aanwijzingen zijn dat ze werd gestalkt door dezelfde stalker als die van Caroline Holst.'

Zonder vaart te minderen kijkt de adjunct-chef haar inschikkelijk aan.

'Weet je hoe vaak wij tips krijgen over omstandigheden die doen denken aan de zaak-Caroline Holst?'

'Nee, dat weet ik niet.'

'Zo ongeveer elke keer wanneer een vrouw van tussen de vijftien en vijftig jaar een paar uur wordt vermist. Niet alleen vanuit ons eigen district, maar vanuit elk politiedistrict in het hele land. En elke keer moeten wij een inschatting maken of we ons budget daaraan willen besteden.'

'Kunnen we even gaan zitten om het te bespreken?'

'Alleen als je mij kunt vertellen waarom we jóúw aanvraag serieuzer moeten nemen dan de aanvragen die we van andere politiemensen krijgen.'

De adjunct-chef is gestopt aan het einde van de gang bij de grote raampartij die uitkijkt over de parkeerplaats. Hij heeft zijn hand op een deurklink gelegd en zijn arrogante blik geeft aan dat het gesprek bijna voorbij is. Thulin trilt van woede, maar ze probeert zich te beheersen.

'Omdat wij denken dat het dezelfde dader is. Anders stond ik hier niet.'

'Ik hoor wat je zegt en ik zal Nylander wel een bericht sturen, maar niet nu.'

'Jarl, wat is hier aan de hand?'

Thulin en de adjunct-chef draaien zich allebei om naar de stem en zien Nylander in een indrukwekkend tempo door de gang aan komen benen, met zijn assistent op een drafje erachteraan. Nylander bereikt de raampartij en zijn blik is onheilspellend donker en gericht op zijn adjunct.

'Ik had gezegd dat ik geroepen wilde worden als ze er was.'

'Ik wilde je niet storen, daarom maakte ik de inschatting dat ik...'

'Jij moet geen inschattingen maken,' zegt hij razend. 'Als ik gezegd heb dat ik geroepen wil worden, dan doe je dat. Begrepen?'

'Uiteraard.' De adjunct-chef ziet er niet meer zo zelfverzekerd uit, maar hij recht zijn rug en probeert zijn waardigheid te behouden.

'Neem de gesprekken over en breng schriftelijk verslag uit,' commandeert Nylander.

Jarl Eriksen knikt kort naar Nylander en kijkt Thulin koeltjes aan voordat hij terugmarcheert in de richting waar hij vandaan kwam. Zelfs van achteren ziet hij er beledigd uit. Nylander richt zijn aandacht op Thulin. Het is meer dan een jaar geleden dat ze hem voor het laatst sprak, maar ze vindt het prima dat hij de koetjes en kalfjes overslaat zodat ze direct ter zake kunnen komen.

'Het spijt me. Ik heb jullie verslag gelezen, dus laten we verder praten in de briefingruimte.'

'Prima.'

Thulin is opgelucht, maar doet haar best dat niet te laten blijken. Nylander draait zich om en loopt terug de gang in met zijn assistent achter zich aan.

'En als Hess ook aanwezig moet zijn, mag je hem vragen om haast te maken, want ik heb geen tijd om te wachten,' zegt hij over zijn schouder.

Thulin blijft abrupt staan, samen met Raheem die zich net bij haar heeft gevoegd.

'Hess?' herhaalt Thulin.

'Ik heb hem niet uitgenodigd, dus ik ga ervan uit dat jullie dat hebben gedaan. Hij staat beneden op de parkeerplaats voor zich uit te staren.'

Nylander wijst met een zwaai naar achteren, voordat hij met zijn assistent de gang uit loopt. Thulin gaat aarzelend terug naar het glas en kijkt omlaag. Op de parkeerplaats lopen verschillende mensen van en naar hun auto's, maar ze ziet hem meteen. De lange gestalte, het lichte, piekerige haar en het serieuze gezicht. Hij heeft geen jas aan, alleen een donkere sweater en een legergroene cargobroek. Hoewel hij in de half gesmolten sneeuw tussen de rij geparkeerde auto's staat, lijkt hij het geen winter te vinden.

'Is dat hem?' hoort ze Raheem achter haar vragen. Ze is te verbaasd om antwoord te geven, maar aan de voetstappen die gehaast de trap af gaan, hoort ze dat hij het begrepen heeft. Ze kijkt weer naar de gestalte op de parkeerplaats die zich nog steeds niet verroerd heeft. Een van zijn handen rust op een openstaand portier, maar hij doet het niet dicht. Zelfs op afstand kan ze zien dat hij in gedachten verzonken is. Ze wil zich omdraaien, maar ze kan haar ogen niet van hem afhouden en ze ziet Raheem naar buiten komen in de sneeuw en snel de parkeerplaats oversteken. Ze observeert hoe Hess weer tot zichzelf komt en de autodeur dichtgooit terwijl ze ziet hoe Raheem hem wild gebarend iets uitlegt en naar boven wijst, naar het raam waar zij staat. Zoekend kijkt hij op terwijl Raheem doorpraat en een tel later ontmoeten zijn ogen de hare en haken hun blikken zich in elkaar vast.

11

'Marie, heb je een momentje?'

Marie Holst draait zich om en kijkt het lege practicumlokaal door naar de deur waar de stem vandaan komt. Mathias Mattsen, de rector van het gymnasium, staat haar in de deuropening met zijn hand op de klink afwachtend aan te kijken, maar ze haalt haar telefoon niet van haar oor. Ze kreeg zojuist te horen dat ze wordt doorverbonden naar een advocaat en de tijd die ze heeft gewacht is te kostbaar om het gesprek nu af te breken. In plaats daarvan doet ze haar best om Mattsen welwillend aan te kijken.

'Als het over Thor en zijn afwezigheid gaat, dan zal ik vanavond wel even met hem praten.'

'Het gaat niet over Thor.'

Mattsen blijft haar rustig aankijken. Hoewel hij er nog steeds vriendelijk uitziet, realiseert ze zich dat hij niet van plan is om haar met rust te laten. Ze aarzelt even, maar dan laat ze haar telefoon zakken en hangt op.

'Bedankt. Laten we even naar mijn kantoor gaan,' zegt Mattsen, die ruimte heeft gemaakt in de deuropening zodat een paar leerlingen het lokaal binnen kunnen komen. Op hetzelfde moment gaat de bel en volgen er meer leerlingen in een gestage stroom achter de anderen aan naar de werkbanken met bunsenbranders en meetgereedschappen. Marie onderdrukt haar frustratie over de onderbreking, raapt haar spullen bij elkaar en loopt achter Mattsen aan.

Mathias Mattsen is waarschijnlijk vijf jaar ouder dan zij, maar hij ziet er jonger uit. Marie weet nog dat hij vanwege zijn scherpe gelaatstrekken en het dikke, halflange haar van enkelen van haar vrouwelijke collega's de bijnaam Prettyboy kreeg, maar dat was voordat hun duidelijk werd hoe ambitieus hij was en hoe dominant zijn manier van leidinggeven was. Marie heeft geen idee waarom hij erop staat om met haar te praten en terwijl ze ziet dat hij een paar langslopende leerlingen jeugdig groet met een high five, voelt zij zich ongeduldig en wil ze weer verder met het telefoontje waar ze mee bezig was.

Tijdens de autorit van de kerk naar het gymnasium had Marie de autoradio aangezet en gehoord dat het besluit van het ministerie van Justitie werd aangekondigd op het nieuws. Het gevoel van onrechtvaardigheid woedde al in haar, en het herinnerde haar eraan dat ze zich moest voorbereiden zodat ze de vragen van de pers kon beantwoorden. Ze zou vast snel gebeld worden voor een reactie op het feit dat haar bezwaar was afgewezen. Van eerder wist ze dat verschillende misdaadverslaggevers haar privénummer hadden, maar haar telefoon was de hele rit in het kruipende verkeer stil gebleven. Marie had ingezien dat ze te ongeduldig was, maar ook dat de journalisten niet langer klaarzaten om zo snel mogelijk een verklaring te krijgen, zoals anders zo vaak het geval was geweest. Een tijd hadden ze haar meerdere keren per dag platgebeld, zelfs wanneer ze al tevergeefs lange en smekende berichten op haar voicemail hadden achtergelaten in een poging om haar te pakken te krijgen. Hoe meer tijd er echter verstreek zonder oplossing, hoe meer Marie had beseft dat ze gedwongen was om de media te gebruiken als spreekbuis. Ze had donders goed geweten dat ze een zogenaamd goed verhaal was, omdat de media keer op keer in geuren en kleuren konden vertellen wat er met Caroline was gebeurd. Dat was ontzettend onaangenaam geweest, maar het was een prijs die ze bereid was te betalen om druk op de autoriteiten te blijven uitoefenen. Dat de interesse nu tanende was, verontrustte haar.

Toen Marie bij het gymnasium was aangekomen, had er nog steeds niemand contact met haar opgenomen en ze had gemerkt dat het opstandig begon te kriebelen in haar buik. Terwijl ze langs de graffitikunst naar de hoofdingang liep, had ze al nagedacht over wat ze in plaats daarvan zelf kon doen. Ze had besloten dat ze helemaal klaar was met haar advocaat nadat hij zomaar de handdoek in de ring had gegooid en ze had zich voorgenomen om contact op te nemen met alle advocatenkantoren die de reputatie hadden goed te zijn in dit soort zaken. Dat zou ongetwijfeld tegen een honorarium in een vreselijke orde van grootte zijn, en ze had geen idee hoe ze dat zouden kunnen betalen, maar over dat deel moest ze het maar met Tom hebben wanneer ze hem later op die receptie zag.

De lerarenkamer was gelukkig leeg geweest en Marie had al vier kantoren kunnen bellen voordat ze een uur maatschappijleer had moeten geven. Nadat ze had verteld over het besluit van het ministerie, had geen van deze advocatenkantoren haar zaak willen aannemen. En terwijl ze had geprobeerd om de leerlingen iets bij te brengen over Mahatma Gandhi en zijn woorden over burgerlijke ongehoorzaamheid en geweldloosheid, was ze met haar gedachten bij de volgende kantoren die ze zou kunnen benaderen. Zodra de les voorbij was, had ze voor de leerlingen uit de volgende groep een opdracht in het onlineportaal gezet die ze het volgende uur zelf konden doen en om nieuwsgierige oren te vermijden had ze het lege practicumlokaal opgezocht om verder te bellen. Nog enkele advocatenkantoren hadden nee gezegd, terwijl andere hadden medegedeeld dat ze erover wilden nadenken en terug zouden bellen. En precies toen ze eindelijk werd doorverbonden naar een advocaat die misschien echt interesse had, was Mattsen opgedoken om haar te storen.

Via het secretariaat hebben ze de kamer van de rector bereikt, waar Mattsen de deur sluit en haar vraagt plaats te nemen bij het grote zit-stabureau. Marie zet haar telefoon op stil en legt hem op het bureau, zodat ze een oog op het scherm kan houden, terwijl Mattsen zich aan de andere kant laat zakken in zijn krakende, ergonomische leren bureaustoel.

'Ik heb helaas in het nieuws gehoord over het besluit dat genomen is over je bezwaar. Gaat het?'

Hoewel Marie kan zien dat hij zijn best doet om er meelevend uit te zien, kan ze het niet helpen zich te ergeren. Ze werkt al meer dan tien jaar op deze school en toen Caroline haar ontnomen werd, was ze ontroerd door alle steun die ze van het personeel had gekregen. Ook ouders en leerlingen hadden haar en haar familie gesteund, niet alleen in het begin, maar het hele eerste jaar. Ook Mattsen was op zijn eigen correcte manier attent en empathisch geweest, maar na verloop van tijd was zijn houding veranderd. De dagen waarop Marie stof had doen opwaaien in de media en kritiek had geleverd op de politie voor het uitblijven van een oplossing, waren de bezorgde rimpels in zijn voorhoofd haar niet ontgaan. De berichtgeving van de media over een etnisch Deens meisje dat vertrokken was van een feest op haar gymnasium in Vestegnen om nooit meer levend teruggezien te worden, was enorm geweest. En hoewel Marie het niet zeker wist, had ze het gevoel gekregen dat het Mattsen niet lekker zat dat zijn gymnasium keer op keer in zo'n vreselijk verband genoemd werd.

Marie had hem wat dat betreft wel begrepen. Iets meer dan een derde van de leerlingen op de school is tweetalig en heeft een andere etnische achtergrond dan Deens. Het is belangrijk dat de vooroordelen niet nog groter worden dan ze al zijn. In een tijd waarin politici de messen slijpen en hebben gewaarschuwd dat meer gymnasia samengevoegd moeten worden, is een slechte reputatie wel het laatste wat de school kan gebruiken. Toen Marie gedwongen was om zich uit te spreken, was dat een van de redenen geweest dat ze aandacht schonk aan de leerlingen en het personeel, om hen te prijzen voor hun steun en begrip, maar ze had niets kunnen veranderen aan het feit dat haar dochter juist hier op school had gezeten. Het was ook een feit dat Omar Hajid bij haar in het jaar had gezeten en dat ze verkering hadden gehad. Daarom had Omar in de belangstelling van de media gestaan, maar aangezien hij de school had verlaten toen de verdenkingen tegen hem op hun hoogtepunt waren, had Mattsen afstand van Marie genomen, die aandacht bleef vragen voor het verhaal dat hij het liefst uit de wereld had gezien.

Het voelt daarom vals en hypocriet dat hij nu met een serieus en meelevend gezicht achter zijn bureau zit om te laten weten dat het hem verdriet doet om te horen wat het ministerie besloten heeft, maar Marie besluit om dat voor zich te houden.

'Ja, het gaat wel. Het is nog niet voorbij.'

Marie ziet dat Mattsen aandachtig constateert dat ze niet van plan is om op te geven en hij knikt meevoelend.
'Nee, dat zie ik. Je vecht dus door?'
'Dat ben ik wel van plan.'
Hij kijkt haar onderzoekend aan en terwijl Marie zich afvraagt waar het gesprek heen gaat, ziet ze dat hij aan zijn trouwring draait, zoals zijn gewoonte is tijdens besprekingen.
'Dus het gaat wel met je?'
'Ja, het gaat prima. Als er verder niks is, wil ik graag de proefwerken gaan voorbereiden.'
'Er is eigenlijk nog iets wat ik wil bespreken.'
Marie was al bezig op te staan, maar gaat weer zitten wanneer Mattsen er een paar papieren bij pakt die op zijn bureau liggen.
'Het viel me op dat de leerlingen uit de derde nu beneden in de kantine zitten, dus ik neem aan dat je weer een lesuur hebt laten uitvallen.'
'Niet laten uitvallen. Ik heb ze gewoon een opdracht gegeven om zelfstandig in de les te doen.'
'Maar je hebt de laatste tijd verschillende lesuren laten uitvallen, Marie.'
Het wordt Marie plotseling duidelijk waar Mattsen naartoe wil en ze ziet dat zijn ogen zoekend over de papieren glijden die hij in zijn handen heeft.
'Je hebt zelfs best veel laten uitvallen. Ik heb het rooster even bekeken en ik kan zien dat je sinds de kerstvakantie één, twee, vier, ja zelfs négen lesuren hebt laten uitvallen.'
Marie kijkt hem afwachtend aan.
'Dat is geen probleem, Marie. Je hebt natuurlijk veel op je bord en daar houden we rekening mee. Maar nu we de examenperiode in gaan, krijg je het nog drukker. Daarom wil ik je graag Sebastian Rye als assistent aanbieden voor je lessen.'
Marie kent de docent die Mattsen noemt vrijwel niet en dat is dan ook niet de reden dat ze protesteert.
'Waarom zou ik hulp nodig hebben? Ik heb die lesuren om volledig legitieme redenen laten uitvallen, onder andere vanwege ziekte.'

Dat is niet helemaal waar. De afspraken met de politie en haar advocaat waren alleen onder werktijd mogelijk geweest, dus had ze zich ziek moeten melden om daar aanwezig te zijn. Ertegenover staat dat ze haar best heeft gedaan om de gemiste stof in te halen in de volgende lesuren.

'Marie, dit is niet als kritiek bedoeld.'

Waarom zeg je het dan, verdomme, zou Marie willen roepen.

'Maar feit is dat je een flink aantal lesuren hebt laten uitvallen. Daar zijn vast heel goede redenen voor, maar nu we op het punt staan de eindsprint in te zetten, is het een heel ander verhaal. Als je hulp weigert, moet ik weten dat ik op je kan rekenen.'

'Natuurlijk kun je op me rekenen.'

'Ik noem het ook omdat we door de politiek onder andere op onze cijfers worden beoordeeld. En als we geen...'

Mattsen gaat verder met zijn verklaring, maar vanuit haar ooghoeken ziet Marie dat het display van haar telefoon oplicht. Heel even doet ze nog haar best om te blijven zitten knikken bij Mattsen die haar op haar kop geeft, maar het scherm blijft oplichten en het is haast alsof haar lichaam uit zichzelf opstaat.

'Ik begrijp wat je zegt en je kunt natuurlijk op me rekenen. Vanaf nu geen uitval meer. Sorry, maar ik moet echt even opnemen.'

Marie pakt haar telefoon en raapt haar tas op van de vloer. Ze doet de deur open en loopt het secretariaat op met Mattsens ogen in haar rug. Wanneer ze langs de fotowand komt met de vrolijke leerlingen uit Carolines jaar die net geslaagd zijn, zorgt ze ervoor dat ze de andere kant op kijkt terwijl ze de oproep beantwoordt.

12

'Maak je niet druk. Iedereen heeft wel een ex op wie die niet trots is.'

Thulin merkt dat Raheem vanaf de bijrijdersstoel plagerig naar haar lacht, maar ze is te geïrriteerd om te reageren. In plaats daarvan zet ze de sirene aan en geeft gas om de dienstwagen voorbij de file op Grønningen te sturen. Raheem slaat geschrokken zijn handen voor zijn gezicht, maar de tegemoetkomende automobilisten blijven keurig aan de kant totdat Thulin de stroom in haar eigen rijbaan weer kan volgen en rechts afslaat over Folke Bernadottes Allé in de richting van Nordhavn.

'Aan de andere kant ben ik wel benieuwd wat het was waardoor je destijds voor hem gevallen bent,' vervolgt Raheem plagend, maar ze hapt niet.

'Bel onze afdeling alsjeblieft, zoals ik je gevraagd heb.'

Precies op dat moment rinkelt Raheems telefoon en als hij opneemt, hoort ze dat het NC3 is en is ze even alleen met haar frustratie. Nylander had inderdaad gedaan wat ze wilde en de maatregelen die ze had voorgesteld waren in werking gezet. Daarom zijn Raheem en zij nu op weg naar Silje Thomsens werk, een middelgrote verzekeraar in Nordhavn, waar ze tot haar ziekmelding als administratief medewerker werkte. Haar werkcomputer en harde schijf moeten worden onderzocht op informatie die licht kan werpen op waar ze kan zijn of wat haar overkomen kan zijn. Waar mogelijk meer haast bij is dan waar Thulin bij stil wil staan. Hoewel de vergadering dus naar wens verlopen is, weegt dat niet op tegen het weerzien met Hess.

Niet dat hij iets bijzonders heeft gezegd, want dat was niet zo. Toen Raheem hem benaderd had op de parkeerplaats en had verteld over de vergadering die op het punt stond om te beginnen, was hij met tegenzin meegekomen naar de briefingruimte. Hij had haar nauwelijks gegroet of aangekeken. In feite had hij niemand van de aanwezigen in de ruimte gegroet, noch iets gezegd over wat hij daar deed. Nylander, die bij het weerzien slechts kort en formeel had geknikt, had samen met Budtz, een nieuwe mannelijke rechercheur die Thulin niet kende, plaatsgenomen aan de ene zijde van de lange tafel, tegenover Thulin en Raheem, terwijl Hess in zijn eentje aan een van de uiteinden van de tafel was gaan zitten. Ze wist dat hij vaak stil en terughoudend was, maar hij leek nu extreem naar binnen gekeerd, ronduit duister misschien wel. Thulin kon het niet laten om na te denken over waarom hij in Kopenhagen was en hoe lang al.

Ze had geprobeerd om haar gedachtestroom uit te zetten en was aan haar uiteenzetting begonnen. Eerst had ze voorbeelden gepresenteerd van de stalkingfoto's die de vermiste vrouw uit Vanløse sinds begin december had ontvangen, en met de hulp van Raheem waren de korrelige foto's van Silje Thomsen met een steeds gejaagdere uitdrukking op haar gezicht opgeblazen op het grote scherm aan de muur. Ze had hun ook de vulgaire regels uit het telversje dat Silje Thomsen gisteren had ontvangen laten zien. Dat leken de laatste berichten te zijn geweest die ze had ontvangen voordat ze haar telefoonnummer had veranderd en dat aan haar dochter had laten weten. Nylander had er al snel op gewezen dat de vrouw in haar laatste bericht had geschreven dat 'alles oké' was en Thulin had pas echt zijn aandacht gekregen toen ze was begonnen met de vergelijking met de zaak van Caroline Holst.

Raheem was het archief in gedoken en met zijn hulp had Thulin voorbeelden gepresenteerd van de foto's die de negentienjarige vrouw van zichzelf had ontvangen in de weken voordat ze in november 2021 na een schoolfeest verdwenen was. Er waren in Thulins ogen meer overeenkomsten dan verschillen. Net zoals in het geval van Silje Thomsen was Caroline Holst gefotografeerd in de openbare ruimte door ramen van cafés, winkels en warenhuizen. Sommige foto's waren voor haar gymnasium genomen door een autoraam of als ze op de fiets zat om vriendinnen te bezoeken of als ze in Indre By naar de bioscoop ging. Er waren ook foto's bij van de jonge vrouw als ze aankwam of wegging bij een rijtjeshuis op een drukke weg in Hvidovre en Thulin ging ervan uit dat dat haar thuisadres was geweest. Een aantal foto's gingen ook gepaard met het woord 'gevonden', zij het niet zo systematisch als in het geval van Silje Thomsen. Caroline Holst had geen nieuw telefoonnummer genomen en zo op het eerste gezicht zag ze er op de foto's niet uit alsof ze in dezelfde mate door angst gegrepen was als Silje Thomsen. Thulin kon natuurlijk niet weten of het daardoor kwam, maar het was haar ervaring uit het werk bij NC3 dat de jongere generaties beangstigend genoeg meer gewend waren aan ongewenst online gedrag dan oudere mensen die niet waren opgegroeid met grooming, hackeraanvallen en een niet-aflatende stroom aan dickpics.

Bij de vergelijking van de twee zaken was Nylander rechtop in zijn stoel gaan zitten. Zijn ogen waren gaan glimmen van interesse. Het was niet ondenkbaar dat hij een kans zag om bij te dragen aan het onderzoek van een van de meestbesproken moordzaken van de laatste tijd om op die manier eerherstel te krijgen na de verkeerde inschattingen die hij eerder had gemaakt. Hij had echter ook stilgestaan bij de verschillen tussen de twee zaken. Bijvoorbeeld de leeftijd van de vrouwen en het feit dat er ogenschijnlijk geen vulgair telversje voorkwam in de berichten aan Caroline Holst. Thulin had hem in dat laatste gelijk moeten geven. Raheem en zij waren geen telversje tegengekomen in het materiaal dat over de zaak beschikbaar was in het archief van de politie van Vestegnen. Nylander had de daaropvolgende stilte aangegrepen om Hess aan te kijken en hem om zijn mening te vragen.

Hess had tot dat moment met gebogen hoofd in gedachten verzonken gezeten terwijl hij ongedurig met zijn been wipte. Na Nylanders vraag had hij afwezig opgekeken naar het scherm, waar de vulgaire rijmpjes die Silje Thomsen had ontvangen opnieuw werden weergegeven. Hij had afgemeten gezegd dat hij geen mening kon hebben, omdat hij geen van beide zaken kende. Daarna had hij zijn mond gehouden en richtte hij zijn blik weer op de tafel. Zijn houding had Raheem geprovoceerd en hij had van de gelegenheid gebruikgemaakt om met scherpe stem te herhalen dat dat precies de reden was dat Hess meteen de cyberafdeling van Europol aan het werk moest zetten om vast te stellen of er overeenkomsten tussen de IP-gegevens waren, zodat ze daar niet meer naar hoefden te gissen.

Nylander had Raheem gelijk gegeven en Hess gevraagd of de digitaal rechercheurs van Europol zo snel mogelijk konden kijken of er een verband was of niet. Tot die tijd zou het materiaal serieus worden genomen en vertrouwelijk worden behandeld. Parallel aan de ondervragingen op het werk van Silje Thomsen zou een eenheid technisch rechercheurs haar erf grondig onderzoeken. Daarnaast zouden haar buren worden ondervraagd, net als de verdachten in de zaak-Caroline Holst. Voordat de vergadering werd beëindigd had Thulin er snel nog op aangedrongen dat de keuken van Silje Thomsen grondig op sporen werd onderzocht. Hoewel Nylander duidelijk liet merken dat zij zich er niet meer dan hoogstnoodzakelijk mee moest bemoeien, had ze de indruk gehad dat hij haar aansporing serieus nam. Op dat moment was Hess opgestaan en nog voordat Thulin en Raheem de details met hem konden doornemen, had hij de ruimte verlaten met een vage opmerking over dat er iets was wat hij moest regelen.

Zodra Thulin de mogelijkheid had gehad, was ze achter hem aan gegaan. Eerst dacht ze dat hij al was weggereden, maar toen was hij uit de glazen deur van de personeelsafdeling gekomen en moest hij blijven staan omdat zij voor zijn neus stond. Op de gang had ze hem de papieren gegeven die hij op tafel had laten liggen en hem eraan herinnerd dat ze zo snel mogelijk antwoord nodig hadden. Hij had verstrooid geknikt en bedankt voor de papieren en in de daaropvolgende stilte had ze hem afwachtend aangekeken, omdat ze dacht dat hij iets zou zeggen. Iets wat het dragelijker had kunnen maken dat hij het van de ene op de andere dag had uitgemaakt en weer was teruggegaan naar Den Haag, met als enige verklaring enkele dooddoeners over dat hun levens te veel van elkaar verschilden. Maar precies toen ze dacht dat hij zijn mond open zou doen, had hij zich omgedraaid en was hij de trap af verdwenen. Vanuit het raam had ze hem in de auto zien stappen en zien wegrijden.

Thulin heeft geen concreet beeld van hoe het weerzien met hem zich had moeten ontvouwen, maar in elk geval niet op deze manier. Als ze de parkeerplaats bij de verzekeringsmaatschappij aan de Kalkbrænderihavnsgade op draait, is ze nog steeds veel gefrustreerder dan ze zou willen zijn. Aan het gesprek van Raheem hoort ze dat het hem moeite kost om het hoofd Logistiek bij NC3 ervan te overtuigen dat er zo snel mogelijk agenten moeten worden ingezet in de straat waaraan het huis van Silje Thomsen ligt. Ze houdt haar hand naar hem op om aan te geven dat ze de telefoon graag wil om het gesprek over te nemen.

'Moment, hier komt mijn chef,' zegt Raheem in de hoorn en hij geeft Thulin de telefoon.

'Met Thulin. We moeten alle opnames van de weg hebben van gisteravond tussen vijf en acht uur. De beveiligingscamera's van mensen, dashcams uit auto's, alles wat we aan opnames te pakken kunnen krijgen. En we hebben ze nú nodig!'

Ze breekt het gesprek af, gooit de telefoon terug naar Raheem en voordat hij iets kan zeggen stapt ze de auto uit. Als haar onderbuikgevoel klopt, moeten ze Silje Thomsen snel vinden. Uit de samenvatting van het onderzoek naar de negentienjarige Caroline Holst bleek dat het vanaf haar vermissing bijna twee maanden duurde voordat de delen van haar lichaam werden gevonden, afgezonken in een meer op West-Seeland. Het bleek ook dat ze vermoedelijk binnen vierentwintig uur was vermoord en in stukken was gehakt. Terwijl Thulin snel naar het grote, langwerpige glazen gebouw loopt waar de verzekeringmaatschappij is gehuisvest, probeert ze er niet aan te denken dat het aftellen misschien al is begonnen.

13

Odinparken ziet eruit zoals altijd, al zien de gelijkvormige, rode woonblokken aan de rand van Nørrebro er in het bleke, winterse licht nog triester uit dan normaal. Op weg naar het kleine appartement op nummer 37C heeft Hess gezelschap gekregen van Nehru, die hem zag toen hij de besneeuwde trappen naar de galerij op liep. Nehru bood direct aan om de dingen die Hess uit Jons appartement heeft opgehaald te helpen dragen. Hoewel Hess niet veel meer kan dan afwezig knikken bij Nehru's opsomming van alles wat er sinds nieuwjaar in Odinparken is gebeurd, stelt hij het op prijs dat de huismeester de twee groene kamerplanten in zijn armen heeft genomen zodat hij zelf al zijn aandacht kan geven aan het dragen van de zak met vogelzaad en de kooi met de beo erin.

Jons appartement had er vreselijk uitgezien. Het fornuis stond vol pannen met etensresten, het toilet stonk, de vloeren waren smerig en vet, en overal lagen lege flessen en stapels vuile kleren. Eigenlijk was Hess alleen gekomen om de beo mee te nemen die inmiddels al jaren Jons metgezel was, maar de aanblik van Jons appartement had pijn gedaan. Misschien was dat de reden geweest dat hij had besloten om de twee kamerplanten te redden die omverlagen in een hoek. Terwijl hij de sleutel van 37C zoekt, hoort hij Nehru vertellen over de intriges rond de aanstaande vergadering van de vve, maar hoewel hij gesteld is geraakt op de huismeester en zijn vriendelijke manier van doen, heeft hij moeite om te focussen op wat hij zegt.

Volgens de arts in het ziekenhuis was het met Jon na zijn opname op de afkickkliniek gisteren steeds slechter gegaan. In de loop van de avond had het personeel geconstateerd dat de gevoelsstoornissen en spraakproblemen die hij had gehad niet konden worden verklaard door de zware inspanningen die zijn lichaam vanwege de verslaving leverde. Met een scan werd het vermoeden van een hersenbloeding bevestigd en vanaf dat moment was het snel gegaan. Even na middernacht was Jon op de operatietafel beland, waar de bloeding in de hersenen was gestelpt met een vier uur lange ingreep via de schedel. Volgens de arts was de ingreep naar tevredenheid verlopen, maar het was nog te vroeg om Jon weer bij bewustzijn te laten komen en hij werd kunstmatig in coma gehouden. Hoe lang hij in die toestand gehouden zou worden, kon ook nog niet worden gezegd, dat hing af van zijn vitale functies. Het was op dit moment evenmin mogelijk om te voorspellen in hoeverre Jon blijvende hersenbeschadiging had opgelopen en of het überhaupt mogelijk zou zijn om hem te wekken.

Hess had de boodschap niet kunnen bevatten. Het werd minder onwerkelijk toen hij Jon even had mogen zien. Door een glazen ruit had hij zijn grote broer in een eenpersoonskamer zien liggen, levenloos en verbonden met allerlei plastic slangetjes, terwijl een beademingsapparaat hem hielp lucht te krijgen. Zijn broer had er veel te mager uitgezien. Een deel van zijn haar aan de linkerkant van zijn hoofd was weggeschoren en op zijn blote hoofdhuid zat een groot, vierkant kompres met duidelijke bloedvlekken geplakt. Hess had het wel uit willen schreeuwen. Het had een ogenblik gevoeld alsof hij een vrije val maakte en tot zijn schrik begon het hem serieus te dagen hoeveel zijn grote broer voor hem betekende. Het was Jon die zijn beschermer was geweest en het was Jon geweest die hem met zijn onvoorwaardelijke liefde altijd had geprobeerd in te prenten dat het allemaal wel weer goed zou komen. Vanwege zijn verslaving waren de krachtsverhoudingen door de jaren heen weliswaar veranderd, maar ze waren nog steeds verbonden en gevormd door dezelfde ervaringen uit hun jeugd. Doordat zijn broer er nu zo slecht aan toe was en er zo weerloos bij lag, had zich in Hess een afgrond geopend waarvan hij het niet aankon om erin te kijken.

De arts had Hess aangespoord om contact op te nemen met de overige naasten, maar hij wist niet wie dat zouden moeten zijn. In plaats daarvan was hij wankelend naar de auto gelopen, nog altijd met het cadeau voor Jon in het gescheurde inpakpapier in zijn hand. Op weg naar Jons appartement was hij gestopt bij het hoofdbureau van de politie om een paar dagen vrij te vragen. Hij had ook naar Den Haag gebeld, maar aangezien hij in dienst was van de Deense staat, moesten de formaliteiten worden geregeld op de Deense personeelsafdeling en voordat hij er erg in had gehad, had hij oog in oog gestaan met Naia Thulin.

Hess had niet geweten wat hij moest zeggen. Uiteraard had hij geen zin gehad om aanwezig te zijn bij een of andere vergadering met Nylander en een reeks andere onbekende gezichten, maar toen hij haar in het raam had gezien, had hij het gevoel gehad dat hij niet kon weigeren. Hij was mee naar boven gegaan, naar de briefingruimte, maar het was onmogelijk geweest om een bijdrage te leveren. Hij had constant de uitgemergelde gestalte van zijn broer voor zich gezien en ten slotte moest hij wel opstaan en weggaan. In de auto op weg daarvandaan was hij er via zijn contacten in geslaagd om in contact te komen met de dienstdoende chef op de cyberafdeling van Europol, die er gelukkig mee had ingestemd om prioriteit te geven aan de vergelijking van de gecompliceerde afzenderdata van de twee zaken. Daarmee was er verder niets wat Hess moest doen en kon hij zich concentreren op het afhandelen van zijn bezoek aan Jons appartement om zo snel mogelijk weer terug te gaan naar het ziekenhuis.

'Luister je wel?'

Hess en Nehru zijn het appartement binnengekomen en Nehru heeft de planten op de eettafel gezet. Hij kijkt aandachtig naar Hess, die zich realiseert dat hij midden in de woonkamer is blijven staan met de vogelkooi in zijn hand.

'Sorry. Wat zei je?'

'Hoe lang blijf je?'

'Dat weet ik niet.'

'Je bent wat stil. Waarom heb je een vogel gekocht?'

'Ik heb geen vogel gekocht. Die is van mijn broer.'

'Van je broer?'

'Nehru, heel erg bedankt voor je hulp, maar ik heb veel te doen.'

Terwijl Hess een plek voor de vogelkooi zoekt en hem uiteindelijk in de vensterbank zet, merkt hij Nehru's onderzoekende blik op.

'Je kunt hem beter niet daar neerzetten. Te veel licht en zon. Dan heb je straks nog een braadkip.'

Nehru tilt de kooi met de grote, zwarte vogel resoluut van zijn nieuwe plek en zet hem boven op de ladekast, waar de vogel wat met zijn vleugels fladdert voordat hij rustig gaat zitten.

'Hier is veel beter.' Nehru kijkt Hess tevreden aan.

'Heel mooi, Nehru. Verder kom ik er zelf wel uit.'

'Maar is alles goed? Met je vriendin en zo?'

'Zoals ik al zei, ik moet weer verder.'

'Je hebt toch niks doms gedaan?' zegt Nehru meelevend en Hess slaat zijn ogen neer.

'Ik moet nu echt gaan.'

Hess vermant zich en kijkt Nehru aan met de dankbare glimlach die hij verdient. Op hetzelfde moment ziet hij Le die hem in de deuropening gadeslaat.

14

Het is bijna een halfjaar geleden dat Hess haar voor het laatst zag en zoals Le daar op de galerij voor hem staat met haar skateboard in haar hand en haar schooltas op haar rug, ziet ze er anders uit. Ze heeft nog steeds haar kinderlijke onschuld, het piekerige, korte haar en de felle, vragende ogen, maar ze ziet er plotseling ouder uit dan haar twaalf jaar.

'Ik kon op de Snap Map zien dat je hier was. Ik wist niet of je zin had om met me te praten, want je hebt niet gezegd dat je zou komen.'

Hess merkt dat er iets is veranderd in hoe ze naar hem kijkt. Ze is meer op haar hoede. Toch is ze hier komen opduiken. Hij was al lang vergeten dat hij nog steeds op haar Snap Map verschijnt. Hij realiseert zich dat ze misschien wel gevolgd heeft waar hij de afgelopen maanden geweest is en heeft er spijt van dat hij haar geen enkel bericht heeft gestuurd.

'Ik wist gisteren pas dat ik zou komen,' zegt hij verontschuldigend.

'Wil je zien wat ik geleerd heb?'

'Ja. Natuurlijk.'

Hij glimlacht er snel bij en ze laat hem een ollie en een *one-eighty* zien terwijl ze heen en weer rijdt over de galerij. Hij kan aan haar bewegingen zien dat ze geoefend heeft. Het skateboard gaat met haar voeten mee omhoog en het is duidelijk dat ze er gevoel voor heeft.

'Wauw. Je bent er goed in geworden.'

'Ik heb veel geoefend. Dit weekend zou ik eigenlijk naar een skate-evenement gaan, maar mama zegt dat we vanavond weggaan op een of andere stomme skireis met school.'

'Nou... Skiën is toch leuk?'

'Dat zegt Bjørn ook. Hij beweert dat snowboarden bijna hetzelfde is als skateboarden, maar daar geloof ik niks van.'

'Bjørn?'

'De vader van Valde. Mama's nieuwe vriend.'

Le bekijkt hem onderzoekend met haar scherpe blik. Het doet pijn om te horen, maar hij probeert te doen alsof het hem niets doet.

'Hij is best leuk, maar hij weet niks van skateboarden. Waarom ben jij mama's vriend niet meer?'

Het is een logische vraag, maar hij wordt er toch door overvallen.

'Was het haar schuld?' vervolgt Le.

'Nee. Die van mij.'

Hij ziet aan haar blik dat ze hem niet helemaal gelooft, maar ze laat het gaan.

'Whatever. Zullen we samen gaan skateboarden in de hal als ik terug ben van dat stomme skiën?'

Hess weet eerst niet wat hij moet zeggen. Die dag in de zomer dat ze samen naar de skatewinkel in de stad gingen om het board te kopen dat ze nu vasthoudt, was hij dolblij geweest toen haar hand op weg naar huis de zijne had gepakt. De hele weg over de Vesterbrogade had hij zich de gelukkigste persoon ter wereld gevoeld, maar dat voelt nu lang geleden, en de zaken staan er niet meer voor zoals toen.

'Ik denk niet dat dat een goed idee is, Le.'

'Waarom niet?'

'Misschien is dat niet helemaal fair tegenover je moeder.'

Ze kijkt hem vragend aan en het duurt een poos voordat ze begrijpt wat hij bedoelt. Haar blik keert zich naar binnen en ze veegt wat viezigheid van de wieltjes.

'Maar als je je video's uploadt, kan ik volgen wat je allemaal leert. En we kunnen af en toe ook even bellen,' voegt hij er snel aan toe.

'Ja. Natuurlijk.'

Hij ziet aan haar dat ze hem niet wil laten zien hoeveel pijn zijn afwijzing doet. Hij wil net op zijn besluit terugkomen als zijn telefoon gaat. Snel haalt hij die uit zijn zak. Heel even is hij bang dat het ziekenhuis belt met slecht nieuws, maar hij laat zijn schouders zakken bij het horen van de stem aan de andere kant.

'*Can I call you back?*' vraagt hij snel, want Le heeft haar skateboard gepakt en gaat weg.

'De bus komt zo. Later.'

'Le, wacht even. Le!'

Maar Le heeft zich al afgezet op haar skateboard en rolt weg over de galerij, zo snel als ze kan, en even later is ze verdwenen, de trap af. Hij volgt haar met zijn ogen wanneer ze over het plein loopt met het board in haar hand, voordat hij zijn telefoon weer naar zijn oor brengt om te luisteren. Een Engelstalige technicus van de cyberafdeling van Europol legt hem uit dat er een probleem is. Ze hebben mensen op de klus gezet, maar het materiaal is niet gekomen, waardoor ze niet kunnen beginnen.

'Als we de twee zaken moeten vergelijken, hebben we natuurlijk de logbestanden nodig van de zaak-Caroline Holst. We hebben de politie van Vestegnen aan hun jasje getrokken, maar ze hebben nog niet gereageerd, dus we kunnen nu niet verder,' legt de man uit terwijl hij zich een beetje in de Deense namen verslikt.

Het kan Hess even helemaal niets schelen. Toch hoort hij zichzelf zeggen dat het hem spijt en hij voegt eraan toe dat hij ervoor zal zorgen dat ze zo snel mogelijk worden opgestuurd. Als hij het gesprek heeft beëindigd, gooit hij de deur van zijn appartement dicht en rent de straat op in de hoop dat hij Le nog kan onderscheppen bij de bushalte. Maar zodra hij op de stoep staat, ziet hij dat de halte verderop verlaten is.

Hij blijft even in het rond staan kijken voordat hij terugloopt en in zijn auto gaat zitten. Hij tikt wat op zijn telefoon en als hij het nummer van de politie van Vestegnen heeft gegoogeld, belt hij het. Hij wordt direct in de wacht gezet, waarop hij besluit dat het sneller gaat om even langs te rijden.

15

Aan de andere kant van de beslagen ruiten liggen de voetbalvelden er leeg bij, bedekt onder een laag sneeuw, maar binnen in het café van het gerenoveerde clubgebouw is het warm en stampvol. Er zijn veel meer gasten op de opening van de kleine amateurclub uit Hvidovre afgekomen dan Marie had gedacht en elke keer wanneer er nieuwe gasten binnenkomen vanuit de kou, merkt ze op dat het Tom is die ze zoeken voor het in ontvangst nemen van hun felicitaties, bloemen en flessen wijn. Als vicevoorzitter was Tom de drijvende kracht achter de renovatie, en hoewel ze probeert om blij te zijn voor hem en de club, voelt ze zich ongemakkelijk bij het zien van de vele bekende gezichten. Het is lang geleden dat ze voor het laatst op het complex was en het weerzien met trainers, spelers, clubbestuurders en niet in de laatste plaats ouders voelt onhandig en ongemakkelijk. Marie kan zien dat het sommigen van de aanwezige gasten net zo vergaat wanneer ze haar in het voorbijgaan groeten. Ze gaat op haar tenen staan om te zien waar Tom zich in het gewemel bevindt, zodat ze hem even apart kan nemen en weer kan gaan.

Zelf had Marie geen cadeau bij zich toen ze even daarvoor was aangekomen met Thor en Malte. Het gesprek met de advocaat die ze te spreken had gekregen had andere, dringende zaken in gang gezet en de tijd die ze zou gebruiken om een cadeau te kopen was door haar vingers geglipt. Na het gesprek met de advocaat was ze vervuld geweest van hernieuwde energie en in gedachten had ze ernaar uitgezien om Tom bij haar plan te betrekken. Maar toen ze enigszins verlaat Thor en Malte thuis had opgehaald en was weggereden naar de club, was het de jongens duidelijk geworden dat ze niets had meegenomen. Thor had moedeloos zijn hoofd geschud en gezegd dat hij niet mee wilde als de kans bestond dat ze op ruzie uit was en alleen erheen wilde gaan om stennis te schoppen en te schelden, maar Malte had de situatie gered door een kleurkrijttekening uit zijn tas te halen die hij op school voor zijn vader had gemaakt.

Marie had zich geschaamd om te zien dat haar kleine jongen er al rekening mee had gehouden dat ze zich niet aan haar belofte zou houden en ze had hun verzekerd dat er niet gescholden zou worden. En dat meende ze ook nog. Ze had Malte geholpen een stukje touw uit het handschoenenkastje om de opgerolde tekening te binden en uiteraard had ze niet genoemd dat ze een speciale reden had om naar de receptie te komen.

Zodra ze binnen waren gekomen, had Marie gezien dat Toms gezicht begon te stralen toen hij de jongens zag. Hij had enigszins onwennig een schort voor, omdat hij het clubpersoneel een handje had geholpen in de keuken, maar hij had zich meteen losgemaakt om beide jongens een dikke knuffel te komen geven. Marie had een steek in haar hart gevoeld toen ze zag hoe de jongens zijn omhelzing en lach hadden beantwoord en ze had zich voor de zoveelste keer voorgenomen om ook weer wat met de jongens te doen zodat de sfeer thuis niet altijd zo zwaar was. Tom had zich naar haar gericht en haar ook een knuffel gegeven. Op overdreven wijze had hij Malte bedankt voor de tekening en hij zorgde ervoor dat ze allemaal wat eten en drinken van de buffettafel kregen. Maar voordat Marie hem even apart had kunnen nemen, werden ze onderbroken door andere gasten die hem wilden feliciteren met de opening. Even later hadden Malte en Thor teamgenoten gevonden met wie ze in het nieuwe clubgebouw op verkenningstocht gingen en Marie was achtergebleven, zich de vreemde voelend die ze was.

Het was aan Tom te danken dat de kinderen waren gaan voetballen bij Boldklubben Stævnet en met vaderlijke trots had hij de club waar hij zelf als kind had gespeeld helemaal de hunne gemaakt. Marie weet nog hoe het jaren geleden met Caroline was begonnen, toen Tom zichzelf had aangeboden als assistent-trainer voor haar kabouterteam, zodat hij kon helpen met het rondslepen van kegels en ballen en hij in het weekend mee op kamp kon gaan. Dat had hij ook gedaan met Thor toen die dezelfde leeftijd had en later, toen Thor het te druk met school had gekregen, had hij zijn aandacht op Malte gericht en was nu als trouwe supporter bij al zijn wedstrijden aanwezig. In de loop der tijd had Marie ook heel wat thuiswedstrijden bijgewoond, maar het was altijd de wereld van Tom en de kinderen geweest. Na Carolines dood had Tom veel gedaan om de band met de club in stand te houden. Afgelopen jaar was hij er vol voor gegaan en had hij aan het clubbestuur voorgesteld dat hij met zijn timmerbedrijf de renovatie van het vervallen, krakkemikkige clubgebouw op zich zou nemen. Tot Maries toenemende frustratie had hij heel veel arbeidskracht op het project gezet en ze wist dat het kleine bedrijf, dat Tom zelf had opgebouwd, ook veel deed om de kosten voor de club binnen de perken te houden. Marie had het gekkenwerk gevonden dat hij zich op dat project geworpen had. Vooral ook vanwege de situatie waar ze zelf in zaten, maar Tom had niet willen luisteren en ze had ingezien dat het zijn manier van overleven was. Ze ziet vooral nog voor zich hoe ze afgelopen zomer, toen de frustratie over dat Tom bijna nooit thuis was haar te veel was geworden, naar het complex was gegaan. De voetbalvelden hadden die zachte zomeravond gegonsd van het leven en vrolijke kinderstemmen, en na even zoeken had ze Tom achter het clubgebouw gevonden, waar voorbereidingen voor een aanbouw werden getroffen. Hij was helemaal alleen bezig geweest om aarde af te graven en weg te voeren met een kruiwagen. Van een afstandje had ze gezien dat hij in de weer was geweest met een spade en schop om de aarde los te maken die met een graafmachine gemakkelijk in een paar dagen verwijderd had kunnen worden. Een paar uur later, toen hij thuis afgemat in de badkamer zijn met blaren bedekte handen had staan wassen, had ze haar ontevredenheid over hem niet kunnen inhouden. Tom had haar harde woorden aangehoord zonder aanstalten te maken om weerwoord te bieden en dat was haast het ergste geweest. Een paar maanden later in de herfst had hij haar verteld dat hij niet meer kon. Hoewel hij haar met gepijnigde blik had aangekeken en had gezegd dat hij nog steeds van haar hield, had ze niets kunnen doen om te voorkomen dat hij ging. Sindsdien was er echter geen dag verstreken dat ze niet wilde dat het anders was.

'Marie, wil je nog wat koffie of chocolademelk?'

Marie draait zich naar het vriendelijke gezicht van de vrouw die met twee thermoskannen voor haar staat. Ze herkent haar als Britt, een van de ouders uit de sportleiding van de club.

'Nee, dank je. Maar gefeliciteerd met het nieuwe clubgebouw.'

'Ja, dank je, maar dat moet je eigenlijk tegen Tom zeggen. Hij is degene die het mogelijk heeft gemaakt.'

Het gaat even door Maries hoofd hoe goed Britt eruitziet. Haar blonde haar, haar parfum en haar afgetrainde figuur zorgen ervoor dat Marie zich onpasselijk voelt en ze merkt dat haar maag zich samentrekt wanneer ze bedenkt dat Britt gescheiden is en met Tom omgaat op de club.

'Ik kan hem gewoon niet genoeg complimenteren,' vervolgt Britt. 'Iedereen is zo onder de indruk van wat hij heeft gedaan en nu heeft hij ook voorgesteld dat we voetbalkampen organiseren voor jongens en meisjes.'

'O, wat goed,' hoort Marie zichzelf zeggen, terwijl haar blik opnieuw langs het gezelschap gaat. 'Sorry, ik moet even weg.'

Voordat Britt nog wat kan zeggen heeft Marie zich al verplaatst. Ze heeft Tom in het oog gekregen, die in het voorbijgaan een paar gasten groet terwijl hij met een bak onderweg is naar de keuken om een nieuwe lading snacks voor het buffet te halen. Marie moet zich door de opeengepakte mensenmassa wurmen om in dezelfde richting te gaan en aan de blikken en overdreven pogingen van mensen om aan de kant te gaan merkt ze hun goede bedoelingen, maar het voelt ongemakkelijk. Ze bereikt Tom in de keuken, waar hij bezig is om de bak te vullen met appetizers en worstenbroodjes, en gelukkig heeft ze hem even voor zichzelf.

'Tom, er is iets wat ik even met je wil bespreken.'

'Ja, natuurlijk. Sorry, maar het lijkt wel alsof mensen niet hebben geluncht.'

Tom zet de bak weg en kijkt haar welwillend aan, maar ze beantwoordt zijn blik niet.

'Ons bezwaar is afgewezen en onze advocaat zegt dat er niets meer is wat we kunnen doen om…'

'Dat weet ik,' onderbreekt hij haar. 'Ik heb hem zelf gebeld.'

'Maar dat betekent niet dat de slag verloren is, want ik heb met een ander advocatenkantoor gesproken. Zij zeggen dat ze de zaak graag op zich willen nemen om te proberen opnieuw bezwaar in te dienen zodat er nieuwe rechercheurs op kunnen worden gezet.'

Een man, die Marie herkent als een van de oude trainers van Caroline, loopt langs haar heen en slaat Tom op zijn schouder, waardoor Tom even naar hem moet lachen voordat zijn ogen weer op Marie rusten.

'Kunnen we het hier later over hebben?'

Marie schudt haar hoofd. 'Nee. Ik heb die advocaat beloofd om vandaag van me te laten horen en ik wil het hem graag laten weten zodat hij kan beginnen. Het probleem is dat het duur is. Ze vragen vijfendertighonderd per uur en hun inschatting is dat we rekening moeten houden met honderdduizend in totaal.'

'Tom, zijn er nog meer broodjes?' roept een joviale, brallende man door de ruimte. Tom kijkt op en geeft met zijn duim omhoog aan dat de broodjes eraan komen.

Marie gaat verder. 'Ik weet dat het veel geld is, maar we kunnen nog een hypotheek op het huis afsluiten. Ik heb al met de bank gesproken en dat kan als we allebei tekenen.'

'Ik wil het graag later met je bespreken, Marie.'

'Maar wat valt er te bespreken? We moeten het gewoon in gang zetten.'

Marie merkt dat haar ongeduld toeneemt. Zij en Tom hebben al lang geleden afgesproken dat ze alles op alles zullen zetten om erachter te komen wat er met Caroline is gebeurd en ze begrijpt niet waarom ze niet gewoon door kan gaan. Ze kijkt hem aan.

'Tom, het is maanden geleden dat de rechercheurs nog met iets nieuws gekomen zijn. De zaak zit vast. Er is geen vooruitgang meer. We moeten volhouden.'

'Ja, maar we hebben ook andere dingen om aan te denken.'

'Zoals?'

'De jongens. Maar dat is een ander verhaal.'

Ze ziet dat Tom nu niet aan dat verhaal wil beginnen, want hij reikt naar de bak om verder te gaan, maar Marie gaat ertussen staan en kan zich niet inhouden.

'Wat is er met de jongens? Wat heeft dat ermee te maken?'

Marie kijkt Tom aan om hem tot een antwoord te dwingen. Met tegenzin schuift hij de bak van zich af en hij praat zacht en indringend terwijl hij haar in de ogen kijkt.

'Marie, we trekken aan een dood paard. We steken al onze krachten in iets waar we geen invloed op hebben. Ik wil hetzelfde als jij, maar ik wil mijn energie graag in de jongens steken, want ik denk dat ze dat nodig hebben.'

Marie voelt de woede opkomen, maar Tom gaat door.

'Thor spijbelt en lijkt ongelukkig. Malte gedraagt zich de hele tijd alsof hij al onze problemen moet oplossen, en wij...'

'Dat kun je niet maken.'

Marie kan haar woede niet langer verborgen houden en het helpt niet dat hij haar vriendelijk aankijkt.

'Marie, ik wil gewoon tegen je zeggen dat wij...'

'Dat kun je niet maken vanwege háár,' sist ze.

Tom kijkt schuldbewust, maar haar gevoelens hebben de overhand gekregen en Marie gaat in blinde woede door.

'Als je hier niet in meegaat, maak je alles kapot. Dan maak je míj kapot, dan maak je de jóngens kapot, dan maak je het gezin kapot.'

'Marie...'

'Wat is er godverdomme mis met jou? Je hoeft alleen maar wat klotepapieren te tekenen en dan kun je hier weer je ogen sluiten om te doen wat je hier ook maar doet!'

Marie heeft haar stem verheven en staart hem aan om hem zover te krijgen dat hij zijn woorden terugneemt.

'Mam?'

Ze hoort Maltes stem, maar ze is te kwaad om te stoppen. Ze staart Tom aan en terwijl ze al haar overtuigingskracht oproept, kijkt ze hem wanhopig aan om hem het vanzelfsprekende te doen inzien.

'We mogen het niet opgeven. Iemand heeft haar pijn gedaan.

We zijn het haar verschuldigd om erachter te komen wie dat was. We zijn het haar verschuldigd om door te gaan, wat er ook gebeurt…'

Tom staat haar als versteend aan te kijken. Zijn blik is gepijnigd op dezelfde manier als toen hij in de badkamer bij de wasbak stond en hij zegt niets.

Marie merkt op dat de gasten om hen heen gestopt zijn met praten. Ze kijken opgelaten met hun blik op haar gericht. Tussen alle mensen vangt ze een glimp op van Malte, die tranen in zijn ogen heeft, en dwars door de ruimte krijgt ze oogcontact met Thor. De boze blik die hij haar stuurt is het laatste wat ze van hem ziet voordat hij de deur uitgaat en die met een smak achter zich dichtgooit.

16

Het is laat op de middag en voor de tweede keer die dag rijdt Thulin naar het bakstenen huis met de schutting en het TE KOOP-bord in Vanløse. Deze keer moet ze een aantal huizen verderop parkeren om een plekje te vinden en terwijl ze een bericht van Bjørn beluistert, stapt ze snel uit de auto en doet die op slot.

'Hé hoi, ik bedacht net dat we natuurlijk ook even langs kunnen komen om jou en Le op te halen wanneer we gaan. Ik verheug me erop, tot later.'

Zijn warme, vriendelijke stem bezorgt haar een slecht geweten. Zonder hem een antwoord te sturen steekt ze de telefoon terug in haar zak en ze beseft dat ze zich zorgen maakt of ze überhaupt nog mee kan op die reis. Op weg over de stoep ziet ze een handvol nieuwsgierige buurtbewoners die zich hebben opgesteld in de sneeuw tegenover het huis, zoals vaak het geval is wanneer de politie in groten getale uitrukt. De aanblik van het grote aantal geparkeerde politieauto's en busjes van Forensische Opsporing zegt haar dat Nylander de klus serieus heeft genomen, wat haar enigszins geruststelt. Het onderzoek naar Silje Thomsens bewegingen dat ze net zelf samen met Raheem heeft gedaan, heeft haar indruk dat de antwoorden te vinden zijn in het huis van de vrouw alleen maar versterkt.

Een IT-verantwoordelijke van de verzekeringsmaatschappij in Nordhavn had hun bereidwillig toegang gegeven tot de werkmail, agenda en documenten van Silje Thomsen. In een hoek van het grote, open kantoorlandschap met groene planten en klimaatneutrale meubels hadden zij en Raheem ingelogd. Raheem had al heel snel kunnen vaststellen dat de stalker geen foto's of berichten had verstuurd naar de werkmail van Silje Thomsen. In plaats daarvan gaf het digitale werkplatform een indruk van Silje

Thomsen als een plichtsgetrouw en hardwerkend iemand, in elk geval tot het punt in december waarop het stalken was begonnen. Daarna waren er ogenschijnlijk periodes ontstaan waarin ze dingen vergat. Een interne mailwisseling, die zich uitstrekte over meerdere weken, getuigde ervan dat een kribbige chef haar nalatigheden had opgemerkt, wat geëscaleerd was toen een bijzonder belangrijke klant had geklaagd over dat ze onvoorbereid op een vergadering was gekomen. Hoewel Silje Thomsen meerdere keren haar excuses had aangeboden en had uitgelegd hoe het zat, had haar chef haar dringend geadviseerd om met de hr-afdeling te gaan praten om zich ziek te melden.

Die gang van zaken werd bevestigd door een vrouwelijke collega die Thulin op een naastgelegen bureau met de rechercheurs hoorde praten. De collega was op voorhand al zeer aangedaan, aangezien een agent die ochtend contact met haar had opgenomen om te vragen of zij wist waar Silje Thomsen zich zou kunnen bevinden. Daar had ze geen idee van gehad en het was meer dan twee weken geleden sinds ze haar had gezien. Silje Thomsen had meerdere koffieafspraken afgezegd met als reden dat het niet goed ging.

De collega had haar beschreven als een lieve, flinke en goede vriendin met wie ze al jaren samenwerkte. In de tijd tot Silje Thomsens scheiding was het aan haar te merken dat het gezinsleven thuis niet altijd even idyllisch was geweest. Nadat de scheiding een paar maanden geleden was aangevraagd, was ze daarentegen opgebloeid, zij het slechts tot het stalken was begonnen. Toen was het hard de andere kant op gegaan. Ze leek bezorgd en angstig en ze had steeds meer moeite gekregen om overzicht te houden op haar werk. Tegenover haar collega had ze gezegd dat het stalken door de scheiding zou kunnen komen en dat haar exman erachter zou kunnen zitten, maar daar had ze later weer aan getwijfeld. Ze had haar collega voorbeelden laten zien van hoe ze achtervolgd werd en de collega was er verontwaardigd over geweest dat hun werkgever niet in hogere mate geprobeerd had om haar te helpen. Maar noch deze collega, noch andere medewerkers hadden enig idee van wie Silje Thomsen kwaad zou willen doen. Ze wisten ook niet of ze op dit moment een vriend had of iemand die ze regelmatig zag. Meer had het bezoek niet opgeleverd voordat Thulin gebeld was met nieuws van NC3.

Zoals Thulin had gevraagd, waren NC3-medewerkers alle deuren in de straat van Silje Thomsen langsgegaan om te vragen naar beeldmateriaal van de periode tussen 17.00 en 20.00 uur van de dag ervoor. Ze hadden zich in eerste instantie geconcentreerd op de huizen die het dichtst bij dat van Silje Thomsen stonden, maar vanwege de regels voor videobewaking had geen van de buren direct naast haar of aan de overkant een beveiligingscamera die op straat gericht was. Daarentegen hadden verschillende buurtbewoners dashcams in hun auto die op de opritten of voor hun huizen geparkeerd stonden. Vooral de opnames van de dashcam van een van de buren die schuin tegenover het huis van Silje Thomsen woonde, waren interessant geweest.

De opnames waren geüpload naar de NC3-server en Raheem had ingelogd op een van de laptops die hij altijd bij zich had. Samen begonnen ze het materiaal door te spoelen en het eerste interessante moment was de dag ervoor om 17.19 uur geweest, toen de dashcam geactiveerd was doordat deze het eenzame silhouet van Silje Thomsen had opgevangen op de stoep aan de overkant.

Er had sneeuw gelegen op de autoruit waardoorheen de camera opnames maakte en de beelden waren zo donker alsof het nacht was. In het schijnsel van de straatlantaarns had Thulin Silje Thomsen echter herkend terwijl ze op weg was naar haar huis. De sneeuw viel uit het donker over haar heen en ze keek af en toe over haar schouder, alsof ze werd achtervolgd. Ze had het tuinhek opengemaakt en was snel naar de voordeur gelopen, waarna het zicht geblokkeerd werd doordat het tuinhek achter haar dichtviel. Het huis zelf was op de opnames niet te zien, maar als Silje Thomsen het licht binnen had aangedaan, zou dat vermoedelijk te zien zijn geweest door de kieren van de schutting, wat niet het geval was geweest. Dat had Thulin eerst verwonderd, maar toen bedacht ze dat Silje Thomsen het licht mogelijk niet aan had gedaan omdat ze vanaf de straat niet gezien wilde worden, aangezien ze dacht dat ze gevolgd werd. Andersom bestond de mogelijkheid natuurlijk ook dat haar binnen iets ergs overkomen was kort nadat ze door de voordeur binnen was gekomen en haar dochter dat laatste bericht had gestuurd.

Daarna stopte de opname, maar een paar minuten later werd de camera opnieuw geactiveerd, toen een oudere vrouw met een hond langs het huis was gelopen. De eventuele achtervolger, voor wie Silje Thomsen over haar schouder had gekeken, was echter niet opgedoken. Vervolgens waren er een paar auto's op straat gepasseerd en de volgende keer dat de camera langere tijd werd geactiveerd was rond 19.00 uur. Helaas omdat er een bestelauto met boodschappen voor de auto met de camera was gaan staan, waardoor er geen zicht meer was op het huis van Silje Thomsen. Na het uitladen van de kratjes met boodschappen die met een steekwagen bij verschillende huizen in de straat werden bezorgd, was de chauffeur na tien minuten weer in de bestelauto gestapt. Toen hij eindelijk was weggereden, had Silje Thomsens huis er net zo donker en ondoorgrondelijk uitgezien als de hele tijd daarvoor.

Op de volgende opnames waren slechts enkele passerende voetgangers en auto's te zien. Pas rond 20.00 uur gebeurde er weer iets van belang, toen een witte Mazda-stationwagen voor de schutting geparkeerd werd. De donkerharige dochter van Silje Thomsen, met wie Thulin die ochtend had gepraat, was uit de auto gestapt en naar het huis gelopen, gevolgd door de ex-man van Silje Thomsen. Op de opname was nu duidelijk door de spleten in de schutting te zien dat het licht in huis aanging, ook op de bovenverdieping, maar kort daarna ging al het licht weer uit en kwamen de ex-man en de dochter door het tuinhek. Het meisje met gebogen hoofd en de ex-man met geïrriteerde bewegingen en zijn telefoon tegen zijn oor gedrukt. Daarna waren ze in de Mazda gaan zitten, die er met een driftige ruk vandoor schoot.

Thulin had onmiddellijk de boodschappenleverancier gebeld om met de chauffeur van de bestelwagen te praten, waarvan het kenteken op de beelden te onderscheiden was geweest. Het enige tijdstip waarop Silje Thomsen vrijwillig of onder dwang het huis door het tuinhek verlaten zou kunnen hebben, was tijdens die tien minuten dat de bestelwagen het zicht had versperd. Nadat ze vrij lang in de wacht had gestaan werd ze doorverbonden naar de telefoon van de chauffeur, maar toen ze had uitgelegd waarom ze belde, had hij haar teleurgesteld door te vertellen dat hij verder nergens op had gelet, behalve op zijn steekkar en de kratjes die hij snel moest afleveren om op schema te blijven.

Wat Thulin betreft is het echter niet waarschijnlijk dat Silje Thomsen zelf ongeschonden het huis uit is gegaan. Het is nu ze door het tuinhek gaat dan ook een verrassing dat ze als eerste een stel forensisch onderzoekers ziet die met koffers in hun handen het huis verlaten. Ze ontdekt een bekend gezicht en draait zich om wanneer de oudere forensisch onderzoeker langs haar heen loopt.

'Kyhn, wat gebeurt er?'

'We zijn klaar, zegt de chef,' antwoordt hij en hij loopt snel door voordat Thulin meer te weten kan komen.

Thulin versnelt haar pas en komt langs nog een paar forensisch onderzoekers die op weg naar buiten zijn. Op het trappetje naar de voordeur weet ze hinkend en gehaast de plastic beschermers over haar schoenen te trekken en ze gaat naar binnen. Het huis wemelt van de onderzoekers en rechercheurs, maar het is duidelijk dat ze opbreken; meerderen van hen zijn op weg naar de voordeur. Ze zet doelgericht koers naar de keuken. Als ze daar aankomt, herkent ze Budtz, die eerder die dag deelnam aan de vergadering met Nylander.

'Waarom sturen jullie de mensen naar huis?'

Aan de blik die Budtz haar schenkt ziet ze dat hij niet blij is om haar weer te zien, maar dat weerhoudt haar niet.

'De afspraak was dat er buurtonderzoek gedaan zou worden en dat het erf zou worden gecontroleerd. Gecontroleerd op inbraak, gecontroleerd op...'

'Dat hébben we gecontroleerd. Niemand heeft wat gezien en er zijn geen sporen van braak gevonden, niet op de ramen en ook niet op de deuren.'

'Hoe zit het met de keuken?'

'Wat is daarmee?'

'Heeft FO de keuken onderzocht?'

'Ik weet niet of ze daaraan toegekomen zijn...'

'Het laatste teken van leven van deze vrouw kwam hier uit dit huis, en volgens haar dochter was de keuken schoongemaakt, wat niet iets was wat haar moeder meestal deed. Er moet worden gecheckt op bloed, vingerafdrukken, alles!'

'Ben ik niet degene die dat moet bepalen?'

Thulin kijkt naar Nylander, die in de deuropening verschenen is terwijl hij zijn telefoon van zijn oor neemt om op te hangen.

'Waarom stuur je de mensen naar huis?' roept ze gefrustreerd uit.

'Omdat Silje Thomsen in goede gezondheid gevonden lijkt te zijn.'

Nylander loopt door naar de voordeur zonder verder nog iets te zeggen. De andere rechercheurs volgen hem en door de terrasdeuren ziet Thulin de laatste forensisch onderzoekers met hun uitrusting de achtertuin verlaten en naar de voorkant van het huis lopen. Het duurt even voordat het bericht tot haar doordringt, maar dan draait ze zich om. Ze haalt Nylander in de voortuin in, waar hij en de andere politiemensen zich bij de forensisch onderzoekers voegen, maar hij maakt geen aanstalten om te stoppen en ze moet met hem oplopen om meer te weten te komen.

'Wat bedoel je?'

'Wat ik zeg. Haar ex-man heeft zojuist van haar gehoord. Ze zit in een vliegtuig naar Milaan en heeft net in het nieuws gelezen dat ze wordt gezocht.'

'In een vliegtuig?'

Thulin schudt verbaasd met haar hoofd, ze begrijpt het verband niet.

'Met vertrek voordat het opsporingsbericht van kracht werd,' vervolgt Nylander kortaf. 'Volgens haar ex-man beweert ze dat hun dochter het weekend bij hem zou zijn, en niet bij haar. Ze is gisteravond al naar een vriend gegaan en ze komt zondag pas weer thuis.'

'Een vriend? Wat voor vriend?'

'Dat kun je haar vragen als je haar spreekt.'

'Maar waarom heeft ze niet gereageerd op berichten en telefoontjes?'

'Omdat ze die niet gezien heeft, schrijft ze. Ze was er niet aan toegekomen om haar dochter gisteravond te vertellen dat ze weer van nummer is veranderd, en daar dacht ze pas aan toen ze het opsporingsbericht zag.'

'Haar ex-man heeft Silje Thomsen dus niet gespróken?'

'Zeg eens in al je wijsheid hoe hij dát gedaan zou moeten hebben?'

Ze zijn het tuinhek uit gelopen en Nylander heeft zich met een hevige beweging naar Thulin gedraaid.

'Nee, hij heeft de piloot geen noodlanding laten maken zodat hij tekeer kon gaan tegen zijn ex-vrouw. Daarentegen hebben mijn mensen bevestigd dat de vrouw haar creditcard heeft gebruikt om een retourticket naar Milaan te kopen en we hebben haar laten weten dat ze contact met ons moet opnemen als ze geland is. Tevreden?'

Thulin is te verbouwereerd om iets uit te brengen.

'Dat was haar ex in elk geval wel,' vervolgt Nylander. 'Daarom heeft hij de vermissing ingetrokken en daarom hoeven wij er geen energie meer aan te verspillen, tenzij jij van Europol de bevestiging hebt gekregen dat de stalker van Silje Thomsen dezelfde is als die in de zaak-Caroline Holst.'

Nylander staart haar afwachtend aan met een hand op de deur van zijn auto. Thulin antwoordt niet. Dat deel zou Hess regelen, maar ze heeft nog niets gehoord en Nylander kan het antwoord aflezen aan haar gezicht.

'Bedankt voor vandaag. De volgende keer dat je ons mist, mag je een sollicitatiebrief schrijven.'

Nylander stapt in en trekt het portier dicht. Dan rijdt hij weg, een voor een gevolgd door de andere wagens. Thulin blijft ze staan nakijken. De nieuwsgierige buurtbewoners aan de andere kant van de weg slaan haar onderzoekend gade, totdat ze afscheid van elkaar nemen en naar hun opritten vertrekken.

Heel even overweegt Thulin om Hess te bellen, maar ze weet niet wat dat zou helpen. Het gaat door haar hoofd dat ze opgelucht zou moeten zijn. De gescheiden moeder heeft van zich laten horen en moet in dat geval gisteravond zelf van huis vertrokken zijn in het korte tijdsbestek dat de boodschappenbezorger in het zicht stond. Toch aarzelt ze. In gedachten gaat ze de mogelijkheden langs, ze wil de juistheid van de details die ze net ontvangen heeft checken, maar wanneer ze inziet dat het enige wat haar echt zal overtuigen een daadwerkelijk gesprek met Silje Thomsen is, laat ze haar zorgen varen.

Ze trekt de natte schoenbeschermers van haar schoenen en loopt naar haar auto terwijl het donker over de wijk valt. Ze kijkt nog een keer om naar het huis van Silje Thomsen, maar in plaats daarvan trekt de naastgelegen villa met het afdekzeil even haar aandacht. In een van de weinige ramen op de eerste verdieping die niet helemaal door het zeil aan het zicht worden onttrokken, ziet ze het silhouet van iemand die naar buiten staat te kijken, maar van deze afstand kan ze niet zien of het een bouwvakker of een nieuwsgierige bewoner is. Dan wordt ze afgeleid door haar telefoon die overgaat. Door Bjørns naam op het scherm gaan haar gedachten naar het reisje naar Zweden en ze stapt in de auto om zijn oproep te beantwoorden terwijl ze de straat uit rijdt.

17

‘Het spijt me uiteraard als het proces vertraging heeft opgelopen, maar we hadden een verklaring nodig.’

De commissaris van de politie van Vestegnen kijkt Hess even gewichtig aan terwijl ze naast elkaar over het linoleum van de gangen lopen. Hess doet zijn best om welwillend te klinken wanneer hij antwoord geeft.

‘Dat is niet belangrijk. Het materiaal moet gewoon worden verstuurd, er zit namelijk iemand op te wachten.’

Het gebouw van de politie van Vestegnen onderscheidt zich architectonisch niet van andere politiebureaus die gebouwd zijn in de jaren tachtig en Hess en de commissaris verplaatsen zich door eindeloze gangen naar de plek van hun bestemming.

Hess had zijn auto in de schemering op de halflege parkeerplaats gezet en was door de sneeuw naar de ingang gelopen in de veronderstelling dat dit snel kon worden afgehandeld. In plaats daarvan had hij bij de balie het bericht gekregen dat hij moest wachten op de commissaris, die graag persoonlijk wilde spreken met degene die had verzocht de logbestanden van het stalkingmateriaal uit de zaak-Caroline Holst door te sturen naar de cyberafdeling van Europol. De commissaris, een lange man van in de vijftig met een wantrouwende blik en opgerolde mouwen, was verschenen en had erop gestaan om te weten waarom de logbestanden plotseling door anderen onderzocht moesten worden. Hess had natuurlijk geweigerd hem daar deelgenoot van te maken, aangezien Nylander het bevel had gegeven dat dat deel van het onderzoek vertrouwelijk moest blijven.

‘Maar je moet toch iets kunnen zeggen over waarom de logbestanden plotseling weer moeten worden onderzocht?’ had de commissaris volgehouden.

'Nee, daar kan ik geen uitspraken over doen.'
'We zijn al meer dan twee jaar met die zaak bezig. Gisteren nog heeft het ministerie van Justitie vastgesteld dat het onderzoek volledig volgens het boekje is gegaan. Daarom vragen we ons af wat...'
'Jullie hoeven je niets af te vragen. Wees gewoon zo vriendelijk om die bestanden op te sturen, want het heeft niets met jullie onderzoek te maken,' had Hess geantwoord.
De commissaris had zich daarna gewonnen gegeven. Ze zijn nu op weg om de rechercheurs te spreken die weten hoe de logbestanden doorgestuurd kunnen worden. De commissaris had het daar blijkbaar nog niet met hen over gehad, terwijl het verzoek al eerder op de dag was binnengekomen. Vanuit nog een gang komen ze een grote ruimte binnen, ingericht met rijen bureaus, computerschermen en tl-buizen aan het plafond. Een paar rechercheurs kijken op van hun werk terwijl Hess de commissaris volgt naar de andere kant van de ruimte, waar de commissaris al snel ziet dat de mensen die hij zoekt niet op hun plek zitten.
'Moment.'
Terwijl de commissaris terugloopt om met de aanwezige rechercheurs te praten, staat Hess ongeduldig te wachten en kijkt hij rusteloos rond. Langs een van de muren staan een paar gebutste verhuisdozen vol met rapporten, zelfs met een bult erop. Op elke doos staat in blokletters CAROLINE HOLST geschreven en erboven, op het grote prikbord, is een kwart van de ruimte gewijd aan de onopgeloste moordzaak. Bovenaan hangt een verbleekte foto van een jonge, lachende vrouw die Hess herkent als de negentienjarige gymnasiast uit de briefing van Thulin. Er hangen ook een paar afdrukken van de foto's die de jonge vrouw van zichzelf had ontvangen met het bericht 'gevonden', alsmede foto's van onder andere het rijtjeshuis in Hvidovre, het gymnasium en een kaart van Groot-Kopenhagen met een paar kruisjes erop. De laatste foto's laten details in close-up zien. Een roze sportschoen, een paar lichtblauwe kledingstukken, die zo te zien in het water gevonden zijn, terwijl de rest van het grote prikbord wordt gebruikt voor een actie die te maken lijkt te hebben met bendeoorlogen en criminaliteit door motorbendes.

Het ontgaat Hess niet dat het erop lijkt dat het waarschijnlijk lang geleden is dat Caroline Holst tijdens de ochtendbriefing op de agenda stond; hij herkent de tekenen. Na een paar jaar onderzoek verbaast hem dat niet. De politie staat onder druk en wordt constant ingehaald door nieuwe zaken, terwijl de zogenaamde cold cases stof verzamelen in afwachting van een wonder. Totdat ze uiteindelijk alleen nog optreden als een cijfer in een deprimerende statistiek. Hess gaat met zijn rug naar het prikbord staan en wanneer zijn blik op de tegenovergelegen muur valt, bedenkt hij weer dat hij nu eigenlijk bij zijn broer in het ziekenhuis zou moeten zijn.

'Er is helaas een probleem,' zegt de commissaris, die hijgend achter hem komt opdagen. 'De betreffende rechercheurs zijn momenteel niet thuis.'

'Dan moet je ervoor zorgen dat ze thuiskomen.'

'Dat wil ik ook graag, maar het is vrijdag en…'

Hess kan zich niet langer beheersen en hij onderbreekt de man. 'Ik heb ook iets wat ik moet doen. Maar in plaats daarvan ren ik als een boodschappenjongen rond om te zorgen dat jóúw mensen iets opsturen aan míjn mensen. Jullie hoeven het verdomme alleen maar op te sturen!'

Hess is harder gaan praten en de commissaris kijkt hem licht beledigd aan.

'Goed. Dan zal ik de IT-afdeling vragen.'

'Dat lijkt me goed.'

De commissaris verdwijnt weer en de rechercheurs aan de andere kant van de ruimte kijken nieuwsgierig Hess' kant uit. Hij negeert ze, pakt zijn telefoon en belt het nummer dat hem die ochtend meerdere keren te pakken probeerde te krijgen. De telefoon gaat vaak over voordat er wordt opgenomen.

'Raheem,' antwoordt de persoon aan de andere kant van de lijn, en Hess heeft de indruk dat de man midden in het verkeer staat.

'Met Hess. Ik ben nu bij de politie van Vestegnen. Er is wat vertraging met de logbestanden, maar ik zorg ervoor dat Europol ze zo snel mogelijk krijgt. Misschien dat het nog een kwartier duurt, maar ze zijn onderweg.'

'Super, heel erg bedankt. Er is nu niet zoveel haast meer bij, maar ik kijk ernaar wanneer het resultaat binnenkomt.'

Hess wil ophangen, maar stopt midden in zijn beweging.

'Hoe bedoel je dat er geen haast meer bij is?'

'Wat?'

'Hoe bedoel je dat er geen haast meer bij is?'

'De vrouw is immers gevonden. Er was iets misgegaan tussen haar en haar ex, en ze zit in een vliegtuig, dus het alarm is afgeblazen.'

'Waarom heb ik dat niet te horen gekregen?'

'Sorry. Dat moet Thulin vergeten zijn. Maar we moeten nog steeds horen of er overeenkomsten zijn tussen...'

Hess haalt de telefoon bij zijn oor vandaan en hangt op. Hij voelt de frustratie vanbinnen borrelen en koken.

'Zo. Nu hebben we prijs. Zowel de IT-verantwoordelijke als een van de rechercheurs is onderweg en hier is een geprinte versie van de logbestanden.' De commissaris is terug en kijkt Hess trots aan terwijl hij hem een mapje overhandigt.

'Bedankt, maar het doet er niet toe.'

De commissaris kijkt hem verbaasd aan, terwijl Hess langs hem heen loopt.

'Doet er niet toe?'

Hess wil hier geen minuut langer blijven. Hij heeft tijd verspild aan iets wat nutteloos is gebleken en hij legt het mapje weg op een van de verhuisdozen onder het prikbord.

'Mijn excuses voor het storen. Zeg tegen IT dat ze de zooi kunnen opsturen wanneer ze tijd hebben. Ze kunnen zelf met Europol overleggen over waar het naartoe...'

Hij heeft koers gezet naar de deur, maar blijft plotseling staan. Een verbleekt printje onderaan het prikbord heeft zijn aandacht getrokken. Hij verstijft bij het zien van de woorden van de bovenste zin.

Ik tel tot drie en ik tel tot vier.

'Nu begrijp ik er niets meer van,' zegt de commissaris, die diep inademt om uit te varen.

Hess zet een stap dichter naar het prikbord. Terwijl de commissaris achter hem een verongelijkte tirade begint af te steken, pakt hij het vergeelde A4'tje en trekt het los van de speld. Hij heeft ogen op steeltjes als hij de regels tot het einde leest en hoewel hij het antwoord al weet, onderbreekt hij de woordenstroom van de commissaris en houdt het blad omhoog. 'Wat is dit?'

De commissaris schudt zijn hoofd en kijkt met tegenzin op de A4-pagina.

'Dat is een printje van enkele berichten die Caroline Holst ontving in de tijd voor de moord.'

'Waarom heeft NC3 dat materiaal vandaag niet gekregen?'

'Voor zover mij bekend hebben ze daar niet om gevraagd. Of het zat in het bestand met gewiste berichten, of...'

'Wanneer ontving het slachtoffer deze berichten?'

'Dat kan ik me niet herinneren.'

'Wanneer? Was het toen het stalken begon, midden tijdens het stalken...'

'Ik geloof pas op de dag dat ze verdween.'

18

'Heeft hij sorry gezegd? Heb je eraan gedacht om hem namens mij een schop te verkopen?'

Het is donker geworden en het is weer gaan sneeuwen. In het licht van de koplampen leggen de sneeuwvlokken zich als een dik, wit tapijt op de straten en Thulin zou willen dat Aksel zijn aandacht bij het verkeer hield in plaats van zich op te winden over het feit dat ze Hess tegen het lijf was gelopen.

Ze zijn in Aksels aftandse roestbak van een auto onderweg naar Le's school, waar een bus staat te wachten om ouders en kinderen naar Isaberg te rijden. Thulin is pas een uur geleden thuisgekomen, nadat ze bij het huis van Silje Thomsen vertrokken was. Onderweg had ze op de autoradio gemerkt dat de vermissing van de vrouw uit het nieuws was verdwenen en de laatste ongerustheid had haar lichaam verlaten bij het zien van mensen die met valentijnsboeketten over straat snelden. Ze had Bjørn eerder kunnen uitleggen dat Aksel erop stond om hen naar de bus te rijden om goed afscheid te kunnen nemen, omdat hij die avond zelf naar München zou vertrekken voor zijn jaarlijkse uitstapje met de dartclub. Toen Thulin eindelijk haar portiek had bereikt, hoefde ze alleen Krause nog te pakken te krijgen. Ze had de tijd dat ze de trappen op liep gebruikt om verslag uit te brengen en Krause had er meer dan tevreden mee geleken dat de afdeling toch geen hoge weekendtoeslagen aan haar medewerkers hoefde uit te keren voor de zaak van Silje Thomsen.

Pas daarna was Thulin zich serieus gaan verheugen op het weekend. Gelukkig had ze die ochtend de weekendtassen voor de zekerheid al klaargezet en was ze direct begonnen om er kleren in te gooien. Eerst voor Le en daarna voor zichzelf. Haar ervaring met wintersportreizen lag jaren terug, maar het belangrijkste was vast en zeker nog steeds wollen ondergoed en dikke sokken. Le had zich teruggetrokken op haar kamer, waarschijnlijk uit protest tegen de reis, en ze was er pas uit gekomen met haar verplichte hoofdtelefoon op toen Thulin had gezegd dat Aksel beneden op straat op ze stond te wachten.

Thulin was niet van plan geweest om de gebeurtenissen van die dag bij hem te noemen, maar ze had haar telefoon weggelegd in de bekerhouder naast het dashboard en toen die even daarvoor overging, had Aksel de naam van Hess op het display gezien. Thulin had de oproep echter genegeerd en ook de daaropvolgende. Na de vergadering was haar frustratie over hem verdwenen, maar ze had geen zin om te luisteren naar zijn eventuele excuses en verklaringen die hij nu zou willen opdissen. Aksel had haar daarentegen een spervuur van vragen gegeven over waarom die man het waagde te bellen.

'Jezus, wat een idioot. Hij moet uit de buurt blijven.'

'Het leek anders niet goed met hem te gaan,' antwoordt Thulin terwijl ze een blik op de achterbank werpt om er zeker van te zijn dat Le nog steeds haar hoofdtelefoon opheeft.

'Je moet hem niet in bescherming nemen. Nu gaan jullie gezellig skiën en als hij je blijft storen moet je hem duidelijk maken dat hij moet wegwezen.'

Thulin kent Aksel goed genoeg om te weten dat hij op dreef aan het komen is, maar zij is vooral bezig met checken of ze eraan gedacht heeft om de paspoorten in haar binnenzak te doen. Ze voelt dat ze dat gedaan heeft, maar tot haar irritatie ontdekt ze tegelijkertijd dat ze in alle drukte vergeten is om haar schouderholster met het pistool weg te leggen voordat ze de deur uitging.

'Hij zal me niet storen. Er was een vrouw vermist en omdat ze gestalkt werd, hadden we de hulp van Europol nodig om erachter te komen of dat dezelfde stalker was als in een andere moordzaak.'

Thulin noemt met opzet geen naam bij de moordzaak. Aksels verleden als politieman verloochent zich niet en ze heeft geen zin in meer *shoptalk* dan het hoogstnoodzakelijke. Daar is nu ook geen kans op, aangezien Aksel nog lang niet uitgepraat is over Hess.

'Waarmee zou hij kunnen helpen? Hij kan geen zak.'
'Als jij het zegt. Maar een of andere figuur heeft een ziek spelletje verstoppertje met die vrouw gespeeld, dus dat moesten we wel nagaan, maar godzijdank was ze gewoon een paar dagen op vakantie gegaan. Le, ben je klaar?'
Ze zijn aangekomen bij school en Thulin draait zich naar de achterbank en kijkt Le aan terwijl Aksel aan de kant van de weg gaat staan. Le zit met haar ogen dicht te luisteren naar de muziek op haar hoofdtelefoon en Thulin tikt haar zachtjes aan. In het donker voor het schoolplein is de verlichte dubbeldekker te zien met verwachtingsvolle kinderen en vaders eromheen, terwijl sommigen al plaats hebben genomen in de bus.
'Moet ik?' vraagt Le zeurderig.
'Het wordt leuk,' verzekert Thulin haar.
Le doet met tegenzin de achterdeur open en als ze hem heeft dichtgegooid sjokt ze naar de bus toe.
'Hoe bedoel je verstoppertje?'
Thulin draait zich naar Aksel. Hij heeft beide handen op het stuur en kijkt haar aandachtig aan met een ernstige blik. Thulin realiseert zich dat hij helemaal niet uitgebreid afscheid van Le heeft genomen, hoewel dat de belangrijkste reden was waarom hij erop had gestaan om ze te brengen.
'Hoezo verstoppertje?' herhaalt hij op ernstige toon.
'Ik heb nu geen tijd om dat uit te leggen. Waarom vraag je dat?'
'Maar jullie hebben haar gevonden?'
'Ja.'
Door het antwoord krijgt Aksel een gerustere gezichtsuitdrukking en hij knikt zonder aanstalten te maken om het verder uit te leggen. Op hetzelfde moment wordt er aan Thulins kant op de ruit gebonsd en doet Bjørn haar deur open met een grote glimlach en zijn bontmuts op zijn hoofd.
'Hey. Het is bijna zover. Zijn jullie er klaar voor?'
'Jazeker.'
Thulin beantwoordt zijn glimlach en stapt snel uit in de sneeuw terwijl Bjørn haar helpt met de tassen. Als ze omkijkt, vangt ze een glimp op van Aksel. De warmte is weer terug in zijn ogen en

als hij zwaait ziet ze dat hij zijn best doet om haar met een goed humeur op reis te sturen. Algauw zijn de rode achterlichten van zijn auto verdwenen in het verkeer. Zijn vraag verwondert haar nog steeds terwijl ze met Bjørn naar de bus holt, waar Le al is ingestapt. Ze denkt dat hij waarschijnlijk gewoon zoals altijd interesse heeft in de zaken waaraan ze werkt en even later stapt ze als laatste de bus in. Ze loopt door het middenpad, dat wordt geflankeerd door vaders in feeststemming met pas geopende bierblikjes, terwijl Le, Valde en de andere kinderen de bovenste verdieping van de moderne dubbeldekker hebben veroverd.

'Jij bent de laatste, dus nu moet je naast mij zitten,' zegt Bjørn opgewekt terwijl hij naar een lege plaats bij het raam in het midden van de bus wijst.

'Gelukkig dan maar dat we maar vier uur hoeven te rijden,' zegt Thulin en ze zorgt ervoor dat hun handen elkaar raken voordat ze gaat zitten.

De deuren klappen dicht en de bus komt in beweging, wat voor Thulin als een opluchting voelt. Maar nog voordat Bjørn naast haar is gaan zitten, trapt de chauffeur plotseling op de rem, zodat de hele bus schudt en Bjørn zich aan de stoel moet vastgrijpen.

'Wat gebeurt er?'

De bus staat met stationaire motor stil en Thulin volgt Bjørns verraste blik door de donkere ramen. Een kleine auto is het plein op gereden en staat nu met brandende lichten dwars voor de bus. Het portier gaat open en de chauffeur stapt uit in de sneeuwbui en loopt gehaast langs de ene kant van de bus met zijn ogen op de ramen gericht. Zowel de vaders als de kinderen zitten verwonderd in hun stoelen te mompelen. Dan wordt het Thulin plotseling duidelijk wie het is. Als hij haar gezicht in het oog krijgt, stopt hij bij het raam waar ze zit en maakt gebarend duidelijk dat hij wil dat ze naar buiten komt.

'Iemand die je kent?' hoort ze Bjørn vragen.

'Niet echt.'

Thulin schudt gedecideerd haar hoofd naar Hess en kijkt hem aan op een manier die duidelijk moet maken dat hij moet wegwezen. Even lijkt hij het op te geven. Dan rommelt hij in zijn zak en haalt een stuk papier uit zijn jas. Staand in de sneeuw vouwt hij het papier open en met een donkere blik smakt hij het briefje tegen het natte glas, recht voor Thulins neus. De zwarte inkt loopt uit door de sneeuwvlokken en terwijl ze de eerste zin leest, stokt haar adem.

Ik tel tot drie en ik tel tot vier, Caro is nat als een vunzig dier.

19

'Ik begrijp het niet. Wat is er gebeurd, Marie?'

Therese heeft haar jas nog aan en kijkt verbaasd naar de rommel in de woonkeuken en naar Marie die bezig is om nog een ingelijste poster van de muur te halen.

Therese had Marie zoals wel vaker opgebeld op weg van haar werk. Normaal gesproken gebruikten ze Thereses rit naar huis om over van alles en nog wat te kletsen, maar vanwege het bericht van haar advocaat die ochtend had haar vriendin Marie direct gevraagd hoe het met haar ging en wat ze nu van plan was om te doen.

Marie had diep ingeademd en met een ingehouden zucht geantwoord met één enkel woord.

'Niks.'

Het had even geduurd voordat Therese begreep dat Marie niet van plan was om verder iets te zeggen.

'Hoe bedoel je?'

'Zoals ik het zeg. Het komt zoals het komt.'

Marie had gemerkt hoe overdonderd Therese aan de andere kant van de lijn was geweest, maar daarna was haar daadkrachtige stem weer teruggekomen.

'Ik kom even langs. Tot zo.'

Na de ruzie met Tom had Marie het clubgebouw verlaten met Malte, terwijl de woordenwisseling nog in haar hoofd nagalmde. In de auto op weg naar huis had ze eerst geprobeerd het glad te strijken voor Malte, maar hij was stil en naar binnen gekeerd geweest. Toen ze thuis waren gekomen, was hij meteen naar boven naar zijn kamer gegaan om huiswerk te maken. 'Maar het is weekend,' had ze verbouwereerd gezegd terwijl Malte zijn deur dichtgooide. Marie had vervolgens Thor gebeld, maar die nam niet op. Toen ze even later zelf werd gebeld en ze het nummer van de advocaat op haar telefoon had gezien, had ze hem laten overgaan.

Ze had alleen in de woonkamer gestaan en een gevoel van eenzaamheid had haar overrompeld. De lege eettafel, met de vijf lege stoelen, die ooit het middelpunt van haar dagelijks leven was geweest stond daar als een installatie in een museum. Haar blik was gevallen op de foto van Caroline die aan de muur hing, met haar lachende gezicht en vrolijke ogen, en ze had geweten wat Caroline gezegd zou hebben als ze er nog zou zijn geweest.

Mam, het komt goed. Je maakt je te veel zorgen. Doe nou maar rustig.

Het ging tegen Maries natuur in om op te geven, maar de aardschok die gepaard ging met Carolines dood had al zoveel in puin gelegd, en het was alsof de naschokken nog doorgingen. Haar inspanningen hadden niets opgeleverd. Hoewel ze Tom net nog had tegengesproken, zag ze in dat het hopeloos was en dat hij gelijk had. Ze moesten hun energie in de jongens steken. Het moeilijke was om dat besluit door te voeren in het leven.

Om zichzelf en de jongens te laten zien dat het deze keer niet alleen bij woorden zou blijven, had ze spontaan besloten om te beginnen met de opknapbeurt van het huis waar ze al zo lang over nadacht. Ze was aan de eettafel gaan zitten om een lijst te maken van de kamers die aangepakt moesten worden. Dat waren er best veel. Het halletje en de woonkeuken waren afgeleefd en zagen er niet uit. Net als de badkamer. Ook de kamers van de jongens hadden een beurt nodig, vooral als ze wilde voorkomen dat Thor zou verhuizen. De lijst was steeds langer geworden en Marie had zich afgevraagd hoe ze dat allemaal moest betalen, want ze wilde onder geen beding Tom om hulp vragen. Denkend aan wat ze misschien zelf kon doen was ze opgestaan en aan de slag gegaan. Om de zware stilte in het huis te doorbreken had ze de tv aangezet en bij het geluid van een natuurprogramma was ze begonnen om de muren in de woonkeuken leeg te maken zodat ze die kon gaan plamuren en schilderen.

'Het maakt niet uit wat er is gebeurd,' zegt ze tegen Therese, die haar jas heeft opgehangen in het halletje en zich bij Marie in de woonkamer heeft gevoegd. 'Ik kan niet meer blijven vechten ten koste van de jongens en mijn werk. De dingen glippen me door de vingers en ik moet het loslaten.'

'Je bent veel te hard voor jezelf. Het is volkomen begrijpelijk dat je afsluiting nodig hebt. Dat moet Tom toch ook inzien.'

'Het heeft niets met Tom te maken. Ik ben het zelf die stop zegt, voordat het erger wordt. Bovendien ziet het huis er vreselijk uit, maar nu heb ik een to-dolijst gemaakt en ben ik begonnen.'

Therese staat er even bij alsof ze Maries besluit nog steeds niet helemaal verwerkt heeft, maar dan valt haar oog op de lijst die op de eettafel voor haar ligt en ze leest de handgeschreven regels.

'Dat is een lánge lijst. Vloeren schuren?'

'Ja, die moeten ook. En de hele boel moet worden geschilderd, daar begin ik mee.'

Marie is bezig om de laatste grote, ingelijste poster van de muur te halen. Die wiebelt vervaarlijk in haar handen en Therese schiet haar snel te hulp om hem eraf te tillen.

'Maar heb je überhaupt de dingen die je nodig hebt? Heb je plamuur, kwasten, rollers, een ladder...'

'Dat kan ik allemaal kopen bij Skousen en meubels voor de jongens kan ik goedkoop bij Ikea halen.'

'Je bedoelt Silvan. Skousen verkoopt witgoed, Marie.'

'Silvan dan, dat zoek ik wel uit.'

Met vereende krachten weten ze de zware lijst op de vloer te zetten, vooral omdat Therese van aanpakken weet, en ze klopt het stof van haar handen terwijl ze Marie aankijkt.

'Ik kan je dit weekend wel helpen. Hoe laat zullen we beginnen?'

Marie kijkt haar verrast aan. 'Therese, dat kan ik echt niet aannemen.'

'Natuurlijk kun je dat wel. We hebben een afspraak. Wij tweeën fiksen dat in een handomdraai.'

Marie ziet dat haar vriendin die vastbesloten blik in haar ogen heeft. Bij het vooruitzicht om hulp te krijgen geeft Marie zich gewonnen. Ze lacht dankbaar naar Therese, die knikt en daadkrachtig om zich heen kijkt, voordat ze naar boven wijst, naar Maltes kamer op de bovenverdieping.

'Maar eerst ga ik even naar boven om Malte te vragen of hij het ziet zitten dat we zijn lievelingseten bestellen. Dan kun je hem over al je plannen vertellen wanneer ik weer beneden kom met die knul.'

Therese verdwijnt de trap op en Marie hoort dat ze voorzichtig op Maltes deur klopt voordat ze die opendoet.

'Hoi Malte. Mag ik binnenkomen?'

'Oké.'

Marie hoort de deur van Maltes kamer dichtgaan en ze lacht bij zichzelf. De doortastendheid van haar vriendin voelt fijn en ze zou willen dat ze zelf meer zo was. Ze voelt een beetje blijdschap opborrelen bij de gedachte om Malte en Thor over haar besluit te vertellen. Ze wil net het stof van haar handen spoelen als ze hoort dat er wordt aangeklopt.

Ze vraagt zich af wie het kan zijn, maar wanneer ze bedenkt dat het misschien Tom is flakkert de hoop in haar op. Het was vreselijk hoe ze uit elkaar gingen bij de club en hoewel ze het misschien niet verdient, haast ze zich bij het wilde verlangen dat hij gekomen is om zich met haar te verzoenen.

Als ze de deur opendoet, landt haar blik op een jongeman van begin twintig. Hij staat op een paar meter afstand op het tuinpad in de wind en de sneeuw. Zijn lange gestalte lijkt in elkaar gedoken in de versleten winterjas en zijn mooie, bruine ogen zien er zowel moe als waakzaam uit.

Marie beseft dat het Omar is. Degene van wie ze het meest geneigd is te denken dat hij haar dochter heeft vermoord.

'Sorry dat ik stoor.'

Marie weet niets uit te brengen. Alles in haar krimpt ineen. Ze merkt dat ze op geen enkele manier voorbereid is op deze ontmoeting, ook al heeft ze zich vaak voorgesteld hoe het zou zijn als ze hem toevallig zou tegenkomen in Rødovre Centrum of op andere plekken waarvan ze weet dat hij er weleens komt.

Hij kijkt haar aan met een ontwijkende blik en het lijkt alsof hij geen zin heeft om op de plek te zijn waar hij is.

'Ik wil gewoon even met je praten,' vervolgt hij. Zijn stem is bijna niet te horen in het geluid van de passerende auto's op de donkere weg.

'Ga weg. Nu meteen!'

'Jij moet stoppen met wat je doet,' reageert hij.

Hij kijkt haar indringend aan, maar Marie wil niet horen wat hij te zeggen heeft. Voordat het allemaal gebeurde praatte ze vaak en met plezier met hem als hij bij hen thuis kwam, maar nu niet meer en ze bekijkt hem verachtend.

'Ga weg, zeg ik je. Weg hier of ik bel de politie.'

'Bel maar. Ik héb al met ze gesproken. Daarom ben ik hier.'

Marie wil de deur dichtgooien, maar ze aarzelt door wat hij zegt.

'Weet je dat ik in de stad op een kleuterschool begonnen ben? Als pedagogisch medewerker. In deeltijd, maar het is mijn eerste baan in lange tijd.'

'Wat wil je?'

'Ik ben daar goed ontvangen, maar vandaag kwam mijn baas bij me in de speelkamer omdat er een paar agenten waren die met me wilden praten.'

'Dan was dat vast omdat je dat verdient.'

'Ik heb altijd antwoord op hun vragen gegeven. Maar deze keer ging het niet over Caroline, maar over iemand anders.'

Marie kijkt hem waakzaam aan zonder dat ze begrijpt waar hij naartoe wil. Ze ziet dat hij moeite doet om kalm te blijven en zijn gezicht lijkt kwetsbaarder dan ze zich herinnert.

'Ze zeiden dat er een vrouw vermist was en daarna begon alles opnieuw. "Ken je haar?", "Was je gisteren in Vanløse?", "Wat deed je dan?", "Bij wie was je?", "Wie zegt dat je geen fucking leugenaar bent?"'

Hij ziet er afgemat uit en glimlacht sarcastisch. Marie begrijpt nog steeds niet waar hij het over heeft.

'Wat heb ik daarmee te maken?'

'Jij hebt daar álles mee te maken. De reden dat ze bij mij komen is omdat ze van jou blijven horen dat ik het toen was. Daardoor denken ze dat ik weer iets heb gedaan en ik zou bij god niet weten wat.'

Hij kijkt haar vastberaden aan terwijl de auto's achter hem langs blijven razen over de weg.

'Je moet me met rust laten. Begrijp je wat ik zeg?'

De gedachten tollen rond in Maries hoofd en ze probeert te begrijpen wat hij net heeft verteld.

'Zeiden de agenten dat? Dat het weer is gebeurd?'

Omar kijkt haar alleen maar aan.

'Ik heb medelijden met je. Ik heb medelijden met je gezin. Maar je moet mij met rust laten.'

Hij draait zich om en terwijl hij de kraag van zijn jas opzet, verdwijnt hij over het tuinpad.

'Wacht!' Marie zet een stap naar buiten. 'Waar vroegen ze naar? Wat is er gebeurd?'

Maar Omar loopt al weg over de stoep en zonder zich om te draaien verdwijnt hij tussen de sneeuwvlokken het donker in.

Marie blijft even staan voordat ze zich omdraait en ziet dat Therese en Malte haar vanuit de woonkeuken vragend staan aan te kijken. Ze komt het halletje binnen en doet de deur achter zich dicht, terwijl ze Maltes angstige blik opmerkt.

'Wat wilde hij?' hoort ze Therese vragen, maar ze is te veel in gedachten verzonken om te kunnen antwoorden. Haar hart klopt in haar keel en ze probeert te begrijpen wat Omar bedoelde.

De reden dat ze bij mij komen is omdat ze van jou blijven horen dat ik het toen was. Daardoor denken ze dat ik weer iets heb gedaan.

Verward gaat haar blik door de woonkeuken totdat die op de tv valt, waar de foto van een vrouw het hele scherm vult. Er is geen natuurprogramma meer op, maar een nieuwsuitzending. In een balk onder de foto glijdt het nieuws voorbij en Marie herkent een stukje tekst van die keer dat Caroline niet thuiskwam.

VROUW NOG STEEDS VERMIST.

20

Het bakstenen huis in Vanløse ziet er rommelig uit en draagt de kenmerken van een scheiding. Terwijl Hess de lichten aandoet en door de verlaten ruimtes loopt, merkt hij op dat verschillende kamers slechts voor de helft gemeubileerd zijn, en dat alles ingepakt is in de verhuisdozen die door het hele ontbonden huis staan. Zonder te weten wat hij concreet zoekt, dwalen zijn ogen onrustig rond in de hoop dat iets hem een idee kan geven van wat er met Silje Thomsen gebeurd is. Er is al kostbare tijd verspild die de vrouw misschien niet heeft. Al zoekend gaat hij terug naar de keuken waar Thulin net een telefoongesprek heeft afgerond en nu met gespannen blik staat rond te kijken.

'De mensen van Nylander hebben niets van haar gehoord en haar ex-man ook niet. En de luchtvaartmaatschappij heeft niet geregistreerd dat ze heeft ingecheckt op het vliegveld.'

'Is het opsporingsbericht weer uitgegaan?'

'Alles is in werking gezet. Nylander zit kennelijk op een andere klus, maar ik heb een rechercheur te pakken gekregen die hem op de hoogte zal brengen. Kunnen we gaan?'

Hij voelt haar ongeduldige blik op zich terwijl hij voor de tweede keer een paar krassen op de olijfgroene keukenlades onderzoekt. Op basis van wat ze hem heeft verteld, acht hij het waarschijnlijk dat de dader in huis aanwezig was en Silje Thomsen in de keuken heeft aangevallen toen ze thuiskwam. Maar aangezien de keuken is schoongemaakt, is waarschijnlijk alleen Forensische Opsporing in staat om de sporen te vinden die hij nu zou kunnen gebruiken. Dus in plaats daarvan loopt hij naar de terrasdeuren naast de kleine eethoek en staart onderzoekend de donkere, met sneeuw bedekte achtertuin in. De achtertuin wordt aan alle kanten omheind door een hoge, begroeide schutting met kleine hoopjes sneeuw erbovenop. Voor een dader zal het ongetwijfeld moeilijk en tijdrovend zijn om de omheining te forceren met een onvrijwillige metgezel op sleeptouw, om nog maar te zwijgen van het risico om ontdekt te worden door de buren. Thulin heeft blijkbaar zijn gedachten geraden.

'De achtertuin wordt rondom afgesloten door de schutting en de forensisch onderzoekers hebben niets ongebruikelijks gemeld.' Ze vervolgt met die toon in haar stem waarvan hij weet dat het betekent dat ze ongeduldig is. 'Probeer even te luisteren. Bedankt dat je me hebt geïnformeerd, maar ik moet nu naar NC3. Er is hier niets meer te doen en ik moet mensen aan het werk zetten.'

Hess draait zich naar haar om en probeert zijn gedachten te ordenen.

'Je zei dat het laatste teken van leven van de vrouw hiervandaan kwam om zes minuten voor halfzes in de middag.'

'Ja, dat zei ik. Het bericht aan haar dochter.'

'En toen? Kun je dat nog eens zeggen?'

'Tien minuten daarna werd de telefoon van de vrouw uitgezet. Tweeënhalf uur later kwam haar ex-man hier met hun dochter en troffen ze het huis leeg en opgeruimd aan. Dat betekent dat de dader tijd heeft gehad om schoon te maken en het erf met Silje Thomsen te verlaten, vermoedelijk rond zeven uur toen een boodschappenbezorger in het zicht stond van de dashcam die aan de overkant aan het filmen was. En terwijl wij er nu over praten, ben ik tijd aan het verdoen.'

Ze worden onderbroken door de beltoon van Thulins telefoon en terwijl zij de oproep beantwoordt, maakt hij van de gelegenheid gebruik om nog eens zoekend door het huis te gaan. Hij eindigt in de hoekkamer die uitkijkt op straat.

Hij begrijpt haar ongeduld heel goed. Het telversje dat hij gevonden heeft bij de politie van Vestegnen maakt het aannemelijk dat Silje Thomsen gestalkt werd door dezelfde dader als in die onopgeloste moordzaak. Het onderzoekswerk moet in gang worden gezet en auto's, personen, alles moet worden onderzocht en vergeleken. Hij kan het haar bovendien niet kwalijk nemen als een deel van haar ongeduld komt doordat het ongemakkelijk voor haar is om weer alleen met hem te zijn.

Toen hij telefonisch geen contact met haar kon krijgen, moest hij denken aan de Snap Map. Le's locatie gaf aan dat ze in de buurt van haar school was en hij was ernaartoe gereden in de hoop Thulin te onderscheppen voordat ze weggingen op dat schoolreisje dat Le had genoemd. Hij had bij de bus gestaan en zag dat Thulin de situatie uitlegde aan een breedgeschouderde man met een enorme bontmuts op en hij was er getuige van dat ze haar schouders verontschuldigend ophaalde, waarna ze de man een afscheidskus gaf. Midden in de verwarring had Le een welkome gelegenheid ontdekt om onder het skireisje uit te komen en Hess had gezien dat ze met een snelle kus op de wang van haar moeder vrolijk op weg naar hun appartement was gegaan.

Vervolgens had hij Thulin overgehaald om met hem mee te rijden naar het huis van Silje Thomsen, omdat het spoor naar haar daar in rook was opgegaan. Onderweg had ze hem geïnformeerd over wat ze wist. Over de foto's van de stalker die vertelden dat Silje Thomsen gistermiddag met de metro uit Indre By was vertrokken, over de berichten die ze volgens haar provider op weg naar huis had ontvangen, over de dashcam van de buren aan de overkant, en over wat de dochter had gezegd over de schoongemaakte keuken en de voorwerpen die uit huis zouden zijn verdwenen. Hij had gehoopt dat de informatie en het huis hem iets zouden geven om mee verder te kunnen, maar nu hij hier in de hoekkamer door de jaloezieën de voortuin in kijkt, heeft hij hoofdpijn.

Er zijn twee dingen in het bijzonder die hem storen. Het is niet moeilijk om ongezien van het huis naar het tuinhek te komen, ook niet als Silje Thomsen gedwongen werd, maar de kans om op straat te worden gezien is groot en de dader kon onmogelijk weten dat een bestelauto op een bepaald tijdstip een dashcam zou blokkeren.

Het tweede dat hem stoort zijn de berichten die zogenaamd door Silje Thomsen vanuit een vliegtuig naar haar ex zouden zijn verstuurd. Het lijkt Hess niet waarschijnlijk dat de vrouw die berichten zelf heeft gestuurd, aangezien ze nooit aan boord van die vlucht is geweest. Als ze van een dader afkomstig zijn, zou diegene moeten hebben geweten dat de politie erachter zou komen dat Silje Thomsen niet op haar bestemming zou aankomen. Wat was dan de aanleiding dat de dader tijd moest winnen?

Het is gestopt met sneeuwen, maar de wind is opgestoken en rukt aan een paar stukken afdekzeil bij de naburige villa die Hess vanaf zijn plek bij het raam ontwaart als een groot, zwaar silhouet. Door het geluid kijkt hij die kant op en zijn ogen blijven even rusten op het donkere gebouw. Er komt een gedachte bij hem op, precies op het moment dat Thulin achter hem de woonkamer binnenkomt.

'Ik ga nu. Je moet de deur achter je dichttrekken wanneer je gaat.'

'Wanneer kwamen die berichten die vanaf Silje Thomsens telefoon zijn verzonden?'

'Ik kan me de tijd niet herinneren. Tot ziens.'

'Was het terwijl het onderzoek hier gaande was?'

'Ja. Daarom werd het afgebroken en werd iedereen naar huis gestuurd.'

'Maar hebben ze het huis hiernaast nog gecheckt?'

Thulin blijft in de hal bij de voordeur staan. Hess merkt dat ze zijn kant op kijkt voor ze antwoord geeft.

'Daar ga ik van uit. Ik zag dat er iemand binnen was toen ik wegreed. Hoezo?'

Hess haalt zijn ogen van de villa met het klapperende zeil. Hij draait weg van het raam en loopt doelgericht terug door het huis. In de keuken loopt hij naar de terrasdeuren en deze keer haalt hij ze met de draaiknop van het slot en gaat verder de kou in.

'Wat is er?'

In de achtertuin is het donker en winderig. De sneeuw stuift om hem heen en vanaf het houten terras stapt hij in de zware, knerpende sneeuw van de tuin, terwijl hij merkt dat Thulin achter hem door de deuren naar buiten komt. Besluitvaardig waadt hij door de zware sneeuw naar het deel van de schutting dat bij de naastgelegen villa staat. Hij moet erachter komen of hij gelijk heeft in wat hij is gaan vermoeden, maar hij weet niet precies waar hij moet beginnen. Daarom kiest hij het deel van de omheining waar de afstand naar de terrasdeuren het kortst is. De sneeuw waait van de hoopjes op de begroeiing van de schutting en hij steekt blindelings zijn handen erdoor om de ontschorste stammetjes van de schutting beet te pakken. Met ijskoude, gevoelloze handen rukt hij aan het hout en onderzoekt de schutting meter voor meter. Maar die staat stevig. De stammetjes zijn degelijk aan de dikke palen gespijkerd en er is geen beweging in te krijgen. Vanaf het terras roept Thulin ongeduldig iets wat hij door de wind niet kan horen. Hij is bijna bij de hoek achter in de tuin wanneer hij merkt dat een van de delen met stammetjes meegeeft als hij eraan trekt.

Door de beweging stopt hij. Hij tast met zijn handen diep in de begroeiing om beter grip te krijgen en als hij de stammetjes naar zich toe trekt, verschijnt er een opening tussen een van de palen en de stammetjes. In het donker voelt hij met zijn vingers en aan de koude, uitstekende spijkers merkt hij dat alle stammetjes vanaf de andere kant van de schutting los zijn getimmerd. Hij doet een stap naar achteren en geeft een harde ruk aan dat deel van de schutting. Als de opening breed genoeg is, gaat hij de donkere tuin van het buurhuis in.

21

Het zien van de opening in de schutting in de verste hoek van de tuin vervult Thulin met bange voorgevoelens. Zonder eraan te denken om het licht uit te doen of de terrasdeuren achter zich dicht te trekken, gaat ze de tuin in en loopt zo snel mogelijk door de sneeuw. Wanneer ze door de opening kruipt en de erfgrens overgaat, ziet ze nog net dat Hess zich in hoog tempo langs de steiger verplaatst en naar de voorkant van de donkere villa loopt. Ze loopt om de met sneeuw bedekte pallets met cementzakken heen die langs de muur staan, en als ze de hoek van het huis omgaat, is hij bezig een aanloop te nemen bij de bouwvallige ingang onder de steiger. Hij loopt op de voordeur af en aan het geluid kan ze horen dat de deurpost bezwijkt en versplintert door zijn trap. Ze denkt weer aan de persoon van wie ze een paar uur daarvoor een glimp opving in het raam op de eerste verdieping en op weg naar de voordeur reikt ze onder haar jas naar haar pistool.

Thulins bezorgdheid om Silje Thomsen was opgelaaid toen Hess bij de bus opdook en haar het papier met het telversje liet zien dat Caroline Holst had ontvangen op de dag dat ze verdween. Ze twijfelde er niet aan dat het waarschijnlijk een verband tussen de twee zaken aantoonde en het had onnodig gevoeld dat hij erop had gestaan om zelf bij het huis van Silje Thomsen te gaan kijken. Thulin was liever zo snel mogelijk teruggegaan naar NC3 om weer bij te dragen aan het onderzoek. Het is ondraaglijk dat de waarheid over het lot van de vrouw misschien zo dicht bij haar eigen woning te vinden is en Thulin loopt Hess achterna in de hoop haar in leven te vinden.

In de lege hal merkt ze op dat er een vreemde lucht in het huis hangt. Een mengeling van cement, bouwstof en iets anders wat ze niet goed kan plaatsen. Misschien schimmel en rot, want het huis ziet eruit alsof het midden in de renovatie door bouwvakkers is achtergelaten. Er hangen leidingen uit het plafond, de muren zijn slechts deels gestuukt, resten bouwmateriaal liggen verspreid over de vloer en achter de voordeur slingeren enkele reclamefolders onder de brievenbus. In het zwakke licht van de straatlantaarns is geen enkel meubelstuk te zien. Hess drukt een paar keer op de schakelaar van een stoffige bouwlamp op een statief die is achtergelaten in een hoek en Thulin denkt dat de elektriciteit en verwarming van het huis al lang geleden zijn afgesloten.

Nadat ze zich ervan hebben verzekerd dat er niemand aanwezig is op de begane grond, gaan ze de trap op naar de eerste verdieping. De oude treden kraken om het hardst met het geluid van de wind buiten. Als ze aankomen op de brede overloop, zien ze een beschadigde deuropening met gesloten dubbele deuren. Hess draait zich zwijgend om om haar een teken te geven, maar dat is niet nodig, want ze staat al klaar met haar pistool. Hij duwt de deuren open.

De twee grote, met elkaar verbonden kamers zien er net zo leeg uit als de benedenverdieping. Door de kieren in het afdekzeil dringt het licht van de straatlantaarns slechts sporadisch binnen in de kamer die ze betreden, dus het is pas wanneer Thulin de kamer rond schijnt met haar telefoon dat ze de oude, versleten stoel ziet die met de voorkant naar een vensterbank staat. De stoel is het enige meubelstuk in de ruimte. Hess bekijkt hem kort voordat hij zonder te wachten de kamer in verdwijnt die aan de straatkant ligt, maar als de lichtbundel van Thulins telefoon over de stoel glijdt, houdt ze abrupt stil.

Er zit ducttape om de armleuningen en voorpoten van de stoel gewikkeld, alsof er iemand vastgebonden heeft gezeten. Thulin buigt zich over de stoel en van dichtbij ziet ze dat de ducttape op alle vier de plekken is doorgesneden. De aanblik van de stoel is op zichzelf al onheilspellend, maar pas als Thulin weer gaat staan om achter Hess aan te gaan, ziet ze dat de plek van de stoel niet willekeurig is. Vanuit het raam waar de stoel naartoe gekeerd staat kan ze precies door een gat in het zeil aan de buitenkant kijken. Ze beseft dat ze recht de keuken in kijkt waar ze zojuist zelf nog stond. Door het raam naar het bakstenen huis van Silje Thomsen, dat maar zes, zeven meter verderop staat, ziet ze duidelijk de brandende lamp boven de kleine eethoek met de twee stoelen, de gootsteen van porselein en de groene keukenlades. Ook de kamer van de dochter en een deel van de hoekkamer zijn te zien.

Het uitzicht verlamt Thulin. De misselijkheid welt in haar op, want ze realiseert zich dat degene die hier op de stoel vastgebonden heeft gezeten, met uitzicht op het huis, Silje Thomsen geweest kan zijn. Gejaagd kijkt ze om zich heen en haar oog valt op een paar spullen die op de brede vensterbank bij de stoel gelegd zijn. De voorwerpen bevestigen stuk voor stuk haar bange vermoedens. Een smal horloge, een verroeste Ruko-sleutel met een smileysleutelhanger, een creditcard op naam van Silje Thomsen en een telefoon met een fotohoesje met Silje Thomsen en haar dochter erop.

Op dat moment komt Hess terug uit de andere kamer. Voordat Thulin haar mond kan opendoen om te vertellen wat ze heeft gevonden, geeft hij aan dat ze boven verder moeten zoeken. Hij loopt snel langs haar heen in de richting van de trap en Thulin volgt hem. In haar beweging valt het licht van haar telefoon op een paar donkere vlekken op de plankenvloer, waardoor ze stopt. Ze bukt zich, richt de lichtbundel erop en constateert dat het bloed is. In het licht kan ze zien dat het bloedspoor verdergaat over de vloer naar de volgende kamer, alsof iemand zich verwond vanaf de stoel daarheen heeft bewogen. Ze kijkt direct naar de trap om ervoor te zorgen dat Hess zich omdraait, maar hij is al uit het zicht verdwenen.

Thulin voelt frustratie opkomen omdat hij niet wacht, zodat ze samen het bloedspoor kunnen onderzoeken dat hij over het hoofd moet hebben gezien. In de volgende kamer, die net zo koud en leeg is als de eerste, ligt meer bloed op de vloer en ze volgt het spoor bij het licht van haar telefoon. Als ze een raam dat op de weg uitkijkt passeert, ontwaart ze de lichten van een eenzame bestelauto die langsrijdt in de sneeuw aan de andere kant van de struiken en bomen op het perceel. Ze beseft dat ze voor het raam staat waar ze eerder op de dag iemand naar buiten had zien kijken.

Als Thulin het einde van de langwerpige kamer bereikt, voert een nieuwe deuropening naar een tussengangetje en vervolgens naar een kleinere ruimte. Aangezien ze haar aandacht op de bloedsporen op de vloer gericht heeft, stopt ze pas als ze voor een zwaar, vies kleed staat, dat als een gordijn aan een van de muren hangt. Hier eindigt het bloedspoor. Thulin tilt met bonzend hart de stof opzij en stelt vast dat er een oude houten deur achter het kleed zit. Ze heft haar pistool en opent de deur op een kier.

Achter de deur zit een trap en ze voelt de koude tocht die het kleed moest tegenhouden. De lucht wordt van beneden haast naar haar toe gezogen en weer valt haar die eigenaardige geur op. Ze stapt op het trapbordes en schijnt omlaag. Het trapgat is smal en heeft geen ramen; de trap is in vervlogen tijden waarschijnlijk gebruikt door het personeel. Ze kijkt aandachtig rond en wat lager ziet ze een uitgeveegde bloedafdruk van een hand, alsof de gewonde tegen de muur geleund heeft. Boven zich hoort ze Hess bewegen. Ze wil geen kostbare tijd verspillen door hem te gaan halen, dus gaat ze waakzaam de trap af terwijl ze voor zich uit schijnt. Meer bloed is in donkere strepen uitgesmeerd op de afgebladderde muren en als ze op het trapbordes op de benedenverdieping komt, ziet ze dat de bloedsporen verder de kelder in gaan. Er gaat een schok door haar heen als de beltoon van haar telefoon plotseling de stilte verscheurt. Koortsachtig probeert ze het geluid uit te zetten en hoewel ze even de initialen van Nylander ziet, breekt ze de oproep gehaast af.

Hijgend staat ze even in het donker te luisteren, maar als ze verder geen ander geluid hoort dan de wind die buiten het afdekzeil te pakken heeft, zet ze een voet op de volgende trede. Hoe verder ze beneden komt, hoe meer ze de vochtige kou voelt. Als ze helemaal onderaan de trap is gekomen, staat voor haar een smalle houten deur wijd open. Ze zet zo stil ze kan een stap vooruit en schijnt naar binnen.

Het is een keldergang. De bakstenen muren zijn kaal en de vuile, ongelijkmatige betonnen vloer strekt zich een paar meter uit voordat die op nog een deur stuit. De deur ziet er dik uit. Hij is voorzien van een draaislot en lijkt op een ouderwetse branddeur. Op het witte, versleten metalen oppervlak zijn de uitgeveegde bloedsporen felrood.

Thulin loopt naar de deur toe, steekt haar telefoon in haar zak, ontgrendelt haar wapen en probeert haar ademhaling onder controle te krijgen. Heel even schiet het door haar heen dat ze op Hess zou moeten wachten, maar voordat de angst haar te pakken krijgt drukt ze de deurkruk omlaag en duwt de zware deur open terwijl ze haar pistool met beide handen vasthoudt en in de ruimte richt.

Een koude wind slaat haar tegemoet en vanaf de drempel kijkt ze de langwerpige ruimte in. Haar oog valt op een grote poort, waarvan de deur wijd openstaat. Ze haalt nog steeds met diepe teugen adem, maar wat ze ziet is een opluchting. Het is een ondergrondse garage. Gebouwd in de kelderetage van het huis en met een oprit omhoog. In het zwakke licht dat van de straatlantaarns de ruimte binnendringt ziet ze niets, behalve olievlekken op de betonnen vloer en wat gereedschap dat aan een van de muren hangt. Ze steekt snel de vloer over en rent de poort uit. De schuine oprit is onder de verse sneeuw bestrooid met grind, waardoor haar voeten gemakkelijk grip krijgen, en ze stopt pas als ze helemaal bovenaan is. Buiten adem kijkt ze om zich heen, maar het donkere stuk dat naar de weg leidt is leeg en bedekt met ongerepte sneeuw. Als er bandensporen zijn geweest, zijn die ondergesneeuwd en het enige voertuig dat ze ziet is een knipperende sneeuwschuiver die met hoge snelheid over de weg rijdt.

Thulin probeert helder na te denken. Voordat ze de branddeur naar de garage opendeed, waren de gruwelijke details van het forensisch pathologisch onderzoek uit de zaak van de vermoorde Caroline Holst even door haar hoofd gegaan. Ze had gevreesd iets vergelijkbaars aan te treffen. In plaats daarvan is het duidelijk dat Silje Thomsen ergens anders heen moet zijn gebracht. Waarschijnlijk minder dan een paar uur geleden. Er is nog hoop. Iemand moet iets hebben gezien, een automerk, een kenteken, wat dan ook, en in gedachten is ze al bezig met het inwinnen van opnames en getuigenverklaringen.

Achter zich hoort ze het geluid van voetstappen. Als ze zich omdraait ziet ze dat Hess door de deur de garage is binnengekomen, en ze loopt met hernieuwde energie terug omlaag over de oprit.

'Ze is langs de diensttrap afgevoerd en in een auto gezet. Iemand moet haar hebben zien wegrijden. We hebben hier direct mensen nodig.'

Thulin heeft het einde van de oprit bereikt terwijl ze zich concentreert op het vergrendelen van haar wapen en zijn antwoord echoot in de ondergrondse ruimte.

'Nylander heeft gebeld.'

'Zijn ze onderweg?'

Ze steekt haar pistool terug onder haar jas, maar voordat ze het riempje van haar pistoolholster heeft vastgemaakt, doet zijn stilzwijgen haar opkijken. In het donker kan ze zijn gezicht haast niet onderscheiden, maar zijn blik is strak gericht op een hoek van de garage, waar hij met zijn telefoon naartoe schijnt.

'Wat is er?'

Dan daagt het haar waar hij naar staat te kijken. De hoek achter de deur is ingericht als een kleine schoonmaakruimte. Met witte, gebarsten tegels onderaan de muren, een verroest kraantje en een metalen rooster als afvoer. De tegels zijn bespat. In het licht herkent ze de kleur en ze beseft dat de vlekken op de vloer niet van olie zijn.

22

In het vlakke kwelder- en veenlandschap op het uiterste puntje van Kalvebod Fælled waadt Thulin door de sneeuw naar het verlichte gebied, terwijl ze Hess' ogen op zich gericht voelt. Het geluid van de suizende auto's op de Amager-snelweg wordt zwakker bij elke stap en aan de andere kant van het kanaal ziet ze de schoorstenen van Avedøreværket hun witte rook de zwarte hemel in sturen.

Volgens Hess had Nylander gebeld en gezegd dat de vondst een halfuur geleden gedaan is. Een hond was er bij zijn eigenaar vandoor gegaan in het bos Pinseskoven en de eigenaar had de politie gealarmeerd toen het hem duidelijk werd wat zijn hond in de kwelder gevonden had. Onderweg in de auto had noch zij, noch Hess iets gezegd, en toch had ze zich meer met hem verbonden gevoeld dan op enig ander moment van die dag. In elk geval tot ze waren uitgestapt en ze merkte dat hij bij de auto bleef staan terwijl zij wegliep.

De schijnwerpers zijn in het donker opgesteld bij een van de meertjes dicht bij zee. Rondom lichten de hoofdlampen van de forensisch onderzoekers op als kleine, eenzame lantaarns. Naarmate ze dichter bij de plek komt, wordt ze tegengehouden door verschillende agenten met oplettende blik en om te mogen passeren moet ze haar legitimatie laten zien.

Ze beeldt zich even in dat de meldingen overhaast of onjuist kunnen zijn. Als ze aankomt ontdekt ze Nylander een eindje verderop en probeert ze zijn gezicht te lezen. Aan de blik die ze wisselen valt niets te zien, want hij gaat door met het telefoongesprek waarin hij verwikkeld is. In plaats daarvan kijkt ze tussen de agenten en forensisch onderzoekers door en algauw ziet ze de naakte lichaamsdelen die tussen het bevroren riet in de sneeuw gegooid zijn.

De aanblik vult haar met leegte. Pas wanneer de lange rietstengels door een windvlaag bewegen en ritselend heen en weer wuiven, raapt ze zich bij elkaar en wendt zich tot de agenten die de wacht houden bij het lichaam.

'Leg er iets overheen als Forensische Opsporing klaar is.'

De gezichten van de agenten zijn veel te jong. In hun ogen ziet ze de angst die de vondst hun heeft ingegeven en ze kijken haar gedesoriënteerd aan.

'Leg er iets overheen!'

De agenten beginnen te begrijpen wat ze bedoelt. Nerveus kijken ze om zich heen om te zien of er iets is wat ze kunnen gebruiken, totdat Thulin haar jas uittrekt en die over de lichaamsdelen legt.

Ze werpt een blik over haar schouder, maar daar waar Hess eerder nog bij de auto stond, ziet ze nu alleen de hondeneenheden aankomen.

23

De muziek buldert van het grote podium in het overdekte stadion van Parken in Østerbro. Het publiek staat dicht op elkaar gepakt en brult enthousiast mee met het volgende nummer. Overal beginnen mensen op en neer te springen op het ritme van The Minds of 99, terwijl caleidoscopische lichten over de mensen glijden en ook Philip raken. In het lawaai kan hij niet horen wat Yasmin tegen hem zegt, maar dat maakt niet uit, want hij ziet dat ze breeduit lacht. Ze staan al bijna een uur dicht tegen elkaar aan te dansen en mee te zingen met de liedjes die ze allebei leuk vinden, ook al is Yasmin een paar jaar jonger dan hij. Als hij haar warme hand in de zijne voelt en ze er plotseling met hem vandoor gaat door de mensenmenigte heen naar de bar, volgt hij haar gewillig. Zijn nieuwe, donkerblauwe overhemd plakt aan zijn bovenlichaam en voor hem ziet hij dat Yasmins blote rug en benen glanzen van de bodymilk en het zweet. Hij is blij dat ze de kou heeft getrotseerd en ervoor heeft gekozen om die rok en hoge hakken aan te trekken toen ze de deur uitgingen.

Eindelijk weten ze de gang bij een van de bars te bereiken. Ook hier staat het vol mensen, maar zodra er wat ruimte is, draait Yasmin zich om, pakt hem beet en geeft hem een kus. Geen vluchtige kus waar ze zo langzamerhand aan gewend zijn geraakt tussen het luiers verschonen, het babygehuil en de verhitte discussies door, maar een echte kus, en Philip voelt haar tong tussen zijn lippen.

'Dit was een goed idee,' roept hij om boven de muziek uit te komen, die doordreunt tot in de gang. Ze kijkt hem aan met haar mooie, bruine ogen die oplichten van oprechte blijdschap en hij lacht en knikt terug. Ook al zijn ze allebei bedwelmd door de muziek en de cocktails, hij kan aan haar blik zien dat ze vanavond net zo opgelucht is als hij om te ontdekken dat hun lust voor elkaar nog aanwezig is, ondanks de uitdagingen waar ze voor staan.

Ze kust hem opnieuw en zegt dat ze even naar het toilet moet. Met een discrete beweging laat ze haar hand even over zijn kruis glijden voordat ze met een onschuldige glimlach bij hem wegloopt en in de groep mensen verdwijnt die hier zijn gekomen voor wat frisse lucht en iets te drinken.

Philip kan haar warmte nog steeds voelen wanneer hij in de rij voor de bar gaat staan. Voor het eerst in lange tijd voelt hij weer een gelukzalig gevoel door zijn lijf gaan. Ze hebben elkaar en hun gezinnetje nog steeds. De dingen zijn ingewikkeld, maar dat zal hij wel oplossen. Degene die een poosje geleden uit het niets begonnen is om zijn leven te verpesten en te terroriseren heeft hij eindelijk afgeschud of afgeschrikt. Voor Valentijnsdag was hij op zoek geweest naar een mooie ervaring voor Yasmin en hemzelf om een nieuw begin mee te vieren en toen een collega verhinderd was voor het uitverkochte concert, had Philip direct op de kaartjes geboden, omdat hij wist dat hij Yasmin er blij mee zou maken.

De rij naar de bar is korter geworden en Philip pakt snel zijn telefoon om haar een berichtje te sturen voor hij aan de beurt is.

Wat wil je hebben? 🍸

Zijn telefoon trilt vrijwel direct – met de emoji van een aubergine.

Philip glimlacht om haar schunnige humor waar hij zo dol op is. Voordat hij kan antwoorden, stuurt ze nog een bericht met een foto. Hij tikt de afbeelding open en tot zijn verrassing ziet hij dat het een foto van haar decolleté is. Van bovenaf genomen terwijl ze op de wc-bril zit. Ze duwt haar borsten zachtjes tegen elkaar aan.

Philip lacht in zichzelf, want het doet hem denken aan toen ze elkaar net leerden kennen en elkaar pikante berichtjes stuurden.

Ik hou van je, schrijft hij en het geluksgevoel vervult hem weer.

Kom dan, antwoordt ze met nog een aubergine en deze keer voegt ze er een close-up bij van haar getuite lippen.

Philip verlaat de rij en loopt de kant op waar ze heen was gegaan. *Waar ben je,* schrijft hij. Hij kan het niet helpen om te glimlachen als een verliefde tiener, want het is een te gekke avond, zo anders dan de avonden die ze de laatste tijd hebben gehad.

Helemaal achteraan, maar kom snel!

Bij het geluid van de stemmen van duizenden mensen die binnen in het stadion meezingen met een refrein, beweegt Philip zich tussen de mensen door die bij de bars en in de gang staan. De gang voert langs de ingangen naar de zaal en hij kijkt uit naar het toilet waar ze zou kunnen zitten, maar hij ziet niets.

Ik zoek je, waar ben je??? weet hij te typen terwijl hij doorloopt.

De telefoon trilt meteen weer in zijn hand en hij wil haar antwoord zo graag lezen dat hij al op de foto tikt voordat hij zich realiseert dat die niet van haar komt.

Het is alsof hij de muziek niet meer kan horen. Zijn benen blijven staan en de schok stuurt koude rillingen door zijn hele lijf wanneer hij het beeld herkent.

De foto is een moment geleden genomen in de gang. Een wirwar van mensen staat verzameld voor de bar, maar de afzender heeft een slordige cirkel om hem en Yasmin heen getrokken terwijl ze midden in de mensenmenigte staan te zoenen. Eronder staat het woordje dat hij maar al te goed kent.

Gevonden.

DEEL 2

Woensdag 19 februari, nu

24

Vanaf haar plek op de achterbank van de taxi kan Thulin de grote groep journalisten, misdaadverslaggevers en fotografen zien die zich heeft verzameld bij de ingang van het hoofdbureau van de politie. Sommigen staan te huiveren van de kou, anderen tikken driftig op hun telefoon of turen ongeduldig naar het gebouw. Thulin herkent enkele van de gezichten uit haar tijd als rechercheur bij de afdeling Ernstige Misdrijven tegen Personen.

Ze betaalt de taxichauffeur, stapt uit in de vieze sneeuw op de parkeerplaats en loopt snel naar de ingang. De vergadering met de taskforcegroep begint zo en haar plan om ruim op tijd aan te komen liep op niets uit toen ze vanmorgen op straat kwam en ontdekte dat de accu van haar elektrische dienstwagen het had begeven in de nachtvorst. Pas na twintig minuten was het haar gelukt om een taxi aan te houden en de vertraging had de onrust over de zaak waarmee ze was wakker geworden alleen maar erger gemaakt.

'Thulin, kun je bevestigen dat het dezelfde dader is als in de zaak-Caroline Holst?'

'Klopt het dat Silje Thomsen in stukken is gehakt?'

'Waarom worden er geen uitspraken gedaan?'

'Thulin, wat is jouw eigen beoordeling van het politieonderzoek?'

Ze sluipt behendig om de journalisten heen die haar hebben herkend en ze laat de kritische vragen onbeantwoord in de heldere vrieslucht hangen. Sinds de moord op Silje Thomsen van vijf dagen eerder is het uitgelekt in de pers dat het onderzoek werkt vanuit het vermoeden dat de dader dezelfde is als in de zaak van Caroline Holst. Door het nieuws staan alle mediaplatforms vol met *Breaking News*-balken zoals MOORDENAAR VAN CAROLINE

HOLST ACHTER NIEUWE MOORD en CAROLINES STALKER SLAAT OPNIEUW TOE, en de jacht op de vrouwenmoordenaar heeft heel even de bulletins over een dreigende wereldoorlog en andere doemscenario's verdrongen. De critici zijn uiteraard begonnen met afgeven op de politie en hoewel Thulin de kritiek heel goed begrijpt, houdt ze haar mening voor zich wanneer ze de laatste journalisten passeert. De aandacht van de pers verstoort het werkproces in de regel enorm, maar deze keer herinnert ze zichzelf eraan dat die er ook voor zorgt dat alle betrokkenen bij het onderzoek een tandje bijzetten en dat is nu hard nodig.

Als ze veilig binnen is gekomen, begeeft ze zich naar de gang terwijl ze checkt of Bjørn haar geantwoord heeft. Dat is niet zo, daarentegen heeft Aksel haar een bericht gestuurd.

Bull's eye en goede sfeer in München. Heb geprobeerd te bellen. Hoe ging het skiën?

Aksel heeft een foto bijgevoegd van zichzelf samen met twee oudere kameraden voor een dartbord in een ruimte die op een *Bierstube* lijkt en Thulin bedenkt dat ze niet moet vergeten om hem te bellen. Ze heeft hem niet meer gesproken sinds hij hen op de parkeerplaats van Le's school bij de bus afzette. Later diezelfde avond zou hij met de andere gepensioneerden van de dartclub de nachttrein nemen naar de stad in Zuid-Duitsland, waar ze een paar dagen zouden doorbrengen om op bezoek te gaan bij een bevriende club en naar een voetbalwedstrijd te gaan. Thulin is er nog niet aan toegekomen om hem uit te leggen dat ze nooit naar Isaberg is gegaan. Dat gaat nu ook niet lukken. In de tijd dat ze zich de trap op haast kan ze nog net een kort bericht schrijven: *Heb het druk gehad, bel je later* ♥

Dat ze het druk heeft gehad is een understatement. Al op dezelfde avond dat de lichaamsdelen van Silje Thomsen waren gevonden op Kalvebod Fælled, waren zij en Raheem teruggegaan naar Vanløse om het onderzoek bij te staan. Opnieuw hadden ze videomateriaal verzameld van de bewoners uit de straat en vooral de opnames door dashcams van verkeer van en naar het buurhuis van Silje Thomsen waren onderzocht, maar het resultaat was mager geweest. Tegen de verwachting in waren ze geen camera tegengekomen die het voertuig had opgenomen die op Valentijnsdag naar en van de naastgelegen villa moest zijn gereden. In plaats daarvan hadden ze opnames van meer dan dertig verschillende voertuigen die vanaf halverwege de middag tot het begin van de avond over de weg hadden gereden. Elk van die auto's had even daarvoor die kelderoprit op kunnen rijden met het in stukken gezaagde lijk van Silje Thomsen erin en nog erger was het dat vrijwel alle nummerplaten in het donker onleesbaar waren. Uit de verhoren die agenten in de wijk hadden gedaan, begreep Thulin bovendien dat geen van de ondervraagde buren activiteit bij de villa had opgemerkt. Het huis stond er al geruime tijd leeg en donker bij en slechts een van de buren aan de overkant meende een glimp te hebben gezien van een wat grotere personenwagen die een paar weken geleden op een avond bij de oprit was weggereden. Deze persoon had echter gedacht dat het bouwvakkers waren geweest en had geen nummerplaat, automerk of kleur onthouden.

Thulin wist nu dat het geen bouwvakkers geweest konden zijn. De rechercheurs van Nylander hadden contact opgenomen met de eigenaar van de villa, die in het buitenland woonde, en waren te weten gekomen dat de renovatie van het pand maanden geleden was stilgezet vanwege een financieel geschil met de vorige eigenaar in verband met de vondst van rot en schimmel. Sindsdien was de ondernemer failliet gegaan en had het gebouw als een spookhuis zijn lot staan afwachten.

Terug bij NC3 hadden Thulin en Raheem hun dagen in plaats daarvan gebruikt om zich te concentreren op de digitale jacht op de dader. Hun eerste taak was proberen de vele stalkingfoto's en berichten te traceren naar de afzender, maar Raheem had moeten constateren dat alle inspanningen nog steeds tevergeefs waren. Ook de cyberafdeling van Europol had de handdoek in de ring geworpen. Even vruchteloos was het onderzoek geweest van de berichten die de dader namens Silje Thomsen had verstuurd, zogenaamd vanuit een vliegtuig op weg naar Milaan. De berichten waren geschreven en verstuurd door via iCloud in te loggen op haar iMessage – iets waar Silje Thomsen waarschijnlijk onder dwang toegang toe had gegeven – en aangezien het vliegticket was betaald met Silje Thomsens eigen creditcard, was er ook in deze zaken niets wat meer kon vertellen over de identiteit van de dader.

Om een overzicht te krijgen van mogelijke vijanden van Silje Thomsen had Thulin zich vervolgens geworpen op een systematische controle van haar inboxen, al haar berichten en haar social media. Terwijl ze daarmee bezig was, werd haar duidelijk dat Silje Thomsen naast de correspondentie met de dader nog een opvallend contact had, namelijk met haar ex-man, Rolf Bergmann. Het leeuwendeel van hun correspondentie in de loop der jaren kon bovendien volledig in iCloud worden gelezen, aangezien geen van beiden van telefoonnummer was veranderd voordat Silje Thomsen daar in december mee begonnen was.

Op basis van het berichtenverkeer had Thulin bij elkaar kunnen puzzelen dat Silje Thomsen en Rolf Bergmann twaalf jaar geleden waren getrouwd in de kerk van Vanløse. In de tijd na de bruiloft had het echtpaar vooral geschreven over het eerste kindje dat ze verwachtten en de vele wederzijdse liefdesverklaringen werden afgewisseld met blijdschap en zorgen over zwangerschap, het kopen van een huis en de financiën. Het bakstenen huis in de villabuurt was eigenlijk te duur en te groot voor ze geweest, maar aangezien het stel plannen had voor meer kinderen, hadden ze toegeslagen. Voor zover Thulin kon beoordelen was hun huwelijksleven relatief zorgeloos verlopen, totdat bij hun tweejarige dochter zware astma en allergieën werden vastgesteld, met verschillende ziekenhuisopnames tot gevolg. Aangezien Silje Thomsen en haar man vanuit Noord-Jutland naar Kopenhagen waren verhuisd, konden ze niet de hulp van hun familie inschakelen en de ziekte van hun dochter had al hun energie en aandacht gevergd. Daarnaast was het noodzakelijk geweest dat ze om beurten thuisbleven van hun werk tijdens de lange periodes waarin het meisje bedlegerig was.

Pas toen het meisje over de ergste ziekte heen was en op school was begonnen, was het stel gestart met pogingen voor kind nummer twee, maar ze waren niet zo gemakkelijk zwanger geworden als de eerste keer. Silje Thomsen en haar man hadden zich genoodzaakt gezien om zich te laten onderzoeken, waaruit bleek dat Silje Thomsen last had van eisprongproblemen. In de daaropvolgende drie à vier jaar hadden ze zich onderworpen aan een uitputtende vruchtbaarheidsbehandeling met verschillende miskramen tot gevolg, totdat zij en haar man tot hun grote verdriet gedwongen waren om hun pogingen op te geven. In de daaropvolgende periode zag Thulin dat het stel had geprobeerd om zich te concentreren op het goede leven dat ze ondanks alles hadden, maar ook al waren ze het erover eens geweest om elkaar te prioriteren, de liefdesverklaringen waren steeds minder geworden. In het bijzonder van de kant van haar man. Romantische weekendjes weg en aandacht voor jubilea werden vervangen door incidentele relatietherapie die weer plaats had gemaakt voor nieuwe problemen toen haar man, die als accountant werkte, werd ontslagen, en toen bij hun dochter op school dyslexie werd vastgesteld. Door Silje Thomsens man werden steeds vaker individuele activiteiten medegedeeld: *ga naar de sportschool, ga fietsen met een collega, moet overwerken*. Silje Thomsen had begrip getoond, maar een jaar geleden begon ze serieus uitdrukking te geven aan haar vertwijfeling over het feit dat hij zich terug leek te trekken uit hun gezin. Steeds meer berichten tussen hen bestonden uit aanvallende en verdedigende woorden waarbij sommige met hoofdletters werden geschreven, alsof ze moesten roepen om gehoord te worden.

Parallel aan dat Thulin in de conversatie kon vaststellen dat de problemen van het echtpaar toenamen, had ze geconstateerd dat een andere conversatie tussen Silje Thomsens berichten interessant begon te worden. De conversatie was acht maanden geleden begonnen door een jongere kennis uit haar plaatselijke hardloopclub: een mannelijke fysiotherapeut die haar steeds vaker begon te schrijven dan goed was voor haar huwelijk. In de nazomer was Silje Thomsen gezwicht voor zijn geflirt en hun communicatie begon steeds meer te lijken op die tussen twee geliefden. In het begin hadden ze elkaar getroffen onder het mom van enkele hardloopevenementen, maar daarna vonden hun afspraakjes plaats in zijn zolderwoning aan de Jægersborggade in Nørrebro, elke dinsdag en donderdag tussen 15.30 en 17.30 uur, wanneer Silje Thomsen haar dochter naar zwemles had gebracht. De affaire duurde een paar maanden, slechts onderbroken door Silje Thomsens pogingen om zich los te rukken. Half oktober had haar schuldgevoel haar er nog eens toe gebracht om de affaire te stoppen, maar slechts een paar dagen nadat ze haar minnaar het bericht had gestuurd om hun verhouding af te breken, moet haar man achter haar ontrouw zijn gekomen. Voor zover Thulin uit de wederzijdse beschuldigingen begreep, was het hem in elk geval gelukt om op haar telefoon toegang te krijgen tot haar berichten, waarop hij alle intieme berichten met de fysiotherapeut had gelezen.

De scheiding die volgde was op initiatief van Silje Thomsen geweest. Thulin had gelezen dat ze weliswaar in een groot aantal berichten spijt had betuigd van haar ontrouw en zich ervoor had verontschuldigd, maar door het feit dat ze had kunnen vreemdgaan, had ze tegelijkertijd de conclusie getrokken dat ze te weinig voor hem voelde om nog verder te gaan met het huwelijk. Ze had om zijn begrip gevraagd en geprobeerd uit te leggen dat een scheiding voor hen allebei en voor hun dochter het beste was, maar haar besluit had bij haar man ogenschijnlijk tot grotere woede geleid dan haar overspel. In eerste instantie had hij gereageerd door haar het huis uit te gooien en haar de toegang te ontzeggen. Niet veel later had hij haar medegedeeld dat hij het niet meer aankon om daar te wonen en was hij in plaats daarvan verhuisd naar een kleinere huurflat in Sydhavnen. Silje Thomsen was daarop weer in het huis gaan wonen en ze had vergeefse pogingen gedaan om het met hem eens te worden over hun kind, de boedelscheiding en de verkoop van het huis, dat geen van beiden alleen kon betalen.

Thulin had de indruk dat Silje Thomsen direct na de scheiding wat meer fut had gekregen. Ze had zich geconcentreerd op het samenzijn met haar dochter en stak flink wat energie in haar werk. In haar berichten aan vriendinnen werd het woord 'opluchting' gebruikt. De affaire met de fysiotherapeut had ze niet weer opgepakt, maar een maand nadat de scheiding was uitgesproken, had ze haar nieuwe leven schijnbaar voldoende op orde om de aanmoediging van een vriendin op te volgen en een profiel op Tinder aan te maken. Of dat de reden voor haar ex-man was om alles in werking te zetten kon Thulin slechts raden, maar het was een feit dat hij gelijktijdig contact had opgenomen met het Centrum voor Familierecht. Met bijstand van een advocaat had hij een omgang met hun dochter geëist van tien op veertien dagen, met als argument dat Silje Thomsen degene was geweest die was vreemdgegaan en daarmee hun gezin kapot had gemaakt. In zijn verklaring beweerde hij dat ze 'seksverslaafd' was en 'ongeschikt' was om voor hun dochter te zorgen, die volgens haar exman liever bij hem woonde.

Silje Thomsen had tot half december sterk genoeg geleken om de situatie aan te kunnen, maar zoals Thulin al wist begon haar leven toen uit elkaar te vallen naarmate het stalken erger werd. Op haar steeds wisselende telefoonnummers was het getouwtrek met haar ex-man over het woonadres van hun dochter, over wisseldagen en over de financiën onverminderd doorgegaan, en een minnelijke oplossing tussen beide partijen leek ver weg. Tegelijkertijd begonnen ze elkaar te verwijten dat hun dochter nu zo onder de situatie te lijden had dat ze psychologische hulp kreeg in een groep voor kinderen in een scheiding. Ziek gemeld en gebroken had Silje Thomsen in haar laatste contact met haar exman geprobeerd om hem ervan te overtuigen de verkoopprijs van het huis te verlagen, zodat zij haar leven op een andere plek kon oppakken. Als tegenprestatie had hij geëist dat zij ermee akkoord zou gaan dat hun dochter op zijn adres zou worden ingeschreven, iets waartegen zij zich nog steeds had verzet.

Thulin was zelf niet aanwezig geweest bij het verhoor van Rolf Bergmann, die hun hoofdverdachte was geweest. Deels waren er in het berichtenmateriaal talrijke voorbeelden van dat hij zich hatelijk en wraakzuchtig had uitgedrukt naar zijn ex-vrouw toe, deels was het denkbaar dat hij als voormalig buurtbewoner kennis had kunnen hebben van het lege huis. Forensisch onderzoek had bevestigd dat Silje Thomsen daar inderdaad gekneveld en vastgebonden had gezeten in een stoel met uitzicht op wat hun gemeenschappelijke woning was geweest. In het verhoorverslag had Thulin evenwel kunnen lezen dat Rolf Bergmann had ontkend ook maar iets te weten van de stalking, de moord en ook van Caroline Holst, en hij was huilend ingestort. Maandenlang had hij energie gestoken in de haat jegens zijn ex-vrouw, maar nu had hij blijkbaar ingezien dat hij nog steeds van haar hield. Die uitspraak had de rechercheurs van Nylander niet overtuigd, maar de ex-man had verklaard wat hij 13 en 14 februari allemaal had gedaan en zijn alibi werd achtereenvolgens bevestigd door zijn dochter en zijn werkgever. Daarmee was de voor de hand liggende verdachte niet meer verdacht. Hetzelfde was gebeurd bij de zesentwintigjarige fysiotherapeut die sinds het begin van het jaar in een sporthotel op Lanzarote werkte en om die reden van de lijst met verdachten was gehaald.

Het teleurstellende resultaat had Thulin gefrustreerd en wat hun nu restte was zich concentreren op een breed aantal andere potentiële partners van Silje Thomsen, aangezien het mogelijk geen toeval was dat de moord op Valentijnsdag was gepleegd. Daardoor lag het voor de hand om de focus op het liefdesleven van de vrouw te leggen. De mannen met wie ze via Tinder contact had gehad of had gedatet moesten nader worden onderzocht, hoewel geen van hen op het eerste gezicht verdacht had geleken. Toch had Thulin de namen gecheckt met de zaak-Caroline Holst om na te gaan of een van hen in het toenmalige onderzoek was geregistreerd, maar dat was niet het geval geweest. Over het algemeen had het Thulin geïrriteerd om te zien hoe weinig hulp dat onderzoek bood. De verdenkingen hadden zich vanaf de eerste dag geconcentreerd op Omar Hajid, het ex-vriendje van Caroline Holst, die op dezelfde school had gezeten als zij. Hij was zelfs nog best lang verdacht gebleven nadat haar lichaamsdelen waren gevonden, ondanks het feit dat zijn DNA niet was overeengekomen met het DNA-spoor dat de forensisch pathologen onder een van de nagels van de overleden gymnasiast hadden gevonden. Dat die focus een verkeerde inschatting was geweest, was alleen maar duidelijker geworden nu de rechercheurs van Nylander hadden ontdekt dat Omar Hajid ten tijde van het misdrijf tegen Silje Thomsen als pedagogisch medewerker op een kleuterschool aanwezig was geweest op een ouderbijeenkomst.

In rap tempo neemt Thulin eindelijk de laatste treden naar de gang met de briefingruimte, waar ook de andere leden van de taskforcegroep zich verzamelen. Wanneer ze hen ziet krijgt ze bijna een sprankje hoop dat zij meer geluk hebben gehad dan zijzelf. Ze knikt enigszins buiten adem naar de geconcentreerde, ernstige gezichten en loopt naar Raheem toe, terwijl ze haar telefoon tevoorschijn haalt om die op stil te zetten.

Tijdens het werkproces heeft ze af en toe aan Hess gedacht, die net zo plotseling verdwenen was als hij was opgedoken. Een paar dagen geleden had ze uit een gesprek tussen een paar van Nylanders mensen begrepen dat hij alleen in het land was geweest omdat zijn broer ernstig ziek was. Thulin had zijn broer slechts één keer ontmoet en ze had medelijden met Hess gekregen, omdat ze wist hoeveel de twee broers voor elkaar betekenden. Ze had de gedachte om contact met hem op te nemen echter van zich afgezet, omdat dat geforceerd zou lijken vanwege de afstand die tussen hen was ontstaan. Het korte weerzien had bovendien een onverwerkt gevoel losgemaakt en ze had geen zin om zich daarmee bezig te houden. Te midden van alle drukte had ze zichzelf erop betrapt dat ze Bjørn miste, die ze pas gisteravond weer had kunnen zien.

Ondanks zijn teleurstelling had Bjørn het goed opgenomen dat ze niet was meegegaan naar Isaberg en hij had zich ogenschijnlijk vermaakt met zijn zoon en de andere vaders op de piste. Het was waarschijnlijk Thulin die het meest had gebaald dat ze niet mee was geweest op de reis, terwijl Le het weekend had gebruikt om mee te doen aan dat skate-evenement waar ze zo over gezanikt had. Om het weer goed te maken had Thulin er bij Bjørn op gestaan om vanavond een gemeenschappelijk etentje voor hen allemaal te houden, ook met zijn grote meiden erbij, die ze pas kortgeleden had ontmoet. Vermoedelijk met afhaaleten, want Thulin wist dat ze een drukke dag zou hebben, maar Bjørn had haar voorstel geweldig gevonden en had zijn kinderen meteen geschreven om te vragen of ze konden. Maar ze ziet nu pas, nu ze haar telefoon checkt, dat Bjørn geantwoord heeft.

Iedereen kan vanavond. Spannend ☺ Ik zal wel helpen met het eten…

‘Kom, we gaan beginnen,’ zegt Raheem, die de ruimte binnengaat samen met de laatste mensen die zijn aangekomen.

Thulin antwoordt Bjørn snel met een hartje voordat ze het geluid uitzet en achter Raheem aan door de deur gaat. Bij het vooruitzicht van samen eten voelt ze even vlinders in haar buik en de tot nu toe enige lach van die dag ontvouwt zich op haar gezicht. Dan kijkt ze op en valt haar oog op de lange, welbekende gestalte die een beetje afgezonderd en met een lege blik uit het raam staart.

25

'Bloedmonsters en longweefsel duiden erop dat het slachtoffer op een bepaald moment is verdoofd met chloroform. Aangezien het slachtoffer slechts zo'n zevenenvijftig kilo woog, heeft de verdoving vermoedelijk één tot twee uur geduurd. Een voorzichtige aanzet voor de chronologie zou kunnen zijn dat het slachtoffer in haar keuken is verdoofd. Er zitten in elk geval schrammen en krassen op haar kuiten, wat erop zou kunnen wijzen dat ze in bewusteloze toestand vanuit de keuken door de sneeuw en de begroeiing naar het naastgelegen perceel is gesleept en vervolgens enkele trappen op.'

Door de woorden van de forensisch patholoog ziet Thulin weer voor zich hoe ze zelf door het donker van de achtertuin van Silje Thomsen naar de naastgelegen villa was gelopen en vervolgens verder omhoog naar de eerste verdieping. Zijn vermoedens lijken plausibel. De kleine, tengere patholoog met zijn Finse afkomst is bezig verslag te doen aan Nylander, die aan het hoofd van de tafel ongeduldig mee knikt met zijn woorden, die op het grote scherm worden begeleid door forensische close-upfoto's van de onderbenen van Silje Thomsen.

'Maar wat kun je zeggen over de verwondingen die haar zijn toegebracht?'

Thulin kijkt mee op het scherm, geflankeerd door Raheem, de rechercheurs van Nylander en de forensisch onderzoeker die samen de taskforcegroep van tien tot twaalf personen vormen. Ze is er nog steeds niet helemaal van bekomen dat Hess aanwezig is, noch van het feit dat Nylander zou willen dat hij zou deelnemen. Hess zit een paar plekken bij haar vandaan, zo ver mogelijk weg van het scherm, en ondanks Nylanders korte, inleidende opmerking over dat Hess zich met onmiddellijke ingang heeft aangesloten bij het onderzoek, ziet hij er niet uit als iemand die vrijwillig aanwezig is. Zijn schoenen zijn doorweekt, hij heeft donkere wallen onder zijn ogen en het grootste deel van de tijd heeft hij zijn blik gefixeerd op een leeg notitieblok dat voor hem ligt.

'Bloeduitstortingen en lijm op de polsen en enkels duiden erop dat het slachtoffer met sterke tape aan de stoel vastgebonden heeft gezeten. Verder zitten er sneeën in haar huid die erop wijzen dat ze heeft geprobeerd om zich los te rukken toen ze bijkwam uit de verdoving. Haar mond was dichtgeplakt met tape van hetzelfde type. De bloedvlekken die zijn geconstateerd op de vloeren en muren zijn waarschijnlijk afkomstig van de sneeën en van letsel als gevolg van slagen tegen het gezicht en de neus.'

De patholoog bladert haastig in zijn papieren en met een druk op het toetsenbord zet hij een nieuwe reeks foto's op het scherm, waardoor Thulin zich met afschuw moet afkeren.

'In de garage, waar de grootste hoeveelheid bloed is gevonden, is het slachtoffer meerdere slagen op de schedel toegebracht met een zwaar voorwerp. De eerste slag kreeg het slachtoffer vermoedelijk van achteren en trof haar op het achterhoofd, wat een deel van haar motoriek verlamd moet hebben, maar zonder dat ze het bewustzijn verloor. Ze heeft breuken en letsel aan haar handen en armen, wat erop duidt dat ze geprobeerd heeft om zich te verweren tegen de volgende slagen, totdat de dodelijke klap haar op de linkerslaap raakte.'

Thulin haalt haar ogen van het close-upbeeld van de ingeslagen schedel en ze raakt vervuld van woede over de mishandeling, terwijl ze hoort hoe Nylander verdergaat.

'Kun je iets zeggen over wat dit zware voorwerp geweest zou kunnen zijn?'

'Waarschijnlijk een moker van twee tot drie kilo of de achterkant van een bijl. Dat laatste is het voor de hand liggendst gezien het verdere verloop.'

Bij de nieuwe foto's wil Thulin weer wegkijken en er gaat een schok door de ruimte. Ze dwingt zichzelf mee te kijken, terwijl de patholoog op het scherm wijst.

'De vier ledematen zijn afgehakt. De plek van het afhakken lijkt willekeurig en de hakesporen geven aan dat het voor de dader een uitdaging was door gebrek aan verstand van hoe het lichaam in elkaar zit. Microscopische deeltjes op de huid en in de wonden vertellen ons dat de lichaamsdelen vervolgens in aanraking zijn geweest met hard, blauw plastic dat afkomstig kan zijn van plastic tonnen of iets dergelijks.'

De koude rillingen lopen Thulin over de rug. Niet in de laatste plaats bij de gedachte dat de dader vermoedelijk koelbloedig genoeg was geweest om het lijk uit praktische overwegingen in stukken te hakken. Het is uiteraard riskant om met een lijk rond te rijden. Voor blauwe plastic tonnen kun je een verklaring hebben als je wordt aangehouden.

'Je zegt dat het voor de dader een uitdaging was?' Nylander doorbreekt de sombere stilte die zich over de groep had gelegd.

'Het hakken heeft uithoudingsvermogen geëist. Bij gebrek aan een beter woord.'

'Hoeveel tijd heeft het gekost?'

'Te oordelen naar het aantal houwen, minstens dertig tot veertig minuten.'

'Verkrachting?'

'Daar hebben wij geen aanwijzingen voor gevonden.'

'Maar DNA van de dader? Sperma, bloed, haar, wat dan ook?'

'We hebben niets gevonden,' deelt de forensisch patholoog mede.

Thulin begrijpt heel goed dat Nylander blijft doorvragen naar de resultaten van de sectie. Even geleden had het hoofd van de Forensische Opsporing hun resultaten gepresenteerd. De man had zijn tijd gebruikt om uit te leggen dat de poort van de ondergrondse garage van het buurhuis duidelijke sporen vertoonde van braak, vermoedelijk met een breekijzer, wat erop wees dat de dader zich langs die weg toegang tot het huis moet hebben verschaft, maar verder was er uit die hoek weinig bruikbare informatie gekomen. Afgezien van de stoel in de kamer op de eerste verdieping, waarop ze alleen de vingerafdrukken van Silje Thomsen hadden gevonden, had de villa gewemeld van de afdrukken, maar geen ervan was tevoorschijn gekomen uit de registers met eerder veroordeelde misdadigers. In Silje Thomsens huis hadden ze helemaal geen afdrukken gevonden die niet van Silje zelf, haar dochter of haar ex-man waren geweest. Thulin denkt even na over hoeveel tijd de dader gebruikt moet hebben om zich voor te bereiden en ze kijkt kort naar Hess, die nog steeds niets heeft gezegd. Als hij op hetzelfde moment rechtop gaat zitten en opkijkt, krijgt ze even oogcontact met hem, voordat hij weer naar zijn notitieblok kijkt.

'Thulin.'

Ze merkt dat Nylander zijn ongeduldige blik op haar heeft gericht. Ze herpakt zich, en met steun van Raheem, die hun beeldmateriaal op het scherm projecteert, neemt ze het woord.

'Voor haar dood heeft Silje Thomsen in totaal drieënvijftig berichten ontvangen van een onbekende afzender en de stalking kan worden opgedeeld in twee fases. In de eerste fase, die begint op 5 december, stuurt de stalker foto's van Silje Thomsen met de tekst "gevonden" erbij. Blijkbaar om te verwijzen naar een spelletje verstoppertje en om aan te geven dat ze wordt gevolgd. De tweede fase wordt ingeleid op de dag waarop Silje Thomsen later verdwijnt en die bestaat uit een reeks "gevonden"-foto's en een telversje van één tot tien met een aantal zelfgeschreven regels. De allerlaatste "gevonden"-foto, die ze ontvangt terwijl ze in haar eigen huis is, wordt vervolgens van haar telefoon en uit de cloud gewist. Die foto maakt het waarschijnlijk dat de stalker de dader is en de betreffende persoon heeft de foto verwijderd om te voorkomen dat wij erachter zouden komen dat de aanval in het huis heeft plaatsgevonden.'

Raheem zorgt ervoor dat de foto van Silje Thomsen die in het donker in haar hoekkamer door de jaloezieën naar buiten staat te kijken, terwijl de dader in de hoek achter haar gestaan moet hebben, op het scherm wordt getoond. De foto roept nog steeds onbehagen bij Thulin op en voordat ze verder kan gaan, wordt ze onderbroken.

'En hoe kan het verdomme dat jullie niet meteen hebben gecheckt of die foto was gewist?'

De vraag wordt op verwijtende toon gesteld door Budtz. Thulin ziet aan Raheem dat hij zich moet beheersen wanneer hij antwoordt.

'Omdat we niet konden zíén dat hij verwijderd was. Als een foto uit de cloud wordt gewist, kost het tijd om die weer te herstellen.'

'Maar jullie hebben het gecheckt? Dat zou toch hebben uitgemaakt?'

'Ja, we hebben het gecheckt!'

'Maar betekent dit dat de dader meer verstand heeft van IT dan de meeste mensen?' vraagt Nylander.

'Niet noodzakelijkerwijs,' werpt Thulin tegen. 'De meeste mensen weten waarschijnlijk wel dat er een back-up in de cloud wordt gemaakt en aangezien de dader de telefoon van Silje Thomsen heeft overgenomen, heeft die via haar instellingen vrije toegang gehad tot iCloud.'

'Enig idee hoe de dader haar nieuwe telefoonnummers te pakken heeft gekregen?'

'De dader is in bezit geweest van de oude huissleutel van de dochter. Net zoals bij die laatste foto kan de dader in principe naar binnen zijn gegaan op het moment dat er niemand thuis was om steeds de verpakkingen van de simkaarten van Silje Thomsen te vinden.'

'Maar wat hebben jullie dan voor ons?'

'De dader heeft bij de communicatie gebruikgemaakt van sms'jes en die berichten moeten vanaf een telefoon zijn verzonden, aangezien de dader foto's heeft gestuurd terwijl Silje Thomsen werd gevolgd. De telefoon kan voorzien zijn geweest van een anonieme prepaidkaart met data, maar dat is een gok, want de dader heeft de berichten verstuurd via een Tor-browser die het verkeer versleutelt waardoor het onmogelijk is om de gebruiker te traceren.'

'Even concreet, hoeveel technische kennis heb je nodig voor een Tor-browser?' vraagt Nylander geïrriteerd.

Raheem haalt zijn schouders op. 'Je moet natuurlijk van het bestaan van de Tor-browser weten. Maar als je kunt uitvogelen dat je bij een tankstation anonieme prepaidkaarten kunt kopen en vervolgens de Tor-browser googelt en downloadt, kun je in theorie direct onzichtbaar zijn.'

'Maar jullie moeten toch wel íéts hebben?'

'Zoals gezegd: als er een Tor-browser wordt gebruikt, kun je het IP-adres niet zien en kan de afzender dus niet worden getraceerd...'

'Maar de dader heeft Silje Thomsen in de openbare ruimte gefotografeerd en moet dus te zien zijn op een opname van een bewakingscamera.'

Raheem projecteert opnames van enkele bewakingscamera's van een warenhuis op het scherm, terwijl Thulin uitleg geeft.

'Het probleem is dat er uitsluitend foto's zijn genomen op plekken waar geen camera's waren, of waar veel mensen waren. Dat betekent dat we op de opnames niet kunnen zien wie de betreffende foto heeft genomen. Bovendien hebben de meeste mensen hun telefoon constant vast, maar we proberen nog steeds uit te zoeken...'

'Hebben jullie gecheckt of haar ex-man op de opnames staat en of hij de foto's genomen kan hebben?'

Thulin kijkt Budtz aan, die haar onderbroken heeft. Ondanks het feit dat Rolf Bergmann een alibi heeft, ziet ze aan de blikken om haar heen dat meerderen van de aanwezigen er moeite mee hebben om de verdenking tegen hem te laten varen.

'Ja,' antwoordt Thulin. 'Dat is niet zo, voor zover wij hebben kunnen zien.'

'Dus wat is de conclusie? Er zijn meer dan vijftig foto's en berichten van de dader en jullie hebben niks?'

Hoewel de vraag wordt gesteld door Budtz, voelt ze Nylanders kritische blik terwijl hij haar en Raheem beurtelings aankijkt in afwachting van hun antwoord. Ze voelt zich vreselijk geprovoceerd en probeert rustig te blijven.

'Zoals we in het rapport hebben geschreven heeft Silje Thomsen na haar scheiding met een paar mensen gedatet via Tinder. Het zal niet de eerste keer zijn dat stalking en moord uitgelokt zijn door afwijzing en obsessie, dus die personen zijn wezenlijk om te checken. Bovendien proberen we natuurlijk ook te zoeken in andere aangiftes.'

‘Aangiftes?’

Nylander knijpt zijn ogen tot spleetjes en Thulin begint de theorie uit te leggen waarmee ze Raheem en zijn collega’s aan het werk heeft gezet.

‘Silje Thomsen en Caroline Holst hebben allebei aangifte van stalking gedaan bij hun plaatselijke politiebureau. Als de dader een seriestalker is, waar het wel op lijkt, dan heeft de verdachte vermoedelijk ook andere vrouwen gestalkt. Als die vrouwen ook aangifte hebben gedaan, weet een van hen misschien iets wat we kunnen gebruiken.’

‘Maar hebben jullie iets gevonden?’

‘Het probleem is dat er per jaar bijna tweeduizend keer aangifte van stalking wordt gedaan,’ vult Raheem aan. ‘Die aangiftes worden niet in één register verzameld, dus moeten we in plaats daarvan handmatig zoeken in de verschillende politiedistricten om…’

‘Dus jullie hebben niets gevonden. Bedankt, dat is helder. Goed, laten we beginnen.’

Nylander staat abrupt op om aan te geven dat de vergadering afgelopen is en hij ziet er allesbehalve tevreden uit wanneer hij zijn blik over de aanwezigen laat gaan.

‘Ik wil focus hebben op de datingnamen die NC3 heeft ontdekt. Check ook de collega’s van het slachtoffer, buren uit de wijk, bouwvakkers, eerdere zedendelinquenten, enzovoort. Laten we aan de slag gaan, en mondje dicht tegen de pers. Thulin en Hess, kan ik jullie even spreken?’

De deelnemers aan de vergadering schuiven met veel lawaai hun stoelen naar achteren en staan op. Thulin wisselt een blik met Raheem en ziet dat hij net zo gefrustreerd is als zij over de manier waarop ze net behandeld zijn. Ze heeft zin om er wat van te zeggen, maar als ze op Nylander afloopt besluit ze om de gesprekstijd constructief te gebruiken.

‘Het is belangrijk dat jullie de nabestaanden van Caroline Holst de foto’s laten zien van de personen met wie Silje Thomsen gedatet heeft en omgang had. Als Caroline Holst met een van hen contact heeft gehad, kan het zijn dat de nabestaanden zich een naam of gezicht kunnen herinneren.’

'Prima. Daarmee kunnen jij en Hess beginnen. Ik zet jullie bij elkaar, omdat ik weet dat jullie kunnen samenwerken, en jullie brengen rechtstreeks verslag uit aan mij.'

Hess is opgestaan en naast Thulin komen staan, en als ze hem overdonderd aankijkt, ziet ze in zijn ogen dat ook hij verrast is. Ze weet even niet hoe ze moet reageren, maar dan kijkt ze weer met vastberaden blik naar Nylander.

'Dat kan ik niet. Ik zit bij NC3 en heb...'

'Momenteel even niet. Ik heb kort voor de vergadering toestemming van Krause gekregen om je op te nemen in het onderzoeksteam, terwijl je onze schakel met NC3 blijft. Het is prima dat jullie beginnen met de nabestaanden van Caroline Holst, maar de focus moet liggen op het onderzoek naar de moord op Silje Thomsen. Wij werken níét aan de zaak-Caroline Holst. Die valt onder het district Vestegnen en we mengen ons niet in hun circus. Is dat duidelijk?'

Nylander kijkt hen allebei scherp aan zonder op antwoord te wachten en voordat Thulin kan reageren marcheert hij vervolgens naar de deur met een stapel papier onder zijn arm.

'Wacht even!'

Door haar iets te luide uitroep draaien Nylander en een paar van de rechercheurs zich naar haar toe. Voor de hand liggende argumenten om uit te komen onder de constellatie die hij heeft gedicteerd vliegen door haar hoofd, maar geen ervan weet de weg naar haar mond te vinden.

Nylander kijkt haar ongeduldig aan. Door de ramen ziet Thulin de grijs gemêleerde hemel boven de stad. Het laatste beetje zon verdwijnt en de eerste sneeuwvlokken van de dag beginnen te vallen.

26

Als Nylander op de gang de dringendste werktaken aan zijn assistent heeft gedelegeerd, gaat hij de marmeren trappen op naar het kantoor van de hoofdcommissaris. De lift gebruikt hij slechts zelden en nu heeft hij de extra minuten die de wandeling hem geven nodig om zich te concentreren op de briefing van de zaak die hij de korpsleiding dadelijk moet geven. Het is uiteraard ook belangrijk om regie te krijgen over de persstrategie, en hoewel er wat dat betreft allerlei slimme dingen zijn om over na te denken, gebruikt hij zijn energie om zichzelf ervan te verzekeren dat het de juiste beslissing was om Thulin en Hess erbij te betrekken. Hij voelt nog steeds de wrok die hij tegen hen gekoesterd heeft sinds die klotezaak over die kastanjemannetjes hem te schande heeft gemaakt. Het enige wat die wrok enigszins verzacht is de gedachte aan de egoïstische redenen die hij heeft om een beroep te doen op hun vakkundige kwaliteiten.

De moord op Silje Thomsen en de aanname dat het dezelfde dader is als degene die achter de moord op Caroline Holst zat, hebben voor flink wat opschudding gezorgd. Dat de zaak-Caroline Holst niet is opgelost, is nog steeds een open wond voor de nabestaanden en bij het grote publiek, en vanwege de geruchten over nog een gruwelijke moord door dezelfde dader zijn de critici weer naar de toetsenborden en microfoons gevlogen. Feministen en MeToo-fanatici zijn in actie gekomen en hebben gewezen op de incompetentie van de politie als het gaat om het oplossen van misdrijven tegen vrouwen. Sinds de moord staan de opiniepagina's vol met eisen tot veiligheid en rechtszekerheid en de politici hebben zich uiteraard in het koor gemengd. NU IS HET GENOEG-campagnes prijken plotseling op hun socialmediaprofielen, waar ze anders alleen interesse tonen in overwinningen van het nationaal elftal of streekgerechten, als ze zich tot het volk willen verhouden. Zelfs het ministerie van Justitie, dat zich er laatst nog toe had gezet om het politiedistrict van Vestegnen te verdedigen, is als een blad aan een boom omgedraaid en heeft nu een kritische kennisgeving doen uitgaan.

Nylander ziet niet in waarom het verschil maakt of het slachtoffer een vrouw of een man is. Het is feitelijk zelfs zo dat er meer moorden op mannen dan op vrouwen worden gepleegd, iets waar niemand ooit op wijst. Hij heeft echter ingezien dat de sensationele ontwikkeling van de zaak de kans is waarop hij heeft gewacht. Al veel te lang heeft hij zich nader moeten verklaren en het moeten rechtvaardigen dat hij nog steeds de post als hoofd van de afdeling Moordzaken bekleedt. En hoewel hij gedaan heeft wat hij kon om te leren van de kritiek, had hij tot een week geleden nog gedacht dat zijn inspanningen misschien vergeefs waren geweest. De tegenstand leek te groot en te aanhoudend en misschien zou het beter zijn om iedereen te geven waarop ze zaten te azen. Maar toen werd Silje Thomsen vermist en plotseling staat hij aan het roer van een onderzoek dat dan wel onder druk staat, maar dat hem ook de mogelijkheid geeft om terrein terug te winnen.

Na de vondst van Silje Thomsens lichaam op Kalvebod Fælled is bij hem echter het besef ingedaald dat het onderzoek niet direct aan de vooravond van een doorbraak staat. Rolf Bergmann, de ex-man van het slachtoffer, heeft een alibi en de eerste resultaten van de rechercheurs, de gerechtelijke sectie en Forensische Opsporing zijn mager. Op voorhand zit het Nylander dwars dat zijn mensen niet zo scherp zijn als voorheen, aangezien verschillende rechercheurs bij andere afdelingen hadden gesolliciteerd naarmate zijn eigen afdeling aan status verloor. En het is symptomatisch dat hij moest inzien dat Thulin en Hess op eigen houtje meer voor elkaar hadden gekregen bij de woning van Silje Thomsen dan zijn eigen mensen was gelukt met een grootschalige huiszoeking.

Nylander was er daarom als de kippen bij geweest om Thulin in te lijven bij de taskforcegroep en hij had tegelijkertijd zijn assistent gevraagd om contact op te nemen met Hess om te horen of hij een poosje bij Europol gemist kon worden. Hij werd echter al snel geïnformeerd dat Hess nee had gezegd, met als reden dat hij alleen in het land was omdat zijn broer in het ziekenhuis was opgenomen. In de hoop dat Hess hen toch kon voorzien van enkele theorieën had hij zijn rechercheurs zover gekregen om steeds te proberen hem iets te laten zeggen over de dossiers, maar Hess had op geen enkel moment iets van zich laten horen. Des te meer verbaasde het Nylander toen de man die ochtend buiten op de donkere parkeerplaats op hem had staan wachten in de sneeuw. Nog onverzorgder en afweziger dan normaal, maar hij was altijd al een vreemde snuiter. Nylander had direct zijn kans schoon gezien toen Hess interesse in de zaak had getoond. De vergadering met de taskforcegroep zelf was echter slappe hap geweest. Hess en Thulin hadden geen van beiden indruk op hem gemaakt, maar dat was misschien ook wel wat te veel gevraagd. In eerste instantie troost Nylander zich met de gedachte dat hij bij de korpsleiding kan noemen dat hij ze gestrikt heeft als versterkingen.

Terwijl Nylander dichter bij de deur van het kantoor van de hoofdcommissaris komt, voelt hij zich steeds optimistischer, wat hij wil uitdragen naar de korpsleiding. De omstandigheden van de zaak wijzen ondanks alles op de gebruikelijke, wraakzuchtige dader met een slechte jeugd en een traumatische verhouding tot zijn moeder, en mocht het de afdeling lukken om de dader van twee vrouwenmoorden te vinden, waarvan er een ook nog eens de moord op Caroline Holst is, dan weet hij heel goed wat daar de betekenis van zou zijn. Alle praatjes over of hij geschikt is als hoofd zullen verstommen en hij is er zelfs van overtuigd dat het zijn carrière een zetje omhoog zou kunnen geven. In gedachten kan hij het niet laten om even stil te staan bij hoe zijn critici, in het bijzonder een paar uit de korpsleiding, hun woorden zouden moeten inslikken en misschien zelfs wel plaats zouden moeten maken.

Nylander duwt de deurkruk naar het kantoor omlaag en terwijl hij diep inademt gaat hij naar binnen, terwijl hij zijn gezicht weer in de juiste plooi legt.

27

Voor haar volgende lesuur neemt Marie op het gymnasium plaats in haar gebruikelijke, vertrouwde vensterbank die verscholen ligt achter een pilaar. Ze gaat daar geregeld zitten als ze even rust wil van haar leerlingen of van Mattsen. Maar vandaag verschuilt ze zich niet voor Mattsen of iemand anders. Aan de andere kant van het raam heeft een enorme verzameling journalisten en satellietwagens zich opgesteld op de parkeerplaats en nu kan Marie op veilige afstand hun bewegingen volgen. Ze kan niet horen wat de verslaggevers zeggen, maar het lijdt geen twijfel dat ze bezig zijn met het herhalen van de gebruikelijke, vreselijke details over de moord op haar dochter. Details die haar elke dag sinds de moord achtervolgen, maar die nu in de media weer even worden genoemd zodat iedereen er opnieuw over kan huiveren.

Nog steeds spookt de gedachte aan Omar die plotseling bij haar op de stoep stond door haar hoofd. Het was onwerkelijk om ineens tegenover hem te staan, ook al had ze zich die ontmoeting heel vaak voorgesteld. De verdenking tegen hem zat na hun korte gesprek nog steeds in haar, maar ze was in verwarring en ondersteboven nadat hij had beweerd dat hij was ondervraagd vanwege een nieuwe zaak. In het nieuws had ze later die avond opgevangen dat er iets vreselijks was gebeurd met een eenenveertigjarige vrouw uit Vanløse, maar ondanks de geruchten die op verschillende mediaplatforms de ronde begonnen te doen, had niemand de moeite genomen om Marie de daaropvolgende dagen te informeren.

Marie voelt hoe het vanbinnen kriebelt om op te staan en naar buiten te lopen om aan alle journalisten te vertellen wat ze van de politie en hun onderzoekswerk vindt. De afgelopen dagen heeft ze zelf geprobeerd om een duidelijk antwoord te krijgen van de politie van Vestegnen en van de politie van Kopenhagen, maar ze was vriendelijk afgewimpeld met de mededeling dat ze op dit moment geen commentaar hadden. Daarom had ze de afgelopen nachten wakker gelegen en manisch alles gelezen wat er over de zaak geschreven werd, om te zien of ze iets wijzer kon worden. Ze had echter nog steeds geen enkel antwoord.

Wanneer ze tot bezinning komt en toch in de vensterbank blijft zitten, komt dat doordat ze heel goed weet dat het niet slim is om zich nu uit te spreken. Thor heeft haar nadrukkelijk gevraagd om zich er niet in te mengen nu de zaak voor de tweede keer aan het rollen is. De boodschap was niet mis te verstaan geweest toen hij vanochtend zijn spullen bij elkaar graaide en de deur zo hard dichtsmeet dat het metselwerk meegaf. Later had hij een verzoenend bericht gestuurd om te laten weten dat hij na school naar voetbal ging en laat thuis zou komen, maar Marie heeft toch het gevoel tussen twee vuren gevangen te zitten. Al die oude gevoelens van schuld en schaamte over dat ze Caroline niet voor het gevaar heeft kunnen behoeden dringen zich aan. Aan de andere kant weet ze best dat ze, om Thor en Malte zo veel mogelijk te ontzien, haar eigen gevoelens moet beteugelen. Zij missen hun grote zus natuurlijk ook, het verschil is alleen dat met name Thor al lang niet meer gelooft dat het helpt om te blijven strijden voor gerechtigheid.

Voordat Marie de veiligheid opzocht van haar hoekje bij het raam, was ze bij de lerarenvergadering aanwezig geweest, waar de aanwezigheid van de pers ook aan bod was gekomen. Voor de verandering waren alle leerkrachten komen opdagen en dat was niet vanwege de aanstaande open dagen of eindexamens. Die onderwerpen werden snel afgehandeld ten gunste van een gesprek over de mediabewaking en de ongelukkige krantenkoppen die de school nu weer aantrok, zoals Mattsen het diplomatiek uitdrukte.

'Zoals jullie weten krijgen we deze dagen wat ongewenste aandacht,' had hij gezegd zonder te knipperen of zijn ogen van een punt achter in de ruimte te halen. 'De pers heeft weer interesse in de zaak van Caroline en omwille van onze leerlingen en het gymnasium is het ontzettend belangrijk dat we zelf niet bijdragen aan het nieuws. Daarmee zouden we ons allemaal in een uiterst ongelukkig licht stellen.'

Marie had zich tegen haar zin het middelpunt van de vergadering gevoeld, ook al had ze zelf de hele sessie geen woord gezegd. Mattsen daarentegen had heel wat op zijn hart gehad, genoeg om de anderhalf uur te vullen die voor de vergadering gepland was, maar het meeste had hij al gezegd toen hij die ochtend de leerlingen en leerkrachten in de aula bij elkaar had geroepen voor een gemeenschappelijke informatiebijeenkomst. De boodschap was duidelijk, het ging om de veiligheid van leerlingen en leerkrachten en om ze voor te bereiden op vragen van de pers onderweg van en naar school.

De afgelopen dagen was Marie er redelijk in geslaagd om het hoofd koel te houden, want ze had zich thuis kunnen afreageren met schuurpapier en een plamuurmes die grondig gebruikt waren op de muren. Met Thereses hulp was ze verdergegaan met het klusproject om het huis weer een gezellige plek te maken en het had goed gevoeld om iets praktisch te doen. Zonder Therese zou ze echter niet ver zijn gekomen met het project. Therese was met Marie meegegaan naar Silvan om het materiaal te kopen dat ze niet had en ze was bijna elke middag na het werk langsgekomen om haar kluskleding aan te schieten. Het begon erg mooi te worden, al zei Marie het zelf. Ze hadden waarschijnlijk al verder kunnen zijn, maar vaak eindigden ze diep in gesprek naast elkaar met hun ruggen tegen de pas geschuurde muren. Therese was de enige die vond dat Marie weer naar de pers zou moeten stappen en als er iemand was die haar situatie begreep, dan was het Therese, die zelf het dierbaarste in haar leven had verloren.

'Marie?'

De bel is net gegaan en Marie heeft zich klaargemaakt om naar de les te gaan als Mattsen zijn hoofd om de hoek van de pilaar steekt die haar verborgen had moeten houden.

Ze wil net zeggen dat als het over het tumult daarbuiten gaat, ze het zal laten om zich erin te mengen, maar Mattsen is haar voor.

'Ik wilde alleen nog even terugkomen op ons gesprek van laatst.'

Mattsen heeft een vriendelijke en rustige blik in zijn ogen, maar ze begrijpt niet wat hij bedoelt en dat ziet hij.

'Mijn aanbod om je een assistent te geven bij je lessen staat nog steeds. Ik denk dat het in de huidige situatie fijn voor je kan zijn om ontlast te worden. Zo begrijp ik het natuurlijk ook als je graag een paar dagen vrij zou willen nemen.'

Marie kijkt hem aan en ze hoeft er niet over na te denken.

'Ik stel het op prijs dat je zo met me begaan bent, maar het is niet nodig. Ik kan mijn werk makkelijk aan.' Marie voelt de frustratie opborrelen en ze doet haar best om ervoor te zorgen dat haar stem niet overslaat in iets wat in Mattsens oren boos klinkt.

'Weet je het zeker?' houdt hij vol met een blik die haast zorgzaam is.

'Ja, ik weet het zeker. Dank je. Sorry, maar ik moet nu naar de klas.'

Met Mattsens ogen in haar rug haast ze zich de gang op naar de lokalen. Hoewel ze blij zou moeten zijn met zijn bezorgdheid, merkt ze dat ze het maar niets vindt dat ze een speciale behandeling krijgt en ze wil hem net nog een geïrriteerde gedachte sturen, wanneer haar telefoon overgaat.

Het is een onbekend nummer en Marie hardt zich vanbinnen wanneer ze de oproep beantwoordt. Indien het een journalist is, weet ze heel goed wat ze moet zeggen, en dan wordt het een kort gesprek, maar in plaats daarvan krijgt ze een vrouw aan de lijn die zich voorstelt als rechercheur van de politie. Ze heet Naia Thulin en naarmate de vrouw uitlegt waarom ze belt, beseft Marie dat het precies dat telefoontje is waarop ze heeft gewacht.

De vrouw vraagt of Marie misschien nu met haar en haar collega kan praten en Marie antwoordt spontaan dat ze over twintig minuten thuis kan zijn. Zodra het gesprek beëindigd is, gaat Marie naar de garderobe om haar jas te pakken. Op weg naar de uitgang belt ze het secretariaat om te zeggen dat ze helaas moet gaan.

28

Achter de sneeuwhopen in de berm glijden de gebouwen van de Roskildevej voorbij. Hess weet dat hij de tijd zou moeten gebruiken om de stapel rapporten te lezen die op zijn schoot ligt, maar vanaf zijn plek op de bijrijdersstoel kijkt hij afwezig naar de rijen grillrestaurants, tweedehandswinkels en armoedige hoogbouw uit de jaren vijftig die ze passeren terwijl Thulin naast hem achter het stuur zit te telefoneren.

Nylander had hem die ochtend een dienstwagen tot zijn beschikking gesteld, maar Hess had de sleutels aan Thulin overhandigd toen ze na de vergadering op de parkeerplaats waren gekomen. Ten eerste weet Thulin waar ze naartoe moeten en verder had hij aan haar gemerkt dat ze ongeduldig was. Ze was gejaagd op de chauffeursstoel gaan zitten en had gemeld dat ze Raheem moest bellen om af te spreken hoe ze de werklast bij NC3 zouden verdelen. Daardoor hadden ze onderweg maar weinig kunnen praten. Iets wat Hess goed was uitgekomen. Het idee van Nylander om hen bij elkaar te zetten had hem overvallen en vervulde hem met tegenstrijdige gevoelens. Hij kent Thulin goed genoeg om te weten dat zij hetzelfde voelt.

Aan haar stem hoort hij dat ze op het punt staat het gesprek af te ronden en hij dwingt zichzelf weg te kijken van het raam en probeert zich te concentreren op de woorden in het rapport dat opengeslagen boven op de stapel ligt. Vanuit zijn ooghoeken kan hij zien dat ze haar headset op haar telefoon hangt die in de houder boven de autoradio zit en ze checkt een bericht dat ondertussen is binnengekomen.

‘Volgens onze inlichtingen zijn de ouders uit elkaar gegaan sinds de moord op hun dochter, dus we hebben alleen met de moeder, Marie Holst, afgesproken op hun thuisadres.’

'En de vader?' hoort Hess zichzelf geroutineerd vragen.
'De anderen gaan met hem praten.'
'Prima.'
'En jij hebt alles kunnen lezen? Heb je verder geen vragen?'
Hij merkt dat ze kort zijn kant op kijkt, maar hij houdt zijn ogen op het rapport gevestigd en slaat een paar bladzijden om.
'Nee, ik heb het gelezen. Ik check alleen nog wat details.'
Hij weet dat hij meer zou moeten zeggen en de twee zaken met haar zou moeten doorspreken, maar hij is er niet klaar voor. Hij heeft geen zin om uit te leggen waarom. Ze rijden een moment in stilzwijgen, maar dan neemt Thulin voorzichtig het woord.
'Het spijt me heel erg om te horen dat Jon ziek is.'
'Dank je.' Hij houdt zijn blik strak op de zinnen gericht die hij aan het lezen is en probeert zich te concentreren op wat er eigenlijk staat.
'Wat is er met hem gebeurd?'
'Hij heeft een hersenbloeding gehad en ligt in coma in Bispebjerg.'
Hij merkt dat ze verschrikt haar gezicht naar hem toe draait, maar hij beantwoordt haar blik bewust niet.
'In coma?'
'Ja.'
'Hoe lang ligt hij...'
'Vijf dagen. Of zes.'
'Maar... Komt hij er weer bovenop?'
Weer voelt hij haar blik op zich en hij slaat het rapport dicht en begint in de stapel te bladeren.
'Dat hoop ik. Waar is de map van Forensische Opsporing?'
'Die zou erbij moeten zitten. Zal ik hem even voor je zoeken?'
'Nee, ik vind hem zelf wel.'
Ze knikt en hij wroet verder in de stapel.
'Wat zeggen de dokters?'
'Die zeggen niet zoveel. We zien wel wat er gebeurt.'
'Als er iets is waarmee ik je kan helpen, dan moet je het zeggen. Of als het nodig is dat...'
'Dat is aardig van je, maar bedankt. Hoe is het met jullie?'

'Met ons?'
'Ja. Hoe gaat het? Met Le en...'
'Eh... Het gaat goed.'
'Dat is mooi. Is het deze?'
Hij houdt een groene map omhoog, maar ze schudt haar hoofd.
'Nee, dat is hem niet.'
Ze houdt het stuur met één hand vast en reikt met de andere naar de stapel. Haar vingers raken die van hem en hij voelt haar warmte voordat hij snel zijn hand wegtrekt.
'Hij zou helemaal onderop moeten liggen,' hoort hij haar zeggen. 'Misschien direct na...'
'Het is oké. Ik vind hem wel.'
Ze trekt haar hand terug en legt hem weer op het stuur. Buiten trekken nog meer gebouwen aan de Roskildevej voorbij, maar hij wordt onrustig van de sfeer in de auto. Even aarzelt hij, maar dan zegt hij hardop waarvan hij vermoedt dat ze er allebei aan denken.
'Ik stel voor dat we het bezoek aan Holst afhandelen en dan uitzoeken hoe we ons kunnen opsplitsen. Zou dat niet het beste zijn?'
'Prima.'
Ze vertrekt geen spier, maar hij merkt dat hij haar van zich heeft weggeduwd. Iets in hem heeft er spijt van en hij zoekt naar woorden om de stemming te verzachten, maar tot zijn opluchting gaat haar telefoon weer over en neemt ze op terwijl hij zich probeert te concentreren op de woorden in een rapport waarvan hij zich niet kan herinneren of hij het al gelezen heeft.
Sinds hij haar de laatste keer zag, heeft hij zijn tijd vooral doorgebracht in het Bispebjerg-ziekenhuis om dicht bij Jon te zijn. Achtenveertig uur na het begin van de bloeding hadden de artsen kunnen zeggen dat zijn toestand enigszins stabiel was. Maar ze hadden Hess ook uitgelegd dat de huidige toestand van zijn broer betekende dat ze nu niets meer konden doen dan afwachten tot zijn vitale functies de komende dagen beter zouden worden voordat ze überhaupt konden overwegen of hij uit zijn coma gewekt kon worden.

Hess had geprobeerd om zich te wapenen met geduld, maar het wachten was vreselijk geweest. Terwijl de dagen voorbijkropen, had hij het een deel van zijn routine gemaakt om 's ochtends voor de zaalronde op de afdeling aan te komen om aanwezig te zijn wanneer de artsen kwamen. Op het moment dat de zaalronde achter de rug was en hij de vragen had kunnen stellen die hem 's nachts wakker hadden gehouden, had hij zichzelf als het lunchtijd was gedwongen om beneden naar de kantine te gaan om te proberen om wat te eten. Wat niet vaak gelukt was, want hij had geen trek. Terug op de afdeling had hij zijn middagen doorgebracht in de wachtruimte op de gang of op Jons kamer als de verpleegkundigen hem toestemming hadden gegeven om op een stoel naast het bed te gaan zitten. Een verpleegkundige had hem meelevend verteld dat de meningen verschilden over in hoeverre iemand in coma het geluid van stemmen kon opvangen, maar ze wist van situaties waarbij het niet uitgesloten kon worden dat het een gunstig effect had gehad. Hess had haar woorden ter harte genomen. Bij het monotone geluid van het beademingsapparaat waarmee Jon ademde had hij lang en zachtjes tegen zijn bewusteloze broer gepraat, terwijl hij had geprobeerd om diens slappe, knokige hand op te warmen tussen zijn handen. Toen hij op de derde dag niet meer wist wat hij Jon moest vertellen, was hij naar de kiosk op de begane grond gegaan om lectuur te zoeken en bij toeval had hij een speciaal nummer gevonden van *Sportsfiskeren*. Vervolgens had hij uit het lievelingstijdschrift van Jon het ene artikel na het andere voorgelezen over forelvissen op IJsland. Om weer van voren af aan te beginnen toen hij het uit had, totdat de verpleegkundigen hem kwamen zeggen dat Jons verband moest worden verwisseld.

Aan het einde van elke dag in het ziekenhuis was hij teruggegaan naar Odinparken om Jons beo te voeren en vervolgens rusteloos en bezorgd rond te dwalen tot hij iets willekeurigs had gevonden om te doen. Een paar avonden was hij naar Jons appartement gegaan om het schoon te maken en flessen op te ruimen. Hij had geboend en geschrobd tot ver na middernacht, omdat hij toch niet kon slapen. Als dat eindelijk lukte, werd hij badend in het zweet wakker met verdrongen herinneringen aan hun gemeenschappelijke jeugd in een gealcoholiseerd, disfunctioneel gezin op zijn netvlies gebrand. Oftewel: een heleboel shit waar hij niet aan wilde denken. Hij had zich vastgeklampt aan de herinneringen die wel goed waren. De vistochtjes met Jon naar het meer waar ze als kind hadden gezwommen. Jon die voor hem opkwam op het schoolplein. Jons luide lach en brede glimlach of de laatste keer dat hij hem echt gezien had. Dat was in de nazomer van het jaar ervoor geweest toen Hess Thulin en Le bij zich had gehad. Tussen de vuilcontainers en fietsenrekken hadden ze gebarbecued in de laatste zonnestralen van de dag op het grasveldje achter Jons flat en alles had er zonnig uitgezien. Jon had opgewekt geleken en was niet bijzonder dronken. Hij was blij voor Hess geweest en had gezegd dat hij hoopte dat ze elkaar vaker konden zien.

De afgelopen dagen had Hess op geen enkel moment overwogen om deel te nemen aan het moordonderzoek. Op een gegeven moment was hij dan wel opgebeld door een van Nylanders assistenten met de vraag in hoeverre hij de mogelijkheid had om te helpen, maar hij had direct nee gezegd. Om de tijd te doden in de wachtkamer en thuis in Odinparken had hij tussendoor vluchtig wat van de dossiers bekeken die hij nog steeds opgestuurd kreeg, aangezien niemand kennelijk de moeite had genomen om hem van de lijst te halen. Het was echter volledig ondenkbaar voor hem geweest om zich op het onderzoek te richten, tot de bespreking met de artsen vanochtend vroeg.

Hess had gehoopt dat de bespreking waarvoor hij plotseling was uitgenodigd zou gaan over een spoedige poging om Jon uit zijn coma te halen, maar het bericht van de artsen had hem in shock achtergelaten. Toen hij op de gang was gekomen, had de geur van ziekte en dood hem overweldigd en hij had het ziekenhuis onmiddellijk verlaten en was doelloos de stad in gelopen. De ene angstaanval na de andere had zich aangediend en gekweld had hij zich door de straten verplaatst naar Sortedam Dossering, voordat zijn voeten hem naar Vesterbro en de parkeerplaats voor het politiebureau hadden geleid.

Nylander had hem met open armen ontvangen en Hess had de eigenlijke reden dat hij zich nu liet inlijven bij het onderzoek niet genoemd. Besluitvaardig had hij het ziekenhuis gebeld en het bericht achtergelaten dat hij bereikbaar was op zijn telefoon zodra er iets van nieuws was. Vervolgens was hij naar de vergadering van de taskforcegroep gegaan. Het had gevoeld alsof hij het juiste besluit had genomen, maar nu hij hier in de auto zit op weg naar de nabestaanden van Caroline Holst, heeft hij moeite om gefocust te blijven. Jon duikt steeds in zijn gedachten op en het is pijnlijk om weer zo dicht bij Thulin te zijn, want hun band is verbroken en zij is verdergegaan met een andere man.

'Hier is het. Klaar?'

Thulin heeft geparkeerd voor een wat verwaarloosd rijtjeshuis aan een drukke weg en hij legt de rapporten weg op de vloer van de auto.

'Ja,' antwoordt hij. In een poging het te menen, stapt hij uit.

29

'En deze dan?'

Thulin legt nog een paar foto's voor Marie Holst neer, die naast haar zit aan de ronde eettafel in de woonkeuken. De grote kamer, die zo te zien het grootste deel van de benedenverdieping van het huis in beslag neemt, is de eerste ruimte die je betreedt als je het halletje uit komt. De kamer ziet er rommelig uit, maar is gezellig ingericht. Emmers verf, een bak met kwasten en een verpakking plamuur staan op de grond op een rol stucloper en twee van de muren worden duidelijk aangepakt. Maar er liggen kussentjes op de stoelen, er staan kruidenrekjes bij het fornuis, er hangen een paar kindertekeningen op de koelkast en bij de ramen aan de achterkant is een leuke tv-hoek ingericht met kussens en dekentjes. De ramen kijken uit op een kleine met sneeuw bedekte achtertuin met een krakkemikkig voetbaldoel erin. Aan de andere kant van de woonkeuken ziet Thulin bovendien nog een ingebouwde boekenkast en een trap naar boven en naar beneden.

Marie Holst, die Thulin rond de vijfenveertig schat, heeft donker haar en scherpe gelaatstrekken. Ze heeft iets muizigs en schuws over zich en ze draagt een gepluisd, donkerblauw vest dat betere dagen heeft gekend. Ze houdt de foto's dicht bij haar gezicht en bestudeert ze grondig, terwijl het geluid van de op de weg voorbijrazende auto's duidelijk in de kamer te horen is.

'Het is belangrijk, dus neem vooral je tijd,' maakt Thulin duidelijk.

Marie Holst legt de foto's voor zich op tafel en kijkt aandachtig naar de portretten van de twee mannen, die allebei rond de veertig zijn. Net als de andere foto's die Thulin haar heeft laten zien, zijn ze afkomstig van datingprofielen waarmee Silje Thomsen gecommuniceerd heeft en Thulin hoopt dat Marie Holst bij een van hen herkennend zal knikken.

'Nee, helaas.'

Thulin verbergt haar teleurstelling als ze de foto's bij elkaar raapt en in plaats daarvan foto's neerlegt van Silje Thomsens exman en van de fysiotherapeut, maar het duurt niet lang voordat Marie Holst opnieuw haar hoofd schudt.

'Ook niet. Ik heb geen van hen samen met Caroline gezien.'

'Weet je het zeker? Geen van de gezichten komt je bekend voor en de namen ook niet?'

Hess, die op een stoel tegenover hen zit, reikt over tafel en wijst op de namen onder de verschillende foto's. Het is de eerste keer sinds ze zijn aangekomen dat hij bijdraagt aan het gesprek en voor Thulin lijkt het alsof hij het alleen maar doet om te vermijden dat zijn stilzwijgen te veel gaat opvallen.

'Ik weet het zeker. Maar ik wil graag weten of het klopt wat de journalisten schrijven. Dat jullie denken dat het dezelfde is als degene die Caroline kwaad heeft gedaan.' De stem van Marie Holst beeft en haar blik gaat vragend van Thulin naar Hess.

Thulin verzamelt de foto's. Vanuit haar ooghoeken ziet ze dat Hess ongeconcentreerd het interieur bekijkt en ze beseft dat er van die kant weinig hulp te verwachten valt. Na die verschrikkelijke rit naar Vestegnen waren ze zwijgend het grindpaadje op gelopen en hadden ze aangeklopt. Marie Holst had hen vriendelijk en welwillend ontvangen. Ze had benadrukt dat ze hun schoenen aan konden houden en ze had hun koffie aangeboden, die ze hadden afgeslagen, maar ondanks de vriendelijkheid was het duidelijk geweest dat de vrouw van slag was en niet kon wachten om antwoorden te krijgen. Ze had hun snel duidelijk gemaakt dat ze zelf in een van de kamers van het huis flink wat materiaal over de zaak van haar dochter had staan, mocht er iets zijn wat ze moesten weten. Maar hoewel het begrijpelijk is dat Marie Holst graag wil bijdragen aan het onderzoek en duidelijkheid wil, is Thulin genoodzaakt om Nylanders instructie op te volgen en ontwijkend op haar vragen te antwoorden.

'Dat is een van de redenen dat we hier zijn. Hoe herinner jij je het stalken?'

'Het begon in september, aan het begin van het examenjaar, een paar maanden nadat ze het had uitgemaakt met haar vriendje. Ze vertelde er niet meteen over, misschien om hem te beschermen, maar ze begon steeds meer foto's te krijgen. Toen Carolines vader en ik erachter kwamen, hebben we ervoor gezorgd dat ze aangifte deed.'

'Waarom had ze het uitgemaakt met haar vriendje?'

'Ze had het gevoel dat hij te jaloers was geworden. Ze waren een jaar lang samen geweest en zij was volwassener dan hij. Hij leek lief en was verliefd op haar, maar zij was extravert, had het druk met vriendinnen, sport en school, en werkte in haar vrije tijd als oppas, terwijl hij alleen maar wilde dat ze met z'n tweetjes waren.'

'Had ze daarna iemand anders?'

Het is Hess die zich in het gesprek mengt en door de algemene formulering vermoedt Thulin dat hij zich waarschijnlijk niet in de zaak heeft ingelezen, zoals hij wel had gezegd.

'Voor zover ik weet niet,' antwoordt Marie Holst. 'Maar Omar dacht dat wel. Ze zaten in hetzelfde jaar en hij begon bij haar langs te komen. Aanvankelijk nam ze de tijd voor hem, maar toen werd het te veel. We hebben hem 's nachts verschillende keren moeten wegsturen wanneer hij kwam opduiken om met haar te praten. Het was overduidelijk dat hij degene zou kunnen zijn die haar die berichten stuurde en later wezen we de rechercheurs erop dat...'

'Maar we zijn hier niet om over Omar Hajid te praten,' onderbreekt Thulin haar zo rustig mogelijk.

Thulin was erop voorbereid dat Marie Holst wellicht gefocust zou zijn op Omar Hajid, aangezien veel van haar uitspraken in de dossiers in die richting hadden gewezen, maar wat Thulin betreft zou het tijdverspilling zijn om te veel energie aan hem te besteden.

Marie houdt verrast op en kijkt haar aan. 'Waarom niet?'

'Ten eerste is hij al onderzocht door de politie van Vestegnen...'

'Maar zij hebben de boel niet op orde, en ik heb de indruk dat ze het hebben opgegeven,' zegt Marie.

'Ten tweede heeft hij een alibi in verband met het misdrijf dat wij onderzoeken. Hij was op zijn werk op een kleuterschool.'

'En dat geloven jullie zomaar?' Marie Holst kijkt Thulin scherp aan.

'Ja. Daar bestaat geen twijfel over.'

Het lijkt alsof Marie Holst een tegenwerping onderdrukt en Thulin vermoedt dat deze informatie haar beeld onderuithaalt.

'Kun je iemand bedenken met wie Caroline in die periode gedatet zou kunnen hebben of met wie ze contact had?' klinkt het vanaf Hess' kant van de tafel. 'Via een datingapp of een chatforum, of...'

'Nee, er was niemand.'

'En Caroline noemde niemand anders behalve Omar die achter het stalken zou kunnen zitten?'

'Nee. Ze zat al in een moeilijke fase.'

'Hoezo moeilijk?' vraagt Thulin opmerkzaam, want het is de eerste keer dat Marie Holst iets noemt wat Thulin niet al in de rapporten heeft gelezen.

'Direct nadat ze het met hem had uitgemaakt leek ze heel vrolijk. Maar na een paar maanden, dus vlak voor het stalken begon, was het alsof...'

De woorden van Marie Holst stokken en het lijkt alsof ze ergens op probeert te komen.

'Ik ben er niet achter gekomen wat er mis was, maar ze leek somber en verdrietig. Ze bleef meer dan een week in bed liggen en een paar keer zag ik dat ze gehuild had. Ik vroeg haar wat er was, maar ze zei alleen dat ze genoeg had van school en overwoog om te stoppen met het gymnasium.'

De stem van Marie Holst trilt weer en ze kijkt voor zich uit met een bodemloos verdriet in haar ogen.

'Maar dat geloofde je niet?'

'Nee, want ze was altijd met plezier naar school gegaan, maar dat was wat ze zei. Na een poosje ging het weer beter.'

'Het kan geen liefdesverdriet zijn geweest? Vanwege een relatie die niet goed ging, een relatie waar je niet van wist? Soms vertellen mensen immers niet alles. Niet aan hun ouders of aan...'

'Caroline en ik waren erg close. We konden overal over praten. Als ze iemand had leren kennen, dan zou ze dat hebben gezegd.'

Marie Holst kijkt Thulin met een vastberaden blik aan. Een spiertje onder een van haar ogen begint te trillen.

'Natuurlijk. Maar het is denkbaar dat...'

'Ik wil graag weten of deze vragen betekenen dat jullie haar zaak weer oppakken.'

Thulin kijkt Hess bezwerend aan, maar ze moet het nog eens zonder zijn hulp stellen terwijl ze om het antwoord heen draait.

'Daar kunnen we helaas geen uitspraken over doen. Zoals ik al zei...'

'Wie dan wel? Jullie komen hier om dezelfde vragen te stellen die anderen al tig keer gesteld hebben en ik word niks wijzer!'

'Ik begrijp heel goed dat het verwarrend is, maar de zaak van je dochter valt onder een ander politiedistrict dan dat van ons.'

'Dat maakt me geen zak uit! De zaak is nog niet opgelost! Wie neemt daar verantwoordelijkheid voor? Wie dóét er eindelijk iets?'

Marie Holst heeft rode vlekken in haar hals gekregen en kijkt machteloos van de een naar de ander. Haar vragen blijven met het geluid van het verkeer in de lucht hangen, totdat de voordeur in het halletje plotseling openvliegt. Ze kijken alle drie die kant op. De kamerdeur gaat met een ruk open en een grote jongen van middelbareschoolleeftijd blijft met een verbeten uitdrukking op zijn gezicht staan als hij hen aan tafel ziet zitten. Hij heeft een jongen van een jaar of tien, elf bij de hand, die hen verward aankijkt met betraande, glanzende ogen, terwijl hij een paar bloederige servetten tegen zijn wang houdt.

Marie Holst komt bruusk overeind.

'Wat is er gebeurd?'

'Hij is op het schoolplein van de glijbaan gevallen. Waar zijn de pleisters?'

De stem van de grote jongen is hard en gereserveerd. Zonder zijn muts af te doen of zijn jas uit te trekken gaat hij doelgericht naar de keuken, samen met de kleinere jongen van wie hij nog steeds de hand vasthoudt. Onderweg werpt hij een blik op Thulin en de stapel foto's die voor haar op tafel ligt en het is Thulin duidelijk dat hij ziet dat Hess en zij van de politie zijn.

'Excuseer me even,' zegt Marie met bezorgde stem terwijl ze snel achter de twee jongens aan loopt. Als ze in de keuken is, gaat ze op haar knieën zitten en haalt voorzichtig de hand van de jongen weg die de servetten vasthoudt. Er komt een bloederige schaafwond op zijn wang tevoorschijn.

'Och, lieverd, toch.'

'Waar zijn de pleisters?!'

De oudere jongen is met wilde bewegingen in een keukenla aan het wroeten en Marie Holst wendt zich tot hem.

'Thor, het moet eerst worden schoongemaakt. Ik zal wel...'

'Waarom nam je de telefoon niet op?'

'Die heb ik niet gehoord...'

'Hij heeft je twee keer gebeld voordat hij mij belde. Waar ben je verdomme mee bezig?!'

De oudste zoon van Marie Holst, die Thor heet, heeft in de la een gebloemd blik gevonden en hij probeert het deksel eraf te trekken, terwijl Marie Holst zich nader verklaart.

'Thor, ik heb niet gezien dat hij...'

'Nee, omdat jij het te druk hebt en hier weer zit te lullen, ook al zeg je dat er klaar mee bent.'

'Het spijt me dat ik niet...'

'Ga jij nou maar zitten om je tijd te verdoen, wij redden ons wel!'

Thor krijgt het deksel niet van het bloemetjesblik af en gefrustreerd smijt hij het op de grond zodat het deksel eraf knalt. Pleisters vliegen over de hele keukenvloer. Thulin ziet dat de kleine jongen de schrik van de uitbarsting voor zichzelf houdt en Thor stampt terug de kamer in zonder de pleisters op te ruimen. Hij gunt Thulin en Hess geen blik waardig als hij langs ze heen loopt en hij verdwijnt het halletje in, waar hij de voordeur met een klap achter zich dichtgooit.

Marie Holst staat er even als versteend bij, maar dan draait ze zich naar haar jongste zoon.

'Malte, ga jij maar vast naar de badkamer, dan kom ik er zo aan om de wond schoon te maken.'

De jongen loopt gehoorzaam de kamer door en verdwijnt de trap op en de jachtige blik van Marie Holst belandt op Thulin.

'Het spijt me.'

Thulin gaat snel staan, terwijl ze naar Hess knikt om te gebaren dat hij hetzelfde moet doen. Ze kijkt Marie Holst begripvol aan.

'Dat geeft helemaal niets. We zullen je niet langer storen. Heel erg bedankt voor je hulp, we laten onszelf wel uit.'

Thulin staat al op de drempel naar het halletje voordat ze doorheeft dat Hess haar niet gevolgd is. Ze draait zich om en ziet Hess in plaats daarvan op zijn hurken in de keuken zitten, waar hij bezig is om de pleisters van de vloer op te rapen.

'Het is al goed. Ik doe het zelf wel.'

Marie Holst raapt het blik en het deksel van de grond en pakt gefrustreerd de pleisters aan die Hess haar aangeeft. Thulin ziet aan zijn gezicht dat hij geraakt is door het voorval met de jongens. Dan staat hij op en kijkt Marie Holst in de ogen.

'We denken dat het dezelfde dader is.'

Marie Holst kijkt hem verrast aan en Thulin doet hetzelfde.

'We kunnen niet op de details ingaan, maar er is veel wat erop wijst.'

Marie Holst probeert van de verrassing te bekomen en ze kijkt naar Hess, die haar nog steeds staat aan te kijken.

'Hoe zeker weten jullie dat?'

'Zo zeker als we op dit moment kunnen zijn.'

Bij Thulin gaan de alarmbellen af, want ze ziet dat Marie Holst door de vertrouwelijkheid meer wil vragen.

'Hess, we moeten nu gaan.'

'Betekent dat dat jullie ook aan Carolines zaak werken?'

'Zoals mijn collega zei valt die zaak onder een ander politiedistrict. Maar we werken aan de zaak van je dochter als onderdeel van het onderzoek waar wij mee bezig zijn.'

'Dus jullie gaan hem vinden?'

Marie Holst kijkt hem vragend aan en Thulin staat ongeduldig te trappelen bij de deur.

'Hess?'

'Dat weet ik niet. Ik kan alleen maar zeggen dat we doen wat we kunnen.'

Hij blijft staan en Marie Holst bekijkt zijn gezicht indringend. Het is alsof ze niet gewend is aan die eerlijkheid. Dan knikt ze hem dankbaar toe en Thulin ziet dat haar ogen glanzen.

'Dank je...'

30

Als Thulin de voordeur achter zich dichtdoet en het smalle, besneeuwde tuinpad af loopt naar de drukke weg, is haar frustratie niet minder geworden. Door de manier waarop Hess het gesprek had afgesloten, had het afscheid van Marie Holst nog langer geduurd en had de vrouw uiteindelijk hun contactgegevens gevraagd. Aangezien Thulin de enige van hun twee was met een Deens visitekaartje, was ze gedwongen geweest er een uit haar jas te halen terwijl Hess naar buiten was gegaan.

Ze hoort dat haar telefoon is gaan rinkelen in haar binnenzak, maar ze pakt hem niet. Op straat staat Hess tussen de sneeuwhopen bij de auto te wachten en als ze aan komt lopen en zijn gezicht over het dak van de auto heen ziet, kan ze het niet laten om sarcastisch te reageren.

'Geweldig. Echt geweldig.'

'Ze had recht op een duidelijk antwoord.'

'Dat was precies wat Nylander zei dat we niet moesten doen.'

'Dat kan je anders ook niet zoveel schelen.'

'We hebben geen enkel spoor en we werken niet aan de zaak van haar dochter, maar jij hebt haar hoop gegeven, dat had je niet mogen doen.'

'Ik heb gezegd wat nodig was. En misschien ben je het vergeten, maar de familie wacht al jaren op opheldering.'

Voordat Thulin kan antwoorden opent hij het portier en gaat in de auto zitten. Thulin doet hetzelfde en zodra ze de deur achter zich heeft dichtgeklapt, draait ze zich naar hem om.

'En jij had gedacht dat jij daar wat aan ging doen, of wat?'

'Kunnen we rijden?'

'Wat dacht je wel niet, verdomme?'

Hij antwoordt niet en ze zet haar telefoon met veel te veel

kracht in de houder, terwijl ze haar frustratie de vrije loop laat.

'Je hebt je niet eens goed in de zaken ingelezen, je zegt niets op de vergaderingen en je zegt ook niks tegen mij. Waarom heb je er überhaupt mee ingestemd om mee te doen aan het onderzoek?'

Hij schudt zijn hoofd alsof het een domme vraag is, maar ze wil het niet loslaten.

'Ik wil het graag weten.'

'Omdat ik gevraagd werd. Kunnen we nu rijden?'

'Maar je had nee moeten zeggen. Je had voor jezelf moeten zorgen en bij Jon moeten zijn. Dat weet je best.'

'Ja, of misschien ben je gewoon boos op mij om iets heel anders.'

Ze staart hem even aan bij het geluid van de auto's die langssuizen, maar hij heeft zijn gezicht van haar afgewend en kijkt door de zijruit naar buiten. Ze realiseert zich dat hij met die opmerking haar argumenten wegzet als iets wat ze alleen maar heeft gezegd omdat ze zich afgewezen voelt na hun gestrande relatie. Terwijl ze dat beseft steekt ze resoluut haar hand in haar zak om de autosleutels te pakken.

'Alsjeblieft.'

Ze gooit de sleutels met een driftige beweging zijn kant op, waar ze tussen zijn handen door vallen en voor zijn voeten belanden. Ze doet de deur open en graait naar haar muts die op de achterbank ligt.

'Wat doe je?'

'Ik neem de trein terug. Ik ga met Nylander praten over een verdeling van het werk en jij doet maar wat je wilt.'

'Wacht nou even.'

'Tot ziens!'

'Sorry.'

Zijn verontschuldiging klinkt hol en ze zet een voet in de sneeuw terwijl ze zich de andere kant op draait om haar telefoon te pakken, maar voordat ze die uit de houder kan halen pakt hij haar hand beet.

'Ik kan het niet aan om bij Jon te zijn. Oké?'

Ze kijkt hem onwillig aan. De harde, onbereikbare blik in zijn ogen is weg en hij ziet er gefrustreerd en hulpeloos uit terwijl hij terugkijkt.

'Waarom niet?'

Hij aarzelt een paar seconden en ze ziet dat hij zich moet vermannen om antwoord te geven.

'Er is niets wat erop wijst dat hij… dat hij er nog is. Vanmorgen hebben de artsen me duidelijk gemaakt dat als zijn vitale functies niet verbeteren, het kan zijn dat ik een besluit moet nemen over of de apparaten die hem in leven houden uitgeschakeld moeten worden.'

Het monotone lawaai van het verkeer, dat door de open deur binnenkomt, vult de stilte die tussen hen in hangt. Thulin probeert woorden te vinden om hem te troosten, maar hij is haar voor.

'Het is zoals het is. Ik kan niets doen, dus in plaats daarvan ben ik hier.'

Ze gaat weer in haar stoel zitten, trekt de deur naar zich toe en doet die weer dicht.

'Maar er zijn nog maar vijf, zes dagen verstreken. Als zijn vitale functies beter worden kan hij toch nog gewoon bijkomen?'

'Ze zeggen dat zijn organen op zijn. Hij heeft niet goed voor zichzelf gezorgd… Maar nu weet je het.'

Hij vermant zich alsof ze uitgepraat zijn en Thulin begrijpt dat hij niet van plan is om er nog meer over te zeggen. Als de telefoon plotseling de stilte tussen hen verbreekt met een FaceTime-oproep van Raheem, ziet Thulin dat hij opgelucht is.

'Neem maar op als het belangrijk is.'

'Nee, ik wil niet opnemen.'

'Neem nou maar op.'

'Nee. Vertel eens hoe…'

Maar Hess steekt snel zijn arm uit om de oproep te beantwoorden, waarna het gezicht van Raheem het scherm vult.

'Sorry dat ik stoor. Hoe gaat het?' Hij kijkt enigszins verrast van de een naar de ander.

Hess zegt niets.

'We hebben nu geen tijd,' zegt Thulin. 'Ik bel je zo terug.'

'Maar het gaat over die aangiftes van stalking die we zouden checken. Het zijn alleen aangiftes die gedaan zijn door vrouwen van achttien tot vijftig jaar die onze interesse hebben, toch?'

'Ja,' zegt Thulin geïrriteerd en ze houdt haar vinger boven de rode cirkel. 'Maar zoals ik al zei...'

'Dat moeten jullie misschien herzien,' vervolgt Raheem onverstoorbaar, 'want we hebben een eerste match. Het is een aangifte uit het politiedistrict Kopenhagen en die matcht met de zoekwoorden die we hebben ingevoerd: stalking, verstoppertje, foto's, berichten. Maar de aangifte is gedaan door een man van drieënveertig.'

'Dan is het dus niet relevant. Blijf je richten op vrouwen tussen de achttien en de vijftig, en blijf zoeken.'

'Kan de man aangifte hebben gedaan voor zijn vrouw of vriendin?'

Het is Hess die de vraag stelt en Raheem antwoordt gewillig.

'Nee, er staat dat het de man zelf is die wordt gestalkt. Hij heeft er meerdere keren aangifte van gedaan. Jullie moeten echt even de berichten zien die hij heeft ontvangen. Ogenblikje.'

'Maar het is niet relevant. Raheem? Hallo?'

Maar Raheem heeft de camera van zijn telefoon al op zijn computerscherm gericht. 'Kunnen jullie het zien?'

De voorbeelden van de stalking die zijn bijgevoegd bij de aangifte waar Raheem het over had verschijnen op Thulins scherm terwijl hij ze filmt. Foto na foto hetzelfde motief; een goedgeklede man van in de veertig. Maar het is het woord onder elke foto dat Thulin doet verstijven.

Gevonden.

'Van wanneer zijn deze foto's?' hoort ze Hess vragen en ze herkent dezelfde waakzaamheid in zijn stem als toen ze vijf dagen geleden in het huis van Silje Thomsen stonden.

'Het is begonnen in december, maar er staat in de papieren dat de man het plaatselijke politiebureau er vanochtend nog over heeft gebeld.'

31

In de app op zijn telefoon controleert Philip Lund of alle G4S-camera's buiten aangesloten en geactiveerd zijn. Hij steekt zijn telefoon snel terug in zijn jas, maar voordat hij de deur van de auto opent die voor hun negentiende-eeuwse arbeiderswoning staat, kijkt hij nog even door de ruitjes van de ramen naar Yasmin. Ze staat in de keuken en is bezig om de tweeling een groentehapje te geven als middageten. Als ze hem opmerkt en haar ogen de zijne ontmoeten, ziet hij hoeveel zorgen ze zich maakt na hun gesprek over het plan dat hij in werking wil zetten. Hij doet zijn best om haar met een blik gerust te stellen voordat hij instapt, de motor start en de Øster Søgade op draait, terwijl hij discreet in de achteruitkijkspiegel kijkt om te zien of hij wordt gevolgd. Wat hem voor één keer goed zou uitkomen.

Zijn dag was tot nu toe vreselijk verlopen en Philip merkt dat hij nog steeds trilt van woede. Het begon allemaal al vanochtend vroeg toen hij werd gewekt door een berichtje met een foto van zijn huis en een belachelijk telversje, waardoor hij nog eens tijd kwijt was om de politie te bellen. Uiteraard met geen enkel resultaat, behalve dat hij te laat op zijn werk was gekomen. Te laat komen op afspraken met cliënten is op zichzelf al erg genoeg, aangezien het bureau een van de ambitieuste advocatenkantoren is als het gaat om corporate finance, maar zodra hij bij de receptie was binnengekomen had hij aan de blikken van de medewerkers gemerkt dat er iets anders aan de hand was. Dat gevoel werd alleen maar versterkt doordat zijn chef in een serieus gesprek verwikkeld was met enkele partners. Ze waren gestopt met praten en hadden hem merkwaardig aangekeken toen hij was verschenen. Philip was naar het kantoor van zijn chef gebracht, de deur werd gesloten en zijn baas had hem de video laten zien die alle zesenvijftig medewerkers in de mail hadden gevonden toen ze een halfuur daarvoor waren aangekomen.

Philip was geschokt geweest. De video was gemanipuleerd zodat zijn gezicht op een mannelijke pornoacteur was gemonteerd die naakt midden in een orgie stond en seksueel bezig was met een vrouw. Terwijl de video in een lus werd afgespeeld, had hij naar de korte tekst gestaard die was meegestuurd.

Ik tel tot vier, ik tel tot vijf. De lul van Philip staat altijd stijf.

Zijn baas had hem streng ondervraagd. Philip had geprobeerd uit te leggen dat hij het natuurlijk niet was in die video en dat hij geen idee had waarom hij werd lastiggevallen of door wie. Weer had hij het moeten hebben over de onbekende stalker die hem nu al een paar maanden foto's opstuurde waar hij zelf op stond en die een grotesk spelletje verstoppertje met hem deed.

Zoals vele keren eerder had Philip zijn baas geprobeerd de indruk te geven dat hij ondanks de stalking in evenwicht was. Het probleem was alleen dat het hem ontzettend begon te beïnvloeden. Op kantoor vergat hij dingen en had hij moeite om zich te concentreren en van een harmonisch samenzijn met Yasmin was hun dagelijks leven geleidelijk aan gevuld geraakt met geruzie, angst en paranoia.

Uiteraard had hij zich het hoofd gebroken om te bedenken wie het was die het op hem gemunt had. Aanvankelijk was hij ervan uitgegaan dat het zijn ex-vrouw moest zijn, die zo hatelijk en wraakzuchtig was dat het voor Philip moeilijk te begrijpen was dat hij ooit het bed met haar had gedeeld. Zo was ze niet altijd geweest. Toen ze elkaar op het gymnasium hadden ontmoet, had alles romantiek en liefde geademd. Hij had gedweept met haar en met de gedachte om een gezin te stichten. Samen hadden ze twee jongens gekregen en hij had gezwoegd om zoveel te verdienen dat zijn gezin een goed leven kon leiden, maar mettertijd was hun gemeenschappelijke wens om een geborgen thuis te creëren langzaam overgegaan op een veel te grote focus op statussymbolen en een extravagante levensstijl. Hun sociale stijging had geresulteerd in een trendy appartement met eigen dakterras op Islands Brygge, twee auto's in de privégarage in de kelder, vakanties naar Saint-Tropez in de zomer en Courchevel in de winter, een au pair en privéscholen voor de jongens toen ze daar de leeftijd voor kregen. Bovendien was Philip ondertussen partner geworden bij de firma en had hij zelfs de cliënten met de grootste honoraria gekregen, iets waarnaar hij zo gestreefd had. Hij had dus nog weinig te wensen over, maar op een dag had hij ingezien dat niets hem gelukkig maakte. Alles had galmend leeg gevoeld en vooral de gezinsidylle op het Instagram-profiel van zijn vrouw had hem een treurig en hol gevoel gegeven. Haar voorstelling van hun leven rijmde in het geheel niet met het feit dat ze al lang uit elkaar gegroeid waren.

Philip had geprobeerd om er met haar over te praten, maar ze had geen behoefte gevoeld om in relatietherapie te gaan en ze leek over het algemeen tevreden met het leven zoals het was. Hij had zich gerealiseerd dat terwijl hij zich afvroeg wat de zin van alles was, zijn vrouw die betekenis meer dan gevonden had als personeelschef bij een farmaceutisch bedrijf en in het samenzijn met de kinderen en haar hechte groep vriendinnen. Dat de relatie tussen haar en Philip niet meer zo hartstochtelijk was als in hun jeugd, vond ze natuurlijk. Ze zag het als een volwassen kracht dat ze de zorg voor hun gezin met elkaar deelden en het goede leven en de geborgenheid die ze hun kinderen schonken waardeerden.

Philip had ingezien dat de mismoedigheid zijn eigen probleem was. Het laatste wat hij wilde was hetzelfde doen als zijn ouders, die tot zijn grote verdriet waren gescheiden en het huis van zijn jeugd hadden opgebroken. Daarom had hij een poosje geprobeerd om zich tevreden te stellen met hoe de dingen waren en om zijn kennissenkring en zijn kinderen voor te houden dat alles goed was. Hij had helemaal geen zin gehad in affaires, maar toen de eenzaamheid hem overmand had, was het toch gebeurd. De eerste keer toevallig met een vrouw in het hotel op een zakenreis in Berlijn, later meer gepland via datingapps als hij voor zakenreizen in de provincie moest overnachten. Hij had zich miserabel en ongelukkig gevoeld, totdat hij Yasmin had leren kennen.

Yasmin was als eenendertigjarige in dienst gekomen bij het bureau als advocaat vennootschapsrecht en hoewel het voor hem onmogelijk was haar mooie uiterlijk niet op te merken, had hij haar geen enkele romantische gedachte geschonken. Het was voor hem ondenkbaar geweest om een erotisch avontuur op het werk te overwegen, maar tijdens hun intensieve samenwerking bij een grotere fusie was hij tot over zijn oren verliefd op haar geworden. Deels omdat Yasmin lief, intelligent en leuk was en deels omdat hij zich voor het eerst sinds jaren plotseling weer gezien voelde.

Hoewel Yasmin zich ook tot hem aangetrokken had gevoeld, wilde ze er aanvankelijk niets van weten omdat hij getrouwd was. Als dochter van twee artsen die in de jaren tachtig voor het regime in Iran naar Denemarken waren gevlucht, was ze weliswaar opgevoed met een vrijzinnige mengeling van westerse en Perzische cultuur, maar ook met een moreel kompas dat haar in Philips ogen alleen nog maar aantrekkelijker maakte. Toen ze uiteindelijk toegaf, had zij veel meer last gehad van een slecht geweten dan hij. Ze waren op haar verzoek meerdere keren met de affaire gestopt, totdat ze zich weer aan hun gevoelens hadden overgegeven en hun geheime liefdesrelatie hadden voortgezet. Philip had op die manier lange tijd een dubbelleven geleid waarbij hij veel had gelogen en verzwegen, een periode die mogelijk nog langer geduurd zou hebben als hij niet de fatale fout had gemaakt om de foto's en video's die hij steeds van Yasmin had gemaakt te delen in de gemeenschappelijke fotomap van zijn gezin, waar zijn vrouw ze had ontdekt.

Philip had ingezien dat hun huwelijk voorbij was, maar zijn vrouw had geprobeerd zich ertegen te verzetten. Niet omdat ze nog steeds van hem hield, maar omdat ze het statusverlies als gevolg van een scheiding als hoogverraad beschouwde. Hij had uitgebreid zijn excuses gemaakt en geprobeerd om de lieve vrede af te kopen door haar alles te laten houden behalve de kinderen, maar de situatie was geëxplodeerd toen Yasmin een paar maanden later had ontdekt dat ze zwanger was. Ze hadden uitgerekend dat het gebeurd moest zijn in de dagen dat ze Philips pas verworven vrijheid hadden gevierd en Yasmin had zich geschaamd voor hun lichtzinnigheid. Het bleek zelfs dat ze al een afspraak voor een abortus had gemaakt en ze durfde pas toe te geven aan haar eigen blijdschap toen Philip haar ervan had overtuigd dat de situatie hem gelukkig maakte. Het vooruitzicht om een nieuw gezinsleven te beginnen op basis van liefde had hem dolblij gemaakt, maar hetzelfde vooruitzicht had zijn ex-vrouw er al snel toe gebracht om een oorlog te beginnen door hem de omgang met zijn grote kinderen te weigeren. Vanaf dat moment was Philip steeds gedwongen geweest om zijn nesteldrang met Yasmin in hun arbeiderswoning in balans te brengen met zijn inspanningen om bij het Centrum voor Familierecht overeenstemming met zijn ex-vrouw te bereiken. Vanuit onmacht had hij voor bemiddeling contact met die instantie opgenomen, maar tot nu toe was het hem alleen nog maar gelukt om de jongens twee dagen per maand los te krijgen uit de greep van zijn ex-vrouw. Dagen waarop ze deelnamen aan een steungroep voor kinderen in een echtscheiding, iets waar zijn ex-vrouw geen fiducie in had, omdat alles uiteraard kon worden verklaard doordat het volledig Philips schuld was. Op de koop toe was het stalken toen ook begonnen, en hoewel zijn band met Yasmin sterk was, was het vooral dat wat de grootste wissel op hun liefde had getrokken.

Zijn ex-vrouw had uiteraard ontkend erachter te zitten en toen hij op een bepaald moment een foto had ontvangen waarop hij voor het kantoor stond, die op dezelfde dag was genomen als dat hij hem ontving, had hij moeten inzien dat het iemand anders was die zijn leven in een steeds grotere nachtmerrie veranderde. Zijn ex-vrouw was op het betreffende moment namelijk met de jongens op Skagen. Philip had zich volstrekt geen raad geweten en het had niet geholpen om in zijn herinnering te graven om te bedenken wie een motief zou kunnen hebben. Ondanks het feit dat hij ettelijke keren aangifte deed bij de politie, hadden ze niets kunnen doen tegen de onbekende belager. Zijn eigen pogingen om zich te verstoppen door van telefoonnummer te wisselen waren vergeefs geweest. Al snel had hij ook berichten gekregen op het nieuwe nummer en hij had ingezien dat geheimhouding onmogelijk was, aangezien hij ervan leefde dat cliënten, bazen en collega's vierentwintig uur per dag contact met hem konden opnemen, zonder dat ze zich zouden moeten afvragen of ze zijn juiste telefoonnummer hadden.

Totdat hij die ochtend bij zijn baas op kantoor had geprobeerd zich uit die choquerende video te praten, had hij zich er echter mee kunnen troosten dat de stalking alleen op hem gericht was, maar net toen hij zijn baas bijna gerust had weten te stellen, was er een nieuw bericht binnengekomen.

Ik tel tot acht, ik tel tot negen. Philip heeft met een dief kind'ren gekregen.

Bij de tekst zat een foto van Yasmin die zich met de tweeling in de buggy bij de ingang van het kinderdagverblijf bevond. Aan hun kleding had Philip kunnen zien dat de foto die dag genomen moest zijn. Een mengeling van angst en razernij was bij hem op komen zetten en even had hij gedacht dat hij flauw zou vallen. Een telefoontje naar Yasmin had hem ervan verzekerd dat alles goed met haar was. Na overleg met zijn baas was hij de deur uit gevlogen en snel naar het kinderdagverblijf gereden om de tweeling veilig thuis te brengen. Hij had met Yasmin gepraat en haar ingewijd in het plan dat hij had bedacht. Vervolgens had hij zijn pas gepensioneerde schoonvader gebeld en de situatie aan hem uitgelegd. Hoewel zijn schoonvader Philip tijdens het volledige verloop van stalking trouw had gesteund, had hij geaarzeld over Philips plan. Hij had erop gestaan het eerst met Yasmins moeder te bespreken, voordat ze even later hadden gezegd dat ze het erover eens waren en dat ze wilden helpen. Toen zijn schoonvader kortgeleden weer had teruggebeld met de mededeling dat hij nu had gedaan wat Philip wilde, had Philip afscheid van Yasmin genomen en was hij snel de voordeur uitgegaan.

Philip is nu aangekomen op Rådhuspladsen en hij draait de Jernbanegade op in de richting van de ondergrondse parkeergarage onder Axel Towers, waar hij een vaste parkeerplek heeft voor als hij naar kantoor gaat. In plaats van direct de garage in te rijden zet hij de auto stil langs het trottoir en stapt uit. Hij doet alsof hij iets controleert in de kofferbak en hoewel de wind ijskoud is, neemt Philip ruim de tijd, want het is nu essentieel dat hij wordt opgemerkt door zijn achtervolger, van wie hij vermoedt dat die zich ergens dichtbij in de openbare ruimte bevindt. Als hij genoeg tijd genomen heeft, stapt hij weer in en rijdt de auto over de hellingbaan naar de onderste etage van de parkeergarage. Hij blijft even in de auto zitten wachten op het verlaten parkeerdek om te zien of iemand hem gevolgd is en wanneer hij er zeker van is dat dat niet het geval is, stapt hij uit en doet de auto op slot.

In de verste hoek van de parkeergarage staat zoals afgesproken de auto van zijn schoonvader. Als Philip die heeft bereikt, reikt hij in het donker over het linkervoorwiel om de autosleutel te pakken. Eenmaal op de chauffeursstoel checkt hij of de oude sleutelbos van zijn schoonvader inderdaad in het handschoenenkastje ligt. Als hij de motor heeft gestart, trekt hij de pet die hij heeft meegenomen diep over zijn ogen. Even later rijdt hij de hellingbaan weer op en als hij zich opnieuw op de Jernbanegade bevindt, trekt hij zijn hoofd tussen zijn schouders en geeft gas, voordat hij een blik in de achteruitkijkspiegel werpt om een oog op het verkeer achter hem te houden. Niemand lijkt hem te volgen en Philip verkneukelt zich erover dat zijn plaaggeest nu misschien wel staat te wachten tot hij de trap van de parkeergarage op komt, zoals altijd voordat hij over Rådhuspladsen naar kantoor loopt.

Philip zet koers naar de snelweg, de volgende etappe van het plan. Het voelt bevredigend om eindelijk iets te dóén en het initiatief vervult hem met zelfvertrouwen. Wanneer Yasmin en de tweeling in veiligheid zijn, kan hij serieus de strijd aangaan en in gedachten is hij al bezig met de vallen die hij van plan is om te zetten. Het gaat even door hem heen hoe wanhopig hij zich gedraagt, maar deze nachtmerrie moet stoppen zodat hij zijn leven weer kan terugkrijgen.

Op het radiojournaal hebben ze het opnieuw over de vreselijke vrouwenmoorden waarmee de politie het druk heeft, maar Philip zet de radio uit en speelt The Minds of 99 af vanaf zijn telefoon. Terwijl het nummer 'Alle Skuffer Over Tid' uit de luidsprekers knalt, slaat hij af naar de snelweg en trekt op.

32

'Hoi Dariuz, is Tom er?'

Marie heeft net haar auto op slot gedaan en loopt over de sneeuwvrij gemaakte oprit van het kleine timmerbedrijf dat aan een van de zijstraten op het industrieterrein ligt. Dariuz, de grote Poolse timmerman die al zo lang als Marie zich kan herinneren bij Toms bedrijf werkt, is samen met de stagiair die William heet bezig om lange, pas gezaagde planken in een laadbak te leggen. Dariuz kijkt vriendelijk op als hij Maries stem hoort en hoewel hij uitstekend Deens spreekt, antwoordt hij zoals altijd in het Engels.

'Hi Marie. Yes, he's in the back.'

Marie gaat snel door de poort naar binnen en verder naar de werkplaats. Na het gesprek met de twee rechercheurs had Marie de wond van Malte verbonden en wat te eten voor hem gemaakt, voordat ze weer terug moest naar het gymnasium om les te geven. Toen de bel voor de lunchpauze ging, had ze voor zichzelf besloten dat ze naar Tom toe moest. Ze had weliswaar maar een halfuur gehad voor ze weer voor de klas moest staan, toch had ze besloten om erheen te rijden, want ze kan niet wachten om hem de vragen te stellen die ze zichzelf steeds heeft gesteld sinds de politie vertrokken is.

Toms bedrijf zit al bijna vijftien jaar in dit gebouw en Marie weet nog hoe bescheiden hij begonnen was. Er was eerst alleen geld geweest om de voorkant van het gebouw te huren, maar in de loop der jaren kon hij meer betalen, ook voor de grote werkplaats achter in het gebouw. Daardoor had Tom grotere machines kunnen aanschaffen om meer klussen aan te nemen.

Zoals zo vaak wanneer Marie de werkplaats binnenkwam, wordt ze overweldigd door de geur van hout en zaagsel. Het plafond is hoog en aan de muren hangt gereedschap, maar het is het harde geluid van een machinaal aangedreven zaagblad dat haar aandacht trekt. Haar oog valt op Tom die bij de zaagmachine staat. Hij heeft werkkleding aan en draagt gehoorbescherming en een veiligheidsbril en ze ziet hem geconcentreerd houten planken tegen het zaagblad schuiven, terwijl het zaagsel hem om de oren stuift als sneeuwvlokken in een sneeuwstorm. Hij kijkt even op en registreert dat ze er is, maar hij blijft zagen.

'Kunnen we even een paar minuten praten?' roept ze om boven het lawaai van de machine uit te komen.

Tom zaagt door en het lijkt er niet op dat hij haar hoort. Marie komt dichterbij en drukt vertrouwd op de schakelaar van de machine.

Het geluid van de machine sterft langzaam weg en Tom doet zijn gehoorbescherming af en schuift de veiligheidsbril omhoog in zijn haar.

'Wat is er?'

'Ik wil alleen even met je praten.'

'Praat maar dan.'

Marie hoort aan zijn stem dat hij haar de woordenwisseling die ze op de opening van het clubgebouw hadden nog niet vergeven heeft en hij maakt gebruik van de onderbreking om naar de koelkast in een hoek van de werkplaats te lopen. Ze merkt op dat hij nog steeds de ingelijste foto van het hele gezin hoog aan de muur boven de kleine eettafel heeft hangen en hoewel het glas stoffig is en de lijst scheef hangt, raakt het Marie dat die er nog steeds hangt. De foto stamt uit de tijd dat Caroline in de zomer meehielp op de werkplaats om wat extra zakgeld te verdienen en Marie herinnert zich hoe trots Tom was geweest na haar eerste werkdag.

'Ik heb met de politie gesproken. Ze kwamen langs om me een paar vragen te stellen,' begint Marie.

'Ze zijn hier ook geweest,' antwoordt Tom kortaf. Hij pakt een flesje water uit de koelkast en neemt een slok.

Marie kijkt hem aan, maar ze kan van zijn gezicht niet aflezen wat hij denkt.

'Dus dan weet je het?'

'Weet ik wat?'

'Je hebt toch met ze gepraat? Je weet dat ze op zoek zijn naar dezelfde persoon?'

Op basis van de vele reportages in het nieuws weet Marie zeker dat Tom ook bekend moet zijn met de theorie dat er een verband tussen de twee moorden bestaat. Hij ziet er dan ook niet verrast uit als hij antwoord geeft.

'Ik ging ervan uit dat het iets in die richting was, maar ik heb er niet naar gevraagd.'

'Herkende jij de mannen op de foto's die ze...'

'Nee.'

Tom zet het waterflesje weg en pakt de grote bezem die tegen de muur staat. Met vlijtige bewegingen begint hij het tapijt van zaagsel onder de zaagmachine bij elkaar te vegen.

'Ik herkende ook niemand,' zegt Marie instemmend. 'Maar ze zeggen dat het Omar niet geweest kan zijn.'

Marie kijkt naar Tom om zijn reactie te peilen, maar hij blijft doorvegen, dus gaat ze verder.

'Ik weet niet of ik dat geloof, maar in plaats daarvan vroegen ze of ze anderen zag. Of er anderen geweest zouden kunnen zijn van wie wij niets wisten.'

Tom kijkt niet op. Met de bezem verzamelt hij grondig zaagsel op een hoop en Marie begint geïrriteerd te raken over zijn zwijgzaamheid.

'Maar als we nog eens goed nadenken, heeft ze dan iets gezegd of was er iets wat erop wees? Kan het zijn dat we iets vergeten zijn of over het hoofd hebben gezien?'

'Omar beweerde wel dat ze een ander had. Meer weet ik niet.'

Tom is bezig het zaagsel in de groene bak te scheppen en als hij klaar is met de eerste lading, pakt hij de bezem weer om het laatste beetje bij elkaar te vegen. Door zijn herinnering aan wat de politie destijds had verteld over Omars uitspraken in het verhoor, overweegt Marie voor de eerste keer of Carolines ex-vriendje de waarheid gesproken kan hebben.

'Maar wat heeft Omar toen concreet gezegd? Was het niet gewoon iets wat hij maar riep?'

Tom veegt door. Met lange, soepele bewegingen verzamelt hij zwijgend de goudgele stofjes van de vloer en Marie kan zich niet langer inhouden. Ze zet twee stappen naar voren in het zaagsel en pakt de bezem uit zijn handen.

'Dit is belangrijk. Het was in die periode dat ze verdrietig was. Als het Omar niet was, wie dan wel?'

'Marie, ik weet het niet.'

'Maar als je nou even goed nadenkt. Toen jullie samen naar voetbal gingen of als je haar naar een feestje bracht. Heeft ze iets tegen jou gezegd over een ander? Of toen ze hier aan het werk was? Heb je gemerkt of ze iets zei wat...'

'Nu moet je stoppen!'

Marie zwijgt verbaasd. Hij kijkt haar besluitvaardig aan en hoewel hij even aarzelt en diep ademhaalt voordat hij verdergaat, is zijn stem vast en beheerst.

'Ik heb een besluit genomen. Als jij hier niet mee stopt, wil ik de jongens vaker zien.'

Marie kijkt hem overrompeld aan, maar hij is nog niet klaar.

'Eén week bij jou, één week bij mij. Maar ze mogen ook de hele tijd bij mij zijn als ze daar zélf de voorkeur aan geven.'

Marie voelt zichzelf verstrakken door zijn woorden. De verbondenheid die ze een ogenblik geleden had gevoeld is weg.

'We hebben afgesproken dat het het beste was dat ze de plek waar ze zijn opgegroeid als basis zouden hebben,' brengt ze hem in herinnering met zo'n vast mogelijke stem.

'Ze kunnen bij mij ook een vaste basis krijgen. Het is tot daaraan toe dat ze al die shit van de pers weer moeten doormaken, die nu weer van voren af aan begint, maar dan niet in hun eigen huis.'

Marie begrijpt dat hij met een van de jongens gepraat of geappt moet hebben. Ze voelt zich schuldig, maar laat dat niet merken.

'Ik kon niet met de politie op school afspreken en ik wist niet dat de jongens thuis zouden komen.'

'Het maakt niet uit wat de politie doet. Het heeft niks met de politie te maken. Jíj bent degene die moet ophouden.'

Hij kijkt haar indringend aan en ze ziet dat hij zijn best moet doen om kalm te blijven.

'Het zijn nog kinderen en ze verdienen dit niet. Ze moeten verder met hun leven. We moeten allemaal verder met ons leven.'

Marie weet heel goed wat hij bedoelt, maar ze voelt de razernij in zich opwellen.

'Dus jij vindt dat ik het moet vergeten? Juist nu er misschien iets staat te gebeuren?'

'Wie zegt dat er iets gaat gebeuren? Tot nu toe is er geen reet gebeurd en we zijn nog steeds aan het wachten tot het allemaal voorbij is. We moeten verder, Marie, de jongens kunnen niet langer wachten!'

Tom had zijn stem verheven. In de stilte die volgt kijkt hij haar vertwijfeld aan. Het duurt even voordat ze doorhebben dat Dariuz in de deuropening staat. De Pool ziet er opgelaten uit en vindt het duidelijk ongemakkelijk dat hij op dit moment de ruimte binnenkomt.

'Sorry. We are ready to go, boss.'

Tom knikt vermoeid en Dariuz gaat er snel weer vandoor. Van het haakje naast de koelkast pakt Tom zijn werkjas die hij met zijn rug naar haar toe aantrekt, waarna hij zich naar haar omdraait.

Ze merkt dat hij niet meer boos is, maar als hij haar wil aankijken, kijkt ze weg.

'Ik kan niet voor je beslissen wat je moet doen, maar ik denk dat de jongens je missen,' zegt hij met zachte stem. Hij aarzelt even voordat hij vervolgt: 'Ik weet in elk geval dat ík je mis.'

Hij blijft staan en Marie voelt zijn blik die erop wacht de hare te ontmoeten, maar ze kan het niet. Vanaf de muur boven de eettafel kijkt Caroline op haar neer en Maries ogen wijken niet van haar vrolijke gezicht.

Dan hoort ze dat hij gaat. Ze wil zich tot hem wenden. Zeggen dat hij helemaal gelijk heeft. Het weer goedmaken en zijn armen om zich heen voelen. Maar als ze de pick-up hoort starten en wegrijden over de oprit, staat ze nog steeds met de bezem in haar hand in de werkplaats naar de foto van haar dochter te kijken.

33

De kreungeluiden vullen de receptie en lijken volledig misplaatst in het stijlvolle advocatenkantoor, maar Hess negeert de cliënten die uit de lift komen en verwonderd kijken terwijl ze op weg zijn naar hun afspraken.

Het videofragment dat hij samen met Thulin op het computerscherm achter de balie bekijkt is een gifje. Een korte clip van ongeveer vijf seconden die steeds weer van voren af aan begint. Het fragment lijkt afkomstig uit een pornofilm. Op de achtergrond blote lijven op de vloer en op de voorgrond een naakte, oudere man die seks heeft met een naakte, jongere vrouw. Aangezien de film versneld is, lijken de bewegingen van de man bruut en driftig, waardoor de scène meer aan een verkrachting doet denken dan aan een vrijpartij. Het lachende gezicht dat op het hoofd van de mannelijke pornoacteur is gemonteerd is dat van Philip Lund, de advocaat voor wie ze hier gekomen zijn, maar het is het telversje eronder waar Hess op blijft hangen.

Ik tel tot vier, ik tel tot vijf. De lul van Philip staat altijd stijf.

Hess moet denken aan de vergelijkbare telversjes uit de zaak van Silje Thomsen en het alarmeert hem dat hij weet dat er voor het eerst rijmpjes bij de gebruikelijke stalkingfoto's stonden op de dag dat ze verdween. Als Thulin opkijkt van het scherm en zijn blik ontmoet, ziet hij dat ook zij het ergste vreest en hij wendt zich tot de baas van het advocatenkantoor, die net enigszins buiten adem in de receptie is aangekomen.

'Wanneer hebben jullie deze mail ontvangen?'

'Even na acht uur vanochtend. Hij is verstuurd aan alle medewerkers van wie het e-mailadres op de website staat. Niet precies wat je bij je eerste kop koffie in je inbox verwacht aan te treffen.

Kunnen we het geluid misschien uitzetten?' Hij kijkt ze met een gepijnigde blik aan.

De receptionist die bezig was om Philip Lund te bellen hangt onverrichter zake op.

'Het spijt me, maar Philip Lund neemt zijn telefoon niet op. Ook niet op zijn vorige nummer.'

Thulin pauzeert het gifje zodat het geluid stopt. De stilte na het onbehaaglijke gekreun voelt hol.

'Maar we moeten hem nu te pakken krijgen. We hebben zijn adres nodig en alle nummers waarop hij bereikt kan worden, van zijn echtgenoot, partner, familie, en vlug ook.'

'Ogenblik,' zegt de receptionist, die de gegevens direct op haar computer aan het opzoeken is.

De baas kijkt verschrikt van Hess naar Thulin en het ziet eruit alsof de ernst van de zaak hem langzaam begint te dagen.

'Wat gebeurt er allemaal? Het spijt me dat we die gegevens niet meteen verstrekt hebben toen jullie belden, maar jullie moeten begrijpen dat...'

'Maakt niet uit. Hoe reageerde Philip Lund op de video?'

Hess voelt dat een onzichtbare klok is gaan tikken en het frustreert hem dat ze de drieënveertigjarige advocaat nu niet te pakken kunnen krijgen. Toen Hess en Thulin de foto's hadden gezien die Raheem had opgemerkt in de aangifte, hadden ze hem onmiddellijk om het telefoonnummer gevraagd van degene die aangifte had gedaan, maar het nummer dat in de bijna twee maanden oude zaak van de man stond was buiten gebruik. Thulin had in plaats daarvan geprobeerd om de werkplek van de man te bellen, een advocatenkantoor in het centrum van Kopenhagen, maar de receptionist had cryptisch medegedeeld dat de firma niet kon zeggen of Philip Lund aanwezig was en kon ook zijn contactgegevens niet verstrekken, tenzij Thulin kon bewijzen dat ze van de politie was. Thulin had ogenblikkelijk het zwaailicht op het dak gezet en ze hadden helemaal naar het advocatenkantoor moeten rijden om hun legitimatie te laten zien. De receptionist had haar excuses aangeboden en vertelde dat Philip Lund vertrokken was en dat hij die ochtend de receptionist op het hart had gedrukt zijn contactgegevens niet te delen, wat de receptionist heel goed kon begrijpen gezien de video die ze hadden ontvangen.

Hess' gedachten gaan alle kanten op. De stalking waar deze mannelijke advocaat slachtoffer van is, lijkt door dezelfde persoon te zijn gedaan als degene die Caroline Holst en Silje Thomsen stalkte voordat ze werden vermoord. Hoewel het hem stoort dat de stalking nu op een man gericht is, laten de video en de tekst bij hem geen ruimte voor twijfel.

'Philip was natuurlijk onaangenaam verrast en aangedaan,' brengt zijn baas uit.

'En het was nadat hij de video had gezien dat hij het kantoor verliet?'

'Nee, niet direct. We hadden een bespreking over de hele situatie en hij legde uit dat de video afkomstig moest zijn van dezelfde persoon die hem lastigvalt door hem te achtervolgen en foto's te sturen.'

'Zei hij iets over wie hij denkt dat het zou kunnen zijn?'

'Nee. Daar heeft hij geen idee van en dat is dan ook de reden dat hij meerdere keren contact met de politie heeft opgenomen. Ik probeerde hem te vragen of hij ergens bij betrokken was geraakt, maar dat ontkende hij, en toen werden we onderbroken omdat er nog een bericht binnenkwam.'

Thulin, die nog had staan wachten tot de receptionist klaar zou zijn met het opzoeken van de contactgegevens, kijkt op en voordat Hess iets kan vragen, mengt ze zich in het gesprek.

'Wat voor bericht?'

'Dat hij op zijn telefoon kreeg. Maar aangezien Philips vertrouwen in de politie zo langzamerhand tot een dieptepunt is gedaald, ben ik er zeker van dat hij er prijs op zou stellen om het allemaal zelf te vertellen als hij meent dat het relevant is.'

Hess raakt geïrriteerd.

'Ik weet zeker dat je bekend bent met iets wat belemmeren van een politieonderzoek heet en ik moet het nu weten.' Hij kijkt de chef verbeten aan en het is alsof die zich slechts noodgedwongen verwaardigt tot het delen van wat hij weet.

'Hij liet mij het bericht maar kort zien. Het was een foto van zijn vrouw die samen met hun tweeling naar binnen ging bij hun kinderdagverblijf. Philip maakte zich zorgen omdat hij aan hun kleding zag dat de foto vanochtend genomen moest zijn.'

'Welke tekst stond er bij de foto?'

'Hoe weet je dat er een tekst bij stond?'

'Wat stond er?' drong Thulin aan.

'Ik tel tot acht, ik tel tot negen. En dan nog wat onzin over dat Philip kinderen met een dief heeft gekregen. Ik weet het niet meer precies.'

Hess en Thulin kijken elkaar weer aan.

'Zei hij waar hij naartoe ging?'

'Hij ging de kinderen ophalen om ze thuis te brengen, maar ik weet niet of hij daar nog is.'

'Kan hij nog ergens anders heen zijn gegaan?'

De chef aarzelt weer en Hess verliest nu echt zijn geduld.

'Zou hij nog iets anders doen, vraag ik.'

'Hij had een plan, maar ik moest hem beloven dat ik tegen niemand iets zou zeggen.'

'Maar dat ga je nu wel doen.'

De chef ademt diep in. 'Hij zou naar een zomerhuisje gaan om het klaar te maken voor zijn gezin. Dan kon zijn vrouw daar verblijven met de kinderen en zijn schoonmoeder, zodat hij orde op zaken kon stellen.'

'Hoezo orde op zaken stellen?'

'Dat weet ik niet.'

'Maar hij zou in zijn eentje naar een zomerhuisje gaan?'

'Daar ga ik van uit. Wat is er toch aan de hand?'

'Alsjeblieft, hier zijn de gegevens waar jullie om vroegen.'

De receptionist overhandigt Thulin een papier met contactgegevens en als zij aanstalten maakt om naar de trap te lopen, doet Hess hetzelfde terwijl hij de chef nog een laatste vraag stelt.

'Waar staat dat zomerhuisje?'

'Dat weet ik niet. Dat zullen jullie zijn vrouw moeten vragen.'

34

De kou van de kille betonnen vloer in de bijkeuken gaat door merg en been en Philip probeert van houding te veranderen voordat hij nog een poging doet om het water aan te zetten. Hij ligt in zijn pak op de vloer met zijn hoofd onder de wasbak en steekt opnieuw zijn hand achter de kastjes om op de tast langs de waterleiding op zoek te gaan naar de hoofdkraan. Het tocht ijskoud vanaf de kierende bijkeukendeur en als zijn hand eindelijk de vochtige kraan weet te vinden, merkt hij gefrustreerd dat die niet in beweging te krijgen is. Met al zijn wanhopige krachten weet Philip de kraan tegen de klok in te draaien en opgelucht hoort hij het geluid van het water dat in de leidingen ontwaakt.

Philip staat op en klopt stof en resten strandzand van vorig jaar van zijn broek, voordat hij zich naar de warmwatertank draait die in de hoek boven parasols en lekke zwembanden hangt. Hij is ongeduldig en wil snel weer vertrekken, want hij vindt het nu maar niks om niet bij Yasmin en de tweeling te zijn. Zonder verwarming en warm water is het echter ondenkbaar dat hij ze kan verleiden om hiernaartoe te komen en hij begint de knoppen te bestuderen om erachter te komen hoe hij de boiler moet inschakelen.

Het ritje naar het zomerhuisje was zonder problemen verlopen. Het had dan wel gesneeuwd, maar er reden sneeuwschuivers op de wegen en Philip had moeiteloos een redelijke snelheid kunnen aanhouden. Onderweg was hij één keer geschrokken toen hij nog een bericht met een onaangenaam rijmpje had ontvangen van de onbekende afzender.

Ik tel tot zes, ik tel tot zeven. Ik hoor je al gillen, waar ben je gebleven?

Het bericht was niet zoals gewoonlijk met een foto gepaard gegaan, wat Philip eerst had verwonderd, maar hij had zich uiteindelijk verheugd, omdat het moest betekenen dat hij die psychopaat had weten af te schudden. Vervolgens had zijn telefoon meerdere keren gezoemd, zowel van kantoor als van onbekende nummers, maar hij had voor zichzelf besloten dat hij geen behoefte had om met iemand te praten, tenzij hij werd gebeld door Yasmin. Hij had geprobeerd een beetje te ontspannen en zich te concentreren op het rijden en de omstandigheden op de weg. Dat was zeker nodig geweest toen hij de afrit naar het vakantiepark had bereikt. Er was alleen sneeuwgeruimd op de hoofdweg en toen hij het zijweggetje op reed lag er op het laatste stuk minstens tien centimeter sneeuw. Zijn bandensporen waren de enige in de sneeuw van het voor de winter verlaten vakantieterrein en hij had op de oprit geparkeerd naast de hoge, met sneeuw bedekte sparren die het erf aan alle kanten omzoomden.

Pas toen hij uit de auto was gestapt zag Philip in hoe onpraktisch het was dat hij nog steeds in pak was, maar hij was onaangedaan op zijn Clarks-schoenen door de sneeuw geschuifeld en had zichzelf met de sleutelbos uit het handschoenenkastje binnengelaten in het hoofdgebouw. Het zomerhuisje van zijn schoonouders was gebouwd in de jaren vijftig en van Yasmin wist hij dat het oorspronkelijk alleen uit het deel had bestaan dat nu het hoofdgebouw vormde. Sindsdien was het uitgebreid met twee langwerpige aanbouwen, een aan elke kant, waardoor het gebouw nu de vorm van een hoefijzer had. In de zomer dat ze elkaar ontmoetten hadden Yasmin en hij in het geheim heel wat tijd in het huisje doorgebracht, en als Philip zich niet heel erg vergiste, was de tweeling hier verwekt.

De geur die hem tegemoetkwam toen hij het ijskoude huis was binnengekomen, was muf en bedompt geweest. Hij legde zijn handschoenen en de autosleutel op de grote eettafel in de ruime woonkeuken met grote panoramavensters die uitzicht boden over de tuin en de zee. Het eerste wat hij had gedaan om het huis bewoonbaar te maken, was alle elektriciteit inschakelen in de meterkast. Hij had zich er ook van verzekerd dat de keuken er schoon en netjes uitzag en dat het fornuis en de koelkast het deden.

Vervolgens was hij naar de aanbouw gegaan. De slaapkamers bevonden zich daar in een lange gang met deuren aan weerszijden. De bedden stonden er leeg en verlaten bij en hij had gecontroleerd of alle lichten het deden. Een voor een had hij de radiatoren aangezet en op maximaal gedraaid. De geur van de elektrische verwarmingen die probeerden de kou en het vocht te verdrijven begon zich te verspreiden. Hij had ook snel een ronde door de badkamer gemaakt en toen hij er zeker van was dat die er fatsoenlijk uitzag, was hij teruggegaan naar de woonkeuken om daar de radiatoren aan te zetten, voordat hij was doorgelopen naar de andere aanbouw. Daar waren minder slaapkamers, omdat er ook ruimte was gemaakt voor een voorraadkast en bijkeuken, maar ook hier had hij overal de verwarmingen aangezet, vooral omdat Yasmins moeder had gezegd dat ze mee wilde gaan om Yasmin te helpen met de tweeling. Toen alles geregeld was, had Philip de strijd aangebonden met de roestige hoofdkraan onder de wasbak, zodat hij het water kon aansluiten.

Eindelijk weet Philip de juiste knop op de warmwatertank te vinden zodat die begint te brommen en dan resteert er nog één ding. Toen hij gevraagd had of ze het zomerhuisje mochten gebruiken, kende Philip zijn schoonvader goed genoeg om te weten dat hij de volledige sleutelbos van het huis zou krijgen. Daar zit ook de sleutel aan die hij nu nodig heeft. Hij loopt naar het gordijn in de hoek van de bijkeuken, trekt het opzij en steekt de sleutel in de wapenkluis die aan de muur hangt. De gepantserde deur gaat open en het jachtgeweer dat zijn schoonvader vorig najaar had aangeschaft hangt waar het hoort.

Philip haalt het geweer eruit. Toen hij indertijd werd aangenomen bij de firma, had hij zijn jachtvergunning gehaald omdat veel cliënten van de firma gingen jagen, en hij had doorgehad dat het zijn carrière kon helpen als hij af en toe mee zou gaan. In de loop der jaren had het jagen zijn interesse verloren en had hij zijn eigen geweer van de hand gedaan, maar nu hij hier staat met het wapen in zijn handen, merkt hij dat hij nog steeds weet hoe hij het moet hanteren. Toch aarzelt hij.

In zijn wanhoop na die onbehaaglijke video had hij een plan

bedacht om Yasmin en de tweeling in het zomerhuisje te installeren, terwijl hijzelf thuis zou blijven. Als die psychopaat op zijn erf zou binnendringen, had hij gedacht het geweer te gebruiken, maar daar voelt hij zich niet goed meer bij. Het is nooit bij Philip opgekomen dat hij in een situatie zou belanden waarbij hij zelfs maar zou overwegen om een wapen op een ander mens te richten, en het gaat door hem heen dat eigenrichting bovendien tot een aantal juridische problemen kan leiden.

Het geluid van zijn zoemende telefoon onderbreekt zijn gedachtegang en aangezien hij ziet dat het deze keer Yasmin is, neemt hij snel op.

'Ja, hallo?'

'Met mij. Waar ben je?' vraagt ze en hij hoort direct dat er iets mis is.

'In het zomerhuisje.'

'De politie probeert je te pakken te krijgen. Je moet snel gaan rijden! Waarom neem je je telefoon niet op?'

Yasmin begint een woordenvloed en hij hoort dat ze volledig van slag is. Haar woorden buitelen over elkaar heen en hij kan haar niet volgen.

'Stop, wat is er aan de hand?!'

Ze probeert haar stem tot bedaren te brengen en hij luistert aandachtig terwijl ze vertelt dat de politie contact met haar had opgenomen en had gezegd dat ze op het advocatenkantoor waren geweest. Er zijn rechercheurs naar hem op zoek. Ze zeggen dat hij snel terug moet rijden naar de stad en hen onmiddellijk moet bellen op het nummer dat ze aan Yasmin hebben gegeven.

'Je bent mogelijk in gevaar, dus je moet nu vertrekken en ze bellen vanuit de auto!' Haar stem klinkt dun van nervositeit.

'In gevaar? Waarom zeggen ze dat ik...'

'Nu, zeggen ze! Je moet gaan!'

'Oké, ik ga meteen.'

Philip hangt snel op. Hij zet het geweer terug in de wapenkluis en doet die op slot. Zijn handen trillen een beetje. Het is alsof hij is aangestoken door Yasmins bezorgdheid en de tevredenheid die hij even geleden nog voelde over zijn plan heeft plaatsgemaakt voor een onheilspellend gevoel in zijn lichaam. Even kijkt hij naar de boiler en denkt aan de hoofdkraan die hij heeft opengedraaid, maar het zal tijd kosten om het huis weer af te sluiten en Yasmins woorden galmen na in zijn hoofd. In plaats daarvan holt hij de bijkeuken uit en haast zich door de gang terug naar de woonkeuken, waar hij naar de eettafel gaat om zijn handschoenen en de autosleutel te pakken, maar zijn beweging stokt.

Op de eettafel liggen zijn handschoenen waar hij ze had neergelegd, maar de autosleutel niet. Hij weet heel zeker dat hij de autosleutel boven op de handschoenen had gelegd, maar die ligt er nu naast. In het halfduister aarzelt hij even en zijn hersenen kunnen niet besluiten of het belangrijk is. Op hetzelfde moment trilt zijn telefoon. Hij haalt hem langzaam uit zijn zak en kijkt op het schermpje.

Het bericht bevat drie foto's. De eerste foto is op de snelweg, waar hij door een voorruit de achterkant van de auto van zijn schoonvader herkent. De volgende is van de oprit van het zomerhuisje, waar de auto geparkeerd staat naast de grote, met sneeuw bedekte sparren. En de derde is van hemzelf, toen hij even daarvoor op de vloer in de bijkeuken lag om het water aan te sluiten.

Gevonden.

Philip staat als verlamd. Zijn keel knijpt dicht en het voelt even alsof hij zich niet kan bewegen. De angst vermengt zich met het inzicht dat hij de voordeur achter zich op slot had moeten doen toen hij aankwam, maar overmoedig als hij was omdat hij dacht dat hij zijn achtervolger had afgeschud, had hij dat nagelaten. Philip kijkt naar de deur van de vleugel waar de bijkeuken zit. De deur naar de donkere gang staat open en Philip houdt zijn adem in en spitst zijn oren. Hij realiseert zich dat degene die de foto in de bijkeuken genomen heeft intussen terug naar de woonkeuken kan zijn gegaan om zich in de andere vleugel te verstoppen. Panisch draait hij zijn blik die kant op, maar hij ziet alleen de open deur naar een donkere gang. De enige beweging die hij opvangt, is van de sneeuwvlokken die weer zijn gaan vallen aan de andere kant van de grote panoramavensters in de keuken, maar binnen, waar hij zich bevindt, staat alles stil, en de stilte is ondraaglijk.

'Hallo?' roept hij het huis in. Er komt geen antwoord en hij probeert te beslissen of hij de politie moet bellen op het nummer dat Yasmin hem gegeven heeft, of dat hij snel naar de bijkeuken moet gaan om het geweer te laden, maar beide opties zouden te veel tijd kosten.

Philip grist de autosleutel van tafel. Hij keert de keuken zijn rug toe en loopt naar de ingang, waar hij de voordeur openrukt en naar buiten stormt. Hij ploegt door de sneeuw naar de auto bij de sparren en drukt als een bezetene op de sleutel om de auto van het slot te halen voordat hij er is. Hij trekt het portier open, werpt zich op de chauffeursstoel en steekt met trillende handen de sleutel in het contact.

Met zijn blik op de openstaande voordeur gevestigd draait Philip de sleutel om, maar de auto wil niet starten. Hij probeert het gejaagd opnieuw en als de motor eindelijk start, trekt een heftig gevoel van opluchting door hem heen. Hij besluit snel om niet te keren. In plaats daarvan zet hij de automatische versnelling in de achteruit om achterwaarts weg te rijden. Ergens ver weg in zijn bewustzijn registreert hij dat de geur in de auto anders is dan toen hij hiernaartoe reed. Scherp en haast medisch op die tandartsachtige manier, maar het lijkt hem onbelangrijk en hij trapt het gaspedaal in met zijn rechtervoet. Met één hand aan het stuur draait hij zijn bovenlichaam om door de achterruit te kijken en op hetzelfde ogenblik wordt zijn uitzicht versperd door de gestalte die op de achterbank overeind komt.

35

Hoewel het nog maar halverwege de middag is, ziet Thulin door de ruiten dat de duisternis begint te vallen over de wijk met arbeiderswoningen bij Søerne in Østerbro. Het donker maakt het zoeken naar de advocaat er niet gemakkelijker op en dat gegeven bezorgt haar bijna net zoveel stress als de verzameling schattige familiefoto's in de vensterbank, met daarop Philip Lund en zijn vrouw gelukkig samen met hun jonge tweeling. Ongeduldig checkt ze haar telefoon om te zien of Raheem haar al een antwoord heeft gestuurd op de vragen die ze hem gesteld heeft, maar in plaats daarvan ziet ze dat Nylander twee keer heeft gebeld. Ze neemt zich voor hem zo snel mogelijk terug te bellen, om vervolgens weer naar de jonge, donkerharige vrouw te kijken die door Hess wordt ondervraagd aan de keukentafel.

'Heeft je man misschien gezegd dat hij ergens anders heen zou rijden in plaats van direct naar huis? Of zei hij...'

'Nee, hij zei dat hij direct bij het zomerhuisje zou vertrekken. Er moet hem iets overkomen zijn. Waarom doen jullie niets? Waarom zijn jullie niet bij het huisje aan het zoeken?'

Yasmin Lund kijkt Hess met betraande ogen verontwaardigd aan, terwijl het gehuil van kinderen en de gedempte pogingen van de moeder van Yasmin Lund om de tweeling te kalmeren vanaf de bovenverdieping tot hen doordringen.

Het is ongeveer twee uur geleden dat Thulin en Hess ontdekten dat Philip Lund zich niet in het zomerhuisje van zijn schoonouders in Noord-Seeland bevond. Op weg ernaartoe hadden ze tevergeefs geprobeerd om hem aan de telefoon te krijgen en toen ze waren aangekomen over de slingerende, besneeuwde wegen, hadden ze als eerste kunnen constateren dat er geen auto's te zien waren. Ook niet de Toyota RAV4 die Philip Lund volgens zijn vrouw van zijn schoonvader had geleend om zijn achtervolger van zich af te schudden.

Het zomerhuisje was afgesloten en ze hadden zich opgesplitst en waren om het hoefijzervormige gebouw heen gelopen, tot ze elkaar aan de andere kant van het huis weer waren tegengekomen. Door de ramen was in het huis niets ongebruikelijks te zien, desondanks hadden ze de deur opengebroken en waren ze naar binnen gegaan. Ze hadden alle kamers zorgvuldig doorzocht, maar afgezien van een paar herenhandschoenen op de eettafel, die mogelijk van Philip Lund waren, was er geen spoor van hem te bekennen. Het enige wat opviel waren een paar vrijwel ondergesneeuwde bandensporen en enkele kleine verdiepingen in de sneeuw die voetsporen zouden kunnen zijn die leidden naar de plek bij de hoge sparren waar het logisch was om je auto neer te zetten.

De plaatselijke politie was opgeroepen en Thulin had de oprit naar het zomerhuisje laten afzetten voor het geval het nodig zou worden om Forensische Opsporing op te roepen. De agenten hadden geholpen om in de omgeving te zoeken, maar in de huizen die het dichtstbij lagen waren geen tekenen van leven te zien. Thulin had contact opgenomen met Yasmin Lund, die niets meer van haar man had gehoord sinds ze de boodschap van de politie aan hem had doorgegeven. Met een telefoontje naar Raheem hadden ze snel de informatie gekregen dat de telefoon van Philip Lund was uitgeschakeld om 13.37 uur, oftewel slechts zo'n vijfenveertig minuten voordat Hess en Thulin bij het zomerhuisje waren aangekomen. Die informatie had Thulin ertoe gebracht om Raheem te vragen alles te laten vallen waarmee hij bezig was om het berichtenverkeer van Philip Lund te onderzoeken, maar ze had nog niets van hem gehoord.

'Het gebied rond het zomerhuisje wordt nog steeds onderzocht en we zijn bezig met een opsporingsbericht voor je man en de auto,' hoort ze Hess antwoorden.

'Maar waarom zoeken jullie dan hier naar hem? Waarom lopen er mensen rond om vragen aan de buren te stellen?'

Yasmin Lund wijst naar de ramen in de richting van de smalle straat waarvan het duidelijk is dat er gezinnen met kinderen wonen. Het wemelt er van het ondergesneeuwde speelgoed en fietsen op de smalle trottoirs en midden op de weg is een speelhuis neergezet waar nog maar net een auto langs kan. Aan beide kanten van de smalle weg staan dure en veel te grote auto's geparkeerd en de kleine, goed onderhouden voortuinen met exclusieve tuinmeubels in ruste en rijkelijk aanwezige lichtsnoeren met warm licht getuigen ervan dat hier voornamelijk welgestelde mensen wonen.

Op weg terug van Noord-Seeland waren Thulin en Hess het erover eens geweest dat er onmiddellijk agenten naar de wijk rond de woning van Philip Lund moesten worden geroepen. Als het dezelfde dader was als degene die Silje Thomsen had achtervolgd, was dat reden om alle omringende huizen te controleren, voor het geval Philip Lund van dichtbij in de gaten was gehouden of misschien nu wel in de buurt werd vastgehouden. Dat is echter geen zorg die Thulin met Yasmin Lund wil delen en ze kijkt de angstige vrouw rustig aan.

'Daar kunnen we op dit moment niet op ingaan, maar het is belangrijk dat je ons probeert te helpen. Heb je enig idee wie die foto van jou en jullie kinderen vanochtend genomen heeft?'

'Nee, dan zou ik het wel hebben gezegd.'

'Een persoon, een auto...'

'Helemaal niks. Ik had het druk en Philip had mij net een bericht gestuurd over die video die op kantoor was rondgestuurd.'

'En de andere keren dat er foto's van je man zijn genomen? Heb je iets ongebruikelijks opgemerkt wanneer je in de buurt was?'

'Nee, ik weet niet wie het is.'

'Wat heeft je man erover gezegd?'

'Eerst dacht hij dat het een vriend was die een grap met hem uithaalde. Toen dacht hij dat het misschien zijn ex-vrouw was en daarna dacht hij dat het een tegenpartij zou kunnen zijn die zich benadeeld voelde in een juridische kwestie, maar hij weet het niet.'

'Zijn ex-vrouw?' komt Hess tussenbeide, voordat Thulin verder kan gaan.

'Ja, maar dat denkt hij niet meer.'

Thulin probeert Yasmin Lund weer terug op het spoor te krijgen. 'Maar weet je zeker dat je niemand in de wijk hebt opgemerkt die je nooit eerder had gezien? Iemand die doelloos rondliep...'

'Maar waarom dacht hij dat het zijn ex-vrouw was?' onderbreekt Hess haar en Thulin voelt dat ze ongeduldig wordt, maar ze verbijt zich.

'Ze hebben geen goede relatie, al jaren niet.'

'Waarom niet?'

'Is dat nu echt van belang?'

'Ik wil het gewoon graag weten.'

Thulin ziet aan Hess dat hij zich niet gewonnen zal geven en hoewel het haar belangrijker lijkt om zich breder te focussen dan op de ex-vrouw van Philip Lund, kijkt ze Yasmin Lund aanmoedigend aan, die onwillig toegeeft.

'Toen we elkaar leerden kennen, was hij nog getrouwd. We werden verliefd, meer hoef ik toch zeker niet te zeggen? We hebben geprobeerd een goede relatie met haar te krijgen, maar dat is nog niet gelukt.'

'Kun je bedenken of je man misschien andere vijanden had?' vraagt Thulin.

'Nee, dat heb ik al gezegd. Philip heeft niets gedaan. We begrijpen er niks van, daarom hebben we ook aangifte gedaan!'

Er wordt plotseling op het raam geklopt en Thulin ziet Nylander in het voortuintje langs de weg naar haar staan wenken. Hij ziet er ontevreden uit en ze staat snel op om naar de voortuin te lopen terwijl ze hoort hoe Hess door blijft vragen.

Buiten trekt ze de voordeur voorzichtig achter zich dicht en ze zegt snel iets om Nylanders ongenoegen voor te zijn.

'Het spijt me dat ik nog niet heb teruggebeld.'

'Wat gebeurt er? Waarom zijn we een buurtonderzoek aan het houden?' Nylanders blik is koud en zijn mond staat strak.

'Raheem heeft een aangifte gevonden die op de andere leek. Een drieënveertigjarige man is op dezelfde manier gestalkt als Silje Thomsen en Caroline Holst. We hebben geprobeerd contact te krijgen, maar...'

'Wacht even. Een drieënveertigjarige mán?'

Nylander kijkt haar sceptisch aan. Thulin merkt dat ze vergeten is hoe verrast ze zelf was geweest toen ze een paar uur geleden op de aangifte werd gewezen.

'Ja. Sinds december heeft hij foto's van zichzelf ontvangen met "gevonden" erbij. Hij is een paar uur geleden verdwenen bij een zomerhuisje en sindsdien staat zijn telefoon uit.'

'Maar we zijn op zoek naar een dader die twee vrouwen heeft vermoord. Waarom zou diegene plotseling een man van drieënveertig gaan stalken?'

'Het lijkt hetzelfde patroon te zijn.'

'Zijn er aanwijzingen voor een misdrijf?'

'Nee, maar dat was in het geval van Silje Thomsen ook niet zo, daarom hebben we voor de zekerheid een buurtonderzoek in gang gezet.'

'Hebben jullie iets gevonden?'

'Nog niet. Ik heb Raheem gevraagd om de berichten van de man te checken en we willen ook graag beginnen met een onderzoek van...'

'Ik wil heel graag het materiaal zien waarop jullie dit baseren.'

Thulin ziet dat Nylander alleen maar geïrriteerder is geraakt dan hij al was. In de auto had ze op het nieuws gehoord dat hij net een persconferentie heeft gehouden waar hij gesproken heeft over de twee verwante vrouwenmoorden en hij de mensen verzekerd heeft dat er keihard aan de zaak wordt gewerkt. Ze vraagt zich daarom af of dat de reden is dat hij de hakken in het zand zet.

'Uiteraard. Maar het is belangrijk dat er zo snel mogelijk...'

'Er zijn twee vrouwen vermoord. Vermoedelijk door dezelfde dader. Er zitten ons mensen op de nek van hier tot de regering in Christiansborg en niemand van hen zal ons een schouderklopje geven als we een potje van die twee moorden maken vanwege een drieënveertigjarige man die als vermist is opgegeven.'

'We maken er geen potje van. We moeten alles weten over de vermiste man en mensen in zijn omgeving vragen of ze iets weten.'

'Baas?'

Een van de rechercheurs is komen aanlopen en houdt een telefoon omhoog.

'Niet nu,' sist Nylander en hij wuift hem weg.

'Maar ze zeggen dat het belangrijk is.'

Nylander zucht en loopt geïrriteerd bij de voordeur vandaan, samen met de agent die hem iets uitlegt voordat hij hem de telefoon overhandigt. Thulin gebruikt de tijd die ze moet wachten om te checken of Raheem al iets van zich heeft laten horen, maar het is Aksel die haar een bericht heeft gestuurd.

Je bent niet gaan skiën. Heb in het nieuws over de zaak gelezen. Bel me!

Ze overweegt om Aksel meteen te bellen om het maar gedaan te hebben, maar dan komt Hess door de voordeur naar buiten en voegt zich bij haar.

'Wat zegt Nylander?'

'Hij is sceptisch.'

'Dat moet hij niet zijn. Zijn vrouw daarbinnen zegt dat haar man een paar jaar geleden is gescheiden en in een strijd is verwikkeld met zijn ex-vrouw.'

'En?'

'Klinkt dat niet zoals Silje Thomsen?'

Thulin kan geen antwoord geven, want Nylander komt gestrest terug van zijn telefoongesprek. Hij heeft zijn autosleutel gepakt en mindert geen vaart wanneer hij langs hen heen loopt.

'Ik moet gaan. Zorg ervoor dat jullie het hier afronden en laat me weten of jullie iets ontdekken.'

'Maar hoe zit het met het onderzoek van zijn...'

'Ik heb geen tijd,' zegt hij over zijn schouder. 'Rolf Bergmann heeft gelogen over zijn alibi. Hij was niet op zijn werk en niet bij zijn dochter toen zijn ex-vrouw werd vermoord, dus hij moet opnieuw worden verhoord.'

Nylander heeft de deur van zijn auto opengedaan en is ingestapt, maar Hess loopt naar het portier en legt zijn hand erop voordat Nylander het kan dichtgooien.

'Die advocaat die is verdwenen kan in levensgevaar zijn.'

'Ga aan de slag dan, maar ik moet nu gaan. Er is kennelijk iets wat erop wijst dat Bergmann Caroline Holst ook gekend heeft.'

Het duurt even voordat Hess na die opmerking de deur loslaat. Nylander trekt hem dicht, start de motor en rijdt snel weg. Als Thulin zich omdraait, ziet ze Yasmin Lund bij de deur van het halletje staan terwijl ze hen angstig aankijkt.

36

De stoel waar accountant Rolf Bergmann op zat valt achterover als hij opstaat. Zijn gezicht wordt rood. Hij staart woedend naar Budtz en de andere rechercheur die rustig tegenover hem aan tafel zitten in de verhoorkamer.

'Jullie zijn niet goed bij je hoofd. Ik zeg geen woord meer. Ik wil naar huis, naar mijn dochter.'

Vanaf haar plek bij de spiegelruit naar de kamer toe ziet Thulin dat Rolf Bergmann al zijn energie gebruikt om zich nog enigszins te beheersen.

'Ga zitten, dan kunnen we het erover hebben,' zegt Budtz op geruststellende toon.

'Ik wil niet zitten. Ik wil naar huis, zeg ik je!'

'Ik vermoed dat je in voorlopige hechtenis wordt genomen, wat betekent dat je nu niet naar huis kunt.'

'Maar ik moet naar mijn dochter. Ze heeft me nodig. Jullie kunnen me hier niet vasthouden!'

Rolf Bergmann draait zich resoluut naar de deur naar de gang en hij weet die open te rukken voordat Budtz naar hem toe rent en hem bij zijn schouder tegenhoudt.

'Ga zitten, zei ik.'

'Laat me los, klootzak!'

Rolf Bergmann laat alle omgangsvormen varen en hij ontploft van verzet. De andere rechercheur komt erbij en samen weten de twee Bergmann tegen de deurpost te duwen, totdat ze met vereende krachten zijn handen op zijn rug krijgen om hem handboeien om te doen. Terwijl Rolf Bergmann nog steeds wanhopig en luidruchtig protesteert, wordt hij door de aangesnelde geüniformeerde agenten afgevoerd. Zodra de man uit het zicht is verdwenen, ziet Thulin dat Nylander de verhoorkamer binnenkomt om samen met Budtz het verhoor te evalueren, maar ze kan hun conclusie wel raden en gaat terug naar de briefingruimte.

Thulin was nieuwsgierig geweest om te horen waar de beschuldigingen tegen Bergmann op gebaseerd waren. Toen Hess en zij op de parkeerplaats voor het politiebureau waren aangekomen, had ze bij het zien van de journalisten direct begrepen dat die hadden opgevangen dat de ex-man van Silje Thomsen weer was binnengebracht voor verhoor. Iets wat ze interpreteerden als een teken van een doorbraak in de zaak. Diezelfde stemming had ze gevoeld toen ze zich bij de andere toehoorders had gevoegd in de ruimte met de spiegelruit, waar het mogelijk was om het gesprek in de aangrenzende verhoorkamer te horen, zonder gezien of gehoord te worden door de aanwezigen daar.

Het verhoor was op dat moment al meer dan een uur bezig, maar Thulin had genoeg gezien om te begrijpen dat er grond was voor de verdenking tegen Bergmann, die vooral problemen had om zijn poging tot het creëren van een alibi uit te leggen.

'Maar je was niet waar je zei dat je was en ik wil graag weten waarom je het noodzakelijk achtte om tegen ons te liegen,' had Budtz gezegd.

'Dat was ook verkeerd van mij. Maar ik was niet trots op mezelf en ik zag niet in waarom jullie dat zouden moeten weten.'

'Wat deed je dan?'

'Dat heb ik al gezegd.'

'Vertel het nog eens.'

Rolf Bergmann was niet zo lang op kantoor of bij zijn dochter geweest als hij oorspronkelijk had gezegd en de rechercheurs hadden zijn leugen doorzien. Nu beweerde hij dat hij na zijn werk op 13 februari de ingeving had gehad om naar de Jægersborggade te rijden. Naar eigen zeggen om te kijken of zijn ex-vrouw nog steeds de gewoonte had om op die dag van de week haar zesentwintigjarige minnaar te bezoeken, zoals toen ze nog getrouwd waren. Maar zijn ex-vrouw dook daar niet op. Hij was onverrichter zake naar zijn appartement gegaan om zijn dochter op te halen en haar naar het bakstenen huis in Vanløse te brengen, alleen om te constateren dat Silje Thomsen niet thuis was om haar te ontvangen zoals ze hadden afgesproken. De dag erna, toen duidelijk werd dat hij nog steeds geen contact met zijn ex-vrouw kon krijgen, was zijn jaloezie alleen maar toegenomen. Op zijn werk had hij gezegd dat hij bij klanten langsging, maar in werkelijkheid had hij zijn tijd gebruikt om rond te rijden en haar te zoeken, want hij was er zeker van geweest dat ze in gezelschap van een andere man was. Meerdere keren was hij in de Jægersborggade geweest, bij de hardloopclub en bij een aantal cafés en restaurants waarvan hij wist dat zijn ex-vrouw er graag kwam. Tot nu toe waren er echter geen getuigen of anderen die het verhaal van Rolf Bergmann konden bevestigen en de twee rechercheurs hadden hun verhoor daarom vervolgd.

'Kunnen we het erover eens zijn dat je heel goed weet dat het buurhuis leegstaat? Je hebt ernaast gewoond en je komt er nog steeds regelmatig om je dochter af te zetten, nietwaar?'

'Ik heb er niet bij stilgestaan dat dat huis leegstaat.'

'En je wist ook dat de oude sleutel van je dochter altijd onder de bloempot lag?'

'Ja, maar het zou nooit in me opkomen om zoiets te doen!'

'Het probleem is dat er een andere mogelijkheid is, nietwaar?'

Rolf Bergmann had moedeloos zijn hoofd geschud terwijl Budtz verderging.

'Je vrouw wilde jou niet meer. De mogelijkheid bestaat dat dat jou dusdanig beïnvloedde dat je haar begon te volgen en haar berichten stuurde om haar lastig te vallen. Maar dat was niet genoeg, dus op Valentijnsdag voelde je dat er iets moest gebeuren.'

'Dit is belachelijk.'

'Dus liet je jezelf binnen met de sleutel die je al veel eerder had gepakt en toen ze thuiskwam verdoofde je haar. Je sleepte haar door het gat in de schutting en ging de leegstaande villa in, waar je haar aan de stoel vastbond, zodat ze het huis kon zien dat zij overhoop had gehaald.'

'Waarom moet ik dit aanhoren?'

'Daarna ging je naar huis, naar je dochter, en voor het perfecte alibi reed je naar haar moeder, ook al wist je heel goed dat ze niet thuis zou zijn. Jullie reden weer terug en misschien vertrok je weer toen je dochter sliep. Hoe dan ook, de volgende ochtend herhaalde je dezelfde routine en gaf je je ex-vrouw op als vermist, ook al wist je precies waar ze was.'

'Ik wist helemaal niet waar ze was. Daarom heb ik haar als vermist opgegeven!'

'Je zei dat je je dochter die dag mee naar kantoor zou nemen, maar dat deed je niet, of wel?'

'Nee. Ik besloot om haar naar school te brengen, omdat het niet goed met me ging.'

'En op kantoor zei je dat je een afspraak in de stad had, maar in werkelijkheid ging je terug naar de villa. Je parkeerde op een van de aangrenzende wegen en sloop door de tuinen...'

'Dat is niet waar! Ik was haar aan het zoeken, omdat ik dacht dat ze bij een ander was. Ik wilde er foto's van nemen, zodat ik kon aantonen dat ze loog toen ze zei dat er niemand anders was!'

'Werd je ook zo kwaad toen Caroline Holst je afwees?'

Rolf Bergmann had steeds volgehouden dat hij Caroline Holst niet had gekend. Hij had intussen echter het probleem dat aan het licht was gekomen dat hij er net als zijn ex-vrouw buitenechtelijke activiteiten op na had gehouden. De huwelijkse strubbelingen hadden hem er een paar jaar geleden toe gebracht om een profiel op Tinder aan te maken. Op zijn profiel had hij aangegeven dat hij 'in een relatie' was en hij had in de regio Kopenhagen naar een minnares gezocht en ja geswipet bij een aantal voornamelijk jonge vrouwen. Onder wie de negentienjarige gymnasiast. Het bleek echter dat Caroline Holst nee had geswipet bij hem, zodat er geen chats of verder contact tussen hen geregistreerd waren in de app, maar de rechercheurs hadden belang gehecht aan het feit dat Rolf Bergmann aanvankelijk over zijn alibi had gelogen. Thulin had zelf ook niet helemaal haar verdenkingen tegen de man kunnen loslaten en als ze de deur opent van de briefingruimte waar Hess al ijsberend bij de donkere ramen aan het telefoneren is, weet ze nog steeds niet wat ze moet denken.

'Oké, maar bel me op dit nummer zodra jullie iets weten,' zegt Hess om zijn gesprek af te sluiten.

Hij smijt zijn telefoon op tafel, naast een stapel dossiers die hij moet hebben zitten doornemen, en de frustratie staat in zijn ogen te lezen.

'De opsporing van Philip Lund en het voertuig heeft niets opgeleverd. Zijn ex-vrouw en zijn collega's op het advocatenkantoor weten schijnbaar niets over waar hij is of wie het is die hem gestalkt heeft. Hetzelfde geldt voor de ondervraagde bewoners in zijn straat.'

'Wat zegt Raheem?'

'Niets waar we wat aan hebben. Hij kan de afzender van de berichten niet traceren en het laatste wat hij kan zien is het bericht dat ik op het bord heb geschreven.'

Hess wijst gefrustreerd op een whiteboard achter Thulin. Ze draait zich om en herkent Hess' handschrift van de regels die hij vermoedelijk heeft opgeschreven terwijl hij Raheem aan de lijn had.

Ik tel tot zes, ik tel tot zeven. Ik hoor je al gillen, waar ben je gebleven?

'Hoe zit het met eventueel gewiste inhoud?' vraagt Thulin.

'Ze zijn bezig met checken en herstellen, maar zoals je weet kost dat tijd. Hoe dan ook moet Philip Lund zijn overmeesterd vlak voordat zijn telefoon werd uitgezet in het zomerhuisje, als het patroon hetzelfde is als in het geval van Silje Thomsen.'

'En we weten zeker dat het patroon hetzelfde is?'

Hess kijkt naar haar op en ze ziet dat de vraag hem verrast, dus gaat ze zitten om hem te vertellen wat ze weet.

'Ze hebben de ex-man van Silje Thomsen in voorlopige hechtenis genomen. Hij kan niet bewijzen waar hij is geweest en hij heeft moeite om bepaalde dingen uit te leggen. Bovendien is er geregistreerd dat hij Caroline Holst op Tinder benaderd heeft. Waar ze hem vervolgens afwees.'

Bij het horen van die informatie stopt Hess met in zijn papieren bladeren en kijkt haar oplettend aan.

'Wanneer?'

'Een paar maanden voordat ze verdween. Tijd genoeg om haar vervolgens te kunnen gaan stalken.'

'Hebben ze contact gehad?'

'In dat geval is dat niet geregistreerd. Hij probeerde uit te leggen dat zij een van de velen was bij wie hij ja heeft geswipet voor een affaire.'

'Maar je bent gaan twijfelen. Denk je dat hij het kan zijn?'

'Dat zei ik niet. Maar zolang we niet zeker weten dat er echt iets met Philip Lund is gebeurd...'

Hess schudt zijn hoofd en ze ziet dat haar theorie hem irriteert.

'Er ís hem iets overkomen en we moeten erop focussen dat Philip Lund een achtergrond heeft die doet denken aan die van Silje Thomsen. Hij ligt in een vechtscheiding met zijn ex, hij is vreemdgegaan en hij was degene die het gezin uit elkaar heeft laten vallen.'

Hess' toon is beslist en hard. Die ochtend was zijn blik gesloten en ontwijkend geweest, waardoor Thulin eraan had getwijfeld of hij überhaupt van nut zou zijn, maar nu is hij koppig en betrokken. Toch overtuigt het haar niet.

'Maar dat past toch niet in het profiel van Caroline Holst?'

Ze kan zien dat de vraag hem bezig heeft gehouden voordat zij die stelde. Hij pakt zijn jas van de rugleuning en begint die aan te trekken.

'Voor zover we weten niet, maar ik stel voor dat we naar de exvrouw van Philip Lund gaan om naar die scheiding te vragen.'

'Waarom?'

'Omdat het belangrijk kan zijn.'

'Maar ze is eerder vandaag al verhoord en ze had een alibi dat...'

'Laten we er gewoon naartoe gaan en het haar vragen.'

'Maar wat moeten we haar in godsnaam vragen dan? Er gaan zo vaak mensen scheiden. Vijftig procent van alle relaties eindigt ermee dat mensen uit elkaar gaan en we vinden Philip Lund verdomme niet door naar zijn ex te gaan om haar een verklaring voor hun scheiding te vragen.'

Er valt een stilte. Ze ziet dat Hess haar aankijkt met een zachte en open blik. Ze realiseert zich wat ze net heeft gezegd en de ongemakkelijke spanning doet haar naar haar jas grijpen die over een stoel hangt.

'Prima, laten we die kant opgaan, als je denkt dat het belangrijk is.'

Ze trekt haar jas aan, maar Hess beweegt zich niet.

'Ik weet best dat ik je een verklaring schuldig ben,' zegt hij dan, terwijl zij haar jas dichtritst zonder naar hem te kijken.

'Nee. Het was niet bedoeld om daarover te praten.'

'Ik wil er graag over praten,' dringt hij aan. 'Ik kon de verantwoordelijkheid niet overzien. Voor Le.'

Hij staat haar een beetje onzeker aan te kijken en ze kijkt wantrouwig terug. Toen kon hij er geen woorden voor vinden, maar nu wil hij er plotseling midden in een moordzaak over praten.

'Voor Le?' hoort ze zichzelf herhalen.

Hij knikt en ze voelt de woede opkomen.

'Ik heb je helemaal niet gevraagd om verantwoordelijkheid voor Le te nemen. Le is míjn verantwoordelijkheid. Van niemand anders.'

'Zo bedoel ik het niet. Maar ik kon niet beloven om er altijd voor haar te zijn en dat spijt me.'

Hij ziet er kwetsbaar uit en het lijkt alsof het hem pijn doet om die woorden te zeggen, maar ze weet niet wat ze moet antwoorden. Verdrongen gevoelens mengen zich met de behoefte om de ruimte te verlaten, maar voordat ze kan reageren wordt er op de deur geklopt. Een van Nylanders assistenten komt binnen en het duurt even voordat Thulin stomverbaasd registreert dat hij Bjørn bij zich heeft.

Thulin kijkt hem als verstijfd aan. Bjørn heeft zijn jas aan en kijkt hen allebei glimlachend aan voordat zijn blik op haar landt.

'Sorry dat ik stoor, maar ik heb geprobeerd je te bellen vanaf de parkeerplaats.'

Thulin komt weer tot zichzelf. Verward kijkt ze op haar telefoon, die sinds het verhoor op stil staat. Ze beseft dat ze volledig vergeten is dat ze Bjørn die ochtend gevraagd had om haar op te halen als hij wegging van kantoor. Haar auto startte niet en Bjørn had aangeboden om haar te helpen met het avondeten.

'Sorry!' roept ze uit en ze loopt perplex naar hem toe terwijl de assistent weer de ruimte uit gaat.

'Je was het vergeten!' stelt Bjørn glimlachend vast.

'Nee, natuurlijk niet.' Ze knijpt even in zijn hand terwijl ze hem in de ogen kijkt, voordat ze zich omdraait om Hess aan hem voor te stellen. 'Dit is...'

'Hem herken ik wel,' zegt Bjørn vriendelijk, terwijl hij zijn hand uitsteekt. 'De man die de bus naar Zweden tegenhield. Naia heeft natuurlijk over je verteld.'

'Aangenaam kennis te maken,' zegt Hess en ze ziet dat hij zijn best doet om vriendelijk te lachen, maar hij slaagt daar niet helemaal in. De twee mannen schudden elkaar de hand en het is ineens een stuk ongemakkelijker dan Thulin zich had voorgesteld.

'Ben ik misschien te vroeg? Ik kan ook boodschappen doen, dan kun jij...' begint Bjørn, maar Hess onderbreekt hem.

'Nee, dat is prima. Ik ging net weg.'

Hess schuift zijn dossiers bij elkaar op een stapel die hij met zich meeneemt naar de deur en Thulin kijkt hem verrast na.

'Maar wat doen we dan met...'

'Ik vraag een van de anderen. Geen probleem,' zegt hij snel.

Hij knikt Bjørn kort toe en gaat de kamer uit, terwijl Thulin achterblijft met een schuldgevoel dat ze niet kan verklaren. Even volgen zij en Bjørn Hess met hun ogen door de open deur terwijl hij de gang in verdwijnt. Dan wendt Bjørn zijn blik naar haar.

'Ik mag hem wel. Niet zoveel smalltalk. Maar ik dacht dat je zei dat hij niet op de zaak zat.'

'Dat was ook niet de bedoeling.'

Terwijl ze nadenkt over wat ze aan moet met dat schuldgevoel, voelt ze Bjørns vragende blik op zich rusten.

37

Marie zit op de tribune aan de kant van de sporthal van het gymnasium die het dichtst bij het doel zit waar Thors team moet scoren. De wedstrijd van die avond, de halve finale van het grote gymnasiumvoetbaltoernooi, is net begonnen. Hoewel Marie en Thor eerder op de dag ruzie hadden gehad, was Thor toch thuisgekomen voor het eten. De sfeer was gelukkig beter geworden, waarbij het had geholpen dat Marie het lievelingseten van Thor had gekocht. Marie weet dat Thor hard getraind heeft voor de wedstrijd en hij zou teleurgesteld zijn als ze niet bij de wedstrijd aanwezig zou zijn, ook al zou hij dat nooit toegeven.

Naast haar op de tribune zit Malte gespannen naar de grote jongens te kijken die geconcentreerd rondrennen en naar elkaar roepen op het veld. Malte is de grootste fan van zijn broer, hoewel Tom Marie heeft toevertrouwd dat Thor best goed is, maar dat het Malte is die echt talent heeft. Ze kijkt liefdevol naar haar jongste zoon, die een nieuwe pleister op zijn wang heeft gekregen voordat ze de deur uitgingen.

'Stomme scheids! Ben je blind of zo?'

De vader van een van Thors klasgenoten komt opgewonden overeind en staat vlak naast Marie te roepen als een van Thors teamgenoten wordt afgefloten voor buitenspel terwijl hij alleen op de keeper afloopt. Marie weet niet helemaal wat ze moet vinden van dat soort vurigheid van de aanwezige ouders, maar Thor speelt gelukkig goed, zo constateert ze. Hij heeft op het veld vooral een goede klik met Tariq uit zijn parallelklas, die ook een degelijke speler is. Marie ziet dat Thor ervan geniet om de controle te hebben en zijn krachten te gebruiken, en dat gunt ze hem. Niet in de laatste plaats omdat een groot deel van de leerlingen is opgedoken om ze aan te moedigen. Ze gunt hem vooral alles wat hem tot iets anders en meer kan maken dan enkel de broer van de vermoorde Caroline. Ze wordt dan ook blij als ze ziet dat het meisje van wie ze weet dat Thor er een oogje op heeft vooraan in de groep iets enthousiaster staat te roepen dan de anderen. Rector Mattsen is ook gekomen met een paar van Maries collega's, maar Marie heeft ervoor gezorgd dat Malte en zij zo zitten dat ze elkaar niet hoeven te zien of te groeten totdat de wedstrijd voorbij is.

De sfeer in de hal slaat om als de tegenstanders de twee-twee maken en er klinkt gefrustreerd boegeroep vanaf de tribunes. Door de wedstrijd vergeet Marie haast het gevoel dat sommigen van de toeschouwers steelse blikken op haar werpen. Dat was eerder bijna gestopt, maar nu moet ze opnieuw accepteren dat ze het onderwerp van gefluister en geroddel is. Ze moet denken aan Toms woorden van eerder op de dag. Wil hij echt zover gaan dat hij wil bespreken waar de jongens moeten wonen? De gedachte is onverdraaglijk en ze probeert haar van zich af te zetten en de wedstrijd te volgen, hoewel ze af en toe ook nadenkt over of Caroline werkelijk een verhouding met iemand kan hebben gehad zonder dat zij of Tom daarvan wist. Maar ook die gedachte zet ze opzij, want toen Caroline nog leefde had Marie altijd sterk het gevoel gehad dat haar dochter haar volledig in vertrouwen nam.

Vanuit haar ooghoeken merkt Marie plotseling iets op. Iemand in een versleten winterjas is de sporthal binnengekomen en staat een klein eindje van het veld. Als Marie zich omdraait om diegene goed te bekijken, schrikt ze een beetje. Het is Omar. Ze is er niet op voorbereid om hem hier te zien en ze begrijpt niet waarom hij hier komt opdagen. Hij loopt op zijn gemak achter het doel langs dat het verst bij Marie vandaan is en gaat verder langs de lange zijde, totdat hij een lege plek vindt waar hij zonder verder op te vallen naar de wedstrijd gaat staan kijken. Hoewel hij ooit dagelijks op het gymnasium aanwezig was, is het onwerkelijk om hem nu in de hal te zien. Marie kijkt voorzichtig om zich heen om te zien of zij de enige is die de pas aangekomen figuur heeft opgemerkt, wat niet zo is. Anderen kijken ook met verwonderde blik in de richting van Omar. Marie ziet dat het Malte ook is opgevallen naar wie ze kijkt en hij wendt zich tot haar.

‘Hij is hier alleen maar om voetbal te kijken, mama. Thor speelt samen met zijn neef in de aanval,’ zegt hij.

Marie kijkt naar Tariq, die de bal naar Thor speelt, en nu ziet ze een vage gelijkenis met Omar. Op hetzelfde moment mist Thor een pass, omdat hij Omar ontdekt en verbaasd naar Marie kijkt. Een paar teamgenoten mopperen op Thor, die snel achter de bal aan rent om die te heroveren. Maar door het voorval op het veld heeft Omar Marie ontdekt. Ze krijgt oogcontact met hem en onzeker beweegt Omar zich in de richting van de gang die naar de uitgang leidt.

De toeschouwers geven aan de andere kant van het veld een fluitconcert vanwege een beslissing van de scheidsrechter, maar Marie kijkt niet meer naar het spel. Haar ogen volgen Omar die de hal uit gaat, en hoewel ze het probeert, kan ze de verleiding niet weerstaan.

‘Ik ben zo weer terug, Malte.’

‘Wat ga je doen?’

‘Blijf hier.’

Marie baant zich een weg langs de rijen toeschouwers die voor de houten banken staan te joelen vanwege de wedstrijd en als ze de registratietafel is gepasseerd, loopt ze in de richting van de open deur naar de uitgang. In de lange, lege gang is het halfdonker en ze ziet dat Omar aan de andere kant bijna bij de deur naar buiten is. Hij reikt naar de deurkruk en Marie begint te hollen.

‘Omar!’

Omar stopt en draait zich om met een gereserveerde gezichtsuitdrukking. Ze komt op adem en doet haar best om hem in de ogen te kijken.

‘Ik heb vandaag met de politie gepraat. Ze zeggen dat jij het niet kunt zijn.’

Omar antwoordt niet. Zijn geforceerd onverschillige blik vertelt haar dat ze hem iets heeft gezegd wat hem raakt. Marie kan niet zien of hij boos is en of hij met haar wil praten, dus gaat ze maar verder.

‘Ik moet weten of je denkt dat ze een ander had.’

‘Dat heb ik toch de hele tijd gezegd?’

Hij ziet er gelaten uit en er klinkt een zweem van arrogantie in zijn stem.

'Maar hoe kon je dat weten?'

'Waarom ben je ineens zo geïnteresseerd in wat ík zeg?'

Zijn ogen fonkelen van woede. Het gaat door haar heen dat ze eerder geen enkele waarde aan zijn woorden heeft gehecht, maar daar is nu niets meer aan te doen.

'Omar, ik moet het weten.'

'Ik weet het omdat ze het tegen me heeft gezegd.'

'Wanneer heeft ze dat gezegd?'

'Waarom vraag je het niet aan de politie?'

'Omdat ik het graag van jou wil horen.'

Hij kijkt haar aan met een mengeling van ongeloof en onverschilligheid. Vanuit de hal klinkt gefluit, gevolgd door applaus en het geluid van de bal die hard de achterkant van het doel raakt. Omar staat even na te denken voordat hij toegeeft.

'Het was ongeveer drie maanden voordat ze… werd ontvoerd. Ik vond het nog steeds moeilijk te accepteren dat we niet meer samen waren, dus wachtte ik haar na school op en toen mocht ik haar thuisbrengen met de auto. Ze zei dat het niets met mij te maken had en dat we nog steeds vrienden konden zijn, maar ik bleef aandringen. En toen vertelde ze het. Dat ze iemand anders had ontmoet.'

Marie kijkt hem aan. Hij vertelt zonder te aarzelen, maar van de rechercheurs bij de politie van Vestegnen heeft ze het allemaal al eens gehoord en het kan er bij haar nog steeds niet in.

'Maar verder heeft ze het tegen niemand gezegd,' stelt Marie vast om zijn reactie te zien.

'Nee. Het moest blijkbaar geheim blijven. Dat was vast ook de reden dat ze twee telefoons had.'

Marie houdt de tegenwerping die bijna over haar lippen komt tegen. De politie had haar destijds geïnformeerd over Omars bewering over een extra telefoon en alles is vergeefs overhoopgehaald om die te vinden. Marie heeft die bewering van Omar nooit anders gezien dan een regelrechte leugen, maar deze keer probeert ze de informatie tot zich door te laten dringen.

'Hoe weet je dat ze twee telefoons had?'

'Omdat er iets begon te trillen in haar tas en het was niet de telefoon die ze in haar hand had. Toen begon ze in haar tas te rommelen om hem uit te zetten.'

'Wat voor telefoon was het?'

Hij schudt zijn hoofd. 'Dat weet ik niet. Ik vond dat van die twee telefoons natuurlijk erg vreemd, dus vroeg ik haar waar ze mee bezig was, maar ze had de deur van de auto al opengedaan en toen liep ze weg.'

'Maar je hebt toch zeker wel gevraagd met wie ze omging?'

'Heel vaak. Ze zei dat het er niet toe deed.'

'Dus je hebt geen enkel idee? Een naam of...'

Omar geeft geen antwoord. Hij blijft haar gewoon staan aankijken.

'Maar Omar, de politie heeft nooit een extra telefoon gevonden. En verder heeft niemand haar met twee telefoons gezien.'

'Ik weet wat ik zag.'

'Maar dat kan niet kloppen. Ze zou het aan mij hebben verteld.'

'Misschien heeft ze niks gezegd, omdat ze wist dat jij diegene niet goed genoeg voor haar zou vinden.'

Hij kijkt haar uitdagend aan. Ze voelt zich even aangesproken, maar dan wordt ze boos en besluit voor zichzelf dat ze die beledigende woorden niet heeft verdiend.

'Je liegt. Ze zou iets tegen mij hebben gezegd als het zo was.'

Marie wil teruggaan naar de zaal en draait zich om. Het gesprek is voorbij. Ze krijgt verder niets meer uit hem, maar dan voelt ze zijn hand op haar arm om haar tegen te houden.

'Zou ze dat echt doen?' vraagt hij confronterend terwijl hij haar strak blijft aankijken. Hij is heel dicht bij haar komen staan, maar Marie is niet bang. Integendeel.

'Ja, dat zou ze echt doen. We waren close. Ze vertelde mij over jullie, ze vertelde me alles.'

'Als jullie zo close waren, waarom denk je dan dat ze niets zei?'

Omar staat in de weg en Marie probeert om hem heen te komen.

'Omdat je liegt. Ik wil er graag langs.'

'Denk nog eens goed na. Waarom heeft Caroline niks tegen jou gezegd? Waarom zou ze zoiets geheimhouden?'

'Omdat er niks te vertellen was! Omdat je liegt dat je barst!'

'Of omdat ze iets met iemand had met wie ze niet samen mocht zijn. Bijvoorbeeld een van je collega's uit de lerarenkamer.'

Het duurt even voordat zijn woorden zijn ingedaald. Ze probeert iets te zeggen, maar het is alsof haar keel dichtgeknepen wordt en storende beelden van Caroline en gezichten uit de lerarenkamer trekken in haar hoofd voorbij. Op hetzelfde moment barst het publiek in de sporthal in juichen uit en dat geeft Marie het zetje dat ze nodig heeft.

'Je moet je mond houden. Dat is iets wat je hebt bedacht om je eigen hachje te redden.'

Ze ziet dat er iets verandert in Omars blik en hij glimlacht spottend.

'Whatever.'

Het applaus barst weer los in de hal. De deur klapt achter Omar dicht en de kou die uit het donker komt spoelt over Marie heen. Ze kan zich even niet bewegen, maar het fluitje van de scheidsrechter en nog meer gejuich brengen haar ertoe om zich om te draaien naar de gang.

Bij de deur naar de hal ziet ze het silhouet van een persoon die haar in de gang staat te bekijken. In het halfduister kan ze zijn gezicht niet zien, maar als de man zich omdraait naar de hal en het licht in stapt, herkent ze Mathias Mattsen.

38

‘Zoals ik al zei weet ik niet waar hij is en het kan me eerlijk gezegd ook niet schelen. Ik hoop natuurlijk dat het goed met hem gaat, maar het is absoluut niet iets wat me interesseert.’

In een grote hoekbank onder een indrukwekkend groot abstract schilderij leunt de ex-vrouw van Philip Lund achterover tegen de oudroze kussens, terwijl ze gespannen haar armen over elkaar legt om aan te geven dat ze verder niets te zeggen heeft. Aan de strakke trek rond haar mond kan Thulin zien dat ze het meent en als Hess desondanks nieuwe vragen blijft stellen vanuit de leren stoel tegenover haar, staat Thulin op omdat ze haar telefoon voelt trillen in haar zak.

Zodra Hess en zij waren aangekomen bij het hoge, moderne gebouw langs het kanaal in Islands Brygge, hadden ze de glanzende en geruisloze lift omhoog genomen naar het penthouse dat nu alleen eigendom was van Karen Lund. De lange, elegante vrouw van begin veertig had hen in het trappenhuis ontvangen met een afwijzende houding. Pas toen Hess had uitgelegd dat ze even de tijd nodig hadden om met haar te praten, had ze hen met een zucht binnengelaten. De kinderen van haar en Philip Lund, twee jongens van ongeveer tien en veertien jaar, hadden plichtmatig hun huiswerk zitten maken aan een grote eettafel in de keuken, totdat hun moeder hun had gevraagd om naar hun kamer te gaan terwijl zij even grotemensenzaken moest bespreken. De jongens hadden braaf naar haar geluisterd en hadden hun schoolboeken meegenomen, maar het was Thulin niet ontgaan dat er zorgen en nieuwsgierigheid in hun kwetsbare blikken te zien waren. Een paar tellen had ze zich afgevraagd wat ze die dag misschien over hun vader hadden gehoord.

Samen met Karen Lund hadden Thulin en Hess plaatsgenomen

in de zithoek in de grote woonkamer die een fantastisch uitzicht had over het kanaal en de stad. Buiten in het donker glinsterde het elektrische licht duidelijk van de gebouwen aan de overkant van het kanaal en verder weg waren de vele verlichte torens van de stad te zien achter de sneeuwvlokken die stil uit de lucht dwarrelden. Die vredige indruk stopte echter toen Karen Lund het woord had genomen. In besliste en ondubbelzinnige bewoordingen liet ze weten dat ze moesten begrijpen dat ze vandaag al eens met de politie had gepraat, en dat ze niet van zins was om meer tijd te besteden dan hoogstnoodzakelijk was om erachter te komen wat haar ex-man aan het uitspoken was.

'Als jullie het mij vragen is hij vast aan het werk of bezig met een nieuw avontuurtje. Wie weet? Hier is hij in elk geval niet, maar jullie mogen gerust even kijken.'

Ze had verklaard dat ze uitsluitend via haar advocaat contact met Philip Lund had en dat ze daar de voorkeur aan gaf, want ze vertrouwde niet meer op wat hij zei en beloofde. Volgens haar had ze hem een paar maanden geleden voor het laatst gezien. Dat was slechts een glimp geweest toen hij de jongens had afgezet en in het trappenhuis afscheid van ze had genomen, voordat Karen Lund de deur had dichtgedaan. Thulin had bij die woorden een steek in haar hart gevoeld, omdat ze er, net als bij de dochter van Silje Thomsen, aan werd herinnerd hoe erg kinderen er vaak onder leden als het misging in de relatie tussen volwassen mensen. Ze had geduimd dat de twee jongens, die zo gehoorzaam naar hun kamers waren gegaan, het gesprek daar niet hadden kunnen horen.

Hess had Karen Lund gevraagd of ze Silje Thomsen of Rolf Bergmann kende, wat de vrouw had ontkend. Hij had ook een dappere poging gewaagd om ervoor te zorgen dat Karen Lund zich zou openstellen om over haar voormalige huwelijk en de scheiding te vertellen, maar daar had ze geen interesse in getoond. Het was duidelijk dat het nog diep bij haar zat dat haar man het gezin had verlaten voor een andere vrouw en toen ze eindelijk wat begon uit te weiden, was dat alleen om zich laatdunkend over hem uit te laten. Hess had in plaats daarvan gevraagd met wie ze naast haar vriendinnen over haar scheiding had gepraat, maar afgezien van een paar psychologen had dat niet veel opgeleverd. Thulin hoorde dat hij aan het vissen was zonder dat hij precies wist in welke richting hij vissen moest en ze begon zich schuldig te voelen omdat ze met Hess was meegegaan in plaats van naar huis te rijden met Bjørn, zoals ze eigenlijk had beloofd. Bjørn was begripvol geweest en had lief aangeboden dat hij boodschappen kon doen om vervolgens om zes uur bij haar appartement af te spreken, dan zouden ze tijd genoeg hebben om het eten op tafel te hebben tegen de tijd dat zijn meiden er waren. En nu Thulin ziet dat hij het was die haar belde, besluit ze om hem een bericht te sturen.

Ze draait zich weg van het gesprek en gaat bij de grote ramen naar het kanaal staan om Bjørn discreet te schrijven dat ze uiterlijk over een halfuur thuis is. Ze bedenkt tevreden dat ze gemakkelijk kan helpen met koken en als ze haar telefoon in haar zak steekt, werpt ze een blik uit het raam terwijl ze nadenkt over hoe het etentje zal gaan. Maar dan is er plotseling iets wat haar aandacht trekt.

Aan de andere kant van het kanaal, op misschien maar vijftig meter afstand, torent een donker kantoorachtig gebouw. Het heeft vier verdiepingen en afgezien van het licht in de koffiebar op de benedenverdieping ziet het er verlaten uit, maar even was het alsof ze een beweging zag op de verdieping helemaal bovenin. Thulins ogen speuren de donkere vensterpartijen af en plotseling beseft ze dat ze in het schijnsel van een lichtreclame boven een van de ramen op de bovenste verdieping iets kan ontwaren.

'Doe het licht uit,' roept ze uit.

Ze draait zich gejaagd om naar de kamer en kijkt om zich heen. Hess en Karen Lund kijken haar vragend aan, terwijl ze snel naar een paar schakelaars op een van de muren loopt.

'Doe het licht uit! Helemaal.'

'Wat is er aan de hand?' zegt Karen Lund, maar Hess is al gaan staan. Met zijn blik op de ramen waarvan hij vermoedt dat Thulin er net door naar buiten heeft gekeken, verduistert hij de woonkamer.

Thulin kijkt weer naar het grote gebouw. Ze probeert de plek te vinden waar ze dacht een beweging te hebben gezien, nu geholpen door het donker. Op de verdieping tegenover haar kan ze in een van de ramen het silhouet zien van iemand die op een stoel zit. Dan dringt het tot Thulin door dat de gedaante beweegt en met zijn hoofd tegen het raam stoot.

39

In het donker voelt Philip Lund het dikke, koude glas tegen zijn voorhoofd en het bloed dat warm en kleverig over zijn gezicht loopt. Hij heeft zijn hoofd zo hard tegen het manshoge raam waarvoor hij vastgebonden zit gebeukt dat de huid op zijn voorhoofd gebarsten is, maar hij blijft onvermoeibaar en panisch doorgaan. Aan de andere kant van het kanaal kan hij de vrouw die eerder uit het raam van zijn voormalige huis stond te kijken niet meer zien, want het licht ging een moment geleden plotseling uit. Maar nu gaat het weer aan en tot zijn opluchting ziet Philip dat de vrouw en de man naast haar zich snel van het raam naar de hal begeven. Het gaat door hem heen dat ze hem gezien moeten hebben en op weg moeten zijn. Hij brult euforisch en triomfantelijk vanachter zijn dichtgetapete mond.

De stinkende doek die in de auto tegen zijn gezicht werd gedrukt toen hij zich had omgedraaid, is het laatste wat Philip zich kan herinneren voordat hij het bewustzijn verloor. Toen hij bijkwam, was hij gekneveld en had hij met ducttape rond zijn handen en voeten vastgebonden gezeten op een hoge stoel voor het grote raam met uitzicht over water en een woonwijk. Doodsbenauwd had hij zich georiënteerd en hij begreep dat hij alleen was in een grote, verlaten kantoorruimte. De stoel waarop hij zat was net als de andere stoelen bij de ramen aan de vloer vastgeschroefd en had misschien dienstgedaan als een ontspannen, informele zitplaats voor in de pauzes op een drukke werkdag. Het was onmogelijk gebleken om zich los te maken. Met al zijn kracht had hij wanhopig geprobeerd zich heen en weer los te rukken en hoewel hij had kunnen zien dat de ducttape rond de armleuning aan zijn rechterhand wat losser was geworden, was hij er niet in geslaagd om zijn hand naar zich toe te trekken.

Na verschillende uitputtende pogingen was hij even achterover in de stoel gaan zitten om op adem te komen en toen was het ineens tot hem doorgedrongen waar hij eigenlijk op uitkeek. Even boven hem lag het appartement waar hij jarenlang met zijn ex-vrouw en kinderen had gewoond. Hij kon recht zijn voormalige woonkamer in kijken en met een onwerkelijk gevoel had hij zijn grote jongens door de deur binnen zien komen en hun kamers in zien gaan, waar ze hun school- en sporttassen op de grond hadden gesmeten. Hij had aanschouwd hoe ze met hun moeder hadden gepraat en gehoorzaam waren gaan zitten om huiswerk te maken aan de grote tafel in de keuken. Hij had gemerkt dat het gemis van de jongens als een onoverkomelijk verdriet in hem omhoog was gekomen.

Philip had niet geweten wat hij kon doen behalve om te proberen los te komen van de ducttape. Die gek die hem had overvallen en hem op de stoel had gezet moest volledig onberekenbaar zijn en met de jongens recht voor zijn neus was hij blijven rukken en trekken aan de ducttape, hoewel het al lang pijn was gaan doen bij de sneeën die de ducttape had gemaakt. Hij had het bijna opgegeven en voelde zich uitgeput en zwak, toen hij had opgekeken en het hem plotseling duidelijk werd dat zijn ex bezoek had gekregen van een man en een vrouw. Het had een formeel bezoek geleken en hij had begrepen dat het de politie moest zijn die gekomen was om naar hem te vragen. Philip had onmiddellijk gereageerd toen de vrouw voor het raam was komen staan. In plaats van heen en weer te bewegen, was hij begonnen om met zijn hoofd tegen het dikke glas te slaan. Terwijl het bloed van zijn voorhoofd droop, was hij volhardend doorgegaan en in de draaierigheid en uitputting was hij gaan twijfelen of het zou helpen, maar toen werd het licht uit- en weer aangedaan. Ze zouden snel bij hem zijn.

Op hetzelfde moment hoort Philip voetstappen. Hij kan horen dat iemand zich ergens op dezelfde verdieping als hij bevindt en vanuit een aangrenzende ruimte wordt hectisch gerommeld en er lijken dingen te worden verplaatst. Philip realiseert zich dat het hoogstwaarschijnlijk de gek is die het duidelijk is geworden dat hulp onderweg is. Hij rukt en trekt weer aan de tape rond zijn rechterhand en het besef dat zijn redding nabij kan zijn geeft hem hernieuwde kracht. Hij brult onder de ducttape die zijn mond bedekt als de huid van de rug van zijn hand aan de tape blijft plakken, maar dan kijkt Philip omlaag en ontdekt hij dat hij zijn hand los heeft weten te krijgen.

40

Thulin en Hess nemen de traptreden in het donkere kantoorgebouw in hoog tempo. Hun stappen galmen in het verlaten trappenhuis en de vreselijke beelden van het in stukken gehakte lichaam van Silje Thomsen trekken aan Thulin voorbij. Ze twijfelt er geen seconde aan dat ze heel snel boven op de vierde verdieping moeten komen en ze probeert nog meer vaart te maken, ook al zijn haar dijbeenspieren aan het verzuren.

Toen ze even daarvoor hadden ontdekt dat er iemand in het gebouw tegenover de voormalige woning van Philip Lund had gezeten, hadden zij en Hess ogenblikkelijk en zonder verdere uitleg het luxueuze appartement verlaten, terwijl Karen Lund verwonderd was achtergebleven.

Hess had vooropgerend en Thulin volgde hem over de fietsbrug naar de andere kant van het kanaal. Algauw hadden ze het donkere gebouw bereikt, alleen om erachter te komen dat het niet mogelijk was het trappenhuis binnen te komen. Thulin had aangebeld bij de intercom, maar dat had natuurlijk geen zin gehad, dus was ze aan alle deuren van het gebouw gaan trekken die ze maar kon zien. Toen ze die allemaal gefrustreerd had geprobeerd zonder dat het iets had opgeleverd, was Hess uit de koffiebar gekomen die ze boven vanuit Philip Lunds voormalige woning hadden gezien. Hij werd vergezeld door een verschrikte, jonge, vrouwelijke barista met opengesperde ogen en Hess had uitgelegd dat het personeel een sleutel van de voordeur had, omdat ze daarlangs moesten om bij de containers op de binnenplaats te komen. Met trillende handen had de geschrokken vrouw geprobeerd om de deur open te krijgen, totdat Thulin de sleutel uit haar handen had gerukt en de deur had opengemaakt.

Thulin en Hess bereiken hijgend de vierde verdieping en smijten de deur met een knal open. Daarna is het helemaal stil, er is geen geluid te horen. Ze hebben allebei hun pistool getrokken en bij het licht van Thulins telefoon bewegen ze langzaam een lange, smalle gang in die deuropeningen heeft aan de kant van het kanaal. De eerste ruimte is leeg, zonder meubels, en ze gaan behoedzaam verder naar de volgende deuropening. Zodra ze binnenkomen met geheven wapens, zien ze dat deze ruimte veel groter is. Er zijn raampartijen met uitzicht op het kanaal en daarmee op Philips vroegere huis, maar geen kantoormeubels of andere inrichting, afgezien van een rij hoge stoelen die langs de ramen zijn vastgeschroefd. Dan krijgt Thulin de gestalte op een van de stoelen in het oog en op hetzelfde moment laat ze haar wapen zakken en rent erheen.

Als het licht van haar telefoon op het gezicht van de persoon valt, herkennen ze allebei Philip Lund. Zijn ene been en ene hand zitten met ducttape vastgebonden aan de stoel, terwijl de andere hand en het andere been losgemaakt zijn en in een onnatuurlijke hoek over de stoel hangen. Aan de bovenkant van de losgemaakte hand heeft hij een verse, bloederige wond en zijn hoofd hangt veel te ver voorover, zodat duidelijk te zien is dat zijn achterhoofd is ingeslagen. Het heeft geen zin om te controleren of hij nog in leven is. Voordat ze van de schok bekomen zijn, horen ze voetstappen recht boven hun hoofd.

Met Hess voorop stormen ze weer de gang door naar de hoofdtrap die ze verder op denderen. Op de volgende verdieping, die direct onder het dak moet liggen, gooien ze nog een deur open waardoor ze zich plotseling op een oude droogzolder bevinden. De zolder moet er al jaren zo bij liggen, met stoffige vloerplanken en kale bakstenen muren. Woordeloos en geroutineerd splitsen ze op en gaan ze ieder een kant uit over het grote, donkere oppervlak. Thulin beweegt met bonzend hart over de vieze vloer, bij elke stap stuift het stof in wolkjes op, en ze blijft af en toe staan om met ingehouden adem te luisteren. Er is geen geluid te horen en snel doorzoekt ze haar kant van de zolder tot ze bij een leeg hok komt waarboven duiven onder de dakspanten zitten. Het zachte gekoer van de duiven en het verkeer beneden op straat zijn de enige geluiden die ze opvangt, maar door het verkeersgeluid kijkt ze nog eens goed om zich heen en dan ontdekt ze een deur die aan het einde van de smalle ruimte op een kier staat.

Thulin rent ernaartoe. Ze gooit de deur open en komt buiten op een metalen platform. Ze beseft dat ze op een brandtrap staat die uitkomt op de binnenplaats. Ze ziet geen mens, maar met grote passen rent ze de iele trap af. Op de binnenplaats kijkt ze snel om zich heen. Dicht bij het gebouw staat een ondergesneeuwde auto geparkeerd, maar er is gestrooid op het asfalt van de binnenplaats waardoor er geen voetsporen zijn om te volgen. Willekeurig loopt ze snel in de richting van een smalle steeg tussen de gebouwen die haar naar nog een binnenplaats leidt, totdat ze uiteindelijk op een drukke straat staat.

Nietsvermoedende mensen lopen langs haar heen of doen boodschappen in de verlichte winkels, de banden van de auto's suizen over het natte wegdek, maar ze ziet geen vluchtende dader in de nabije omgeving.

Naar adem snakkend draait ze zich om. Ze begint terug te lopen over de binnenplaats in de richting van het kantoorgebouw en onderweg haalt ze haar telefoon weer tevoorschijn om te bellen voor assistentie. Een bericht van Raheem onderbreekt haar en ze blijft abrupt staan om te zien of ze hem goed begrijpt. Nog steeds buiten adem leest ze het bericht woord voor woord, totdat ze inziet wat er eigenlijk staat.

Bel me zodra je kunt. Heb nog een aangifte van stalking gevonden. Zo te zien lijkt die op de andere…

DEEL 3

Donderdag 27 februari, nu

41

Er hangt een dikke ochtendnevel. Terwijl Thulin aandachtig naar het nieuws op de autoradio luistert, kan ze de omtrek van het hoge ziekenhuis dat aan de andere kant van de parkeerplaats ligt nog maar net onderscheiden. Als de nieuwslezer aan het weerbericht toe is en begint te vertellen over meer sneeuw en vorst, ziet Thulin in dat de vermissing van de negenendertigjarige Ditte Vangsø deze keer niet aan bod komt. Geërgerd zet ze de motor uit en stapt de kou in.

Een sneeuwschuiver met knipperende oranje lichten is bezig om de laatste sneeuw van een paar parkeervakken te verwijderen en ze loopt op een drafje naar de ingang van het ziekenhuis. Ze had gehoopt dat de landelijke opsporing van Ditte Vangsø vanaf 's ochtends vroeg zou worden uitgezonden, zodat de politie zo snel mogelijk in contact kon komen met de vrouw of met getuigen die haar gezien kunnen hebben. Alles om haar te beschermen tegen het gevaar waarin ze met grote waarschijnlijkheid verkeert. Vermoedelijk is het slechts een kwestie van een halfuur voordat de opsporing naar buiten wordt gebracht en toch krijgt Thulin stress van de vertraging. Er is een onwerkelijke race tegen de klok bezig. Sinds de moord op advocaat Philip Lund van ruim een week geleden, is Ditte Vangsø nu de derde persoon die aangifte bij de politie blijkt te hebben gedaan van een stalker die in verontrustende mate lijkt op de dader die ze zoeken. Thulin duimt dat Raheem en zijn team grondig waren in hun nasporingen en er nu gelijk in hebben dat er verder niet meer zijn.

Thulin gaat door de automatische deuren naar de foyer. Ze checkt de tijd op haar telefoon en legt de bekende weg af naar de lift die naar de verdieping met de intensivecareafdeling gaat en net als de andere keren dat ze er geweest is, moet ze een paar minuten wachten voor hij komt. Ze is benieuwd wat Hess haar wil vertellen en zijn bericht van die ochtend heeft haar de hoop gegeven dat het mogelijk de doorbraak is die ze zo hard nodig hebben en die ze in dat geval kan mededelen op de spoedvergadering van de taskforcegroep die over een uur begint.

Na de vondst van de vermoorde Philip Lund was de opsporingsgroep genoodzaakt om het roer volledig om te gooien. Er was niemand die er nog vraagtekens bij plaatste of de drieënveertigjarige advocaat en vader van vier vermoord was door dezelfde dader als Silje Thomsen. De stalking kwam grotendeels overeen met waar Silje Thomsen aan was blootgesteld. Daarnaast had de forensisch arts vastgesteld dat Philip Lund op een bepaald moment was bedwelmd met chloroform en dat zijn achterhoofd was ingeslagen met één slag van een zwaar voorwerp, vermoedelijk de achterkant van een bijl. De afdruk van het slagoppervlak op de schedel was bovendien vergeleken met het letsel van Silje Thomsen en op basis van een aantal onregelmatigheden in de afdruk was het mogelijk geweest om te concluderen dat beide slachtoffers waren gedood met hetzelfde wapen. De ex-man van Silje Thomsen was daarom vrijgelaten en in de taskforcegroep had de theorie van een 'vrouwenmoordenaar' plaats moeten maken voor iets wat ze nog niet zo goed konden categoriseren. De shock en de verwarring waren alleen nog maar toegenomen door de doorlopende meldingen van Raheem over dat er meerdere personen waren die op dezelfde manier werden gestalkt als Silje Thomsen en Philip Lund, en dat die daarom in gevaar konden zijn.

Nylander had de pers niet willen betrekken bij de nieuwe ontwikkeling in de zaak en Thulin was het eens geweest met zijn inschatting. Niemand had er belang bij om hun onzekerheid en gebrek aan overzicht openbaar te maken. De zaak werd in de media daarom nog steeds beschreven met vette krantenkoppen zoals JACHT OP VROUWENMOORDENAAR GAAT DOOR, die Thulin ook ziet op een van de kranten in de kiosk tegenover de lift. Intern is er intussen opgeschaald en er zijn meer agenten opgetrommeld voor het van begin af aan al omvangrijke onderzoek. Nylander had de dringendste zaken opgesplitst in twee takken en benadrukte dat hij wilde dat Thulin en Hess bij beide betrokken zouden zijn.

De ene tak had zich geconcentreerd op de moord op Philip Lund. Het lege kantoorgebouw en met name de verdieping direct onder de droogzolder, die uitzicht over het kanaal had naar de voormalige woning van Philip Lund, was ondersteboven gekeerd door rechercheurs, forensisch onderzoekers en schouwartsen. De verhuurmakelaar die verantwoordelijk was voor het kantoorgebouw had laten weten dat de verdiepingen ongeveer twee maanden leeg hadden gestaan nadat een groter mediabedrijf dat in zwaar weer verkeerde de huur had opgezegd en uit het pand was vertrokken. Niemand leek ervan op de hoogte te zijn geweest dat de bovenste verdieping was gebruikt door een ongenode gast. Ondanks grondig onderzoek en het feit dat de dader er niet op voorbereid kon zijn geweest dat Hess en Thulin plotseling aan waren komen stormen, hadden de vakmensen van de politie geen enkel doorslaggevend spoor kunnen vinden. Het enige wat ze hadden kunnen vaststellen, was dat de tape waarmee Philip Lund immobiel was gemaakt op de vastgeschroefde stoel van dezelfde soort was als de tape die was gebruikt in het geval van Silje Thomsen. De deprimerende berichten van Forensische Opsporing werden aangevuld met het feit dat ze alleen de vingerafdrukken van Philip Lund en zijn schoonfamilie hadden gevonden in de Toyota RAV4 die Philip Lund van zijn schoonvader had geleend om naar het zomerhuisje te rijden. De ondergesneeuwde auto, die Thulin pas had herkend toen ze was teruggelopen naar het kantoorgebouw na de vergeefse achtervolging van de dader, bleek geparkeerd te staan in een hoek van de binnenplaats met de achterklep naar de poort van de goederenlift van het gebouw gekeerd. Uit forensisch onderzoek van de poort was echter alleen gebleken dat die was opengebroken met een breekijzer, terwijl in de goederenlift geen bruikbare sporen waren gevonden, hoewel de dader die waarschijnlijk gebruikt moest hebben om Philip Lund naar de bovenste verdieping te verplaatsen. Verder had geen van de buren van het kantoorgebouw gemerkt dat de Toyota eerder op de dag van de moord de binnenplaats op moet zijn gereden. Zelfs niet door de eigenaar van de koffiebar en haar medewerkers, die anders zo nu en dan naar buiten gingen met afval voor de vuilcontainers. Aangezien er geen andere geparkeerde auto's aanwezig waren, waren er ook geen dashcams en de laatste hoop om iets doorslaggevends te vinden rond de plaats delict werd de grond in geboord met de mededeling dat er geen enkele bewakingscamera op de muren in de omgeving zat.

Thulin had op de avond van de moord de taak gehad om de familie van Philip Lund te informeren over zijn overlijden en dat was uiteraard vreselijk geweest. Eerst was zijn nieuwe vrouw huilend ingestort in de armen van haar moeder en toen Thulin vervolgens was teruggegaan naar de vijandige ex-vrouw van Philip Lund, die zij en Hess perplex en verwonderd hadden achtergelaten toen ze overhaast haar appartement hadden verlaten, was ook zij in huilen uitgebarsten en oprecht diepgeraakt geweest. Het ergste was natuurlijk geweest dat Thulin heel goed wist dat zijn ex-vrouw nu het tragische bericht moest overbrengen aan de jongens van Philip Lund, en de gedachte aan de ogen van de jongens die eerder al zo kwetsbaar hadden gekeken was ondraaglijk geweest. Het was daarom met diep medeleven en grote motivatie dat Thulin zich op het onderzoek had gestort van de foto's en berichten die de stalker aan Philip Lund had gestuurd, maar ze had ook al snel moeten inzien dat het erop leek dat ze op een doodlopende weg zaten. De stalking van Philip Lund was half december begonnen en de eerste foto met het bericht 'gevonden' had hij ontvangen terwijl hij in Frederiksberg in een restaurant zat voor een kerstlunch met een paar cliënten. Vanaf de straat was hij door het raam van het restaurant gefotografeerd en op dezelfde manier getuigden de vele foto's die hij de maanden daarop ontving van een uitgebreide achtervolging. Hij was gefotografeerd in zijn auto, bij zijn huis, voor de domicilie van de firma, bij een concert en op straat in gezelschap van zijn vrouw. Net als in het geval van Silje Thomsen was gebleken dat het tellen in de vorm van een telversje met zelfgeschreven, vulgaire rijmpjes was begonnen op de dag dat hij werd vermoord. De foto's die Philip Lund als laatste had ontvangen in het zomerhuisje waren net als bij Silje Thomsen door de dader gewist en toen Raheems team ze had gereconstrueerd, had vooral de foto van Philip Lund die op de grond van de bijkeuken lag Thulin de koude rillingen bezorgd.

Helaas was het traceren van de afzender tevergeefs gebleken en ook het nagaan van de rest van het digitale leven van Philip Lund had geen licht geworpen op wie de dader zou kunnen zijn. De beroerde relatie met zijn ex-vrouw was niet moeilijk te zien in hun correspondentie, zowel voor als na de scheiding, totdat beide partijen de dialoog hadden overgelaten aan advocaten en op vruchteloze afspraken met mediators van het Centrum voor Familierecht. De privécorrespondentie van Philip Lund was de laatste weken vooral gegaan over hoe ze aan de stalker konden ontkomen of hoe ze diegene konden identificeren, maar ook over de strijd om zijn jongens vaker te mogen zien. In toenemende mate had Thulin bij het lezen kunnen zien dat de druk ten koste ging van zijn werk en zijn leven met Yasmin Lund, maar Thulin had geen voor de hand liggende dader in hun kennissenkring of directe omgeving kunnen ontdekken. Daarom had ze noodgedwongen prioriteit moeten geven aan de andere tak van het onderzoek.

Die was opgezet rond Raheem en zijn team medewerkers die alle aangiftes van stalking die de afgelopen paar jaar waren gedaan bij de verschillende politiedistricten hadden opgezocht en doorgelezen. Hoewel ze ervoor hadden gezorgd dat ze aangiftes uit het hele land hadden verzameld, was gebleken dat de drie opvallende aangiftes waar ze zich uiteindelijk op hadden geconcentreerd allemaal uit Midden-Seeland of de regio Kopenhagen afkomstig waren. De aangifte die Raheem op de avond dat Philip Lund werd vermoord onder de aandacht had gebracht, was door een vrouw gedaan bij de politie van Midden- en West-Seeland. Het stalken van de vrouw, die woonachtig was in Næstved, was begonnen in december en het zieke verstopspelletje, waarvan de kenmerken achteraf gemakkelijk te herkennen waren, was begonnen met foto's en berichten met 'gevonden' erin, maar daarna was er een belangrijk onderscheid gekomen met de zaken van Silje Thomsen en Philip Lund. Halverwege januari was het stalken namelijk plotseling opgehouden en de vrouw had Thulin gezegd dat ze sindsdien geen foto's of berichten meer had ontvangen. Ze had zelf geen verklaring waarom, maar ze was natuurlijk opgelucht geweest, hoewel de schrik er bij haar nog flink in zat. De vrouw had verteld dat zij en haar man een jaar uit elkaar waren geweest. Rond oud en nieuw had het stel elkaar echter weer gevonden en het gevecht om hun kinderen was daarmee geëindigd. Thulin had zich afgevraagd of het stoppen van het stalken samenhing met dat besluit, maar voor de zekerheid stonden de vrouw en haar gezin nu onder uitgebreide politiebewaking.

De volgende aangifte waar Raheem en zijn team een paar dagen later op hadden gewezen, was van een man uit Hvalsø geweest en die was gedaan bij hetzelfde politiedistrict in Midden-Seeland, zonder dat ze een overeenkomst hadden ontdekt. Ook die stalking was begonnen in de maand december, maar de man kon helaas niet worden verhoord. Na een verhouding met een andere vrouw had de man om een scheiding van zijn vrouw gevraagd, met wie hij een kind had. Hij had er echter al snel spijt van gekregen. Daarop was de bipolaire stoornis waarmee hij was gediagnosticeerd uitgebarsten. Een maand na het begin van het nieuwe jaar was de man voor een tram gesprongen en zijn nabestaanden, die nog steeds diepbedroefd waren door zijn dood, hadden geen idee wie de stalker geweest was.

De derde en zeer actuele aangifte die Raheem en zijn team onder de aandacht hadden gebracht was gedaan bij de politie van Kopenhagen door Ditte Vangsø. Ook Ditte Vangsø had vanaf eind december melding gedaan van foto's en berichten met 'gevonden' erin. Het was dat gegeven geweest waarom gisteravond laat de spoedvergadering van de taskforcegroep bijeen was geroepen, wat gebeurd was vlak na Thulins eerste serieuze ruzie met Bjørn.

Omdat het zo druk was, had Thulin niet veel mogelijkheden gehad om met hem af te spreken. Ze had bovendien gemerkt dat hij niet zo flexibel was als eerder en hij was pas gisteren langsgekomen, ook al had hij eerst flink geaarzeld omdat hij de volgende ochtend naar Oslo zou vliegen voor een paar belangrijke zakelijke afspraken. Het was Thulin duidelijk dat hij teleurgesteld was in haar, na eerst een geannuleerde skireis en vervolgens een afgezegd gezinsdiner. Thulin had benadrukt, zowel voor hem als voor zichzelf, dat het slechts een korte periode was dat ze weer meedeed aan een moordonderzoek, maar ze had frustratie gevoeld, omdat ze echt een sterkere band wilde met Bjørn en zijn kinderen. In Bjørns afgewezen argumenten had ze zelfs een echo van zichzelf gehoord van alle keren dat ze als kind had gehoopt dat haar vader meer tijd aan haar zou besteden in plaats van aan de politiezaken waarin hij zichzelf begroef. In Bjørns anders vrolijk staande ogen had ze echter ook een glimp van jaloezie en waakzaamheid kunnen bespeuren vanwege Hess, wat uiteindelijk de aanleiding voor de ruzie was geweest.

Hoewel ze het tegenover Bjørn had ontkend, kon Thulin er niet omheen dat sommige van de gevoelens die ze voor Hess had haar van slag brachten, maar ze had er op geen enkel moment aan toegegeven. Bovendien had ze hem de laatste tijd helemaal niet veel gezien. Deels was er zoveel werk dat ze voor het grootste deel gedwongen waren om zich op te splitsen, deels was de toestand van zijn broer een paar dagen geleden verslechterd, wat natuurlijk had betekend dat Hess al zijn tijd in het ziekenhuis doorbracht. Ze hadden afgesproken dat ze hem doorlopend op de hoogte zou houden en zij zijn input op het onderzoek zou krijgen, om op die manier als schakel te fungeren tussen hem en Nylander en de rest. Die plotselinge afspraken met hem in het ziekenhuis waren echter bij alle andere taken gekomen en ook daarom had ze afspraken met Bjørn moeten afzeggen.

Na een verhitte discussie was ze er echter in geslaagd hem ervan te overtuigen dat ze hem wilde en om te laten zien dat ze het meende, had ze haar weerstand tegen samenwonen laten varen. Thulin had gedacht dat het geen kwaad kon zich open te stellen voor de mogelijkheid en Bjørn was opgeleefd bij het vooruitzicht. Net toen de stemming aan het keren was, en hij bezig was om haar een paar van de woningadvertenties te laten zien die hij eerder al had bekeken, was intussen een bericht van Raheem binnengekomen over Ditte Vangsø, wat tot Bjørns teleurstelling had betekend dat ze de rest van hun avond samen moest afzeggen.

Thulin stapt op de bovenste verdieping uit de lift en ze pakt haar telefoon om die uit te zetten, precies op het moment dat die een belsignaal laat horen. Ze hoopt dat het Bjørn is, maar in plaats daarvan ziet ze dat het Aksel is. De enige keer dat ze hem in München gesproken heeft, was hij geïrriteerd geweest en ze overweegt de oproep te negeren. Toen ze een paar dagen geleden had gezien dat hij meermaals had geprobeerd om haar te pakken te krijgen, had ze hem bezorgd gebeld om te horen of er iets gebeurd was. Dat was niet het geval geweest. In plaats daarvan had hij interesse getoond in het onderzoek en aan zijn vragen had ze gemerkt dat hij op reis niet alleen maar aan het darten was.

Die stalking waar ze in het nieuws over schrijven, is dat het spelletje verstoppertje waar je het over had?

Maar wat stond er precies in die berichten van de stalker?

Hoe dicht zijn jullie bij het vinden van de dader?

Ze had zich overrompeld gevoeld, vooral omdat hij niet had willen uitleggen waarom hij zoveel vroeg, daarom had ze hem zo ontwijkend mogelijk geantwoord. De zaak was nu te serieus om te riskeren dat hij zijn mond voorbij zou praten op de dartclub of ergens anders, maar toen hij meteen had doorzien dat ze hem op afstand probeerde te houden, was hij beledigd geweest. Het gesprek was niet goed geëindigd, vandaar dat Thulin nu op de groene cirkel op het scherm tikt en zorgt ervoor dat ze welwillend klinkt.

'Hallo Aksel. Ik zit nu midden in iets, maar ik bel je vanavond. Oké?'

'Nee, dat is niet oké. Ik wil graag met je lunchen. Het is dringend.'

Zijn toon overvalt haar. Hij klinkt beslist en doelgericht, met een ernst in zijn stem die ze niet van hem gewend is.

'Morgen bedoel je? Je komt toch pas morgen thuis?'

'Nee. Ik ben net op het hoofdstation uit de trein gestapt, maar ik wil eerst mijn tas naar huis brengen en daarna moet ik iets voor je halen.'

'Maar... waarom ben je al thuis?'

'Dat leg ik wel uit wanneer we elkaar zien. Halfeen bij het smørrebrødrestaurant tegenover de garages. Het is belangrijk.'

De oude broodjeszaak tegenover de garages van het hoofdbureau waar hij het over heeft kent Thulin heel goed, maar voordat ze kan vragen waarom hij wil afspreken, heeft hij al opgehangen.

Thulin staat even nadenkend stil met de telefoon in haar hand, maar dan verspringt het cijfer van de minuten op de klok van haar telefoon. Ze zet hem uit, steekt hem in haar jas en gaat de deur door naar de ic.

42

'Momentje. Ik haal even wat dingen weg zodat we in mijn thuiskantoor kunnen zitten.'

Thulin ziet dat Hess probeert om zijn opmerking gepaard te laten gaan met een glimlach, maar het is alsof zijn mimiek hem niet wil gehoorzamen. Ze staat in de langwerpige wachtkamer en door de ramen heeft ze uitzicht over Bispebjerg, waar de dikke mist zo langzamerhand begint op te lossen in de dageraad. De wachtruimte is ingericht met kleine eilandjes van nietszeggende tafels en stoelen en de hoek die Hess haar gewezen heeft laat duidelijk zien dat hij de nacht in het ziekenhuis heeft doorgebracht. Op tafel liggen een banaan, een slordige stapel dossiers boven op een verkreukelde plastic tas en het stukgelezen nummer van *Sportsfiskeren* dat Hess even daarvoor weglegde. Verder ziet Thulin een kleine verzameling lege kartonnen koffiebekers, een wegwerptandenborstel en scheerspullen die hij vermoedelijk van het personeel heeft gekregen of in de kiosk heeft gekocht.

Hess is bezig om zijn jas en wat papieren van een stoel te halen zodat Thulin plaats kan nemen en het is duidelijk dat hij niet veel geslapen heeft. Hij lijkt nerveus en klinkt kortademig. Ze merkt op dat zijn handen een beetje trillen wanneer hij de bekers bij elkaar raapt om ze weg te gooien.

'Kan ik niet beter op een ander moment terugkomen?'

'Nee, het is belangrijk. Ga zitten.'

Toen Thulin was aangekomen, had ze even door het raam van de eenpersoonskamer staan kijken. In het bed lag Jon nog steeds in coma met slangetjes in zijn neus en mond. Hess zat ernaast en hield de hand van zijn broer vast, terwijl zijn lippen bewogen en hij kennelijk voorlas uit het tijdschrift. Thulin vond dat Jon er nog dunner en uitgemergelder uitzag dan de laatste keer dat ze hem had gezien en ze had plotseling gevoeld dat het gegrond was dat Hess bang was om op een dag te moeten bepalen of de machines die Jon in leven hielden moesten worden uitgezet. Hoewel ze haast had, had ze zichzelf er niet toe kunnen brengen om te storen, maar precies toen ze zich weer wilde terugtrekken, had Hess opgekeken en haar opgemerkt.

'Hoe gaat het met hem?'

Hess heeft zich op de stoel tegenover haar laten zakken en ze ziet dat hij aarzelt en probeert om zijn gevoelens te onderdrukken.

'Het gaat op en neer. Hij had vast liever bij de tandarts gezeten.'

Opnieuw probeert hij zijn zorgen te verbergen achter een glimlach, wat niet helemaal lukt, en het is alsof hij beseft dat hij iets heeft gezegd wat een verklaring behoeft.

'Daar kan hij niet tegen. Naar de tandarts gaan. Dat is denk ik het enige wat ik weet waar Jon bang voor is.'

Thulin knikt begrijpend. 'En hoe gaat het met jou?'

Hij ontwijkt haar ogen, strekt zich uit naar een pen die op tafel ligt en begint te zoeken naar een stuk papier om op te schrijven.

'Ze doen hun best en verwennen mij met koffie en bananen. Maar laten we beginnen, zodat ik je tijd verder niet verspil. Ik ben uiteraard benieuwd wat Ditte Vangsø heeft gezegd toen jullie contact met haar hadden.'

Hij vindt een blokje post-its onder de plastic zak.

'Dat zou ik je graag vertellen, maar het probleem is dat we geen contact met haar hebben kunnen krijgen.'

Ze ziet aan zijn gezicht dat hij ongerust wordt.

'Hoe bedoel je?'

'Tot nu toe is het ons niet gelukt om iemand te vinden die weet waar ze is. Gisteravond laat hebben we haar moeder te pakken gekregen, die alleen wist te vertellen dat haar dochter drie weken geleden met haar twee kinderen is ondergedoken.'

'Ondergedoken?'

'Volgens de moeder is het uit angst voor haar ex-man. Ditte Vangsø is er blijkbaar van overtuigd dat hij degene is die haar stalkt en ze wil niet het risico lopen dat hij haar of de kinderen iets aandoet.'

'Maar jullie hebben toch wel een idee van waar ze kan zijn? Een stad, een gebied?'

'Nee, nog niet.'

Hess heeft de balpen losgelaten. Hij staat op en begint onrustig heen en weer te lopen.

'Maar het is niet genoeg dat ze zich schuilhoudt. We moeten haar te pakken krijgen. We zijn overduidelijk niet de enigen die naar haar op zoek zijn.'

'Daar is iedereen zich terdege van bewust.'

'Als ze de kinderen heeft meegenomen, kan ze er de voorkeur aan hebben gegeven om in het land te blijven. Er moet worden gecontroleerd of ze in een crisisopvang zit. Blijf-van-mijn-lijfhuizen, maar ook opvanglocaties, jeugdherbergen, kloosters, dat soort plekken.'

'Uiteraard. Daar zijn we mee bezig.'

Hij is voor de grote ramen blijven staan, met zijn rug naar haar toe, en ze kan niet zien of zijn gedachten zijn afgedwaald of dat hij juist druk bezig is met nadenken over een oplossing om Ditte Vangsø te vinden.

'Waar wilde je het eigenlijk over hebben?'

Hij draait zich om met een gedesoriënteerde gezichtsuitdrukking.

'Je schreef vanmorgen dat je me wilde spreken omdat je iets belangrijks te zeggen had. Dat is de reden dat ik hier ben.'

'Ja, natuurlijk. Het is belangrijk.'

Hij loopt terug naar de tafel, gaat zitten en begint te rommelen in zijn stapel, terwijl Thulin haar eigen dossiers uit haar tas haalt.

'Ik heb van alles wat meegenomen, omdat ik niet wist waar je het over wilde hebben. Gaat het om Silje Thomsen of Philip Lund?'

'Geen van beiden. Het is Caroline Holst.'

Thulin kijkt naar hem terwijl hij verder zoekt in zijn stapeltje.

'Caroline Holst?'

'Ik heb haar zaak vannacht opnieuw doorgelezen. Het was me in eerste instantie niet opgevallen. Het stalken en de moord lijken immers op de andere zaken, maar toen ik er weer naar keek was het overduidelijk. Hier heb ik hem...'

Hij pakt een beduimeld rapport erbij en begint te bladeren, terwijl hij de gele briefjes bestudeert die hij op de pagina's heeft geplakt. Thulin bekijkt hem en probeert haar ongeduld te beteugelen.

'Maar wij doen geen onderzoek naar de zaak-Caroline Holst.'

'Dat weet ik wel, maar er viel me iets op. Moment, ik vind het zo.'

'Kan het niet wachten?'

Hij kijkt haar niet-begrijpend aan en ze doet haar best om het rustig uit te leggen.

'Je hebt vast een goed punt, maar je weet best dat ik bij Nylander momenteel niet kan aankomen met de zaak-Caroline Holst. Mensen hebben het druk met heel andere dingen.'

'Maar hier zullen ze naar luisteren.'

'Nee, dat denk ik niet. Ze hebben het druk.'

'Waar hebben ze het dan zo druk mee?'

'Ja, overal mee! Behalve Ditte Vangsø proberen ze erachter te komen hoe de dader bij zijn slachtoffers is uitgekomen. Ze checken datingapps en vergelijken contacten...'

'Waarom dat?'

'De focus ligt op mensen die gescheiden of uit elkaar zijn en die allemaal op een bepaald moment op zoek zijn gegaan naar een nieuwe liefde. Het idee is dat ze op die manier de dader tegengekomen kunnen zijn.'

Hess kijkt haar gefrustreerd aan en ze merkt dat die informatie hem haast boos maakt.

'Maar ik had toch gezegd dat de dader zijn slachtoffers niet via een datingapp heeft gevonden. Dat is belachelijk.'

'Waarom is dat belachelijk? Dat is toch zeker niet onmogelijk?'

'Het is belangrijker om naar Caroline Holst te kijken. Die zaak is mogelijk de sleutel. Die zaak is de eerste en die zaak...'

'Prima, daar hoor ik na de vergadering graag meer over, maar ik ga het woord niet krijgen als ik dat onderwerp ter sprake breng.'

Thulin kan zich niet langer beheersen en staat op om haar papieren bij elkaar te rapen terwijl ze probeert te kalmeren.

'Het heeft niets met jou te maken, maar ik heb immers niet de leiding over het onderzoek. Op dit moment ligt de focus op het vinden van Ditte Vangsø en die andere dingen. Nu moet ik snel naar de vergadering.'

Ze propt de papieren terug in haar tas en als ze opkijkt staat hij haar met het rapport in zijn handen schuldbewust aan te kijken.

'Sorry. Ik had mijn frustratie niet op jou moeten afreageren.'

'Dat geeft niks.'

'Jawel, dat geeft wel.'

Hij gooit het rapport op tafel. Het raakt *Sportsfiskeren* en het tijdschrift glijdt over de rand van de tafel. Een smalle fotostrook die tussen de bladzijden moet hebben gezeten dwarrelt door de lucht en landt tussen hen in op de vloer.

Ze kijken allebei naar de fotostrook en als Thulin doorheeft wat het is, raapt ze de strook op.

Het is de fotostrook die zij, Le en Hess afgelopen zomer hebben genomen in een fotoautomaat in Dyrehavsbakken. Het was een grijze dag in augustus geweest en ze hadden een uitstapje gemaakt naar het skatepark in Helsingør en op de weg terug waren ze gestopt bij het pretpark. Ze zien er mal uit in de krappe ruimte. Ze lachen en op een van de foto's drukt Thulin zich tegen Hess aan.

De laatste keer dat ze de fotostrook zag, hing die op de koelkast in Hess' appartement in Odinparken. Als ze naar hem opkijkt, kan ze haar verbazing niet verbergen over het feit dat de strook tussen de bladzijden had gezeten van een exemplaar van *Sportsfiskeren*. Hij weifelt voor hij iets zegt.

'Een van de verpleegkundigen zei dat ik tegen Jon moest praten.'

Ze knikt zonder dat ze begrijpt wat hij bedoelt.

'Ik kan het niet de hele tijd over vissen hebben, dus ben ik van onderwerp veranderd.'

'Wat heb je hem dan verteld?'

De vraag flapt eruit. Ze kijkt hem aan voor een antwoord. Hij kijkt terug, maar zonder wat te zeggen.

Achter hen gaat de deur naar de wachtruimte open en het geluid van een stofzuiger vult de ruimte. Een schoonmaker knikt hun vriendelijk toe terwijl hij rondgaat met de grote industriële stofzuiger en door de onderbreking legt Thulin de fotostrook op tafel.

'Ik moet gaan.'

Ze voelt zich verward. Ze weet niet wat die fotostrook betekent en ze loopt onwillekeurig naar de deur.

'Wacht.'

Ze draait zich naar hem om. Hij heeft zijn jas al gepakt en is bezig die aan te trekken.

'Ik ga mee naar de vergadering. Ik moet alleen even mijn spullen pakken en tegen Jon zeggen dat ik ga.'

43

Als Thulin de deur naar de briefingruimte opendoet, is de vergadering van de taskforcegroep al aan de gang. Nylander, Raheem en de overige experts zitten met ernstige gezichten over laptops, papieren en koffiekopjes gebogen en terwijl ze naar binnen loopt, doet ze haar best om Budtz, die bezig is met zijn briefing, niet te storen.

'Behalve de stalking weten we dat Ditte Vangsø ongeveer een halfjaar geleden om een scheiding heeft gevraagd. De relatie met haar ex-man wordt beschreven als zeer slecht en drie weken geleden is ze met hun twee kinderen ondergedoken, omdat ze zich door hem bedreigd voelde.'

Bij Budtz en anderen rond de tafel bespeurt Thulin iets van scepsis als ze merken dat ze gezelschap heeft van Hess. Wat ze hun niet kwalijk kan nemen. Het is dagen geleden dat hij voor het laatst bij een briefing aanwezig was en ze betwijfelt dat er gecommuniceerd is waarom hij afwezig was. Ze ziet ook dat Nylander hem opmerkt, maar ook bij hem lijkt de vreugde van het weerzien niet al te groot te zijn, want hij richt zijn aandacht ongeduldig weer op Budtz.

'Wat zeggen haar naasten?'

'Haar moeder zegt dat ze niet weet waar Ditte Vangsø is, maar dat ze één keer per week door haar wordt opgebeld vanaf een telefoon met een nieuwe prepaidkaart. De nieuwe partner van Ditte Vangsø weet het ook niet. Ze beweert dat ze tegen Ditte heeft gezegd dat ze het niet wil weten, voor het geval haar ex-man langs zou komen om haar te bedreigen.'

'Ze?'

'Ja, de nieuwe partner van Ditte Vangsø is een vrouw.'

Zo discreet mogelijk heeft Thulin plaatsgenomen op een van de lege stoelen het dichtst bij de deur. Hess doet hetzelfde, maar slaagt daar iets minder goed in, aangezien zijn plastic zak vreselijk hard ritselt als hij zijn stapel rapporten erbij begint te pakken. Budtz kijkt zijn kant op, maar gaat verder.

'We hebben nu een opsporingsbericht laten uitgaan en we zijn bezig informatie te verzamelen over waar ze zou kunnen zijn. Bovendien hebben we NC3 uiteraard gevraagd om haar gebruik van datingapps te onderzoeken, zodat we haar contacten kunnen vergelijken met die van de slachtoffers en de andere mensen die gestalkt zijn.'

'We hebben het materiaal zo snel mogelijk nodig,' zegt Nylander met nadruk terwijl hij Raheem aankijkt, die Thulin net een knikje heeft gegeven. 'Iedereen met wie ze gechat heeft, bij wie ze ja geswipet heeft of die ze op Facebook of LinkedIn heeft opgezocht, daar willen we een lijst van hebben, en vlug een beetje.'

'We zijn bezig. Het probleem is dat we flink wat werk te doen hebben, maar we maken haast.'

'Sorry, ik wil graag het woord vragen.'

Hij is nog maar net gaan zitten, maar nu staat Hess alweer op en alle ogen worden op hem gericht. Thulin gokt dat ze weet waarover hij het wil hebben en ze duimt dat hij het zo diplomatiek mogelijk zal doen. In de auto was hij verdiept geweest in verschillende documenten uit zijn plastic tasje, terwijl ze zelf druk met Raheem aan het telefoneren was over het materiaal dat op de vergadering moest worden voorgelegd, dus ze heeft verder niet meer met hem kunnen praten. Ze ziet aan Nylander dat hij de onderbreking maar niets vindt.

'Hou het kort, Hess. Ditte Vangsø moet worden gevonden en we hebben heel wat op de agenda staan.'

'Ik zal geen tijd nemen van de zoektocht naar Ditte Vangsø. Het is ontzettend belangrijk dat ze zo snel mogelijk wordt gevonden, want de dader is vast en zeker ook naar haar op zoek.'

'Mooi, dan zijn we het eens.'

'Aan de andere kant moet ik jullie erop wijzen dat de jacht op de dader via datingapps je reinste tijdverspilling is.'

De provocerende opmerking gaat niet onopgemerkt voorbij.

Aan tafel wordt woordeloos en enigszins sarcastisch gelachen en Budtz kijkt hem kort aan.

'Welkom terug. Misschien moet je even rustig en stil luisteren naar waar we mee bezig zijn voordat je je ermee bemoeit.'

'Dat is niet nodig. Het ergste wat er nu kan gebeuren, is dat we de focus leggen op gestalkte mensen die op dezelfde app zijn geweest en ja hebben geswipet bij een paar dezelfde profielen, want dan gebruiken we tijd om mensen te verhoren die niet ter zake doen. Tijd die we niet hebben.'

'Hoe weet je dat het tijdverspilling is? Heb je misschien een betere suggestie voor waar de dader zijn slachtoffers is tegengekomen?' wil Nylander weten.

'Nee, nog niet.'

'Ga dan alsjeblieft zitten. Raheem, ga door.'

'Maar ik weet wel dat de tijd beter kan worden besteed om de moord op Caroline Holst te onderzoeken.'

Wederom rumoer en gespannen blikken bij de experts en zelfs Thulin moet een zucht onderdrukken over het feit dat Hess zich zo toondoof blijft gedragen. Ze ziet dat Nylander zijn barse gezicht opzet, maar voordat hij iets kan zeggen, gaat Hess verder.

'Ten eerste was Caroline Holst anders dan de andere personen die vermoord en gestalkt zijn. Ze was nog maar negentien en zat op het gymnasium. Ze was niet getrouwd, had geen kinderen en was niet gescheiden. Toch was ze van betekenis voor de dader.'

Hess heeft een van de rapporten uit zijn stapel gegrepen en Thulin kan zien dat hij een stuk heeft onderstreept.

'Ten tweede staat er in het obductierapport: "Het letsel aan de torso wordt gekenmerkt door herhaalde slagen met een bot voorwerp, vermoedelijk een hamer of achterkant van een bijl. Het slachtoffer is zeventien keer geslagen op het lichaam voor de dodelijke klap op de schedel..."'

'Ja, dank je, dat hebben we gelezen,' onderbreekt Budtz hem ongeduldig.

Hess gooit het obductierapport op tafel en begint regelmatig met zijn vuist op het tafelblad te slaan, terwijl hij langzaam hardop telt.

'Eén, twee, drie, vier, vijf, zes, zeven, acht, negen, tien...'

'Kun je niet gewoon zeggen wat je ons probeert te vertellen?' roept Budtz geïrriteerd uit.

'Dat de dader waarschijnlijk buiten zichzelf van woede was toen Caroline Holst vermoord werd. Wat niet het geval was bij de moord op de twee anderen. En ten derde...'

Hess schuift het obductierapport opzij en trekt een paar omgekrulde printjes met foto's van de lichaamsdelen van Caroline Holst uit zijn stapel.

'Ten derde heeft de dader heel erg zijn best gedaan om het stoffelijk overschot van Caroline Holst te verbergen. Niet gewoon de lichaamsdelen in het riet van Kalvebod Fælled gooien of het lichaam direct gevonden laten worden. Haar lichaam werd verzwaard met een betonblok afgezonken in een meer ver weg in West-Seeland en werd pas maanden later gevonden, toen alle sporen die misschien bruikbaar zouden zijn geweest al waren weggerot.'

Hij mikt de printjes op de stapel.

'We kunnen natuurlijk doen alsof dat allemaal toeval is, maar je zou ook kunnen denken dat er een bepaalde reden is voor de verschillen.'

Het begint Thulin te dagen waar hij naartoe wil en ze schaamt zich dat ze in het ziekenhuis niet naar hem geluisterd heeft.

'Je denkt dat de moord op Caroline Holst persoonlijk was.'

'Precies. Het was persoonlijk. Misschien zelfs wel omdat Caroline Holst dicht bij de dader stond.'

Er daalt een bedachtzame stilte neer over de ruimte. De aanwezigen rond de tafel kijken elkaar aan en iemand begint te mompelen. Zelfs Nylander ziet er minder gespannen uit, maar hij onderbreekt het gedempte gemompel en richt zich tot Hess.

'Ik zeg niet dat je ongelijk hebt. Maar we kunnen niet zomaar alles uit onze handen laten vallen om ons op een oude zaak te werpen die buiten ons district valt. We zullen ons moeten focussen op Silje Thomsen en Philip Lund, en de beste gok is dat de dader ze via een datingapp kan zijn tegengekomen.'

Er verschijnt een gefrustreerde uitdrukking op Hess' gezicht en Thulin ziet dat hij op het punt staat om boos te worden.

'Maar dat is zonde van onze tijd, zeg ik…'
Budtz neemt het woord.
'Caroline Holst en Silje Thomsen hadden profielen op dezelfde datingapp. Voordat Philip Lund scheidde had hij er ook een en we zijn bezig de anderen te onderzoeken. Wat mij betreft kunnen ze heel goed dezelfde seksueel gestoorde psychopaat zijn tegengekomen…'
'Maar waarom is er dan geen enkel spoor van seksuele interesse? Er zijn geen tekenen van verkrachting of iets dergelijks,' roept Hess uit.
'Je bedoelt afgezien van het feit dat het telversje over niets anders gaat dan seks? "Ik tel tot één, ik tel tot twee. Philip, die hoer, hij neukt er twee."'
'Dat is het belachelijk maken van het slachtoffer. De dader vertelt de gestalkte personen dat ze zich als beesten gedragen. Als het om seks ging, waarom zou de dader dan de tijd nemen om ze vast te zetten op een stoel om uit te kijken over hun voormalige woning?'
'Misschien omdat de dader een zieke geest heeft die niet zo denkt dat het logisch is voor jou.'
'Nee,' onderbreekt Hess hem resoluut.
Hij loopt doelgericht en haast driftig naar de muur waar foto's hangen die Forensische Opsporing heeft genomen van het uitzicht van de plekken van Silje Thomsen en Philip Lund bij de ramen van respectievelijk het naburige huis en het kantoorgebouw.
'Die plekken zijn gekozen omdat de straf bestaat uit een confrontatie met de huizen die ze hebben verlaten.'
Hij tikt nadrukkelijk op de twee foto's.
'"Kijk wat je gedaan hebt. Kijk wat seks gedaan heeft. Kijk wat je natuur gedaan heeft. Kijk naar alles wat je overhoop hebt gehaald en vernield hebt, en…"'
Hij breekt zijn woordenvloed af en Thulin begrijpt dat Hess plotseling iets belangrijks heeft ingezien.
'Voor zover ik kan horen heb je geen alternatief,' zegt Nylander bars. 'Hess?'

'Het is niet hun huis waarnaar ze gedwongen worden om te kijken...' mompelt Hess langzaam, alsof hij in zichzelf praat. 'Het zijn de kinderen.' Met een verwilderde blik in zijn ogen draait Hess zich om en kijkt naar de aanwezigen. 'De slachtoffers zijn zo neergezet dat ze recht de kinderkamers in kunnen kijken. "Kijk hoe moeilijk de kínderen het hebben vanwege jou."'

'En wat zou dat?' wil Nylander weten, terwijl hij geïnteresseerd over de tafel leunt.

Maar Thulin heeft begrepen waar Hess naartoe wil en ze richt zich haastig tot Budtz.

'Hoeveel van de gestalkte personen zaten met een conflict rond de kinderen bij het Centrum voor Familierecht?'

'Waarom? We hebben gecheckt bij...'

'Geef gewoon antwoord.'

'Silje Thomsen en Philip Lund. Van de anderen weet ik het niet.'

'Hetzelfde Centrum voor Familierecht of twee verschillende?'

'Hetzelfde in het geval van Silje Thomsen en Philip Lund, maar zoals ik al zei weet ik niet of...'

'Hoe zit het met Ditte Vangsø?'

Thulins vraag blijft in de lucht hangen en het wordt stil. Thulin kijkt rond en aan de blikken die ze ontmoet ziet ze dat niemand het weet.

44

Vanwege het enorme lawaai van de vloerschuurmachine op de bovenverdieping rent Marie de trap af, zodat ze beter kan horen wat de jongeman die ze aan de lijn heeft gekregen haar te vertellen heeft. Ze houdt haar ene oor dicht en drukt de telefoon tegen het andere, maar in de haast weet ze alleen het laatste deel van de zinnen van de man op te vangen.

'... dus daar kan ik je helaas niet mee helpen.'

'Maar het is belangrijk dat ik met Sandra in contact kom. Heb je misschien een nummer van haar?' vraagt Marie snel, want ze merkt dat de man zijn tijd liever aan iets anders besteedt.

'Nee, dat weet ik niet,' antwoordt de man, terwijl op de achtergrond een espressomachine sist.

'Kun je me dan haar adres geven?'

'Dat weet ik ook niet, probeer het eens in Londen.'

'In Londen?'

'Sandra is daar een jaar geleden naartoe verhuisd en ik heb geen contact met haar. Fijne dag nog.'

De verbinding wordt verbroken voordat Marie van de verbazing bekomen is en het dreunende geluid van de vloerschuurmachine is weer het enige wat het huis vult.

Marie neemt de telefoon van haar oor en probeert voor zichzelf uit te maken wat ze met de informatie aan moet. Ze probeert Sandra, de beste vriendin van Caroline, al een paar dagen te pakken te krijgen. Het telefoonnummer dat Marie van Sandra in haar lijst met contactpersonen had staan bleek niet meer in gebruik te zijn. In plaats daarvan had Marie online het adres opgezocht waarvan ze zich herinnerde dat Sandra er had gewoond. Ze had het telefoonnummer dat bij het adres stond gebeld en meerdere keren een bericht achtergelaten op de voicemail, maar ze had niets teruggehoord. Totdat de telefoon even daarvoor was overgegaan terwijl Therese en zij bezig waren geweest met het schuren van de vloeren in de kamers van de jongens. Marie had het nummer herkend en was gestopt waar ze mee bezig was geweest, maar het was alleen maar de voormalige huisgenoot van Sandra geweest, een jonge muziekmanager die terugbelde om erachter te komen wie had geprobeerd hem te pakken te krijgen. Kennelijk had hij geen een van Maries berichten beluisterd en hij had teleurgesteld geklonken toen het hem duidelijk was geworden dat ze niet had gebeld om een van de bands te boeken die hij managede. Het nieuws dat Sandra naar Londen is verhuisd geeft haar even een knauw. Ze overweegt of ze het kan maken om Sandra's moeder een bericht te sturen om te vragen hoe ze Sandra kan bereiken, zodat ze haar de vragen kan stellen waarvan ze een paar dagen eerder had besloten om die aan de naaste vriendinnen van Caroline te stellen.

Het gesprek met Omar in de gang van de sporthal had Marie een slapeloze nacht bezorgd. Ze was al van slag doordat de politie had gevraagd in hoeverre Caroline een ander dan Omar gehad zou kunnen hebben, maar Omars bewering dat haar geheimzinnigdoenerij kwam doordat ze een relatie met een van Maries collega's op het gymnasium had gehad, had haar hoofd doen ontploffen. Haar gedachten werden geplaagd door verschrikkelijke scenario's en pas in de loop van de volgende ochtend had ze zichzelf weer een beetje tot bedaren weten te brengen.

Marie werkt al jaren op het gymnasium en in die tijd heeft ze de meeste andere leerkrachten goed leren kennen. Het is ondenkbaar dat een collega een romantische verhouding met Caroline zou hebben, laat staan dat diegene een sadist zou zijn die haar zou kunnen stalken en vermoorden. Daar komt nog bij dat het in Maries voorstellingswereld gewoonweg geen mogelijkheid is dat Caroline een relatie zou aangaan met een van Maries collega's. Vandaar dat Marie heel wat uren heeft zitten nadenken over waarom Omar zou willen dat ze dat zou denken. Ze heeft van andere leraren gehoord dat hij van het gymnasium is gegaan mede vanwege een afkeer van een deel van de leerkrachten van wie hij dacht dat ze hem op voorhand hadden veroordeeld. Precies zoals Marie zelf had gedaan, waardoor ze het niet onwaarschijnlijk achtte dat Omar wraak wilde nemen op de leerkrachten, omdat hij zich onrechtvaardig behandeld voelde.

Daar stond tegenover dat Marie de theorie dat Caroline iemand anders gehad zou kunnen hebben had aanvaard. Hoe meer ze erover nadacht, hoe meer ze inzag dat Caroline zich een langere periode inderdaad geheimzinnig had gedragen. Kleine dingetjes die Marie zich herinnert zijn gaan spoken in haar hoofd. Avonden waarop Caroline plotseling van huis ging. Gedempte telefoongesprekken in haar kamer op de kelderverdieping. Weekenden waarin ze ging winkelen, maar thuiskwam zonder iets te hebben gekocht. Marie had nagedacht over de vragen van de politie over een datingapp of andere manieren waarop Caroline iemand ontmoet zou kunnen hebben, maar ze had niets kunnen bedenken. Hoewel Marie van plan was geweest om zich te focussen op de jongens en de make-over van het huis waaraan ze begonnen is, heeft ze toch moeten toegeven aan haar behoefte om te weten hoe het zit.

In eerste instantie had ze erop vertrouwd dat de politie het misschien zou opvolgen en nieuwe dingen zou ontdekken. Maar naarmate de dagen verstreken, raakte ze in toenemende mate gefrustreerd over het feit dat er geen vooruitgang in het onderzoek zat. In elk geval geen vooruitgang waarover zij werd geïnformeerd. Ze had herhaaldelijk contact met de politie opgenomen om naar de zaak te vragen, maar zonder resultaat. In de pers kon ze lezen dat de politie verweten werd incompetent te zijn en de subkoppen vermeldden NOG STEEDS GEEN DOORBRAAK. Marie had zelfs rechercheur Thulin gebeld om het haar te vragen, maar de verder welwillende politieagent had niets nieuws willen loslaten en Marie had het gevoel gekregen dat ze op afstand werd gehouden.

In plaats daarvan had ze zich er zelf op gestort. Ze had Carolines dozen vanuit de garage door de tussendeur naar het kamertje naast de keuken gesleept, waar ze er weer in was gedoken. Opnieuw had ze alles doorzocht: briefjes, ansichtkaarten, notitieboekjes, papieren en foto's. Ze was alles langsgegaan, maar had niets gevonden. Ook niet op Carolines computer of telefoon, die de politie ook al lang had onderzocht. Waar ze ook had gekeken, er was geen spoor van een geheime verhouding, maar daar had ze geen genoegen mee genomen. Ondertussen had ze contact opgenomen met verschillende van Carolines vriendinnen om te horen of zij meer wisten dan wat ze indertijd hadden verteld. De telefoontjes waren moeilijk geweest. Een paar van de meiden waren er verdrietig van geworden en Marie had zich moeten inhouden om zelf niet te gaan huilen. Ze had haar vragen mogen stellen en de meiden hadden in hun geheugen gegraven, maar geen van hen dacht dat Caroline ook maar iets had gezegd wat wees op een andere relatie en uiteindelijk had Marie alleen Sandra nog niet gesproken.

Het detectivewerk van Marie had veel te veel van haar tijd en aandacht gevraagd. Het opknappen van het huis was een paar keer helemaal stil komen te liggen en het was de sfeer niet ten goede gekomen dat Tom en de jongens waren opgedoken toen ze met haar neus in de dozen van Caroline zat. Marie had geprobeerd uit te leggen waarom ze daar weer stond, maar Tom had benadrukt dat haar constante interesse in de zaak voor onrust zorgde in de levens van de jongens. Hij had de jongens één nacht bij hem te slapen gehad en hij had vast ook aan ze uitgelegd dat ze bij hem konden wonen als ze dat wilden, maar Marie merkte dat ze nog steeds het liefst bij haar wilden zijn.

Therese had haar de ernst uitgelegd. Als Marie wil voorkomen dat de situatie met Tom verder escaleert, is het belangrijk dat ze verder geen fouten meer maakt. Therese had niet zoveel geweten van omgangsregels en dat soort dingen, maar vanuit haar ervaring dacht ze niet dat Tom een goede zaak had. Zolang Marie geen gekke dingen deed zou het wel goedkomen, maar ze moest uiteraard op haar best zijn en hem geen verdere aanleiding geven om haar te bekritiseren. Daarom had Therese haar aangeraden om zich op haar gezin en het klussen te focussen, zodat de dingen in de juiste richting wezen. Therese had weer aangeboden om haar een handje te helpen en Marie had voorgesteld om deze ochtend aan de slag te gaan, aangezien ze pas later op haar werk hoeft te zijn vanwege de jaarlijkse open dag voor aanstaande leerlingen en hun ouders die vanavond plaatsvindt. Maar ook al weet Marie dat Therese gelijk heeft en dat ze haar aandacht eigenlijk ergens anders op moet richten, ze kan het niet laten om na te denken over hoe ze Sandra te pakken kan krijgen. Daarom schrijft ze snel een bericht aan Sandra's moeder en tikt ze op verzenden.

'Zo. De vloer in Thors kamer is nu klaar,' klinkt het achter Marie, die zich omdraait naar Therese die de trap af komt. Therese heeft haar leuke oranje Crocs aan, die ze altijd mee heeft als pantoffels. 'Het is niet perfect, maar ik moet nu naar mijn werk. Het zou overigens helpen als je direct wat olie en lak koopt en ik vind dat je Thor moet vragen of hij een paar posters wil ophangen.'

'Daarvoor moet hij eerst weer met me praten.'

'Dat komt wel,' zegt Therese. 'Laat hem eerst zien dat je het meent.'

Marie knikt, maar ze kan haar frustratie niet onderdrukken over het feit dat ze geen antwoord kan krijgen op de vragen die haar bezighouden over Caroline.

'Degenen met wie ik gepraat heb weten niks. Er is niemand die iets weet en bij de spullen van Caroline is niks wat duidt op een geheim.'

'Maar de politie is met de zaak bezig. Je moet niet zo ongeduldig zijn. Op dit moment is het belangrijk dat je je focust op de jongens en op je werk.'

'Dat weet ik wel.'

'Je moet Tom of die slavendrijver op school niks geven wat ze tegen je kunnen gebruiken. Dat begrijp je toch wel?'

'Jawel. Dank je. Ook voor al het andere.'

'Ik geniet ervan. Het is fijn om een beetje te bewegen. We spreken elkaar later weer.'

Therese knipoogt naar haar en even later klapt de voordeur achter haar dicht. Marie kijkt hoe laat het is en begint op te ruimen en zich klaar te maken om naar het gymnasium te gaan, maar dan gaat haar telefoon. Terwijl ze haar sleutels en haar tas zoekt, beantwoordt ze de oproep die afkomstig is van een onbekend nummer.

'Hallo, met Marie.'

'Hallo Marie. Ik ben het. Sandra.'

Door het geluid van die bekende stem blijft Marie roerloos staan.

Ze hoort auto's op de achtergrond. Stilte.

'Ik hoorde net van mijn moeder dat je naar me hebt gevraagd. Sorry dat ik je mijn nieuwe nummer niet heb gegeven.'

Marie hoort dat het meisje zich schuldig voelt en dat wil Marie niet hebben. Ze begrijpt best dat Sandra haar nieuwe nummer niet heeft gedeeld toen ze naar Londen ging. Ze is nog maar een jonge vrouw die ook een enorm verlies te verwerken heeft gehad toen Caroline overleed en die gedachte bevestigt voor Marie dat ze moet stoppen met jagen, zoals Therese haar heeft aangeraden.

'Dat geeft niets. Ik wilde gewoon even met je praten om te horen hoe het met je gaat.'

'Dank je. Het gaat goed. Ik woon nu in Londen, maar ik moest een paar dagen naar huis komen voor familiebezoek.'

'Dus je bent thuis?'

'Ja. Tot vanmiddag.'

De informatie daalt bij Marie in en ze kan het niet laten.

'Sandra, heb je tijd om af te spreken? Er is iets wat ik je moet vragen.'

45

'Ik vind het gewoon zo merkwaardig. We hebben al flink wat tijd besteed aan jullie collega's en nu komen jullie weer omdat...'

De zanikende vicedirecteur van het Centrum voor Familierecht in Kopenhagen wil net hoog van de toren gaan blazen, maar de informatie die Hess zojuist heeft gekregen maakt het noodzakelijk om de man direct te onderbreken.

'Dit is een andere situatie. We hebben een kopie nodig van de dossiers van de personen naar wie we net hebben gevraagd, en wel direct.'

'Die kan ik niet zomaar zonder toestemming meegeven. Ze zijn vertrouwelijk en bovendien moeten de mappen worden gekopieerd, en...'

'Begin dan maar vast. De vordering komt er zo aan. Het dossier dat het meeste haast heeft is dat van Ditte Vangsø. En als je het materiaal niet wilt verstrekken, zorgen we ervoor dat een van de medewerkers dat doet. Is dat duidelijk?'

De vicedirecteur met zijn modieuze sneakers en hoornen montuur kijkt hem beteuterd aan. Het is duidelijk dat hij het niet gewend is om te worden tegengesproken. Thulin heeft hem al lang de rug toegekeerd en is aan de gang met het verkrijgen van de vereiste vordering. De vicedirecteur staat op van zijn bureau en blijft een poosje staan dralen voordat hij zich tot een medewerker richt om haar instructies te geven voor het opzoeken van het materiaal. Hess probeert te kalmeren, maar dat lukt hem niet. Hij voelt dat hij niet genoeg geslapen heeft, hij rilt en de doorbraak die het bezoek van Thulin en hem aan het Centrum voor Familierecht heeft gegeven, heeft een reeks dringende vragen in zijn hoofd op gang gebracht.

Even geleden zijn Thulin en hij de treden naar de ingang op

gelopen om door de glazen deuren het grote, grijs-zwarte functionalistische gebouw aan de Ellebjergvej in Valby te betreden waar het Centrum voor Familierecht gevestigd is. Voor de meesten van hun cliënten een noodzakelijk bemiddelingsinstituut wanneer het kerngezin uit elkaar is gevallen en de scheiding tot een burgeroorlog verworden is, maar ook een plek die kan bijdragen aan vrede en een nieuwe zelfstandige toekomst. De wachtruimte had echter vol gezeten met bedrukte ouders en in zichzelf gekeerde, ernstige kinderen, die zwijgend voor zich uit zaten te kijken naar de gemeentelijke kunstposters in vrolijke, felle kleuren die niemand leken op te beuren.

Thulin had de vicedirecteur uit een afdelingsvergadering moeten halen en op het kantoor van de man op de vierde verdieping hadden ze hem de namen en persoonsnummers voorgelegd van Ditte Vangsø en de twee andere gestalkte personen die Raheem had gevonden sinds de moord op Silje Thomsen en Philip Lund. In spanning hadden ze staan wachten terwijl de vicedirecteur op zijn toetsenbord tikte, totdat hij een voor een bevestigd had dat alle drie de namen in het systeem stonden. Thulin en Hess hadden een blik gewisseld, want het was daarmee een feit dat de vijf personen die sinds december door dezelfde dader waren gestalkt lopende scheidingszaken hadden bij hetzelfde Centrum voor Familierecht. Wat onmogelijk toeval kon zijn.

'Mijn medewerker zal de zaken opzoeken, maar zoals gezegd kan ik ze niet meegeven zonder een vordering,' zegt de ongeveer vijfenveertigjarige vicedirecteur, die nog steeds baas in eigen huis wil zijn.

'Die is onderweg,' zegt Thulin, die haar telefoongesprek heeft afgerond en haar scherpe blik weer op de vicedirecteur richt. 'Wat hebben de vijf zaken met elkaar gemeen?'

'Geen idee, behalve dat ze uiteraard zullen gaan over iets van onenigheid ten opzichte van de kinderen. Maar we zijn verantwoordelijk voor zo ongelooflijk veel zaken per jaar en ik heb natuurlijk uitsluitend bijgelezen over Silje Thomsen en Philip Lund.'

'Vertel dan eens over hen.'

'Ik heb jullie collega's al over ze verteld.'

'Mooi, dan ben je goed voorbereid.'

De vicedirecteur kijkt Thulin vinnig aan en doet weinig moeite om zijn frustratie te verbergen. Hess kan het niet laten zich daarover te verwonderen. Ze doen onderzoek naar twee moorden op mensen die cliënten waren van het Centrum voor Familierecht, iets wat de vicedirecteur heel goed weet, maar sinds hij zojuist bevestigde dat de namen in het systeem stonden, is het alsof hij al zijn energie heeft gebruikt om dwars te liggen en van ze af te komen. Hess kan niet anders dan zich afvragen waarom, maar zijn gedachtegang wordt onderbroken als de man antwoord geeft.

'Ze waren stuk voor stuk partij in een scheidingszaak waarin er onenigheid bestond over het ouderlijk gezag, het hoofdverblijf van de kinderen en aanverwante zaken. De zaak van Silje Thomsen is van afgelopen jaar, terwijl die van Philip Lund wat ouder is. In beide gevallen gaat het om rode zaken.'

'Rode zaken?' vraagt Thulin.

'Zaken waarbij het conflictniveau om een of andere reden bijzonder hoog is. In sommige gevallen is het helaas zo dat de partijen het uitvechten via de kinderen en dat was ook hier het geval.'

'Hoe dan?'

'Grof gezegd werd er van beide kanten aan de kinderen getrokken. Silje Thomsen wilde een gelijke verdeling, terwijl haar exman het kind het meest van de tijd wilde. In het geval van Philip Lund wilde hij graag meer tijd met zijn kinderen uit zijn eerste huwelijk, iets wat zijn ex-vrouw weigerde.'

'Hebben jullie bepaald wie in het gelijk werd gesteld en waar de kinderen zouden wonen?'

'Nee. Beide zaken liepen nog. De partijen zijn het in rode zaken, zoals ik net uitlegde, zeer met elkaar oneens en wij moeten natuurlijk grondig te werk gaan voordat we een beslissing nemen.'

'Heeft het voor zo'n beslissing betekenis dat zowel Silje Thomsen als Philip Lund vreemd was gegaan en ervoor had gekozen om het gezin op te breken?' vraagt Hess, ook al kent hij het antwoord al.

De vicedirecteur reageert met een minzame glimlach terwijl hij met een arrogante blik over de rand van zijn hoornen bril kijkt.

'Nee. We leven niet meer in de middeleeuwen. Hierbij gaat het er uitsluitend om wat het beste voor de kinderen is en dat was in deze gevallen nog niet bepaald.'

'Zouden Silje Thomsen en Philip Lund hun zaken dan gewonnen of verloren hebben?'

'Dat kan ik niet zeggen, want dat wordt bepaald bij de behandeling van de zaak.'

'Maar je kunt toch wel een inschatting maken? Op basis van je ervaring? Zouden Silje Thomsen en Philip Lund hebben gewonnen of verloren?'

De vicedirecteur draait een beetje op zijn stoel en zwaait met zijn armen.

'Pin me er niet op vast, maar ik denk dat ze allebei in het gelijk zouden worden gesteld. Maar dat maakt nu helaas niets meer uit en ik begrijp gewoon niet waarom ik al deze vragen moet beantwoorden.'

Hess ziet dat Thulin er genoeg van begint te krijgen.

'Omdat de twee mensen over wie we het hebben vermoord zijn en omdat de instantie waar jij de dagelijkse leiding over hebt de enige gemeenschappelijke deler is voor een reeks misdrijven waarnaar wij onderzoek doen. Is dat uitleg genoeg?'

'Ja, vanzelfsprekend. Ik zeg alleen ook...'

'Wie was hier op de hoogte van de zaken waarnaar we gevraagd hebben?' wil Hess weten.

'Nou, onze begeleiders natuurlijk...'

'Dezelfde begeleider of verschillende?'

'Verschillende. Er zijn drie tot vier begeleiders betrokken geweest bij de zaken van Silje Thomsen en Philip Lund, maar ik weet niet...'

'Wie kunnen er behalve jij en verschillende medewerkers inzicht in de zaken hebben gehad?'

'Niemand. De zaken worden vertrouwelijk behandeld. Alleen onze medewerkers hebben toegang.'

'Neem je tijd. Wie verder nog?'

'Nou, niemand. Ik kan verder niemand bedenken.'

Hess verneemt een microscopisch moment van twijfel bij de vicedirecteur, die het type lijkt dat niet wil dat er een smet wordt geworpen op zijn werk of de reputatie van de instelling. Bij die waarneming zet Hess zich af van de tafel waarop hij leunt en steekt zijn hand in zijn jas om zijn telefoon te pakken.

'Goed. Dat moet dan worden onderzocht. We zullen hier mensen laten komen om...'

'Maar helaas hebben we een poosje geleden een ongelukkig datalek gehad.'

De vicedirecteur heeft een kleur gekregen en probeert zijn ongemak te onderdrukken door verder te gaan.

'Iemand had een achterdeur in ons systeem gevonden. De IT-afdeling zei dat we gehackt zijn en dat iemand in theorie toegang gehad zou kunnen hebben tot de informatie in onze database, maar we...'

'Concreet tot welke dossiers?'

'In principe allemaal. Maar het lek is gedicht zodra we erachter zijn gekomen.'

'Wanneer is dat gebeurd?'

De man draait op zijn stoel.

'We hebben het een paar weken geleden ontdekt, maar het is gebleken dat het helaas al een paar maanden aan de gang was.'

'Hebben jullie IT-medewerkers ontdekt wie erachter zat?'

'Nee, maar het is zoals ik al zei ook niet zeker dat er iets is gebeurd. En het hoeft hier toch niets mee te maken te hebben?'

Ze worden onderbroken door de medewerker van eerder die het kantoor weer binnenkomt. Ze heeft een dikke map in haar hand, wat bevestigt dat ook Ditte Vangsø een zaak bij het Centrum voor Familierecht heeft lopen.

'De andere zaken komen eraan, maar hier is een kopie van het dossier van Ditte Vangsø. Zij heeft overigens om vijf uur een afspraak met een van onze begeleiders,' zegt de medewerker.

'Vandaag?'

De medewerker knikt. 'Maar ze is niet komen opdagen bij de andere afspraken sinds ze is ondergedoken vanwege stalking en bedreigingen, die volgens haar het werk van haar ex-man zijn.'

'Waarvan we niet weten of dat klopt,' voegt de vicedirecteur eraan toe met een overijverige gezichtsuitdrukking.

'Hebben jullie enig idee waar ze zich ophoudt?'

'Nee, helaas,' zegt de vicedirecteur. 'We hebben verteld wat we weten en nu krijgen jullie het materiaal.'

'Misschien kunnen jullie het haar laatste begeleider vragen,' voegt de medewerker er behulpzaam aan toe.

'Heel graag, bedankt. Sterker nog, we willen alle medewerkers spreken die mogelijk contact met Ditte Vangsø hebben gehad.' Thulin pakt haar telefoon. 'We zullen ook jullie IT-afdeling vragen om achter hun toetsenborden vandaan te komen, want onze mensen gaan alles nu doorzoeken.'

'Maar waarom? We hebben het toch al geregeld?' piept de vicedirecteur, maar Thulin en Hess zijn al druk bezig. In de hoop dat iemand in het gebouw iets kan zeggen over waar Ditte Vangsø zich bevindt, volgt Hess de medewerker terwijl Thulin Raheem belt.

46

Het tankstation en het moment van de dag lijken goed gekozen. Als Ditte de winkel binnenkomt, staat de verkoper lusteloos te gapen achter de balie en de paar aanwezige klanten zijn druk met zichzelf bezig. Ze pakt doelgericht haar boodschappen in haar armen en pas als ze bij de balie komt, dringt het tot haar door dat er een foto van haar wordt vertoond in de nieuwsuitzending op het scherm dat op de muur achter de verkoper hangt. Het is een oudere foto, misschien twee à drie jaar oud, en uit een tijd waar ze liever niet meer aan denkt. Het geluid staat uit, maar in de nieuwsbalk vangt ze een glimp op van het opsporingsbericht dat ze die ochtend al in verschillende media had gelezen toen ze haar telefoon aanzette.

'Anders nog iets?'

De verkoper kijkt haar ongeïnteresseerd aan en ze schudt haar hoofd. Met een van de laatste bankbiljetten die ze heeft betaalt ze voor de artikelen en als ze haar wisselgeld heeft gekregen, draait ze zich met neergeslagen blik naar de uitgang om oogcontact met de klant achter haar te vermijden.

Pas als ze buiten staat kijkt ze weer op. Het geluid van de auto's die voorbijrazen op de snelweg vanaf de betaalpoortjes van de Grote Beltbrug is het enige wat ze kan horen en ze loopt op een drafje langs het gebouw naar de verst afgelegen parkeervakken aan de achterkant bij de wasstraat. In de ramen van het tankstation vangt ze een glimp op van een verbeten vrouw met kort haar. Haar muts zit diep over haar voorhoofd getrokken, haar kleding is nietszeggend en saai, en de vrouw lijkt haast een jongen. Zoals zo vaak duurt het even voordat Ditte beseft dat het haar eigen spiegelbeeld is dat in de ruiten wordt gereflecteerd. Ze bereikt de oude, gehavende Datsun Go die ze van Lena heeft geleend en ze stapt in.

'Kijk eens. Geen ruzie maken. Ik heb voor jullie allebei precies hetzelfde gekocht.'

Ditte geeft de flesjes water en in plastic verpakte broodjes aan de kinderen, die er nog slaperig uitzien na hun ochtendslaapje op de achterbank. De kinderen hebben geslapen vanaf Middelfart en normaal gesproken zou ze het hebben gewaagd om gezamenlijk te lunchen aan de hoge tafels in de winkel, zodat ze ondanks alles even uit de auto zouden zijn om hun benen te strekken, maar vandaag vanzelfsprekend niet.

'Doe snel jullie gordels om, dan kunnen we weer rijden,' zegt Ditte.

Ze maakt haar eigen veiligheidsgordel vast en terwijl ze controleert of de kinderen hetzelfde doen, start ze de auto. Langzaam rijdt ze de parkeerplaats af en volgt de pijl op het blauwe bord, terwijl ze in de achteruitkijkspiegel zorgvuldig in de gaten houdt of niemand haar staat na te kijken.

'Hoe lang moeten we nog rijden, mama?'

'Vandaag moet mama iets doen in Kopenhagen, dus Lena komt op jullie passen in een echt hotel.'

'Joepie!' roepen de kinderen verrast.

Ze zijn al heel lang niet meer aan dat soort luxe gewend. Ditte kan het niet laten om te glimlachen. Niet in de laatste plaats omdat ze hun blijdschap interpreteert als een teken dat ze ook om Lena zijn gaan geven.

'Maar wanneer kunnen we weer naar huis?'

'Daar heeft mama die afspraak over, lieverd. Hopelijk snel. Eet nu maar jullie broodjes op.'

Ditte heeft de afrit naar de snelweg bereikt, ze trekt op, voegt in en zet koers naar Kopenhagen.

Het landelijke opsporingsbericht heeft op geen enkele manier invloed gehad op haar plan om om vijf uur te verschijnen op de afspraak met de begeleider. Ten eerste was het opsporingsbericht die ochtend geen verrassing geweest. Ze heeft zich drie weken lang verborgen gehouden en aangezien ze weet dat haar exman tot alles bereid is om haar te pakken te krijgen, had ze gedacht dat hij er al veel eerder in geslaagd zou zijn om de autoriteiten ervan te overtuigen om achter haar aan te gaan. Vanmorgen had ze met Lena gechat op Messenger, waar ze contact met elkaar hielden als Ditte haar niet belde. Lena had het opsporingsbericht ook gezien en was ongerust geworden, omdat de politie contact met haar had opgenomen. Ze hadden Lena niet willen zeggen waarom ze haar precies wilden spreken, maar de agent had benadrukt dat Ditte in groot gevaar kon zijn. Ditte had moeten snuiven bij het horen van die informatie. Dat had ze de politie zelf al lang geleden verteld, zonder dat ze ook maar iets hadden gedaan. Zonder te aarzelen had ze Lena teruggeschreven dat ze niets tegen de politie mocht zeggen. De kinderen en zij zijn in orde en het is het beste om vast te houden aan hun afspraak om elkaar volgens planning om vier uur te zien in het kleine strandhotel in Dragør.

De andere reden dat Ditte haar plannen niet veranderd heeft, is natuurlijk omdat de afspraak bij het Centrum voor Familierecht veel te belangrijk is om weg te blijven. Toen ze gisteren haar wekelijkse telefoongesprek had met de Stichting voor Rechtsbijstand in Kopenhagen, had ze ingezien dat het haar zaak ernstig kan schaden als ze weer wegblijft in plaats van langs te komen om haar situatie uit te leggen. De toon van de begeleiders bij het Centrum voor Familierecht is volgens haar advocaat scherper geworden. In hun ogen is het niet in het belang van de kinderen dat ze hen van school en de opvang heeft gehaald om met hen rond te zwerven. Indien ze niet komt opdagen om een duurzame oplossing te vinden, zal dat zeker haar mogelijkheden ondermijnen om het ouderlijk gezag te krijgen.

Ditte kijkt in de achteruitkijkspiegel naar haar kinderen en het schuldgevoel zorgt voor een steek in haar buik. Misschien kan ze het ouderlijk gezag helemaal niet aan. De kinderen leven op de achterbank van een kleine, rommelige auto. Hun sociale leven wordt verwaarloosd en vannacht hebben ze weer de nacht doorgebracht in een stapelbed in een vrij koude opvanglocatie van het Rode Kruis, deze keer in de buurt van Esbjerg.

Over het algemeen zijn de christelijke opvanglocaties in Jutland de laatste weken Dittes redding geweest. Deels waren de kosten minimaal geweest, deels was gebleken dat de hartelijke mensen die de locaties runnen met haar meeleefden, zelfs zonder dat ze over haar situatie hoefde te vertellen. Onderweg heeft ze natuurlijk geprobeerd om van de 'vakantie' een leuke ervaring te maken voor de kinderen. Ze heeft rondgereden naar talloze natuurgebieden, musea en speeltuinen, sneeuwpoppen gemaakt op velden en in bossen, en stenen geraapt en gekeild aan zee. Niets daarvan heeft echter het schuldgevoel weggenomen over het leven dat ze haar kinderen biedt, die af en toe ook naar hun vader vragen.

Ze had hem ontmoet tijdens haar studie aan de universiteit van Kopenhagen en hij was alles geweest waarvan ze had kunnen dromen. Hij zag er goed uit, was slim en had zijn zaken op orde. Hij had haar overladen met romantische liefdesverklaringen en was attent. Er waren geen grenzen geweest aan wat hij voor haar wilde doen en ze weet nog goed hoe gemakkelijk het in het begin was geweest om hem voor te stellen aan haar vriendinnen en familie, hoewel later was gebleken dat het allemaal theater was geweest.

Terugblikkend was de geleidelijke verandering in de relatie klein begonnen met voedingsadviezen en vriendelijke suggesties voor kleding en make-up. Hij had door de bank genomen veel meningen gehad over wat goed voor haar was, vooral in hoeverre vriendinnen en familie goed gezelschap waren. Het nam serieus toe rond haar eerste zwangerschap, waarbij begonnen werd met het bouwen van de muur tussen 'ons gezinnetje' en 'de anderen'. Daarnaast kwamen er eisen over verantwoord financieel gedrag en huishoudelijke budgetten die gevolgd moesten worden, wat ze alleen maar redelijk had gevonden aangezien ze niet zoveel bijdroeg aan hun gemeenschappelijke huishouden als hij. Als tegenprestatie kreeg ze op haar verjaardag of met kerst een heel mooi cadeau, maar alleen als ze dat verdiend had. Als ze het niet goed genoeg had gedaan, kreeg ze een gemeen cadeautje, zoals een pollepel of een flesje ontharingsmiddel. Ze had zijn tevredenheid altijd kunnen meten aan hoe duur zijn cadeau was en ze had het gevoel gekregen dat ze constant een examen aan het afleggen was. Het was zo erg dat ze was gaan twijfelen aan of ze überhaupt iets kon als ze hem niet eerst om raad had gevraagd.

Om aan zijn standaarden te voldoen had ze gewetensvol gedaan wat ze kon, maar het was nooit genoeg geweest. Na nog een zwangerschap en bevalling had hij veel aan te merken gehad op haar lichaam en uiterlijk, maar nog veel erger was dat hij haar ook had bekritiseerd door te zeggen dat ze geen goede moeder was. Hij had haar de les gelezen over hoe de kinderen naar bed moesten worden gebracht, hoe hun kamers moesten worden ingericht zodat de kleintjes niet in de slaapkamer kwamen en hij had over het algemeen opvoedingsprincipes voorgestaan die stamden van de kostschool waar hijzelf op had gezeten. Hoewel het tegen haar overtuiging in was gegaan, had ze zijn bevelen opgevolgd.

Zijn jaloezie was echter het alles overschaduwende probleem geweest. Al in het begin van hun relatie had hij haar uitgelegd dat het voor hem een grote kwelling was als ze niet vertelde waar en met wie ze was als ze niet thuis was. Ze had ermee ingestemd om hem dat te laten weten. In de loop der jaren had die afspraak als een gevangenis gevoeld, die ze alleen met de grootste genade had mogen verlaten als hij vond dat ze daar een goede aanleiding voor had. Ze had het steeds moeilijker gevonden om zich te voegen naar zijn behoefte aan seks en bevestiging, en uiteindelijk was zijn behoefte alleen iets waaraan ze voldeed uit angst voor de sancties die volgden als ze hem probeerde af te wijzen.

De eerste keer dat hij haar had geslagen was een schok geweest, maar later werd het routine. Hij had opgelet om alleen blauwe plekken achter te laten op haar lichaam en nooit in haar gezicht, waar ze zichtbaar zouden zijn. Ze had zichzelf de fouten aangerekend die zijn woede ontketenden en naar buiten toe had ze hem verdedigd op de spaarzame momenten dat een familielid het had aangedurfd om te zeggen dat hij wel erg dominant leek. Steeds weer had ze zichzelf ervan overtuigd dat het het beste was om persoonlijk geluk op te offeren voor de kracht en geborgenheid die het gezinsleven bood. Zelfs toen ze was gaan merken dat de kinderen bang en ongelukkig waren, omdat ze onder hetzelfde strenge regime stonden als zij, had ze het niet gedurfd om een uitweg te zoeken. Totdat ze Lena had ontmoet.

Uit het niets was ze bijna een jaar geleden opgedoken op Dittes saaie deeltijdwerk bij de Gezondheidsraad. Werk dat Dittes man had goedgekeurd en had aangeraden om aan te nemen, omdat het praktisch en niet zo ver bij hun huis vandaan was. Als hr-adviseur was het Lena's taak geweest om een cursus te geven en een werkgroep in te stellen om onder haar leiding doorlopend nieuwe positieve initiatieven op te zetten op het werk. Ditte was geselecteerd en al snel hadden de twee een band, maar het kostte veel wandelingen onder werktijd voordat Ditte zich begon open te stellen. Het was in Lena's zorgzame ogen dat ze had gezien hoe abnormaal haar leven was. Tot Dittes eigen verbazing had de vriendschap zich ontwikkeld en waren er romantische gevoelens ontstaan. Met als dekmantel dat ze een belangrijke werkrelatie was, was Ditte stiekem tijd met Lena gaan doorbrengen en het was dankzij haar dat ze eindelijk de moed had gevat om met haar man te breken.

De klik op de website om de scheiding in werking te stellen was gemakkelijk gedaan, maar voor de rest was het afschuwelijk geweest. Hij bedreigde haar en had het overduidelijk gemaakt dat hij haar besluit niet accepteerde. Het kleine appartement aan de Nordre Frihavnsgade in Østerbro, dat Lena had helpen vinden voor Ditte en de kinderen, was al snel het toneel geworden voor zijn onaangekondigde bezoekjes en woede-uitbarstingen. Bij haar voorbereidingen op de breuk had Ditte voor hulp contact opgenomen met het Centrum voor Familierecht en ze had gehoopt dat de autoriteiten hem de feiten onder ogen konden doen zien. Maar het tegenovergestelde was gebeurd. Hij was weliswaar gestopt met zijn fysieke geweld en had zijn best gedaan om sympathiek over te komen op de begeleiders, maar via zijn advocaten had hij beweerd dat Ditte labiel was en ongeschikt als moeder voor de kinderen, die in plaats daarvan bij hem zouden moeten zijn. Die druk was op zichzelf al meer dan genoeg geweest om mee om te gaan, niet in de laatste plaats omdat de kinderen ondertussen leden onder de vreselijke omstandigheden. In de weken voor kerst was de situatie echter nog ondraaglijker geworden toen hij was begonnen haar te stalken met foto's en berichten dat ze 'gevonden' was. Waar ze ook was, ze had steeds zijn aanwezigheid gevoeld in de vorm van een ziek, sadistisch soort verstoppertje en ze was bezorgd geworden, omdat ze zijn temperament maar al te goed kende.

Op de afspraken bij het Centrum voor Familierecht had hij uiteraard van de hand gewezen dat hij erachter zat en ook tegenover de politie, die hem één keer was komen opzoeken, had hij alles ontkend. Maar voor Ditte leed het geen twijfel dat hij het was. Na verloop van tijd had ze zich steeds meer bedreigd gevoeld en toen zijn advocaten tegelijkertijd gingen eisen dat de kinderen haar zo snel mogelijk moesten worden afgenomen, was ze uit machteloosheid gaan overwegen hoe ze zich zou kunnen verschuilen. Ze had gedacht dat ze meer tijd zou hebben om het te plannen en te bespreken met Lena, maar op een avond stond er bij de foto's die ze kreeg ineens een griezelig rijmpje dat onderdeel leek van een telversje.

Ik tel tot één en ik tel tot twee. Die pot is haar man niet trouw, o nee.

Ditte was doodsbang geworden. Snel had ze het hoognodigste ingepakt en was ze er in het holst van de nacht met de kinderen vandoor gegaan in de auto van Lena. Als eerste had ze een stapel anonieme simkaarten gekocht voor haar telefoon en ze had met Lena afgesproken dat ze vooral via Messenger zouden communiceren. Voor de zekerheid had ze de kleine elfduizend kronen die op haar rekening stond opgenomen, zodat ze haar creditcard niet zou hoeven te gebruiken.

Het plan is in zoverre geslaagd dat ze sindsdien niets meer van haar ex-man heeft gehoord, niet in de vorm van terroriserende telefoongesprekken, telrijmpjes of stalking met foto's, maar ze twijfelt er niet aan dat hij degene is die voor het opsporingsbericht heeft gezorgd. Ze probeert even te bedenken welke leugens hij verteld moet hebben om dat voor elkaar te krijgen.

Het geluid van een grote vrachtwagen die haar Datsun inhaalt zorgt ervoor dat Ditte zich weer op de snelweg voor haar concentreert. Het is nog maar iets meer dan honderd kilometer naar Kopenhagen en ze realiseert zich dat ze niet meer weet waar ze moet afslaan naar Dragør. Ze mindert vaart en gaat op de rechterrijstrook rijden en als ze er zeker van is dat het kan, reikt ze naar haar telefoon om het adres van het kleine strandhotel in te voeren op de gps.

Het was Lena die erop had gestaan dat het te riskant zou zijn om bij haar af te spreken en in plaats daarvan had ze het afgelegen strandhotel voorgesteld dat in de winter verlaten zou zijn. Ditte had direct ingestemd. Ten eerste wist ze dat Lena alles zou doen om te checken dat de plek veilig was en verder verheugde Ditte zich er ontzettend op om haar te zien, waar dat ook zou zijn. Ze raakt haar telefoon aan om die tot leven te wekken en als het scherm oplicht ziet ze dat ze op Messenger een berichtverzoek heeft gekregen van een profiel waar ze geen connectie mee heeft. Ditte krijgt een koud gevoel in haar buik, maar dan ontdekt ze dat de naam van de afzender Lena's voornaam en achternaam aan elkaar geschreven is en het eerste bericht is in hoofdletters.

BELANGRIJK! BELANGRIJK!

Ditte, ik ben het, Lena. Een beheerder heeft net contact met me opgenomen en zegt dat mijn Facebook-profiel gehackt is! Weet niet of hij het is, maar schrijf me niet op mijn normale profiel. Nogmaals, schrijf me daar niet. Alleen hier!

Het bericht wordt gevolgd door meerdere van Lena's gebruikelijke emoji's van gevouwen handen en hartjes, maar de tekst haalt Ditte uit haar concentratie. Als ze weer door de voorruit kijkt, moet ze de auto snel weer recht draaien en als ze even later een afrit naar een parkeerplaats nadert, slaat ze abrupt af en remt ze de auto hard af.

'Wat gaan we doen, mama?'

'Niks. Ik ben zo klaar.'

Zodra ze een plekje heeft gevonden op de verlaten parkeerplaats, zet ze de motor af. Het bericht staart haar aan vanaf het display en vanwege de angst die haar weer zo overmeesterd heeft dat ze rilt, haalt ze haar telefoon uit de houder en stapt de kou in.

'Mama is er zo weer, heel even wachten.'

Ze klapt de deur achter zich dicht en loopt naar de achterkant van de auto, zodat ze niet kunnen zien hoe ongerust ze is. Vervolgens bestudeert ze het bericht nog eens goed.

De emoji's en de manier waarop het bericht geschreven is zouden heel goed van Lena kunnen zijn, maar dat Lena plotseling vanaf een nieuw profiel zou schrijven omdat een beheerder haar zou hebben laten weten dat ze gehackt is klinkt verdacht. Iedereen kan binnen een paar tellen met Lena's naam een vals profiel op Facebook aanmaken en Ditte acht het waarschijnlijk dat haar ex zoiets zou kunnen bedenken.

Aan de andere kant moet ze overwegen dat het bericht daadwerkelijk van Lena afkomstig zou kunnen zijn. Als er iemand verstand heeft van IT, dan is het haar ex-man wel. En als hij heeft ingebroken op Lena's profiel, dan heeft hij ook hun berichten gelezen en weet hij dat ze hebben afgesproken in Dragør. Dus waarom zou hij haar dan nu überhaupt schrijven?

Ze bekijkt het bericht nog een keer, maar als ze nog steeds niet kan bepalen wat waar is, besluit ze om een proefballonnetje op te laten.

Oké. Kan ik je bellen?

Ze tikt met een bibberende wijsvinger op verzenden en de daaropvolgende seconden overweegt ze of ze überhaupt durft te bellen met het risico haar ex aan de lijn te krijgen. Voordat ze die gedachte kan afmaken, krijgt ze antwoord.

Dag liefje, goed dat je terugschrijft. Bel me nu niet. Zit bij de politie en ze willen weten waar je bent. Wat zal ik zeggen???

Bij het idee dat Lena nu misschien wel met agenten zit te praten, zet Ditte haar wantrouwen even opzij. Als het echt haar Lena is die haar schrijft, moet ze wel weten wat ze moet doen. Ditte voelt een warm gevoel van verliefdheid in haar buik.

Niet zeggen waar ik ben. Zeg maar niets. Wat willen ze?

Ze verstuurt het bericht en terwijl het verkeer op de snelweg de beginnende discussie tussen de kinderen overstemt, probeert ze haar gedachten op een rijtje te zetten. Er komt een nieuw bericht binnen.

Oké. Dat weet ik nog niet. Ik vind het zo rot voor jou en de kin-

deren. Ik hou van je en hoop dat het allemaal snel voorbij is. Ga je om 17 uur naar die afspraak?

Dittes schouders ontspannen na die liefdesverklaring en de daaropvolgende vraag over de afspraak. Het moet Lena wel zijn, want behalve zijzelf en de begeleider is alleen Lena op de hoogte van de afspraak en het tijdstip bij het Centrum voor Familierecht.

Ja. Ik moet mijn gezicht laten zien. Heb je nog wel nodig om dan op de kinderen te passen.

Natuurlijk. Ik wil alles doen om je te helpen. Waar zullen we afspreken, en hoe laat?

Ditte denkt na, maar ze kan geen plek bedenken. Het vooruitzicht op een kamer in Dragør, waar de kinderen in echte bedden konden slapen en zijzelf samen met Lena kon zijn, was zo mooi geweest, maar door de vraag begrijpt ze dat Lena het kennelijk ook niet veilig meer vindt om daar af te spreken.

Wat dacht je van ons plekje? Het bos? vraagt Lena haar in een nieuw bericht.

Het voorstel ligt voor de hand. Het bos is de plek waar ze al vaak in het geheim met Lena gelopen heeft. Vertrouwelijke wandelingen waarbij Ditte al haar geheimen aan Lena had verteld, terwijl de bladeren aan de bomen met de jaargetijden van kleur veranderden. Het bos was hun toevluchtsoord geweest, in elk geval tot het stalken was begonnen en er een foto was binnengekomen van Ditte op de parkeerplaats bij de ingang van het bos met het bericht *gevonden*.

Het is alsof Lena kan horen wat ze denkt, want op hetzelfde moment komt een nieuw bericht binnen.

Of een andere plek. Kies jij maar.

Ditte denkt even na, maar ze hoort dat de kinderen nu hardop ruziemaken in de auto, dus ze moet een beslissing nemen.

Ons plekje is prima, schrijft Ditte terug. *Hou ook van jou* ❤

Ditte sluit de conversatie en gaat naar Lena's oude profiel om het direct te blokkeren. Als ze er zeker van is dat het blokkeren gelukt is, zodat ze Lena later niet per ongeluk op het verkeerde profiel schrijft, stapt ze snel de auto weer in om verder te rijden.

47

Hoewel ze haar best doet, kost het Marie moeite om zich te concentreren op wat Sandra vertelt, want er is zoveel wat haar aan Caroline doet denken.

Het is de manier waarop ze op de rand van de bank zit met een kop thee, het is de manier waarop ze haar lange pony achter haar oor doet zodat die niet in haar ogen zit, en het is de manier waarop ze gebaart met haar handen als ze iets wil uitleggen. Toen de meisjes een jaar of tien waren en in de vijfde klas vriendinnen werden, hadden ze er plezier in gehad om op elkaar te lijken. Ze droegen dezelfde kleren, luisterden naar dezelfde muziek, dansten dezelfde pasjes, gingen op dezelfde voetbalkampen en gebruikten dezelfde woorden en uitdrukkingen. Als een van hen iets nieuws had bedacht, had de ander het tot zich genomen en eigen gemaakt. Hoewel de meisjes in de loop der jaren hun eigen persoonlijkheid hadden ontwikkeld, vooral op het gymnasium, realiseert Marie zich dat Sandra's aard nog steeds een spiegel van haar dochter is.

Het is nog geen kwartier geleden dat Marie Sandra beneden bij de ingang van het gymnasium had opgehaald en Marie had geen moment bij de gelijkenis stilgestaan toen ze de jonge, blonde vrouw zag die in een donkerblauwe donsjas stond te wachten terwijl ze nieuwsgierig het bord bekeek waarop de activiteiten van de school werden aangekondigd. Sandra zag er volwassener uit dan de laatste keer dat ze haar had gezien. Haar haar was langer, haar ronde gezicht was smaller en gedefinieerder geworden en hoewel Sandra begon te glimlachen toen ze Marie in het oog kreeg, ontging het Marie niet dat er ook een bepaalde ernst in haar blik kwam. Ze hadden elkaar hartelijk omhelsd en Marie had haar bedankt dat ze had willen afspreken op school, wat de enige mogelijkheid was geweest om Sandra vandaag te kunnen zien. Samen waren ze naar het einde van de noordelijke gang gelopen met de versleten zithoek, waar de leerlingen gelukkig weggingen zodra de bel ging. Sandra had haar donsjas uitgetrokken en de kop thee aangenomen die Marie uit de automaat had gehaald. Ze hadden zitten kletsen over de school en de kleine veranderingen die op school hadden plaatsgevonden, voordat ze naast elkaar op de bank waren gaan zitten.

Eigenlijk had Marie alleen uit beleefdheid naar Sandra's verblijf in Londen gevraagd, maar toen Sandra was begonnen te vertellen dat ze de behoefte had gevoeld om weg te komen en op een heel andere plek opnieuw te beginnen, hadden door haar stem, haar woorden en haar gebaren de herinneringen aan Caroline zich bij Marie aangediend. Hoe meer Sandra had verteld, hoe meer Marie had moeten vechten om haar concentratie vast te houden en zichzelf eraan te herinneren waarom ze Sandra ook alweer had gevraagd om te komen. Hoewel Marie ontzettend blij is dat Sandra houvast heeft gevonden en weer zin heeft in het leven, kan ze het niet laten om zich voor te stellen dat ze hier met Caroline had kunnen zitten praten. Caroline die net als Sandra eindexamen zou hebben gedaan en naar het buitenland zou zijn gegaan om een tussenjaar of twee te nemen, zoals ze op een bepaald moment had gezegd. Wellicht zou Caroline niet thuis zijn geweest vanuit Londen, maar van een tropisch eiland in Azië. Of vanuit Siracusa op Sicilië, waar ze zo verliefd over had verteld die ene keer dat ze terugkwam van een zomervakantie interrailen. Ze zouden ook niet hebben zitten praten in een zithoek op het gymnasium, maar gewoon thuis rond de eettafel. Carolines blauwe ogen zouden hebben geschitterd in haar gebruinde gezicht, haar haren zouden lichter en piekerig zijn geworden door de zon en het zeewater, en ze zou steeds weer haar weerbarstige pony achter haar oor hebben gedaan, terwijl ze zich zou bukken om leuke souvenirtjes uit de versleten rugzak naast haar te halen. Marie zou naar elk woord dat uit haar mond was gekomen hebben geluisterd. Gretig zou ze al Carolines ervaringen hebben opgezogen en hebben geknikt en gelachen, en alle onbenullige meningsverschillen zouden verdwenen zijn. Ze zouden elkaars gelijke zijn geweest, allebei volwassen, en Marie zou Carolines toekomstplannen hebben geaccepteerd zonder te protesteren of te corrigeren. En dan zou de deur van het halletje plotseling open zijn gegaan omdat Thor en Malte thuis zouden komen van school. Nukkig zouden ze, zoals altijd, hun tassen op de grond hebben gegooid, maar dan zouden ze Caroline hebben gezien en haar om de hals zijn gevlogen. Niet veel later zou Tom zijn thuisgekomen van zijn werk en bij het zien van Caroline zou hij als een zoutzak met tranen in zijn ogen zijn blijven staan, totdat Caroline zou opstaan om hem tegen zich aan te drukken. Haar lach zou alle zorgen en beslommeringen hebben weggeblazen en Marie zou haar blik hebben gevangen en die hebben vastgehouden, totdat ze er zeker van was dat Caroline het begrepen had. Begrepen had hoe geliefd ze was. Al die dingen begrepen had die Marie al zo ontzettend lang wil vertellen en wat ze nooit zal kunnen doen.

'Gaat het, Marie?'

Marie realiseert zich dat Sandra opgehouden is met praten. Ze heeft haar theekopje op de vloer gezet en kijkt Marie bezorgd aan.

'Ja. Sorry.'

Marie veegt de traan weg die ze in de hoek van haar oog voelt en legt haar hand op die van Sandra.

'Ik ben gewoon blij je te zien.'

Sandra glimlacht bedroefd en pakt Maries hand vast en knijpt er bemoedigend in.

'Ik vind het zo rot om te zien dat jullie het nu allemaal opnieuw moeten doormaken. Wat gebeurt er eigenlijk?'

Marie schudt haar hoofd; het lukt haar niet om alle verwarrende dingen onder woorden te brengen die Sandra gezien of gelezen kan hebben in de media.

'We krijgen niet zoveel te horen. Maar er gebeurt iets en de politie doet onderzoek, dat is in elk geval goed.'

'Hoe is het voor de jongens?'

'Tja. Ze zijn sterk. Maar...'

Marie weet niet wat ze moet zeggen. Het lijkt ook niet nodig, want Sandra knikt begrijpend en het is alsof ze Marie te hulp wil schieten.

'Je moet weten dat ik altijd heel graag bij jullie thuis kwam. Jij en Tom gaven me altijd het gevoel welkom te zijn. Jullie lijken zo sterk samen.'

Marie knikt. Ze kan het niet opbrengen om te vertellen dat Tom vertrokken is. Dat ze niet meer sterk zijn samen, en ieder voor zich ook niet. Marie laat Sandra's hand los om nog een traan weg te vegen en dan dwingt ze zichzelf om door te gaan.

'Maar de reden dat ik je te pakken probeerde te krijgen was dat ik je graag iets wil vragen.'

'Ja, natuurlijk.'

Ze ziet aan Sandra's open gezicht dat ze graag hoort wat ze kan doen om te helpen, wat het voor Marie gemakkelijker maakt om te beginnen.

'Jij was immers degene die het dichtst bij haar stond. Jullie kenden elkaar al jaren en jullie moeten elkaar alles verteld hebben.'

'Ja, dat deden we ook.'

'Denk jij dat er toen iemand anders in Carolines leven kan zijn geweest? Na Omar, bedoel ik.'

Sandra kijkt haar aan en Marie ziet dat de vraag haar verrast. Wat niet zo vreemd is, want het is een vraag waarmee ze zich al zo vaak hebben beziggehouden toen de politie aan de gang was met het onderzoek.

'Ik weet heel goed dat je daar al heel vaak naar gevraagd bent,' zegt Marie verontschuldigend, 'maar ik moet het je gewoon nog een keer vragen.'

Sandra's ogen staan nog ernstiger dan eerst.

'Als je het op die manier vraagt, moet dat zijn omdat de politie er zeker van is dat het Omar niet geweest kan zijn.'

Marie ademt diep in en uit. 'Klopt. De politie zegt dat hij het niet geweest kan zijn. En Omar blijft volhouden dat ze iemand anders had.'

Bij het horen van die informatie kijkt Sandra recht voor zich uit en terwijl ze haar hoofd schudt, kijkt ze schuldbewust.

'Op school waren we allemaal bang dat hij het zou kunnen zijn.

We ontliepen hem. Hij zocht nog contact met mij, maar ik kon toen niet met hem praten.'

Marie begrijpt Sandra's zelfverwijten heel goed. Die begint ze ook te krijgen, maar het heeft geen nut om daar nu op te focussen en ze probeert Sandra's blik te vangen.

'Maar kan Omar gelijk hebben? Kan er iets zijn geweest waarover Caroline niet vertelde?'

Sandra schudt haar hoofd en ze kijkt Marie in de ogen als ze antwoordt.

'Nee. Dat zou ze hebben gezegd. En Omar wás ook erg jaloers en verweet haar van alles.'

'Maar Caroline heeft niets over iemand anders tegen jou gezegd?'

'Nee. Niet op die manier. We hadden het natuurlijk over jongens, maar dat was gewoon wat ons toen bezighield.'

'Hoe bedoel je?'

'Gewoon geklets over allerlei jongens. We maakten ook lijstjes voor de lol. Maar dat was allemaal voordat ze echt wat met Omar kreeg.'

'Lijstjes?'

Sandra lacht verlegen. 'Als we op onze kamer zaten en de stad in zouden gaan en we wat gedronken hadden. Meidenpraat. Wie probeert als eerste met een bekend iemand te zoenen. Wie probeert als eerste met een politieagent te zoenen. Wie probeert als eerste met een leraar of een miljonair te zoenen. Dat soort dingen.'

Marie staart Sandra aan. Ze doet haar best om haar schok te verbergen, maar ineens ziet ze het gesprek met Omar in de sporthal weer levendig voor zich. Ze forceert een kleine glimlach.

'Een leraar?'

'Ja. Of een getrouwde man of een pizzabezorger. We waren dronken. Het was gewoon geklets en voor de gein.'

'Maar... heeft Caroline ooit wat over een leraar gezegd?'

'Dat deden we allemaal wel, maar gewoon voor de lol. Hoe gekker het werd, hoe meer we moesten lachen. Het kon ook een voetballer of een bouwvakker zijn, of...'

'Maar was er een bepaalde leraar over wie jullie het hadden?'

'Waarom vraag je dat?'

Marie ziet Sandra's verwondering en haar blik is onzeker geworden, maar Marie leunt naar voren. Het is alsof ze in volle vaart een heuvel af gaat en ze zichzelf niet meer kan stoppen.

'Sandra, het is belangrijk. Hadden jullie het over bepaalde leraren?'

'Ja, degenen die we kenden van school, maar het was gewoon...'

'Maar wie dan, vraag ik je?'

'Degenen van wie we toen les hadden. Een paar van de oudere, een paar van de jongere. De rector. Er zat niks achter.'

'Maar welke van de leraren noemde Caroline?'

'Dat weet ik niet meer. Waarom wil je...'

'Was het de leraar Deens, de leraar Engels...'

'Marie, het was gewoon voor de lol. Ze zou het nooit echt doen. Zeker niet tegenover jou.'

Marie zwijgt. Sandra heeft tranen in haar ogen gekregen.

'Ze was volwassener dan de rest van ons. Maar ze was ook nieuwsgierig, ze zocht opwinding, avontuur, spanning, maar dat gold toen voor ons allemaal en het was allemaal gewoon voor de grap.'

Marie realiseert zich dat Sandra verder niets weet. Marie voelt zich verward. Ze wil zich graag door Sandra gerust laten stellen, maar haar gedachten buitelen over elkaar heen en ze kan ze niet meer tegenhouden. Dan ontdekt ze de gestalte die hen op een afstandje in de gang staat te bekijken.

'Marie, heb je even?'

Marie ziet aan Mattsens starre gezichtsuitdrukking dat hij ongeduldig is. Of dat hij Sandra heeft herkend en dat het hem niet zint dat ze zitten te praten. Marie staat op en loopt naar hem toe. Hij geeft haar een vel papier.

'Dit is de planning van vanavond. Jij moet je presentatie samen met Sebastian Rye houden, maar hij komt pas later. Ik reken erop dat jullie zelf coördineren hoe jullie de presentatie onderling verdelen. In het licht van de huidige situatie moet ik een presentatie houden over het saamhorigheidsgevoel op het gymnasium, over het belang om elkaar veilig te laten voelen, enzovoort, enzovoort. Alles goed?'

'Ja, het gaat prima. Nu ik je toch spreek...'

Mattsen kijkt haar aandachtig aan.

'Ik heb het wachtwoord nodig van het archief. Met oude leerlingengegevens.'

'Waarom?'

'Voor mijn presentatie van vanavond. Ik wil graag een paar voorbeelden geven van de opdrachten en laten zien hoe de leerkrachten de leerlingen helpen.'

'Dat lijkt me niet nodig,' zegt Mattsen. 'Het voornaamste is dat jullie vertellen over de vakken die jullie geven.'

'Het is belangrijk voor mijn voorbereiding,' houdt Marie vol.

'Goed, vraag de administratie maar. Zij hebben het wachtwoord.'

Mattsen verdwijnt met een gejaagde gezichtsuitdrukking en Marie kijkt hem even na. Als ze zich naar Sandra omdraait, ziet ze dat die haar jas heeft aangetrokken en zich klaar heeft gemaakt om afscheid te nemen. Ze ziet er treurig uit en lijkt ouder dan toen ze aankwam.

48

Door de grote, voorname ramen naar de straat kijkt Thulin uit over het gekrioel beneden op de Store Kongensgade. De paleisachtige indruk van het pand wordt versterkt door de grote erker met het balkon waarvandaan Kongens Nytorv nog net te zien is. De kantoorruimte achter haar is bijna net zo groot als haar hele appartement en bovendien is het plafond minstens drie meter hoog. Op de brede, wit geoliede vloerplanken staan een paar bijpassende, mooie, dure leunstoelen, er zijn ingebouwde boekenkasten met sculpturen en er hangt kunst aan de wanden. Dure beveiligingscamera's kijken vanuit de hoeken omlaag. Het ene uiteinde van de kamer is voorbehouden aan een groot bureau met twee opengeklapte laptops erop en het strak ingerichte designinterieur wordt alleen onderbroken door een hoekje met een aantal kleurrijke houten kratten met speelgoed van Krea, die echter zo sierlijk geordend staan dat Thulin denkt dat het lang geleden is dat ze gebruikt zijn. De andere kant van de kamer, waar Thulin staat, wordt gedomineerd door een grote, ellipsvormige vergadertafel. De manier waarop Hess en de ex-man van Ditte Vangsø aan de tafel zitten doet Thulin even denken aan een bepaalde persfoto van Poetin en Macron.

'Heb je enig idee waar je ex-vrouw kan zijn? Zijn er gemeenschappelijke bekenden bij wie ze...'

'Nee, dat zou ze hebben gezegd. Geloof me. Als ik ook maar iets wist, had ik al lang contact met jullie opgenomen, want ik heb mijn kinderen al meer dan een maand niet meer gezien. Wat is er allemaal aan de hand?'

'Zoals ik al zei, we kunnen je dat niet vertellen.'

'Maar Ditte en onze kinderen worden gezocht op radio en tv.

Vinden jullie niet dat ik recht heb om te weten of mijn kinderen in gevaar zijn?'

Torsten Vangsø is begin veertig. Hij is lang met donker haar en intelligente ogen en praat met een gewichtigheid waardoor Thulin gokt dat hij manager of directeur is op een van de hoogste niveaus in het bedrijfsleven. Hij ziet er ook gespierd en goedverzorgd uit, gekleed in een onberispelijke chino en lichtblauw overhemd. Hij wekt de indruk oprecht bezorgd te zijn over de situatie. Waar in Thulins ogen ook alle reden toe is.

Na het gesprek met de vicedirecteur van het Centrum voor Familierecht had Thulin contact opgenomen met Nylander en hem op de hoogte gebracht van de ontwikkeling van de zaak. Het feit dat een overheidsinstelling onlangs mogelijk centraal stond bij de selectie van de vijf stalkingslachtoffers, van wie Silje Thomsen en Philip Lund zijn vermoord, had er onmiddellijk voor gezorgd dat de parkeerplaats bij het functionalistische gebouw vol had gestaan met de auto's van Nylander en verschillende rechercheurs. Aangevuurd door de doorbraak had Nylander zelf het voortouw genomen bij een grondig verhoor van de vicedirecteur en verschillende medewerkers. Tegelijkertijd hadden de technici van NC3 de IT-afdeling op de tweede verdieping overgenomen om de sporen veilig te stellen die de hacker mogelijk had achtergelaten na de inbraak in de database waarover de vicedirecteur in eerste instantie niet had willen praten.

Of deze inspanningen tot resultaten zouden leiden was nog niet te zeggen en Thulin en Hess hadden zich in plaats daarvan geconcentreerd op de opsporing van Ditte Vangsø. Tevergeefs hadden ze begeleiders en overige personeelsleden ondervraagd aan wie ze mogelijk iets had toevertrouwd. Ze hadden ook contact opgenomen met haar advocaat bij de Stichting voor Rechtsbijstand, die hen helaas niet had kunnen helpen, maar in elk geval wel had bevestigd dat Ditte Vangsø gistermiddag nog, zoals elke week, had gebeld om haar zaak te bespreken.

Door die mededeling had Thulin haar schouders even laten zakken. Dat de vrouw de dag ervoor nog in goede gezondheid was geweest, was een goed teken, maar ze had Hess dat nog maar net verteld op de gang van het Centrum voor Familierecht toen een gesprek van de opsporingseenheid naar haar was doorverbonden.

De vrouw die ze aan de lijn kreeg bleek de partner van Ditte Vangsø te zijn, Lena Fjeldstrup, die buiten zichzelf was van bezorgdheid. Snikkend had ze opgebiecht dat het stel de hele tijd contact met elkaar had gehad en had afgesproken om elkaar vóór de afspraak van vijf uur bij het Centrum voor Familierecht in het geheim te ontmoeten in een hotel in Dragør. Ditte Vangsø had echter sinds die ochtend niet meer op berichten gereageerd, wat ongebruikelijk was, en nu had ze Lena Fjeldstrup bovendien geblokkeerd op Messenger. Vooral dat laatste had Lena Fjeldstrup ervan overtuigd dat er iets mis was en Thulins ongerustheid was weer in volle hevigheid opgelaaid.

Lena Fjeldstrup had hun bovendien verteld dat Ditte Vangsø gisteren in de buurt van Esbjerg had verbleven en dat zij en de kinderen de kleine Datsun Go van Lena Fjeldstrup gebruikten als vervoermiddel. De auto werd nu gezocht en er waren agenten naar het strandhotel in Dragør gestuurd, maar aangezien ze niet zeker wisten of Ditte Vangsø daar zou komen opdagen, had Hess erop aangedrongen om eerst langs te gaan bij de voormalige woning van Ditte Vangsø in het pand aan de Store Kongensgade, waar haar ex-man nog steeds woont.

Aan de ene kant wilde Hess de omliggende panden door agenten laten onderzoeken op plekken waar de dader Ditte Vangsø in de gaten had kunnen houden en aan de andere kant wilde hij haar ex-man ondervragen, maar geen van beide zaken had iets opgeleverd. De agenten hadden niets verdachts gevonden in de appartementen aan de overkant en het gesprek met de ex-man had er tot nu toe alleen maar voor gezorgd dat Thulin steeds een oog op de tijd hield zodat ze nog naar Dragør zouden kunnen rijden.

'We denken niet dat je kinderen in gevaar zijn. De beste manier waarop je ons op dit moment kunt helpen is door te vertellen wat je weet van de stalking waar je ex-vrouw slachtoffer van is geworden,' dringt Hess aan.

'Ik heb niets met dat stalken te maken, als dat is wat je insinueert.'

'Ik insinueer helemaal niets. Geef gewoon antwoord op de vraag.'

'Ik weet alleen dat waarvan ze mij beschuldigd heeft, plus wat er naar voren is gekomen tijdens de afspraken bij het Centrum voor Familierecht. Het is vervelend voor Ditte als iemand haar lastigvalt, maar ik weet niet meer wat er in haar leven speelt en weet helaas niet welke problemen ze zich op de hals kan hebben gehaald.'

De suggestie van de man dat Ditte Vangsø het aan zichzelf te wijten zou kunnen hebben dat ze wordt gestalkt, provoceert Thulin en ze kan de vraag niet inhouden.

'Waarom denk je dat ze ervan overtuigd is dat jij degene bent die haar stalkt?'

Onderweg had ze het dossier van Ditte Vangsø van het Centrum voor Familierecht vluchtig doorgenomen en met de beschrijving die de vrouw van het huwelijk gegeven had in het achterhoofd weet Thulin al wat het antwoord is, maar ze is benieuwd naar de reactie van de man.

'Daar kan ik alleen maar naar gissen. Misschien denkt ze echt dat ik het ben of heeft ze er belang bij om me in een kwaad daglicht te stellen om de behandeling van de zaak te beïnvloeden. Als man sta je meteen op achterstand als je ex-vrouw zoiets beweert.'

'Dus je hebt haar ook niet geslagen? Of seksueel misbruikt?'

Thulins vragen blijven een paar tellen in de lucht hangen. Thulin meent irritatie af te kunnen lezen in de blik van de man, alsof het beneden zijn waardigheid is om op dat soort dingen antwoord te geven. Hoewel zijn telefoon een geluid maakt, blijft hij haar uitdrukkingsloos in de ogen kijken terwijl hij antwoord geeft.

'Ik hoor dat je geïnformeerd bent over haar andere beweringen. *Fair enough*, maar die beweringen werden gek genoeg pas naar voren gebracht op het moment dat we een omgangsregeling voor de kinderen zouden opstellen. Maar nee, dat heb ik natuurlijk niet gedaan.'

Hij zwijgt, maar houdt haar blik vast. Dan richt hij zijn aandacht op zijn telefoon en in dezelfde beweging maakt hij aanstalten om te gaan staan.

'Het spijt me vreselijk, want ik wil graag helpen, maar als er verder niets meer is, ben ik helaas genoodzaakt om naar een belangrijke vergadering op de zaak te gaan.'

De man schuift zijn stoel naar achteren en steekt zijn telefoon in zijn zak, waarna hij de stoel met een zorgvuldige beweging weer op zijn plek bij de tafel zet.

'Ik hoop snel weer van jullie te horen, maar ik heb verder niets over Ditte te zeggen. Ik ben geen stalker en geen man die zijn vrouw slaat. Ik wil gewoon een redelijke omgangsregeling met mijn kinderen en dan kunnen zij en ik wat mij betreft ieder verdergaan met ons leven.'

'Waarom draag je je trouwring nog?'

Hess heeft de gouden ring om de linkerringvinger van de man in het oog gekregen en Torsten Vangsø glimlacht minzaam.

'Je bent niet de eerste die dat vraagt, maar het banale antwoord is dat ik het ding niet af krijg totdat ik een afspraak bij een goudsmid heb gemaakt.'

'Een nijptang zou toch voldoende zijn?'

'Zeker. Maar dat lijkt me toch mijn eigen zaak?'

De man kijkt Hess rustig en afwachtend aan, alsof hij benieuwd is hoe Hess gaat reageren op die directe afwijzing van het gespreksonderwerp.

'Uiteraard,' antwoordt Hess en Thulin ziet dat hij zijn best doet om vriendelijk over te komen. Hij schuift zijn stoel naar achteren om op te staan. 'Wat doe je eigenlijk voor werk?'

Er is iets met de man waardoor Thulin zich ongemakkelijk begint te voelen en ze merkt aan Hess dat voor hem hetzelfde geldt. In gedachten gaat ze terug naar toen ze aankwamen bij het appartement. Hess had de man vanuit de auto gebeld en hij had geantwoord dat hij thuis was. Vijf minuten later hadden ze zoals afgesproken aangebeld bij de intercom, maar de man had zijn tijd genomen om hen binnen te laten. Toen ze boven waren gekomen bij de grote voordeur in het voorname trappenhuis, had hij klaargestaan om hen te ontvangen en vanaf de ingang had hij hen direct naar de grote werkkamer gebracht, terwijl de deuren naar de andere kamers in het grote appartement gesloten waren geweest.

'Ik ben oprichter en mede-eigenaar van een softwarebedrijf dat websites, portals en marketing doet. Hoezo?'

'Programmeer je ook?' vraagt Thulin zo nonchalant mogelijk.

'Nee, dat was vooral in mijn jonge jaren. Tegenwoordig hou ik me meer bezig met de grote lijnen en doen mijn medewerkers de rest. Maar zoals ik al zei: ik moet gaan.'

'Maar je bent momenteel niet op de zaak aan het werk?'

Hess knikt in de richting van het grote bureau aan de andere kant van de ruimte, waar de twee laptops staan.

'Ik werk thuis aan een groot project dat we binnenkort lanceren.'

'Wat is dat voor project?'

'Dat is een bedrijfsgeheim. Maar thuiswerken heeft als voordeel dat ik in mijn pauzes een oogje kan houden op de werkzaamheden in het appartement dat ik grotendeels laat opknappen. Vooral de kamers van de kinderen worden opgepimpt, zodat het leuk voor ze wordt om weer thuis te komen.'

Het is alsof Torsten Vangsø Thulins gedachten geraden heeft en antwoordt om ze voor te zijn: de deuren zijn dicht, omdat hij bezig is met klussen.

'Goed plan,' zegt Hess. 'Mag ik misschien wat water halen in de keuken voor we gaan?'

'Helaas is het water in de keuken afgesloten.'

'Ik zou ook graag even van het toilet gebruikmaken, als je dat goedvindt.'

'Nee, dat vind ik niet goed. Ik heb mijn ex-vrouw en onze kinderen niet opgesloten, mocht je dat soms denken. Nu wil ik graag dat jullie gaan, zodat ik ook kan vertrekken.'

De woorden van de man worden uitgesproken met een strenge hooghartigheid. Hij kijkt hen ongeduldig aan en Thulin twijfelt er niet aan dat hij heel goed weet dat ze zijn woning niet mogen doorzoeken zonder bevel.

De spanning in de ruimte wordt onderbroken doordat haar telefoon rinkelt en Thulin ziet op het display dat het Raheem is.

'Het spijt me als we de verkeerde indruk hebben gewekt,' hoort ze Hess zeggen om tijd te rekken. 'We willen gewoon graag je ex-vrouw en je kinderen helpen.'

'Uiteraard. Maar zoals gezegd wil ik dus graag de deur uit.'

Terwijl Hess en de man verder praten loopt Thulin een paar passen bij hen vandaan om Raheems telefoontje in alle rust te beantwoorden.

'Wat is er?'

'Ik zit de Messenger-berichten van Ditte Vangsø te lezen en er is iets wat jullie moeten horen,' zegt hij snel en zonder inleiding.

Raheems stem klinkt gespannen. Thulin kan wel raden waarom en ze wil het gesprek graag snel afronden, zodat ze haar aandacht weer op het gesprek tussen de twee mannen kan richten.

'Dat weten we wel. Ze heeft met haar partner afgesproken in Dragør en we hebben er al agenten naartoe gestuurd. Ik bel je later, wanneer...'

'Nee, want Ditte Vangsø komt niet naar Dragør. Er is iets anders aan de gang!'

'Wat bedoel je?'

Raheem begint het uit te leggen. Hij praat snel en gejaagd en bij elke zin voelt ze dat de adrenaline door haar aderen begint te stromen.

'Wacht. Ik bel je over een paar minuten terug.'

Ze hangt snel op. Als ze opkijkt zijn Hess en Torsten Vangsø gestopt met praten en hebben ze hun aandacht op haar gericht. Ze krijgt oogcontact met Torsten Vangsø, wiens nieuwsgierige blik op haar rust.

'Sorry, maar we moeten gaan.'

Ze doet haar telefoon in haar zak en loopt gehaast naar de voordeur. Onderweg wisselt ze een ernstige blik met Hess, die haar onmiddellijk volgt.

'Ik verwacht van jullie te horen zodra er nieuws is,' zegt de ex-man achter hen als ze de voordeur opendoen en de portiek betreden. Thulin voelt zijn blik in haar rug terwijl ze naar het eerste trapbordes lopen. Dan doet hij de deur dicht.

49

'Maar welk bos? Kom op! Er moet toch iets meer staan?'

Thulins opgewonden stem mengt zich met het geluid en de trillingen van een grote vrachtwagen die voorbijdendert op de Store Kongensgade zodat de carrosserie van de dienstauto schudt. Ze zit op de chauffeursstoel en merkt dat het langsrijdende verkeer haar stress geeft, omdat Hess en zij nog steeds langs het trottoir geparkeerd staan zonder dat ze ook maar een idee hebben van waar ze naartoe moeten rijden. Ze heeft haar laptop op schoot en samen staren ze op het scherm naar de digitale kaart met bosgebieden op het stuk van de Grote Beltbrug tot Kopenhagen. Er zijn talloze groene markeringen om uit te kiezen, vandaar dat ze probeert een nauwkeurigere plaatsaanduiding uit Raheem te krijgen, die belt via FaceTime.

'Kan het Amager Skov, Hedehusene, Grib Skov of Rude Skov zijn? Waar is het?' probeert ze weer met haar blik op het scherm gericht.

Zodra ze voor het pand van Torsten Vangsø op straat waren gekomen, had Thulin Raheem gefacetimed. Hij had verslag gedaan van de chat op Messenger die Ditte Vangsø was begonnen met een nieuw profiel waarvan ze dacht dat het was aangemaakt door haar vriendin Lena Fjeldstrup. In de chat stond dat het normale profiel van Lena Fjeldstrup was gehackt, maar Raheem had contact gehad met een beheerder bij Facebook die had gezegd dat dat niet het geval was. Daardoor hadden Thulin en Hess beseft dat Raheem gelijk had dat Ditte Vangsø op dat moment onderweg kon zijn naar een afspraak met degene die naar alle waarschijnlijkheid de dader was.

'Daar staat verder niks over,' roept Raheem vertwijfeld uit. 'Het enige wat er staat is "Ons plekje. Het bos."'

'Maar als het een plek is die hún plek is, dan moet de vriendin van Ditte Vangsø toch verdomme weten waar het kan zijn?'

'Het probleem is dat we Lena Fjeldstrup niet kunnen bereiken. Haar telefoon is in gesprek, maar er is een patrouillewagen naar haar onderweg om...'

'Daar kunnen we niet op wachten. Hoe zit het met het traceren van Ditte Vangsø's telefoon?'

Raheem begint haar uit te leggen wat de uitdagingen zijn bij het traceren van Messenger-berichten en Thulin heeft geen geduld om daarnaar te zitten luisteren. Ze schuift de laptop door naar Hess en bij gebrek aan een beter idee steekt ze haar hand uit naar zijn telefoon, die hij zonder tegenwerpingen overhandigt. Vervolgens belt ze Lena Fjeldstrup. Het nummer is inderdaad in gesprek, maar ze belt nog een keer, en dat blijft ze doen. Op de klok op het dashboard ziet ze de minuten verspringen en terwijl de auto's voorbijrazen, denkt ze aan Ditte Vangsø die zo de armen in lijkt te lopen van degene die haar kwaad wil doen. Ze werpt een blik op Hess in de stoel naast haar, waar hij stil door de voorruit naar buiten zit te staren. Ze krijgt het gevoel dat hij weer in zichzelf gekeerd is, wat wel het slechtst denkbare moment is.

'Hoe zit het met hun correspondentie op het normale profiel van Lena Fjeldstrup?' onderbreekt ze Raheem. 'Staat daar iets in wat we kunnen gebruiken?'

'Ik ben bezig, maar het is een lange correspondentie.'

Ze wil hem tot haast manen, maar Hess is haar voor terwijl hij zijn blik op haar richt.

'Heb je een overzicht van de stalkingfoto's die de dader naar Ditte Vangsø heeft gestuurd?'

'Ja, hoezo?'

'Waar staan ze? Ik moet ze zien.'

Hij richt ongeduldig zijn aandacht op de laptop die bij hem op schoot staat en ze wijst naar het scherm, terwijl het haar mateloos irriteert dat hij het nodig vindt om juist nu die foto's te bekijken. Tegelijkertijd weet ze dat hij vaak ergens komt via geitenpaadjes, dus antwoordt ze hem zo rustig als ze kan.

'Ik heb ze vanmorgen bekeken, dus probeer het venster eens dat onder in de hoek staat.'

Ze concentreert zich weer op het steeds opnieuw bellen op Hess' telefoon en kijkt vluchtig naar Raheem, wiens gezicht nog steeds op haar telefoon wordt weergegeven.

'Wat voor venster? Ik zie alleen maar appartementen en huizen die te koop staan...' zegt Hess, en ze hoort dat hij hectisch op het toetsenbord van de laptop drukt.

Hij begint de woningadvertenties tevoorschijn te klikken die ze de avond daarvoor met Bjørn had zitten bekijken en hoewel Thulins gedachten heel ergens anders zijn, voelt ze zich even opgelaten en ze reikt naar de laptop.

'Ik doe het wel. Geef mij de computer maar.'

'Nee, waar is dat venster?'

Thulin kan zich niet langer beheersen.

'Dat staat ergens in de hoek, maar is het echt nodig om je daar nu mee bezig te houden?'

'Ja, want als de dader heeft voorgesteld om op "ons plekje" af te spreken, kan dat zijn omdat diegene Ditte en haar vriendin daar eerder heeft gezien.'

Thulin heeft de laptop naar zich toe getrokken, terwijl het haar begint te dagen wat hij bedoelt. Ze kijkt hem even aan en dan laat ze zijn blik los en begint geconcentreerd het venster te zoeken. Al snel klikt ze het bestand op het scherm open en begint ze onmiddellijk door de vele foto's te scrollen die Ditte Vangsø van de stalker ontvangen heeft, terwijl Hess naar haar toe leunt om mee te kijken. Een voor een trekken de foto's van Ditte Vangsø aan hun ogen voorbij, foto's die zijn opgestuurd in de tijd voordat ze onderdook. Thulin neemt niet de tijd om elke foto nauwkeurig te bestuderen, maar zoekt slechts naar één element. Bos.

'Niet zo snel. Stop! Daar was iets...' roept Hess uit.

'Ik weet het.'

Zij zag het ook en ze begint snel terug te scrollen.

De foto is in de schemering genomen op een parkeerplaats. Ditte Vangsø is van veraf te zien. Op ongeveer tien meter afstand staat ze tussen een paar auto's bij een eenzame straatlantaarn en glimlacht ze naar een vrouw die op haar rug te zien is. Thulin vermoedt meteen dat de vrouw Lena Fjeldstrup moet zijn. De vrouwen hebben winterjassen aan en achter hen is een groot, donker bos te zien.

'Maar waar is dat? Er staat geen bordje. Probeer eens in te zoomen.'

Thulin bekijkt de foto zonder naar Hess te luisteren en het duurt even voordat ze beseft dat ze de plek kent.

'Kom op, zoom nu in!' barst Hess uit.

'Ik denk dat ik weet waar het is. Ik ben er weleens met Le geweest.'

Ze start de auto. Als ze de computer aan Hess heeft doorgegeven, zet ze de sirene aan en scheurt weg bij de stoeprand.

50

Door de voorruit bekijkt Ditte het bos, dat er heel anders uitziet dan de laatste keer dat ze hier was. Dat was in januari met Lena, een paar dagen voordat het was begonnen met sneeuwen, maar nu ligt de sneeuw zwaar op de bomen en ook al is het nog middag, het begint al zo'n beetje donker te worden.

'Waar is ze, mama?'

'Ze komt er zo aan. Blijf maar zitten.'

Ditte stapt de auto uit en doet de deur achter zich dicht. Ze draait zich om en kijkt rond. De sneeuw knerpt luid onder haar schoenen langs de stille bosrand. De parkeerplaats ligt er verlaten bij, maar de enige straatlantaarn brandt zoals altijd. Het verkeer van de ringweg en de trams op weg van en naar station Ballerup zijn te horen als een zacht geruis in de verte. Ze kijkt terug naar de ingang van de parkeerplaats en hoopt elk moment de auto te kunnen zien waarmee Lena komt aanrijden. Toen ze elkaar de laatste keer zagen, had Lena er een van haar werk geleend, een groene Morris Mascot, herinnert Ditte zich, maar geen van de langsrijdende auto's geeft richting aan om af te slaan naar de parkeerplaats.

De rit hiernaartoe is vlot gegaan en ze is op tijd aangekomen, maar het begint haar ongerust te maken dat Lena nog steeds niet is komen opdagen. Maar dat kan ook komen doordat ze zich er zo op verheugt om haar te zien. Even probeert ze haar ongeduld onder controle te houden, maar dan geeft ze eraan toe en opent ze Lena's nieuwe profiel op Messenger.

Ik ben er. Waar ben jij?

Gelukkig krijgt ze even later al een bericht terug.

Sorry. Ik was te laat en ben per ongeluk op de verkeerde plek afgeslagen. Sta bij de oude eik.

Ditte is verbaasd en een beetje geïrriteerd. Ook al heeft Lena bij het bericht emoji's met hartenogen en een emoji die verontschuldigend de schouders ophaalt gezet. Ditte kent de kleine parkeerplaats diep in het bos bij de oude eik wel, maar de inrit ligt helemaal aan de andere kant van het bos en je moet over de ringweg om er te komen.

Ditte typt snel haar bezwaren, want het was immers de bedoeling om elkaar te zien waar ze dat altijd deden, op de parkeerplaats dus, en Lena schrijft snel terug.

Dat weet ik wel. Sorry. Ik laat de auto staan en loop door het bos, dat is sneller. Ben er zo.

Ditte weet wat Lena bedoelt. Er lopen paden vanaf de oude eik door het bos naar de parkeerplaats en het zal maar vijf à tien minuten duren voor ze er is.

'Waar is Lena, mama?'

Dittes dochter heeft haar raampje omlaaggedraaid.

'Ze is een beetje verkeerd gereden, maar ze komt er nu aan, lieverd. Alles is oké.'

Ze lacht geruststellend naar haar dochter en ontdekt dat Lena nog een bericht heeft geschreven.

Misschien kun je me tegemoetlopen. Zodat we alvast een beetje kunnen praten, met z'n tweetjes.

Het bericht wordt gevolgd door een hartje en een kusemoji, en Ditte kan een glimlach niet onderdrukken. Het doet haar denken aan hun wandelingen samen, wat nu heel lang geleden voelt. Wandelingen die Ditte mist en waarvan ze hoopt dat die weer gaan komen. Aan de andere kant kan ze het niet aan om bij de kinderen weg te gaan. Ze denkt even na, maar dan besluit ze om te gaan. Ze doet de deur van de auto open en zegt tegen de kinderen dat zij en Lena elkaar verkeerd hebben begrepen en dat ze even het bos in gaat om haar op te halen.

'Mogen wij mee?'

'Jullie kunnen beter hier blijven. Het duurt maar vijf minuutjes.'

Ditte gooit het portier dicht. Het besluit voelt fijn en ze heeft vlinders in haar buik bij de gedachte aan Lena. Ze loopt snel naar het pad dat het bos in gaat, terwijl ze Lena een bericht stuurt.

Oké, kom eraan! ❤

51

Het pad in het bos is door de sneeuw en in de schemering, die als een sluier over de wereld hangt, moeilijk te zien, wat het Ditte niet gemakkelijker maakt om de weg te vinden. Godzijdank heeft ze hier al veel vaker gelopen, zodat ze weet welke kant ze op moet. Ze loopt steeds sneller naarmate ze dichter bij Lena komt, die ze onderweg nog een bericht heeft gestuurd.

Ik zie er tegenwoordig overigens niet uit. Je zult me nauwelijks herkennen.

Onzin. Jij ziet er altijd leuk uit, had Lena geantwoord en daar was Ditte blij van geworden. Hoewel dat misschien eigenlijk niet gepast was.

Ze komt langs de ondergesneeuwde stapel boomstammen die al zolang als ze zich kan herinneren langs het pad liggen en Ditte realiseert zich dat ze al vrij ver het bos in is gekomen. Ze kijkt tijdens het lopen een beetje om zich heen.

Zie je me?

Nog niet. Ik hou mijn ogen open, antwoordt Lena en Ditte stelt vast dat zij ook met haar telefoon in de hand moet lopen.

Ditte versnelt haar pas. Even later komt ze op de kruising waar de vier paden bij elkaar komen en waar een grote vuilnisbak hangt. Ze stopt om rond te kijken. Voor zover ze zich kan herinneren is de kruising halverwege de oude eik en ze begint na te denken. Lena was al begonnen haar tegemoet te lopen voordat zij zelf wegging, dus het is vreemd dat ze hier nog niet is. Misschien is ze verdwaald. Ze kijkt alle kanten op, maar er is geen mens te zien, alleen lege, besneeuwde paden en bomen zover het oog reikt, met takken die zwaar op de grond hangen onder dikke pakken sneeuw.

Sta bij de kruising, waar ben je? schrijft ze.

Kom eraan, antwoordt Lena direct.

Ditte spiedt geconcentreerd het halfduister in op het pad dat rechtdoor gaat. Ze zou Lena nu al minstens in de verte moeten kunnen zien, maar het pad is leeg. Ditte kijkt opzij om te zien of Lena misschien een andere route heeft genomen, maar daar is ze ook niet.

Ze besluit om rechtsaf het pad op te gaan om beter tussen de bomen door te kunnen kijken.

Je moet verkeerd zijn gelopen. Zie je me nu? schrijft ze en in de hoop dat Lena haar in het oog krijgt begint ze met een hand in de lucht te zwaaien.

Nee.

Ditte voelt zich nu onzeker. De kinderen zitten alleen in de auto op de parkeerplaats, ze moet naar het Centrum voor Familierecht en plotseling is het niet leuk meer. Ze besluit om terug naar de kruising te gaan en het pad naar links te nemen, want het kan zijn dat Lena per ongeluk van het pad is geraakt.

Zie je me nu?

Nee, luidt het korte antwoord weer.

Ditte verliest haar geduld.

'Lena, waar ben je?!'

Haar roep weerkaatst een beetje tussen de besneeuwde bomen, maar er komt geen antwoord.

'Lena!'

Er heerst alleen stilte, maar dan pingelt haar telefoon weer. Ditte richt haar ogen op het scherm, opgelucht dat Lena haar toch heeft gehoord.

Ik tel tot negen, ik tel tot tien... Gevonden!

Ditte staart naar de woorden. Het is alsof het bloed in haar aderen tot ijs is bevroren. Ze houdt haar adem in, heel even is ze ervan overtuigd dat ze flauwvalt. Bij het bericht met de korte tekst zit een foto van haarzelf die in het bos op het besneeuwde pad staat en bij het zien van de foto draait ze onmiddellijk een rondje.

Rondom haar ziet ze alleen besneeuwde bomen. Haar ademhaling is heftig en een paar tellen lang kan ze zich niet bewegen. Dan zet ze het op een lopen terug naar de kruising. Die is niet ver en daarvandaan kan ze het pad terug naar de parkeerplaats nemen, maar op hetzelfde moment merkt ze dat een gedaante zich in het bos in beweging zet en haar volgt.

Ditte verandert van koers, verlaat het pad en gaat recht het bos in. Ze zigzagt tussen de bomen door in de richting van de parkeerplaats terwijl de ondergesneeuwde takken in haar gezicht zwiepen. Ze overweegt stil te blijven staan en zich te verstoppen, maar haar achtervolger kan haar voetsporen in de sneeuw zien, dus in plaats daarvan probeert ze koortsachtig om meer tempo te maken. Normaal gesproken is ze snel en goed in hardlopen, maar de sneeuw is dik en aan het geluid van brekende takken een stukje achter haar verneemt ze dat haar achtervolger sneller is dan zij.

Ditte valt bijna als ze met grote passen een verhoging af rent en een beekje bereikt. Het beekje is niet bevroren, dus het koude water dringt haar schoenen binnen, maar ze worstelt zich aan de andere kant de helling op. Maar als ze helemaal boven is gekomen, doet een ingeving haar halt houden.

Ze hoort haar achtervolger dichterbij komen, maar met het idee dat ze gekregen heeft draait ze zich weer om naar de beek. Buiten adem loopt ze haastig de helling af, terwijl ze haar best doet om in de voetafdrukken te gaan staan die ze net heeft achtergelaten. Het geluid van stappen in de sneeuw en takken die opzij worden geduwd komt dichterbij en als ze eindelijk weer bij de beek is, begint ze die direct te volgen, zo snel als ze maar kan. Ze heeft een meter of vijf gelopen als ze haar achtervolger struikelend de helling naar de beek af hoort komen. Met bonzend hart en een ademhaling die ze bijna niet onder controle kan houden hurkt ze achter een boom die dicht bij het water staat.

Ze hoort dat haar achtervolger door het ondiepe water van de beek waadt en verdergaat de andere helling op, maar net als Ditte begint te geloven dat haar plan gelukt is, wordt het helemaal stil.

Ditte houdt haar adem in en luistert, maar hoort niets. In iets wat een eeuwigheid lijkt te duren blijft ze tegen de boom aangedrukt zitten. In gedachten klampt ze zich vast aan de hoop dat haar achtervolger te laat heeft ontdekt dat haar voetsporen weg zijn. Ze denkt dat het het veiligst is om achter de boom te blijven zitten, maar dan realiseert ze zich plotseling dat ze in de verte iets onverwachts hoort. Politiesirenes.

Het geluid van hulp die onderweg kan zijn geeft haar hernieuwde moed. Ze gaat geruisloos staan en loopt nog verder weg. Ze loopt weer door het water, zodat ze geen voetsporen achterlaat, en ze doet haar best om helemaal geen geluid te maken terwijl ze zich verplaatst. Het gevoel van overwinning en redding borrelt in haar op, maar als ze overmoedig een blik over haar schouder werpt, spat ze een beetje met haar voet in het water. Ogenblikkelijk hoort ze dat haar achtervolger weer op gang komt.

Ditte rent zo hard ze kan door de beek. Zodra ze een weg naar boven ziet, holt ze bij de met sneeuw bedekte bosvloer omhoog. Ze heeft geen idee welke kant ze op loopt, gewoon rechtuit tussen de bomen en de sneeuw door.

Ineens is ze weer op het pad en verrast mindert ze vaart en kijkt verwilderd om zich heen. Op hetzelfde moment ontwaart ze de man op het pad, die op ongeveer vijftig meter afstand staat. Voordat ze kan reageren draait hij zich naar haar om en ontdekt haar. Hij roept haar naam en begint naar haar toe te lopen en doodsbang begint ze bij hem vandaan te rennen. Ze hoort dat hij blijft roepen, maar ze stopt niet. Ze is bijna weer bij de kruising aangekomen als er voor haar plotseling nog iemand uit het bos komt gerend. Het is een vrouw met sterke en snelle bewegingen en Ditte vecht met alles wat ze geleerd heeft om los te komen uit haar harde omarming. Het is pas als de man haar ook heeft bereikt dat het haar begint te dagen dat ze misschien wel écht van de politie zijn, zoals ze steeds blijven beweren. Langzaam geeft Ditte de strijd op en begint te huilen.

52

Vanaf haar plek achter de computer in de bibliotheek hoort Marie op de gang zo nu en dan drukke stappen en het gerammel van tafels en stoelen die rond worden gesleept en worden neergezet voor de open dag. Buiten valt de duisternis bijna en ze ziet dat de conciërge bezig is met het neerzetten van statieven met fakkels in de perken langs het grindpad, om ouders en aanstaande gymnasiasten de weg naar de hoofdingang te wijzen. Marie is bijna klaar met het doorlezen van de antwoorden van leraren op Carolines huiswerk en haar hartslag is langzamerhand dusdanig gedaald dat ze zich weer herinnert dat ze haar presentatie nog moet voorbereiden.

Nadat ze afscheid van Sandra had genomen was Marie naar het secretariaat gegaan en had ze het wachtwoord gekregen van het archief met vroegere opdrachten van leerlingen. Ze had gebrand van ongeduld om te beginnen, maar helaas had ze twee lesuren achter elkaar en gezien de vermaningen van rector Mattsen had ze het niet gedurfd om ze uit te laten vallen. Het lesgeven was tergend langzaam gegaan en zodra de uren voorbij waren had ze het leslokaal als eerste verlaten. Ze wist dat de bibliotheek de rest van de dag dicht zou zijn, dus had ze zichzelf binnengelaten en was naar de vaste computers gegaan die achter in de ruimte stonden. Ze was zo gaan zitten dat het scherm niet te zien was als er iemand binnen zou komen. Toen had ze ingelogd en was begonnen.

Hoewel Marie zich alleen had voorgenomen om de opmerkingen en notities van de leraren bij de opdrachten te lezen, had ze het niet kunnen vermijden om losse zinnen te lezen van Carolines antwoorden, wat pijnlijk was geweest. Ten eerste omdat Carolines manier van uitdrukken zo herkenbaar was. Ten tweede omdat veel van de opdrachten haar deden denken aan de tijd dat Caroline ze geschreven had. Een opdracht voor maatschappijleer was heel zwaar voor Caroline geweest, omdat ze corona had. Een opstel voor Deens had ervoor gezorgd dat Caroline en zij bijna ruzie hadden gekregen.

Mam, als je zo kritisch bent, hoef ik je hulp niet!

Een opdracht voor Duits was een beschrijving van een familiegebeurtenis in Spanje waarbij Malte zich bezeerd had en het had Marie ontroerd om te lezen hoe Caroline voor hem gezorgd had. In het algemeen stonden de opdrachten vol herinneringen en Marie moest zich sterk houden om zich te focussen op de opmerkingen die Carolines docenten hadden geschreven.

Ook al had ze alle feedback grondig doorgelezen, er was haar niets verdachts opgevallen. Marie had gedacht dat als Caroline een liefdesrelatie met een leraar zou hebben, Marie dat zou kunnen zien aan de manier waarop die leraar en Caroline hadden gecommuniceerd. Maar de meeste opmerkingen waren nuchter en zorgvuldig. Wanneer een opmerking zich had ontwikkeld tot een langere verhandeling, was het op een vakinhoudelijke manier. Andere opmerkingen waren slordig en vaag geweest en Marie had gehoopt dat ze zich niet schuldig maakte aan dezelfde vorm van onverschilligheid als ze ongeïnspireerd opdrachten nakeek. Toen ze de opdrachten van de eerste twee bovenbouwjaren had doorgewerkt, was Marie zich gaan schamen over haar verdenkingen. Het was heel goed mogelijk dat Caroline en haar vriendinnen lijstjes hadden gemaakt en hadden gelachen om hoe het zou zijn om een gewaagde ervaring met een leraar te hebben, maar in dat geval was het niet iets waar de leraren zelf aanleiding toe hadden gegeven in hun manier van communiceren.

Als Marie door de laatste bestanden van de eerste helft van het eindexamenjaar scrolt, schaamt ze zich niet alleen meer, maar is ze ook kritisch op zichzelf vanwege haar domme idee. Het was belachelijk geweest om toe te geven aan die nachtmerrie van een gedachte en met dat zelfverwijt houdt ze de pijltjestoets ingedrukt, zodat de opdrachten op hogere snelheid over het scherm gaan. Ze stopt niet meer bij elke kleine rode correctie, maar dan valt haar blik in het voorbijgaan op iets waardoor ze stopt. Ze scrolt terug en leest de titel.

De module heet *Erotische obsessies in de literatuur*. Het is een onderwijsthema voor Engels dat drie maanden liep vanaf het begin van het eindexamenjaar. Marie kan zich niet herinneren over het onderwerp gehoord te hebben en als haar blik op de drie boeken valt waar Carolines groepje opdrachten over moest maken, begint ze onrustig te worden.

De eerste roman is *Lolita*. De tweede is *Lady Chatterley's Lover*. De laatste is *Fifty Shades of Grey*.

Marie weet dat vooral *Lolita* haar ongerust maakt en ze moet zichzelf eraan herinneren dat het verhaal van een oudere literatuurhoogleraar die een twaalfjarig meisje inpalmt en een verhouding met haar begint wordt gezien als een meesterwerk.

Maar al snel ziet ze de eerste opmerking en het hartje. Ze scrolt verder en hoe meer ze leest, hoe meer ze merkt dat de knoop in haar maag groter wordt. Af en toe is er langer vakinhoudelijk commentaar dat gelardeerd is met plagerige opmerkingen en inside jokes. Maar het zijn de persoonlijke groeten die haar het meest raken.

Marie voelt zich misselijk en zit er even als verlamd bij, maar dan begint ze te zoeken naar de schrijver van de opmerkingen. Ze herkent de ondertekening van de leraar niet. TOFT. Ze wil net gaan zoeken, maar dan rammelt er een sleutel in het slot en gaat de deur open. Sebastian Rye komt binnen.

'Hoi, stoor ik?'

Marie klikt het venster weg.

'Nee, hoor.'

Sebastian Rye ziet eruit alsof hij net op school is aangekomen en heeft zijn jas nog aan. Zijn kleren zijn nat en zijn afgetrapte legerkistjes laten plasjes achter op de vloer. Hij heeft middenbruin haar dat op een nonchalante manier flatteus naar achteren zit en een markant gezicht met een schaduw van stoppels rond een gevoelige mond.

'Sorry dat ik zo laat ben, ik zat vast in het verkeer. Mattsen zei dat we onderling moesten afstemmen, maar als ik heel eerlijk ben, ben ik er nog niet aan toegekomen om naar mijn presentatie te kijken.'

'Dat geeft niets. Ik denk ook dat we het gewoon een beetje snel moeten doen.'

'Prima. Ik maak wel even een gemeenschappelijk document aan en dan kun je over mijn schouder meelezen. Je kunt gewoon inloggen op het document met mijn ondertekening, dat is mijn tweede naam: Toft.'

Marie kijkt hem aan, maar hij heeft zich al naar de deur gedraaid. Ze voelt zich even als versteend. Het schiet door haar hoofd dat ze de politie zou moeten bellen. Om ze te vertellen wat ze net in Carolines opdrachten heeft gezien, maar haar blik zit aan de man vastgenageld.

'Sebastian?'

Hij draait zich om en kijkt haar aan met een open gezichtsuitdrukking.

'Ik wil toch graag dat we samen gaan zitten om af te stemmen.'

Hij trekt zijn wenkbrauwen op. 'Maar ik heb mijn presentatie nog helemaal niet geschreven.'

Marie realiseert zich dat haar voorstel nergens op slaat en ze dwingt zichzelf om hem rustig aan te blijven kijken, totdat ze iets nieuws verzint om te zeggen.

'Stuur het me dan als je klaar bent. Ik wacht hier.'

Ze ziet dat hij verwonderd aarzelt. Dan knikt hij en schenkt haar een opgewekte glimlach.

'Prima. Dan doen we het zo.'

Marie doet moeite om terug te lachen. Hij doet de deur achter zich dicht. Als Marie even naar buiten kijkt, ziet ze dat de fakkels zijn aangestoken en oplichten in het donker.

53

'Weet je zeker dat je zelfs geen glimp van de achtervolger hebt opgevangen?' probeert Thulin opnieuw. 'Kleding, lengte, haarkleur?'

Ditte Vangsø schudt gedecideerd haar hoofd. 'Nee, dat zeg ik toch? Ik heb niks gezien.'

'Probeer nog eens terug te denken. Is er iets naar je geroepen? Heb je het geluid gehoord van een stem of een auto, of...'

'Ik heb alleen de stappen achter me gehoord, maar ik weet dat het Torsten was. Zich uitgeven voor Lena is echt iets wat hij zou bedenken. Maar nu wil ik graag mijn kinderen zien en ik wil ook graag weten of ik naar die afspraak kan.'

Thulin en Hess zitten in de verhoorkamer aan de vierkante tafel tegenover Ditte Vangsø en achter zich hoort Thulin dat Nylander zich ongeduldig op zijn stoel begint te bewegen. Hij had erop gestaan om zelf aanwezig te zijn bij het verhoor en Thulin gokt dat in de aangrenzende ruimte achter het spiegelglas meerdere onderzoekers gespannen meekijken.

Ditte Vangsø zit met rechte rug en een vastbesloten uitdrukking op haar gezicht. Nog maar een paar uur geleden verkeerde ze in levensgevaar en Thulin merkt dat ze onder de indruk is van het feit dat ze de tegenwoordigheid van geest heeft om aan haar afspraak bij het Centrum voor Familierecht te denken. De vrouw is klein van stuk, heeft kort haar en haar sobere kleding maakt duidelijk dat ze niet wil opvallen. Daar staat tegenover dat ze een opmerkelijke kracht uitstraalt, die mogelijk het resultaat is van haar gevecht om uit het huwelijk te ontsnappen dat ze heeft beschreven als een gevangenis.

Het was toeval geweest dat ze haar in het bos zo snel hadden gevonden. Thulin had de eerste de beste ingang gekozen die ze waren tegengekomen en zij en Hess waren direct de auto uit gegaan. Het bos had er verlaten uitgezien en ze hadden zich opgesplitst om de besneeuwde paden op te rennen. Vlak nadat Thulin bij Hess vandaan was gegaan, had ze hem achter zich horen roepen en was ze omgedraaid. Even later was de vrouw een van de paden op gestormd, buiten zichzelf van angst, en nu op de vlucht voor Hess, van wie ze dacht dat hij de dader was.

Ze hadden haar weten te kalmeren en toen verschillende agenten waren aangekomen, hadden Hess en Thulin het deel van het bos doorzocht waar Ditte Vangsø zich had verstopt met haar achtervolger op de hielen. Het was donker aan het worden, wat het zoeken bemoeilijkt had. De opgeroepen hondeneenheden hadden het gebied minutieus doorzocht en Forensische Opsporing had sporen verzameld, maar de achtervolger van Ditte Vangsø was niet meer in het bos. Er was geen mens te zien tussen de bomen, op de paden of bij de oude eik waar 'Lena' had gezegd dat ze had geparkeerd. Met lege handen waren ze teruggekeerd bij de parkeerplaats met de Datsun Go en de kinderen, met wie Ditte Vangsø in de tussentijd herenigd was. Terwijl een groot zoekteam naar sporen bleef zoeken, waren ze terug naar het hoofdbureau gereden om de vrouw te ondervragen. Op haar telefoon hadden ze de berichten bestudeerd die ze in het bos had uitgewisseld met het nieuwe Lena-profiel en Ditte Vangsø had steeds weer over haar ex-man verteld, over zijn IT-kennis en het leven dat ze tot een paar maanden geleden hadden gedeeld, ook al hadden Thulin en Hess geprobeerd om haar te laten focussen op wat ze daadwerkelijk tijdens de achtervolging in het bos had gezien.

'We waren bij je ex-man thuis, vlak voordat we erop werden gewezen dat jij in gevaar zou kunnen zijn. Daarom denken we niet dat hij degene was die je achtervolgde,' legt Hess uit.

'Wie zou het anders kunnen zijn?' werpt Ditte Vangsø tegen.

'Dat willen we jou graag vragen.'

'Hij was het wel. Hij was het de hele tijd, maar ik hoor dat hij indruk op jullie heeft gemaakt met zijn geld en dat hij op jullie heeft ingepraat met beweringen over dat ik psychisch ziek ben en dat hij alleen maar het beste met mij voorheeft.'

'Dat is niet waar. We willen gewoon graag dat je nadenkt over of het iemand anders zou kunnen zijn. Als je terugdenkt aan het moment waarop het stalken begon...'

'Het stalken begon toen hij doorkreeg dat hij mij niet meer volledig onder controle had.'

'Maar misschien kun je je een conflict met iemand anders herinneren. Je moet begrijpen dat we proberen om...'

'Júllie begrijpen het niet. Mijn ex-man is niet goed bij zijn hoofd en hij is tot alles in staat. Tenzij jullie zeker weten dat hij op een heel andere plek was, dan wás hij het gewoon.'

'Maar waarom zou je ex-man op die manier verstoppertje met je spelen? Met rijmpjes en...' probeert Hess totdat hij wordt onderbroken.

'Omdat hij weet dat zoiets me bang zou maken.'

Ditte Vangsø krijgt tranen in haar ogen, die ze gefrustreerd wegveegt met de rug van haar hand. Uit haar mapje haalt Thulin de foto's tevoorschijn om de vrouw mee te confronteren, zoals Hess en zij vooraf hadden afgesproken.

'Het is belangrijk dat je zo goed mogelijk antwoord op onze vragen geeft, want je bent niet de enige die op die manier is gestalkt. Gelukkig waren we op tijd bij je, maar de dader die jou stalkt heeft onlangs twee mensen vermoord.'

Thulin legt stil en rustig foto's van Silje Thomsen en Philip Lund voor Ditte Vangsø op tafel, die Thulin verward en geschrokken aankijkt.

'Hoe bedoel je? Vermoord?'

'Als je het nieuws hebt gezien, moet je er wel over gehoord hebben. Deze twee personen hebben gedurende langere tijd voor hun dood hetzelfde soort foto's en berichten ontvangen als jij. Daarom is het belangrijk dat je ons vertelt of je ze kent.'

Ditte Vangsø ziet er geschokt uit. Haar blik glijdt over de foto's terwijl Thulin verdergaat.

'We weten dat de twee slachtoffers ook scheidingszaken hadden bij het Centrum voor Familierecht, daarom willen we graag horen...'

'Ik heb hen ontmoet. Allebei.'

Ze kijken haar aandachtig aan en Thulin merkt dat ook Nylander op het puntje van zijn stoel is gaan zitten.

'Waar?' vraagt Hess.

'Bij de steungroep.'

'Wat voor steungroep?'

'Het ging niet zo goed met mijn kinderen, daarom verwees het Centrum voor Familierecht ze naar een steungroep met psychologische hulp.' Ditte Vangsø wijst op de foto's van Silje Thomsen en Philip Lund. 'Hun kinderen zaten ook in die groep.'

'Wanneer was dat?' vraagt Thulin.

'Dat kan ik me niet herinneren. Vanaf het begin van de herfst, geloof ik.'

'Dus je kende Silje Thomsen en Philip Lund?'

'Nee, ik wist niet eens hoe ze heetten. Maar ze kwamen ook hun kinderen brengen, net als ik. Af en toe maakten we een praatje. En verder was er natuurlijk die toestand op de parkeerplaats.'

'Welke toestand?'

'Mijn ex-man overviel mij op een dag dat ik de kinderen bij de groep had afgezet. Plotseling stond hij daar. Hij wilde dat ik in zijn auto stapte. Hij pakte me beet, maar ik verzette me, omdat ik niet alleen met hem durfde te zijn.'

'En toen?'

'Toen kwamen een paar van de andere ouders naar buiten om te vragen wat er aan de hand was. Daarna reed hij er snel vandoor.'

'En het waren deze twee mensen die zich ermee bemoeiden?' wil Nylander weten. Hij is opgestaan en wijst op de foto's op tafel.

'Ja, onder anderen. Ik was van streek en vroeg hun of ze een verklaring wilden tekenen van wat ze hadden gezien, zodat ik het in de zaak tegen hem kon gebruiken, en dat deden ze graag. Maar die avond kreeg ik plotseling een bericht met een griezelig rijmpje, dus heb ik nooit contact met ze opgenomen, omdat ik ben ondergedoken met de kinderen.'

'Maar je ex-man weet wie het waren?' vraagt Nylander achter Thulin.

'Dat denk ik. Waarschijnlijk. Hij trekt iedereen na met wie ik contact heb.'

'Denk je dat je ex-man die twee mensen iets zou kunnen aandoen als hij ervan overtuigd was dat ze zich aan jouw kant zouden scharen?'

Thulin ziet dat Ditte Vangsø zich realiseert waarom Nylander die vraag stelt. Ze kijkt angstig en aarzelt.

'Dat geloof ik niet. Dat hij van alles zou verzinnen om míj iets aan te doen, daar twijfel ik niet aan, maar gewoon een paar ouders die toevallig aanwezig waren...'

Het wordt even stil in de ruimte en Ditte Vangsø kijkt aangedaan naar de foto's van de twee vermoorde mensen die voor haar liggen.

'Ik weet het niet. Daar kan ik geen antwoord op geven...'

Ze valt vertwijfeld stil en op hetzelfde moment worden ze onderbroken door Budtz, die de deur opendoet en naar binnen kijkt. Hij heeft wat papieren in zijn hand en kijkt rond tot hij Nylander in het oog krijgt, die hem met een blik van verstandhouding toeknikt.

'Bedankt, we laten het hierbij.' Nylander kijkt Ditte Vangsø aan. 'Het is aan jou of je contact wilt opnemen met het Centrum voor Familierecht over je afspraak, maar jij en je kinderen staan onder politiebewaking zolang we onderzoek doen naar de zaak. Een van onze medewerkers zal je laten weten wat dat inhoudt en ik raad je dringend aan om zo veel mogelijk samen te werken.'

Ditte Vangsø knikt gehoorzaam en staat op. In de deuropening naast Budtz verschijnt een agent en Thulin kijkt toe als de agent Ditte Vangsø zorgzaam naar de kantine begeleidt, waar haar kinderen en vriendin op haar wachten.

Zodra ze de deur uit is, doet Budtz die achter haar dicht en kijkt hen aan.

'We kunnen Torsten Vangsø niet te pakken krijgen. Hij neemt zijn telefoon niet op en bij hem thuis wordt niet opengedaan.'

'Hij zei dat hij naar de zaak moest voor een vergadering,' merkt Thulin op.

'We hebben contact gehad met zijn bedrijf. Zijn partners zeggen dat hij er niet meer geweest is sinds hij drie maanden geleden verlof heeft genomen vanwege de scheiding. Maar dat is niet het enige.'

Thulin spitst haar oren bij die opmerking en ze kijkt naar Budtz en de papieren die hij op tafel legt.

'Hij heeft geen strafblad, maar hij duikt wel op in het systeem. Hij is betrokken geweest bij drie stalkingzaken voordat hij Ditte Vangsø heeft ontmoet.'

Budtz verdeelt de dossiers in drie stapeltjes op tafel en Thulin, Hess en Nylander verdringen zich eromheen.

'De eerste is van de kostschool waar hij op gezeten heeft. De tweede is van de universiteit waar hij informatica studeerde en de derde is van een Tinder-date die kennelijk verkeerd afliep. In alle gevallen beweerden de vrouwen dat hij ze stalkte en hun profielen op social media had gehackt, maar ze lieten allemaal de aanklachten vallen, omdat ze niks konden bewijzen.'

'Maar die informatie is niet genoeg om vast te stellen dat hij degene is die we zoeken,' constateert Hess onverstoorbaar.

'Hij zou heel goed achter de inbraak in het computersysteem kunnen zitten. En hij wist in elk geval wie Silje Thomsen en Philip Lund waren, ook al kende hij ze niet echt,' werpt Nylander tegen.

'Hij heeft echt niemand vermoord vanwege een klein voorval op een parkeerplaats. Bovendien kan hij niet achter zijn ex-vrouw aan hebben gezeten in het bos, want we hebben hem achtergelaten in zijn appartement aan de Store Kongensgade toen wij gingen.'

'We zijn niet direct weggereden,' corrigeert Thulin hem zonder van de papieren op te kijken. De stalkingzaken op tafel maken haar plotseling onzeker over Torsten Vangsø, maar Hess zwaait geïrriteerd met zijn armen.

'Dat duurde vijf minuten.'

'Eerder twintig.'

'Laten we hem zo snel mogelijk oppakken voor een verhoor,' komt Nylander tussenbeide en hij kijkt Budtz aan. 'Neem een team mee naar zijn woning en als hij niet opendoet doorzoek je de woning om erachter te komen waar hij zou kunnen zijn.'

'Begrepen,' antwoordt Budtz, die zich al heeft omgedraaid om op weg te gaan naar de Store Kongensgade.

Nylander pakt zijn rinkelende telefoon op van tafel en kijkt Thulin even aan voordat hij naar de deur gaat.

'En jij zorgt ervoor dat Raheem de locatie van Torsten Vangsø checkt via zijn telefoon en liefst zo snel als maar kan.'

'Uiteraard,' zegt Thulin afgeleid.

Door de deuropening heeft ze een glimp opgevangen van een bekend gezicht. Zodra Nylander uit het zicht is verdwenen, ziet ze dat het Aksel is die daarbuiten in discussie is met een agent die hem tegen probeert te houden.

'Moment.'

Thulin laat Hess achter en loopt snel de gang op, waar ze aan Aksels stem hoort dat hij zich staat op te winden.

'Nou moet je eens goed luisteren. Ik kreeg mijn uniform toen jij nog in de luiers zat en ik zeg je dat ik haar onmiddellijk moet spreken!'

'Dat kan wel zo zijn, maar je moet wachten tot ik haar gevraagd heb of ze tijd heeft.'

'Het is in orde, ik neem het over,' zegt Thulin zo verontschuldigend mogelijk tegen de onschuldige agent die een ontevreden blik op Aksel werpt voordat hij weggaat.

Aksel trekt zijn jas en rugzak recht, alsof hij een net pak en een aktetas draagt. Hij knikt met een verontwaardigde blik in de richting van de agent.

'Alleen omdat je met pensioen bent, hoef je toch zeker niet bij de receptie in de rij te staan?'

'Wat doe je hier? Heb je mijn bericht niet gekregen?'

Vanwege de gebeurtenissen bij het Centrum voor Familierecht had Thulin Aksel die ochtend al geschreven om hun lunch in de broodjeszaak tegenover het politiebureau af te zeggen, maar ze vraagt zich ineens af of ze in de drukte misschien vergeten is om het bericht te versturen.

'Jawel, dat heb ik gehad. Maar ik moet je spreken.'

'Aksel, we zijn druk bezig met...'

'Het kan me niet schelen waar je mee bezig bent. Tenzij jullie de zaak hebben opgelost, moet ik je spreken en wel nu onmiddellijk.'

Aksel kijkt haar onverzettelijk aan. Ze ziet dat hij niet van gedachten gaat veranderen en ze draait zich naar Hess, die in de deuropening de scène heeft gadegeslagen. Aan zijn knikje begrijpt ze dat hij Raheem wel zal bellen.

'Kom mee,' zegt ze tegen Aksel terwijl ze de gang uit begint te lopen. Ze moet hem aan zijn arm meetrekken, want hij heeft Hess ontdekt, wat zijn blik er niet milder op maakt.

54

Het krappe kopieerhok, waar het rek met de oude postvakjes een deel van de ruimte in beslag neemt, is niet bijzonder geschikt voor een gesprek, maar het is de enige ruimte op de gang waar ze misschien ongestoord kunnen praten. Ze opent de deur en als ze ziet dat de ruimte leeg is, gaat ze naar binnen en houdt de deur open voor Aksel, terwijl die zijn verbazing de vrije loop laat.

'Wat doet híj hier in hemelsnaam? Je gaat me toch niet vertellen dat jullie samenwerken?'

Ze doet de deur achter hem dicht en wendt zich geïrriteerd tot hem.

'Kom, vertel wat je te zeggen hebt. Ik heb daar nu geen tijd voor.'

'Wat zegt Le ervan? Wat zegt Bjørn?'

'Die zijn niet zo kinderachtig als jij. Wat wil je?'

'Naia, als je hem weer toelaat, word ik gek. Hij heeft er een puinhoop van gemaakt op het hoofdkantoor, en hij kan niet begrijpen...'

'Aksel!'

Haar uitroep legt hem het zwijgen op, ook al ziet ze aan zijn blik dat het niet van harte is. Hij is met zijn rug naar het donkere raam aan het einde van de ruimte gaan staan en kijkt gefrustreerd rond.

'Dit is geen goede plek. We moeten even ergens kunnen gaan zitten met een kopje koffie, want het zal wel even duren.'

'Ik heb het druk, dus als je wat te zeggen hebt, zul je dat hier moeten doen.'

Hij kijkt haar even koppig aan, maar als hij ziet dat zij nog koppiger is dan hij, maakt hij resoluut zijn rugzak open.

'Goed, dan moet je er zelf maar voor zorgen dat je dit zo snel mogelijk leest.'

Uit zijn rugzak haalt Aksel een map tevoorschijn die hij op het kopieerapparaat kwakt en naar haar toe schuift.

'Wat is dat?' vraagt ze ongeduldig.

'Dat is een dossier dat ik uit het archief heb geleend. Je moet het bekijken. Zoals je zult zien is het niet de eerste keer dat een crimineel verstoppertje wilde spelen met zijn slachtoffers.'

Thulin kijkt hem aan en ze ziet dat hij het serieus meent. Aksel verwijst graag met enige regelmaat naar andere zaken, maar het is de eerste keer dat het haar overkomt dat hij een oude zaak voor haar heeft opgehaald.

'Wat is dat voor zaak? Denk je dat het belangrijk kan zijn?'

'Ja, dat denk ik. Lees het, en lees het grondig.'

Ze kijkt naar het dossier en trekt de map nieuwsgierig naar zich toe. Nu ze hem beter bekijkt, ziet de map er versleten uit aan de randen en er staat een gevlekt, uitgeveegd opschrift op de voorkant, alsof er te lang een lekkend koffiekopje op heeft gestaan.

'Bedankt, Aksel. Ik lees het zo snel mogelijk, maar ik had hem zelf wel kunnen opzoeken op de computer.'

'Nee,' zegt Aksel, 'want hij is dertig jaar oud, dus hij is niet gedigitaliseerd.'

Thulin kijkt verrast van de map naar Aksel, die terugkijkt zonder met zijn ogen te knipperen.

'Je wilt dat ik een zaak lees van dertig jaar oud?'

'Misschien iets meer,' antwoordt Aksel onverstoorbaar. 'Het is een zaak uit de tijd dat je vader en ik bij de Landelijke Eenheid zaten.'

Thulin voelt haar ongeduld weer terugkomen. Aan de andere kant van het raam vult de lucht zich met het geluid van politiesirenes en ze concludeert dat het Budtz en de andere onderzoekers moeten zijn die de parkeerplaats verlaten. Toch vermengt haar ongeduld zich met een bezorgdheid om Aksel.

'Hoe was het in München? Heb je het leuk gehad?'

'Ik ben niet op mijn kop gevallen. München was prima, totdat ik ontdekte wat hier thuis aan de hand was.'

'Dus je bent halsoverkop teruggekomen om ervoor te zorgen

dat ik een dertig jaar oude zaak zou lezen waar jij en mijn vader aan hebben gewerkt?'

'Ik wist dat je zo zou reageren. Je bent altijd sceptisch als we het over je vader hebben. Daarom is het belangrijk voor mij dat je je aandacht op de zaak richt en niet op hem.'

Ze weet even niet wat ze moet zeggen en in de stilte maakt Aksel van de gelegenheid gebruik om zijn hand uit te steken en de gehavende map open te slaan.

'We kunnen er ook even snel doorheen gaan. Er zijn een paar details die van belang zijn. Ik ken de huidige zaak natuurlijk niet zo grondig, maar op basis van wat ik in de pers heb gelezen en wat een van je collega's...'

'Aksel, stop.'

Hij houdt op met bladeren en ze wacht tot hij opkijkt voor ze verder praat.

'Ik weet dat je het goed bedoelt, maar dit is niet het moment.'

'Je moet je over je gevoelens heen zetten. Je vader was een goed mens. Ik weet dat je het gevoel hebt dat hij je in de steek liet voor zijn werk, maar...'

'Daar heeft het geen zak mee te maken. Ik heb nu alleen geen tijd om me bezig te houden met jullie avonturen!'

Aksel kijkt haar aan. Als hij zich gekwetst voelt, weet hij dat goed te verbergen. Zijn hand ligt nog op het dossier en hij schuift het haar kant op terwijl hij haar aankijkt, deze keer nog indringender.

'Lees het, Naia. Ook al is het van je vader.'

Op hetzelfde moment wordt er aangeklopt en steekt Hess zoekend zijn hoofd naar binnen.

'Sorry.'

'Geeft niks. Ik ben klaar,' zegt Thulin.

Ze zet de deur wijd open om Aksel duidelijk te maken welke kant hij op moet. De twee mannen kijken elkaar aan en Hess knikt welwillend.

'Het spijt me dat ik stoor.'

Aksel reageert niet. Hij kijkt weer naar Thulin en als het hem duidelijk wordt dat ze het dossier niet gaat oppakken, doet hij het zelf. Zonder een woord passeert hij Hess in de deuropening en verlaat de ruimte met de map in zijn hand en zijn hoofd trots geheven.

'Wat wilde hij?' vraagt Hess, terwijl Aksel de gang uit loopt zonder om te kijken.

'Niets bijzonders. Heb je Raheem te pakken gekregen?'

Hess maakt zijn blik los van Aksel. Dan geeft hij haar jas aan, die hij in zijn hand heeft.

'Er is iets mis. We moeten naar de Store Kongensgade.'

Hij beent in de richting van de uitgang naar de politiewagens en ze moet hollen om hem bij te houden.

'Waarom?'

'Raheem kan niet zien waar Torsten Vangsø op dit moment is, maar hij kon zien dat hij in het Hareskoven-bos was. Toen zijn ex-vrouw en wij er ook waren.'

55

Het verkeer op het kruispunt is toegenomen. Torsten Vangsø zit achter het stuur van zijn auto en kijkt uit over de voertuigen die in de spits in eindeloze rijen aan hem voorbijtrekken over de donkere boulevard. In die auto's zitten meneer en mevrouw Doorsnee die van hun werk onderweg naar huis zijn. Hij heeft zichzelf nooit tot een van hen gerekend – daar had hij zich altijd te intelligent en te afwijkend voor gevoeld – maar terwijl hij daar zit te kijken naar hun papegaaiachtige geklets met echtgenoten, partners of kinderen die naast hen zitten, voelt hij een steek van jaloezie.

Het is al een poos ijskoud in zijn Mercedes, maar hij ziet ervan af om de motor te starten. Als de motor stationair zou draaien, zou hij de verwarming weliswaar aan kunnen zetten, maar een auto die aan staat op een parkeerplaats zou de aandacht trekken en verraden dat hij daar zit. Het parkeervak dat hij heeft uitgekozen dicht bij het kruispunt tegenover het hoofdbureau van de politie is perfect, aangezien hij vanuit de donkere auto volledig onopgemerkt in de gaten kan houden of Ditte door de ingang naar buiten zou komen of in een van de auto's op de parkeerplaats van het bureau zou worden weggebracht.

Hij zakt onderuit in zijn stoel als hij op dat moment nog een burgerauto van de politie de parkeerplaats ziet verlaten. Even daarvoor was een heel stel auto's uitgerukt. De burgerauto zet ook de sirenes en zwaailichten aan en verdwijnt in dezelfde richting als de andere. Hij voelt zich wederom onrustig door de uitrukken, want hij heeft nog steeds niet door waar het allemaal om gaat. Hij blijft echter zitten waar hij zit, want hij is ervan overtuigd dat ze nog steeds binnen moet zitten.

Het doet Torsten Vangsø pijn om te weten dat ze zo dichtbij is zonder dat hij haar kan opzoeken. Aan de andere kant herinnert hij zichzelf eraan dat hij dichterbij is dan in de weken ervoor en hij geeft zichzelf een schouderklopje voor de doortastendheid die hij liet zien toen hij de kans kreeg. Door het nieuws van die ochtend dat Ditte gezocht werd, had hij natuurlijk geweten dat er iets gaande was, maar het had hem toch overvallen dat de rechercheurs hadden gebeld omdat ze hém wilden spreken. Inderhaast had hij zichzelf en zijn kantoorruimte toonbaar gemaakt en toen de twee politiepartners waren aangekomen had hij geprobeerd om zo naïef mogelijk antwoord te geven op hun vragen over waar Ditte zich kon ophouden. Uiteraard zonder hun iets te vertellen over dat hij zelf de afgelopen weken zonder resultaat bezig was geweest om haar te vinden.

Afgezien van wat gedoe over zijn trouwring had hij het verhoor gemakkelijk doorstaan, maar gedurende het gesprek was het hem duidelijk geworden dat ze niet van plan waren om met hem te delen wat ze over Ditte wisten. Hij had het bezoek daarom beëindigd en besloten naar zijn advocaat te gaan om te horen hoe hij het best gebruik van de situatie kon maken wanneer Ditte op een gegeven moment door de politie gevonden zou worden. Maar precies toen het politiekoppel op het punt stond om weg te gaan, werd de vrouwelijke rechercheur gebeld. Kort daarna was het stel de deur uitgestormd en vanwege hun reactie was hij hen langs de trap gevolgd om hen vanuit de portiek in de gaten te houden. Buiten op de Store Kongensgade had hij ze langere tijd zien discussiëren in hun dienstwagen, totdat ze ervandoor waren gescheurd met het zwaailicht op het dak. Even later was hij naar zijn eigen auto gelopen om ze te volgen. Een roekeloze rit door Ballerup was geëindigd bij een bos, waar het stel in was gerend. Hij was zelf ook uit de auto gestapt en had geprobeerd om ze een flink eind het bos in te volgen, maar toen hij even later het geluid van nog meer sirenes hoorde die dichterbij kwamen, was het hem duidelijk geworden dat hij ontdekt kon worden en was hij terug naar de auto gerend. Dat was een verstandig besluit gebleken, want een moment later waren er verschillende patrouillewagens aangekomen. Ze waren naar een ingang bij een parkeerplaats geracet en agenten waren het bos in gerend. Om in de buurt te blijven had hij geparkeerd op een vluchthaven langs de weg, waar hij alles kon volgen vanuit zijn auto. Enigszins te laat had hij eraan gedacht om de vliegtuigstand van zijn telefoon aan te zetten om in plaats daarvan verbinding te maken met de wifihotspot van de auto. Verstandig genoeg had hij destijds, toen hij begonnen was met het volgen van Ditte, die hotspot in de auto geïnstalleerd en zich er technisch van verzekerd dat zijn telefoon op die manier niet verraadde waar die was, om te voorkomen dat dat later tegen hem kon worden gebruikt. De minuten waren verstreken en hij begon zich af te vragen of hij zijn tijd aan het verspillen was, maar toen werd een klein, onaanzienlijk iemand uit het bos de parkeerplaats op gevoerd en had hij ingezien dat zij het was.

Bij het zien van Ditte en de kinderen, die uit een kleine gebutste auto waren gestapt, was hij bijna gaan huilen. Van een afstandje leken de kleintjes zichzelf, maar het was duidelijk dat Ditte van streek en bang was en hij had zich afgevraagd wat er met haar gebeurd kon zijn. De tijd dat ze ondergedoken had gezeten had haar uiterlijk geen goed gedaan. Haar mooie lange, blonde haar was geverfd en kortgeknipt en in combinatie met de armoedige en saaie kleren had ze niet zichzelf geleken. Hij had zijn hart voelen bonzen en het had veel zelfbeheersing gekost om niet uit te stappen en naar haar toe te gaan, maar dat had geen zin zolang ze politiebegeleiding had. In plaats daarvan had hij discreet en op gepaste afstand de politieauto gevolgd waarin ze was meegenomen en toen ze bij het politiebureau waren aangekomen, was Ditte even later naar binnen geleid en hij had besloten om zo lang als nodig was op haar te wachten.

Zoals hij het zich herinnerde was hij al de eerste keer dat hij haar ontmoette verliefd op haar geworden. Ze was anders geweest dan de andere vrouwen die hij had gekend, die allemaal zelfingenomen en verwaand hadden geleken. Haar lieve karakter en haast naïeve openheid waren charmant geweest en de onzekerheid die hij in haar persoonlijkheid had opgemerkt gaf haar een aura van onschuld. Het had hem gelukkig gemaakt dat hij degene was geworden die haar romantische dromen kon waarmaken. Vooral voordat ze kinderen hadden gekregen had hij haar overladen met cadeaus en de grond waarop ze liep haast aanbeden. Samen hadden ze in de loop der jaren een rijk leven opgebouwd en dat had hem met trots vervuld. Iets waarvan hij dacht dat ze dat in grote lijnen hadden gedeeld. Helemaal tot aan die ochtend vorig jaar waarop ze met onzekere stem haar besluit had medegedeeld. Hij had haar kinderlijke uitval gebagatelliseerd en ook laten merken dat hij heel veel mogelijkheden had om haar kapot te maken als ze zou blijven vasthouden aan haar waanidee om te willen scheiden. Tot zijn verbijstering had ze het toch gewaagd om haar besluit ten uitvoer te brengen, maar later was uiteraard gebleken dat ze hulp had gehad van een zelfgenoegzame regenboogvriendin die haar had gehersenspoeld en haar ervan had overtuigd dat ze lesbisch was.

Het had gevoeld als verraad toen hij het verzoek tot scheiding had ontvangen en natuurlijk was hij razend geworden. De week daarvoor was Ditte zonder zijn goedkeuring en zonder dat hij het wist naar een nieuw appartement verhuisd en hij had zijn fouten ingezien. Veel te lang hadden projecten op de zaak zijn aandacht gevraagd en al veel te lang had hij de kleine dingetjes die veranderd waren in haar gedrag onopgemerkt gelaten. De leegte in huis had hem verlamd en angst aangejaagd en hij had haar meerdere keren opgezocht om haar op haar besluit te doen terugkomen. Toen dat niet was gelukt, had hij zijn advocaten op haar afgestuurd in de overtuiging dat zij haar op andere gedachten konden brengen. De advocaten hadden haar duidelijk gemaakt dat ze financieel niets zou krijgen en toen dat niet werkte had hij hun gevraagd om haar te vertellen dat hij het ouderlijk gezag over de kinderen wilde hebben. Het paternalistische Centrum voor Familierecht was er echter van begin af aan bij betrokken geweest en hij had aanwezig moeten zijn bij afspraken met neerbuigende begeleiders om te protesteren tegen beschuldigingen van huiselijk geweld, terwijl Ditte met tranen in haar ogen aan de andere kant van de tafel had gezeten.

De kinderen leden er natuurlijk ook onder en hij had duidelijk gemaakt dat zij degene was die hen allemaal in de chaos had gestort. Op de afspraken had hij echter meerdere keren opengestaan voor de mogelijkheid om elkaar weer te vinden, maar al zijn initiatieven om onder vier ogen met Ditte te mogen spreken waren hem geweigerd. Zo mocht hij haar ook niet meer opzoeken en in plaats daarvan was hij er kort daarna van beschuldigd haar te stalken. In december was plotseling een politieagent langsgekomen die hem foto's had laten zien die hij genomen zou hebben van Ditte als onderdeel van een kwaadaardig soort verstoppertje. Hij had de betreffende foto's bekeken zonder te weten waar de agent het over had. Uiteraard had hij zelf geprobeerd om te volgen wat ze allemaal deed en het was een deel van zijn dagelijkse routine geworden om een oogje op haar te houden, maar deze foto's moesten afkomstig zijn van een gek die haar écht aan het stalken was.

Eerst was hij verward en jaloers geworden. Hij had dwanggedachten over dat ze iets met een andere man moest hebben, maar toen had hij ingezien dat de situatie in zijn voordeel was. Op de bemiddelingsafspraken bij het Centrum voor Familierecht had Ditte er steeds labieler uitgezien, dus wie het ook was die achter haar aan zat, het was gunstig voor zijn zaak. Hij had daarom gedacht dat Ditte met de staart tussen de benen terug zou komen toen hij zijn troefkaart had gespeeld, namelijk de beschuldiging dat ze de kinderen verwaarloosde. Volgens zijn advocaten moest het Centrum voor Familierecht in zulke gevallen de beschuldigde ouder omgang met de kinderen verbieden totdat de zaak tot op de bodem was uitgezocht, maar niet veel later was Ditte ervandoor gegaan en had ze hem achtergelaten met een open wond.

Terwijl hij zijn blik aandachtig op de ingang van het hoofdbureau houdt, merkt hij dat hij nog steeds gelooft dat hij haar ervan kan overtuigen dat ze bij elkaar horen, als hij maar de gelegenheid krijgt om alleen met haar te zijn. Ze is onder de invloed geraakt van gestoorde mensen die ideeën in haar hoofd hebben geplant en hij herinnert zichzelf eraan dat het allesbepalend is om orde op zaken te stellen voordat een besluit wordt genomen bij het Centrum voor Familierecht. Want als Ditte het ouderlijk gezag zou krijgen, wordt de afstand tussen hen onoverbrugbaar.

In zijn zak begint zijn telefoon plotseling hevig te trillen en geschrokken haalt hij hem tevoorschijn om te zien wie hem zo dringend aan het schrijven is, maar dan ziet hij dat het geen berichten zijn die hij ontvangt. Het is het alarm van zijn woning aan de Store Kongensgade dat afgaat. Zijn eerste gedachte is dat het een fout moet zijn, maar de beelden van de bewakingscamera's zeggen iets anders. Op de beelden ziet hij duidelijk hoe de deurpost rond het slot is versplinterd en dat er mensen van de politie in zijn hal staan terwijl er nog meer de trap op komen rennen en het appartement binnengaan.

Hij zit even vol ongeloof en razernij te kijken. Hij probeert te begrijpen waarom de politie zijn privacy schendt en zich toegang tot zijn woning verschaft. Dan moet hij denken aan wat ze zullen aantreffen als ze zijn appartement verder gaan doorzoeken.

Beelden van wat er gebeurd zou kunnen zijn schieten door hem heen. Ditte moet ze van alles op de mouw hebben gespeld over hem. Dat was de reden dat die auto's even daarvoor uitrukten. Terwijl de woede door zijn lichaam wordt gepompt, grijpt hij de sleutel en start de motor. Als hij nu wegrijdt kan hij ze wellicht tegenhouden voordat ze alles overhoophalen, vooral als hij onderweg naar huis zijn advocaten te pakken kan krijgen om ervoor te zorgen dat zij ook langskomen. Hij wil zich in het verkeer op de boulevard voegen, maar dan moet hij wachten op nog een politieauto die het politiebureau uit komt rijden.

Deze keer is het een politiebusje. Als het voertuig hem eindelijk passeert vangt hij tot zijn verrassing door de zijruiten een glimp op van zijn kinderen die op de achterbank zitten. Ze zien hem niet en het busje verdwijnt in het verkeer voordat hij er verder over na kan denken. Hoewel zijn verstand hem zegt dat hij snel naar huis moet gaan om daar de boel te regelen, verandert hij van gedachten. Als de kinderen in die auto zitten, dan is Ditte daar ook. Torsten Vangsø drukt de claxon in en rijdt het krioelende verkeer in om de achtervolging in te zetten.

56

In de lerarenkamer klinkt het geroezemoes van haar collega's, maar Marie is in gedachten verzonken en heeft alleen aandacht voor Sebastian Rye. Aan de andere kant van de lange vergadertafel staat hij met een kop koffie in de hand gemoedelijk te praten met een van de andere leraren en ze is als een bezetene aan het nadenken over wat ze moet doen.

Het gonst al van de verwachting. De meeste leraren zijn netter gekleed dan anders. Hetzelfde geldt voor de leerlingen die zullen helpen om de school te presenteren aan toekomstige leerlingen en hun ouders. Door de ramen naar de aula kan Marie zien dat de gasten bezig zijn om een plek te vinden, terwijl de schoolband zijn verplichte optreden doet. Ze vangt ook een glimp op van Thor. Hij is piekfijn gekleed, want hij had er verbazingwekkend genoeg mee ingestemd om te helpen toen Mattsen hem had gevraagd, ook al was het zeker niet het soort klusjes dat hij normaal gesproken graag deed.

Haar blik gaat weer terug naar Sebastian Rye. Het is alsof ze zijn mimiek voor het eerst opmerkt, elke kleine beweging in zijn gezicht en zijn weloverwogen nonchalante stijl met het ogenschijnlijk warrige kapsel dat ze eerder mooi had gevonden, maar waar ze nu afkeer bij voelt. De gedachte aan zijn licht dubbelzinnige, flirterige formuleringen in zijn feedback op Caroline maakt haar opnieuw onpasselijk, maar dan schrikt ze op als hij plotseling hardop lacht om iets wat zijn collega zegt, waarna hij een grappig dansje doet om een punt te maken.

Om een of andere reden heeft Marie nooit eerder met hem gepraat, ook al werkt hij al een jaar of vier, vijf op het gymnasium en ze kan zich niet aan de indruk onttrekken dat hij misschien degene was die contact met haar vermeden heeft. Ze ziet nu dat hij een bericht ontvangt op zijn telefoon, waarop hij zijn koffie wegzet en zo te zien een langere correspondentie aangaat. Hij trekt zich een beetje terug uit de groep en gaat op een van de banken langs de muur zitten. Als Mattsen even later langs hem heen loopt, steekt hij zijn hand uit en blijft Mattsen ongeduldig staan luisteren. Marie heeft het idee dat Mattsen even een blik haar kant op werpt, maar dan wordt haar het zicht ontnomen. Als ze de bank weer kan zien, knikt Mattsen naar Rye en geeft hem een klopje op zijn schouder, om vervolgens de verzamelde leraren toe te spreken.

'Goed, dan wordt het zo langzamerhand tijd dat jullie die kant opgaan!'

De leraren blijven met elkaar kletsen terwijl ze zich naar de aula begeven, maar Maries ogen blijven op Rye hangen, die de andere kant opgaat met zijn tas over zijn schouder. Ze krijgt door dat hij op het punt staat te vertrekken. Enigszins koortsachtig kijkt ze in de richting van de aula waar het evenement op het punt van beginnen staat, maar ze kan zichzelf niet stoppen. Haastig staat ze op en pakt haar tas om achter hem aan te gaan.

'Ik heb je presentatie niet gekregen.'

Sebastian Rye draait zich om en kijkt Marie afwezig aan, terwijl hij zijn jas van de kapstok pakt.

'Nee, helaas. Er is iets tussen gekomen, dus ik moet ervandoor. Maar ik heb de presentatie aan Mattsen gegeven en hij zal het zelf doen en het verder met jou bespreken.'

'Kan ik er nog even naar kijken?'

Marie weet niet waarom ze dat vraagt. Misschien om tijd te winnen. Of om te zien of ze iets kan vinden wat erop wijst dat hij echt achter de woorden zit die ze heeft gelezen bij Carolines opdrachten. Sebastian Rye kijkt even in de richting van de aula, maar als hij Mattsen niet ziet, knikt hij gejaagd naar Marie.

'Eh... natuurlijk.'

Hij legt zijn jas op de leuning van de bank, haalt zijn laptop tevoorschijn en gaat ermee zitten.

'Even kijken waar ik die heb. Moment.'

Marie gaat een eindje bij hem vandaan op de bank zitten en

bekijkt hem terwijl hij zijn computer aanzet. Zijn vingers gaan over de toetsen terwijl hij aandachtig naar het scherm kijkt. Zo van dichtbij is zijn gezicht haast jongensachtig, denkt Marie.

'Maatschappijleer is niet je enige vak, toch? Gaf je niet ook nog wat anders?' vraagt ze.

'Ja, Engels,' antwoordt hij zonder zijn ogen van het scherm te halen.

Marie voelt zich plotseling zekerder van zichzelf en ze vervolgt: 'O ja, je gaf Caroline ook les, natuurlijk.'

Sebastian Rye kijkt op en ze bespeurt iets van verrassing in zijn gezicht.

'Ja, dat klopt.'

'Wat was het ook alweer? Was het niet een bepaald thema?'

'Het was maar eventjes, één periode.'

'Erotische obsessies in de literatuur.'

Sebastian Rye kijkt weer verrast op en Marie merkt dat ze een verklaring moet geven.

'Ik kwam laatst een paar van haar oude opdrachten tegen.'

'Ja, dat is correct. Ik wilde iets vinden wat die kinderen interessant zouden vinden.'

'Is dat gelukt?' Marie aarzelt even en zegt dan: 'Vonden ze het interessant?'

Sebastian Rye tikt wat haastiger op zijn computer dan eerst. Niet alleen omdat hij het druk heeft, zo lijkt het.

'Voor zover ik me kan herinneren ging het uitstekend. Hier is de presentatie, als je die nog wilt zien.'

Hij draait het computerscherm naar haar toe.

'Caroline vond jou ook leuk, weet ik nog,' liegt Marie.

'O ja? Nou, dat was wederzijds.'

'Hoe bedoel je, wederzijds?'

Ze ziet dat Sebastian Rye zich ongemakkelijk begint te voelen bij de vraag. Zijn blik gaat onrustig naar de deuropening, alsof hij zoekt naar een uitweg.

'Ze was een goede leerling. Betrokken. En slim. Maar ik kende haar niet echt, natuurlijk. Is er iets wat we moeten bespreken over de presentatie?' voegt hij eraan toe.

‘Je moet haar toch redelijk goed gekend hebben,’ zegt Marie directer dan ze van plan was. ‘“Ik mis je in de les”?’

Sebastian Rye kijkt haar aan. Nu is er geen weg terug, denkt ze. Ze pakt haar tas en haalt het mapje papieren eruit. In de bibliotheek heeft ze de opdrachten met Ryes opmerkingen geprint en nu slaat ze de eerste pagina open.

‘Ik mis je in de les.’

Ze slaat een bladzijde om naar een andere opdracht.

‘Ik mis je in de les.’

Ze slaat een bladzijde om naar nog een opdracht.

‘Ik mis je in de les.’

De woorden worden gevolgd door emoji’s van hartjes, en Marie wijst ze aan. Ze voelt haar eigen hart kloppen in haar keel.

‘Ik begrijp het niet. Wat gebeurt er?’ vraagt Rye, die begint te stamelen.

‘Dat vraag ik aan jóú. Waarom miste je haar in de les?’

Sebastian kijkt overrompeld om zich heen, maar Marie houdt hem vast.

‘Ik meen me te herinneren dat Caroline een periode afwezig was. Of het kan zijn dat ze stil was tijdens de les. Dan schrijf ik de leerlingen meestal dat...’

‘Met hartjes erbij?’ onderbreekt Marie hem.

Sebastian Rye zwijgt en Marie maakt van de stilte gebruik om een opmerking voor te lezen die hij geschreven heeft.

‘“Caroline, je hebt het verkeerd begrepen. Het is geilheid die de wereld regeert. Natuur, dierlijkheid, seks. Het huwelijk is een sociale constructie, opgedrongen aan de mensen vanuit religie en traditie. Gedoemd tot de ondergang. We moeten ons in vervoering laten brengen!”’

Hij kijkt haar nu een tikje koel aan en zegt: ‘Ik begrijp niet wat je wilt.’

‘Had je een verhouding met mijn dochter?’

Sebastian ziet er volledig overdonderd uit, maar er is ook iets hards in zijn ogen verschenen.

‘Marie, dit is uit zijn verband gehaald.’

‘Dit is uit jouw zieke hoofd gehaald.’

Op dat moment is Marie er zo van overtuigd dat de man liegt dat ze zich er niet druk om maakt dat ze haar in de aula misschien kunnen horen.

'Marie, wat gebeurt hier?' Mattsen is plotseling teruggekomen en zijn gezicht staat op onweer.

'Er gebeurt niets. Ik wil alleen graag weten waarom hij schreef dat hij mijn dochter miste en haar in de marge van een opdracht voor Engels de les las over geilheid.'

Mattsen kijkt van Marie naar Sebastian Rye, die zijn armen spreidt en zijn baas gelaten aankijkt.

'Het klinkt alsof Marie insinueert dat ik haar dochter iets zou hebben aangedaan.'

'Ik weet dat jij surveillant was op de avond dat ze van het feest verdween,' houdt Marie vol en haar ogen houden die van Rye vast.

'Marie, stop!' roept Mattsen.

'Jij was surveillant, maar je ging eerder weg. Je was er niet toen het feest was afgelopen. Ging je achter haar aan?'

'Stop, Marie!'

'Mattsen, ik weet niet waar ze het over heeft.'

'Ging je achter haar aan, vraag ik je!'

Mattsen wendt zich tot Rye. 'Rye, vertrek. Nu!'

Sebastian Rye volgt de orders op. Met zijn spullen in zijn armen gaat hij staan en loopt haastig weg, terwijl verschillende collega's samendrommen in de deur om het voorval gade te slaan, maar het laat Marie koud. Ze is ook gaan staan en kijkt Mattsen aangedaan aan.

'Hij mag niet gaan! Je moet hem zeggen dat hij hier moet blijven,' hoort Marie zichzelf roepen, terwijl Mattsen haar tegen probeert te houden.

'Ik heb Sebastian toestemming gegeven vanwege privéomstandigheden. Ga zitten.'

Door de ramen naar de aula ziet Marie dat Sebastian Rye langs de rijen met stoelen loopt, terwijl de gasten hem nakijken en naar de lerarenkamer kijken.

'Marie, doe alsjeblieft even rustig.'

Marie trilt en rukt zich los.

'Je moet nu direct de politie bellen,' zegt ze en ze wijst vastberaden naar Mattsen.

'Marie, we hebben een open dag. We kunnen niet...'

'Als jij niet je telefoon pakt om het te doen, doe ik het zelf. Nu direct!'

Mattsen is in de war en aarzelt, maar dan ziet ze dat hij zijn telefoon pakt. Haar blik gaat van de telefoon in Mattsens hand via de sprakeloze collega's in de deuropening naar de ramen naar de aula en de uitgang waardoor Sebastian Rye naar buiten verdwijnt. Dan krijgt ze Thor in het oog, die haar angstig aanstaart.

57

Als Torsten Vangsø ziet dat het politiebusje richting aangeeft en rechts afslaat naar een lege parkeerplek op de drukke Godthåbsvej in Frederiksberg, gaat hij langzamer rijden. Het vervult hem met opwinding dat hij nu kan nagaan waar Ditte en de kinderen zullen verblijven.

Koortsachtig kijkt hij om zich heen naar een plek om stil te staan. Er zijn maar een stuk of drie auto's tussen hem en het busje, maar er is geen parkeerplek te zien en achter hem begint een automobilist ongeduldig te toeteren. Net als hij denkt dat hij gas moet geven om het politiebusje in te halen om te voorkomen dat hij opvalt, ziet hij rechts van hem een knipperlicht in het donker. Snel trapt hij op de rem om te stoppen achter de geparkeerde auto, en als die het verkeer in is gereden neemt hij een van de plekken over waar hij de laatste weken heeft geparkeerd wanneer hij wilde kijken of Ditte misschien bij haar moeder zou opduiken.

Zijn handen voelen zweterig aan het stuur en hij merkt dat zijn hart vol verwachting slaat. Over de daken van de twee auto's die voor hem geparkeerd staan heeft hij goed zicht op het politiebusje. Dat staat nog geen acht meter verder naar voren, precies voor de portiek van Dittes moeder en in gedachten kan hij het niet laten zich te verheugen over de mogelijkheden die de gekozen verblijfplaats hem biedt.

Op weg hiernaartoe is zijn woede over de inval van de politie in zijn appartement bijna verdwenen en hij heeft besloten zich grootmoedig op te stellen en Ditte te vergeven. Onderweg heeft hij zich voorgesteld hoe de rechercheurs haar uiteraard woorden in de mond hebben gelegd, wat er aanleiding toe heeft gegeven dat ze nu rondneuzen in zijn woning. Dat wat de politie zal vinden in zijn slaapkamer is bij nader inzien niets waar hij zich met de hulp van zijn advocaten niet onderuit kan praten. En via zijn telefoon heeft hij net op zijn persoonlijke server de bestanden die mogelijk nadelig kunnen zijn definitief gewist, mocht de politie besluiten om één of meerdere van zijn computers in beslag te nemen. Het belangrijkste is om Ditte te spreken te krijgen en daar is veel gelegenheid toe in het appartement van haar moeder, dat hij heel goed kent. Zelfs als agenten de portiekdeur zouden bewaken heeft hij via de binnenplaats toegang tot de achtertrap van het pand. Als hij de oude keukendeur op de derde verdieping maar weet te bereiken, kan hij gemakkelijk inbreken. Hij weet zeker dat ze zal begrijpen wat hij voelt en dat hij haar kan overtuigen, zolang hij maar een moment met haar kan krijgen.

De deur naar de portiek gaat open en door de voorruit ziet hij Dittes moeder op straat komen om hen te ontvangen. Ze ziet er aangedaan uit, met een betraand gezicht dat vol zorgen staat, en hij kan het even niet laten om te denken dat zij waarschijnlijk een van de mensen is die Ditte tegen hem heeft opgezet. Vervolgens richt hij zijn aandacht op de kinderen die geholpen door een agent uit het busje stappen en hij ziet aan hun gezichten dat ze in de war zijn. Zijn woede laait weer op, want hij is niet degene die hen in deze chaos gestort heeft, maar hij herinnert zichzelf eraan dat hij zich moet beheersen. De kinderen lopen op hun oma af en geven haar een knuffel, maar hij concentreert zich op de volgende persoon die de auto uit komt. Hij wordt duister vanbinnen als het hem duidelijk wordt dat het die pot is. Ook zij ziet er verward en angstig uit, maar hij weet dat ze in werkelijkheid berekenend en kwaadaardig is. Hij voelt dat hij zich ontzettend zal moeten beheersen als hij daar straks naar binnen gaat en zij ook in het appartement is. Even later vliegt ook de pot Dittes moeder om de hals en hij richt zijn aandacht weer op het politiebusje om Ditte eruit te zien komen.

Maar er komt niemand naar buiten en nu loopt de agent naar het busje en wordt de deur dichtgeschoven. Samen met de andere agent die het busje bestuurde loopt hij naar het gezelschap en wisselt een paar woorden voordat de pot, Dittes moeder en de kleintjes in de portiek verdwijnen. De deur klapt achter ze dicht en de agenten blijven even staan praten, waarna een van hen terugloopt en weer in het busje gaat zitten, terwijl de andere zich opstelt bij de deur als een mislukte soldaat.

Torsten Vangsø realiseert zich dat hij een enorme blunder heeft begaan. Ditte zit niet in het busje en heeft er ook nooit in gezeten. Als het politiebusje weer richting aangeeft en zich in het verkeer begeeft, kan hij zijn razernij niet inhouden. Vertwijfeld slaat hij met zijn handen op het stuur, wat hij volhoudt totdat zijn handpalmen bonzen van de pijn. Het voelt alsof zijn hoofd op ontploffen staat en zijn gedachten gaan alle kanten op. Hij kan terugrijden naar het politiebureau, maar Ditte kan al lang en breed naar een andere plek zijn gereden. In het appartement van die pot is ze zeker niet, want dan zou die pot niet hier zijn, en zijn hersenen springen radeloos heen en weer tussen verschillende mogelijkheden. Als de gedachte hem treft dat hij zich via de achtertrap toegang kan verschaffen om die pot meteen te confronteren, graait hij driftig in het handschoenenkastje om zijn mes te pakken. Voor de zekerheid had hij het mes daar neergelegd sinds dat gedoe bij het Centrum voor Familierecht toen Ditte zich verzet had tegen zijn bevel om in te stappen. In het donker voelt hij het heft in zijn hand en even later houdt hij het mes in zijn trillende handen op schoot. Maar voordat hij de deurgreep te pakken heeft, valt het licht van de straatlantaarn op zijn trouwring.

De ring glimt zacht in het schijnsel en hij pakt hem beet zoals hij zo vaak heeft gedaan als hij tot bezinning moet komen. De ring herinnert hem eraan hoe het allemaal begonnen is en hij stelt zich open voor zijn gevoelens. Hij houdt van haar. Dit is niet wie hij is. Het is allemaal uit de hand gelopen en natuurlijk gaat hij niet met een mes staan zwaaien, zeker niet in de buurt van zijn kinderen.

Stukje bij beetje begint hij weer controle over zijn ademhaling te krijgen en hij blijft even zitten om zichzelf tot rust te brengen. Hij heeft net besloten om het mes terug te leggen in het handschoenenkastje als zijn telefoon trilt.

Hij ziet dat hij een Messenger-bericht heeft ontvangen, maar er staat geen afzender bij. Als hij op het bericht tikt, staat er geen tekst in, alleen een thumbnail waarvan hij niet kan zien wat die voorstelt. Hij opent hem zonder te weten wat hij moet verwachten.

De foto is van een afstand genomen. Een uitsnede van een donkere, drukke straat en een paar mensen bij een gebouw. Het duurt even voordat hij tussen de toevallige voorbijgangers haar gestalte herkent, en de muts die lelijk over haar hoofd getrokken zit. Hij begrijpt niet waarom iemand hem die foto heeft gestuurd, of waarom de tijdsaanduiding van de opname rood omcirkeld is.

Niet-begrijpend zoomt hij in op de foto zonder iets van betekenis te vinden, maar dan ontdekt hij de toegangstrap tot het gebouw. Het wordt hem duidelijk waar de foto genomen is en dat het de plek is waar Ditte nu moet zijn.

De woede is weer terug. Hij wordt erdoor overspoeld en terwijl het gevoel dat hij verraden is in hem groter en groter wordt, start Torsten Vangsø de motor en rijdt zonder richting aan te geven bij de stoeprand vandaan.

58

Thulin staat met haar blik strak op de muren gericht in de slaapkamer van Torsten Vangsø en aan de andere kant van het enorme appartement hoort ze de forensisch onderzoekers aankomen. Met autoritaire stem geeft Nylander hun instructies en even later klinkt het geluid van hun met plastic overtrokken schoeisel op de houten vloeren, terwijl ze zich haastig verdelen over de vele kamers, waar het al krioelt van de rechercheurs die bezig zijn met de doorzoeking. De verdeling verloopt professioneel en geroutineerd, maar als de eerste in het wit gestoken mensen de slaapkamer binnenkomen, merkt Thulin dat ze abrupt stoppen bij het zien van de muren. Een van de jongere onderzoekers kan een uitroep niet inhouden.

'Fuck. Wat is dit?'

Thulin begrijpt zijn reactie wel, want zij reageerde net zo toen Hess en zij een poosje geleden waren aangekomen.

Budtz en de andere rechercheurs hadden de voordeur van het appartement geforceerd en de deuren die eerder die dag gesloten waren geweest hadden wijd opengestaan. Daarachter was te zien dat de ex-man van Ditte Vangsø een radicaal ander leven leidde dan de indruk die hij die middag had gewekt. Een paar van de kamers, waaronder die van de kinderen, mochten er dan netjes uitzien, andere kamers werden echter gekenmerkt door een chaotische wanorde. Met name de grote landelijke keuken met gietijzeren fornuis, dubbele oven en meerdere koelkasten was een grote zwijnenstal geweest. Vieze Le Creuset-pannen met beschimmelde etensresten en gebruikt servies en bestek hadden in stapels op het aanrecht en in de gootsteen gestaan. Wijnflessen en afvalzakken stonden stinkend en rottend in een hoek, terwijl verpakkingen van takeawaymaaltijden van het nabijgelegen Michelin-restaurant van Hotel D'Angleterre er als een scheve toren bovenop hadden gestaan. Er was nergens een spoor te bekennen van de renovatiewerkzaamheden waar de ex-man van Ditte Vangsø het eerder over had gehad, maar pas toen Thulin en Hess verder door de gang waren gelopen en de slaapkamer hadden bereikt, werd het hun duidelijk waarom de man niet wilde riskeren dat ze dat deel van de woning zouden zien.

De slaapkamer heeft het formaat van een kleinere hotelsuite en de dubbele salondeuren die naar een inloopkledingkast met manshoge spiegels en een indrukwekkende marmeren badkamer met bad en dubbele douchecabine leiden, getuigen van een luxe die voor slechts weinigen is weggelegd. Toch doen de ruimtes eerder denken aan een grottenstelsel met hoog plafond, want alle verduisteringsgordijnen zijn omlaaggelaten en sluiten hermetisch al het zonlicht buiten. Bovendien is het er minstens zo rommelig als in de keuken. Een kroonluchter met talloze wiebelende prisma's verlicht stapels kleding die overal op de dikke, luxueuze vloerbedekking liggen en een enorm hemelbed in overdreven romantische stijl staat onopgemaakt met het bewerkte hoofdeinde tegen een van de korte muren. Verschillende ingelijste foto's van Ditte Vangsø en haar ex-man staan op het nachtkastje, met onder andere een trouwfoto in een gouden lijst met gebroken glas. In de hoek van de kamer wordt de romantische inrichting verstoord door een bureaustoel en een nieuw, weinig charmant bureau die geen onderdeel kunnen zijn geweest van het normale interieur van de kamer. Op het bureau staan een vaste computer en een laserprinter, en Raheem is gaan zitten en probeert volhardend toegang tot het apparaat te krijgen, terwijl de forensisch onderzoekers zich proberen los te rukken van de aanblik van de met foto's beklede muren die de kamer zo overweldigend maken.

Overal aan de twee muren waar Thulin naar staat te kijken hangen foto's van Ditte Vangsø. Op het eerste gezicht lijken ze willekeurig en door elkaar opgehangen, helemaal van de plint tot op ongeveer tweeënhalve meter hoogte, maar als je beter kijkt, ontdek je dat er een systeem in zit. De foto's zijn ingedeeld in grote groepen en boven elke groep zijn direct op de muur de namen van vier maanden slordig opgeschreven met potlood: *oktober, november, december, januari.*

Van begin oktober tot januari heeft de ex-man van Ditte Vangsø haar gestalkt op straat, op haar werk, voor cafés en supermarkten, in sporthallen met de kinderen en bij het Centrum voor Familierecht. Er zijn honderden foto's die vastleggen wat Ditte Vangsø heeft gedaan. De koude rillingen lopen Thulin vooral over de rug als ze ontdekt dat de ogen van Ditte Vangsø op sommige van de foto's zijn uitgestoken met een scherp voorwerp, terwijl andere zijn verkreukeld voordat ze weer zijn opgehangen.

Bij nadere inspectie zijn er ook foto's van andere personen en het is duidelijk dat Torsten Vangsø in de gaten heeft gehouden met wie en wanneer zijn ex-vrouw had afgesproken: een oudere vrouw die de moeder van Ditte Vangsø zou kunnen zijn, Lena Fjeldstrup die Thulin op het politiebureau heeft ontmoet, maar ook Ditte Vangsø in gezelschap van collega's voor de Gezondheidsraad, begeleiders van het Centrum voor Familierecht, en zelfs van de vicedirecteur is een foto opgehangen. Onder sommige foto's zitten briefjes met handgeschreven opmerkingen, zoals *De pot, Collega, Onbekende man?, Vriendin, Begeleider 2*, enzovoort.

Onder 'januari' merkt Thulin op dat er ook meerdere foto's hangen van Silje Thomsen en Philip Lund die los van elkaar van en naar het Centrum voor Familierecht lopen. Ze stelt zich zo voor dat dat mogelijk in verband was met de groepstherapie die Ditte Vangsø had genoemd. Er hangen echter minder foto's onder de maand januari dan onder de overige maanden en in plaats daarvan siert een groot handgeschreven vraagteken de muur. Thulin bedenkt dat dat kan zijn omdat Ditte Vangsø vanaf half januari ondergedoken was, zodat Torsten Vangsø haar niet langer in het oog kon houden. Verder omlaag landt haar blik inderdaad op een ordelijk gedocumenteerde klopjacht in de vorm van onder andere een kaart van Denemarken, een overzicht van jeugdherbergen en een lijst op A4-formaat met daarop geschreven: *Verblijfplaats?, Geld?, Communicatie?, Buitenland?, Paspoorten?*

Thulin heeft nooit eerder zoiets gezien. Zelfs Hess was overweldigd door de aanblik voordat hij aan de slag ging met het nauwkeurig bestuderen van de vele foto's en ze ziet dat hij daar nog steeds mee bezig is. Het beangstigt Thulin te bedenken dat de man die ze eerder op de dag hadden bezocht zo normaal had geleken, want wanneer ze zijn 'werk' bekijkt, twijfelt ze er geen moment aan dat hij een tikkende tijdbom zou kunnen zijn.

'Nog nieuws over waar hij is?' hoort ze Nylander ergens roepen. 'Kom op, we hebben het druk!'

Thulin hoort aan Nylanders stem dat de vondsten in het appartement hem aangevuurd hebben en zij voelt dat net zo. Hoewel Ditte Vangsø politiebescherming heeft, is het zaak dat haar exman zo snel mogelijk wordt gevonden en Thulin kijkt naar Raheem.

'Hoe ver ben je?'

Op weg naar de Store Kongensgade had ze Raheem gebeld en hem gevraagd om ook snel naar het adres te komen, aangezien ze zich de laptops herinnerde die Torsten Vangsø in zijn werkkamer had staan. Toen Raheem was aangekomen, had ze hem echter gevraagd om in plaats daarvan de vaste computer in de slaapkamer onder handen te nemen, want die lijkt de voorkeur van Torsten Vangsø te hebben gehad.

'Het is moeilijk om binnen te komen. Die vent heeft codes en versleuteling gebruikt en hij weet wat hij doet.'

'We móéten toegang hebben. Probeer zijn socialmedia-accounts ook via...'

'Ik ben al aan het bellen.'

'Chef!'

Het is Budtz die bij een van de kasten in de grote inloopkledingkast staat. Hij heeft met plastic handschoenen aan voorzichtig een slordige stapel papier van een van de planken gepakt en laat die aan Nylander zien, die de slaapkamer binnenkomt.

'Het zijn afdrukken van de mappen en verschillende dossiers van het Centrum voor Familierecht. Die van hemzelf en zijn ex, maar ook van Silje Thomsen en Philip Lund en anderen. Helemaal tot aan het moment dat het datalek werd gedicht.'

Thulin is aan komen lopen om mee te kijken en Hess doet hetzelfde. In de stapel herkent ze het logo van het Centrum voor Familierecht op de vele pagina's in de handen van Budtz. Ze ziet dat stukken tekst driftig zijn onderstreept in de zaak van Torsten Vangsø zelf als er dingen waren die hij zich bijzonder aantrok.

'Laat onmiddellijk een opsporingsbevel naar die man uitgaan,' beveelt Nylander. 'Zoek een foto van hem, van zijn auto, zijn paspoort, en breng veerdiensten, luchthavens en de hele mikmak op de hoogte.'

Budtz heeft de stapel teruggelegd in de kast en pakt snel zijn telefoon om de orders op te volgen, terwijl Nylander aanstalten maakt om terug te gaan naar het andere deel van het appartement.

'Maar die papieren bewijzen nog steeds niet dat Torsten Vangsø degene is die we zoeken,' merkt Hess op.

Hij heeft zijn ogen van de stapel papier gehaald en kijkt naar Nylander, die zich gedesoriënteerd omdraait, terwijl Hess verdergaat.

'Het enige wat het op dit moment bewijst is dat hij heeft ingebroken op de servers van het Centrum voor Familierecht om zijn eigen zaak te bekijken en mogelijk ook die van de mensen met wie zij iets te maken had. Maar niet meer dan dat.'

'Je bedoelt afgezien van het feit dat alles erop wijst dat hij in het bos was en dat hij een paar fotowanden heeft gemaakt die duidelijk maken dat hij haar maandenlang gevolgd heeft?'

'Die foto's bewijzen niets. Als hij de dader is, waarom is dan geen enkele van de foto's die hier aan de muur hangen hetzelfde als de foto's die naar Ditte Vangsø en de andere twee slachtoffers zijn gestuurd?'

Hess wijst overtuigd naar de muren met de vele foto's, maar Nylander gunt ze geen blik waardig.

'Die zijn er waarschijnlijk ook, wanneer ze volledig worden gecontroleerd.'

'Ik héb ze gecontroleerd. Die zijn er niet.'

'Dan zijn die misschien op een andere plek verstopt. Wat wil je hiermee eigenlijk zeggen?'

'Ik zeg alleen maar dat het te gemakkelijk is. Er is niets wat wijst op verstoppertje. Geen telversje, geen rijmpjes, of...'

'Nu begrijp ik er geen zak meer van.'

Nylander heeft een stap terug naar Hess gezet en Thulin ziet dat zijn gezicht rood is geworden van kwaadheid.

'Jij was degene die ons naar het Centrum voor Familierecht heeft geleid. Toen kregen we Ditte Vangsø te pakken om haar in veiligheid te brengen en nu zijn we hier, waar de eindjes van de zaak eindelijk bij elkaar lijken te komen. Vertel me dan alsjeblieft wat er godverdomme mis kan zijn!'

'Hess, je telefoon.'

Een rechercheur staat in de gang en wijst terug naar de grote werkkamer waar Hess zijn jas over een stoel heeft gehangen. Thulin ziet dat Hess erop gebrand is om de discussie voort te zetten, maar hij komt tot bezinning en stelt zich voorlopig tevreden met een scherpe blik in de richting van Nylander.

'Dat zal ik zo meteen haarfijn uitleggen.'

Hij verdwijnt de gang in en zodra hij buiten gehoorsafstand is, wendt Nylander zich tot Thulin.

'Wat zeg jij ervan?'

'Op dit moment is het zaak om Torsten Vangsø te pakken te krijgen, dan zullen we verder moeten kijken.'

'Maar wat is zijn probleem? We zijn hier allemaal bezig om aan te pakken wat we hebben, maar hij lijkt de boel liever lek te prikken.'

'Laten we luisteren naar wat hij te zeggen heeft.'

Nylanders telefoon begint te rinkelen en tot Thulins opluchting neemt hij die uiteindelijk op en loopt een paar stappen bij haar vandaan.

Zelf is ze verbaasd over Hess' bewering dat geen van de foto's aan de muur dezelfde zijn als die Ditte Vangsø en de twee andere slachtoffers hebben ontvangen. Veel ervan lijken er in Thulins ogen sprekend op, maar daar staat tegenover dat ze Hess goed genoeg kent om te weten dat hij zoiets nooit zou zeggen als hij niet zeker wist dat hij gelijk had.

Ze kijkt ongeduldig de lange gang door naar de werkkamer,

maar als ze hem nog steeds niet ziet, besluit ze naar hem toe te gaan. Onderweg passeert ze een paar rechercheurs, maar als ze in de werkkamer is aangekomen, ziet ze alleen een forensisch onderzoeker die bezig is om de kamer gedetailleerd te fotograferen, terwijl een jongere rechercheur lades en kasten onderzoekt.

'Waar is Hess?' vraagt ze.

'Die is weggegaan,' antwoordt de rechercheur zonder op te kijken.

'Waarnaartoe?'

'Geen idee. Hij ging gewoon de deur uit.'

Het antwoord verbaast Thulin en ze draait zich naar de deur die naar de hal leidt, waar nog een paar forensisch onderzoekers bovenkomen. Vervolgens loopt ze snel naar het raam.

Beneden op de Store Kongensgade krijgt ze hem in het oog onder de brandende straatlantaarns. Met zijn jas fladderend in zijn hand steekt hij de rijbaan schuin over naar het tegenoverliggende trottoir en hij rent in hoog tempo de besneeuwde straat uit, totdat hij uit het zicht verdwenen is.

'Thulin, ik heb iets wat je moet zien!'

Raheem komt haastig op haar af en zet zijn computer in de vensterbank zodat ze op het scherm kan meekijken.

'Ik heb toegang gekregen tot het Messenger-account van Torsten Vangsø. Ik kan niet zien waar hij zich bevindt, maar het laatste bericht dat hij heeft ontvangen is deze foto.'

'Momentje.'

Het heeft Thulin ongerust gemaakt om Hess zo over straat te zien rennen. Ze kan maar één ding bedenken waarvoor hij op die manier de deur uit is gestormd en ze belt hem snel op.

'Nee, geen momentje. Je moet dit onmiddellijk zien.'

Het dringt tot Thulin door dat Raheem gealarmeerd is. Ze breekt de oproep af en hij draait het scherm naar haar toe en vergroot de foto.

'Het is verdacht dat er geen afzender bij het bericht staat, maar ik ken de mensen op de foto niet.'

Thulin legt gefrustreerd haar telefoon op de vensterbank en probeert zich op het computerscherm te concentreren.

De foto is donker en van een afstandje genomen en het duurt een paar tellen voordat Thulin de kleine gestalte met de muts en de neutrale kleding herkent op de drukke straat. Het ziet eruit alsof Ditte Vangsø op weg is naar een gebouw, geflankeerd door een paar mensen die lijken op politieagenten.

Eerst begrijpt Thulin niet waarom iemand die foto naar Torsten Vangsø heeft gestuurd. Het is een foto van zijn ex-vrouw die op een geheime plek onder bewaking staat. Maar dan valt Thulins oog op de tijdsaanduiding die aangeeft dat de foto ongeveer een uur geleden genomen is. Het bloed in Thulins aderen bevriest.

'Zoom in.'

'Waarop?'

'Het gebouw! Zoom in!'

Raheem doet wat ze hem vraagt.

'Ik heb al geprobeerd om in te zoomen. Er zijn verder geen herkenningspunten. Alleen de auto op de voorgrond, de drie personen, het gebouw, en...'

Raheems stem verdwijnt naar de achtergrond als ze de details op het grijs-zwarte functionalistische gebouw herkent. Heel even probeert ze zichzelf wijs te maken dat ze zich misschien vergist, maar dat is niet zo. Terwijl Raheem doorpraat, pakt ze haar telefoon en rent naar de trap.

59

Wanneer ze met piepende banden de hoek om komt op de Ellebjergvej in Valby ziet Thulin de blauwe zwaailichten van patrouillewagens die een paar honderd meter verderop bij het Centrum voor Familierecht geparkeerd staan. Het eerste wat ze ziet als ze stilhoudt bij het verlichte gebouw is de kleine verzameling personeelsleden die zonder jas gechoqueerd heen en weer lopen op de donkere parkeerplaats. Als ze uit de auto stapt, ziet ze dat sommigen van hen huilen, terwijl anderen elkaar vertwijfeld omhelzen of in de sneeuw zitten met hun gezicht in hun handen.

Thulin draait zich met bange voorgevoelens naar het gebouw, waar op dat moment een ambulance met sirene en zwaailicht aankomt. Haar blik landt op nog een huilende medewerker die in shock de glazen deuren van de ingang uit komt wankelen en ze rent die kant op. In het voorbijgaan laat ze haar identificatie aan de agent zien die bij de deuren op wacht staat en voordat hij toestemming kan geven stormt ze de lege receptie binnen in de richting van het trappenhuis naast de lift.

Zo snel ze kan rent ze de treden op en als ze de deur bereikt naar de afdeling waar Hess en zij eerder op de dag met de vicedirecteur hadden gesproken, komen nog meer snikkende medewerkers het trappenhuis binnen, begeleid door een agent. Thulin houdt buiten adem de deur open met haar trui over haar handen, zodat ze geen sporen achterlaat. Met bonzend hart loopt ze zoekend door de gang met kantoren, tot ze een klein atrium bereikt met een keukentje en een koffieapparaat.

Ze krijgt direct het levenloze lichaam in het oog dat op de grond ligt, samen met de plas bloed die zich haast zwart rond het hoofd van de persoon gevormd heeft. Ze loopt er snel naartoe en voorzichtig tilt ze de jas op die iemand over het gezicht van de overledene heeft gelegd.

Zijn ogen staren naar het plafond, zijn open mond is verstijfd als in een schreeuw en in zijn hals ziet Thulin een lange, ongelijkmatige wond die van de adamsappel naar de halsslagader loopt. Heel even weet ze niet zeker of ze het gezicht herkent, maar dan ontdekt ze de hoornen bril die een stukje daarvandaan op de vloer ligt en ze realiseert zich dat het de vicedirecteur is.

Op hetzelfde moment komt een jongere agent gehaast voorbijgelopen en ze houdt hem tegen terwijl ze haar identificatie omhooghoudt.

'Vertel me, wat is er gebeurd?'

De agent kijkt verward van de identificatie naar Thulin en zijn grote, verschrikte ogen verraden dat hij nog maar een paar maanden in dienst is.

'Een cliënt is langs de achtertrap binnengedrongen om contact met zijn ex-vrouw te krijgen. Ze probeerden hem tegen te houden, maar hij raakte buiten zinnen.'

'Waar is de vrouw?'

'Een van de medewerkers zegt dat hij haar heeft meegenomen.'

De woorden van de agent dringen langzaam tot haar door. Ze laat zijn arm los en laat hem verder de gang uit rennen. Op de vloer, een eindje bij de plas bloed vandaan, merkt ze een verkreukeld stuk stof op. Thulin ziet dat het een muts is.

DEEL 4

Donderdag 27 februari, dezelfde dag, nu

60

Jons gezicht is bleek en aan zijn ademhaling hoort Hess dat het hem nog steeds inspanning kost om zelf te ademen. Zowel het inademen als het uitademen gaat met kleine, krampachtige stoten en het is alsof zijn luchtwegen er nog niet aan gewend zijn dat ze het zelf moeten doen, zoals het hoort. Zijn vermoeide ogen zijn maar half open en af en toe vallen ze helemaal dicht voordat ze weer opengaan om Hess te zoeken, maar zijn blik is zo dof en diffuus dat Hess betwijfelt of Jon hem überhaupt herkent.

Hess zit naast het bed in de ziekenhuiskamer, die slechts wordt verlicht door het lampje bij het nachtkastje. Jons haar is piekerig. Het kompres op zijn schedel zit er nog steeds, maar voor het eerst sinds hij is opgenomen staat het hoofdeinde van zijn bed een stukje overeind. Hess probeert contact te krijgen door de hand van zijn broer nog steviger tussen zijn handen te houden, maar noch de hand, noch de ogen geven een reactie. Bij elke uitademing vallen Jons ogen alleen maar dicht om langzaam weer open te gaan. Hess merkt dat Jon een keer slikt en kleine trekjes rond zijn mond geven aan dat hij probeert de kracht op te brengen om wat te zeggen. Met zijn lippen doet hij inspanningen, maar het is alsof hij toch niet bij machte is en Hess streelt koortsachtig zijn levenloze hand.

'Je hoeft niks te zeggen. Alles is goed. Ontspan je maar gewoon.'

Jons hand beantwoordt zijn kneep niet en Hess begint weer de dingen te doen die de arts hem op de gang vertelde voordat hij de kamer binnen mocht komen.

'Ze zeggen dat je het goed doet. Het is normaal als je je suf en in de war voelt, dat is dus niks om je zorgen over te maken. Je bent nu gewoon moe en je hebt rust nodig. Dat is het belangrijkste.'

Aan de ademhaling die volgt kan Hess aan Jon merken dat hij niet van plan is om te gehoorzamen. Hess' ongerustheid dat er misschien iets mis is keert terug en hij werpt snel een blik op het raam in de deur om te zien of hij misschien een verpleegkundige op de gang ziet.

Hess had bijna een hartstilstand gekregen van schrik toen hij een paar uur eerder het telefoontje had beantwoord in het appartement van Torsten Vangsø aan de Store Kongensgade. Hij was volkomen onvoorbereid op het gesprek dat hem meteen het ergste had doen vrezen en de arts had snel uitgelegd waarom ze contact met hem opnam.

'Ik bel je met goed nieuws. Je broer is net wakker geworden en je kunt langskomen om hem gedag te zeggen als je dat wilt.'

Het bericht had de grond onder zijn voeten weggeslagen. Verward was hij de portiek in gewankeld, terwijl hij had doorgevraagd op de woorden die de arts had gesproken. Toen ze die had herhaald en verder had toegelicht, was hij na haar uitleg de trappen afgevlogen en zonder erbij stil te staan om Thulin of de anderen te vertellen wat er was gebeurd, was hij de straat op gerend om een taxi te roepen.

Hess had uit het gesprek opgemaakt dat de artsen die ochtend Jons vitale functies hadden besproken. Ze hadden besloten om te kijken hoe Jons lichaam zou reageren als ze zouden proberen om stap één van het ontwakingsproces in werking te zetten. Als dat niet de gewenste respons zou hebben, zouden ze de poging afbreken om verder af te wachten. Maar toen het eerste deel van het ontwakingsproces was gegaan zoals gehoopt, waren ze verdergegaan met stap twee en even later ook met stap drie.

Bij aankomst in het ziekenhuis was Hess euforisch geweest, maar hij had al snel begrepen dat Jons toestand allerminst duidelijk was. Het ontwaken mocht dan gegaan zijn zoals het hoorde, maar in hoeverre Jons cognitieve vermogens intact waren, was onzeker. De arts had voorzichtig en weinig concreet geantwoord op de vele vragen die Hess had en hij begreep dat ze vermoedelijk pas in de loop van de komende weken met zekerheid zouden weten hoe Jon eraan toe was. Misschien zou het zelfs wel maanden duren. Het verheugende nieuws was echter dat Jon bij bewustzijn was en dat hij met wat hulp tegen de arts had kunnen fluisteren hoe hij heette en waar hij woonde. Meer viel op dit moment niet te verwachten.

Hess had moeite gehad om te wachten tot hij toestemming kreeg om op Jons kamer te mogen komen, wat pas was gebeurd nadat de arts aan Jon had verteld dat hij bezoek had van zijn broertje. Die boodschap had volgens de arts geen reactie bij Jon teweeggebracht, maar Hess was desondanks optimistisch en zelfverzekerd de kamer binnengegaan.

Hij had zelf kunnen constateren dat het beademingsapparaat was uitgeschakeld en dat de slangen van het toestel in de hoek slap hingen. Hij had ongeduldig gewacht terwijl een verpleegkundige het hoofdeinde van Jons bed omhoog had gezet. Hess had zich er ongelooflijk op verheugd om Jon weer in de ogen te kijken, maar toen Jon die uiteindelijk had geopend en naar hem had gekeken, was er niet de minste blijk van herkenning te zien geweest in de ogen van zijn broer. Zodra ze alleen werden gelaten had Hess de stoel zo dicht mogelijk bij het bed gezet en was hij zo gaan zitten dat Jon hem het best kon bekijken. Hij had Jons hand gegrepen en naar hem gelachen en verteld hoe blij hij was dat hij wakker was. Ook al had de arts hem op de situatie voorbereid, het uitblijven van een reactie had Hess ongerust gemaakt en hij had Jon verteld wie hij was, Mark, zijn kleine broertje, en in de eenzame stilte die volgde had hij geprobeerd om zijn zorgen te onderdrukken en rustig en langzaam tegen Jon te praten over de dingen die hem invielen. Over de vorst en sneeuw buiten, over de beo die bij hem thuis zat en vooral over de visreisjes die Hess dacht dat ze zouden gaan maken als Jon weer beter was. Maar het had allemaal weinig geholpen.

Terwijl Hess weer de gang op kijkt om een verpleegkundige te pakken te krijgen, merkt hij dat hij diep vanbinnen bang is dat Jons poging om wat te zeggen alleen komt doordat hij het ongemakkelijk vindt om bezoek te hebben van iemand van wie hij niet weet wie het is.

Er is nog steeds geen personeel te zien en even overweegt Hess om op te staan en naar buiten te gaan, maar als hij naar Jon kijkt, ziet hij dat die zich weer inspant. Het doet pijn om te zien en Hess wil hem geruststellen en sussen, maar dan slaagt Jon erin om het geluid over zijn lippen te krijgen. Het is maar één woord, fluisterend en met moeite uitgebracht, en hij doet zijn best om Hess erbij aan te kijken.

'Sorry.'

Het eenvoudige woord overweldigt Hess. Het verplaatst zich door zijn hele lichaam en hij moet zijn best doen om niet de controle over zijn emoties te verliezen. Jon sluit zijn ogen en als hij ze weer opent, bijt Hess op zijn lip om niet te gaan huilen.

'Je hoeft geen sorry te zeggen. Er is niets om je voor te verontschuldigen.'

Hij knijpt in zijn hand, maar hij ziet aan Jons ogen dat hij het er niet mee eens is. Zijn ademhaling stokt weer en het duurt een paar lange seconden voordat hij fluisterend iets weet uit te brengen.

'Ik heb… je bang gemaakt.'

Hess vecht om zichzelf in de hand te houden en hij weet niet wat hij moet zeggen. Dat Jon hem zo duidelijk kan lezen is ontzettend positief en bijzonder bemoedigend, maar het verscheurt zijn hart dat zijn broer er zo bij ligt en zich tegelijkertijd schuldig voelt. Hess wil geruststellend antwoord geven, liegen en hem vertellen dat dat niet klopt, maar Jon is hem voor met zijn gefluister.

'Niet bang zijn… Ik ben er.'

Weer is het alsof Jon al zijn krachten gebruikt om zijn blik op Hess gericht te houden en als hij niet meer kan, voelt Hess dat zijn hand een zacht kneepje geeft.

Niet bang zijn. Ik ben er.

Hess weet niet hoe vaak zijn grote broer die woorden tegen hem gezegd heeft tijdens hun jeugd. Net als toen voelt hij hoe Jons beschermende liefde zich over hem uitspreidt en er verschijnt een glimlach op Hess' gezicht, terwijl hij in Jons hand knijpt en het opgeeft om zijn tranen tegen te houden.

Een verpleegkundige opent stilletjes de deur en komt de kamer binnen. Hoewel ze vriendelijk knikt, ziet Hess in dat haar aanwezigheid betekent dat het voor hem tijd is om Jon alleen te laten. Hij droogt snel zijn tranen en wendt zich tot zijn broer.

'Ik kom weer wanneer dat mag. Oké? Je moet het zeggen als er iets is wat je wilt hebben. Of als ik iets voor je kan doen. Wat dan ook.'

Jon kijkt hem aan en sluit zijn ogen één keer en Hess snapt dat dat betekent dat Jon het begrepen heeft. Hess knijpt nog één keer in zijn hand en dan staat hij op om naar de deur te lopen die de verpleegkundige voor hem openhoudt.

Op de gang is Hess haast buiten zichzelf van blijdschap. De arts wacht op hem voor het raam naar de personeelsruimte en terwijl zij vragen stelt over hoe Jon reageerde om hem te zien, kan Hess niet anders dan breeduit lachen terwijl hij vertelt. Ze is positief over Jons vooruitgang en ze begint Hess op de hoogte te brengen van details over de volgende stap, maar hij is veel te uitgelaten om zich te concentreren op wat ze zegt. Hij moet haar meerdere keren vragen om zelfs de simpelste dingen te herhalen, totdat een verpleegkundige haar aandacht nodig heeft en hij snel beleefd afscheid neemt en naar de lift loopt.

Op weg naar beneden door het ziekenhuisgebouw stroomt de opluchting door hem heen en hij moet bijna lachen en huilen tegelijk. Verdieping na verdieping begint de angst zijn greep op hem te verliezen en hij geeft toe aan de enorme bevrijding die het is dat Jon leeft. Hij voelt zich oneindig dankbaar. Voor de artsen, voor Jon en voor het broze leven dat de mensen gegeven is.

Als de liftdeuren opengaan op de begane grond, heeft hij zijn telefoon er weer bij gepakt en aangezet – hij moet zijn vreugde delen met Thulin. Hij ziet dat ze hem gebeld heeft, direct nadat hij het appartement aan de Store Kongensgade verliet. Even voelt hij zich schuldig, omdat hij haar niet verteld heeft waarom hij vertrok. Maar hij weet dat ze het zal begrijpen, dus stuurt hij haar snel een bericht.

Ben in het ziekenhuis. Jon is wakker en maakt het goed ☺

Hij realiseert zich dat die smiley het understatement van de eeuw is en volstrekt niet in de buurt komt van hoe hij zich voelt, maar voordat hij meer kan schrijven ziet hij dat Thulin lang niet de enige is die hem heeft gebeld. De lijst is verontrustend. Nylander, Budtz en een paar andere rechercheurs, en ergens tussen de vele oproepen ziet hij zelfs Aksels naam staan.

Hess' opluchting over het weerzien met Jon maakt plaats voor een nieuwe verontrusting en hoewel hij geen idee heeft waarom Nylander, Aksel en alle anderen hem zo dringend wilden spreken, weet hij dat ze niet met goed nieuws hebben gebeld. Hij denkt als een bezetene na over wat er gebeurd kan zijn, maar dan valt zijn blik op een nieuwsuitzending op een groot scherm achter de balie van de kiosk tegenover hem.

Met de hoofdpunten in de nieuwsbalk eronder wordt een live-uitzending getoond met een dik ingepakte verslaggever die in het avonddonker geestdriftig in een microfoon staat te praten. De verslaggever staat voor een gebouw dat oplicht in de blauwe zwaailichten van een groot aantal politieauto's en zodra Hess een paar stappen dichterbij komt, herkent hij het grijs-zwarte functionalistische gebouw in Valby.

61

Het crisiscentrum gonst van de hectische bedrijvigheid. Het is vergeven van rechercheurs die ofwel aan het telefoneren zijn, ofwel achter hun schermen zitten en druk informatie met collega's uitwisselen over alle bureaus heen. Het onderzoek naar de gebeurtenissen in het Centrum voor Familierecht vermengt zich met de klopjacht op Torsten Vangsø en zijn ex-vrouw en het frustreert Hess dat hij geen antwoord op zijn vragen kan krijgen, omdat zijn gesprek met Thulin constant wordt onderbroken door politiemensen die haar aandacht nodig hebben.

'Thulin, ze vragen of auto's op veerboten nog steeds moeten worden doorzocht.'

'Ja, blijf doorgaan.'

'Thulin, vanwege de politieacties staan er files op de E45 en E20 en de verkeerspolitie wil graag weten of...'

'Gewoon blijven doorgaan en laat ze Nylander bellen als het belangrijk is.'

Als haar gejaagde blik uiteindelijk weer op hem belandt, gaat hij verder met zijn pogingen om op de hoogte te komen van de gebeurtenissen.

'Hoe kon het gebeuren? Hoe kon hij bij haar in de buurt komen?'

'Kom mee. Je kunt het op de opnames zien.'

Thulin draait zich om zonder verdere uitleg en Hess volgt haar snel door het lokaal terwijl hij nadenkt over wat ze bedoelt met 'de opnames'.

Onderweg naar het hoofdbureau had hij al geprobeerd haar te bellen, maar ze had niet opgenomen en hij wist dat dat kwam doordat de afdeling op haar kop stond. Op verschillende nieuwsplatforms had hij in allerijl gelezen wat er was gebeurd en de inhoud schokte hem. Alle media beschreven dat een man zich enkele uren eerder toegang tot het Centrum voor Familierecht aan de Ellebjergvej in Valby had verschaft, waar hij de vicedirecteur van de instelling had doodgestoken, voordat hij een gijzelaar met zich had meegenomen en in een auto gevlucht was. Verschillende media, die met een aantal medewerkers hadden gesproken, meenden te weten dat de dader een cliënt was en dat hij zijn exvrouw had gegijzeld. Hess had verondersteld dat het om Torsten en Ditte Vangsø moest gaan. In zijn hoofd was het appartement aan de Store Kongensgade met de muren vol foto's van Ditte Vangsø aan hem voorbijgetrokken en hij was ongeduldig geworden om antwoord op zijn vragen te kunnen krijgen.

Toen hij was aangekomen bij het politiebureau, hadden zich meer wachtende verslaggevers en journalisten voor de ingang verzameld dan eerder. Op de afdeling had hij de gespannen, drukke stemming herkend die ontstaat tijdens grote operaties. Nylander was niet aanwezig geweest, omdat hij bezig was de korpsleiding op de hoogte te brengen en zich voor te bereiden om het grote publiek te informeren, maar Hess had Thulin aangetroffen in het crisiscentrum dat duidelijk het hart van de operatie vormde. Ze had het bord met foto's van details van het appartement aan de Store Kongensgade staan bestuderen en het was duidelijk geweest dat al haar gedachten gefocust waren op het uitzoeken van waar Ditte Vangsø naartoe kon zijn gebracht door haar ex-man.

Ondanks de drukte had Thulin geuit hoe blij ze voor hem was dat Jon was ontwaakt, wat hij had gewaardeerd, maar hij wist ook dat ze daar nu niet bij stil konden blijven staan. Het eerste wat Hess had gevraagd was of er nieuws was over waar het verdwenen stel zich bevond, wat niet het geval was geweest. Vervolgens had hij toegegeven aan zijn woede over het feit dat Torsten Vangsø überhaupt het gebouw binnen had kunnen dringen terwijl Ditte Vangsø onder politiebeveiliging stond.

'De agenten die de opdracht hadden om haar te beschermen bleven de wacht staan houden bij de hoofdingang op de begane grond en bij de trap in de receptie. Maar haar ex-man wist dat er een personeelsingang aan de andere kant van het gebouw zat en heeft zich dreigend met een mes toegang verschaft. Toen de agenten doorkregen wat er was gebeurd, was het al te laat,' legt Thulin uit.

'Maar hoe kon hij weten dat...'

'Bekijk nu eerst maar deze video. Sorry, wacht even.'

Haar aanwezigheid is weer elders nodig in de gonzende ruimte, dus Hess klikt op play op de computer die ze heeft klaargezet, zodat hij de video kan bekijken terwijl zij weg is.

De montage van de zwart-witbeelden van de bewakingscamera's in het Centrum voor Familierecht is grofkorrelig, maar het is goed te zien wat er gebeurt. Uit een donkere auto die aan de achterkant van het gebouw stilhoudt stapt een man uit, precies op het moment dat een vrouw uit een nabijgelegen deur komt. De man rent op de vrouw en de deur af en met een mes in zijn rechterhand dwingt hij de vrouw, die hoogstwaarschijnlijk een medewerker is, weer mee naar binnen. Op de volgende camera, die filmt in een smal trappenhuis, herkent Hess de man duidelijk. Torsten Vangsø ziet er vastberaden uit en met opengesperde ogen voert hij de medewerker mee de trappen op naar de vierde verdieping, waar ze door een deur verdwijnen. Op de volgende opname duwt Torsten Vangsø de medewerker voor zich uit door een gang, terwijl hij onderwijl de deuren van de kantoren opent en naar binnen kijkt. Als hij de derde deur heeft geopend, ziet hij iets waardoor hij stopt en het kantoor binnengaat, terwijl de medewerker wegrent. Even later komt hij weer de gang op, nu vergezeld door Ditte Vangsø. Hij houdt het mes op haar keel, terwijl hij haar mee terugtrekt naar de trap waarlangs hij naar boven kwam, maar al snel moet hij stoppen als een man met een bril vanaf de andere kant van de gang dichterbij komt. Hess herkent de vicedirecteur en hij lijkt voorzichtig een gesprek te beginnen, maar met een plotselinge armbeweging haalt Torsten Vangsø naar hem uit. De vicedirecteur grijpt naar zijn keel en er spuit bloed tussen zijn vingers door. Hij wankelt achteruit, leunt tegen de muur en verdwijnt uit beeld. Hoewel er geen geluid bij de opnames zit, kan Hess zich gemakkelijk het gegil en de chaos voorstellen van de medewerkers die doodsbang over de gang heen en weer rennen. Torsten Vangsø duwt de verlamde Ditte Vangsø voor zich uit, de trap af en door de personeelsuitgang naar buiten naar de auto. Vanaf de camera aan de achterkant van het gebouw ziet Hess dat hij haar onder bedreiging van het mes aan de chauffeurskant de auto in dwingt en laat doorschuiven naar de bijrijdersstoel, waarna hij zelf instapt en de auto start. Volgens de tijdsaanduiding van de video rijdt de man slechts drie minuten en vier seconden na zijn aankomst het beeld uit.

Het zijn vreselijke beelden om naar te kijken en diepgeraakt merkt Hess dat ze even tornen aan zijn overtuiging dat Torsten Vangsø niet de dader is die ze al twee weken zoeken. Daar staat tegenover dat de dader tot nu toe geduldig en tot in het kleinste detail berekenend is geweest, terwijl de gebeurtenissen die hij net heeft aanschouwd getuigen van een spontane en door heftige emoties overweldigde man. De opnames roepen bovendien een grote vraag op, die Hess verward aan Thulin stelt wanneer ze weer naast hem opduikt.

'Maar hoe kon haar ex weten dat Ditte Vangsø daar was?'

Thulin heeft al een foto geopend op het scherm.

'Omdat Torsten Vangsø dit op zijn Messenger-account ontving, ongeveer dertig minuten voordat hij aankwam bij de personeelsingang van het Centrum voor Familierecht.'

Hess leunt voorover om de foto te bekijken. Die is van een afstand genomen, maar hij herkent de tengere gestalte van Ditte Vangsø die met twee agenten achter zich in het donker op weg is naar de hoofdingang van het functionalistische gebouw.

'Iemand wilde graag dat Torsten Vangsø zou weten waar zijn ex-vrouw was. Hem die foto sturen stond zo ongeveer gelijk aan hem oproepen tot geweld.'

Hess hoort aan Thulins stem dat ze boos is en hij begrijpt haar wel. De foto is verontrustend. De ogenschijnlijk onschuldige scène verandert niets aan het feit dat hij een oncontroleerbare lawine in gang heeft gezet. Hoewel de foto het puzzelstukje is dat Hess miste, wordt hij er ook onrustig van.

'Heeft Raheem de foto gecheckt?'

'Hij is nog druk bezig, maar in eerste instantie lijkt hij op de foto's die we kennen en hij kan niet worden herleid tot een afzender.'

'En hebben jullie gecheckt wat er op de opnames van de beveiligingscamera's aan de buitenkant van het gebouw staat?'

'Ja, maar de foto van Ditte Vangsø is genomen vanaf de andere kant van de straat, waar geen camera's zijn. We hebben ook geen getuigen gevonden, er...'

'Nee, ik bedoel opnames nádat haar ex is weggereden.'

'Erna?'

Thulin kijkt hem aan en Hess legt snel uit wat hij bedoelt.

'Degene die deze foto heeft gestuurd, kon niet zeker weten wat Torsten Vangsø zou doen nadat hij die ontvangen had. Als hij door de dader verzonden is, moet diegene zich in de buurt hebben opgehouden om te zien wat er met Ditte Vangsø zou gebeuren.'

Hess ziet dat Thulin hem begrijpt en al wijzend op haar computer draait ze zich naar een rechercheur.

'Check direct de beveiligingscamera's die daar op de parkeerplaats of de straat gericht zijn op het moment dat het echtpaar Vangsø naar buiten komt. Kijk of er iemand staat te wachten of dat er een voertuig stopt. Alles wat verdacht lijkt.'

Hess is opgestaan van de stoel achter het computerscherm, die de rechercheur met snelle bewegingen overneemt. Hij merkt dat de mysterieuze foto hem nog bezorgder heeft gemaakt, maar of het nu de dader is die hem verstuurd heeft of niet, het is op dit moment het belangrijkst om Ditte Vangsø zo snel mogelijk te vinden.

'Bruggen, veerboten, grenzen; is alles in werking gezet?' vraagt hij aan Thulin en zij knikt met een gefrustreerde gezichtsuitdrukking.

'Het probleem is dat die man dat ook kan nagaan.'

'Wat bedoel je?'

'Torsten Vangsø is niet het type dat nu op de snelweg rondrijdt en duimt dat hij geluk heeft. Hij stalkt zijn ex-vrouw al geruime tijd en hoewel de gijzeling in affect gepleegd lijkt te zijn, heeft hij er weken over kunnen nadenken wat er zou gebeuren als hij haar te pakken kreeg.'

'Wat heeft hij dan gedacht? Wat wil hij dan?'

Met opzet probeert Hess Thulin te pushen. Vanuit haar werk bij NC3 weet hij dat ze van tijd tot tijd haar vermogen gebruikt zal moeten hebben in verband met zware misdrijven die gepaard gingen met het stalken van vrouwen. Hij wil dat ze nu precies die ervaring gebruikt.

Ze richt haar blik op de verschillende foto's van het appartement van Torsten Vangsø die Forensische Opsporing genomen heeft en die duidelijk het verhaal vertellen van hoe bezeten hij was van zijn ex-vrouw en haar leven, maar ze schudt haar hoofd.

'Ik weet het niet. Het is duidelijk dat hij zelf denkt dat hij een romanticus is. Hij slaapt nog steeds in hun bed, loopt nog rond met zijn trouwring om, heeft hun trouwfoto nog staan en ruikt vast nog aan haar kleren. Elke dag draait om haar afwezigheid, terwijl zijn gedachten heen en weer schieten tussen liefde en wraak.'

'Wat wil hij dan in dat geval?'

'Hij wil haar terug, maar daarvoor is het nodig dat hij haar kan overtuigen. Haar laten zien wat hij voor haar voelt. Indruk op haar maken.'

'Hij heeft geld, dus dat kan hij op veel verschillende manieren doen,' probeert Hess.

'Ja en nee. Hij weet dat ze niet vatbaar is voor zijn rijkdom. Hij heeft de tijd genomen om na te denken over wat haar kan doen beseffen dat ze nog steeds voor elkaar gemaakt zijn.'

'En hoe zou hij dat doen?'

Hess ziet dat Thulin midden in de drukke chaos van gespannen, drukke stemmen een belangrijke ingeving krijgt. Haar blik is geland op de trouwfoto die naast het bed stond en ze blijft even hangen bij het lachende gezicht van Ditte Vangsø.

'Door de tijd terug te draaien en een plek op te zoeken waarvan hij weet dat ze er gelukkig was.'

Bij het uitspreken van die zin draait ze zich naar hem toe en haalt haar telefoon tevoorschijn.

'Jij belt de moeder van Ditte Vangsø, ik bel haar vriendin. We moeten weten waar Ditte Vangsø haar ex heeft ontmoet. Waar hij haar ten huwelijk vroeg, waar ze zich verloofden, waar ze trouwden, kinderen kregen, enzovoort. Alle plekken die iets belangrijks kunnen hebben betekend voor haar en voor hem.'

Hess pakt zijn telefoon om te doen wat ze zegt; het vuur in haar ogen heeft hem hoop gegeven.

'Thulin, er is iets wat jullie direct moeten zien.'

Hess en Thulin kijken allebei naar de rechercheur die achter de computer de opnames van de beveiligingscamera's zit te bekijken. Aan zijn gezicht kan Hess zien dat er nog meer slecht nieuws op komst is.

62

Het ruikt bedompt en muf, en als Ditte haar ogen opendoet, weet ze niet waar ze is. De vloerplank voelt ruw en onprettig aan haar wang, maar door de bonzende pijn achter haar voorhoofd kan ze haar hoofd slechts langzaam en versuft optillen om rond te kijken.

De koude ruimte waarin ze ligt ziet er verlaten uit en ze kan niets anders horen dan het geluid van de wind buiten. Er staan geen meubels op de ongelijkmatige, vieze houten vloer, er hangt niets aan de afbladderende muren en de twee ramen in de schuine wanden boven haar zien er verwaarloosd en vervallen uit. Ditte vermoedt dat ze zich op de bovenste verdieping van een oud huis bevindt. De ruimte heeft iets bekends, maar ze voelt zich suf en vreselijk draaierig, en in het zwakke, flakkerende schijnsel van een enkele kaars die een eindje verderop in gesmolten kaarsvet direct op de vloer staat, kan ze de plek niet plaatsen in haar herinnering. In plaats daarvan valt haar oog op de deur aan de andere kant van de ruimte. Die staat op een kier en ze probeert de kracht te vinden om rechtop te gaan zitten.

Verward probeert ze haar handen op de vloer te zetten om overeind te komen, maar dan beseft ze dat ze vastgebonden is. Een touw snijdt in haar polsen die voor haar borst aan elkaar vastgebonden zijn en als ze op haar benen wil gaan staan, merkt ze dat er ook een touw om haar enkels zit. Ze kijkt gedesoriënteerd omlaag en ziet dat het touw zich vanaf haar enkels over de vloer naar een oude radiator slingert, waar het stevig is vastgemaakt aan een buis. De angst wekt al haar zintuigen tot leven. Ze tast naar haar telefoon, maar die zit niet meer in haar zak. Als ze de met bloed bevlekte herenjas ziet die als een deken over haar heen is gelegd, herinnert ze zich alles weer wat er is gebeurd.

Ditte begint aan het touw te rukken. Ze probeert uit alle macht haar handen vrij te krijgen, en als dat niet lukt probeert ze koortsachtig een voet uit het touw te trekken dat haar enkels bij elkaar houdt.

'Ik kan het touw een stukje losser doen als het te strak zit, maar ik kan je niet losmaken.'

Ze krimpt ineen en brengt een verschrikt geluid uit. Dan draait ze langzaam haar hoofd en in het zwakke lichtschijnsel ziet ze nu dat hij een paar meter verderop gehurkt tegen de muur zit. Hij heeft bloedspetters in zijn gezicht en zijn handen houdt hij om het mes dat op zijn schoot ligt.

'Je werd hysterisch in de auto en wilde niet naar me luisteren, in zekere zin heb je het aan jezelf te danken. Hoe gaat het?' Hij kijkt haar rustig aan, met opgetrokken wenkbrauwen.

Ditte weet niet wat ze moet antwoorden. Ze herinnert zich flarden van de situatie in zijn auto, waar ze had geprobeerd om de deur uit te komen, totdat zijn slagen op haar hoofd neer waren gehageld. Angstig probeert ze aan zijn gezichtsuitdrukking te zien of hij nog steeds net zo kwaad is.

'Ik weet dat het hier koud is, maar ik heb mijn jas over je heen gelegd om ervoor te zorgen dat je warm blijft. Aan het donker kan ik niet zoveel doen, want de elektriciteit is blijkbaar afgesloten, maar het was dan ook niet de bedoeling dat je ons plekje op deze manier weer zou zien.'

Zijn stem klinkt nuchter en gereserveerd, maar ook met die zweem van verongelijktheid die ze altijd het meest had gevreesd. In de verte hoort ze het geluid van een voertuig, waardoor haar ex-man onmiddellijk opstaat. Hij loopt snel naar een van de schuine ramen en kijkt waakzaam het donker in, nog steeds met het mes in zijn hand. Ditte probeert zich weer te oriënteren in de ruimte. Door zijn woorden over 'ons plekje' moet ze aan Lena denken, maar ze weet dat hij iets heel anders bedoelt en het enige waar haar gedachten op gericht zijn, is of er iemand in de buurt is die haar kan helpen.

'Waar zijn we?'

Het suizende geluid van een voertuig dat een eind verderop passeert verdwijnt en hij draait zich weer naar haar toe.

'Weet je het niet meer?'

Ze ziet direct de mengeling van teleurstelling en belediging in zijn blik en ze schudt snel verontschuldigend haar hoofd.

'Help me.' Ze schenkt hem die onderdanige blik waarvan ze weet dat hij die prettig vindt.

Even peilt hij haar met zijn ogen, dan tilt hij zijn hand op om rond te wijzen in de kamer alsof hij iets voor zich ziet.

'Het bed stond in de hoek. De groene ladekast met de vazen naast de kledingkast. Aan de muren hingen oude vergulde lijstjes met droogbloemen en wanneer we de dakramen opendeden kon je me vertellen welke vogels er in de tuin aan het zingen waren.'

Het wordt Ditte duidelijk waar ze is. De verwarring over het feit dat hij haar hiernaartoe heeft gebracht overweldigt haar even, maar dan gaat ze in gedachten terug in de tijd en probeert de indeling van het huis weer op te roepen. De eerste verdieping. De trap omlaag naar de hal. De ingang met de massieve voordeur. De lange oprit vanaf de weg. De naburige huizen die veel te ver weg staan.

'O ja,' antwoordt ze en ze doet haar best om hem te laten zien dat ze een beetje moet glimlachen bij de herkenning.

'Het was de bedoeling dat ik het allemaal in orde had gemaakt,' vervolgt hij zonder op haar glimlach te reageren. 'Alle vloeren en ramen zouden moeten worden vervangen. De keuken. De badkamer. Alles zou worden ingericht op de manier die je toen had gezegd. Daarom heb ik het gekocht.'

Zijn ogen komen weer op haar terecht en ze kan haar angst niet onderdrukken als het tot haar doordringt wat hij heeft gezegd.

'Je hebt het gekocht?'

'Het zou geverfd worden in de kleuren waarvan ik weet dat je ze mooi vindt. Je had alle meubels mogen kiezen die je maar wilde. De tuin zou vol staan met seringen en goudenregen, waar je zo dol op bent, en ik had gedacht dat als je het in het echt kon zien, je zou begrijpen dat we opnieuw konden beginnen. Maar nu is het te laat. Het is allemaal...'

Hij kan de woorden niet vinden, of hij wil het niet. Hij wrijft met een hand over zijn gezicht voordat hij nog een keer met waakzame blik uit het donkere raam kijkt en zijn hand om het mes klemt.

Ondanks haar versufte toestand staat het voor Ditte als een paal boven water dat ze in levensgevaar is. De beelden van haar kleine meisjes trekken aan haar netvlies voorbij en ze weet dat ze iets moet doen. Niet voor zichzelf, maar voor hen.

'Torsten, het is nog niet te laat.' Ze probeert haar oude, warme glimlach op te zetten, maar hij wijst haar bruusk af.

'Stop. Liegen siert je niet. Ik weet best wat ik gedaan heb, en ze zijn in ons appartement geweest, en ze hebben gezien wat...'

Het is alsof hij het opgeeft zich nader te verklaren, omdat de berg te groot en onoverkomelijk is. Met moeite weet Ditte rechtop te gaan zitten. Met haar voeten duwt ze zich naar de muur bij het dakraam, waar ze naar hem kan opkijken.

'Ik zal het ze allemaal wel uitleggen. Ik weet toch dat jij niet zo bent. Ik weet dat je alleen maar probeert om ons te beschermen. Er is een goede reden voor wat je gedaan hebt.'

Hij heeft zijn ogen nog steeds buiten op het donker gericht en haar onrust neemt toe terwijl ze naar woorden zoekt.

'Torsten, we hebben de meisjes nog. Die kunnen niet zonder ons. Ze hebben ons nodig. Ze houden van je en hebben je nodig.'

'Maar heb jij mij nodig?'

Hij richt zijn blik op haar. Zijn ogen staan hard en gekweld, maar ze bespeurt ook iets anders. Iets wat kwetsbaar en onzeker is en ze weet wat ze moet antwoorden.

'Ja. Ik heb je nodig. We mogen niet opgeven. Samen kunnen we dit. Maak me los, dan rijden we samen terug om met ze te praten.'

Hij bekijkt haar even. Dan legt hij het mes weg op de smalle vensterbank van het schuine raam en knielt voor haar neer. Ze ziet de wanhopige tranen in zijn ogen, terwijl hij haar mond en haar gezicht streelt met zijn vingertoppen. Ze doet haar best om niet te rillen onder zijn aanraking en probeert lief en vol vertrouwen naar hem te lachen. Heel even is ze er haast van overtuigd dat hij zal toegeven, maar dan verdwijnt de blijdschap ineens van zijn gezicht en staat hij op om ingespannen te luisteren.

Ditte heeft het geluid ook gehoord. Het kwam beneden van een plek die ze niet kan plaatsen. Misschien de keuken of de kelder, maar het kan ook gewoon de wind zijn geweest die vat op het oude huis kreeg.

'Wat ga je doen?'

Haar ex-man heeft het mes al van de vensterbank gepakt en begeeft zich naar de deur.

'Torsten, wil je me losmaken, alsjeblieft? Torsten!'

Maar hij is al de gang op verdwenen. Zodra ze zijn stappen de trap af hoort gaan, begint ze weer aan haar touwen te rukken.

63

‘Kom nou. We moeten samenvatten wat we hebben.’

‘Momentje.’

Thulin gebaart naar Hess dat hij moet wachten totdat ze nog een briefje naar de rechercheur heeft gebracht die aan de andere kant van het crisiscentrum met een headset op de uitruk van patrouillewagens coördineert. Op het briefje heeft Thulin nog een adres in de hoofdstedelijke regio genoteerd uit het verleden van Torsten Vangsø dat hij mogelijk zou kunnen opzoeken. Hoewel ook dit een slag in de lucht is, moeten ze het proberen.

Sinds de rechercheur hen had gewezen op wat hij op de opnames van de beveiligingscamera’s had gezien, hadden zij en Hess het tempo nog verder opgevoerd. Aan de rand van de beelden van een camera aan de achterkant van het Centrum voor Familierecht was te zien hoe de auto met Ditte Vangsø de weg op draaide en op hoge snelheid wegreed over de Ellebjergvej. Op het eerste gezicht was er verder niets van belang te zien op het beeld, maar toen de rechercheur de opdracht had gekregen om op alles te letten wat er direct na het vertrek van de auto bewoog, had hij een vrijwel onzichtbare beweging opgemerkt van een voertuig dat in het donker aan het uiteinde van de parkeerplaats geparkeerd stond. Door te schakelen naar een opname van een camera aan de voorkant van het gebouw werd duidelijk dat het onbekende voertuig in beweging kwam, precies toen de Mercedes van Torsten Vangsø met Ditte Vangsø aan boord langskwam over de Ellebjergvej en dat het even later in dezelfde richting afsloeg. Er was geen automerk of kenteken te zien geweest, alleen iets wat leek op een deuk in het achterspatbord aan de linkerkant.

Hess en zij waren het erover eens dat het onbekende voertuig verdacht was. Terwijl de opnames waren doorgestuurd voor nader onderzoek om het voertuig te identificeren, waren ze snel aan de slag gegaan met het plegen van de telefoontjes waarvan Thulin dacht dat die hen konden helpen om te bepalen waar Torsten Vangsø naartoe was gereden.

Thulin had met Lena Fjeldstrup gesproken, terwijl Hess met de moeder van Ditte Vangsø had gepraat. Lena Fjeldstrup was buiten zichzelf van bezorgdheid geweest, maar ze had zo goed mogelijk antwoord gegeven op de vragen die Thulin had gesteld. Terwijl Lena zich vertwijfeld had geprobeerd te herinneren wat Ditte haar had verteld over de eerste jaren van haar huwelijk, had Thulin ondertussen de sporadische gegevens in haar schrijfblokje genoteerd. Zodra ze op een mogelijke bijzondere gebeurtenis kwamen, had Thulin opgeschreven waar die gebeurtenis had plaatsgevonden en het briefje doorgegeven aan de coördinator terwijl zij verder praatte met Lena Fjeldstrup.

Aan de andere kant van het bureau had Hess dezelfde strategie toegepast bij zijn gesprek met de moeder van Ditte Vangsø. Het had Thulin opgebeurd dat Hess was teruggekomen om deel te nemen aan de opsporing, maar hoewel ook hij verschillende briefjes aan de coördinator had gegeven, kon ze aan hem zien dat hij net als zij niets doorslaggevends te weten was gekomen van Dittes moeder. Ze moeten daarom dringend alles op een rijtje zetten en als ze weer bij Hess is, begint hij ongeduldig met zijn samenvatting.

'Volgens haar moeder hebben ze elkaar voor het eerst ontmoet op de universiteit in Amager toen Torsten Vangsø was langsgekomen op een zomerfeest van de faculteit der geesteswetenschappen. Destijds had Ditte Vangsø aan haar moeder verteld dat het romantisch was en dat ze op de trap bij de hoofdingang…'

Thulin heeft hetzelfde van Lena gehoord, dus ze kan het niet laten om hem te onderbreken.

'Er is een patrouillewagen naartoe gestuurd, maar Torsten Vangsø kan nagaan dat het gebouw 's avonds een alarm heeft en dat er misschien ook wel beveiligers zijn.'

Hess gaat onverstoorbaar verder met zijn blik op zijn notities.

'Op dat moment woont hij in een studentenhuis in Nordvest en zij woont in een collectief...'

'Lijkt me niet belangrijk, maar er zijn wagens naar de betreffende adressen gestuurd.'

Hess slaat snel een blaadje van zijn notitieblok om.

'Dan krijgen ze een relatie en hij gaat met haar mee als ze voor haar studie naar Londen gaat. Ze gaan samenwonen in een kamer en hij doet een aanzoek op een plek in Notting Hill.'

'Het staat vast op zijn lijstje om daar weer naartoe te gaan, maar dat is nu niet mogelijk. Verder,' zegt Thulin ongeduldig.

'Na een halfjaar komen ze weer thuis,' vervolgt Hess. 'Ze trouwen in de kerk van Holmen en geven een feest in een zaal in het Nationaal Museum. Ditte heeft het beschreven als zeer overdadig en...'

'Maar dat is te onpersoonlijk,' onderbreekt Thulin hem. 'Daar zijn ook te veel mensen. Waar wonen ze als ze trouwen?'

Hess bladert verder om die informatie te zoeken.

'In een huurappartement bij Christianshavns Kanal. Voor zijn bedrijf huurde hij een ruimte in hetzelfde gebouw. Als het bedrijf groeit en succesvol wordt, koopt hij het appartement aan de Store Kongensgade, waar ze de kinderen krijgen en sindsdien hebben gewoond.'

Thulin weet dat zowel het bedrijf van Torsten Vangsø als het appartement aan de Store Kongensgade al wordt bewaakt, maar er is iets anders in Hess' resumé waarop ze blijft hangen, terwijl hij doorgaat met zijn opsomming.

'Dan is er nog het ziekenhuis waar de kinderen zijn geboren. De kerk waar ze gedoopt zijn, timesharingadressen in Spanje...'

'Stop, je bent een adres vergeten,' zegt Thulin terwijl ze begint te zoeken in de wirwar van papieren op het bureau. 'Volgens het overzicht van het bevolkingsregister hebben ze drie maanden ergens anders gewoond voordat ze naar de Store Kongensgade verhuisden.'

'Ja. Een gemeubileerde woning in onderhuur terwijl ze wachtten tot de verbouwing van de Store Kongensgade klaar was. Maar voor zover haar moeder zich kon herinneren was dat vooral uit noodzaak.'

Bij het horen van die informatie bestudeert Thulin op het bord de foto's van de lijstjes die Torsten Vangsø bij de trouwfoto op het nachtkastje had staan, maar het is niet te zien of ze genomen zijn in een gemeubileerde woning en haar oog valt in plaats daarvan op een foto waaraan ze eerder weinig aandacht had besteed. Het is een kleine, ingelijste selfie die Torsten Vangsø genomen heeft toen het stel nog jong was. Met een verliefde blik in hun ogen liggen ze in het gras en lachen ze samen naar de camera, maar het is de linkerhand van Torsten Vangsø die op de buik van Ditte Vangsø ligt die Thulin opvalt.

'Was dat voor- of nadat ze in verwachting waren van hun eerste kind?' vraagt Thulin.

'Geen idee,' antwoordt Hess, terwijl hij een papier uit de stapel haalt. 'Het was een plek op Refshaleøen. Annasvej. Hoezo?'

Thulin haalt haar ogen van de foto. Ergens in haar achterhoofd hoort ze een zwakke echo van het adres dat hij noemt. Als ze een idee begint te krijgen waarom, rommelt ze weer in de papieren op tafel, nu om haar eigen notities over de kinderen van Ditte Vangsø te controleren.

'Wat doe je?' vraagt Hess ongeduldig en hij schuift zijn stoel naar achteren om op te staan.

Thulin vindt de aantekening die ze zoekt en als ze klaar is met lezen, grijpt ze haar jas.

'Laten we ernaartoe gaan. Hun oudste dochter heet Anna.'

64

Ditte spant zich in om haar handen zo ver uit te strekken dat de dunne plastic draadjes in het touw kunnen smelten boven de pit van de kaars, maar ze moet het weer opgeven als de vlam haar huid verbrandt en haar handen beginnen te trillen van de pijn.

Zodra haar ex-man de trap af was gegaan, was ze aan de touwen gaan rukken totdat ze had ingezien dat ze haar handen en voeten niet los kon krijgen. In plaats daarvan had ze haar aandacht gericht op het kaarsje dat een paar meter bij haar vandaan stond. Met al haar krachten had ze aan het touw aan de radiator getrokken. Als ze op haar buik ging liggen en zich zo ver uitstrekte als ze maar kon, kwamen haar vastgebonden polsen nog net boven de brandende lont. Ze moest zich ervoor blijven uitstrekken, wat verrassend inspannend was, en tegelijkertijd moest ze haar handen helemaal stilhouden om zich niet te branden. Ze had al haar zelfbeheersing moeten gebruiken om de pijn te verdragen en ondertussen had ze geluisterd naar de geluiden van beneden om zeker te zijn dat hij niet weer naar boven kwam. Gelukkig lijkt het erop dat hij grondig is in zijn onderzoek naar het geluid waarvoor hij de kamer had verlaten. Het laatste wat ze had gehoord, was dat hij de kelder in was gegaan, wat haar hoop had gegeven.

Ditte probeert het opnieuw en voelt de stekende pijn van de brandende pit. Hoewel ze krampachtig probeert om in de goede houding te blijven liggen, moet ze wederom haar handen terugtrekken als de pijn te veel wordt. Ze kijkt snel en ziet dat twee derde van de plastic draden is doorgebrand, maar hoewel ze zo hard aan het touw rukt dat de dunne huid van haar polsen stukgaat, is het nog steeds onmogelijk om de rest kapot te trekken. Ze schrikt als ze hoort dat hij vanuit de kelder weer naar boven komt. Dan klapt een deur dicht en zijn stappen weerklinken over de krakende vloeren op de benedenverdieping.

'Er was alleen maar een raam opengewaaid,' hoort ze hem met geruststellende stem roepen, alsof ze zich samen over het geluid hadden verwonderd.

Ze hoort dat hij bijna bij de trap naar de bovenverdieping is en in gedachten zoekt ze panisch naar een manier om tijd te winnen. Als hij de kamer binnenkomt, zal hij direct het verbrande touw kunnen ruiken en zullen al haar inspanningen voor niets zijn geweest.

'Het is hier zo koud,' roept ze snel naar de deur. 'Kun je het gasfornuis niet aansteken voor een beetje warmte?'

Ze hoort hoe zijn voetstappen onderaan de trap stoppen en ze weet precies hoe hij eruitziet terwijl hij achterdochtig overweegt of hij haar moet vertrouwen of niet.

'Het kan ook zijn dat er ergens meer kaarsen zijn, zodat we elkaar beter kunnen zien,' roept Ditte.

In gedachten vermaant ze zichzelf, omdat ze zelfs in een situatie als deze geen betere leugen kan verzinnen. Ze knijpt haar ogen stijf dicht en hoopt vurig dat hij haar vraag inwilligt. Dan hoort ze hoe zijn stappen zich verwijderen van de trap, waarna hij op een andere plek in huis begint te rommelen.

Ditte strekt zich weer zo ver ze kan en houdt haar handen opnieuw bij de lont. Ook al voelt ze deze keer dat de vlam diep in haar huid brandt, ze verbijt de pijn en houdt het touw op de goede plek. In gedachten ziet ze de gezichtjes voor zich van Anna en Mathilde en de seconden lijken eindeloos te duren, maar net op het moment dat haar handen ongecontroleerd beginnen te trillen boven de kaars, merkt ze dat de laatste draadjes van het touw meegeven.

Vliegensvlug wikkelt Ditte het touw van haar handen, die knalrood en zwart zijn en een akelig gemêleerd patroon van brandwonden en roet hebben. Dan reikt ze snel naar haar voeten en nu ze haar handen kan gebruiken krijgt ze de knopen zo los. Als ze vrij is, gaat ze geruisloos staan.

Ditte weet dat hij waarschijnlijk elk moment de trap op en de deur door kan komen, en ze realiseert zich dat ze niets heeft om zich mee te verdedigen. Ze bukt en voelt aan de met bloed besmeurde herenjas, maar de zakken zijn leeg. Ze kijkt gejaagd om zich heen terwijl ze blijft luisteren naar de geluiden van beneden en ze hoort dat hij een paar lades open- en dichtdoet. Er zijn geen voorwerpen in de ruimte en voorzichtig sluipt ze over de vloer naar de kledingkast die in de muur is ingebouwd. De kastdeuren zijn oud en staan op een kier. Als ze erin kijkt, ziet ze dat de planken leeg zijn. Maar dan valt haar oog op de kledingroede. Ze reikt naar binnen en draait hem uit zijn bevestiging. Tot haar tevredenheid merkt ze dat hij zwaar aanvoelt in haar handen. Ze sluipt verder om achter de deur te gaan staan, zodat ze hem zo hard als ze kan een klap kan geven als hij binnenkomt, maar op hetzelfde moment hoort ze iets van de benedenverdieping, waardoor ze stil blijft staan.

Het was geen geluid dat ze kon thuisbrengen. Het klonk nog het meest alsof iemand iets zwaars liet vallen of zelf op de grond viel en ze houdt haar adem in om te luisteren. Afgezien van de wind om het huis is het stil. Ze kan hem niet meer horen rommelen of bewegen daarbeneden en in verwarring aarzelt ze, omdat ze beseft dat haar plan niets waard is, tenzij hij naar boven komt zodat ze hem kan verrassen.

'Torsten?' roept ze vragend naar de deur.

Er komt geen antwoord. Ze blijft minutenlang met bonzend hart naar de stilte staan luisteren, dan verzamelt ze moed, sluipt naar de deur en zet die voorzichtig op een kier.

De gang is donker, de deuren naar de andere kamers zijn dicht en ze loopt stilletjes naar de trap met de roede in de aanslag, klaar om van zich af te slaan. Ze denkt na over het mysterieuze geluid dat ze even daarvoor had gehoord en op het moment dat ze bedenkt dat iemand haar misschien toch te hulp is gekomen en hem heeft overmeesterd, begint de muziek.

Het is een eenvoudige melodie, alleen op een piano gespeeld, en is afkomstig van de benedenverdieping. Er wordt steeds één toets tegelijk ingedrukt voordat die wordt ingewisseld voor een andere, haast alsof een kind de melodie speelt. Het geluid is blikkerig en klinkt alsof het uit een kleine radio komt die veel te hard staat en er klinkt schetterend gelach als een koor van vrolijke kinderstemmen begint te zingen.

Ik tel tot één en ik tel tot twee. De kip die neemt geen schoenen mee.

De muziek en de woorden doen Dittes bloed bevriezen en ze blijft aan de vloer genageld staan luisteren in het donker.

Ik tel tot drie en vier, dat kost geen tijd. Kijk hoe de kip haar vleugels spreidt.

Ze knijpt haar handen om de kledingroede, sluipt naar de balustrade bij het trapgat en kijkt naar beneden.

De hal onder haar is leeg en het duurt even voordat ze doorheeft waar de melodie vandaan komt. Iemand heeft midden op de vloer van de hal een telefoon neergelegd. De kleine, oplichtende rechthoek in het donker onder haar is de bron van de lachende kinderstemmen.

Ik tel tot vijf en ik tel tot zes. Als trol krijg je kind'ren met een heks.

Dittes hart klopt zo hevig dat het bonkt in haar oren en even kan ze niet goed beslissen wat ze moet doen. Ze kan de trap niet af gaan, want wat er beneden in het donker ook op haar wacht, het is kwaadaardig en wacht alleen op haar. Maar ze weet ook dat als ze uit dit vreselijke huis weg wil, er geen andere manier is, tenzij ze van het dak of uit een van de ramen durft te springen.

Beelden van Anna en Mathilde schieten door haar heen, waardoor ze alleen maar verder in paniek raakt en twijfelt. Dan neemt ze een besluit. Ze zet haar voet op de eerste trede en begint omlaag te lopen.

Ik tel tot zeven, acht en negen. In een knoopsgat kom je geen bloemen tegen.

De melodie overstemt het geluid van haar stappen. Als ze verder de trap af komt, met de roede geheven als een honkbalknuppel, ziet ze een zwak, blauwig schijnsel door de open deur naar de keuken. Ze realiseert zich dat Torsten de gaspitten moet hebben aangestoken zoals ze hem had gevraagd en het verwart haar dat hij nu die vreemde melodie voor haar heeft opgezet.

Ik tel tot tien. De laatste blijft staan. De anderen trekken hun pyjama aan!

Als Ditte de onderkant van de trap bereikt, stopt de melodie. De oplichtende telefoon, die niet de hare is, ligt in het donker een paar meter voor haar op de vloer en even is hij stil. In de stilte hoort ze de wind rukken en trekken aan het oude huis, maar dan beginnen de simpele pianoklanken weer en wordt de melodie van begin af aan afgespeeld.

Ik tel tot één en ik tel tot twee. De kip die neemt...

Ditte probeert zich wanhopig te oriënteren in de donkere ruimte. Ze weet dat ze twee mogelijkheden heeft. Ze kan door de gang naar de voordeur lopen, of ze loopt door de keuken en de eetkamer naar de kelder, waar ook een uitgang is.

Ik tel tot drie en vier, dat kost geen tijd. Kijk hoe de kip haar vleugels spreidt.

Ditte kiest voor de voordeur en zet zich schrap. Vanaf haar positie onderaan de trap kan ze het slot en de veiligheidsketting die op de deur zitten onderscheiden. In gedachten bereidt ze zich voor op hoe ze over een paar seconden snel de ketting eraf haalt en de draaiknop van het slot omdraait om naar buiten te komen. Als ze er helemaal zeker van is dat Torsten nergens te zien is, loopt ze bij de muur vandaan en zet een stap in de richting van het portaal.

Ik tel tot vijf en ik tel tot zes. Als trol krijg je kind'ren met een heks.

Dan vangt ze een glimp op van een beweging in het portaal en ze blijft abrupt staan. Ze staart in het donker. Als ze haar ogen tot spleetjes knijpt, ontwaart ze plotseling een silhouet dat zich tegen de muur aan drukt en bijna volledig opgaat in de duisternis. Ze blijft een tel verlamd staan, maar dan verandert ze van richting en zet het op een lopen.

Ditte gooit de keukendeur open en stormt de lege, langwerpige ruimte door. Ze hoort nog steeds de onschuldige kinderstemmetjes zingen in de hal, maar kan ook horen dat Torsten vanuit het portaal in beweging komt. Ze loopt om het kookeiland heen, waar de blauwige vlammen van de gaspitten onrustig flakkeren.

Als ze de deur naar de eetkamer opendoet, weet ze dat ze nog maar een paar meter bij de kelderdeur vandaan is. Maar dan struikelt ze over iets groots wat op de grond ligt. Ze komt met haar volle gewicht op de vloerplanken terecht en merkt dat ze haar handpalmen tot bloedens toe openhaalt, terwijl de kledingroede bij haar vandaan rolt en in het donker verdwijnt. Ze is in de war en wil opstaan van de bult waarover ze gestruikeld is, maar dan dringt het tot haar door dat het Torsten is. Hij heeft zijn ogen gesloten en ligt in een onmogelijke houding. Ze begrijpt er niets meer van en grijpt in het donker in paniek naar de deurklink naar de kelder. Terwijl de voetstappen achter haar dichterbij komen, rukt ze de kelderdeur open, tuimelt het trapbordes op en tast met haar handen naar de grendel waarvan ze nog weet dat die op de deur zit. Als haar hand de greep gevonden heeft, schuift ze uit alle macht en de grendel glijdt op de deur, op hetzelfde moment dat iemand aan de andere kant driftig aan de deurklink trekt.

Geschrokken laat Ditte de klink los en ze valt in het donker de trap af, terwijl ze blindelings naar de balustrade grijpt. Ze buitelt vervaarlijk een paar treden omlaag, tot ze het gladde hout te pakken krijgt. Ze houdt zich krampachtig vast terwijl ze naar beneden gaat, want ze kan niets zien en moet elke trede met haar voeten zoeken, terwijl boven haar zware dreunen op de deur klinken die zich vermengen met het blikkerige geluid van de zingende kinderen.

Als Ditte de onderkant van de trap heeft bereikt, strompelt ze zo snel als ze kan door de keldergang. Haar knieën en handen doen pijn en ze moet even met haar schouder tegen de muur leunen om niet te vallen. Ze dwingt zichzelf om door te gaan en als ze helemaal aan het einde van de gang gekomen is, gaat ze de ruimte aan de rechterkant in.

In het donker kan ze zien dat de bijkeuken nog steeds vol staat met dezelfde oude troep als toen ze even in het huis woonden voordat ze naar de Store Kongensgade verhuisden. Ze stapt met moeite over tuinmeubels, een grasmaaier en verhuisdozen heen, totdat ze is aangekomen bij de bijkeukendeur met de vier ruitjes die ze destijds zo mooi vond. Haar handen zoeken het draaislot en als ze de knop te pakken heeft en die wil omdraaien, merkt ze op dat de harde dreunen tegen de kelderdeur zijn opgehouden. Buiten adem probeert ze na te gaan wat dat betekent. Ze is er zeker van dat ze het gehoord zou hebben als de kelderdeur zou zijn bezweken onder de zware slagen. Daarom kijkt ze naar buiten door een ruitje. Even kan Ditte niets zien, maar dan glinstert de bijl die vanuit het donker naar haar gezicht komt zwaaien.

65

Grote sneeuwvlokken dwarrelen tegen de voorruit en de ruitenwissers vechten een ongelijke strijd om ze weg te vegen. Thulin merkt dat de dienstwagen heel even wegglijdt op het gladde wegdek als Hess met hoge snelheid wegrijdt bij de hipsterkoffietentjes, verfijnde restaurants en creatieve locaties, maar hij krijgt hem snel weer recht en zet koers naar het deel van het oude scheepswerfeiland in de haven van Kopenhagen dat haast nog een onontgonnen terrein is. Ze zijn maar een paar blokken verwijderd van het centrum, maar het is hier donker met veel ruimte tussen de straatlantaarns en bebouwing. Hoewel het landschap met sneeuw is bedekt, krijg je een idee van de wild groeiende natuur- en bosgebieden die hier en daar worden afgewisseld met moderne woonblokken, loodsen en oude boerderijtjes met volle inritten, die Thulin doen denken aan vlooienmarkten en handelaars in tweedehandsauto's.

Ze twijfelt er niet meer aan dat het adres waarnaar ze op weg zijn een zeer speciale betekenis heeft voor de ex-man van Ditte Vangsø. Toen het duidelijk was geworden dat Ditte en Torsten Vangsø een korte periode op het adres hadden gewoond, had Thulin direct gecheckt wie de eigenaar van het huis was, waarna bleek dat Torsten Vangsø het minder dan een maand geleden had gekocht en het perceel had overgenomen. Die informatie had Thulin alleen nog maar ongeduldiger gemaakt om er te komen en op de gps van haar telefoon had ze steeds gekeken wat de snelst mogelijke route was.

'Nog tweehonderd meter. Aan de rechterkant,' informeert ze Hess, als ze nog eens op het display kijkt en daarna door de dichte sneeuw een indruk van de omgeving probeert te krijgen.

Hess laat de auto vaart minderen en als de koplampen over een toegetakelde brievenbus gaan bij een inrit verderop, brengt hij de snelheid nog verder omlaag. Even later parkeert hij op een paar meter afstand langs de weg, zodat de auto vanaf het huis niet te zien is. Zodra hij de motor heeft afgezet, maakt Thulin haar gordel los en pakt haar pistool en zaklamp.

'We kunnen het best bij elkaar blijven,' zegt Hess en ze voelt zijn dwingende blik op zich gericht in het donker, maar ze heeft de autodeur al opengedaan en is bezig uit te stappen.

Vanaf de donkere oprit kunnen ze een klein vrijstaand huis zien, dat van de weg wordt afgeschermd door besneeuwde, kromme fruitbomen en dichte notenbomen. Het huis ziet er oud en vervallen uit en ook al is de overwoekerde tuin bedekt met een dunne, nieuwe laag sneeuw, het is overduidelijk dat het huis al geruime tijd onbewoond is. Het is donker achter de ramen, er is geen teken van leven te zien en er zijn geen verse bandensporen op de oprit, maar als Thulin opkijkt naar de carport aan de rechterkant van het huis, ziet ze dat daar een auto geparkeerd staat.

Beschut door de bomen langs de oprit rennen ze geruisloos naar het gebouw. Intussen merkt Thulin op dat het huis bestaat uit een kelder, een hoge benedenverdieping, waar ze niet naar binnen kan kijken, en een bovenverdieping met schuine ramen.

Als ze de korte kant van het huis bereiken, waar een gemetselde trap naar een voordeur leidt, loopt Thulin een paar passen voor Hess uit. Ze gaat door de wervelende sneeuwvlokken verder naar de carport, en daar aangekomen knipt ze haar zaklamp aan en schijnt op de nummerplaat van de auto. In de lichtbundel herkent ze het kenteken: het is de gezochte Mercedes van Torsten Vangsø. Als ze zich er met de zaklamp van verzekerd heeft dat de wagen leeg is, draait ze zich naar Hess en knikt.

Hess is ondertussen de trap op gegaan en staat voor de deur met zijn pistool langs zijn zij. Zodra hij haar teken vanaf de carport opvangt, probeert hij voorzichtig de deurklink omlaag te duwen, maar uit zijn bewegingen maakt ze op dat de voordeur op slot zit. Hij kijkt Thulin vragend aan en ze gebaart snel naar hem dat zij langs de korte zijde verder wil lopen naar de achterkant van het huis, terwijl hij er aan de andere kant omheen moet gaan.

Hij blijft een moment staan terwijl de sneeuw een dun laagje op zijn haar vormt. Hoewel ze zijn gezichtsuitdrukking op afstand niet kan duiden, weet ze dat hij het er niet mee eens is, maar ze gaat toch op weg. Het is vast en zeker het slimst om versterking op te roepen, maar als Ditte Vangsø in het huis is, valt er geen seconde te verliezen. Als Thulin na een paar stappen over haar schouder kijkt, ziet ze dat hij heeft toegegeven. Hij verdwijnt de hoek om naar de voorkant van het huis en zij gaat verder langs de korte gevel, terwijl ze haar ogen aandachtig op de donkere ramen van de benedenverdieping houdt.

Als ze de hoek van het huis heeft bereikt houdt ze even stil, voordat ze met geheven pistool en al haar zintuigen op scherp een lege achtertuin in loopt. Ze staat een moment volledig stil om zich te oriënteren en het duurt een paar tellen voordat ze doorheeft dat ze slechts een halve meter bij een kelderdeur vandaan staat. De deur staat op een kier en bovenin is een ruit ingeslagen. Als ze de diepe haksporen ontdekt die het kozijn versplinterd hebben, drukt ze zich onmiddellijk tegen de buitenmuur, zodat ze vanuit het huis niet te zien is.

Haar hart klopt luidruchtig en snel. Haastig ontgrendelt ze haar pistool, voordat ze zich weer naar de kelderdeur draait. Door de kier van de deuropening kan ze een grasmaaier en een paar omgevallen fietsen ontwaren, maar als de lichtbundel van haar zaklamp op de betonnen vloer direct achter de deur komt, ziet ze spatten uitgeveegd bloed tussen de glasscherven.

Ze blijft even tegen de buitenmuur staan terwijl sneeuwvlokken in haar gezicht dwarrelen. Ze weet dat ze zou moeten wachten tot Hess vanaf de andere kant van het huis bij haar gekomen is, maar de aanblik van het bloed dat van Ditte Vangsø zou kunnen zijn brengt haar tot een ander besluit. Ze draait zich om en duwt de kelderdeur langzaam open met de loop van haar pistool. Als haar ogen aan het donker zijn gewend, stapt ze naar binnen.

Het is stil in de kelder. Ze luistert ingespannen, maar ze hoort geen geluiden vanaf de bovenste verdiepingen van het huis. Een afvoer in de vloer vertelt haar dat ze waarschijnlijk in een bijkeuken staat, maar de ruimte wordt zo te zien gebruikt voor opslag en staat tot de nok toe gevuld met oude rommel. Ze schijnt snel in alle hoeken en als haar lichtbundel een bloedvlek op de deurpost naar de gang treft, begint ze zo zacht mogelijk over tuinstoelen en fietsen heen te stappen om de ruimte door te komen.

Als ze de deur bereikt, ziet ze dat de gang verder naar links gaat, onder het huis door. In de kou ziet ze haar adem als een wit wolkje voor haar gezicht en in de onaangename stilte hoort ze haar eigen oppervlakkige ademhaling. Ze zou zich moeten omdraaien of in elk geval op Hess moeten wachten, maar diep in haar onderbuik voelt ze dat er haast geboden is. Dus voor ze de kans heeft om zich te bedenken, heft ze haar pistool en de zaklamp weer om ze allebei voor zich uit te houden terwijl ze een stap de gang in zet.

Die is leeg en vies, vol met spinnenwebben die als slingers aan het plafond hangen. Het ruikt er bedompt en muf naar schimmel, maar ook naar iets anders wat ze niet kan plaatsen. Ze kan helemaal tot aan de andere kant van de gang kijken en vastberaden loopt ze geruisloos over de betonnen vloer met grote vlekken uitgeveegd bloed erop. Pas als haar lichtbundel op de voet van de trap valt, blijft ze staan. Ze schijnt bij de treden omhoog en bij het trapbordes bovenaan ziet ze een deur die naar de begane grond moet leiden.

In een paar passen is Thulin boven. Zodra ze er klaar voor is, duwt ze de deurklink omlaag.

De ruimte die ze betreedt is leeg en ongemeubileerd, en de lucht die ze in de kelder niet kon plaatsen is hier sterker. Het is stil in de kamer; het enige wat ze kan horen is de wind die buiten waait en die het huis van tijd tot tijd doet kraken. Vanuit de deuropening aan de andere kant van de kamer ziet Thulin een zwak lichtschijnsel.

Met het pistool voor zich uit gestrekt loopt ze voorzichtig door de ruimte. Ze stopt als ze de deurpost bereikt en als ze moed heeft verzameld en in haar hoofd tot drie heeft geteld, stapt ze snel de deuropening in, terwijl ze met haar pistool in de aangrenzende ruimte wijst.

Het eerste wat Thulin opmerkt, is dat ze een oude keuken in

kijkt. Langs de ene muur is een afgetakeld aanrecht met wasbak en kranen te zien, terwijl de andere muur is voorzien van versleten kastjes en lades, waarvan sommige openstaan. In het midden van de ruimte staat een kookeiland met een oud gasfornuis en als haar blik op de twee gestalten op de vloer onder het fornuis valt, verstijft ze.

Torsten Vangsø zit levenloos of diep bewusteloos tegen het kookeiland aan met zijn hoofd op zijn borst, zodat zijn gezicht niet te zien is. Hij houdt Ditte Vangsø in zijn armen. Zijn vingers zijn voor haar borstkas in elkaar verstrengeld en het ziet eruit alsof hij haar teder en beschermend omhelst. Even vraagt Thulin zich af of Ditte Vangsø nog in leven kan zijn, maar dan valt haar oog op de bloedkorsten in haar haar en de onnatuurlijke vorm van haar schedel. Een bloeddruppel valt op de hand van Torsten Vangsø en zijn trouwring glinstert zwak in het schijnsel van een bijna opgebrande kaars die naast hem op de vloer in kaarsvet staat. Naast de kaars en vlak langs het been van Torsten Vangsø ligt een bijl met een lange steel, met bloed aan de achterkant van de kop.

Plotseling merkt Thulin een fluitend geluid op van het fornuis. Als in slow motion dringt het tot haar door en weet ze dat de vreemde lucht, die in de keuken nu sterker is dan eerst, stadsgas is. Ze staat lamgeslagen naar de kaars te staren, die rustig brandt. Het onwerkelijke gevoel door de schok is zo sterk dat ze niet kan reageren. Zelfs als ze Hess in het donker achter zich hoort en voelt dat hij haar naar achteren rukt, wil haar lichaam haar niet gehoorzamen. Met grote kracht trekt hij haar met zich mee naar de open kelderdeur. Ze raakt uit evenwicht en hoort dat ze scheldt als hij haar verder naar de trap duwt.

Dan hoort ze de explosie, de vloer verdwijnt onder haar voeten en ze valt omlaag in het donker.

66

De laatste bezoekers van de avond zijn vertrokken en zo druk als het twee uur geleden in de aula was, zo rustig is het nu. Op een paar uitzonderingen na is de parkeerplaats buiten leeg, maar in tegenstelling tot eerder staat er een politieauto, die te zien is vanuit de aula. Marie zit ongeduldig in een lege rij op een stoel, terwijl de conciërge van het gymnasium samen met een paar helpers bezig is om op te ruimen en de stoelen te verzamelen na wat kan worden aangeduid als de slechtste open dag van de eeuw. In de lerarenkamer ziet ze Mattsen op gedempte toon praten met een paar van de agenten die zijn gearriveerd naar aanleiding van de situatie tussen haar en Sebastian Rye. Rye is er ook. Mattsen heeft hem overgehaald om weer terug te komen om de situatie op te lossen, of het 'meningsverschil' zoals Mattsen het in een diplomatieke poging had genoemd.

Marie probeert wederom Naia Thulin te pakken te krijgen, maar tevergeefs. Ze voelt aan dat zij haar serieus zal nemen, meer dan wie dan ook bij de politie, dus ze belt steeds opnieuw naar het nummer waarmee de rechercheur haar eerder had gebeld. De twee agenten die met een ernstig gezicht met Mattsen en Rye staan te praten in de lerarenkamer zijn van het plaatselijke bureau dat Mattsen eerder op de avond had gebeld. Hoewel ze vast zorgvuldig zijn, zou Marie zich zekerder voelen als Thulin er ook bij zou zijn. Bovendien waren de agenten in groten getale gekomen, mogelijk vanwege de aandacht die het gymnasium in de media krijgt, maar nu zijn er nog maar twee dienders over, waar Marie niets van begrijpt.

Eerst had Marie geprobeerd haar theorie over Sebastian Rye aan hen uit te leggen. Ze had verteld over zijn opmerkingen bij het huiswerk van Caroline, over dat Omar dacht dat ze het met hem had uitgemaakt vanwege een relatie met een leraar en over de lijstjes van Caroline en Sandra. Marie had ook benadrukt dat ze zelf een van de leerkrachten was geweest die toezicht op de kinderen hielden op de avond van het schoolfeest, dat Caroline voortijdig verlaten had, en dat ze daarom wist dat Sebastian Rye verdwenen was voordat het feest was afgelopen. De agenten hadden plichtsgetrouw aantekeningen gemaakt en de contactgegevens genoteerd van zowel Omar als Sandra, terwijl Mattsen niet op zijn gemak leek en er gestrest uitzag. Marie begrijpt hem wel, maar ze is bang dat hij nu op de agenten aan het inpraten is. Tot haar opluchting ziet ze dat de twee agenten de aula binnenkomen en op haar aflopen, daarom staat ze snel op.

'Houden jullie hem nu aan?' vraagt ze, zodra ze binnen gehoorsafstand zijn.

'Sebastian Rye heeft een alibi voor de avond dat jouw dochter verdween,' antwoordt de ene agent op zachte toon, terwijl hij Marie licht vermanend aankijkt. 'Verder is er niet de minste aanwijzing dat hij een speciale verhouding tot Caroline had,' vervolgt hij.

Marie voelt dat haar frustratie komt opzetten, maar Mattsen, die naast de agenten is komen staan, voegt er snel aan toe: 'Marie, Sebastian heeft spijt van zijn opmerkingen bij de opdrachten van Caroline. Hij ziet nu in dat hij onprofessioneel heeft gehandeld als leerkracht en hij wil je graag zijn onvoorwaardelijke verontschuldigingen aanbieden. Je moet echter weten dat ik niet bepaald enthousiast ben over je grove aantijgingen jegens een collega, en de toestand die het heeft veroorzaakt.'

'Dat meen je toch zeker niet?' Marie hoort zelf de vertwijfeling in haar stem, en ze probeert zich te beheersen. 'Jullie moeten die rechercheur te pakken zien te krijgen die ik genoemd heb: Thulin. Ze doet onderzoek naar de moord op een vrouw in Vanløse en ik weet dat ze Sebastian Rye direct zou willen spreken.'

'We kunnen Naia Thulin niet te pakken krijgen,' zegt de andere agent verontschuldigend.

'Probeer dan iemand anders van die afdeling. Er was ook een man bij, maar ik weet niet hoe hij heet.'

'We hebben het doorgegeven aan de afdeling Ernstige Misdrijven tegen Personen, maar ik denk dat je er rekening mee moet houden dat je pas morgen van ze hoort.'

'Morgen?' Marie voelt dat ze weer boos begint te worden. 'Waarom nu niet?'

Aan de gespannen kaakspieren van de agent kan ze zien dat hij zijn best doet om zich te beheersen.

'Dit is op geen enkele manier een zaak met prioriteit. En op dit moment is de afdeling waar we het over hebben bezig met een grotere operatie, die je vast met interesse zult volgen op het nieuws als je weer thuis bent. Wat ons betreft zit het er nu op.'

Marie staat versteld. De twee agenten maken aanstalten om te gaan, maar dan gaat ze voor de agent staan en kijkt ze hem indringend aan.

'Wat bedoel je daarmee?'

'Ik weet verder niets, maar als je de geruchten in de pers kunt geloven, is er iets gebeurd wat mogelijk te maken heeft met de moordzaak die je zelf net noemde. Nog een prettige avond.'

De agenten knikken naar Mattsen en begeven zich naar de uitgang. Marie pakt haar telefoon er weer bij, deze keer om de voorpagina te lezen van de eerste de beste tabloid die ze kan bedenken, maar ze kan niet vinden waar de agent het over had.

'Kom je even mee om te praten, Marie?'

Marie kijkt op naar Mattsen. Hij knikt neutraal in de richting van de lerarenkamer waar Marie ziet dat Sebastian Rye staat te wachten. Dan bukt ze om haar tas te pakken en haast zich naar de uitgang.

67

Al zijn ledematen doen pijn en Hess voelt de schrijnende schaafwonden op zijn knokkels en aan de linkerkant van zijn gezicht, maar het is de luide fluittoon waar hij het meest last van heeft. Hij heeft al eerder tinnitus gehad, maar het hoge, metaalachtige geluid dat hij constant hoort sinds de knal van de explosie is toch anders. Hij ligt op een brits op de spoedeisende hulp van het Amager-ziekenhuis, waar hij net is onderzocht door een arts, en hij kan Nylanders spervuur van vragen uitstekend horen, maar tegelijkertijd is het alsof er een haakse slijper ergens in zijn hoofd staat te gieren.

'Maar hoe lagen ze er precies bij?'

Nylander is bij de muur tegenover de brits gaan staan, zodat hij Hess kan aankijken. Naast hem staat Budtz aantekeningen te maken op zijn telefoon.

'Torsten Vangsø zat tegen het kookeiland geleund met zijn hoofd op zijn borst. Het zag eruit alsof hij Ditte Vangsø tegen zich aan had gedrukt. Ze lag tussen zijn benen en hij had zijn armen om haar heen.'

'Thulin meent zich te herinneren dat zijn vingers verstrengeld waren.'

'Dat klopt. Of iemand had dat zo gearrangeerd.'

Nylander negeert zijn suggestie.

'Was Torsten Vangsø bewusteloos of dood, of…'

'Dat weet ik niet. Er was geen tijd om dat te checken.'

Hess voelt zich uitgeput en hij heeft geen puf voor alle vragen, maar hij zal wel moeten. Nylander en Budtz zijn ongeveer een halfuur daarvoor op de spoedeisende hulp aangekomen. Ze hebben Thulin al ondervraagd in de aangrenzende kamer en nu is het de beurt aan Hess om zijn observaties uit het huis te vertellen.

Normaal gesproken zouden Nylander en zijn rechercheurs zelf de plaats delict en de lichamen in ogenschouw nemen, maar hoewel de brandweer het vuur op het perceel van Torsten Vangsø op Refshaleøen snel onder controle had gekregen, is het nog steeds onmogelijk om in het huis te komen. De benedenverdieping en een deel van de bovenverdieping zijn blijkbaar verwoest en noch de lichamen noch de aanwezige voorwerpen kunnen worden onderzocht en geborgen voordat de brand volledig is gedoofd en instortingsgevaar kan worden uitgesloten.

De aardige dokter van eerder steekt haar hoofd om de hoek van de deur en kijkt Hess aan met een paar papieren in haar hand.

'Je scan ziet er prima uit. Maar als je in de loop van de komende uren last krijgt van misselijkheid, overgeven of hoofdpijn, moet je je opnieuw laten onderzoeken door een arts. Afgesproken?'

Hess knikt naar de arts die weer de deur uitgaat en verdwijnt.

'En hoe zit het met Ditte Vangsø?' vervolgt Nylander.

Hess roept het beeld weer op van het levenloze lichaam van Ditte Vangsø in de armen van haar ex-man en het beeld stemt hem treurig. Al op het moment dat Thulin en hij bij het adres waren aangekomen, hadden het donkere huis en de stilte hem bange voorgevoelens gegeven, maar hij had desondanks hoop gehad. Bij hun pogingen om een weg naar binnen te vinden waren Thulin en hij ieder aan een andere kant om het huis heen gelopen en toen Hess Thulin niet was tegengekomen aan de achterkant van het huis, maar in plaats daarvan een open kelderdeur had aangetroffen, was hij snel naar binnen gegaan. Net als zij had hij de bloedsporen gevolgd naar de benedenverdieping, waar hij haar had gevonden bij de ingang naar de keuken. Toen hij de geur van de gaspitten had geroken en de brandende kaars had gezien, had hij haar naar achteren gerukt. De drukgolf had hen even later de trap naar de kelder af geblazen en ze waren onzacht, maar veilig op de betonnen vloer geland, terwijl de explosie de verdieping boven hen totaal verwoestte. Zij hadden het overleefd, maar Ditte Vangsø niet.

'Het zag eruit alsof haar achterhoofd ingeslagen was.'

'Met een bijl of...'

'Mogelijk.'

'En waar lág de bijl?' dringt Nylander aan.

'Op de vloer. Naast Torsten Vangsø. Maar daar kan hij ook door iemand anders zijn neergelegd.'

'Hebben jullie iets gezien wat erop duidt dat er anderen dan Torsten Vangsø en zijn ex-vrouw in het huis zijn geweest?'

'Nee, maar we hebben geen tijd gehad om dat te onderzoeken.'

'Hebben jullie voetsporen in de sneeuw gezien? Een ander voertuig dan dat van Torsten Vangsø?'

'Het had flink gesneeuwd en het was donker...'

'En de kaars stond in de buurt van Torsten Vangsø en het gasfornuis was recht boven hem?' stelt Nylander ongeduldig vast, terwijl hij Hess aandachtig aankijkt.

'Ja. Maar iemand had de ruit van de kelderdeur ingeslagen en zich een weg naar binnen geforceerd voordat wij aankwamen. Er lag bloed op de vloer en op andere plekken en op basis van de verwondingen van Ditte Vangsø moet zij het zijn geweest die in de kelder door de dader is verrast.'

'Maar je kunt toch niet uitsluiten dat de dader die via de kelder binnengedrongen is haar ex-man geweest kan zijn?' komt Budtz tussenbeide. Zijn blik rust op Hess terwijl hij vervolgt: 'Als er in huis een situatie is ontstaan waarbij Ditte Vangsø naar de kelder is gevlucht, kan haar ex-man toch door de voordeur naar buiten zijn gegaan en zijn omgelopen naar de kelderingang? Net zoals hij haar naar boven naar het keukeneiland kan hebben gesleept, een kaars kan hebben aangestoken en het gas van het gasfornuis kan hebben opengedraaid.'

'Ja. In theorie.'

'Wie zou het anders gedaan kunnen hebben? Er waren volgens jullie geen sporen van anderen.'

Budtz blijft volharden, terwijl Nylander zwijgend toekijkt. Hess krijgt het gevoel dat Nylander met opzet zijn waakhond heeft losgelaten om te zien waar de confrontatie toe leidt. Hess doet zijn best om zijn irritatie te onderdrukken.

'Waarschijnlijk dezelfde persoon die Torsten Vangsø een foto heeft gestuurd om hem te informeren dat zijn vrouw zich in het

Centrum voor Familierecht bevond,' verklaart Hess moe en hij vervolgt: 'Wat erop wijst dat het degene is die wij zoeken. Er was ook een voertuig dat bij het Centrum voor Familierecht vertrok, direct nadat zij wegreden.'

'Dat tot nu toe niet kan worden geïdentificeerd en wat in principe een toevallige automobilist kan zijn geweest,' werpt Budtz tegen, voordat hij zijn punt maakt: 'Daarmee is de foto in feite het enige wat verdacht is.'

Door de woordenwisseling met Budtz neemt de schelle toon in Hess' oren toe en hij richt zijn aandacht weer op Nylander.

'Wat gebeurt er? Wat zijn jullie te weten gekomen?'

Hij stelt vast dat de argumentatie van Budtz gebaseerd is op iets wat ze weten maar niet zeggen, en Nylander neemt inderdaad het woord weer.

'We houden alle mogelijkheden open totdat alles is onderzocht, ook die foto. Maar Torsten Vangsø was in het bos toen Ditte Vangsø achterna werd gezeten en de IT'ers hebben vastgesteld dat hij degene is die het Centrum voor Familierecht gehackt heeft. Met honderd procent zekerheid. Hij heeft toegang gehad tot alle zaken en hij heeft gezocht op de slachtoffers en de andere mensen die gestalkt zijn.'

'Maar de foto's die hij aan de muur had waren niet dezelfde als die de slachtoffers ontvangen hebben. Tenzij jullie ergens op zijn computers berichten met telversjes of precies dezelfde foto's hebben gevonden, zie ik niet hoe hij het zou moeten zijn.'

'Het probleem is dat we dat deel niet kunnen controleren.'

Hess begrijpt het niet en kijkt Nylander vragend aan.

'Torsten Vangsø moet via zijn beveiligingscamera's hebben meegekeken toen wij zijn appartement aan de Store Kongensgade doorzochten. In elk geval kunnen ze van IT zien dat hij kort erna een aantal bestanden vernietigd heeft op zijn server. Dat betekent dat we nu niet kunnen zien of hij het materiaal dat jij noemt had of niet.'

Budtz kijkt Hess weer aan met zijn afgemeten blik.

'Het enige wat we met zekerheid weten, is dat Torsten Vangsø de moeite heeft genomen om snel een heleboel te wissen.'

Hess krijgt hoofdpijn van de discussie. Hij maakt die daarom niet nog ingewikkelder door de moord op Caroline Holst te noemen, en in plaats daarvan begint hij zijn schoenen aan te trekken.

'Waar is Thulin?'

'Ze waren een poosje geleden klaar met haar onderzoek en ze is naar buiten gegaan om haar vriend te bellen.'

Budtz laat na zijn woorden zijn blik nieuwsgierig op Hess rusten om te zien of die indruk op hem maken, maar Nylanders telefoon gaat, waarop hij de bijeenkomst afsluit door de telefoon te pakken en naar de deur te lopen.

'Ik heb tegen Thulin gezegd dat ze naar huis moet gaan om wat te slapen, en hetzelfde geldt voor jou, Hess. Forensische Opsporing neemt de plaats delict over van de brandweer zodra die wordt vrijgegeven. De resultaten bespreken we morgen.'

Nylander neemt zijn telefoon op en verdwijnt de deur uit met Budtz kwispelend achter hem aan. Geïrriteerd strikt Hess zijn veters. Ondanks de pijnscheut die door zijn rug gaat, besluit hij om langs het hoofdbureau te gaan. Hij beseft dat hij alle gegevens die binnengekomen zijn terwijl hij bij Jon was grondig moet doornemen. Na het gesprek met Nylander en Budtz is het duidelijk dat er haast geboden is, voordat het onderzoek ontspoort door theorieën die niet kloppen. Ergens in de kluwen zit een draadje dat naar de dader leidt en hoewel Hess ervan overtuigd is dat ze de verkeerde draad te pakken hebben, heeft hij geen idee waar hij moet beginnen met zoeken om de juiste te vinden.

Zijn telefoon, die naast hem op de brits ligt, begint te zoemen en als hij klaar is met zijn veters, ziet hij dat het Aksel is. Even heeft hij het gevoel dat hij geen tijd heeft om het gesprek te beantwoorden, maar dan realiseert hij zich dat Aksel Thulin mogelijk nog niet gesproken heeft na de explosie, en neemt hij op.

'Hallo Aksel.'

'Ik kan haar niet te pakken krijgen. Is ze in orde?'

Aksels stem klinkt zeer gespannen en bezorgd. Hess kan zich voorstellen hoe ongerust de oude man moet zijn als hij het idee heeft gehad dat Thulin op de plek van de explosie aanwezig zou kunnen zijn geweest.

'Ja. Ze is nu even aan de telefoon, maar ze is in orde.'

Terwijl Hess zijn jas vindt op een stoel, hoort hij dat Aksel een zucht van opluchting slaakt. Meerdere zelfs en het duurt een paar tellen voordat hij het woord weer neemt.

'Waar zijn jullie?'

'Het Amager-ziekenhuis. Alleen ter controle.'

'Wat is er verdomme gebeurd?'

Het is prettig dat Aksel niet boos op hem is. Toen hij hem eerder die dag was tegengekomen op het bureau, was zijn blik niet bepaald aangenaam geweest, maar Hess wil ook geen misbruik van de situatie maken.

'We kwamen aan bij een adres en toen was er een gasexplosie. Het ging heel snel allemaal, maar dat zal ze je vast zelf wel willen vertellen. Ik zal zeggen dat ze...'

'Maar hebben jullie hem?'

De vraag overvalt Hess. Het voelt vreemd dat Aksel zo snel over iets anders praat dan de gezondheid van Thulin.

Aksel vervolgt: 'Op het nieuws zeggen ze dat de dader die achter de moorden zit mogelijk is omgekomen bij de brand. Dus hebben jullie hem?'

Hess heeft geen zin om de zaak met Aksel te bespreken en hij kiest ervoor om de vraag te ontwijken.

'Ik weet niet wat ze op het nieuws zeggen en je weet best dat ik niet over de zaak kan praten.'

'Hou nou op met dat gezeik! Ik vraag het je nog een keer: hebben jullie hem of hebben jullie hem niet?'

Door de ongeduldige toon in Aksels stem blijft Hess staan, precies op het moment dat hij de deur wil opendoen om weg te gaan. Hij kent Aksels obsessie met misdaadzaken, maar dit klinkt toch anders en Hess moet ergens aan denken wat hem eerder verwonderde.

'Waarom heb je mij een paar uur geleden eigenlijk gebeld?'

'Godverdomme, wat doe je moeilijk! Kun je niet gewoon antwoord geven op de vraag?'

Het gedrag van Aksel verwart hem en Hess begint weer te aarzelen, dus besluit hij een proefballonnetje op te laten.

'Wat als we hem níét te pakken hebben gekregen?'

Het wordt stil aan de andere kant van de lijn. Er verstrijken een paar seconden zonder dat Aksel iets zegt en Hess vraagt zich af of hij heeft opgehangen.

'Aksel?'

'Ze heeft je niet verteld over die oude zaak.'

'Welke zaak?'

Wederom stilte. Dan hoort hij hoe Aksel diep inademt.

'We moeten even praten. "Ik tel tot één, ik tel tot twee." Die zaak.'

68

Vanuit de deuropening kan Thulin de slapende gestalte van Le in bed zien liggen. Ze loopt voorzichtig een stukje de kamer in, zodat ze haar gezicht in het licht dat door de deur naar binnen valt kan onderscheiden op het hoofdkussen. Door haar gesloten ogen en zware ademhaling laat Thulin haar schouders weer wat zakken, en ze moet glimlachen. Na haar controle in het ziekenhuis had ze het even heel erg nodig om Le te zien, ook al wist ze dat ze in goede handen was, omdat Aksel had gezegd dat hij wel even langs zou gaan om voor haar te zorgen. Thulins schuldgevoel over het feit dat ze de laatste tijd zo weinig tijd met haar dochter heeft doorgebracht neemt een beetje af als ze haar veilig en rustig in bed ziet liggen, en ze sluipt weer terug naar de deur.

Op de gang trekt ze die voorzichtig dicht, maar zodra ze opkijkt en ziet dat Aksel en Hess in de keuken aan tafel zijn gaan zitten om op haar te wachten, verdwijnt haar glimlach weer. Het laatste waar ze nu zin in heeft, is om bij hen te gaan zitten, maar ze weet dat ze er niet omheen kan.

De aanblik van wat ze in de keuken van het onbewoonde huis op Refshaleøen had aangetroffen was afschuwelijk geweest. Nog geen uur daarvoor was ze druk geweest om het gemeenschappelijke verleden van Ditte en Torsten Vangsø te onderzoeken, in een poging om erachter te komen waar Torsten Vangsø naartoe zou kunnen zijn gereden, en vervolgens hadden ze omstrengeld en levenloos voor haar gelegen alsof de een de ander mee de dood in had genomen. Als Hess niet op tijd bij haar was geweest om haar naar de keldertrap te slepen, was Thulin zelf waarschijnlijk ook slachtoffer geworden van de explosie. Terwijl het vuur nog woedde op de verdieping boven hen, waren ze erin geslaagd om door de kelderdeur de sneeuw in te strompelen.

Vermoedelijk als gevolg van de schok had Thulins lichaam oncontroleerbaar getrild en toen de brandweer en politieauto's waren gearriveerd, waren Hess en zij naar het Amager-ziekenhuis gebracht.

In het ziekenhuis had ze een scan gehad om te zien of ze iets had gebroken en was ze onderzocht door een arts, maar afgezien van oppervlakkige schrammen, een beurs gevoel in haar lijf en suizende oren voelde ze zich lichamelijk in orde. Even later waren Nylander en Budtz aangekomen om vragen te stellen over wat zij en Hess hadden waargenomen op de plaats delict, aangezien de brandweer hun daar de toegang had geweigerd. Nog steeds aangedaan door de gebeurtenissen had Thulin naverteld wat ze had gezien. Hoewel ze aan hun vragen merkte dat ze veel waarde hechtten aan het feit dat ze op het perceel geen andere sporen had geregistreerd dan die van Ditte Vangsø en haar ex-man, had ze niet de energie gehad om tegen hen in te gaan. Op haar telefoon had ze gezien dat Bjørn meerdere keren had gebeld, dus in plaats van met hen in discussie te gaan, was ze naar buiten gelopen om met hem te praten en het had fijn gevoeld om zijn stem te horen. De nieuwsuitzendingen over de explosie hadden hem oprecht bezorgd gemaakt en door zijn opluchting om met haar te kunnen praten had ze ingezien hoezeer hun leven samen de afgelopen weken was veranderd. Zorgzaam als hij was, had hij zijn zakenreis in Oslo willen afbreken om de eerste vlucht naar huis te nemen, wat ze hem echter uit zijn hoofd had gepraat. Vervolgens had ze het gesprek moeten beëindigen, omdat Hess op was komen dagen met een dringende kwestie.

Een telefoontje van Aksel had Hess ervan overtuigd dat ze met hem moesten praten over de zaak die hij Thulin had proberen aan te smeren en ze had aan Hess' koppige blik kunnen zien dat hij vastbesloten was. Hij had al met Aksel afgesproken dat ze elkaar bij haar thuis konden zien, omdat Aksel daar toch al was om op Le te passen. Als Thulin de keuken in gaat en onwillig aan tafel gaat zitten, voelt het echter op verschillende manieren vreemd. Ze herinnert zich dat ze een halfjaar geleden dol was geweest op die avonden dat ze allemaal, ook Le, aan tafel hadden gezeten om te eten of om samen spelletjes te doen, maar dat is niet het gevoel dat ze nu heeft.

'Ten eerste wil ik zeggen dat ik het respecteer dat jullie mij niet meer over de zaak willen vertellen, ook al is dat natuurlijk schijtirritant,' begint Aksel en Thulin ziet dat hij de ergernis van zich af probeert te schudden voordat hij verdergaat. 'En het is ook belangrijk dat jullie begrijpen dat ik er niet op uit ben om iemand zich ongemakkelijk te laten voelen. Vooral jou niet, Naia.'

Ze merkt dat Aksels ogen de hare zoeken, maar aangezien ze niet weet wat haar te wachten staat, vermijdt ze zijn blik.

'Ik vertel het alleen omdat ik wel moet,' vervolgt Aksel, 'en als de mogelijkheid bestaat dat jullie zaak al is opgelost, maakt het misschien niks uit, dan zijn jullie meer dan welkom om me meteen te stoppen.'

'We willen het graag horen om erachter te komen of het niks uitmaakt,' zegt Hess en Thulin kan zien dat hij vol ongeduld zit te wachten totdat Aksel begint.

Aksel knikt bedachtzaam en trekt de oude map die op tafel ligt naar zich toe, zonder die open te slaan. Hij werpt een blik op de deur naar de gang om zich ervan te verzekeren dat Le hem niet kan horen en zijn stem klinkt zacht en beheerst als hij het woord neemt.

'Het gebeurt allemaal in de periode van 1989 tot 1992, waarin drie kinderen spoorloos verdwijnen. De kinderen verdwijnen met tussenpozen van negen tot tien maanden en ze verdwijnen stuk voor stuk uit hun eigen kleine provinciestadje op Seeland. Enige tijd later worden ze vermoord gevonden in moerassen of bossen, ver weg van de plek waar ze verdwenen zijn. De forensisch pathologen ontdekken dat de kinderen seksueel zijn misbruikt en dat de lichamen met een bijl in stukken zijn gehakt.'

Thulin hoort aan Aksels stem dat hij zijn best doet om zo zakelijk en nauwkeurig mogelijk te vertellen, maar de inhoud van zijn woorden is extreem, waardoor ze besluit die op afstand te houden. Het is één ding dat de misdrijven die hij net besproken heeft zo afschuwelijk en onwerkelijk zijn, maar ze lijken ook irrelevant. Ze heeft nu al zin om van tafel op te staan, maar Aksel gaat door.

'Uffe, Naia's vader dus, is op dat moment hoofd van de Landelijke Eenheid, waar ik teamleider ben. We zwoegen dag en nacht op de zaak. We zijn er zeker van dat de dader in de drie zaken dezelfde is, want elke keer dat een kind verdwijnt, gebeurt dat op dezelfde manier. Het kind is samen met een paar leeftijdsgenootjes op een natuurspeelplaats of op een andere plek waar kinderen graag komen en dan gaan ze verstoppertje doen. Maar de dader is ergens in de buurt aanwezig en als ze klaar zijn met verstoppertje is het kind weg en heeft niemand iets gemerkt.'

Door Aksels woorden begint Thulin nog meer te rillen. Ze denkt aan het verstopspelletje waar de gestalkte slachtoffers mee te maken hebben gehad, maar daar staat tegenover dat de overeenkomst te zwak en toevallig is om echt serieus te nemen.

'Wat bedoel je precies? Hoe spelen ze verstoppertje?' vraagt Hess, die om onbegrijpelijke redenen interesse toont in Aksels verhaal.

'Zoals kinderen spelen. Eén gaat staan tellen terwijl de anderen zich in de buurt verstoppen en dan gaat de teller ze zoeken,' legt Aksel uit.

'Maar hóé tellen ze? Zeg wat je tegen mij zei aan de telefoon,' dringt Hess aan.

'Uiteraard,' zegt Aksel knikkend. 'Bij het tellen gebruiken de kinderen elke keer hetzelfde telversje: "Ik tel tot één en ik tel tot twee. De kip die neemt geen schoenen mee," enzovoort.'

Thulin staart Aksel aan en begint te begrijpen waarom Hess heeft aangedrongen dat ze met hem moesten praten.

'Jullie kunnen het versje zelf opzoeken op internet, maar het is een oud telversje van één tot tien met een paar onzinrijmpjes. Jullie kunnen je wel voorstellen dat ik met mijn oren stond te klapperen toen ik hoorde van die rijmpjes die jullie hebben gevonden.'

'Daar hebben we het straks over. Vertel alsjeblieft verder over toen, Aksel,' remt Hess hem af.

Aksel kijkt geërgerd naar Hess, maar verbijt zich en gaat verder.

'We gaan door met het onderzoek en doen alles wat we kunnen, maar het lukt ons niet om de dader te vinden. Het is vreselijk. De gezinnen van de slachtoffers vallen uit elkaar en gaan stuk en wij kunnen ze niet helpen. Als het derde kind verdwijnt, breekt de hel weer los. Een week later worden we opgeroepen naar een meer, waar kinderen van een schoolklas in het riet hebben gespeeld en de... lichaamsdelen gevonden hebben.'

Thulin ziet aan Aksel dat het hem wat doet om de herinnering op te roepen en hij worstelt verder om niet aangedaan te raken.

'Maar deze keer zijn er kinderen die kort ervoor een man in het riet hebben gezien. Het wordt ons duidelijk dat ze toevallig getuige waren van hoe de dader het lichaam achterliet en zo weten we dat we dichtbij zijn.'

Thulin huivert bij de gedachte aan de schoolkinderen in het riet, maar ze ziet dat Aksel een ander gemoed heeft bij het deel van het verhaal waarmee hij nu gaat beginnen.

'Dezelfde dag nog doen we overal onderzoek langs de toegangswegen rond het meer. We ondervragen de plaatselijke bewoners, want de dader moet de lichaamsdelen in een voertuig erheen hebben gebracht. Er was een paar keer een Volvo-stationwagen gezien en als we ontdekken dat een snelheidscamera in de buurt precies zo'n auto heeft geflitst, rijden we naar de eigenaar die ergens in het achterland woont. Het blijkt een huisvader te zijn. Met een aanstelling op een kantoor in technisch beheer, getrouwd, vrijstaand huis met carport en kinderkamer, maar we merken dat hij iets alcoholistisch over zich heeft. We openen de kofferbak van de Volvo en vinden resten bloed.'

'Waar had hij de misdrijven gepleegd?' vraagt Hess.

'Het gezin had een zomerhuisje bij de Roskildefjord, waar hij af en toe alleen naartoe ging. Met veel afstand tot de buren. Dat was de plek waar hij het gedaan had. Niet in het zomerhuisje zelf, maar op het erf lag een oud ondergronds berghok, ingegraven in een verhoging. Uitgerust met een bijl, gereedschap en...'

Aksel stokt. Het is alsof hij iets voor zich ziet. Hij slikt een keer en laat zich terug in zijn stoel vallen.

'Wat zei hij over de misdrijven toen jullie hem verhoorden?' vraagt Hess.

'Hij verklaarde dat hij het niet kon laten. Dat het in zijn natuur lag.'

'En wat zei hij over het verstoppertje van de kinderen? Wat was het dat hem daarin aantrok?'

'Hij vond het opwindend. De spanning. Ze in de gaten houden.'

'En hoe zit het met het telversje? Wat was de verklaring dat door verschillende kinderen op verschillende plekken steeds hetzelfde telversje werd gebruikt?'

'Hij beweerde dat het toeval was. De kinderen konden zich ook niet herinneren waarom ze het gebruikten. Ze kenden het versje gewoon en vonden het leuk.'

Thulin is nu ook geïnteresseerd geraakt en buigt zich naar Aksel.

'Maar jullie hebben de dader gepakt. Waar is hij nu?'

'Ja, we hadden hem. Er was veel bewijs, dus koos hij ervoor om te bekennen. Maar vlak voor de rechtszaak waarbij hij tot een gevangenisstraf zou worden veroordeeld is het hem gelukt zich op te hangen in zijn cel.'

Aksels woorden moeten even bezinken bij Thulin. Ze verwacht even dat hij nog verdergaat, maar hij zegt niets meer. Ze schudt met haar hoofd.

'Wat? De dader is dood?'

'Ja.'

'Waarom moesten we dit verhaal dan aanhoren?'

'Nou, vanwege de rijmpjes die jullie van jullie dader hebben gevonden. En omdat je vader destijds dacht dat de man een medeplichtige moet hebben gehad.'

'Een medeplichtige?' herhaalt Hess gedreven. Thulin kan ook niet anders dan Aksel blijven aankijken, terwijl Hess vervolgt: 'Waarom dacht hij dat?'

'Hij bleef terugkomen op een paar details in de werkwijze rond de speelplaatsen en de verdwijningen. Daarnaast bleef hij zich verwonderen over het feit dat steeds hetzelfde telversje terugkwam.'

'Maar wat zei de dader zelf?' merkt Thulin op.

'Dat hij alleen handelde. Er was ook niets concreets wat op het tegendeel wees, maar Uffe raakte bezeten en wilde het niet loslaten, en nu kan ik het niet laten om me af te vragen of hij gelijk had.'

Ze voelt de irritatie opborrelen in haar bloed. Even had ze gedacht dat ze Aksels informatie ergens voor konden gebruiken, maar nu lijkt die weer irrelevant. Ze staat op en marcheert naar de koelkast, die ze opentrekt. Tussen een pak melk en een paar wortels valt haar oog op een biertje. Terwijl ze het grijpt merkt ze dat Aksel haar vanuit zijn ooghoeken bekijkt, voordat hij een beetje verontschuldigend verdergaat.

'Maar toen dacht ik dat niet. De zaak had drie jaar geduurd en inmiddels was Naia's moeder overleden. Ik dacht waarschijnlijk dat hij iets bij zichzelf probeerde te repareren. En hij voelde zich ook verantwoordelijk voor de gezinnen die door de zaak getroffen waren. Hij bleef het over zijn theorie hebben, tot de dag dat hij helaas...'

'Oké, nu is het mooi geweest,' zegt Thulin. 'Aksel, bedankt voor je verhaal, maar als dat alles was, wil ik graag naar bed, want ik ben erg moe.'

Thulin heeft het biertje weggezet naast de gootsteen. Aksel staat prompt op en kijkt haar aan.

'Naia, je vader had het moeilijk en hij wilde die gezinnen helpen met hun verlies...'

'Wij hadden ook een verlies,' onderbreekt ze hem snel. 'We hadden alleen elkaar nog, hij en ik, en dat weet je donders goed.'

Ze merkt dat ze de dingen te hard en te kort door de bocht zegt, maar het lukt haar niet meer om de weg te verlaten die Aksel is ingeslagen.

Haar woorden leggen hem het zwijgen op. Even is het stil in de keuken. Aksel staat er een beetje radeloos bij en ziet er nog bezwaarder uit, totdat hij beseft dat ze wacht tot hij gaat. Hij pakt zijn jas van een van de stoelen en raapt zijn muts en wanten op van de keukentafel.

'Goed... Dan ga ik maar... Morgen heb ik overigens met Le afgesproken om naar de skatehal te gaan, als je dat nog goedvindt.'

'Helemaal prima. We spreken elkaar.'

Aksel knikt ten afscheid en ze hoort dat hij de voordeur erg stil achter zich dichtdoet. Zodra ze alleen zijn, voelt ze de blik van Hess op zich gericht.

'Sorry.'

Zijn ogen staan ernstig en ze ziet dat hij het meent.

'Dat was dom van me. Ik had er niet aan gedacht dat hij daarover zou beginnen. Maar erger je maar aan mij. Niet aan hem.'

'Ik erger me altijd aan jou.'

Bij haar woorden moeten ze allebei glimlachen. Het voelt alsof dat nodig is. Hun ogen ontmoeten elkaar even, maar dan staat hij op.

'Mag ik dat meenemen?'

Hij wijst op het oude, gehavende dossier op tafel, dat Aksel heeft laten liggen.

'Je meent toch niet serieus dat we dat ergens voor kunnen gebruiken?'

'Laten we er een nachtje over slapen.'

Zijn ambivalente antwoord verwondert haar, maar hij is al op weg naar de gang met de map onder zijn arm. Ze loopt achter hem aan om hem uit te laten en ziet dat hij vertrouwd zijn jas aan de radiatorknop heeft gehangen, omdat de kapstok zoals gewoonlijk volhangt.

'Hé.'

Hij draait zich naar haar om met een vragende uitdrukking op zijn gezicht. Hoewel hij er door de schaafwond op zijn wang toegetakeld uitziet, merkt ze op dat het licht weer terug is in zijn ogen.

'Bedankt.'

Ze kijkt hem ernstig aan. Het wordt hem duidelijk wat ze bedoelt. Hij slaat zijn ogen verlegen neer en ze ziet dat hij zich ervan af probeert te maken met een onhandige glimlach, maar dan geeft hij het op en kijkt ernstig terug. Even staan ze zo op slechts een halve meter afstand van elkaar. Dan horen ze allebei het geluid van een sleutel in het slot en als ze naar de deur kijken die opengaat, zien ze het gezicht van Bjørn dat in de deuropening verschijnt.

Vrijdag 28 februari, nu

69

Het is vroeg in de ochtend. Buiten hoort hij de meeuwen krijsen terwijl ze rond het gebouw zweven en in de verte begint het te dagen aan de horizon. Achter hem klinkt geruststellend geratel in de gang wanneer de verpleegkundigen voorbijgaan met hun karretjes en voor het eerst sinds hij Jon is komen opzoeken op de ic merkt Hess dat hij zich rustig voelt.

Vanuit zijn stoel naast het bed op Jons kamer volgt hij aandachtig hoe Jons vingers het gescheurde cadeaupapier van de hengel halen. Het hoofdeinde staat rechtop zodat Jon in bed kan zitten, en hij mag zijn vingers dan ontzettend langzaam bewegen, het doet Hess deugd dat Jon er überhaupt toe in staat is. Als hij het laatste pakpapier van de reel heeft verwijderd, kan Hess het niet laten om een paar details te noemen van de schat die Jon in zijn handen houdt.

‘Het is een Shimano. Carbon. Handvat van schuimrubber, zoals je dat het liefst hebt. Voel het gewicht.’

Hess steekt zijn hand uit boven het bed en voorzichtig helpt hij Jon bij het optillen van de ultralichte telescopische hengel.

‘Heel erg bedankt. Maar...’

Hess ziet dat Jon aarzelt en het is alsof zijn vingers niet gewend zijn om aan de reel te draaien.

‘Maar wat? Vraag maar gewoon.’

‘Waar gebruik je hem voor?’

Jon kijkt hem onzeker aan. De bezorgdheid schiet door Hess heen. De arts heeft hem erop voorbereid dat er gaten in Jons geheugen kunnen zitten, maar hij moet toch zijn best doen om er niet verschrikt uit te zien. Hij herpakt zich en wil net aan zijn grote broer uitleggen wat hij in zijn handen heeft, als hij de lach ontwaart die zich stilletjes over Jons gezicht verspreidt.

'Jezus, dat was wel heel makkelijk.'

Jon schatert het uit in zijn bed en kan niet stoppen met lachen. Hess haalt opgelucht adem, en hoewel hij zijn hart even in zijn keel voelde kloppen, moet hij lachen en schudt zijn hoofd.

Het voelt ontzettend fijn dat er een andere stemming in Jons kamer hangt. Het is alsof de gordijnen voor het eerst zijn opengetrokken en Jon ziet er gezonder uit dan eerst. Het bloed is weer terug in zijn gezicht, zijn spraak gaat hem veel gemakkelijker af dan de dag ervoor en Hess kan nu ook afvinken dat de zwarte humor van zijn broer nog intact is.

'Ik geloof dat ze je te veel morfine geven,' zegt Hess lachend, terwijl hij zich meteen klaarwakker voelt, en Jon schatert weer.

Hess heeft weinig slaap gehad die nacht. Na de ontmoeting met Aksel bij Thulin thuis had hij het ziekenhuis gebeld om te horen hoe de avond was gegaan voor Jon. Toen de dienstdoende verpleegkundige hem had verteld dat alles goed was en dat Jon sliep, was Hess naar zijn appartement in Odinparken gegaan. In het nieuws werd nog steeds gefocust op de steekmoord in het Centrum voor Familierecht en op de gasexplosie die volgens 'anonieme bronnen bij de politie' werd gelinkt aan de moorden. Hess had zich op het oude dossier van Aksel gestort, dat hij had meegenomen van Thulin.

De inhoud van de map was precies zo afschuwelijk geweest als Aksel het had beschreven en hoewel het dossier dik was, had het alleen maar bestaan uit een uitgebreide samenvatting. Tijdens het lezen waren er daarom veel vragen bij Hess opgekomen die onbeantwoord bleven. Het was onmogelijk te bepalen of de zaak relevant zou kunnen zijn voor het onderzoek waar ze mee bezig waren. Aan de ene kant waren de misdrijven, en vooral de slachtoffers, heel verschillend, maar aan de andere kant waren er overeenkomsten die in het oog sprongen. Het moordwapen. Het in stukken hakken. Om nog maar te zwijgen van het verstoppertje spelen met het telversje.

Tijdens het lezen had Hess zich afgevraagd of hij alleen in de oude zaak geïnteresseerd was vanwege zijn sterke intuïtie, en of hij wanhopig op zoek was naar een andere reden voor de huidige moorden dan wat er aan Torsten Vangsø kon worden gelinkt, maar hij had voor zichzelf besloten dat er genoeg reële redenen waren om te proberen dieper in het oude materiaal te duiken. De theorie over een medeplichtige, die Thulins vader had geopperd, ontbrak bijvoorbeeld geheel in de map en stond vermoedelijk in de overige dossiers in het archief. Hess had zijn werkdag daarom beëindigd met het schrijven van een mail naar het Rijksarchief om zo snel mogelijk toegang te krijgen tot de niet-gedigitaliseerde dossiers. Hij had eraan gedacht om Thulin een cc te sturen, zodat zij ook wist wat hij bedacht had.

Toen hij uiteindelijk naar bed was gegaan, was de herinnering aan het oogcontact dat hij in het halletje met Thulin had gehad weer door zijn hoofd gaan spoken. Om die van zich af te schudden had hij zichzelf meermaals gedwongen om te denken aan hoe natuurlijk ze had geleken met Bjørn die plotseling op was komen duiken, met zijn eigen sleutel van het appartement nog wel. Ze hadden elkaar omhelsd en nadat Bjørn Hess oprecht had bedankt dat hij Thulins leven had gered, was Hess de trap af gegaan zonder nog meer te willen denken aan het moment dat hij met Thulin had gedeeld.

Toen de wekker op zijn telefoon hem die ochtend vroeg had gewekt, was het gevoel van haar blik die zich had vastgezet in de zijne nog niet helemaal verdwenen. Daarentegen had hij wel kunnen constateren dat zijn tinnitus bijna weg was. Met een beurs lijf was hij opgestaan en na een hoognodig bad was hij rond zeven uur de deur uitgegaan om voor de statusvergadering op de afdeling nog even bij Jon langs te gaan. In het ziekenhuis had hij verwacht dat hij plaats zou moeten nemen in de wachtkamer totdat Jon wakker zou zijn, maar het personeel had gezegd dat Jon bezig was met zijn ontbijt, zodat Hess snel naar Jons kamer was gegaan. Te zien dat zijn broer rechtop in bed met smaak zat te eten bracht zo'n grote glimlach op Hess' gezicht dat de schaafwond op zijn wang even erg pijn deed. De wond was het eerste wat Jon had opgemerkt en Hess had snel gezegd dat hij met zijn fiets was uitgegleden in de sneeuw. Algauw had Jon in plaats daarvan nieuwsgierig gevraagd naar het cadeau dat Hess bij zich had.

'Ik heb trouwens een besluit genomen,' zegt Jon terwijl Hess de hengel van hem overneemt om die in de brede vensterbank te leggen. Het lijkt erop dat Jon eindelijk klaar is met lachen en hoewel zijn stem wat mat en monotoon klinkt, zijn de woorden duidelijk. 'Mijn lichaam is nog nooit zo clean geweest als nu. En het twaalfstappenprogramma kan onmogelijk erger zijn dan dit.'

Hess kijkt even naar zijn broer en gaat weer zitten. Het is allerminst de eerste keer dat Jon belooft om te stoppen met drinken, daarom is Hess er lang niet zeker van dat het iets wordt. Aan de andere kant is er niets wat Hess liever wil.

'Dat klinkt als een goed besluit.'

'Ik meen het. Ik zal je dit niet nog eens aandoen. Wanneer ik ontslagen word, gaan er dingen veranderen.'

Jons ogen staan besluitvaardig en Hess ziet de zelfverzekerdheid van zijn grote broer aan wie hij zich zoveel jaren had kunnen optrekken. Daar staat tegenover dat Hess uit ervaring ook weet dat Jon geneigd is om zo snel stappen te zetten dat hij het zelf niet altijd kan bijbenen.

'Nu moet je er eerst maar voor zorgen dat je beter wordt. De dokter zegt dat je er rekening mee moet houden dat je hier nog minstens een week ligt om erbovenop te komen.'

Jon knikt langzaam, terwijl hij weer achteroverleunt en zijn hoofd op het kussen laat rusten.

'Uiteraard. Ik wil alleen maar zeggen dat ik een plan heb. En hoe is het met jou?'

Het overrompelt Hess dat Jon nu ook vragen aan hem kan stellen. Even merkt hij dat zijn blik onrustig heen en weer gaat, maar dan doet hij zijn best om niet aan Jon te laten zien welke zorgen er allemaal door zijn hoofd gaan.

'Prima. Weinig nieuws. Wanneer ik niet hier was heb ik wat geholpen op het werk.'

'En hoe zit het met je politieliefje?'

Jon kijkt hem vragend aan en Hess voelt zich weer overdonderd. Hij realiseert zich dat hij Jon niet heeft kunnen vertellen dat het niet meer relevant is om het daarover te hebben en hij schudt zijn hoofd.

'We werken nu alleen nog samen. Dat andere ging niet. Is er nog iets wat je wilt hebben?'

Hess wijst naar de waterkan en de resten van het ontbijt op het nachtkastje, maar Jon blijft hem aankijken met lichte verbazing in zijn blik.

'Waarom niet?'

'Het is ingewikkeld.'

'Het zag er niet ingewikkeld uit.'

Hess ziet de beelden van die vrolijke nazomeravond met Thulin en Le op de binnenplaats bij Jon voor zich, maar hij duwt ze snel weer weg, zoals hij zichzelf heeft aangewend.

'Ze heeft een dochter. Ik moest er nog eens goed over nadenken.'

'Kon je niet goed met haar dochter overweg?'

Hess kijkt Jon verrast aan, want het misverstand in zijn vraag is zo ver bezijden de waarheid als maar kan.

'Jawel. Ik hou veel van Le.'

Jons blik is een en al 'ja, maar dan begrijp ik er geen zak meer van', en Hess moet er nog wel een paar woorden aan vuilmaken, ook al heeft hij daar eigenlijk geen zin in.

'Als je ja zegt, moet je er ook zijn. Ze hebben iemand nodig die ze geborgenheid kan geven en die er voor ze kan zijn. Dat kan ik niet.'

Jon zegt niets. Hij kijkt hem alleen maar aan en de uitdrukking op Jons gezicht maakt Hess onzeker.

'Misschien moet je nu even wat rusten.'

'Wil je weten wat ik denk?'

'Ja, voor de draad ermee dan maar.'

'Je bent hen niet aan het beschermen, maar jezelf.'

Hess merkt dat de woorden hem raken, ook al wil hij dat niet toegeven. Jons blik is liefdevol, maar beslist. Plotseling voelt het weer als toen ze jongens waren, toen Jon hem leerde om zeepieren te steken of om de juiste blinker aan de vislijn te knopen. Hij schudt zijn hoofd om aan te geven dat Jon niet weet waar hij het over heeft.

'Hoe dan ook, dat is een gepasseerd station. Dus jij en ik zitten met elkaar opgescheept.'

Hess pakt Jons hand die op het bed ligt en knijpt er even in om de sfeer weer wat luchtiger te maken, maar Jon geeft geen krimp.

'Breng je leven op orde, voordat het te laat is. Oké?'

Jon kijkt serieus. Hess kan zich niet herinneren wanneer hij zijn broer voor het laatst zo gezien heeft, maar het is lang geleden. Voordat Hess de kans heeft om hem van repliek te dienen, gaat de deur van de kamer open.

'Mark Hess?'

Hess draait zich om en een verpleegkundige die hij nog niet eerder heeft gezien kijkt op een gele post-it die ze in haar hand houdt.

'Ik moest je een bericht doorgeven van ene Naia Thulin die net belde: "De vergadering begint over een halfuur. Bel als je verhinderd bent."'

'Dank je.'

De verpleegkundige vertrekt weer en Hess staat op om zijn jas en het tasje met het oude dossier te pakken.

'Ik moet jammer genoeg gaan, maar we zien elkaar later na de onderzoeken. Je gaat nergens heen, toch?'

Jon grijnst. 'Ik zal proberen de verleiding te weerstaan. Als jij belooft om op je fiets te blijven zitten.'

70

'Hess, stop maar. Dat gaat niet gebeuren.'

Vanaf haar plek aan de tafel op de vergadering met de taskforcegroep kan Thulin duidelijk zien dat Nylanders geduld op is. Zijn ogen schieten vuur in de richting van Hess en hij schudt driftig zijn hoofd, maar Hess laat zich niet uit het veld slaan.

'Je zei zelf dat we alle mogelijkheden open moesten houden.'

'Niet díé mogelijkheid, verdorie. We gaan geen tijd verspillen aan een dertig jaar oude klotezaak die jullie op het laatste moment uit de hoge hoed toveren. We verhouden ons tot de feiten die we hebben en verder niets.'

'Maar we moeten in andere banen denken,' houdt Hess vol en hij schuift wat naar voren op zijn stoel. 'Torsten Vangsø was gewelddadig en psychisch onberekenbaar, maar hij was waarschijnlijk gewoon een nuttige idioot voor de dader. Er is niets concreets wat erop wijst dat hij de stalker was en de moorden heeft gepleegd, en de moord op Caroline Holst al helemaal niet.'

'Waar heb je het over? Heb je niet geluisterd?' zegt Budtz geïrriteerd vanaf zijn plek tegenover Hess.

'Thulin, je bent het toch zeker niet eens met dit gebazel?' Nylander wendt zich tot Thulin en tot haar ergernis is het duidelijk geworden dat de discussie precies zo vruchteloos is gebleken als ze voor de vergadering had gedacht.

Het was al begonnen met dat Thulin in paniek wakker was geworden van de knal van de gasexplosie die weer door haar hoofd had gegalmd. Verward had ze met bonzend hart rechtop gezeten en verbaasde ze zich over het feit dat ze in haar bed lag. Haar gedachten tolden chaotisch rond en ze probeerde tevergeefs orde te scheppen in de vele losse eindjes in nieuwe en oude moordzaken. Naast haar lag Bjørn te slapen en ze was voorzichtig opgestaan en naar de keuken gegaan.

Het was haar goed uitgekomen om even een moment voor zichzelf te hebben, vooral omdat de sfeer tussen haar en Bjørn redelijk ongemakkelijk was geweest voordat ze waren gaan slapen. Bjørn had ervoor gekozen om zijn reis naar Oslo af te breken en hij was plotseling opgedoken terwijl ze samen met Hess in het halfdonkere halletje had gestaan. Hoewel er niets was gebeurd, had het even gevoeld alsof ze op heterdaad was betrapt en ze had Bjørn snel en iets te enthousiast omhelsd. Hess was direct erna vertrokken, en hoewel Bjørn ogenschijnlijk niets achter de situatie leek te zoeken, had ze zijn onderzoekende blik wel gemerkt, daarom had het goed gevoeld om naar de slaapkamer te gaan om eindelijk toe te geven aan de vermoeidheid.

Na een dosis koffie en een blik op haar mailbox en het nieuws had Thulin Le wakker gemaakt en ontbijt geserveerd. Nadat Le naar school was gegaan, had ze een bad genomen. Toen ze was aangekleed, had ze gezien dat Marie Holst weer had gebeld. Ze was waarschijnlijk benieuwd wat de gebeurtenissen van de afgelopen vierentwintig uur te betekenen hadden voor de oplossing van de moord op haar dochter, maar Thulin kon haar pas na de vergadering met de taskforcegroep op de hoogte brengen. Daarom had ze haar alleen een bericht gestuurd om te zeggen dat ze later die ochtend contact zou opnemen. Daarna was ze klaar om te gaan en sloop ze naar de voordeur, maar Bjørn had haar tegengehouden terwijl hij haar vanuit de deur naar de slaapkamer soezerig en verward stond aan te kijken. Er hing een groot aantal vragen tussen hen in waar ze op dat moment even geen antwoord op kon geven, dus gaf ze hem maar een knuffel en ging snel de deur uit.

Ze had ernaar uitgekeken om Raheem te spreken bij de vergadering met de taskforcegroep, zodat ze op de hoogte kon worden gebracht van de lopende zaken bij NC3, maar bij aankomst had Nylander haar tot haar verrassing medegedeeld dat hij Raheem had gevraagd om op de 'werkplaats' te blijven. Op de plaats van de brand op Refshaleøen hadden de forensisch onderzoekers een uur daarvoor de resten van de telefoon van Torsten Vangsø gevonden. Die waren snel naar NC3 gebracht, zodat Raheem kon kijken wat er eventueel nog van te redden viel. Het gesprek met Nylander was direct daarop onderbroken door Hess die binnen was gekomen, en nadat ze een vluchtige en ongemakkelijke blik met hem had gewisseld was Thulin tussen een paar andere rechercheurs gaan zitten en had ze zich geconcentreerd op de voorlopige resultaten van het forensisch en pathologisch onderzoek.

De forensisch artsen hadden hun eerste onderzoek gedaan op de twee lichamen die waren geborgen uit het huis op Refshaleøen. De lichamen waren flink toegetakeld en verkoold, maar omdat de drukgolf van de explosie ze vanuit de keuken naar de aangrenzende ruimte had geblazen, waren ze niet volledig door de vlammen verteerd. Dat betekende dat er meer forensische details konden worden vastgesteld dan Thulin had verwacht.

In het kort had het letsel van Ditte Vangsø onderverdeeld kunnen worden in het letsel dat was toegebracht voor en na de explosie. De sporen op haar schedel maakten duidelijk dat ze voor de explosie herhaaldelijk was geslagen met een zwaar, bot voorwerp, wat met zekerheid haar dood tot gevolg had gehad. Haar rechterschouderpartij vertoonde bovendien tekenen van verwonding door een houw van vermoedelijk een bijl, waardoor Thulin had moeten denken aan de situatie die zich moest hebben afgespeeld bij de kelderdeur van het huis.

Daarentegen was het lichaam van Torsten Vangsø vrij van letsel door een bijl of andere wapens. Een analyse van zijn longweefsel en bloed toonde aan dat hij voor de explosie een flinke hoeveelheid gas had ingeademd, wat volgens de forensisch arts betekende dat hij bewusteloos moest zijn geweest toen de explosie zich voordeed. Het hoofd van Torsten Vangsø was, waarschijnlijk als gevolg van de drukgolf, naar achteren gerukt waarbij zijn nek was gebroken, wat ogenblikkelijk tot zijn dood had geleid.

De eerste voortekenen van een ophanden zijnde discussie deden zich voor toen Hess had gevraagd of er iets in het onderzoek was wat erop duidde dat Torsten Vangsø verdoofd was voordat hij het gas had ingeademd. Met een uitgestreken gezicht had Hess gezegd dat het immers niet geheel ondenkbaar was dat Torsten Vangsø verdoofd was met chloroform zoals dat was gebruikt bij zowel Silje Thomsen als Philip Lund. De forensisch arts had met een lange technische verhandeling over verdovingsmiddelen, longweefsel en slachtoffers van gas en brand echter ontkend dat het mogelijk zou zijn om dergelijke zaken af te leiden uit het toegetakelde lichaam van Torsten Vangsø. Daarop had Nylander in niet mis te verstane woorden aan Hess gevraagd om af te zien van verdere onderbrekingen, omdat ze door moesten met de bespreking.

Vervolgens waren de forensisch onderzoekers begonnen met hun presentatie. Het voorlopig onderzoek op de plek van de brand had onder andere aangetoond dat er op de bovenverdieping verbrande resten van een touw waren gevonden dat was vastgebonden aan een radiatorbuis. Het touw had DNA-sporen van Ditte Vangsø en ernaast hadden ze op de grond resten gevonden van een herenjas die overeen leek te komen met de jas die Torsten Vangsø had gedragen toen hij het Centrum voor Familierecht was binnengedrongen. Bij die informatie had Thulin voor zich gezien hoe Ditte Vangsø in eerste instantie boven vastgebonden had moeten zitten, voordat ze er mogelijkerwijs in was geslaagd om zich los te maken en geprobeerd had te ontsnappen. Die theorie werd ondersteund door het feit dat de vingerafdrukken van Ditte Vangsø gevonden waren op de deurgrendel bij de trap naar de kelder. Waarom Ditte Vangsø ervoor had gekozen om langs die weg te vluchten in plaats van door de voordeur was onmogelijk na te gaan, maar het was zeker dat haar bloed en vingerafdrukken op verschillende plekken in de kelder achtergelaten waren, alsmede aan de binnenkant van de kelderdeur naar buiten, waarvan het raamkozijn volgens de forensisch onderzoekers leek te zijn ingeslagen met een bijl.

Het was uiteraard de bijl, die Thulin in de keuken naast Torsten Vangsø had zien liggen, waarover ze van tevoren het meest had willen horen in het verslag van Forensische Opsporing, maar het resultaat was teleurstellend geweest. Terwijl de kop van de bijl nog steeds werd onderworpen aan diverse technische onderzoeken om zeker te zijn dat die overeenkwam met het letsel dat Ditte Vangsø was toegebracht, was de steel van de bijl onbruikbaar als bewijsmateriaal. De steel was verbrand tot een ongelijkmatige, verkoolde stok en de vingerafdrukken die erop moesten hebben gezeten waren al lang weg. Hetzelfde was het geval geweest met het mes dat Torsten Vangsø had gebruikt op de vicedirecteur in het Centrum voor Familierecht en dat was gevonden op de vloer op de benedenverdieping. Toen de forensisch onderzoekers hun voorlopige rapportage hadden afgesloten, had er voor Budtz dus niets in de weg gestaan om luidruchtig te kunnen concluderen dat er niets was gevonden wat erop wees dat er iemand anders in het huis aanwezig was geweest behalve Ditte en Torsten Vangsø.

'Maar dat betekent niet dat het niet zo was,' had Hess hem in herinnering gebracht en zo was de discussie weer opgelaaid.

'Maar waarom wil je naar de gaten in de kaas blijven zoeken?' had Budtz gefrustreerd gereageerd en hij had toegelicht wat hij bedoelde. 'Ik wijs op het voor de hand liggende. Het is Torsten Vangsø die een mes in de vicedirecteur steekt en zijn ex-vrouw ontvoert. Hij neemt haar mee naar een huis waar ze ooit gelukkig waren en slaat haar dood met een bijl op dezelfde manier als hij Silje Thomsen en Philip Lund heeft vermoord. Dan steekt hij het gas aan om zichzelf om te brengen, *boem*.'

Hess had afwijzend zijn hoofd geschud en Thulin had aan hem kunnen zien dat hij het haast zonde van zijn tijd vond om Budtz te moeten antwoorden.

'De manier waarop ze lagen zag er gearrangeerd uit en Vangsø had geen motief om achter iemand anders dan zijn ex aan te gaan.'

'Behalve dat de anderen getuige waren geweest van hoe hij zijn ex-vrouw lastigviel voor het Centrum voor Familierecht, wat betekende dat hij zijn kinderen zou kunnen verliezen. Misschien was hij gewoon *fucked*, omdat hij de hele klerezooi verloren had.'

'Leg eens uit wat je bedoelt,' was Nylander tussenbeide gekomen, waarna Budtz op dreef was gekomen.

'Er knakt iets bij Torsten Vangsø als hij zijn gezin kwijtraakt. Hij stort in en wil ze terug, maar het Centrum voor Familierecht staat in de weg. Dan gaat hij zijn ex stalken, zoals hij vroeger ook heeft gedaan, maar zij vindt steun bij een paar andere gescheiden mensen die kinderen hebben in dezelfde praatgroep als de kinderen Vangsø. Helaas zijn een paar van hen er getuige van dat hij gewelddadig is en daarom begint hij hen ook te stalken. Hij weet alles van ze, omdat hij eerst in het systeem heeft ingebroken en als zijn ex-vrouw onderduikt, verliest hij het hoofd, misschien omdat hij denkt dat ze weten waar ze is. Dat gaat eerst ten koste van Silje Thomsen en dan van Philip Lund. Dan lokt hij zijn ex-vrouw naar het Hareskoven-bos, waarvan we met honderd procent zekerheid weten dat hij er was, en in eerste instantie lukt het haar om te ontsnappen, maar alleen maar tot gisteravond.'

Na Budtz' uiteenzetting had Thulin bijna op het punt gestaan om ertegen in te brengen dat Torsten Vangsø in theorie gewoon de dienstwagen gevolgd zou kunnen hebben toen Hess en zij vanaf het appartement aan de Store Kongensgade naar het bos waren gereden en dat het heel goed mogelijk was dat hij op dat moment niet wist waar zijn ex-vrouw zich bevond. Maar het was niet gelukt om aan het woord te komen, want Hess was haar voor geweest.

'Laten we even aannemen dat het is gegaan zoals je zegt. Wie heeft Vangsø dan die foto gestuurd die ervoor zorgde dat hij met zijn mes naar het Centrum voor Familierecht ging?'

'Een bekende die toevallig voorbijreed en haar zag. Of een andere stumper die gescheiden is en medelijden met hem heeft. De vraag is of die foto überhaupt zo belangrijk is.'

De twijfel van Budtz over de foto heeft Thulin ook beziggehouden, maar zij bleef erbij dat die belangrijk was. Het probleem was dat de afzender van de foto onmogelijk te traceren was. Hetzelfde was het geval met het voertuig dat de Vangsø's misschien heeft gevolgd toen ze wegreden bij het Centrum voor Familierecht. Via een link naar de opnames van de beveiligingscamera's had Thulin gisteravond laat zelf nog kunnen zien dat het kenteken, de kleur en het model niet waar te nemen waren. Het enige duidelijke kenmerk dat te zien was geweest toen het voertuig vanuit het donker de Ellebjergvej op was gedraaid, was iets wat leek op een deuk in de carrosserie rond het achterspatbord aan de linkerkant. Dat was tot nu toe niet genoeg geweest om de auto te herkennen op verschillende verkeerscamera's.

'Die foto is ontzettend belangrijk,' had Hess volgehouden, 'en er zijn ook andere dingen die niet verklaard kunnen worden. De stalkingfoto's, verstoppertje als signatuur...'

'Foto's die Vangsø gewist kan hebben of die op een plek kunnen staan die we nog niet hebben gevonden.'

'... en de moord op Caroline Holst.'

Terwijl Nylander stil had zitten luisteren, had Hess vol vuur gepraat en hen er allemaal aan herinnerd dat Torsten Vangsø geen link leek te hebben met de destijds negentienjarige scholier die ook gestalkt en vermoord was. Er was niets gevonden wat erop wees dat de man in de buurt van Tinder was geweest of de jonge vrouw op andere manieren tegen was gekomen. Bovendien was er op de afdeling Forensische Genetica net vastgesteld dat het DNA dat indertijd onder een van haar nagels was gevonden niet van hem was. Volgens Hess was het daarom noodzakelijk dat ze zich openstelden voor de mogelijkheid dat er een heel ander motief achter de stalkingmoorden zat dan dat van Torsten Vangsø, en Thulin had aangevoeld waar hij met zijn woorden naartoe wilde.

'Wat stel je concreet voor?' had Nylander gevraagd.

Het had er even op geleken dat Nylander op het punt stond om oprecht geïnteresseerd te raken, maar toen Hess – verstandig genoeg zonder Aksel te noemen – was begonnen over een oude zaak van de Landelijke Eenheid die onderzocht zou moeten worden, was de stemming op de vergadering compleet omgeslagen. Budtz had een kreet vol ongeloof geslaakt, een paar deelnemers hadden hun stoelen naar achteren geschoven en waren hoofdschuddend opgestaan en Nylander had het voorstel zonder meer afgewezen.

Thulin begrijpt ze heel goed en ze merkt dat ze ook persoonlijke redenen heeft om die zaak van de Landelijke Eenheid terug te wensen naar de lades van het archief waar die thuishoort. Toch aarzelt ze niet als Nylander haar afwachtend aankijkt om te horen wat zij van Hess' voorstel vindt.

'Ik denk dat het nodig is om die zaak waar Hess het over heeft te onderzoeken. Er zijn bepaalde details die overeenkomen, en...'

Rondom de tafel beginnen mensen weer te rommelen en hardop hun ongenoegen te laten blijken, waardoor het voor Thulin onmogelijk is om haar zin af te maken. Nylander staart haar nadenkend aan. Ze ziet dat hij als een bezetene nadenkt over de tweesprong waarop ze staan, maar dan ordent hij de stapel papier die hij voor zich heeft liggen. Als hij opstaat verheft hij zijn stem om boven het geroezemoes rond de tafel uit te komen.

'Laten we verdergaan met het werk van vandaag. We doen geen onderzoek naar meer zaken dan de zaken die we al hebben. We werken verder met de verdenking van Torsten Vangsø en als het bewijs tegen hem standhoudt, zullen we ermee moeten leven dat we hiermee niet ook een moord oplossen die jaren geleden gepleegd is in een ander district.'

'Heel fijn, bedankt!'

Er is zowel eensgezindheid als opluchting te zien bij Budtz en een paar van de anderen. Thulin wisselt een gefrustreerde blik uit met Hess, waarna hij opstaat om Nylander te onderscheppen voordat die de deur weet te bereiken.

'Ik wil je graag vertellen over die oude zaak.'

'Je kunt me niet op andere gedachten brengen.'

'Sorry dat ik jullie onderbreek.'

Een jonge agent heeft zijn hoofd om de hoek van de deur gestoken.

'Het is Marie Holst,' zegt hij en hij laat zijn blik op Thulin rusten. 'Ze wil graag met jou of met Hess praten.'

'Zeg haar dat ik later terugbel,' zegt Thulin snel om zich te kunnen concentreren om Hess te steunen in zijn gesprek met Nylander.

'Maar ze is híér. Ze wacht bij de receptie en wil graag op de hoogte worden gebracht.'

Thulin kijkt verrast naar de agent, die blijft staan om te horen wat hij moet doen. Nylander en Hess hebben hun gesprek afgebroken en aan Nylanders gezicht kan Thulin zien dat hij haastig verschillende scenario's langsgaat voordat hij de jonge agent antwoord geeft.

'Zorg ervoor dat ze weer vertrekt. We kunnen nu niet met Marie Holst praten.'

'Maar wat moet ik zeggen als ze vraagt naar...'

'Niets. Stel het uit. We zullen dat later moeten doen.'

71

Marie spiedt gespannen naar beide kanten van de gang, in de hoop dat ze zo wordt binnengeroepen, maar geen van de vele agenten of rechercheurs in burgerkleding die door de ruimte lopen stopt bij het bankje waarop ze zit te wachten. Haar been trilt rusteloos en als ze het opmerkt, probeert ze het onder controle te krijgen en zich te wapenen met geduld. Ze voelt Thereses geruststellende hand op haar bovenbeen, wat een beetje helpt, maar alleen tot ze weer voetstappen hoort en vol verwachting heen en weer kijkt.

Heel even wordt haar aandacht getrokken door de beelden op het scherm dat aan de tegenoverliggende muur hangt. Het geluid staat uit en op het scherm wordt de reportage van het nieuwskanaal vertoond over de brand in het vrijstaande huis op Refshaleøen, maar Marie heeft die al gezien, net zoals ze al het andere heeft gezien en gelezen wat sinds gisteravond laat in de media is verschenen over de ontwikkeling in de zaak. Voor zover ze kan afleiden uit de aandacht in de pers, heeft de politie haar verdenking gevestigd op een gescheiden man die in verband kan worden gebracht met de moorden, de explosie en een bloederige aanval in het Centrum voor Familierecht. Hoe dat verband kan houden met haar Caroline begrijpt Marie niet, maar toen Naia Thulin en haar partner langs waren gekomen om haar te ondervragen, hadden ze gezegd dat ze onderzoek deden naar dezelfde dader als in het geval van Caroline. Dat is de reden dat Marie naar het hoofdbureau is gekomen; ze kan niet langer wachten, ze moet het bevestigd krijgen.

De voorgaande avond was uiteraard hectisch en echt afschuwelijk geweest. Op het gymnasium was ze gegrepen door haast hetzelfde heftige gevoel van verdriet en woede dat ze had gehad toen

Caroline net dood was. Niet in staat tot rationeel denken had ze alleen gewacht tot de politie haar zou geloven en Sebastian Rye zou aanhouden. Dat gevoel is nu verdampt en ze heeft ingezien dat ze er vreselijk naast zat. Bovendien heeft ze zich ontzettend onredelijk gedragen tegenover haar collega en tegenover Mattsen, maar in het bijzonder tegenover Thor.

Toen Marie gisteravond thuis was gekomen, had Thor niet met haar willen praten. Ze had zich ontzettend schuldig gevoeld omdat hij wederom op de eerste rij had gezeten terwijl zijn moeder een van haar meltdowns had gehad op het gymnasium waar al zijn vrienden ook op zaten. Maar wat Marie ook had gezegd, hij was onverzoenlijk geweest en had haar pogingen om hem te laten luisteren afgewezen. Midden in dat alles was Tom binnengekomen om Malte thuis te brengen na hun avondje in de bioscoop, zodat Tom er getuige van was geweest dat Thor, met een mengeling van machteloosheid, verdriet en schaamte, de deur van zijn kamer had dichtgesmeten met de mededeling dat hij geen zin meer had om bij haar te blijven wonen. Marie had kort aan Tom verteld wat er was gebeurd en ze had geprobeerd zich te rechtvaardigen, maar hij had sprakeloos zijn hoofd geschud. Als Malte er niet geweest zou zijn, was het vast geëindigd met ruzie, en toen hij vertrokken was had Marie zich weer geschaamd.

Het had ook niet geholpen om met Therese te bellen. Hoewel het laat was geweest had Therese aangeboden om langs te komen vanaf haar zomerhuisje, maar Marie had geen puf meer gehad voor bezoek. Therese kende Thor heel goed en ze had geprobeerd om Marie te troosten door te zeggen dat ze wel zou bemiddelen als hij zo kwaad en onbereikbaar zou blijven. Maar voor Marie leek het allemaal onoverkomelijk: de scène op het gymnasium, haar gespannen verhouding tot Mattsen, haar relatie met de jongens, haar gebroken huwelijk met Tom en Toms idee dat de jongens meer bij hem zouden gaan wonen. Alles bij elkaar gaf het haar het gevoel dat ze op het punt stond om in te storten. Toen was haar vermoeide blik echter gevallen op een nieuwsbalk op de tv die met het geluid uit op de achtergrond aan had gestaan. Ze had snel afscheid genomen van Therese en met bonzend hart had ze het volume verhoogd van de nieuwsuitzending die bezig was met het eerste bulletin over dat de dader van de moorden vermoedelijk was gevonden.

Marie had slecht kunnen slapen. Haar gedachten hielden haar wakker, en 's ochtends vroeg had ze zich meteen ziek gemeld en had ze weer geprobeerd om Naia Thulin te pakken te krijgen. Toen dat niet was gelukt, had ze het hoofdbureau gebeld, maar zonder succes. Ze had uiteraard niets tegen de jongens gezegd over haar gegronde hoop dat de nachtmerrie snel voorbij zou zijn, maar concentreerde zich erop om ze zonder ruzie naar school te sturen. Zoals afgesproken was Therese daarna langsgekomen op de koffie. Toen ze had gezien hoe bloednerveus en ongeduldig Marie was, had ze aangeboden om met haar naar het politiebureau te rijden, zodat ze de antwoorden kon krijgen waar ze recht op had. Marie had het aanbod aangenomen en dat was een goed besluit geweest. Ze hadden eigenlijk afgesproken dat Therese in de auto zou blijven wachten, maar Marie had het niet aangekund om helemaal alleen de pers tegemoet te treden die zich hongerig naar nieuws voor de ingang aan het verzamelen was. Met Therese als bulldozer was het gelukt om zich door de menigte heen te dringen en het gebouw binnen te komen zonder vragen te hoeven beantwoorden.

'Het komt wel goed,' hoort ze Therese zeggen om haar weer te kalmeren. 'We zijn er nu en we gaan niet weg voordat je ze gesproken hebt.'

Therese knijpt in Maries hand. Marie bedenkt dat ze geen idee heeft wat ze zonder Therese zou moeten doen en ze beantwoordt zenuwachtig de glimlach van haar vriendin, die ze zoveel verschuldigd is, maar dan ontdekt Marie dat Naia Thulin voor haar is komen staan.

'Hallo Marie. Sorry dat we geen tijd hebben gehad om met je te praten. Het komt helaas nu ook vreselijk slecht uit.'

De rechercheur ziet er vriendelijk maar stellig uit. Marie voelt zich verbouwereerd en angstig door de snelle afwijzing en ze gaat vlug staan om het uit te leggen.

'Dat begrijp ik. Maar ik moet alleen weten of het waar is wat ze in de pers zeggen.'

'Zoals ik zei, we doen nu geen uitspraken, maar nemen later contact met je op.'

'Maar is hij het?' probeert Marie.

'Daar kan ik helaas geen uitspraken over doen.'

Naia Thulin zegt verder niets. Marie kan niets aflezen van haar gezicht, alleen dat ze niet van mening zal veranderen. Tevergeefs zoekt Marie naar woorden.

'Dat kunnen jullie gewoon niet maken,' roept Therese plotseling uit, die naast Marie is gaan staan. 'Eerlijk waar, ze wacht al sinds gisteren op bericht van jullie.'

'Therese, het is al goed.'

'Nee, het is niet goed.'

Marie ziet dat haar vriendin zich opwindt.

'Sorry, wie ben jij?' vraagt Naia Thulin enigszins bars.

'Ik heet Therese en ik ben een vriendin van Marie uit de rouwgroep. Marie heeft het nodig dat jullie met haar praten.'

'Ja, maar zoals ik al zei...' zegt Thulin, maar Therese is sneller en onderbreekt haar rustig, maar scherp.

'We begrijpen dat jullie niet alles weten, maar probeer je eens in haar situatie te verplaatsen. Ze is een prooi voor de pers daarbuiten.' Therese knikt met haar hoofd in de richting van de ingang. 'Ze krijgt niets te horen, ze moet haar veeleisende werk doen, ze moet proberen te blijven functioneren als moeder voor twee jongens thuis, en haar hart is verscheurd. Jullie kunnen verdorie nog aan toe toch wel twee minuutjes met haar praten?!'

Marie merkt dat het betoog van haar vriendin indruk maakt. Er trekt een vlaag van medeleven of schuldgevoel over het gezicht van Naia Thulin, voordat haar toon weer formeel wordt.

'Een moment. Wacht hier.'

Thulin loopt de gang uit en gaat de hoek om.

Marie draait zich naar Therese. 'Bedankt,' fluistert ze en ze knijpt even in Thereses hand.

'Ze zijn gewoon voorzichtig,' zegt Therese. 'Ze durven niks te zeggen tot ze helemaal zeker zijn, maar al die mensen hier zouden het toch zeker niet zo druk hebben als er niks aan de hand was?'

Marie weet niet of ze Thereses woorden moet geloven. Ze hoopt dat ze gelijk heeft, want de onzekerheid maakt een hoopje zenuwen van haar.

Even later komt Thulin weer om de hoek tevoorschijn. Ze knikt naar Marie om aan te geven dat ze haar moet volgen. Marie voelt dat haar hartslag merkbaar omhooggaat. Dan pakt ze haar schoudertas en loopt mee.

72

Nylander zorgt ervoor dat hij zich vriendelijk en respectvol opstelt als hij Marie Holst zijn kantoor binnenlaat, ook al is de bijeenkomst tegen zijn zin. Hij zou er de voorkeur aan hebben gegeven om voor het gesprek dat nu gaat plaatsvinden wat meer afstand tot de gebeurtenissen te hebben, maar het had gevoeld alsof hij geen keuze had gehad toen Thulin even geleden bij hem kwam. Het waren echter niet alleen Thulins argumenten dat de vrouw er door de onzekerheid en vertwijfeling slecht aan toe was die voor Nylander de doorslag hadden gegeven. Ook de gedachte aan de horde journalisten die voor het politiebureau klaarstond om zich op Marie Holst te werpen wanneer die weer vertrekt speelde een rol. Als Marie Holst, wier uitspraken altijd gewillig door de media worden uitgemeten, aangeeft dat ze zich afgewezen en slecht behandeld voelt, zal dat ongetwijfeld leiden tot nog meer negatieve berichtgeving, iets wat Nylander nu niet kan gebruiken.

'Ga zitten. Dit zijn rechercheurs Thulin en Hess die aan de zaak werken, maar die heb je natuurlijk al eerder ontmoet.'

Nylander wijst naar een lege stoel voor het bureau en Marie Holst knikt onzeker naar Thulin en Hess, die klaarstaan en teruggroeten met ernstige gezichten. Het is de eerste keer dat Nylander Marie Holst ontmoet en ze is minder lang dan hij zich had voorgesteld op basis van de vele foto's in de pers. Hoewel haar intelligente, expressieve ogen hem opvallen, ziet hij ook dat haar handen angstig trillen als ze de stoel naar zich toe trekt en haar schoudertas op de grond zet, zodat hij zichzelf nog eens inprent dat dit gesprek noodzakelijk is.

Sinds het begin van de stalkingzaak, nu zo'n twee weken geleden, heeft Nylander de druk op het onderzoek voelen toenemen, niet alleen vanuit zijn omgeving, maar ook vanuit de media. Dat is zeker niets nieuws, maar het aanvankelijke optimisme waarmee hij de zaak aanving werd al snel ondermijnd door nog een moord en een ondoorzichtig onderzoek dat veel te langzaam ging om echt voet aan de grond te krijgen. Met de bloederige razernij van Torsten Vangsø in het Centrum voor Familierecht werd het onderzoek nog eens totaal overrompeld, en alsof dat op zichzelf nog niet erg genoeg was, heeft de gebeurtenis er ook toe geleid dat er langzaam kritiek is gekomen op de politiebewaking van Ditte Vangsø. Na de aanval zijn medewerkers van het Centrum voor Familierecht geïnterviewd in de pers en toen de journalisten er gisteravond lucht van kregen dat er twee agenten in het gebouw aanwezig waren geweest terwijl Torsten Vangsø de vicedirecteur had doodgestoken en zijn ex-vrouw had ontvoerd, waren ze er als de kippen bij geweest om dat te benadrukken in hun reportages. Vanmorgen, toen Nylander op de parkeerplaats was aangekomen, had hij zich een weg tussen microfoons door moeten banen terwijl de vragen over waarom de politiebewaking geen verschil had gemaakt hem om de oren hadden gevlogen. Nylander, die zelf de twee ongelukkige dienders had gesproken, had erop gewezen dat de agenten in zijn ogen geen rekening hadden kunnen houden met de drie minuten durende waanzin die zich aan de achterkant van het gebouw en op de hoger gelegen verdiepingen had afgespeeld. Het viel echter te betwijfelen of zijn antwoorden genoeg zijn geweest om de angel uit dat deel van de kritiek te halen.

Op weg naar de vergadering met de taskforcegroep had Nylander gedacht dat de emmer misschien op het punt van overlopen stond. Het 'twijfelachtige beoordelingsvermogen', dat de pers hem had toegedicht na zijn afhandeling van de kastanjemanzaak, dreigt nog verder in twijfel te worden getrokken. Hij is er zeker van dat de leiding en de media hem zonder enige aarzeling als zondebok zullen aanwijzen, tenzij hij snel een beslissende doorbraak in het onderzoek naar de moordzaken aan de dag kan leggen.

Gelukkig had hij op de vergadering gehoord dat er veel is wat erop wijst dat Torsten Vangsø de dader is. Er zijn zeker nog wat losse eindjes en er bestaat onzekerheid over veelbetekenende details, maar de algehele indruk van het onderzoek geeft hem hoop dat het misschien toch snel van die persconferentie komt waar iedereen op het bureau zo naar verlangt en waarbij Nylander kan vertellen dat de moorden zijn opgelost en de dader is omgekomen.

Helaas had hij bij de vergadering ook ingezien dat het hoe dan ook zou betekenen dat hij de oplossing van de moord op Caroline Holst zou moeten laten varen. Meer nog dan al het andere zou het goed zijn voor zijn twijfelachtige beoordelingsvermogen om aan het hoofd te staan van de oplossing van het misdrijf dat het publiek de afgelopen paar jaar in bijzondere mate heeft beziggehouden, maar dat lijkt niet meer realistisch te zijn. Hij had steeds de hoop gehad dat vooral Hess en Thulin het puzzelstukje zouden opsporen dat de huidige zaken verbindt met het verleden, maar Hess' waanzinnige poging om dat puzzelstukje te willen zoeken in een meer dan dertig jaar oude zaak van de Landelijke Eenheid heeft bij Nylander dat laatste beetje hoop op die veer op zijn hoed, die de oplossing van de moord op dat schoolmeisje zou hebben betekend, weggenomen.

Als Nylander haar moeder, Marie Holst, bekijkt, die voor hem heeft plaatsgenomen aan zijn bureau, naast Thulin en Hess, is het echter met de zekerheid dat hij heeft gedaan wat hij kon. Soms leveren dingen alleen niets op. Hoewel het altijd bedroevend is om zoiets aan een nabestaande te moeten mededelen, weet hij ook dat de leiding alleen geërgerd de schouders zal ophalen, zolang de moorden in Nylanders eigen district maar worden opgehelderd.

'Allereerst wil ik mijn excuses aanbieden omdat ik me zo opdring,' klinkt het nerveus van de vrouw op de stoel voor hem, nog voordat hij het woord kan nemen.

Hij ziet dat het verdriet en de zorgen hun sporen hebben achtergelaten op haar verder mooie gezicht en haar stem trilt.

'Ik weet best dat jullie veel te doen hebben met al die vreselijke dingen die er gebeuren en het is niet omdat ik denk dat ik belangrijker ben dan de anderen die hierdoor getroffen zijn.'

Nylander voelt zich even overrompeld door haar kwetsbaarheid en de oprechte manier van formuleren. Hij schudt snel zijn hoofd en brengt het gesprek op het juiste spoor.

'Dat is helemaal niets om je excuses voor aan te bieden. Je hebt er uiteraard recht op om geïnformeerd te worden en dat willen we nu doen, zo goed als we kunnen.'

'Ik ben er erg dankbaar voor dat jullie de zaak hebben opgepakt,' vervolgt Marie Holst met haar onzekere stem, alsof ze niet precies heeft gehoord wat hij zei. 'Het probleem is dat het nogal veel invloed op me heeft gehad. Ik belast mijn kinderen, Carolines broertjes dus, met mijn gedrag. Daarom moest ik wel hiernaartoe komen.'

'Maar natuurlijk, dat spreekt vanzelf.'

Marie Holst knikt dankbaar, alsof het iets was wat ze moest uitleggen. Wederom verliest hij terrein en lukt het hem niet om nog iets te zeggen voor zij weer het woord neemt.

'Ze zeggen op het nieuws dat jullie weten wie het is.'

Nylander voelt zich plotseling ongemakkelijk. Het gesprek is helemaal verkeerd begonnen en Marie Holst heeft iets wat hem beïnvloedt. Ze lijkt sterk, maar ook bescheiden en teer, en ze heeft een glimp van hoop in haar ogen die hij van zich af moet schudden om verder te kunnen. Hij gaat rechtop zitten in zijn stoel en leunt op zijn bureau.

'Om bij het begin te beginnen. Het is correct dat er iemand op wie wij een verdenking hebben gevestigd is omgekomen bij een brand na een explosie die heeft plaatsgevonden op Refshaleøen. Het gaat om een gescheiden man van in de veertig en er is iets wat erop wijst dat hij de dader kan zijn van de moord op zijn voormalige vrouw en twee bekenden van haar.'

Vanuit zijn ooghoeken ziet Nylander dat Hess onrustig op zijn stoel zit te draaien en zijn glas water pakt.

Marie Holst knikt aandachtig naar Nylander. 'En het is ook zo dat hij... Caroline gekend heeft?' vraagt ze.

'Dat is... Nee, dat is waarschijnlijk niet het geval. Zoals het zich nu laat aanzien wijst het onderzoek er uitsluitend op dat de persoon in kwestie de moorden heeft gepleegd die ik net heb genoemd.'

Marie Holst kijkt hem aan en knippert een paar keer met haar ogen.

‘Ik begrijp niet wat je zegt. Hij is het toch, of niet?’

‘Hij is degene die we verdenken van de misdrijven die een paar weken geleden zijn begonnen. Maar we zijn er helaas niet in geslaagd om vast te stellen dat hij ook degene is die Caroline wat heeft aangedaan.’

Aan het gezicht van Marie Holst ziet hij dat ze het nog steeds probeert te begrijpen.

‘Dus die van Caroline is niet gevonden?’

‘Nee. Daar zijn we zoals gezegd niet in geslaagd.’

Marie Holst draait zich om en kijkt beurtelings van Hess naar Thulin.

‘Maar jullie zeiden toch dat het dezelfde dader moest zijn als toen?’

Een paar minuten geleden had Nylander gedacht dat het een goed idee zou zijn om Hess en Thulin bij het gesprek aanwezig te hebben. Mochten er vragen zijn, dan zouden ze die zelf het best kunnen beantwoorden op basis van het contact dat ze eerder met Marie Holst hebben gehad, maar nu ziet hij in dat hij van die kant weinig hulp kan verwachten. Hess’ blik is op de vloer gevestigd terwijl zijn been onrustig trilt en Thulin kijkt Marie Holst aan met een verontschuldigende houding.

‘Dat klopt. Het spijt me echt,’ zegt Thulin enigszins bezwaard, terwijl ze Marie Holst beschaamd aankijkt.

‘Maar jullie zijn er echt zeker van dat hij het niet is?’

‘Daar kunnen we nu helaas niet verder op ingaan,’ zegt Nylander weer om haar aandacht terug te krijgen.

‘Maar wat dénken jullie?’

‘Ik begrijp je vraag, maar het is niet onze taak om zomaar iets te denken. We werken met concreet bewijs en daar hebben we niet genoeg…’

‘Maar jullie werken er verder aan? Jullie zijn bezig, dus dan kan het toch zijn dat er iets opduikt wat…’

De wanhopige blik van Marie Holst schiet zoekend heen en weer van Thulin naar Hess en weer terug naar Nylander, en die legt het zo goed mogelijk uit.

‘Het zit zo dat de misdrijven waarvan het onze verantwoordelijkheid is om die op te lossen, de misdrijven zijn die in ons politiedistrict zijn begaan. De moord op Caroline is gepleegd in het district Vestegnen, zodoende zijn zij het die daarvoor aansprakelijk zijn.'

'Maar zij hebben het toch al geprobeerd? Ze proberen het al zo lang.'

'Ja. Maar ik ben er zeker van dat ze nog steeds alles zullen doen wat in hun macht ligt om de zaak op te lossen. Soms kan dat helaas flink wat tijd kosten.'

Marie Holst kijkt hem aan met ogen vol bodemloos verdriet. Ze haalt snel en schokkerig adem en haar vertwijfelde blik glijdt verloren naar het raam achter hem, terwijl hij vervolgt om haar gerust te stellen.

'Het kunnen heel kleine dingen zijn die er plotseling voor zorgen dat een zaak kan worden opgelost. Of technisch onderzoek dat beter wordt na verloop van tijd. Op het vlak van DNA gebeurt er momenteel bijvoorbeeld heel veel. Een zaak zoals die van je dochter wordt niet vergeten en ik ben ervan overtuigd dat het op een gegeven moment zal lukken.'

Het is alsof Marie Holst niet meer hoort wat hij zegt. Haar ogen zijn vochtig geworden. Ze staart uit het raam en het lijkt alsof iets in haar bezig is om voor zijn ogen in duizend stukken te breken. Hij ziet dat ze haar best doet om dat te voorkomen en de stilte maakt dat hij zich ongemakkelijk voelt.

'Het spijt me werkelijk. Als je wilt kun je alle vragen stellen die...'

Marie Holst staat abrupt op. Hij stopt en doet hetzelfde. Ze staat een beetje gedesoriënteerd om zich heen te kijken. Thulin is ook gaan staan en bukt om de schoudertas te pakken, die Marie Holst aanneemt.

'We zullen uiteraard al het materiaal dat wij hebben opsturen naar de politie van Vestegnen,' hoort Nylander zichzelf zeggen. 'Wanneer ze alles hebben gelezen, beleggen we een vergadering met ze en zorgen we ervoor dat ze goed van start kunnen.'

Marie Holst knikt werktuiglijk ten afscheid, zonder hen aan te kijken, en begeeft zich naar de deur. Thulin loopt met haar mee en houdt hem open, waarop Marie Holst de kamer uit stapt. Een agent staat te wachten om haar mee terug te nemen naar de receptie. Met beheerste stappen, alsof ze zich onzeker op haar benen voelt, begint ze te lopen. Haar gestalte verdwijnt in langzaam tempo de gang uit, zonder te reageren op de medewerkers die om haar heen druk hun werk aan het doen zijn.

Nylander kijkt haar na totdat ze uit het zicht is verdwenen. Zijn telefoon rinkelt, maar hij neemt niet op. Hij verzekert zichzelf ervan dat het gesprek ging zoals het hoorde en hij doet zijn best om het gevoel te onderdrukken dat hij voelt opkomen. Dit is niet zijn probleem. Hij heeft gedaan wat hij kon. Hij moet denken aan de zaken in zijn district. Hij moet de keuzes maken die het beste zijn voor het onderzoek en niet in de laatste plaats voor hemzelf.

Als Nylander de ogen van Hess ontmoet, geeft hij het op en kan zich niet inhouden.

'Nou, vertel me verdomme dan maar wat dat voor zaak is die jullie zo graag willen onderzoeken...'

73

Het herkenbare schuinschrift op de verbleekte A4-pagina's in het oude dossier maakt het Thulin zo nu en dan onmogelijk om zich te concentreren op wat de woorden feitelijk betekenen. De mooie, zwierige s'en en de kleine i'tjes met het elegante krulletje erboven waren enkele van de letters die ze als kind het vaakst had geprobeerd na te doen van het handschrift van haar vader. Het is alsof zijn notities op de A4'tjes haar terug in de tijd laten gaan en haar weer naast hem neerzetten in de kleine keuken met de klaptafel, waaraan ze de enkele keer dat hij de tijd nam om haar te helpen met haar huiswerk altijd zaten.

Haar vader had tot een van de laatste generaties behoord die nog schuinschrift op het rooster op de middelbare school had staan en zelfs wanneer hij haar een haastig opgeschreven boodschappenlijstje meegaf naar de kruidenier, had ze bewondering gehad voor zijn soepele handschrift dat het briefje met dagelijkse artikelen eruit liet zien als een toverformule uit een sprookje. Mettertijd, en in het bijzonder na de ziekte en het overlijden van haar moeder, was het handschrift van haar vader echter veranderd. Op de pagina's die nu voor haar liggen kan ze niet anders dan de tekenen herkennen. Het begin van bijna elk woord is geschreven met de gebruikelijke netheid van haar vader, maar dan is het net alsof zijn hand het geduld verliest, waardoor de rest van het woord bestaat uit slordige hanenpoten die nog net kunnen worden ontcijferd.

Het is lang geleden dat Thulin iets gelezen heeft wat haar vader heeft geschreven en nu ze de woorden met volwassen ogen bekijkt, ziet ze dat zijn handschrift ervan getuigt dat het niet goed met hem ging toen hij als hoofd van de Landelijke Eenheid van de politie gebogen had gezeten over de papieren die ze nu in handen heeft. Een handschriftdeskundige zou de algehele indruk waarschijnlijk omschrijven als rommelig, gejaagd, misschien zelfs gestrest en onevenwichtig, en Thulin voelt een steek in haar hart als het schrift van haar vader haar doet denken aan het overweldigende verdriet dat destijds veranderde wie haar vader was, waardoor hij vluchtte in zijn werk. Ze zet de gedachten van zich af en dwingt zichzelf om zich te concentreren op het telefoongesprek dat Hess met Aksel aan het voeren is.

'Maar Uffe moet toch wel iets concreets hebben gezegd over wie hij verdacht als medeplichtige? Een naam of meerdere namen?'

Thulin kan aan Hess horen en zien dat hij ongeduldig is. Hij staat in de leeszaal van het Rijksarchief met opgerolde mouwen aan de andere kant van de mahoniehouten tafel vol met stapels mappen. Hij heeft een poos geleden al de luidspreker van zijn telefoon aangezet en die weggelegd op een van de stapels, zodat hij met Aksel kan praten terwijl hij door nog een stoffig rapport bladert. Ze zitten al meer dan tweeënhalf uur in de benauwde kamer in de leeszaal van het archief en ze weten allebei dat er haast bij is om te ontdekken of de oude zaak van de Landelijke Eenheid bruikbaar is.

Na het hartverscheurende gesprek met Marie Holst had Nylander gelukkig opengestaan voor hun voorstel om de oude zaak van de Landelijke Eenheid te onderzoeken, maar Nylander had hun ook verteld dat het onderzoek onder druk stond, omdat men van bovenaf graag snel zag dat het grote publiek een update kreeg. Vandaar dat hij duidelijk had gemaakt dat als er ook maar één goede reden was dat hij het onderzoek serieus een nieuwe richting moest geven en zich niet moest vastklampen aan de verdenking van Torsten Vangsø, hij die in de loop van de dag op zijn bureau wilde hebben.

Daarom was Thulin samen met Hess in volle vaart naar het Rijksarchief gereden, waar oude, niet-gedigitaliseerde zaken van onder andere de Landelijke Eenheid worden bewaard. Een vriendelijke en licht verbaasde archivaris had hen ontvangen en toen Hess had verwezen naar de mail die hij net had gekregen met de bevestiging dat het archief de dossiers had gevonden, waren ze het archief in geleid. De dossiers die in drie grote dozen zaten waren tevoorschijn gehaald uit een buitenproportionele stellingkast, die van vloer tot plafond het hele archief vulde, waarna ze de dozen met zich hadden meegenomen naar de leeszaal.

De omvang van de mappen met rapporten in de drie dozen was natuurlijk aanzienlijk, aangezien ze maar liefst drie opeenvolgende misdrijven behelsden die samen de zaak vormden. Met Thulins gen voor orde had ze voorgesteld om de mappen chronologisch te sorteren op basis van de jaartallen en data waarvan de mappen op de voorkant waren voorzien. Zodra de mappen echter uit de dozen waren gekomen en de stapels zich op de tafel hadden opgehoopt, was het duidelijk geworden dat ze onmogelijk het volledige materiaal konden doornemen. In plaats daarvan hadden ze gekozen om zich te concentreren op de mappen met stukken die opgesteld waren vlak voor en na de datum in mei 1992 waarop de arrestatie was verricht van de eenenveertigjarige dader, Bertel Reimer Jensen.

Zoals Aksel al had verteld was Bertel Reimer Jensen verhoord en had hij bekend in het verlengde van al het bewijs dat de politie had verzameld. De verslagen van het verhoor gaven de indruk van een man die gevoelsmatig afgestompt was. Hij was bondig en nuchter geweest in zijn uitspraken en had geen blijk gegeven van spijt of medeleven. Het was alsof hij had geweten dat zijn vergrijpen op een bepaald moment ten einde zouden komen en de enige terugkerende verklaring die hij had voor zijn afschuwelijke daden was dat het 'zijn natuur' was. Op de foto's die Thulin van de man had gezien, had hij een doodnormale man geleken, met kort, donker haar en een bril. Zijn vrouw, familieleden en collega's waren gechoqueerd geweest en ogenschijnlijk volledig onwetend van zijn monsterlijke kant. Op de foto's van het vrijstaande huis waar het gezin had gewoond bleek ook dat van het betrouwbare soort, met een wit hek, een gazon en een vlaggenmast. Veel afschuwelijker was het geweest om de foto's te zien die de forensisch onderzoekers hadden genomen van het erf van het zomerhuisje waar de misdrijven waren gepleegd. Het zomerhuisje had een idyllische locatie vlak bij de Roskildefjord en ergens op het natuurlijke terrein lag een ondergronds berghok, ingebouwd in een heuveltje. Met zijn wilde grasveld en zijn dikke, verzonken houten deur had het er net zo betrouwbaar uitgezien als een Hobbit-woning uit de verhalen van Tolkien. Het interieur van het berghok deed op het eerste gezicht ook gewoon denken aan een wat groter, ondergronds gereedschapshok, maar de onderzoekers hadden onder andere close-upfoto's genomen van ingedroogd bloed op de vloer, een plastic vat, werkhandschoenen, een rol touw en een bijl die aan twee spijkers aan de ruwe muur had gehangen. Die foto's waren met name vreselijk geweest om te zien in de wetenschap dat er drie kinderen waren ontvoerd en daar hun leven hadden verloren. Plotseling was het voor Thulin niet meer zo moeilijk te begrijpen dat haar vader het nodig had gevonden om al zijn tijd aan het onderzoek te besteden.

'Nee, ik kan me niet herinneren dat Uffe een concrete naam van een verdachte heeft genoemd die medeplichtig zou kunnen zijn geweest,' klinkt de stem van Aksel door de luidspreker van de telefoon. 'Maar dat staat dan wel in de rapporten. Heeft hij niemand aangewezen?'

'Niet voor zover we nu kunnen zien. Maar er is een handgeschreven notitie over BV, wat belangrijk voor hem leek te zijn geweest. Zegt BV jou iets?' probeert Hess.

Nadat ze in de mappen met rapporten uit de tijd rond de arrestatie van Bertel Reimer Jensen hadden gelezen, hadden Thulin en Hess zich op de volgende mappen geworpen. Die waren echter voornamelijk concluderend geweest, bedoeld voor de aanklagers in de rechtszaak die er nooit is gekomen, omdat Bertel Reimer Jensen zich had opgehangen terwijl hij opgesloten zat in de penitentiaire inrichting in Nykøbing Sjælland. Het was uitsluitend de laatst gedateerde map met rapporten van september tot oktober 1992 die ging over de mogelijkheid dat Bertel Reimer Jensen een medeplichtige gehad zou kunnen hebben.

In het begin was uit de rapporten gebleken dat er meerdere rechercheurs op die taak zaten, ook Aksel, maar naarmate de weken verstreken ging er steeds meer tijd zitten tussen de verschillende bijdragen. Thulin had dat geïnterpreteerd als een teken dat het spoor koud was geworden. Ten slotte waren er alleen nog rapporten met haar vaders paraaf en de algemene, getypte A4-pagina's werden afgewisseld met eigen, handgeschreven notities. Het waren vooral die laatste waar Hess en Thulin zich over gebogen hadden.

Haar vader had overwegend stilgestaan bij details die hij niet kon plaatsen of waar hij vragen bij had. *Voorkennis van het spel van de kinderen?*, *Voorkennis van het terrein?* en *Medeplichtige?* waren enkele van de losse gedachten die hij had opgeschreven, terwijl hij zich op andere plekken had uitgedrukt in volledige zinnen.

Hoe wist hij dat ze verstoppertje zouden spelen?

Hoe en waarom hetzelfde telversje?

Zijn verwarrende speculaties hadden ogenschijnlijk echter niet geresulteerd in een schriftelijke verdenking van een concrete persoon, maar in zijn allerlaatste notitie had hij *Met* BV *praten* geschreven en dat meerdere keren onderstreept, alsof die taak bijzonder belangrijk was.

'BV? Nee, dat zegt mij ook niks,' zegt Aksel over de telefoon en Thulin kan horen dat hij in zijn baard krabt, zoals hij altijd doet wanneer hij probeert om ergens op te komen wat hij vergeten is.

'En hoe zit het met wat hij dacht over dat jonge vogeltje?' dringt Hess aan.

'Vogeltje? Waar ging dat ook alweer over?'

Thulin weet heus wel dat Aksel echt zijn best doet om te helpen, maar zijn antwoorden vermoeien haar toch. Bovendien denkt ze niet dat het relevant is waar Hess naar vraagt. Haar vader had in zijn notities over BV ook gefocust op een bepaalde vondst die was gedaan op die dag in mei waarop Bertel Reimer Jensen in het riet was gezien door een schoolklas die op excursie was geweest. De forensisch onderzoekers van de politie hadden de vondst met een paar foto's gedocumenteerd, die in de map hadden gezeten met de overige losse eindjes. Op de foto's stonden de resten van een jong vogeltje dat zo te zien in stukken was gesneden, die bij het meer tussen het riet lagen. Hoewel de vondst macaber was, en het in stukken gesneden vogeltje Thulin had doen denken aan de toestand waarin die arme kinderen waren gevonden, had ze geen logisch verband kunnen ontdekken. Haar vader had de mysterieuze vondst dan ook in zijn speculaties opgenomen en gemarkeerd met een groot vraagteken in zijn notities.

'Nee, laat maar. Vergeet dat ik het vroeg,' zegt Hess tegen Aksel en Thulin ziet aan hem dat hij te ongeduldig is om Aksel weer te vertellen over het vogeltje als Aksel er zelf niets meer van weet.

Thulin voelt niet de behoefte om te protesteren en ze is er ook niet van overtuigd geraakt dat haar vader gelijk had met het idee dat de dader destijds een medeplichtige zou hebben gehad. Ze twijfelt er zelfs aan in hoeverre de oude zaak überhaupt samenhangt met de nieuwe moorden, ook al zijn de rijmpjes die de slachtoffers van de stalker ontvingen gebaseerd op hetzelfde telversje. Er zijn ook geen namen van getuigen, collega's, familieleden of plaatsen van toen, waarover ze in de vergeelde papieren heeft gelezen, die haar bekend voorkomen ten opzichte van het huidige onderzoek. Hoe meer ze las, hoe meer het idee bij haar opkwam dat de notities van haar vader de gedachten van een verwilderd iemand zijn. Aksels treurige woorden dat haar vader probeerde om iets in zichzelf te repareren zijn tot nu toe de verklaring waar ze het meest toe neigt. Thulins overtuiging dat hij met een hartstilstand moet zijn omgevallen de dag nadat hij de notitie *Met BV praten* had geschreven en gedateerd, had ervoor gezorgd dat ze het lokaal uit wilde. Het was uitsluitend de herinnering aan de onvervulde blik van Marie Holst tijdens het gesprek met Nylander geweest die ervoor had gezorgd dat ze verder bleef zitten lezen.

'Het spijt me heel erg dat ik niet meer kan helpen,' zegt Aksel op verontschuldigende toon. 'We hebben het niet zo vaak over een medeplichtige gehad, omdat ik het toen niet met hem eens was. Maar hoe zit het met het DNA? Kunnen jullie dat ergens voor gebruiken?'

'Het DNA?'

Hess kijkt niet-begrijpend naar Thulin en even denkt Thulin dat Aksel ze ook ziet vliegen. De zaak die ze voor zich hebben komt uit de jaren 1989 tot 1992, toen er nog geen DNA werd gebruikt in Deense misdaadzaken, daarom is Aksels vraag niet logisch.

'Wat voor DNA?' vraagt Hess moe en haast neerbuigend.

'Ja, Uffe was zijn tijd ver vooruit. Hij wist dat DNA-analyses in opkomst waren, dus kregen we die jaren al instructies om monsters bij mensen af te nemen.'

Thulin merkt dat ze het overzicht verliest en ze probeert haar opkomende hoofdpijn te negeren.

'Waar heb je het over, Aksel? Monsters van wie?'

'Nou, van de mensen die we in de loop van het onderzoek hebben verhoord en op de korrel hadden. We hebben denk ik wangslijm geschraapt bij tien tot vijftien personen.'

Hess staart vol onbegrip naar de telefoon. Dan loopt hij erop af en pakt de telefoon resoluut op van de stapel rapporten.

'Wil je zeggen dat er destijds DNA is afgenomen bij tien tot vijftien verschillende verdachten?'

'Ja, we waren er vroeg bij,' antwoordt Aksel met trots in zijn stem.

'Maar er was op dat moment toch nog helemaal geen kennis van DNA in ons land?' werpt Hess tegen.

'Nee, maar wel in Engeland. Dus heeft Uffe alles naar een laboratorium daar laten sturen. Ook het monster van Bertel Reimer Jensen. Dat weet ik zeker.'

Hess bekijkt de stapels op tafel.

'Aksel, waar staat er iets over die DNA-monsters?'

'Dat zal in het materiaal staan. Het monster van Bertel Reimer Jensen zou immers formeel worden aangedragen in de rechtszaak tegen hem, maar die ging niet door.'

'Aksel, we spreken elkaar later!'

Hess hangt op voordat Aksel nog iets kan zeggen en begint koortsachtig te zoeken in de stapels die voor hem liggen. Thulin is opgestaan. Ze is zelf ook verrast door Aksels woorden, maar daar staat tegenover dat ze niet begrijpt waarom Hess zo'n haast heeft.

'Wat is er?'

'Waar is die map die was klaargemaakt voor het Openbaar Ministerie en de rechtszaak?'

'Die had je zelf. Waar kunnen we die voor gebruiken?'

Hess richt zijn aandacht op een van de andere stapels. Hij trekt er een naar zich toe en begint de mappen een voor een open te slaan om er zoekend in te bladeren.

Thulin begrijpt niet waarom het voor hem zin heeft om te zoeken naar iets waarvan ze weet dat het veel te laat is om het te vinden.

'Die monsters zijn hoe dan ook al vernietigd. Er zit een verjaringstermijn op van dertig jaar, dus ze zijn er niet meer.'

'Tenzij er afschriften zijn.'

'Afschriften?'

Hess stopt met zoeken. Hij heeft nog een map opengeslagen en heeft een dikke, vlekkerige A4-envelop te pakken. Op de voorkant staat een stempel met FORENSIC SCIENCE, OXFORD UNIVERSITY en hij is gedateerd op augustus 1992. Hij rukt de envelop open en haalt er een stapel laboratoriumpapieren uit.

Haastig bladert hij ze door en Thulin ziet dat er zich een glimlach op zijn gezicht begint af te tekenen.

'Wat is het?'

'Je vader heeft ons iets gegeven om achteraan te gaan. Dit zijn afschriften van DNA-profielen van Bertel Reimer Jensen en de personen die ze eerder hebben verdacht. Laten we gaan.'

Hess begint het deel van de mappen waarop ze zich hadden geconcentreerd in een van de dozen te gooien om mee te nemen.

'We moeten een forensisch geneticus te pakken zien te krijgen. Hoewel we alleen de afschriften hebben, kunnen ze misschien toch worden vergeleken met DNA dat recenter gevonden is.'

Thulin wil graag meegaan in zijn enthousiasme, maar haar hoofd doet pijn en ze begrijpt nog steeds niet waar Hess zo op is aangeslagen.

'Maar waar moeten we het mee vergelijken?' vraagt ze, terwijl hij met nog een map over de doos gebogen staat. 'We hebben toch helemaal geen DNA gevonden in de moordzaken die we onderzoeken?'

'Nee, wij niet. Maar de politie van Vestegnen wel in de zaak van Caroline Holst.'

74

Het wolkendek hangt zwaar boven het hoofdbureau van de politie als Thulin de parkeerplaats op rijdt. Het verbaast haar dat er zoveel auto's bij zijn gekomen sinds Hess en zij naar het Rijksarchief vertrokken zijn. Anders kan ze altijd zonder problemen een plekje vinden en terwijl ze rondrijdt tussen de geparkeerde voertuigen kan ze zelfs constateren dat ze niet de enige automobilist is die tussen de rijen door kruipt op zoek naar een leeg vak. Daarentegen geeft het tempo haar wel de mogelijkheid om mee te luisteren naar de uiteenzetting waar Torunn Klakstein, hoofd van de afdeling Forensische Genetica, mee bezig is op het scherm van Hess' telefoon.

'... en zoals gezegd is dit iets waar we helemaal geen ervaring mee hebben. Normaal gesproken is het de taak van de computer om DNA-profielen te vergelijken. Als je alleen maar papieren afschriften hebt van de profielen van toen, moet je de technische gegevens eerst analyseren en digitaliseren naar de huidige codes, voordat je ze überhaupt kunt vergelijken met iets van nu.'

'Dat is ons duidelijk. Maar kan het worden gedaan, ja of nee?' dringt Hess ongeduldig aan, terwijl hij de telefoon zo houdt dat hij oogcontact heeft met de forensisch geneticus.

Hess had al gebeld met de afdeling Forensische Genetica voordat ze het politiearchief uit waren. Het hoofd met de Faeröers klinkende naam had in een vergadering gezeten en terwijl ze met de goedkeuring van de archivaris de doos met de oude mappen naar de dienstwagen hadden gebracht, had Hess aan de telefoon geprobeerd om een medewerker van het secretariaat van de afdeling ervan te overtuigen om de vergadering te onderbreken, zodat hij met Klakstein kon praten. Pas toen hij meermaals had benadrukt hoe belangrijk het was, was het hem gelukt om tot haar door te dringen. Op hun rit terug naar het politiebureau om Nylander hun indruk van de zaak te geven, had de forensisch geneticus hem opgebeld.

Hess had haar uitleg gegeven over de afschriften van technische gegevens van een aantal oude DNA-profielen. Steeds weer had hij geprobeerd om de forensisch geneticus zover te krijgen om antwoord te geven op de vraag of die gegevens vergeleken kunnen worden met een huidig DNA-profiel. Klakstein had echter bij het zien van de oude afschriften, die Hess voor de camera omhoog had gehouden, vastgehouden aan de technische uitdagingen ervan en het is met een zweem van irritatie dat ze hem nu eindelijk antwoord geeft.

'In theorie moet het mogelijk zijn, maar het zal tijd kosten, want het is omslachtig.'

'We hebben niet veel tijd. Maar het is belangrijk, want de profielen moeten worden vergeleken met het DNA-profiel dat gevonden is onder een nagel van Caroline Holst. Kunnen jullie er direct mee beginnen?'

Thulin kent Hess goed genoeg om te weten dat hij probeert de forensisch geneticus haast te laten maken met de opdracht door Caroline Holst te noemen, maar ze kan de reactie van Klakstein niet zien, omdat ze zich moet concentreren op het parkeren van de auto. Het is haar nog steeds niet gelukt om een leeg vak te vinden, waardoor ze besluit om te stoppen op een kleinere plek die bedoeld is voor een van de motorfietsen van de politie.

'We kunnen het proberen,' zegt Klakstein met een zucht. 'Stuur me het materiaal en dan zal ik zien wat ik kan doen.'

'Super. Heel erg bedankt.'

Terwijl Thulin de auto op de motorfietsplek manoeuvreert, hoort ze dat Hess afspreekt dat hij het materiaal zo meteen met de interne post naar Forensische Genetica stuurt en als hij afscheid heeft genomen en heeft opgehangen, klinkt hij opgewekt.

'Het is niet zeker dat het iets oplevert, maar je vader is grondig geweest en als we geluk hebben komt een van de profielen overeen met het DNA dat op Caroline Holst is gevonden.'

'Ja.'

Het gaat even door haar hoofd dat de grondigheid in zijn werk, waar Hess haar vader om roemt, ook betekende dat hij geen tijd voor haar had, maar ze zegt niets. Hess is bezig om de verzameling DNA-afschriften weer terug te proppen in de oude envelop en als ze de auto zo dicht mogelijk bij de rand heeft geparkeerd, zet ze de motor af en stelt met een zucht vast dat het weer is gaan sneeuwen.

'In de tussentijd onderzoeken we de zaak verder,' vervolgt Hess, terwijl hij een balpen uit de middenconsole pakt en op de envelop begint te schrijven. 'Ik stel voor dat we de notities van je vader volgen. Hij richtte zich op ene BV die we moeten zien te vinden en er is ook iets met dat vogeltje. Wellicht is het een goed idee om naar dat gebied te gaan, misschien om met iemand uit die tijd te praten.'

Ze knikt alsof ze het met hem eens is, terwijl hij de naam van de forensisch geneticus en zijn eigen telefoonnummer op de envelop krabbelt, maar dan zet ze zich schrap en vertelt hem over het besluit dat ze onderweg heeft genomen.

'Dat is denk ik een goed idee. Maar ik ga niet mee.'

Hij haalt zijn ogen van de envelop en draait zijn gezicht naar haar toe. Hoewel zijn telefoon inmiddels overgaat, maakt hij geen aanstalten om op te nemen. Even kijkt hij haar zwijgend aan en als hij wat zegt is het met zorgzame stem.

'Nee, natuurlijk niet. Dat begrijp ik heel goed. Ik zal dat deel wel op me nemen.'

'Ik geloof niet dat je het begrijpt. Ik moet er helemaal mee stoppen.'

In de achteruitkijkspiegel ziet ze een glimp van een paar net aangekomen auto's die proberen om langs haar dienstwagen te komen en als ze zich ervan verzekerd heeft dat het gaat, kijkt ze weer naar Hess.

'Ik heb mezelf lang geleden beloofd dat ik niet zo wil eindigen als hij. Ik hoef het niet te hebben over de keuzes die hij heeft gemaakt, maar ik wil er zijn voor Le. Ik wil haar geven wat ik niet had.'

'Maar dat doe je toch ook?'

'Is dat zo? Hoe dan?'

Haar vraag is retorisch en ze merkt dat het zelfverwijt zich opstapelt in haar.

'Momenteel zíé ik haar nauwelijks. Ik zie haar niet, ik zie Aksel niet, ik zie Bjørn niet. In plaats daarvan rij ik rond met jou om dode mensen te vinden. Gezinnen die gebroken zijn en huizen die ontploffen. En nu moet ik me bezighouden met sporen van mijn eigen vader, die...'

Thulin pauzeert. Na de uren in het archief met de mappen en notities die haar vader heeft gemaakt, twijfelt ze niet meer aan de juistheid van haar besluit, maar ze doet haar best om haar gevoelens onder controle te houden voordat ze verder praat.

'Ik zal je nog steeds steunen als dat nodig is. Maar we kunnen niet... We kunnen niet meer samenwerken. Ik zal met mijn baas praten en begin morgenvroeg weer bij NC3.'

Hij staart haar overdonderd aan. Zijn telefoon rinkelt weer, maar hij kijkt alleen maar hoofdschuddend naar haar, alsof hij het niet kan volgen.

'Maar we zitten ergens middenin. We zijn dicht bij...'

'Nee, wij niet. Jíj. Ik wil die kant niet op.'

'Ik wil ook die kant niet op. Ik wil graag dezelfde kant op als...'

Hij stopt abrupt en kijkt haar aan. Zijn blik brengt haar in verwarring. Hij kijkt door de voorruit naar buiten en het is alsof zich een heleboel frustratie in hem ophoopt. Als hij zijn gezicht weer naar haar toekeert, ziet ze dat hij probeert de juiste woorden te vinden.

Op hetzelfde moment wordt achter hen ongeduldig een claxon ingedrukt. Ze schrikken allebei en voordat Thulin iets kan doen, wordt het geluid gevolgd door hard geklop op haar zijraam. Het gezicht van een oudere agent wordt zichtbaar tussen de sneeuwvlokken aan de andere kant en Thulin moet de deur op een kier zetten om te horen wat hij wil.

'Jullie moeten doorrijden. De satellietwagens moeten erlangs!'

Thulin ziet in de achteruitkijkspiegel dat er van verschillende mediaconcerns grote satellietwagens, die worden gebruikt voor live-uitzendingen, achter haar staan te wachten om naar de hoofdingang te kunnen rijden.

‘Maar er zijn geen andere plekken,’ antwoordt ze geïrriteerd.

‘Ze hebben haast, ze moeten naar de persconferentie. Doorrijden, zeg ik je!’

‘Persconferentie?’

Het gezicht van de oudere agent is al uit de deuropening verdwenen en Thulin ziet dat hij naar de satellietwagens achter hen loopt, terwijl haar vraag tussen de dalende sneeuwvlokken blijft hangen.

Thulin draait zich in haar stoel en kijkt niet-begrijpend naar Hess. Zijn blik is waakzaam geworden en hij grijpt zijn telefoon, duwt het portier open en stapt uit.

***

Zodra ze de deuren van de afdeling gepasseerd is, voelt Thulin de verwachting die in de ruimte gonst. De laatste journalisten en fotografen worden zo te zien net binnengelaten en om sneller vooruit te komen moet ze steeds door openingen in de lange, onrustige rij mediamensen glippen.

Thulin had eerst een andere plek moeten vinden om te parkeren voordat ze achter Hess aan kon gaan. Met een barse blik op de satellietwagens had hij de kartonnen doos van de achterbank getild en zich naar de ingang gehaast, terwijl journalisten uit geparkeerde auto’s waren gestapt om in dezelfde richting te lopen. Hess was zelfs de envelop aan de forensisch geneticus vergeten, daarom heeft Thulin die meegenomen en als ze langs de postbalie naast het mededelingenbord komt, denkt ze eraan om hem in het voorbijgaan in het bakje met exprespost te gooien.

Ze kan het nog steeds niet geloven dat de aanwezigheid van de pers te wijten is aan Nylander die een persconferentie heeft belegd, maar als ze de deuropening passeert naar de vergaderzaal, waar de rij begint, ziet ze de vele stoelen en de microfoons die worden neergezet op de langwerpige tafel achterin. Nog even maakt ze zichzelf wijs dat de persconferentie een heel ander onderwerp kan hebben dan waar ze bang voor is, maar als ze de deur naar de briefingruimte opendoet en de stem van Hess hoort, bestaat er geen twijfel meer.

'Waar ben je verdomme mee bezig? We hadden net afgesproken dat we die zaak eerst zouden onderzoeken!'

Nylander staat bij de tafel, gekleed in het pak waarvan Thulin weet dat hij het altijd in zijn kast heeft hangen voor het geval hij een belangrijke openbare verklaring moet afleggen. Hij staat samen met Budtz en heeft een stapel pas geprinte papieren in zijn handen, terwijl een communicatiemedewerker bezig is om hem te voorzien van een draadloze microfoon. Hoewel het eruitziet alsof Hess hen net heeft onderbroken, blijft Nylander rustig en luistert hij beheerst.

'Hess, we zullen dat achteraf moeten bespreken. De zaken gingen snel en ik ben van mening veranderd vanwege de resultaten die zijn binnengekomen.'

'Wat voor resultaten?' vraagt Thulin op scherpe toon als ze bij de tafel komt waar Hess de doos op heeft gekwakt. Ze merkt dat ze meteen net zo verbolgen is als hij.

'Nylander, telefoon. Het is belangrijk.'

Nylanders assistent staat in de deuropening en steekt een telefoon naar hem uit.

'Moment. Budtz, leg jij het maar even uit.'

Budtz knikt tevreden en neemt het over.

'Ten eerste heeft de afdeling Forensische Opsporing samen met de patholoog antwoord gegeven over de bijl. De ongelijkmatigheden op het slagoppervlak komen ook overeen met het hoofdletsel van Silje Thomsen en Philip Lund, wat betekent dat de bijl van Torsten Vangsø het moordwapen was.'

'Dat zegt niks,' roept Hess uit en hij kijkt gefrustreerd Nylander na, die de deur uit is verdwenen met zijn assistent. 'De bijl kan door de dader zijn neergelegd, dus dat is niets nieuws.'

'Ten tweede heeft Raheem van zich laten horen. Hij is erin geslaagd om iets te redden van de telefoon van Vangsø,' gaat Budtz onverstoorbaar verder.

'Wat heeft hij gered?' vraagt Thulin terwijl Hess zijn hoofd schudt, alsof hij geen enkele waarde aan Budtz' woorden hecht en hij loopt naar de deur om uit te kijken naar Nylander.

'Je mag hem zelf vragen naar de technische kant,' vervolgt Budtz. 'De telefoon was extreem beschadigd, maar het is hem gelukt om toegang te krijgen tot een deel van de activiteit van Vangsø. Onder andere van gisteravond, toen hij zich met zijn ex-vrouw in het huis op Refshaleøen bevond. Zullen we even luisteren?'

Het gezicht van Budtz licht op met een zweem van arrogantie als hij de vraag stelt, maar Hess draait gefrustreerd weg bij de deur.

'Nee, want het zegt niks. Wat Raheem ook gevonden heeft, het past allemaal niet bij Vangsø!'

Maar Budtz heeft al op een van de toetsen gedrukt van de laptop die op tafel staat en uit de luidsprekers klinkt een noot van een piano. Er wordt nog een toets ingedrukt en dan nog een. Door de vreemde intro verliest Thulin bijna haar geduld, maar dan begint een koor van kinderstemmen.

Ik tel tot één en ik tel tot twee. De kip die neemt geen schoenen mee.

Thulin krijgt kippenvel van het kinderkoor dat het versje begint te zingen en ze voelt Budtz' triomfantelijke blik op zich gevestigd. Zelfs Hess staat stil te luisteren.

'Torsten Vangsø speelde dit op zijn telefoon af van een streamingdienst van 22.03 tot 22.19 uur en het liedje was volgens Raheem op repeat gezet,' zegt Budtz terwijl hij hen allebei aankijkt. 'Niet bepaald Barry White, hè?'

Ik tel tot drie en vier, dat kost geen tijd. Kijk hoe de kip haar vleugels spreidt.

Thulins oren tuiten van de melodie en de informatie. Als het klopt wat Budtz zegt, betekent het dat het afspelen op de telefoon is stopgezet minder dan een kwartier voordat Hess en zij bij het huis aankwamen. Akelige beelden van Torsten Vangsø die op zijn telefoon die melodie heeft aangezet terwijl hij zijn ex-vrouw door het huis achternazit schieten door haar hoofd, maar ze ziet aan Hess dat hij het anders bekijkt.

'Dat verandert niets. De derde persoon die in huis aanwezig was moet Vangsø's telefoon hebben gebruikt. Nadat diegene

Vangsø had overmand, moet het niet moeilijk zijn geweest om die te openen.'

'Maar er was niemand anders aanwezig. Net zoals dat jij hier niet bijzonder veel aanwezig bent geweest!'

Budtz kijkt Hess provocerend aan.

'Rustig aan, Budtz, en zet die muziek uit,' zegt Thulin terwijl ze tussen de beide mannen gaat staan.

Hess heeft zich al tot Budtz gewend en loopt over van woede. 'Wat wil je daarmee zeggen, verdomme?'

'Ik zeg het gewoon zoals het is.'

'Hess, kom even.'

Het is Nylander die weer in de deuropening is verschenen en Hess draait zich om.

'Dit is waar de dader op uit is. Als we het geloven van dat afspelen, doen we precies wat de dader wil.'

'Ik wil je graag even apart spreken.'

Thulin ziet aan Nylanders blik dat hij het meent, maar Hess is te opgewonden.

'We kunnen de feiten gewoon niet negeren. Er is een foto waarvan we niet weten wie die gestuurd heeft. Er zijn die stalkingfoto's die ontbreken. Er is een telversje dat we niet kunnen verklaren. En we zijn geen steek verder gekomen met het oplossen van de zaak-Caroline Holst!'

'Hess, kom nu even mee...'

'Nee, ik kom niet mee! Als jij nu naar een microfoon loopt om Vangsø aan te wijzen, doe je dat alleen om de leiding de mond te snoeren en je eigen hachje te redden! Begrijp je wat ik zeg?'

Nylander geeft geen krimp bij de belediging en Hess gaat door.

'Dat kunnen we ons niet veroorloven. We moeten zorgen dat het allemaal klopt. Dat zijn we de slachtoffers verschuldigd, dat zijn we de nabestaanden verschuldigd!'

'Het gaat over je broer.'

De uitdrukking op Nylanders gezicht heeft Thulin nooit eerder gezien. Even is Hess stil, maar dan schudt hij vol onbegrip zijn hoofd. Zijn blik wordt donkerder, alsof Nylander een verboden onderwerp heeft aangesneden.

'Mijn broer? Waar heb je het over?'

Nylander aarzelt. Zijn blik rust op Hess, maar het is alsof hij verder niets kan zeggen. In de stilte zingen de schelle kinderstemmen op de computer door.

Ik tel tot tien. De laatste blijft staan. De anderen trekken hun pyjama aan!

'Waar heb je het over?' herhaalt Hess. 'Waar heb je het godverdomme over?!'

Het wordt Thulin duidelijk wat het is dat Nylander niet over zijn lippen kan krijgen. De uitdrukking die ze nooit eerder op zijn gezicht heeft gezien, is er een van medelijden.

75

Thulin doet haar best om Hess bij te houden op de trap, maar dat is onmogelijk. Toen ze over de parkeerplaats waren gerend en de drukke receptie van het Bispebjerg-ziekenhuis waren binnengekomen, liep hij al een aantal stappen voor haar uit. Zodra hij had gezien dat het bedieningspaneel bij de lift rood kleurde om aan te geven dat de lift in gebruik was, had hij de deur naar het trappenhuis opengeduwd en was hij begonnen om de treden zo snel hij kon te nemen. Op het trapbordes boven haar hoort ze het geluid van zijn galmende stappen naarmate hij verder naar de bovenste etage rent. In gedachten duimt Thulin uit alle macht dat het bericht dat Nylander had doorgegeven niet de slechtst denkbare uitkomst zal hebben.

'Het ziekenhuis heeft geprobeerd om je te pakken te krijgen. Je broer heeft een nieuwe hersenbloeding gehad. Ze zeggen dat zijn toestand kritiek is en dat je direct moet komen.'

Zodra de mededeling was doorgedrongen, waren ze naar de auto gerend. Thulin had de sirene aangezet en ze had zich niets aangetrokken van de verkeersovertredingen die ze maakte. Het enige wat nu telde was om Hess zo snel mogelijk naar het ziekenhuis te brengen. Hij had de hele weg niets gezegd, maar alleen gespannen door de voorruit naar buiten gestaard en zijn lichaam was een en al ongeduld en angst geweest.

Boven zich hoort ze dat hij een deur openrukt, die met een harde klap achter hem dichtvalt. Een paar seconden later is ze zelf boven en als ze de deur opendoet, ziet ze hem nog net langs de lift door de deuren naar de intensive care verdwijnen. Ze rent over de vlakke linoleumvloer en als ze zelf de afdeling bereikt, ziet ze zijn natte voetsporen door de hele gang, tot ze achteraan de hoek omgaan.

Thulin dwingt zichzelf om niet te rennen en als ze in hoog tempo langs de deur naar de personeelsruimte loopt, stelt het haar even gerust dat ze nergens artsen druk in de weer ziet of geluiden hoort van piepende alarmen. Ze bereikt de plek waar de gang de hoek omgaat en als ze een paar stappen verder is, blijft ze hijgend staan.

Vanaf de gang kan ze door de open deur van Jons eenpersoonskamer Hess zien. Hij staat met zijn rug naar haar toe in de halfdonkere ruimte en aan zijn bovenlichaam dat op en neer gaat kan ze zien dat hij buiten adem is. Een lampje op het nachtkastje lijkt het enige licht te zijn dat brandt en de drie in het wit geklede personen, vermoedelijk artsen en een verpleegkundige, ontnemen Thulin het zicht op Jon in het bed. De beide artsen hebben hun aandacht op Hess gericht terwijl een van hen bezig is om hem iets uit te leggen wat Thulin niet kan horen. Dan loopt de verpleegkundige naar de deur en kan Thulin het bed van Jon zien.

Op het laken is een bleke hand met een blauw ziekenhuisbandje zichtbaar, maar verder wordt de gestalte op het bed bedekt door een wit laken. Het laken ligt in plooien van zijn voeten en benen over zijn buik en borst, en het bedekt ook Jons gezicht.

Thulin voelt dat haar maag samentrekt. Dan sluit de verpleegkundige de deur en het is alsof al het licht uit de gang verdwijnt.

DEEL 5

Vrijdag 7 maart, nu

76

Als Thulin met de telefoon tegen haar oor uit het raam van haar kantoor bij NC3 kijkt, kan ze het niet bevatten dat de maand maart volgens de kalender het einde van de winter en het begin van de lente aankondigt. Het sneeuwt weer. De kleine, bevroren kristallen worden fijn uitgestrooid vanuit de wolken en hoewel deze winter meer dan genoeg sneeuw heeft gebracht, heeft Thulin voor zichzelf besloten dat ze nog steeds van sneeuw houdt, maar dat ze genoeg heeft van het grauwe weer. Het grijs gemêleerde wolkendek hangt zelfs zo laag dat het zo langzamerhand voelt alsof je nauwelijks rechtop kunt staan.

Bij de aanblik ervan verlangde ze ernaar om weg te gaan. Of misschien was het ook gewoon al het andere wat de afgelopen dagen in beslag heeft genomen, inclusief het verbleekte archiefmateriaal van haar vaders oude zaak van de Landelijke Eenheid over Bertel Reimer Jensen, dat opgestapeld voor haar ligt op het bureau. Als ze eindelijk de stem van Bjørn hoort die opneemt, zegt ze meteen waarvoor ze belt.

'Kunnen we niet gewoon gaan zodra Le en Valde na de lunch vrij zijn?'

Ze merkt aan het zwijgen van Bjørn dat het hem verrast dat ze voorstelt om hun paasvakantie nog verder naar voren te halen dan ze al hebben gedaan. Ze hebben afgesproken om morgenvroeg te gaan rijden, maar liefst een hele week voor de schoolvakantie van de kinderen begint, maar Thulin kan niet langer wachten.

'Jawel. Ik dacht alleen dat je dat niet zou lukken...' zegt hij aarzelend.

Ze weet niet zeker waar hij op doelt, maar ze kiest ervoor om het te negeren.

'Geen probleem. Het is ook veel beter om te vertrekken voor er files staan.'

'Maar moest jij niet werken?'

'Ik zeg wel dat ik thuis ga werken.'

'Mooi. Goed idee. Laten we dan straks vertrekken.'

Ze bespreken de praktische details en hangen op. Thulin is al opgestaan van haar bureau om haar spullen te pakken en het voelt als een opluchting om al over een paar uur te gaan rijden. Helemaal naar Zuid-Frankrijk, waar het weerbericht veertien graden belooft en echt lente zonder sneeuw en nattigheid. Krause had haar niet durven tegenspreken toen ze hem eerder op de dag had verteld dat ze haar overuren volgende week wil opnemen en het zal geen probleem worden om er iets eerder tussenuit te piepen. Zelfs Le zal voor de verandering niet protesteren over een wijziging van de plannen. Toen Thulin haar had verteld over de reis, had Le haar zelfs verrast door te zeggen dat ze er zin in had, uiteraard vooral omdat ze dan niet naar school hoefde en in plaats daarvan voor het eerst in maanden weer buiten kon skaten.

Het was in feite pas gisteravond dat Thulin en Bjørn hadden afgesproken om op reis te gaan. Omdat ze het zo druk had gehad, had ze geen tijd gehad om überhaupt na te denken over een vakantie en na Jons dood had ze ook gewoon geen zin gehad om iets te plannen, omdat ze er voor Hess wilde zijn. Het was echter gebleken dat ze daar geen rekening mee had hoeven houden. Toen Bjørn gisteren had gefacetimed met de conciërge die zijn appartement in Nice beheert, had Thulin over zijn schouder gezien dat achter de oudere Française de zon scheen boven de bergen. Daarna had ze spontaan gevraagd of ze daar niet naartoe konden rijden om vakantie te houden.

Bjørn was aanvankelijk terughoudend geweest. Hij wilde geen spelbreker zijn, maar de herhaalde afzeggingen van Thulin hadden hem sceptisch gemaakt en ze had er energie in moeten steken om hem ervan te overtuigen dat ze écht vrij zou kunnen krijgen. Toen was hij ontdooid. Hij had onder een paar zakelijke vergaderingen uit kunnen komen die in plaats daarvan via Zoom konden worden gehouden en ze hadden besloten om erheen te rijden in zijn ruime auto, omdat ze voor de verandering eens genoeg tijd zouden hebben. Het had fijn gevoeld om een gemeenschappelijke beslissing te nemen en het was alsof die hun onvervulde woningplannen had verdrongen, die als een donkere wolk boven hen hingen. Thulin merkte bovendien dat ze het gewoon nodig had om te ontspannen.

De samenwerking met Nylanders afdeling in de taskforcegroep was een week geleden dan wel afgesloten nadat Torsten Vangsø als de dader was aangewezen, en het had niet veel van haar gevraagd om weer te beginnen bij NC3, maar ze had de zaak uiteraard niet achter zich kunnen laten. Helemaal niet nadat Hess er niet meer op zat. Op eigen initiatief had ze er discreet verder aan gewerkt, zelfs vrijwel fulltime. Ze was vooral gemotiveerd door de theorieën van Hess, die hij zelf niet meer had kunnen opvolgen. Ze had echter ook haar eigen behoefte gevoeld en was begonnen het omvangrijke onderzoek van begin tot eind door te nemen.

Als de zaak van Caroline Holst buiten beschouwing werd gelaten, was het een feit dat alle stalking met het element van verstoppertje was begonnen in december van het voorgaande jaar. Het stalken van de in totaal vijf personen, die Raheem en zijn team hadden gevonden door de aangiftes bij de politie te bekijken, was enorm geweest. Toen Thulin de vele verstuurde foto's weer vluchtig had doorgenomen, had ze zich moeilijk iets anders kunnen voorstellen dan dat het stalken voor de dader een fulltimebezigheid moest zijn geweest. Het was bovendien een feit dat de eerste moord op Valentijnsdag was gepleegd, wat eraan had bijgedragen dat het onderzoek zich in eerste instantie had geconcentreerd op de mogelijkheid dat een datingapp een belangrijke spil zou kunnen zijn, maar de doorbraak was gekomen toen ze hadden ontdekt dat de vijf gestalkte personen allemaal een scheidingszaak hadden lopen bij hetzelfde Centrum voor Familierecht.

Bovendien hadden ze later nog een overeenkomst gevonden. De vijf gestalkte personen hadden allemaal kinderen van wie het welzijn ernstig te lijden had onder de strijd tussen hun ouders, wat betekende dat de kinderen, onder wie die van Torsten en Ditte Vangsø, in dezelfde steungroep hadden gezeten die door het Centrum voor Familierecht werd gefaciliteerd. Er bestond ook geen twijfel over het feit dat het inderdaad Torsten Vangsø was die had ingebroken op het computersysteem van het Centrum voor Familierecht om de vijf cliëntzaken te bestuderen waarvan die van hemzelf er een was. Schijnbaar omdat hij de kennissenkring van Ditte Vangsø in de gaten wilde houden en omdat meerdere ouders van de kinderen in de steungroep hadden gezien dat hij gewelddadig was geworden tegen haar. Dat had potentieel een bedreiging kunnen zijn geweest voor zijn ouderlijke macht en zijn wanhopige wens om zijn gezin terug te krijgen. In elk geval als je het met zijn paranoïde blik bekeek.

Hoewel Torsten Vangsø verschillende foto's had genomen van Silje Thomsen, Philip Lund en de andere gestalkte personen, en die had opgehangen in zijn slaapkamer aan de Store Kongensgade, beschouwde Thulin dat motief als de zwakste schakel in het aanwijzen van Torsten Vangsø als de dader. En als Hess gelijk had dat het niet Torsten Vangsø was geweest die deze vijf mensen had gestalkt, moest er een ander zijn die wist dat ze allemaal een koppeling hadden met het Centrum voor Familierecht en dat ze kinderen in de steungroep hadden. Maar wie dan? En waarom?

Vanwege die vragen was Thulin aan het begin van de week nogmaals naar het Centrum voor Familierecht gegaan. Het personeel was natuurlijk nog steeds diep geschokt geweest door de moord op de vicedirecteur door Torsten Vangsø en Thulin had kunnen horen dat er begrijpelijk genoeg veel gesproken werd over hoe ze in de toekomst konden voorkomen dat medewerkers werden blootgesteld aan wanhopige daden en bedreigingen. Ze had echter geen nieuwe, doorslaggevende informatie gekregen van de begeleiders en kantoormedewerkers met wie ze had gesproken. Het was niet veel beter gegaan toen ze zich had gericht tot de waarnemend vicedirecteur, een jongere vrouw die zich heel serieus van haar verantwoordelijkheid kweet. Ze had vanachter het bureau van de vorige vicedirecteur uitgebreid antwoord gegeven op Thulins vragen over de steungroep en hoe die is opgezet, over psychologen en personeel, ook al had ze al aanzienlijk wat tijd aan de politie besteed. Haar oprechte bezorgdheid voor de kinderen, niet in de laatste plaats voor degenen die onlangs een ouder hadden verloren, had duidelijk doorgeschemerd, maar Thulin had niets nieuws gekregen om achteraan te gaan.

De waarnemend vicedirecteur wist persoonlijk ook niets van het voorval waarbij Torsten Vangsø zich rond een sessie van de steungroep gewelddadig had gedragen op de parkeerplaats en ten slotte had Thulin haar ronduit gevraagd: 'Ken je dan andere personen, medewerkers of cliënten die op een bepaald moment hun afkeer hebben laten blijken van de vijf ouders die ik eerder heb genoemd?'

'Nee. Waarom vraag je dat? Ik dacht dat de dader al gevonden was.'

Thulin had snel bevestigd dat dat zo was. Ze had er geen belang bij gehad dat Nylander en de afdeling Ernstige Misdrijven tegen Personen gebeld zouden worden en te horen zouden krijgen dat zij aan het rondneuzen was. Ze had de nog steeds wat verwonderde vicedirecteur daarom bedankt voor haar tijd en legde zich erbij neer dat ze langs die weg niet verder kwam.

In plaats daarvan had Thulin zich op de technische sporen geworpen die in een andere richting konden wijzen dan die van Torsten Vangsø. Om daarbij assistentie te krijgen, had ze Raheem moeten betrekken bij haar twijfel over de oplossing van de zaak. Hij had er plichtsgetrouw mee ingestemd om te helpen, ook al moesten ze eraan werken zonder medeweten van Krause of Nylander. Ze hadden zich eerst geconcentreerd op de auto die de parkeerplaats van het Centrum voor Familierecht had verlaten op hetzelfde tijdstip als de auto van Torsten Vangsø. Ze waren samen tot de conclusie gekomen dat het een donkere stationwagen leek en de deuk op het achterspatbord aan de linkerkant was onmiskenbaar een belangrijk spoor, maar zo'n auto was niet opgemerkt door de verkeerscamera's of bij de garagebedrijven in Groot-Kopenhagen die Thulin en Raheem weer hadden opgebeld. Vervolgens hadden ze de stalkingfoto's die in de slaapkamer van Torsten Vangsø hadden gehangen vergeleken met de foto's die de slachtoffers hadden ontvangen. Hoewel Raheem kon vertellen dat het technisch onderzoek Hess gelijk gaf dat geen van de foto's die bij Torsten Vangsø aan de muur hingen precies dezelfde waren als die waren verzonden naar respectievelijk Silje Thomsen, Philip Lund en Ditte Vangsø, kon Thulin echter zoveel overeenkomsten zien dat ze toch weer geneigd was te denken dat Torsten Vangsø de dader moest zijn.

Voor de zekerheid hadden Thulin en Raheem vervolgens de docent op het gymnasium doorgelicht die Marie Holst van betrokkenheid had verdacht. Er was echter niet de minste aanwijzing die erop duidde dat Sebastian Rye, docent maatschappijleer en Engels, zich had ingelaten met stalking en moord. Het doorlezen van het rapport van de loop der gebeurtenissen op een open dag op het gymnasium had er alleen toe geleid dat Thulins medelijden met Marie Holst weer aangewakkerd werd. Verder hadden ze echter geen tijd aan haar theorie besteed. Thulin had tot haar frustratie ingezien dat ze hun aandacht in plaats daarvan weer moesten richten op de oude zaak en aantekeningen van haar vader, als ze er zeker van wilde zijn dat ze niets over het hoofd zag.

Ook al had Thulin geprobeerd om volledig open te staan voor alle mogelijkheden, het was onmogelijk geweest om iets in het materiaal te vinden wat aanleiding gaf om verder te graven naar een medeplichtige van toen die achter de moorden van nu zou kunnen zitten. Het enige concrete waar ze achteraan konden gaan, was de laatste, onderstreepte aantekening van haar vader dat hij met BV wilde praten, plus zijn interesse in het verminkte vogeltje dat in 1992 was gevonden op dezelfde plek als waar ze het vermoorde jongetje hadden gevonden. Helaas was BV niet veel om achteraan te gaan en hoewel Raheem had geprobeerd om die persoon te vinden op de lijst met verdachten in de zaak, was het geluk niet op hun hand geweest.

Tijdens haar zoektocht had Thulin de vurige wens gehad om iets te vinden wat erop wees dat haar vaders vermoedens verankerd waren in de werkelijkheid. Ze wist dat ze het in dat geval beter zou kunnen verdragen dat hij een tunnelvisie had gekregen en haar had verwaarloosd, maar uiteindelijk had ze de handdoek in de ring geworpen. Ook de forensisch geneticus Torunn Klakstein had niet met goed nieuws kunnen komen toen Thulin de middag ervoor nog haar assistent te pakken had gekregen om antwoord te krijgen op de vraag in hoeverre er een overeenkomst was gevonden tussen de oude verdachten en het DNA dat onder een van de nagels van Caroline Holst was aangetroffen. De assistent had dezelfde boodschap gehad als aan het begin van de week. Ze waren nog maar halverwege de stapel en tot dusverre hadden ze nog geen match gevonden. Veel van de profielen van toen waren lastig te duiden, dus er was geen optimisme, alleen ergernis over de gebrekkige voortgang van de opdracht. Na die mededeling had Thulin het eindelijk opgegeven. Ze had ingezien dat ze zich moest neerleggen bij het feit dat de zaak als opgelost werd beschouwd met Torsten Vangsø als dader, en dat haar vader in zijn laatste dagen tijd en energie had gestoken in een doodlopend spoor. Vooral dat laatste was gemakkelijker gezegd dan gedaan, wat Aksel uiteraard aan haar had gemerkt. Het was alsof hij er haast spijt van had dat hij haar op de oude zaak had gewezen en hij had opgelucht gekeken toen hij had gehoord dat ze had besloten om een voorschot op de paasvakantie te nemen met Bjørn, Le en Valdemar.

'Ga je?'

Raheem steekt zijn hoofd om de hoek van de deur van haar kantoor terwijl ze bezig is om de oude mappen van de Landelijke Eenheid weer in de doos te doen, zodat ze terug naar het archief kunnen worden gestuurd.

'Ja. Ik werk de rest van de dag thuis en dan zien we elkaar pas na Pasen weer.'

Normaal gesproken zou Raheem haar leugentje hebben doorzien en haar daarmee hebben geplaagd, maar hij doet de deur achter zich dicht zodat hij zeker is dat Krause of de anderen niet kunnen horen wat hij te zeggen heeft.

'Ik wilde ook even zeggen dat het zoeken naar BV bij de toenmalige collega's van Bertel Reimer Jensen niets heeft opgeleverd. Ik heb een oud overzicht gevonden van de dienst waar hij toen werkte, maar er staan geen namen op die kunnen worden afgekort tot BV.'

‘Prima. Bedankt. Maar zoals ik gisteren al zei, je hoeft er verder geen tijd meer aan te besteden.’

‘Maar je zei zelf dat het belangrijk zou kunnen zijn.’

‘Ik zeg zoveel. Soms moet je daar niet naar luisteren.’

Ze schenkt hem een halfhartig lachje terwijl het tot hem doordringt wat ze in de doos aan het stoppen is.

‘Maar ik voel me schuldig. Het onderzoek zou nu nog bezig zijn als het mij niet was gelukt om de telefoon van Vangsø te herstellen met dat muziekbestand erop.’

‘Je deed gewoon je werk en het was een belangrijke vondst.’

‘Je hebt niets meer van Hess gehoord, zodat we kunnen horen wat hij vindt?’

‘Nee.’

‘Maar we kunnen het niet zomaar laten vallen. Er zitten gaten in en Hess hield vol dat...’

‘Maar Hess zal nu niets meer over deze zaak zeggen. Hij heeft andere dingen aan zijn hoofd en dat is zijn goed recht.’

Haar onderbreking klinkt veel te scherp. Thulin had alles heel graag met Hess willen bespreken, maar ze had zich vooral veel zorgen om hem gemaakt. Toen hij na het gesprek met de artsen uit Jons ziekenhuiskamer was gekomen, was hij helemaal kapot geweest. Ze waren even samen in de wachtkamer gaan zitten. Hij had Thulins vragen beantwoord en in korte, gechoqueerde zinnen verteld over de hersenbloedingen die volkomen onverwacht waren ontstaan. Op zijn verzoek had ze hem naar zijn huis in Odinparken gereden, maar hij had haar gezelschap afgewezen en was alleen zijn galerij op gelopen. Ze had hem het appartement in zien gaan, waarna de deur met een klap achter hem dichtging. De volgende ochtend, terwijl de media zichzelf overstemden met de oplossing van de moorden, had ze hem gebeld en berichten gestuurd, maar hij had haar pas geantwoord toen ze had geschreven dat ze even langs zou komen. Dat moest ze niet doen. *Toch bedankt*, had hij eraan toegevoegd. Zo was dat de volgende dagen verdergegaan. De keren dat ze toch langs zijn appartement was gegaan, was hij niet thuis geweest of anders had hij niet opengedaan. In plaats daarvan had ze Nehru de huismeester opgezocht die verderop op de galerij woonde en van wie ze wist dat Hess hem aardig vond. Ook hij had hem niet veel gezien. Hess was een paar dagen daarvoor bij Nehru aan de deur verschenen om te vragen of het gezin een beo wilde hebben. Het was op die manier dat Nehru te weten was gekomen dat de eigenaar van de vogel overleden was, en hoewel de kinderen van Nehru al veel huisdieren hadden, had hij geen nee kunnen zeggen. De daaropvolgende dagen had Nehru meerdere keren aangeklopt bij 37C om te horen hoe het ging, maar Hess had niet voor hem opengedaan. Nehru had ook niet geweten wanneer de uitvaart van zijn broer zou plaatsvinden, en of die misschien al was geweest. Met een steek in haar hart had Thulin dus moeten accepteren dat Hess geen prijs stelde op hun zorgen of hun gezelschap.

Ze kijkt Raheem aan en geeft hem een schouderklopje als ze langs hem heen naar de deur loopt.

'Tot snel, Raheem. Denk eraan om de mappen die jij hebt in de doos te doen en om die terug te sturen naar het archief.'

Ze gaat de deur door en loopt de gang uit. Ze neemt de trap naar beneden en als ze het gebouw verlaat, voelt ze de kraakheldere, ijzige lucht in haar borst en loopt naar haar auto op de parkeerplaats. Ze haalt haar telefoon tevoorschijn om Le het bericht te sturen dat Bjørn en zij haar en Valdemar direct uit school komen ophalen, maar dan ziet ze dat ze een bericht heeft ontvangen. Het is van Nehru, wat haar verrast. Ze blijft even stilstaan, kijkt snel hoe laat het is en gaat er gehaast vandoor.

77

Vanaf zijn plek op de voorste bank in de kerk van Emdrup kan Hess omhoogkijken naar de mozaïeken van blauw met rood glas boven het altaar met het Christusbeeld.

De kist staat niet ver bij hem vandaan. De dominee is bezig met een preek die zalvend onder de gewelven galmt, maar Hess luistert niet en het kost hem moeite om stil te blijven zitten in de kille kerk die veel te groot lijkt voor de kleine verzameling mensen.

Een paar rijen achter hem hoort hij iemand luid hoesten en hij bedenkt dat het Jons stamtafelgenoot moet zijn die zich bij aankomst aan hem had voorgesteld. Bij hun begroeting had de man oprecht aangedaan geleken en vertelde hij dat hij en Jon hadden samengewerkt op verschillende bouwplaatsen en dat ze 'dezelfde interesses' hadden gehad. Hess had in de man de luidruchtige goedmoedigheid gezien die ook kenmerkend voor Jon was geweest, maar afgezien van deze stamtafelgenoot was de opkomst laag geweest. Jon was alcoholist en had misschien veel bekenden, maar weinig vrienden. De stamtafelgenoot, een sociaal werker, een bartender en een paar andere vrije vogels van de straat zijn gekomen. En ook Nehru, respectvol gekleed in zijn mooiste goed, ook al had Hess erop gestaan dat hij dat niet zou doen toen hij hem onderweg was tegengekomen op de galerij.

Hess vangt op dat de dominee het over Jon heeft, dus probeert hij geconcentreerd te luisteren. Hij herkent een paar van de woorden die hij zelf voor Jon had gebruikt toen de dominee hem had gebeld. De dominee weet zijn praatje te koppelen aan het aanstaande Pasen, het lijden en de wederopstanding van Christus. De grote cyclus en de winter die plotseling voorjaar wordt waarin alles weer gaat bloeien, maar voor Hess klinken de woorden hol. Er is geen wederopstanding in zicht en hij weet dat Jon in de kist voor hem ligt, blauw en mager, afgeleefd door vele jaren drankmisbruik.

Het had gevoeld alsof al het leven uit Hess was weggestroomd toen hij het bericht had gekregen. De vrouwelijke arts had gevraagd of Hess zijn broer wilde zien en Hess had geknikt zonder helemaal te begrijpen wat de arts bedoelde. Maar toen was het laken weggetrokken en had Hess de verstijfde uitdrukking op Jons gezicht bekeken. Zijn lippen waren al grijs en ingevallen droog. Zijn ogen waren dicht, maar zijn mond had een beetje opengestaan, alsof Jon naar adem had gehapt. Diezelfde ochtend had Hess nog op de stoel naast het bed met hem zitten praten, maar nu lag zijn lichaam erbij als een levenloos omhulsel.

Hess had Jons hand gegrepen en hij was ervan geschrokken dat die al koud aanvoelde. De vingers die eerder op de dag nog warm en begripvol in zijn hand hadden geknepen voelden nu skeletachtig. Hess had langdurig het dode gezicht bekeken, totdat de arts was begonnen uit te leggen wat er concreet was gebeurd. Gezeten op de stoel naast het bed had Hess naar de uiteenzetting geluisterd zonder een woord uit te brengen. De arts had zorgzaam gezegd dat Hess de volgende dag altijd contact met haar mocht opnemen als hij er behoefte aan had om het verloop nog eens door te nemen.

In de wachtruimte had Hess aan Thulin uitgelegd wat hij zich nog van het gesprek kon herinneren. Er was waarschijnlijk geen touw aan vast te knopen geweest, maar hij had aan haar glanzende ogen kunnen zien dat ze medelijden met hem had. Ze had hem omhelsd en probeerde hem te troosten, maar dat was hem te veel geweest. Het enige wat hij aankon was alleen zijn, wat hij sindsdien was geweest.

Toen hij eindelijk in slaap was gevallen, was het als een boze droom om weer te ontwaken en als een zombie had hij zich door de afgelopen week gesleept. Hij had zich apathisch gevoeld. Gestaard naar Jons vogel in de kooi. Jons appartement bezocht. Een nacht met al zijn kleren aan in Jons bed geslapen. Alles opgezogen wat met Jon te maken had, maar niets had geholpen. Iemand van de thuiszorg, die niet op de hoogte was gebracht van het overlijden, was gekomen om Jon te helpen met de maandelijkse schoonmaak en Hess had hem de mededeling moeten doen dat dat niet meer nodig was. Bij de begrafenisondernemer had hij het noodzakelijke geregeld, een eenvoudige kist, en de steenhouwer had bericht gekregen. Het was even door Hess heen geschoten dat een vierkant op een kerkhof niets zou helpen, maar hij had gedaan wat hij moest doen tot er niets meer over was om te regelen.

Op een bepaald moment gedurende de week had hij in het nieuws oude beelden van Marie Holst gezien en er werd bij vermeld dat ze nog steeds zat te wachten tot de moord op haar dochter was opgelost. Hij had met haar te doen en uit schuldgevoel zette hij de tv uit. Wanneer zijn telefoon ging, had hij die ook genegeerd. Wie er ook belde, hij had niet opgenomen, ook niet bij Thulin. Hij had haar ook bewust niet verteld over de begrafenis en hij had gemerkt dat het kleine sprankje optimisme dat Jon bij hem had opgewekt over een toekomst met haar en Le weer in de kiem was gesmoord. Er was maar één iemand met wie hij wel had moeten praten, en dat was Nehru, vanwege de vogel. De huismeester had hem gecondoleerd toen hem duidelijk was geworden wat de reden was dat Hess van de beo af wilde. Hij had zelfs een aantal dagen achter elkaar eten dat zijn vrouw had gekookt voor de deur gezet, maar hun vriendelijkheid zat Hess dwars, omdat hij die niet verdiend had.

'Stof zijt gij en tot stof zult gij wederkeren,' klinkt het eindelijk van de dominee.

Hess merkt dat hij onregelmatig ademhaalt. Het voelt alsof er geen doorstroming is. Alsof zijn luchtwegen vernauwd of vrijwel dichtgevroren zijn. Dan verspreiden de tonen van 'Pianomand' van Kim Larsen zich uit een luidspreker en de melancholische melodie en tekst vullen de kerk.

Even later beginnen de klokken te luiden en Hess kan bijna niet meer wachten. Als de dominee uiteindelijk voorzichtig het steile trappetje naar de preekstoel af komt, gaat Hess staan en geeft hem haastig een hand, om zich vervolgens om te draaien naar de uitgang. Op weg langs de rijen knikt hij vluchtig naar de paar aanwezige gezichten, ook naar dat van Nehru, maar dan ontdekt hij dat Thulin bij de laatste rij staat.

Haar ernstige ogen zoeken bezorgd de zijne en hij kan haar niet ontwijken. Ongemakkelijk probeert hij zijn hand uit te steken, maar ze duwt zijn hand opzij en drukt hem warm tegen zich aan.

'We willen je graag helpen,' zegt ze dicht bij zijn oor. 'We kunnen samen eten. Samen iets doen. Le wil graag dat je mee gaat skaten.'

Ze probeert hem in zijn ogen te kijken, maar hij kan het niet.

'Ik wil graag een tijdje met rust worden gelaten,' hoort hij zichzelf zeggen.

Hij ziet dat ze verdrietig wordt van zijn afwijzing en maakt zich los uit haar omhelzing en vertrekt. Als hij de deur opendoet naar de voorbijjagende sneeuw op straat, voelt hij nog steeds haar blik en die van Nehru in zijn rug. Dan laat hij de deur los, die achter hem dichtvalt.

78

Met de punt van een koevoet wrikt Marie de kast uit elkaar. Het is een grote, oude eikenhouten kast die Tom destijds heeft aangepast zodat hij perfect past in de nis in de kelderkamer van Caroline. Marie gebruikt al haar kracht en trekt zodat het harde hout kraakt en de achterwand loslaat in een wolk van stof. Marie wappert het stof weg en negeert de kleine, weemoedige gedachte dat het stof uit de tijd moet stammen dat Caroline nog leefde. Ze tilt de zijkant van de kast uit de nis en legt die op de vloer naast de losse planken en kastdeurtjes die ze al had losgeschroefd. Dan pakt ze de koevoet weer op en steekt die er aan de andere kant in en ze merkt hoe goed het voelt om haar krachten te gebruiken. Het is de eerste keer sinds de afgelopen week dat ze bijdraagt aan de opknapbeurt van haar eigen huisje, het voelt zelfs als de eerste keer in lange tijd dat ze überhaupt ergens aan bijdraagt.

De mededeling tijdens het gesprek op het politiebureau dat de dader van Caroline geen deel uitmaakte van de oplossing van de zaak was een schok voor haar geweest. Toen ze was thuisgekomen, had ze als een slaapwandelaar geprobeerd haar missie met advocaten en klachten voort te zetten en het begrijpelijke dreigement van de jongens om bij hun vader in te trekken was niet genoeg geweest om haar op andere gedachten te brengen. Alleen met de tussenkomst van Therese was het gelukt om ze tegen te houden bij de voordeur. Vervolgens was Marie snikkend ingestort en als een psychiatrisch patiënt naar haar bed vertrokken.

Therese was gelukkig blijven slapen en had zich over de jongens ontfermd terwijl Marie huilend in slaap viel. De volgende ochtend was ze wakker geworden bij het geluid van Therese die ontbijt aan het maken was en ze had zich gerealiseerd dat haar vriendin genoegen had moeten nemen met de boxspring tussen de rommel op de oude kamer van Caroline. Toen Therese de jongens naar school had gebracht, was ze teruggekomen met verse koffie en broodjes die ze op Maries nachtkastje had gezet voordat ze zelf naar haar werk was gereden. Marie had gedaan alsof ze sliep en was in bed blijven liggen zonder het eten aan te raken. Tom had meerdere lieve en bezorgde berichten ingesproken op haar voicemail, maar ze had het niet kunnen opbrengen om hem terug te bellen. In plaats daarvan was ze ingedommeld. Zo had die apathische toestand een aantal dagen aangehouden terwijl Therese zonder vragen te stellen had gezorgd voor de boodschappen, het eten, de afwas en het wassen van de kleren van de jongens. Marie was haar heel erg dankbaar geweest en had zich schuldig gevoeld, maar toen ze zich verontschuldigde, had Therese haar excuses haast geïrriteerd weggewuifd. Ze had nog compensatie-uren over en als ze die niet zou gebruiken in een situatie als deze, wanneer dan wel, had ze retorisch gevraagd. Marie had niet de kracht om haar tegen te spreken en het was een opluchting geweest om haar de reservesleutel te geven, zodat Marie haar niet steeds binnen hoefde te laten. Na een paar dagen was Marie weer wat in huis gaan rondlopen wanneer de anderen niet thuis waren. Ze had ervan genoten om te zien hoe netjes de kamers waren geweest. Het fornuis was schoongemaakt, de berg schoenen en jassen van de jongens in het halletje was opgeruimd en er waren potten met bloeiende planten in de vensterbanken gezet met mooie spulletjes er gezellig omheen gezet. Therese had zelfs nog energie overgehad om op verschillende plekken verder te gaan met het opknappen van het huis waarmee Marie was begonnen. Paradoxaal genoeg was Marie zich bij de aanblik van het goed draaiende huishouden haast nog eenzamer en nuttelozer gaan voelen. Dat gold ook toen ze later die dag door de slaapkamerdeur had gehoord dat Therese Malte hielp bij zijn huiswerk. Rond het avondeten had ze ook zitten luisteren hoe Thor aan Therese vertelde over zijn studierichtingsproject en Marie had zich ertoe gezet om naar de keuken te gaan om mee te eten. Helaas had ze gemerkt dat de sfeer direct ongemakkelijk was geworden. Thor had haar zwijgend en afwachtend bekeken, terwijl

Malte nerveus had geprobeerd om de stemming te verzachten. Na een paar halfslachtige vragen over hoe hun schooldag was geweest, had Marie zich met haar bord weer teruggetrokken op haar slaapkamer. Therese was even binnengekomen om haar troostend te zeggen dat het op den duur vast beter zou worden, maar Marie had zich daar niet zo zeker van gevoeld.

In de loop van de week had ze zich echter uiteindelijk vermand om Mattsen te bellen, wat echt moest, omdat ze in haar mail een formeel verzoek van het secretariaat had om contact met hem op te nemen als ze zich beter voelde. Aan de telefoon had ze kunnen horen dat hij niet boos meer was. Marie had natuurlijk haar baan nog, maar ze moest snel bepalen hoe lang ze ziek gemeld wilde blijven. Tot haar terugkeer zou Sebastian Rye haar vervangen en haar examenklas overnemen voor de lessen en examenvoorbereiding. Marie had daar geen bezwaar tegen gehad en toen het gesprek voorbij was, had ze op de buitenlandse tv-zenders weer liggen staren naar een van de vredige natuurprogramma's waarbij ze de laatste tijd in slaap was gevallen. Ze hield zich voorlopig verre van de Deense zenders, want ze had er geen zin in om per ongeluk het journaal of een beeldkrant te zien. Ze had ingezien dat er geen zicht was om ooit antwoord te krijgen op de vragen die ze over Caroline had. Haar manische jacht op een onbekende persoon met wie Caroline een verhouding gehad zou kunnen hebben, en die mogelijk de dader zou kunnen zijn, was een vage nachtmerrie geworden die ze probeerde te vergeten. Verder had ze er geen belang bij om te worden geconfronteerd met wat er in de media werd gezegd over de overige moorden.

Gisteravond had Therese haar weer gevraagd of ze zin had om mee te komen eten en voor het eerst hadden ze alle vier samen aan tafel gezeten: Therese, de jongens en zijzelf. Therese had Maltes lievelingseten gemaakt, vissticks met remouladesaus en aardappels, en Marie had de gezichten van haar jongens bekeken terwijl ze het met Therese over de gebeurtenissen van de dag hadden. Marie was geraakt om te merken met hoeveel goede moed de jongens in het leven stonden. Na het eten had ze ook ja gezegd tegen een beker warme chocolademelk in de zithoek, met een van de frambozenkoeken erbij die Therese voor hen allemaal had gekocht. Zelfs Thor had even meegekeken met de oude liefdesfilm die Therese op een van de zenders had gevonden en het was lang geleden geweest dat Marie zich zo goed had gevoeld.

Toen ze vanochtend wakker werd had ze daarom, ondanks Thereses vermaningen dat ze het rustig aan moest doen en moest uitrusten op de bank, geholpen bij het klaarmaken van het ontbijt zodat Therese op tijd de deur uit kon gaan met Malte en Thor. Toen ze alleen was achtergebleven, was ze niet weer in bed gaan liggen, maar had ze de keuken opgeruimd, een bad genomen en zich aangekleed, om vervolgens met de volle wasmand naar de kelder te gaan. Op weg naar het washok had ze het niet kunnen laten om even Carolines kamer in te kijken, die al bijna een paar jaar dienstdeed als een soort opslagruimte voor verfspullen en dat soort dingen. Uiteraard had het vreemd gevoeld dat Thereses kleren en tas op de netjes opgemaakte boxspring lagen, die van Caroline was geweest, maar aan de andere kant had het goed gevoeld dat er leven in de kamer was. In elk geval totdat Marie de verbleekte bloemenstickers weer had gezien die Caroline ooit op de deurtjes van haar kast had geplakt. Op de hoek van de kast waren Toms markeringen nog zichtbaar geweest van toen ze regelmatig bijhielden hoe lang Caroline was en met pijn in het hart had Marie besloten dat die kast eruit moest. Ze had de boxspring en Thereses spullen zorgvuldig afgedekt met plastic en gewapend met de koevoet en de schroevendraaier uit de garage was ze begonnen de kast uit elkaar te halen. Hoewel het weemoedig is, voelt ze zich bij elke keer dat ze de koevoet gebruikt levendiger. Als ze besluitvaardig nog een wand van de kast weghaalt en op de stapel legt met de andere elementen van de kast, voelt het als een opluchting.

'Hallo. Zou jij niet uitrusten op de bank?'

Therese is in de deuropening verschenen met de dagelijkse kop koffie en het zakje brood voor Marie. Ze heeft haar jas aan met een laagje verse sneeuw op haar schouders en aan haar voeten heeft ze haar oranje Crocs. Ze kijkt verbaasd de kamer rond en ziet de resten van de kast op de vloer liggen.

'Ik dacht dat je die kast wilde houden?'

'Nee, toch niet. Hij moet eruit. Ik rij vanmiddag naar Ikea om een nieuwe te kopen zodat er plek is voor jouw spullen en daarna ruim ik op zodat dit jouw kamer kan zijn als je hier bent.'

Therese zucht en schudt haar hoofd. 'Maar Marie, dat hoeft niet. Dat is veel te veel. Ik kan overal wel slapen.'

Marie legt de achterwand van de kast, die ze er net af heeft gehaald, op de grond en kijkt Therese aan.

'Nee, dat is wel het minste wat ik kan doen. Bovendien doe je me een groot plezier door de kamer te gebruiken, zodat die er niet alleen maar leeg bij staat en me aan haar doet denken.'

Therese stopt met haar protesten. Haar blik glijdt over de stickers die Caroline op de deurtjes had geplakt en ze knikt begrijpend.

'Dank je. Nou, dan verheug ik me erop om mijn nieuwe kamer te zien wanneer ik thuiskom. Maar het is nog steeds veel te veel.'

'Er is geen discussie over mogelijk,' zegt Marie en ze pakt de koevoet weer om de onderkant van de kast te verwijderen, het laatste stuk dat er nog staat.

'Begrepen. Zal ik boodschappen doen als ik terugkom?'

'Als je daar puf voor hebt.'

'Geen probleem. Malte zei dat het lang geleden is dat jullie pasta bolognese hebben gegeten, dus dat wordt het waarschijnlijk. Maar stop je zo wel even om uit te rusten?'

'Zal ik doen. Ik maak dit eerst even af.'

'Beloofd?'

Therese heeft zogenaamd vermanend haar wijsvinger opgestoken en Marie knikt met een kleine glimlach.

'Beloofd.'

Therese vertrekt en Marie hoort haar de trap op gaan. Terwijl de voordeur achter haar dichtklapt, steekt Marie de koevoet in de spleet bij de onderkant van de kast en zet kracht. Ze is vrolijk geworden van het gesprek met Therese en het voelt goed om iets terug te kunnen doen. De onderkant van de kast geeft mee en komt los, zodat Marie alleen nog het laatste stuk bij de bodemplaat hoeft te doen, waar Tom destijds een vierkant gat in had gemaakt voor een stopcontact. Terwijl Marie de koevoet in de spleet bij de plaat zet en die langzaam loswrikt, bedenkt ze dat ze vanavond wil helpen met koken. Als het paneel met de uitsparing voor het stopcontact loskomt, ziet ze plotseling dat er in een ruimte achter het paneel een stoffig voorwerp ligt.

Marie kijkt verbaasd op en bukt zich. Zodra ze het voorwerp heeft opgeraapt, beseft ze dat het een telefoon is. Hij ziet er oud uit. Ze veegt voorzichtig het stof eraf en als ze het vlekkerige scherm ziet, herkent ze direct een van de oude telefoons van Caroline.

Marie voelt dat haar hart sneller en harder is gaan slaan. Ze staart naar de telefoon en dan naar de bodemplaat en het wordt haar duidelijk dat de telefoon daar met opzet is verstopt. Je kunt hem alleen te pakken krijgen als je weet dat er een ruimte achter de plaat zit en het vergt behendige vingers om erbij te komen. Het is dus uitgesloten dat die daar bij toeval is terechtgekomen. Marie ziet plotseling Omar weer voor zich op die avond in de sporthal van het gymnasium, toen hij had volgehouden dat Caroline twee telefoons had gehad.

Met trillende vingers probeert ze de telefoon aan te zetten, maar die geeft geen teken van leven. Ze laat de koevoet los, die met een klap op de vloer valt, en met bonzend hart loopt ze de deur uit en de trap naar de woonkamer op om een oplader te vinden.

79

'Ik kan best even wachten, als je...'

'Nee, laat maar. Laten we gaan. We moeten de veerboot halen.'

Thulin staat op de stoep voor haar portiekdeur, gooit de tassen in de kofferbak van Bjørns grote auto en doet de achterklep dicht. Ze heeft zich net luidkeels geërgerd, omdat ze bedacht dat ze vergeten was haar laptop mee te nemen, maar bij nader inzien is dat niet belangrijk en ze wil graag vertrekken.

Ze stampt door de sneeuwsmurrie en stapt in aan de bijrijderskant. Dan geeft ze Bjørn een vluchtige kus op zijn wang voordat ze de deur dichtdoet en haar gordel vastmaakt. De autoradio staat aan en het is lekker warm in de cabine, maar ze voelt zijn onderzoekende blik op zich rusten. Voordat hij de kans heeft om iets af te lezen aan haar gezicht, glimlacht ze snel en stelt hem een paar vragen om hem af te leiden.

'Kun je wat vertellen over waar het appartement ligt en hoe het daar is?'

Bjørn start de auto en rijdt in de richting van de school, waar ze Le en Valdemar moeten ophalen. Na even aarzelen begint Bjørn te vertellen over de oude wijken van Nice en de gezellige dorpjes die in de bergen liggen. Thulin knikt en probeert zich op zijn woorden te concentreren, terwijl ze tegelijkertijd haar indrukken van de begrafenis probeert te verwerken.

Na Nehru's bericht over dat hij Hess op de galerij was tegengekomen en daardoor wist te vertellen dat de begrafenis die ochtend in Emdrup zou plaatsvinden, was ze direct naar de kerk gereden. Er waren behalve Nehru en zijzelf bijna geen mensen geweest, maar omdat ze zo laat aankwam, was ze alleen op de achterste rij gaan zitten. Het was moeilijk geweest om bij de begrafenis aanwezig te zijn. Haar blik was naar Hess gegaan, en hoewel hij met zijn rug naar haar toe op de voorste bank had gezeten en het onmogelijk was geweest om zijn gezicht te zien, had ze gemerkt hoeveel verdriet hij had. Toen de klokken waren gaan luiden, was hij opgestaan en snel langs de rijen naar de uitgang gelopen. Ze was vlug gaan staan om hem te condoleren en haar hulp aan te bieden. Het was niet zijn afwijzing op zich die pijn had gedaan, maar ook het feit dat hij er zo afwezig en gesloten had uitgezien. Aan de ene kant had ze medelijden met hem, maar aan de andere kant kon ze niet ontkennen dat ze verdriet voelde omdat hij zich zo duidelijk voor haar had afgesloten. Er was niets over van de blik die ze nog niet zo lang geleden hadden gewisseld in haar halletje en het was haar duidelijk geworden dat ze zich dat misschien toch had ingebeeld. Als die gedachte weer door haar heen gaat, kan ze het niet laten om zich dom en zielig te voelen en ze dwingt zichzelf om te luisteren naar wat Bjørn nu eigenlijk zegt.

'Maar het is zo'n achttien à negentien uur rijden, dus dacht ik dat we op een leuke plek in München konden stoppen om te overnachten,' hoort ze hem zeggen.

'Nee, laten we gewoon om de beurt rijden tot we er zijn.'

'Het is niet dat ik er iets op tegen heb om te rijden, maar dan zijn we doodop als we aankomen,' werpt Bjørn tegen.

'Ja, maar dan zijn we er tenminste. Nu gaan we er gewoon van genieten,' zegt Thulin. 'Wat wordt het voor weer?'

Terwijl Bjørn een beetje overdonderd vertelt over de weersvoorspelling, die ze al kent, pakt ze haar telefoon om Le een berichtje te sturen dat ze over vijf minuten bij school zijn. Maar voordat ze dat kan doen, ontvangt ze een bericht van Raheem.

Ik denk dat ik BV misschien heb gelokaliseerd.

Thulin kijkt naar het bericht. Door de begrafenis was ze het gesprek over BV met Raheem helemaal vergeten en als haar hersenen automatisch beginnen te werken, zet ze die stop door het gesprek met Bjørn te hervatten.

'En wat is daar allemaal te zien?'

'Te zien?'

'Ja. Je had het toch over elektrische fietsen huren om een tocht langs de kust te maken?'

Thulin probeert te luisteren naar wat Bjørn vertelt over Villefranche-sur-Mer en Saint-Jean-Cap-Ferrat, maar ze kan het niet laten om na te denken over wat ze Raheem moet antwoorden. BV kan belangrijk zijn, maar ook volledig onbeduidend. Het is hoe dan ook niet iets wat nu meteen haar aandacht vereist.

Bedankt, Raheem. Ik kijk er na Pasen naar, schrijft ze. Ze vraagt bewust niet waar en hoe Raheem BV gevonden heeft en als ze het bericht heeft verzonden, is ze er zeker van dat ze het onderwerp geparkeerd heeft, zodat de vakantierust kan neerdalen. Dan trilt haar telefoon weer met nieuws van Raheem.

De B zou voor Bjarke kunnen staan en de V voor Venø. Voordat ik de dossiers weer terug naar het archief stuurde, ontdekte ik dat Bjarke Venø in 1992 invalleerkracht was bij een kindertehuis in de buurt van Jyllinge. Het waren zijn leerlingen die Bertel Reimer Jensen destijds hadden gezien en die het lichaam van een kind in het riet ontdekten. Tegenwoordig is hij directeur van hetzelfde kindertehuis.

Thulin merkt dat haar hersenen weer beginnen te draaien en het irriteert haar dat Raheem blijft schrijven. Aan de andere kant is het iets wat hij voor haar doet, dus moet ze vriendelijk blijven wanneer ze hem antwoordt.

Heel goed, Raheem. Ik zal ernaar kijken, schrijft ze terug. Om de hint duidelijk te maken voorziet ze het bericht van een emoji van een parasol, maar nog voordat ze haar telefoon kan wegleggen, komt er nog een bericht binnen.

Op zijn Facebook-profiel zie ik dat hij vandaag een afscheidsreceptie heeft op school. Hij gaat kennelijk langere tijd naar het buitenland.

'Is alles goed?' hoort Thulin Bjørn plotseling vragen.

Het dringt tot haar door dat hij al lang is opgehouden met praten over Franse kustplaatsjes en musea. Ze raakt geïrriteerd en kijkt niet op van het scherm.

'Ja, prima. Rij nu maar.'

'Dan moet het eerst groen worden.'

Thulin kijkt op en ontdekt dat ze stilstaan bij een rood verkeerslicht op de Vesterbrogade, niet ver van school. Het wordt groen en Bjørn zet de auto in beweging, terwijl Thulin op het scherm kijkt en haar hersenen kraakt over wat ze moet antwoorden. Dan ziet ze dat Bjørn richting aangeeft. Hij draait een parkeerplaats op vlak voor de school en zet de motor uit. De muziek van de autoradio is plotseling het enige geluid dat de cabine vult en Bjørn zit roerloos door de voorruit te kijken.

'Wat doe je?' vraagt ze ongeduldig.

Er verstrijkt een moment. Dan draait hij zich om en kijkt haar aan.

'Het kan zijn dat ik hier spijt van krijg, maar ik moet je vragen wat er aan de hand is.'

'Waarmee?'

'Met jou.'

Hij zegt verder niets. De afgezette motor en langsrijdende auto's geven haar een onbehaaglijk gevoel.

'Helemaal niks. Alleen wat werk. Waarom rij je niet door?'

'Is hij het?'

Hij knikt naar de telefoon in haar handen en ze weet direct wie hij bedoelt.

'Nee, hij is het niet. En als we die veerboot willen halen die we hebben besproken, moeten we niet hier blijven staan.'

Bjørn maakt geen aanstalten om ook maar iets te doen.

'Er is niets liever wat ik wil dan samen zijn met jou. Ik heb je verteld wat ik voor je voel, maar ik kan je niet dwingen, en jij kunt jezelf ook niet dwingen. Als er iets is waardoor je niet honderd procent zeker bent, dan wil ik het graag weten.'

'Maar dat is er niet. We hebben gepakt, we zijn onderweg, dus als jij nu gewoon de auto start, is alles zoals het moet zijn!' Ze kijkt hem gefrustreerd aan.

'Weet je het zeker?'

'Ja, ik weet het zeker. Rij nou maar!'

Ze merkt dat hij haar onderzoekend opneemt en ze voelt zich als een kikker in een pan kokend water. Eindelijk draait hij zich weer naar de voorruit.

'Mooi. Ik moest het wel vragen.'

Hij zet de auto in de versnelling, geeft richting aan en kijkt in de zijspiegel. De gedachten gaan in volle vaart rond in haar hoofd en als de auto in beweging komt, kan ze zich niet langer inhouden.

'Wacht!'

Bjørn trapt op de rem. Het geluid van de richtingaanwijzer tikt in de auto als een klok. Dan zet hij de richtingaanwijzer uit. Als hij haar aankijkt, kijkt ze terug.

'Het is niet wat je denkt. Er is iets opgedoken wat ik moet nagaan. Misschien is het niets, maar als ik het niet naga, krijg ik daar voor de rest van mijn leven spijt van.'

'Iets waardoor je niet mee kunt.'

Zijn stem is constaterend, maar zijn blik rust vragend op haar en ze draait op haar stoel.

'Ja.'

Hij zegt niets. De teleurstelling is van zijn gezicht af te lezen en ze kan zich niet voorstellen wat hij van haar moet denken, maar hij knikt alleen maar.

'En hoe zit het met hém?'

'Het heeft niets met Hess te maken.'

'Maar je denkt aan hem.'

Ze antwoordt niet. Als ze zich tot Bjørn wendt, ontmoet ze zijn blik en ze ziet dat hij een antwoord heeft gelezen in haar stilzwijgen. Ze voelt zich schuldig.

'Ik weet niet wat ik denk.'

Hij zegt niks.

'Het spijt me echt heel erg,' zegt ze dan.

Hij dwingt zichzelf te glimlachen voordat hij weer door de voorruit kijkt.

'Mij ook.'

Even blijven ze zo zitten en ze heeft zin om zijn hand te pakken om hem te vertellen dat er niets mis is met hem. In plaats daarvan reikt ze naar de autodeur. Als ze omloopt naar de achterklep heeft Bjørn die al opengedaan en ze tilt de bagage van haarzelf en Le er weer uit. Ze ziet Bjørns ogen even in de achteruitkijkspiegel en hij houdt haar een moment vast met zijn donkere blik. Dan doet ze de klep dicht. Terwijl ze over straat naar Le loopt die aan de andere kant met Valdemar staat te wachten, belt ze Raheem, die onmiddellijk opneemt.

80

Met trillende vingers probeert Marie nog een code op de telefoon, maar op het vlekkerige scherm ziet ze dat ook die wordt geweigerd. Gefrustreerd leest ze het bericht dat ze al een aantal keer gekregen heeft.

Code invoeren.

Zodra Marie van de kelderverdieping was gekomen en de telefoon van stroom had voorzien, was ze in de woonkeuken aan de eettafel gaan zitten om hem tijdens het opladen grondig te onderzoeken. Afgezien van het kapotte scherm zag hij er nog redelijk goed uit, wat haar enigszins hoop had gegeven. Ze had voorzichtig de simkaarthouder aan de zijkant van de telefoon geopend en er een prepaidkaart in gedaan, maar toen de telefoon uiteindelijk genoeg stroom had en vanzelf aan was gegaan, had hij tot Maries frustratie om een code gevraagd. Marie was direct het kamertje naast de keuken in gestormd en doorgelopen naar de garage om het notitieboekje te vinden. Een paar weken geleden, toen ze had gezocht naar sporen van een geheime liefdesrelatie, was ze het kleine versleten notitieboekje tegengekomen dat Caroline had gebruikt om overzicht te houden van al haar wachtwoorden en codes voor diverse sites. Marie was er weer aan herinnerd dat Caroline zich aan zichzelf had geërgerd omdat ze zo slecht was in het onthouden van wachtwoorden, en ze dacht met een verdrietig gevoel in haar buik terug aan hoe dankbaar Caroline die middag was toen Marie het notitieboekje voor haar had gekocht om ze allemaal op één plek op te kunnen schrijven. Gewapend met het notitieboekje was Marie weer aan tafel gaan zitten en was ze begonnen om te proberen de telefoon te ontgrendelen met behulp van de verschillende codes. De codes en wachtwoorden waren met Carolines sierlijke handschrift vermeld onder kopjes zoals *MijnID*, *Vliegtuigmaatschappij*, *Die van de bank*, *DSB*, *Mijn kapper*, *De dokter*, *Mijn stufi*, maar er was ook een hele rits namen van streamingservices, concertorganisatoren, restaurants, kledingwinkels, reisbureaus en verschillende apps. Hoewel Marie had kunnen zien dat Caroline een paar van haar lievelingscodes had hergebruikt, had ze geen geluk gehad toen ze die had ingevoerd op de telefoon. Dat is ook niet het geval met de code die ze nu probeert, maar als ze koortsachtig in het notitieboekje bladert en met haar ogen over de volgende bladzijde gaat, stopt haar blik bij een kopje dat haast knippert om aandacht te trekken.

De geheime

Zo snel ze kan toetst Marie de code in en zodra ze op het laatste teken heeft gedrukt, gaat de telefoon op zwart. Een paar seconden gebeurt er niets, maar dan verschijnt er een bewegend wieltje midden op het scherm dat Marie laat weten dat de telefoon bezig is met herstellen. Nadat ze lang haar adem heeft ingehouden, begint het ene apppictogram na het andere op het scherm te verschijnen en het is alsof Marie op hete kolen zit.

Het eerste pictogram dat opduikt is dat van de telefoon. Als ze op het pictogram tikt, wordt de lijst met inkomende oproepen geopend en Marie bekijkt die aandachtig. De lijst is lang en het duurt even voordat Marie inziet dat alle oproepen afkomstig zijn van steeds hetzelfde nummer. Ze herkent het nummer niet direct en scrolt omlaag door de gesprekkenlijst, maar het beeld blijft hetzelfde: Caroline heeft alleen oproepen ontvangen van één nummer, maar daar staat tegenover dat ze echt vaak door dat nummer gebeld is. Als Marie de lijst met uitgaande oproepen bekijkt, is het duidelijk dat Caroline ook alleen naar hetzelfde nummer heeft gebeld en dat ook dat regelmatig is gebeurd.

Marie gaat weer uit de gesprekkeninformatie en zoekt driftig naar het pictogram voor berichten. Als ze het heeft gevonden, kan ze direct zien dat Caroline maar met één nummer heeft gecommuniceerd en dat het hetzelfde nummer is als dat op de gesprekkenlijst voorkomt. Ze drukt ongeduldig op de conversatie.

De eerste berichten die ze leest zijn de recentste en het is alsof ze midden in een vertrouwelijk, maar verwarrend gesprek terechtkomt. Terwijl ze gehaast scrolt, leest ze vluchtig de maandenlange correspondentie tussen Caroline en degene met wie ze schrijft. Als ze helemaal onderaan bij het einde van het berichtenverkeer is gekomen, dat eigenlijk het begin is, scrolt ze de andere kant op. Deze keer probeert ze zichzelf onder controle te krijgen terwijl ze de berichten leest, maar nu in de volgorde waarin ze zijn verzonden.

Als ze klaar is, rilt ze ongecontroleerd over haar hele lichaam. Ze legt de telefoon gechoqueerd weg op tafel en probeert het heftige, onwerkelijke gevoel te bestrijden. Ze voelt haar hart hameren in haar borst en snakt naar adem terwijl ze probeert te begrijpen wat ze heeft gelezen. Dan raapt ze zichzelf bij elkaar, opent haar computer en op de site van het telefoonboek voert ze woedend het onbekende nummer in. Ze weet niet wat ze kan verwachten, maar ze bereidt zich erop voor dat er een naam kan opduiken die ze kent. Sebastian Rye trekt aan haar innerlijke blik voorbij, samen met anderen uit de lerarenstaf, zelfs Mathias Mattsen. Ze drukt met zweterige handen op enter, maar de mededeling op het scherm is dat het telefoonnummer niet kan worden gevonden. Marie probeert het in plaats daarvan op een andere website, maar ze krijgt hetzelfde resultaat. Het nummer wordt niet gevonden. Dan probeert ze het nummer te googelen en de zoekresultaten verschijnen direct. Ze zijn vrijwel allemaal van de websites die ze net heeft bezocht, die hulp aanbieden voor als je iemand zoekt. Gefrustreerd scrolt Marie omlaag, tot haar blik op een zoekresultaat valt dat er anders uitziet dan de rest. Het is een link naar de Hotel- en Restaurantschool in Kopenhagen en gedesoriënteerd klikt ze erop.

Volgens de kop kijkt ze naar een overzicht van de nieuwe leerling-koks van 2021 en het eerste wat haar opvalt is een kleine foto van een jongeman. Hij is waarschijnlijk een jaar of vijfentwintig, maar hij ziet er leuk en jongensachtig uit met zijn lachende ogen en zijn licht krullende, donkere haar dat onder een witte koksmuts te zien is. Hij is gestoken in witte kokskleding en hij staat in een professionele keuken met andere jonge koks op de achtergrond. Hij lacht in de camera terwijl hij aan een groot fornuis in een pan roert.

Onder de foto staat het telefoonnummer aan het eind van een korte tekst met contactgegevens: *Leerling-kok Lukas Evaldsen, Toftemarken 7, Tingbjerg.*

Marie staart naar de foto van de man. Ze kent hem niet. Zijn naam of adres ook niet en als ze even later op een nieuw tabblad gegoogeld heeft op 'Lukas Evaldsen', wordt het duidelijk dat ze geen andere gegevens over hem kan vinden. Ze probeert het opnieuw. Schrijft Lukas met een c en Evaldsen zonder d, maar de personen die tevoorschijn komen na haar zoekopdrachten lijken niet op de jongeman in kokskleding.

Marie weet niet wat ze moet doen. De inhoud van de correspondentie die ze net heeft gelezen zit nog in haar hoofd en ze is ervan overtuigd dat de telefoon die ze achter de kast van Caroline heeft gevonden belangrijk is. Caroline heeft een verhouding gehad met de man op de foto, over wie ze met geen woord heeft gerept en hun geheimzinnige correspondentie stopt maar een paar maanden voordat Caroline verdwijnt.

Even overweegt Marie om Naia Thulin te bellen, zoals ze al zo vaak eerder heeft gedaan. Als Marie de politie wijst op wat ze gevonden heeft, gaan ze ongetwijfeld onderzoek doen naar de berichten en de man die met Caroline geschreven heeft. Maar Marie is te ongeduldig.

In plaats daarvan zoekt ze haar jas en autosleutels, stopt de telefoon samen met die van haar in haar jaszak en loopt snel naar de voordeur.

81

Hess loopt met mechanische stappen verder door de sneeuw terwijl hij zijn blik op de weg voor hem gevestigd houdt. Hij is van top tot teen doorweekt. De sneeuw blijft in klonten onder zijn schoenen en aan zijn broekspijpen kleven en hij voelt zijn voeten en vingers niet meer, maar dat kan hem niets schelen. Als er een auto vlak langs hem heen rijdt, kijkt hij op en stelt zonder verbazing vast dat hij zich op onbekend terrein bevindt. Aan beide kanten liggen velden en bossen bedekt met witte, ongerepte sneeuw, maar door de koude wind en de sneeuwvlokken beginnen zijn ogen te tranen, dus beent hij verder met zijn blik omlaag.

Zijn benen hadden Hess na de begrafenis naar het noorden de stad uit gevoerd en hij heeft geen idee meer van hoe lang of hoe ver hij gelopen heeft. Met de gedachten aan Jon op zijn hielen had hij de kerk verlaten en zolang hij bleef lopen kon hij die gedachten op afstand houden. Zijn lichaam had de boodschap begrepen en had het overgenomen. De besneeuwde winkelstraten en woonblokken van de voorsteden waren overgegaan in wijken met vrijstaande huizen en industrieterreinen. Hij had niets op de omgeving tegen gehad, zolang hij maar kon blijven lopen.

Een enkele keer had zijn telefoon onderweg gerinkeld in zijn binnenzak, maar daar reageerde hij niet op. Toen hij langs het bord was gekomen dat de stadsgrens had aangegeven, en hij een parkeerplaats langs de weg was gepasseerd, ging zijn telefoon weer. In een opwelling had hij hem tevoorschijn gehaald en hem in een met sneeuw bedekte afvalbak gegooid die langs de rand van de weg stond. Daarna had hij zich onverschillig gevoeld. Het maakte niet uit wie er belde en hij had zelf ook niemand om te bellen. Met die erkenning kwam er een rust over hem heen waar hij naar verlangd had en stap voor stap merkt hij dat hij steeds verder afdaalt in een soort trance, terwijl zijn lichaam zich inspant om vooruit te komen.

Nog altijd met zijn blik op de weg voor hem merkt Hess dat hij met één voet op een verhoging in het terrein is gestapt. Als hij even later bandensporen ziet die haaks in de sneeuw voor hem lopen, realiseert hij zich dat hij op de rijbaan staat van een dwarslopende, geasfalteerde weg. Hij stopt en draait met zijn hoofd tussen de sneeuwvlokken om zich te oriënteren. De landweg die hij de laatste kilometers heeft gevolgd is geëindigd in een T-splitsing. Hij moet kiezen of hij naar rechts of naar links gaat, wat indruist tegen zijn innerlijke kompas, want hij wil het liefst verder rechtdoor gaan, zodat hij zeker weet dat de weg hem niet terugvoert.

Helaas is er in het witte landschap geen wegwijzer te zien. Ook geen auto's of huizen die hem kunnen helpen bij het nemen van een beslissing en voor het eerst merkt Hess op hoe moe hij is en hoe koud hij het heeft. Hij kijkt rond naar een plek waar hij even kan rusten om op krachten te komen, maar het enige wat in het oog springt zijn een aantal bomen en struiken die een kleine houtwal vormen op de akker ten noorden van de T-splitsing. Hij steekt de asfaltweg over en gaat verder over de hobbelige grond die hij onder de sneeuw voelt. Als hij de houtwal heeft bereikt, zoekt hij de luwte aan de andere kant op. Een stapel ondergesneeuwde takken en boomstammen, die als botten door elkaar liggen onder de bomen, doet hem naderbij komen. Met zijn rug naar de houtwal laat hij zich vallen op de eerste boomstam waarop hij kan gaan zitten. De wind is hier niet zo krachtig, wat aangenaam voelt. De kruinen van de bomen bieden zelfs beschutting tegen de sneeuw en met de stapel takken als rugleuning gaat hij achteroverzitten en kijkt voor zich uit.

Het dringt tot Hess door dat hij niet uitkijkt over velden, maar over een dichtgevroren meer. Een paar meter voor hem steekt een groepje grote stenen langs de oever boven het ijs uit als paddenstoelen, maar verder strekt het ijs zich zover het oog reikt ongehinderd uit in het landschap. Het ijs ziet er dik en ongelijkmatig uit. Haast hobbelig zoals de akkers, maar op sommige plekken ook poreus en zwart, alsof het voorjaar vergeefs heeft geprobeerd erdoorheen te komen.

Het meer voor hem doet hem terugdenken aan een heel andere plek in een heel andere tijd bij een heel ander meer. Hoewel hij het niet wil, beginnen herinneringen langs te komen in zijn bewustzijn. Ze zijn nog niet zo oud. Jons armen zijn bruin van de zon en zijn haar is piekerig. In hun blote bast en met de hengels in hun handen fietsen ze door het donkergroene bos. Als ze de bosrand bij het meer bereiken joelt Jon met zijn veel te harde stem, die echoot over het spiegelgladde water. Jon springt altijd op volle snelheid van zijn fiets, die vervolgens indrukwekkend verder de helling naar het water af slingert, op een manier die Hess zich nooit meester weet te maken. Een gerafeld touw met een autoband eraan hangt aan een kromme boom en om de beurt zwaaien ze over het water om erin te plonzen. Het water is donker en troebel, en heerlijk koud. Daarna pakken ze de hengels op en beginnen ze. Zo diep hij kan staat Jon in het water en hij trekt zijn hengel over zijn schouder om het haakje weg te werpen, zoals alleen Jon dat kan. Hess houdt zijn adem in bij het snorrende geluid van de lijn die van de molen rolt en met zijn ogen volgt hij de lijn terwijl die in een grote boog door de lucht zweeft, totdat het haakje begint te dalen en met een kleine plons het wateroppervlak raakt. Hess wil hem nadoen, maar de lijn hapert en komt verstrikt te zitten in de molen, en omdat hij niet zo lang is, kan hij de hengel niet boven water houden. Jon komt eraan en laat hem zien hoe het moet. Ze vangen alleen wier en waterplanten en Jon vloekt en tiert, want hij weet dat er zowel karpers als voorns zitten, maar voor Hess maakt het niets uit. Hij is samen met Jon. Dat is voor hem het mooiste wat er is. Hij zegt dat nooit tegen hem, want hij wil niet het kleine broertje zijn dat niet zonder hem kan, maar hij zou willen dat hij het gezegd had, en nu is het te laat.

Hess doet zijn ogen open, die moeten zijn dichtgevallen. Het is alsof de koude wind is toegenomen. Hij voelt hoe die door merg en been gaat. Toch staat hij niet op. Het inzicht dat hij Jon niet heeft kunnen helpen is in volle omvang teruggekomen en het ontneemt hem al zijn kracht. Het schuldgevoel vermengt zich met schaamte en overspoelt hem. Hij doet zijn ogen dicht en probeert de beelden van Jon weer op te roepen. Hij denkt aan die zomeravonden. Aan de muggen die boven het wateroppervlak zoemen, aan het geluid van Jons vrolijke stem en de rammelende fiets die de helling af rolt. Heel even is het haast alsof Hess de fiets echt kan horen terwijl die over de hobbels stuitert zodat de bel rinkelt en klinkt als een klokje. Rammelend komt hij dichterbij, maar dan stopt hij vlak naast hem. Plotseling dringt het tot Hess door dat het geluid echt is en hij doet zijn ogen open. Iemand staat hem aandachtig op te nemen.

Het bruine gezicht wordt omlijst door een strak aangetrokken, besneeuwde capuchon en het duurt een paar seconden voordat hij bedenkt dat het gezicht lijkt op dat van Nehru. De gestalte met de oude herenfiets is een paar meter bij hem vandaan blijven staan. Dan realiseert Hess zich dat het daadwerkelijk Nehru is. Er zit sneeuw in zijn baard, zijn parka is met een dikke laag bedekt en aan de mooie kleren die Hess herkent van de begrafenis zitten klompen sneeuw.

Hess is te verrast om iets te zeggen. Nehru klapt de standaard uit en zet de fiets weg, klopt wat sneeuw van zijn jas en gaat een stukje bij Hess vandaan op de boomstam zitten. Het wordt Hess duidelijk dat hij hem de hele weg van de kerk hiernaartoe moet zijn gevolgd. Nehru zegt niets en Hess beseft dat hij degene is die een eventueel gesprek moet beginnen.

'Wat doe jij hier?' roept Hess met verongelijkte stem uit.

Het duurt even voordat Nehru antwoord geeft.

'Ik wilde alleen kijken waar je naartoe zou gaan. Het kon zijn dat er nog een rouwreceptie was.'

Zijn stem is gedempt en met een vleugje humor, maar Hess is niet in de stemming voor grapjes.

'Je hoeft hier niet te zijn. Het gaat prima.'

Nehru's blik rust op het dichtgevroren meer voor hen.

'Dat denk ik niet. Ik denk dat je alles maar zinloos vindt.'

De stem van Nehru is nuchter en ernstig, en voordat Hess iets weet te zeggen gaat hij verder.

'Je denkt aan hoe het voorkomen had kunnen worden. Wat je had moeten doen en waarom je dat niet hebt gedaan. Je stopt jezelf vol met schuldgevoelens. Het verdriet geeft je het gevoel dat je bijna stikt en je kunt het op geen enkele plek uithouden.'

Door zijn woorden voelt Hess zich niet beter, maar hij kan het niet laten om een onzekere blik opzij te werpen naar Nehru, die zijn blik niet beantwoordt maar over het meer uit blijft kijken.

'Maar als je echt zoveel van hem hield, moet je jezelf de vraag stellen wat hij ervan zou zeggen dat je hier zit.'

Hess voelt zich overdonderd. Het is aan de ene kant onbegrijpelijk dat Nehru, die hij nauwelijks kent, al die moeite heeft genomen, en aan de andere kant voelt het als een inbreuk op Hess' persoonlijkste gedachten.

'Daar was ik zelf misschien ook wel op gekomen zonder dat jij was komen aanfietsen,' hoort hij zichzelf brommen tegen Nehru.

Nehru reageert niet op de sneer, maar knikt welwillend. 'Natuurlijk.'

Even zitten ze zwijgend op de boomstam, maar dan slaat Nehru zich op de dijen en staat hij op.

'Goed, we moeten verder. Ik trakteer op een kop koffie.' Hij steekt zijn hand in zijn jaszak om wat te pakken. 'Je bent onderweg trouwens je telefoon verloren. Hij was een beetje nat, dus moest ik het hoesje eraf halen om hem te drogen, maar toen viel er wat uit.'

Nehru steekt de telefoon uit die hij uit de vuilnisbak moet hebben gevist waar Hess hem in had gesmeten. Hij geeft hem ook de fotostrook die Hess altijd achter het hoesje verstopt en Hess voelt Nehru's blik op zich rusten, terwijl die de vochtige strook naar hem ophoudt.

Hess kijkt naar de foto's van hemzelf en Thulin en Le. Dan stopt hij de fotostrook in zijn binnenzak en mompelt zo zacht als überhaupt mogelijk is: 'Bedankt.'

'Jij bedankt. Hij heeft volgens mij nog voldoende batterij om een taxi te bellen. Bel je zelf of moet ik even...'

'Ja, ik bel wel. Ik ben al bezig!'

'Goed. En denk eraan dat we een fiets achterop moeten hebben.'

Nehru loopt energiek naar zijn fiets, trapt de standaard omhoog en neemt hem mee naar de weg.

'Kom dan.'

Hess heeft zin om te blijven zitten, maar hij merkt dat de betovering van de plek is verbroken. In minder dan geen tijd heeft Nehru irritante gedachten bij hem geplant die hij nu niet van zich af kan schudden. Vanuit zijn ooghoeken ziet hij dat Nehru op de akker bij de houtwal is blijven staan om te kijken of Hess opstaat.

Hess overweegt of hij hem af kan schudden als hij lang genoeg wacht, maar bij die kinderachtige en ondankbare gedachte probeert hij zijn telefoon aan de praat te krijgen zodat hij een taxi kan bellen. Het scherm is beslagen en de batterij bijna leeg. Hij ziet een paar gemiste oproepen van een onbekend nummer en een aantal ongelezen berichten. Dan valt zijn oog op het laatste, dat afkomstig is van forensisch geneticus Klakstein. Het bericht is kort, maar Hess moet het toch meerdere keren lezen voordat hij er zeker van is dat hij het goed begrepen heeft.

Dan gaat de telefoon uit. Hess drukt steeds weer op de knoppen, maar er gebeurt niets. Het dringt tot hem door dat hij direct overeind moet komen.

'Nehru, wacht! Wacht!'

Hij keert het ijzige meer zijn rug toe en stapt snel achter Nehru aan, terwijl hij vervuld raakt van een nieuwe golf energie.

82

Wanneer de gps haar vertelt dat ze bijna bij het adres in Tingbjerg is, begint het Marie te dagen dat ze eerder in deze voorstadswijk heeft gereden. Fragmenten van Caroline die op de bijrijdersstoel naast haar druk en onophoudelijk zit te praten, en van zichzelf die gelukkig aan het stuur van de auto zit te luisteren in de donkere, uniforme straten met vrijstaande huizen schieten door haar heen. Terwijl ze verder rijdt tussen de besneeuwde huizen, waar de schemering zo langzamerhand begint te vallen, duiken er brokstukjes van hun gesprek op in haar herinnering. Caroline was praatgraag geweest die avond; misschien was het wel rond kerst geweest, iets meer dan drie jaar geleden. Caroline had het gehad over Omar en dat ze vond dat ze niet meer zoveel gemeen hadden. Marie had er muisstil bij gezeten om zo min mogelijk te storen. Het was altijd een geschenk wanneer Caroline zich openstelde en Marie had slechts begrijpend geknikt, totdat ze pedagogisch had tegengeworpen dat een relatie toch niet altijd één grote, hartstochtelijke verliefdheid kon zijn. Maar toen had Caroline haar onderbroken.

Zo is het wel met jou en papa. Ook al maken jullie soms ruzie, je kunt toch zien dat jullie nog steeds gek zijn op elkaar.

Marie had moeten lachen om Carolines romantische ideeën over de grote liefde. Maar ze had een warm gevoel in haar borst gekregen, want ze had geweten dat Caroline gelijk had. Tom en zij hadden geluk gehad dat ze elkaar hadden ontmoet en het was die liefde waaraan Caroline haar eigen liefdesleven spiegelde. Marie doet haar best, maar ze kan zich verder niets herinneren van het gesprek van toen. Misschien was de rit gewoon wel voorbij geweest en was Caroline uitgestapt. Terwijl Marie stilhoudt voor een vrijstaand huis aan Toftemarken 7, kan ze nog steeds niet bedenken waarom ze Caroline destijds op het adres had afgezet. En de geheimzinnige correspondentie met de onbekende man komt haar weer helder voor de geest te staan.

Op de stoep aan de overkant ziet Marie dat een oudere heer met volle witte baard gekleed in winterkleding bezig is om sneeuw te ruimen voor een huis en ze merkt dat hij haar nieuwsgierig opneemt als ze uit de auto stapt. Ze doet die achter zich op slot en loopt over het ondergesneeuwde trottoir naar het tuinhek met de zeven erop. Het monotone, bulderende geluid van auto's is duidelijk te horen en Marie beseft dat de wijk aan de snelweg moet liggen. Ze kijkt een beetje bezorgd naar het kleine, donkere huis en als ze aarzelend het hek openduwt en de ongerepte sneeuw van het tuinpad op stapt, merkt ze dat ze blij is dat de oudere man aanwezig is op de weg, zodat ze niet alleen is.

Op weg naar Tingbjerg was Marie de vele berichten die waren uitgewisseld tussen Caroline en de jonge leerling-kok in gedachten langsgegaan. Nu ze weet dat ze Caroline destijds rond kerst op het adres heeft afgezet, lijkt de correspondentie, die vier tot vijf maanden later begon, nog mysterieuzer. Ze twijfelt er niet aan dat Caroline tot over haar oren verliefd moet zijn geweest en aan zijn berichten aan haar had Marie gemerkt dat ook hij echt verliefd op Caroline was geweest. Het is daarentegen een feit dat het allereerste bericht van Caroline in hun uitwisseling duidelijk maakte wie van de twee had aangedrongen op de geheimzinnigdoenerij.

Heb een oude telefoon gevonden en gebruik een prepaidkaart zoals je me gevraagd hebt.

Lukas Evaldsen, voor zover het inderdaad zijn nummer was, had geantwoord met meerdere hartjes en eraan toegevoegd: *Dank je. Het spijt me echt, maar ze is gestoord. Niks tegen iemand zeggen. Tot donderdag. Ik kan je wel ergens ophalen.*

Wie die 'ze' was stond er niet, maar in veel van de berichten van de man had Marie opgemerkt dat hij behoedzaam was en bang was om te worden ontdekt. Maries gok was dat hij een relatie had, maar dat werd nergens met zoveel woorden gezegd. Naast de wederzijdse liefdesverklaringen waren de berichten drie tot vier maanden lang vooral gebruikt om dagen en tijdstippen af te spreken waarop ze samen konden zijn. Het allerlaatste berichtje in de correspondentie, uit september, slechts een paar maanden voor het vreselijke was gebeurd, was van Caroline geweest, en het had pijn gedaan om te lezen. Het was haast tweeënhalf jaar geleden, maar Marie had de wanhoop van haar dochter bijna fysiek gevoeld.

Waarom antwoord je niet? Waarom kunnen we elkaar niet zien? Ik wil je gewoon graag zien.

Marie drukt de bel in. Ze heeft het afdakje bij de afbladderende voordeur bereikt, maar door de gelige, matglazen ruitjes is geen teken van leven te zien. Ze kijkt rond en het wordt haar duidelijk dat het huis meer vervallen is dan ze eerst dacht. Grote verzakkingsschade kronkelt vanaf het fundament omhoog en verderop heeft een dakgoot losgelaten die vervaarlijk aan de dakrand bungelt. Marie klopt hard met haar knokkels op de deur, maar binnen gebeurt niets, ook al probeert ze het meerdere keren. Ze wil net langs de ramen gaan lopen in het ondergesneeuwde stuk van de tuin waar een zandbak ingegraven lijkt te zijn, maar dan hoort ze het tuinhek achter zich opengaan.

'Kan ik je ergens mee helpen?'

Marie draait zich geschrokken naar de weg. De oudere heer met de witte baard en sneeuwschep heeft het hek geopend en kijkt naar haar.

'Als je een bod op het huis wilt uitbrengen, moet je de makelaar bellen. Het telefoonnummer staat op het bord aan de schutting, dat is alleen ondergesneeuwd.'

Marie knikt verward. 'Bedankt, maar ik ben hier niet voor het huis. Ik wil alleen even met Lukas Evaldsen praten.'

'Lukas Evaldsen?' De oudere man kijkt haar verwonderd aan en zet een paar stappen het tuinpad op. 'Ben je familie van hem of een bekende, of…'

De oudere man laat de vraag in de lucht hangen en ze antwoordt snel.

'Gewoon een bekende. Maar het is alweer een paar jaar geleden, dus… Weet u hoe ik hem te pakken kan krijgen?'

Ze merkt dat haar leugen niet sterk genoeg is, maar dat lijkt de man met de sneeuwschep niet te deren.

'Dat kan niet. Tenzij je een lijntje hebt met Onze-Lieve-Heer.'

Marie kijkt hem gedesoriënteerd aan en de man legt het bereidwillig uit.

'Lukas Evaldsen is dood. Nu zo'n tweeënhalf jaar geleden.'

Marie is verrast. Nog maar een paar minuten eerder had ze de hartstochtelijke berichten van Lukas Evaldsen aan Caroline voor zich gezien en was ze boos en daadkrachtig geweest, maar nu begrijpt ze er helemaal niets meer van.

'Dood?'

'Ja. Erg tragisch. Verder een flinke jonge vent. Maar het viel misschien wel te verwachten dat het verkeerd zou aflopen, als je denkt aan die vrouw met wie hij was gaan samenwonen.'

De oudere man kijkt haar aan met een blik van verstandhouding, alsof ze zou moeten weten waarover hij het heeft, maar ze schudt verward haar hoofd.

'Sorry, ik volg het niet. Ik ken zijn geschiedenis niet.'

De man lijkt tevreden dat hij het sneeuwruimen even moet onderbreken. Hij leunt met zijn arm op de sneeuwschep en gaat er goed voor staan.

'Gekke, jaloerse dame. Tien tot twaalf jaar ouder dan hij en je kon het in de hele buurt horen als ze hem uitschold. Het was regelmatig ruzie en het werd niet veel beter toen ze een kindje kregen, maar dat is nooit zo als er thuis trammelant is.'

De informatie over het kind dringt langzaam bij Marie door en plotseling staat het haar weer haarscherp voor de geest waarom ze Caroline destijds hiernaartoe had gebracht. Caroline zou gaan werken als oppas voor een van de gezinnen die hadden geadverteerd op die app die ze gebruikte om werk te krijgen. Marie raakt nog meer in de war dan eerst, maar ze wil niet dat de man stopt met vertellen.

'Wat is er met Lukas Evaldsen gebeurd?'

'Hij vertrok een jaar nadat ze hier waren komen wonen. Af en toe kon je ze over de heg nog steeds ruzie zien staan maken wanneer hij langskwam om die kleine te mogen zien, maar het volgende wat ik hoorde was dat hij er met het kind vandoor was gegaan en verongelukt was in het noorden.'

De oudere man knipt luid met zijn vingers en hij kijkt Marie verontschuldigend aan.

'Verkeersongeluk. Zowel hij als het kind is omgekomen. Dus het duurde niet lang voordat de vrouw verhuisde en het huis te koop werd gezet. En nu komt het in de executieverkoop.'

Marie kan geen woord uitbrengen. Vanbinnen is het alsof alle informatie zich vermengt tot een grote brij en ze staart met een lege blik voor zich uit terwijl de man haar nieuwsgierig aankijkt.

'Waar kende jij hem van?'

Marie antwoordt niet. Zonder een woord te zeggen glipt ze langs de man en de sneeuwschep heen en loopt het tuinpad af met zijn blik in haar rug. Terwijl de sneeuw weer begint te vallen, opent ze het tuinhek en verlaat het erf.

83

‘Geen sprake van. Nu ga je zitten en neem je wat warms te drinken terwijl ik je jas op de verwarming te drogen leg.’

Hess wil protesteren, maar forensisch geneticus Torunn Klakstein heeft de natte jas al uit zijn handen genomen en is op weg naar een van de grote radiatoren bij de ramen van het laboratorium.

Het is maar een paar minuten geleden sinds Hess is binnengekomen. Toen hij de ongeveer vijfenzestigjarige vrouw zag die leidinggeeft aan de afdeling Forensische Genetica van het Rijksziekenhuis, had hij zijn hand uitgestoken. Zij had vastgesteld dat zijn hand zo koud was als een ijspegel en had een kritische blik geworpen op zijn natte kleding. De klinische, gesloten indruk die Hess van de vrouw had gekregen toen hij haar een week geleden aan de telefoon had gesproken over de opdracht, had plaatsgemaakt voor een verrassende zorgzaamheid, maar hij kan zijn geestdrift om haar resultaten te horen niet onderdrukken.

‘Bedankt, maar ik moet echt weten wat je bericht betekent.’

‘Koffie of thee?’

Klakstein is bij de tafel gaan staan en kijkt hem afwachtend aan en hij ziet dat hij niet verder gaat komen als hij geen antwoord geeft.

‘Thee. Maar zoals ik zei...’

‘Je krijgt je antwoord zo, maar eerst wil ik wat zeggen over de analyse.’

Ze schenkt hem thee in en overhandigt hem de mok, die haast brandend aanvoelt tussen zijn handen.

‘De match die we hebben vastgesteld is niet volledig sluitend. Dat is niet te wijten aan de oude DNA-profielen die je me hebt gegeven, maar juist aan het DNA-profiel waarvan sporen zijn gevonden onder een vingernagel van Caroline Holst. Het DNA is gedegradeerd, waardoor enkele van de DNA-systemen zijn uitgevallen. De bewijskracht zal daarom overigens onder gelijke omstandigheden lager zijn.'

Hess herkent de disclaimer die experts vaak geven, maar hij weet ook dat een deskundige als Torunn Klakstein hem dat bericht waarschijnlijk niet gestuurd zou hebben, tenzij ze er zeker van is dat het iets is om mee verder te gaan.

'Maar wat toont het resultaat? Met wie komt het DNA overeen?'

'Moment.'

Hess kijkt ongeduldig naar Klakstein die haar papieren pakt en hij merkt dat hij het ontzettend moeilijk vindt om te wachten tot hij weet wie van de verdachten uit de oude zaak van Thulins vader een match heeft met het DNA dat gevonden is onder een nagel van Caroline Holst.

Het bericht dat hij van Klakstein had ontvangen was kort en nauwgezet geweest en was de reden dat hij achter Nehru aan was gerend.

Vermoedelijke match. Neem bij gelegenheid contact op. Torunn Klakstein.

Boven bij de weg had hij hem ingehaald en met Nehru's telefoon had hij een taxi gebeld, die ze uiteindelijk hadden weten te vinden door terug te lopen over de besneeuwde weg. Op de achterbank van de taxi had Hess opnieuw de telefoon van Nehru geleend, deze keer om de afdeling Forensische Genetica te bellen, maar hij had te horen gekregen dat Klakstein in een bespreking zat. Met de fiets van Nehru achter op de wagen hadden ze koers gezet naar het Rijksziekenhuis. Nehru had erop gestaan om helemaal mee die kant op te rijden, hoewel het veel gemakkelijker voor hem was geweest om thuis te komen als hij onderweg was afgezet. Pas bij de ingang van het ziekenhuis had hij Hess laten gaan, nadat Hess hem voor de tigste keer had verzekerd dat hij in orde was en dat hij het nu druk had. Maar misschien was het meer de ziekenhuisomgeving dan Hess' woorden die hem ervan had overtuigd dat Hess nu in goede handen was.

Torunn Klakstein heeft haar papieren opengeslagen en richt

zich op een pagina in de bescheiden verzameling documenten die de laboratoriumtest vormen. Vanaf de andere kant van de tafel kan Hess zien dat één regel in de namenlijst is gemarkeerd met een gele streep, waar haar blik op landt.

'Hier staat het. Met een bewijskracht van een miljoen.'

'En dat betekent?' vraagt Hess ongeduldig.

'Dat het DNA onder de nagel van Caroline Holst met die waarschijnlijkheid overeenkomt met het DNA-profiel van een persoon met de naam Bertel Reimer Jensen.'

Klakstein zet haar leesbril af en schuift de test naar Hess toe, zodat hij het zelf kan lezen. Hij kan aan haar gezicht zien dat ze trots is dat haar werk vruchten heeft afgeworpen. Hess kijkt echter omlaag naar het papier met de gele streep over de naam van Bertel Reimer Jensen en kan zijn teleurstelling niet verbergen.

'Maar dat kan onmogelijk kloppen. Bertel Reimer Jensen kan niet achter de moord op Caroline Holst zitten. Hij is al meer dan dertig jaar dood.'

Klakstein gebaart met haar armen. 'Daar weet ik niets van. Ik kan alleen zeggen wat de analyse aantoont.'

'Maar hij is echt dood. De kans dat hij bij Caroline Holst of wie dan ook in de buurt is geweest, is nul.'

'Dat verandert niets aan het resultaat, maar...'

'Maar kunnen jullie de namen verwisseld hebben? Kunnen jullie een fout hebben gemaakt?'

'Nee. De match met het DNA dat onder de nagel van Caroline Holst is gevonden, betreft de persoon met de naam Bertel Reimer Jensen, maar als je zegt dat hij dood is, dan is er slechts één andere mogelijkheid.'

'En dat is?' vraagt Hess.

'Dat het gaat om een familielid van Bertel Reimer Jensen.'

Hess staart haar aan. De gedachten tollen in zijn hoofd.

'Een familielid?'

'Ja. Geen twijfel mogelijk.'

In gedachten gaat Hess zijn informatie langs. Het is voor hem niet logisch dat een familielid van Bertel Reimer Jensen destijds medeplichtig zou zijn geweest, laat staan Caroline Holst of anderen zou hebben vermoord. Als vanzelf richt hij zijn verwarring tot Klakstein.

'Wat voor familielid?'

'Van het onder de nagel aangetroffen DNA zijn de chromosomen die het geslacht bepalen gedegradeerd. En als jij zegt dat het Bertel Reimer Jensen niet kan zijn, dan kunnen we niet op voorhand bepalen of het een mannelijk of vrouwelijk familielid betreft. Een man heeft een XY-chromosoom, terwijl een vrouw XX heeft, maar als het betreffende chromosoom helemaal niet voorkomt in het DNA...'

'Maar je moet iets kunnen zeggen. Is het een nauw verwant iemand, of waar zitten we ergens?'

'Het aantal overeenkomende DNA-markers betekent dat het om een nauwe verwant moet gaan. Dat wil zeggen een kind, een ouder of een broer of zus.'

Hess' gedachten ontploffen. De dader die ze zoeken is nauw verwant aan het monster Bertel Reimer Jensen. Maar Hess herinnert zich nu niets concreets over familieleden van toen hij de oude zaak doorlas en hij kan zich in zijn wildste fantasie niet voorstellen waarom een nauw familielid verder zou zijn gegaan met moorden die doen denken aan toen.

'Nog wat thee?' hoort hij Klakstein vragen.

Hess staat op. Hij weet niet waar hij moet beginnen en wie hij moet zoeken. Alleen dat er haast geboden is.

84

'Maar vertel eens wat je nog weet van die dag. Jullie gingen met een bus naar een veengebied.'

Thulin zit tegenover directeur Bjarke Venø, die haar onrustig zit aan te kijken in zijn stoel achter het zit-stabureau op het directiekantoor. Buiten is het donker geworden en het grote kantoor is spaarzaam verlicht. Op een plank in een boekenrek achter de directeur staat een verzameling opgezette vogels en zijn ornithologische interesse verloochent zich niet bij een blik op de bibliotheek van de man. Bjarke Venø is achter in de vijftig. Achter zijn bril knipperen vriendelijke ogen die op dit moment onzeker staan en misschien ook een beetje zenuwachtig. Thulin ziet aan zijn gezicht dat hij nog steeds in verwarring is door de situatie.

'Ik begrijp het niet, waarom moet ik...'

'Daar kan ik helaas niet op ingaan. Ik kan alleen zeggen dat het mogelijk relevant is voor een zaak waar we nu aan werken. Wat kun je je nog herinneren?'

Thulin was op weg gegaan naar Jyllinge en het Kindertehuis Aggersminde zodra ze met Le thuis was gekomen van school en ze de reistassen had weggelegd. De sfeer tussen hen was op een dieptepunt geweest sinds het moment dat Le had begrepen dat er geen sprake zou zijn van skateboarden op de boulevard van Nice. Toen Thulin de trappen weer af ging had ze Aksel gebeld om hem te smeken even bij haar langs te gaan om haar op te monteren. Met een toezegging van Aksel was Thulin snel in haar auto gestapt en zodra ze het adres dat Raheem had gevonden had ingevoerd in haar gps, had ze koers gezet naar Midden-Seeland. Naarmate ze dichter bij haar bestemming kwam, werd ze zich er steeds bewuster van dat haar vader destijds dezelfde weg gereden moest hebben. Bij die wetenschap voerde ze haar snelheid op en toen ze ver buiten de stad de laan op was gereden die geflankeerd werd door besneeuwde bomen en naar het gebouwencomplex leidde, was ze gespannen geweest.

Het eerste wat ze had vastgesteld toen ze uit de auto was gestapt, was natuurlijk dat de instelling geen kindertehuis meer was zoals Raheem ernaar had verwezen vanuit de oude verslagen. Naast de ingang kondigde een groot bord van de gemeente aan dat ze was aangekomen bij Jeugdzorginstelling Aggersminde, maar gelukkig was de institutionele indruk verdwenen zodra ze binnen was gekomen. Kinderen en jongeren waren samen met personeelsleden aanwezig in de gangen en gemeenschappelijke ruimtes, en de sfeer was ontspannen en gezellig geweest. De administratie had ze snel gevonden, waar ze zich had voorgesteld en had gevraagd of ze directeur Bjarke Venø kon spreken. Een secretarieel medewerker had haar enigszins verrast verteld dat hij nu op een receptie was, maar Thulin had aangedrongen. Op weg naar de ruimte waar de receptie werd gehouden had de medewerker wat over de plek verteld die dienstdeed als ondersteunend tehuis voor kinderen en jongeren uit zogenoemde gezinnen met beperkte middelen. Ze had Thulin ook vriendelijk geïnformeerd dat directeur Bjarke Venø een receptie gaf, omdat hij verlof had gekregen om op een vogelexcursie te kunnen gaan. In levendige bewoordingen had ze enthousiast verteld over zijn enorme interesse in vogels, die hij, voor zover de secretarieel medewerker wist, altijd had gehad.

Te oordelen naar het aanwezige aantal gasten en leerlingen op de receptie was Bjarke Venø een geliefd man. Hij had overrompeld geleken en zag er niet bijzonder verdacht uit, eerder het tegenovergestelde, toen Thulin hem had verklaard dat ze direct moesten praten. Ze had gemerkt dat zijn vrouw en halfvolwassen kinderen, en de overige gasten, er verbluft uit hadden gezien toen ze het middelpunt van het feest met zich mee had genomen. Zodra ze op zijn kantoor waren gekomen, had ze hem uitgelegd dat ze was gekomen om een paar vragen te stellen over de oude zaak waar ze hem een snelle samenvatting van had gegeven, waardoor de directeur er nog meer overdonderd had uitgezien. Aan zijn gezicht ziet ze nu dat hij probeert om weer tot zichzelf te komen om te kunnen vertellen.

'Voor zover ik me kan herinneren was het een lentedag in mei. Ik had een excursie georganiseerd voor een vierde klas. Het was op een plek in het rietveld bij Gundsømagle Sø. We hadden een poosje rondgelopen en toen hielden we pauze terwijl de kinderen verstoppertje speelden in het riet, en...'

'Hoe speelden ze verstoppertje?'

'Nou... Dat een van hen de anderen moest vinden.'

Thulin raakt geïrriteerd, omdat de directeur met de goedmoedige gezichtsuitdrukking denkt dat ze niet weet hoe je verstoppertje speelt, en ze verduidelijkt: 'Ik bedoel, werd er een bepaald telversje gebruikt?'

'Ja, dat oude versje. Ik tel tot één en ik tel tot twee, enzovoort.'

'Wie had dat bedacht?'

'Dat weet ik niet. Ze gebruikten dat versje altijd. Ik weet niet wie ermee begonnen is.'

Bjarke Venø lijkt zich over de vraag te verwonderen en Thulin knikt alleen maar ongeduldig om aan te geven dat hij verder moet gaan.

'Maar het bleek dus dat er die dag nog iemand in het riet was. Iemand die zich in het spel mengde. De jongen die aan het zoeken was begreep gelukkig het gevaar en rende er snel vandoor. Vanaf de oever hoorde ik zijn geschreeuw en toen ik in het riet kwam, zag ik dat hij gevallen was over...'

Bjarke Venø zwijgt even. Het is alsof hij het oude tafereel voor zich ziet voordat hij zich vermant.

'Ik kan het niet beschrijven. Maar we lieten de politie komen en ze begonnen te zoeken naar de dader terwijl wij zaten te wachten tot we mochten rijden. We waren natuurlijk allemaal geschokt, vooral de kinderen. Meerderen van hen hadden helaas naar de dode jongen staan kijken voordat ik aankwam.'

Het is alsof Bjarke Venø geplaagd wordt door schuldgevoel omdat hij niet had kunnen verhinderen dat de kinderen die gruwelijke aanblik moesten zien. Thulin moet zichzelf eraan herinneren om te blijven focussen op het feit dat haar vader Bjarke Venø een bepalende of ronduit verdachte rol had toegedicht in zijn aantekeningen.

'Was er een van de kinderen die tegen jou heeft gezegd dat ze iemand anders dan die man hadden gezien die zich in het spel had gemengd?'

'Nee. Niet dat ik me kan herinneren,' zegt Bjarke Venø, die eruit begint te zien als een groot vraagteken.

Thulin denkt weer aan haar vaders notities. Het is echt moeilijk voor te stellen dat Bjarke Venø iets met die vreselijke kindermoorden te maken zou hebben gehad, maar dan vermant ze zich en richt haar blik op de directeur.

'En jij dan?'

'Ik?' Bjarke Venø kijkt haar verward aan.

'Heb jij iets of iemand gezien waar je nooit over hebt verteld?'

'Nee.'

'Wat deed je nadat die dode jongen gevonden was?'

'Ik probeerde de kinderen te helpen, natuurlijk. Ze te troosten.'

'Kende je de overledene?'

'Nee. Hij kwam blijkbaar uit...'

'Kende je de dader? Bertel Reimer Jensen.'

'Alleen zijn naam, maar ik heb hem nooit ontmoet. Vanwaar al deze vragen?'

Bjarke Venø ziet er compleet verloren uit. Hij lijkt onschuldig. Sympathiek zelfs. En het voelt plotseling belachelijk dat ze haar vakantie met Bjørn en de kinderen heeft laten vallen om dat hele eind te rijden om een leerkracht die van vogels houdt te verhoren, omdat haar vader meer dan dertig jaar geleden een aantekening in zijn papieren had gemaakt.

'Ik wil graag helpen, maar ik vind je vragen een beetje wonderlijk. Zijn we bijna klaar, denk je?' vraagt Bjarke Venø, die waarschijnlijk graag terug wil naar zijn gasten.

Thulin heeft zin om ja te zeggen, maar nu ze hier toch is, kan ze het net zo goed afmaken en vragen naar dat andere onderwerp waarover haar vader zich had verwonderd.

'Nee, nog niet. Ik heb in de oude verslagen kunnen lezen dat er ook resten van een vogeltje in het riet zijn gevonden. Wat weet je daar nog van?'

Bjarke Venø kijkt haar aan. Thulin weet het niet zeker, maar het lijkt alsof zijn aandacht verscherpt.

'Waar gaat dit eigenlijk over?'

'Geef gewoon antwoord op de vraag.'

Bjarke Venø denkt diep na. 'Destijds leek het eerst gewoon een vreemd detail in al het vreselijke wat die dag was gebeurd. We waren eropuit gegaan omdat het broedtijd was en ik had met de kinderen rondgelopen en ze verteld over de vogels die elkaar opzochten om nestjes te bouwen en eieren te leggen. Maar we hadden ook een koekoeksjong gevonden dat een nest had overgenomen en een paar vogeltjes had gedood. Dat is immers hun natuur. Maar toen trof ik dat koekoeksjong dood aan toen we naar huis zouden gaan.'

'Wanneer en hoe?' wil Thulin weten.

'Dat was vlak voordat de bus weg zou rijden. Ik moest nog een paar rugzakken halen en toen zag ik dat het tussen het riet lag en in stukken was gesneden met mijn mes. Vleugels. Pootjes. Op een manier die haast leek op de jongen die was gevonden.'

'In stukken gesneden met jóúw mes?' Thulin kijkt hem verbaasd aan, want dat is informatie die ze zich niet kan herinneren uit de oude verslagen.

Bjarke Venø knikt bevestigend. 'Mijn zakmes. Die had ik in mijn rugzak en ik dacht dat ik die goed had weggestopt.'

'Maar jij was niet degene die het gedaan had?'

Bij die provocerende vraag kijkt Bjarke Venø ontsteld naar Thulin. 'Nee, dat was ik zeker niet. Door de omstandigheden kon ik nagaan dat het een van de kinderen geweest zou kunnen zijn.'

Thulin fronst haar wenkbrauwen en kijkt hem sceptisch aan. 'Een van de kinderen?'

Bjarke Venø ziet er wederom gekweld uit. 'Ja. Ik had ook een vermoeden wie het was. Maar voordat ik er iets mee kon doen, bleek dat het kind een begrijpelijke reden had voor dat gedrag en hoefde ik het niet meer op te pakken.'

'Dat begrijp ik niet,' roept Thulin uit, die het gevoel begint te krijgen dat Bjarke Venø meer verstand heeft van vogels dan van de kinderen die hij les heeft gegeven. 'Welke reden zou een kind in de vierde klas kunnen hebben om een koekoeksjong toe te takelen?'

Bjarke Venø kijkt haar vragend aan, alsof het iets is wat ze zou moeten weten. 'Een afschuwelijke reden. Het was immers het kind van Bertel Reimer Jensen.'

Thulin staart de directeur aan. De informatie treft haar als een bliksemschicht en voordat ze nog iets kan zeggen, gaat hij verder.

'Maar op dat moment wist ik niet hoe alles zat. Of hoe vreselijk zijn kind het al die tijd gehad moet hebben, want dan zouden we natuurlijk wat hebben gedaan.'

Thulin gaat rechtop zitten in haar stoel. 'Wacht even. Er zat een kind van de dader in de klas die je had meegenomen op excursie?'

'Ja.' Bjarke Venø kijkt haar weer aan alsof het iets is wat ze zou moeten weten.

'De mishandeling van het koekoeksjong was waarschijnlijk een schreeuw om aandacht. En toen de vader ontmaskerd werd, en ik in de pers kon lezen wat hij op zijn geweten had, kon het ik natuurlijk niet laten om te denken dat we de tekenen eerder hadden moeten opmerken.'

Duizend vragen razen door Thulins hoofd, maar ze moet kalm blijven en goed luisteren naar wat Bjarke Venø te zeggen heeft. 'Welke tekenen?'

De directeur wrijft in zijn handen en kijkt weer gepijnigd. 'Wanneer een kind terugkomt na een weekend bij zijn ouders, vragen we altijd hoe het weekend is gegaan. En als het kind vertelt dat ze het weekend naar verschillende speelplaatsen zijn geweest om verstoppertje te spelen... Ja, nou, dat klonk zo idyllisch...'

Thulin staart hem aan.

Hij vervolgt: 'Het was pas later dat het me duidelijk werd dat hij zijn kind gebruikt moet hebben voor wat hij zou...'

'Het kind gebruikt hebben? Waarvoor?'

'Nou, als alibi en voor zijn... voorbereidingen. Hij zorgde ervoor dat zijn kind verstoppertje ging spelen met de andere kinderen, terwijl hij zijn slachtoffer uitkoos...'

Bjarke Venø is nu zichtbaar aangedaan.

'Het kind kan natuurlijk niet geweten hebben wat de vader deed. Maar bij de aanblik van de dode jongen in het riet moet het tot het kind zijn doorgedrongen, waarna het vervolgens mijn mes heeft gepakt...'

Thulin kijkt hem nog steeds aan. Het is haar overduidelijk dat Bjarke Venø een empathisch mens is, maar de informatie zingt ordeloos rond in haar hoofd en haar vaders waanzinnige aantekeningen, zijn eenzame zoektocht en zijn dood wellen in haar op. Ze kijkt kwaad naar de directeur.

'Waarom heb je destijds niks tegen de politie gezegd, verdomme? Waarom heb je niet gezegd dat een kind gedwongen werd om de dader te helpen?'

De directeur kijkt haar verbaasd en beledigd aan. 'Nou ja, ik wist het in het begin nog niet. En bovendien héb ik het tegen iemand van de politie gezegd. Hij was zelfs de chef en hij belde plotseling op met dezelfde vragen als jij. Hij wilde de volgende dag langskomen om met het kind te praten, maar hij is nooit gekomen. En in plaats daarvan hebben wij alles gedaan om het meisje te helpen.'

Thulin staart terug. Ze ziet voor zich hoe haar vader wankelde en omviel voordat hij zijn geplande bezoek kon afleggen, maar het zijn de laatste woorden van Bjarke Venø waarop ze blijft hangen.

'Het meisje?'

De directeur knikt beslist. 'Ja. Het kind van Bertel Reimer Jensen was een meisje. Mia Reimer Jensen.'

85

Als Thulin de voordeur van het voormalige kindertehuis achter zich dichtgooit, kan ze in het gelige licht van de ramen zien dat het harder is gaan sneeuwen. Ze loopt snel de trap af en rent over de donkere parkeerplaats naar haar auto. Als ze gehaast is ingestapt en de motor heeft gestart, zet ze haar telefoon in de houder op het dashboard en kiest het nummer van Raheem. De koplampen van de auto verlichten de bomenlaan die bij het tehuis vandaan loopt en als ze het gaspedaal intrapt om de landweg op te draaien, moet ze het stuur stevig vasthouden om te voorkomen dat de auto slipt op het gladde wegdek. Raheem neemt direct op en ze hoort aan zijn ongeduldige stem dat hij heeft zitten wachten om wat van haar te horen.

'En?'

'We moeten een persoon vinden. Mia Reimer Jensen. Ze is geboren in 1982 of 1983.'

'Reimer Jensen? Hetzelfde dus als...'

'Ja, zijn dochter. Er is haast bij.'

'Persoonsnummer?'

'Dat heb ik niet. Schiet nu maar op!'

Thulin hoort dat Raheem begint te typen, waarschijnlijk om in de verschillende registers te komen, en ze kan haast niet wachten. Ze weet nog steeds niet hoe het allemaal samenhangt, maar dat wat ze net over Mia Reimer Jensen heeft ontdekt is genoeg om te denken dat ze de dader kan zijn naar wie ze op zoek waren.

Het gesprek met Bjarke Venø op het directiekantoor had haar volledig overrompeld. Dat Bertel Reimer Jensen een dochter in het tehuis had gehad die hij kennelijk had gedwongen om mee te werken aan zijn misdaden was op zichzelf al schokkend genoeg. Ze had onmiddellijk gevraagd het dossier te mogen inzien dat Aggersminde ergens van de dochter moest hebben.

Bjarke Venø had er echter aarzelend uitgezien. Het probleem was uiteraard dat de oude mappen niet gedigitaliseerd waren, dus als het dossier er nog was, moest het ergens in de kelder in de 'cartotheek' staan. Samen met de vriendelijke secretarieel medewerker was Thulin met Bjarke Venø afgedaald naar een uithoek van een bochtige kelder, waar was gebleken dat de 'cartotheek' bestond uit twee met elkaar verbonden kelderkamers waar een onoverzichtelijk aantal stoffige, volle dozen opgeslagen stonden, kriskras door elkaar op het grootste deel van het vloeroppervlak. Alle dozen waren voorzien van een met de hand geschreven jaartal en van Bjarke Venø en de secretarieel medewerker had Thulin begrepen dat de oude dossiers waren gesorteerd op het geboortejaar van de kinderen. Aangezien Mia Reimer Jensen in 1992 in de vierde klas had gezeten, moest ze negen of tien jaar oud zijn geweest. Haar dossier moest daarom in een doos zitten met het opschrift 1982 of 1983. Met de hulp van de secretarieel medewerker en de directeur was Thulin begonnen om de dozen uit de betreffende jaren te vinden en toen er vier dozen waren gevonden, was het Thulins taak geweest om in elke doos alle mappen te checken om te zien of de naam van Mia Reimer Jensen op de voorkant stond.

Tijdens het doorzoeken van de mappen had ze de verbijsterde directeur gevraagd om te vertellen wat hij zich kon herinneren van het meisje en haar familie, en bij het horen van zijn woorden was Thulin des te harder gaan zoeken. Mia Reimer Jensen had in het tehuis gewoond sinds ze een jaar of zeven, acht was en Bjarke Venø wist nog dat de wat vage reden voor haar komst was dat haar gezin 'disfunctioneel' was geweest. Net zoals de meeste andere kinderen die er woonden had ze naar huis verlangd, maar de bezoekjes aan haar gezin waren beperkt geweest tot een weekend per maand. Uit de tijd voorafgaand aan de arrestatie van Bertel Reimer Jensen herinnerde Bjarke Venø zich nog dat het meisje paradoxaal genoeg in het vooruitzicht was gesteld dat ze snel weer permanent naar huis mocht om bij haar gezin te wonen. In de zomer van 1992 was natuurlijk alles veranderd met de onthulling van de gruwelijke daden van haar vader en was de droom van het meisje in duigen gevallen. Een paar maanden na de arrestatie had het kindertehuis het bericht gekregen dat de vader van het meisje zelfmoord had gepleegd en aangezien de moeder zich voor onbepaalde tijd had laten opnemen op een psychiatrische afdeling, was het de taak van het kindertehuis gebleven om zich over Mia te ontfermen. In de loop der jaren waren er verschillende pogingen ondernomen om een nieuw gezin voor haar te vinden, maar helaas was de interesse van pleeg- en adoptiegezinnen beperkt geweest. Bjarke Venø had gedacht dat dat deels te wijten was aan het feit dat Mia Reimer Jensen de bagage had die ze had, en deels doordat het meisje niet gemakkelijk was geweest. Ze was naar binnen gekeerd en stil, en hoewel ze bij elke poging tot plaatsing haar best had gedaan, hadden de families die geprobeerd hadden om haar op te nemen haar uiteindelijk teruggestuurd. Aan het einde van de jaren negentig, toen het meisje te oud was geworden om in het kindertehuis te wonen, was ze in een zeer gerenommeerd jongerenpension op een andere plek in Seeland geplaatst. Haar moeder was intussen na een langdurige ziekte overleden en Bjarke Venø had Mia Reimer Jensen sindsdien niet meer gezien. Toch had hij de indruk dat het haar goed was vergaan.

'Waarom dat?' had Thulin gevraagd terwijl ze opkeek van de dozen.

'Het kindertehuis was jarenlang haar thuis geweest, dus af en toe hebben we een kaartje van haar mogen krijgen. Net zoals van zoveel anderen.'

'Waar zijn die kaartjes?'

'Ja. Goeie vraag,' had de directeur geantwoord en hij had gezocht naar de secretarieel medewerker die naar boven was gegaan, terwijl Thulin zich over een nieuwe doos dossiers had gebogen.

Het had indruk op Thulin gemaakt om te bedenken dat elke map in de kelderkamers voor een kind zonder gezin stond. Of in elk geval een kind zonder familie die het kind had kunnen verzorgen. Hoe meer stoffige mappen er door haar handen waren gegaan, hoe erger het werd om te denken aan het lot van die kinderen, waarbij het lot van Mia Reimer Jensen wel een van de ergste moest zijn. Maar haar map was niet boven water gekomen en toen de laatste van de vier dozen leeg was, had Thulin vragend naar Bjarke Venø gekeken, die verontschuldigend met zijn armen had gezwaaid en had gezegd dat het dossier in dat geval in een van de andere dozen terecht moest zijn gekomen.

Met nauwelijks verholen ergernis had Thulin ervoor gekozen om afscheid te nemen om verdere tijdverspilling te voorkomen. Ze wist dat het zonder persoonsnummer een uitdaging zou kunnen worden om Mia Reimer Jensen te vinden, die nu eenenveertig of tweeënveertig jaar moest zijn. Ze vertrouwde er echter op dat Raheem wonderen zou kunnen verrichten en ze richt haar aandacht weer op haar telefoon als hij aan de andere kant van de lijn zijn keel schraapt.

'Mia Reimer Jensen. Tot 2001 woonachtig in jongerenpension Sløjfen in Odsherred,' zegt Raheem.

'Dat weet ik. Maar daarna?'

'Verder staat er niets.'

'Er moet toch zeker iets staan?'

'Dat is niet zo. Ik kan helemaal niets vinden op Mia Reimer Jensen. Niet zonder persoonsnummer in elk geval. Waar heb je haar voor nodig?'

Thulins gedachten gaan alle kanten op terwijl buiten in het donker de landweg voorbijschiet. Dat de naam van Mia Reimer Jensen niet in de registers te vinden is kan betekenen dat ze een nieuwe naam heeft aangenomen, misschien om afstand te nemen van haar vader, of dat ze getrouwd is en een nieuwe achternaam heeft gekregen, maar zonder persoonsnummer is het lastig om verder te komen.

'Weet je waar ze woont of wat ze tegenwoordig doet?' vraagt Raheem. 'Werk, hobby's, familie, kinderen?'

Thulin weet niets. Ze vraagt Raheem naar verschillende mogelijkheden om haar te kunnen opsporen, maar hij moet steeds nee zeggen, waardoor ze kort voor de afslag naar de snelweg terug naar Kopenhagen stilhoudt langs de kant van de weg.

'Je moet het proberen, Raheem.'

'Maar waar gaat het over?'
'Dat leg ik later uit. Op dit moment is het vooral uiterst belangrijk dat we haar vinden. Doe alles wat je kunt.'
Thulin sluit het gesprek af. Ze probeert haar gedachten op een rijtje te zetten om te bedenken wat ze moet doen. Hoewel Raheem bijna altijd wonderen verricht, kan ze er niet op vertrouwen dat hij het geluk heeft om Mia Reimer Jensen op te sporen. Daarom besluit ze om terug te rijden naar Aggersminde om te kijken of haar map mogelijk in een van de andere dozen ligt. Met moeite weet ze de auto te keren in de diepe sneeuw en ze zet weer koers in de richting van het tehuis.
Het was in de kelder van het voormalige kindertehuis, te midden van het overweldigende aantal dossiers, dat Thulin had gevoeld dat ze op het juiste spoor zat. Het werd haar namelijk duidelijk dat Mia Reimer Jensen en de andere kinderen in het tehuis een vergelijkbaar lot hadden met dat van de kinderen van het Centrum voor Familierecht en niet in de laatste plaats met die van de steungroep. Ze waren allemaal onvrijwillige slachtoffers van het leven van de volwassenen. Zoals Bjarke Venø het op de hoogdravende, directeurachtige wijze had geformuleerd waren er nesten gebouwd en eieren gelegd, maar de nesten waren stukgegaan en de eieren of vogeltjes waren gebroken of gekwetst door de ouders zelf of door koekoeksjongen en het leven. Zowel in het kindertehuis als bij het Centrum voor Familierecht lagen dossiers vol met beschrijvingen van hoe kinderen de prijs betaald hadden.
Door die gedachtegang focust Thulin zich weer op het feit dat de vermoorde personen – met uitzondering van Caroline Holst – allemaal kinderen in de steungroep hadden, waardoor zich nu plotseling een nieuwe, concrete vraag aandient. Thulin merkt dat ze daar antwoord op moet hebben. Ze trapt op de rem en stopt weer langs de kant van de weg. Snel zoekt ze het nummer op van de nieuwe vicedirecteur. Het is laat op de middag en Thulin weet niet zeker of ze nog op kantoor is, maar gelukkig wordt er opgenomen.
'Centrum voor Familierecht, met Anja Juul Petersen.'
'Met Thulin van NC3.'

'Ja...?'

Haar toon is vriendelijk, maar ook een tikje gejaagd en Thulin haast zich.

'Ik heb nog een vraag. Is er bij de medewerkers die met de steungroep van de kinderen te maken hebben iemand met de naam Mia? Mia Reimer Jensen of gewoon Mia met een andere achternaam, of...'

'Nee, niemand. Op dit moment zijn er drie vrouwelijke en twee mannelijke psychologen aan de steungroep verbonden en geen van de vrouwen heet Mia.'

'Hoe zit het met het kantoorpersoneel dat met de steungroep te maken heeft?'

'Nee. Er is niemand die Mia heet. Dat zou ik me hebben herinnerd.'

Een golf van teleurstelling overspoelt Thulin, maar voordat ze het gesprek kan afronden, neemt de nieuwe vicedirecteur het woord weer.

'Maar het is goed dat je belt. Ik wilde maandag contact met je opnemen om te zeggen dat de informatie die ik je eerder deze week heb gegeven niet helemaal klopt.'

'Wat bedoel je?'

'Na ons gesprek heb ik voor de zekerheid onze verslagen van de steungroep er nog eens bij gepakt om opnieuw door te lezen. Er was inderdaad niets op te merken wat betreft onze medewerkers, maar vanmiddag heb ik gezien dat er op een bepaald moment wel problemen waren met een externe consulent.'

Een vrachtwagen met oplegger stuift buiten in het donker voorbij en Thulin moet dichter naar de luidspreker buigen om er zeker van te zijn dat ze kan horen wat de vrouw zegt.

'Wat voor externe consulent?'

'Een gezinsbegeleider. De aanstelling is natuurlijk van voor mijn tijd, maar ik heb de aantekeningen van de vicedirecteur teruggelezen. De gezinsbegeleider is kennelijk een paar jaar aan ons verbonden geweest, maar de samenwerking is beëindigd met ingang van 1 december afgelopen jaar.'

Thulin staat versteld.

'Waarom werd de samenwerking beëindigd?'

'In de aantekeningen van de vicedirecteur zie ik dat er in het begin niets aan te merken was op haar deskundigheid, maar haar houding ten opzichte van de cliënten veranderde kennelijk en er ontstonden incidenten.'

'Wat voor incidenten?'

'Misschien is dat vertrouwelijk, dus...'

'Hoe veranderde haar houding dan?'

'Er stond in de aantekeningen dat ze cliënten had uitgescholden. Dat ze belerend en opvliegend was. Met name tegen de cliënten in de steungroep die vreemd waren gegaan was ze ronduit vals geweest. Een paar mensen hebben over haar geklaagd, omdat ze zich geschoffeerd en gekwetst voelden.'

Thulin verstijft. Nog een vrachtwagen stuift voorbij en doet de sneeuw achter zich op wervelen.

'Ik heb haar naam nodig. Hoe heette ze?'

'Dat kan ik me niet herinneren. Maar het was niet Mia, en ik sta op het punt om...'

'Het is erg belangrijk. Ik moet het nu weten.'

'Moment.'

Thulin hoort dat de waarnemend vicedirecteur de hoorn op tafel legt. Ze luistert naar de voetstappen die zich verplaatsen naar een andere plek in de ruimte en Thulin merkt aan haar bonzende hart dat ze voelt dat ze op het punt van een doorbraak staat. Een combinatie van opwinding en opluchting begint zich in haar te verspreiden, maar dan ontdekt ze dat ze tijdens het gesprek met de waarnemend vicedirecteur een bericht heeft ontvangen van een onbekend nummer.

Heb de doos met ansichtkaarten gevonden. Deze kregen we drie jaar geleden van Mia en haar gezin. Heb je daar wat aan? Groet, Bjarke Venø.

Bjarke Venø heeft haar een foto van een kerstkaart uit 2020 gestuurd. Kleurrijke kerstslingers en kerstballen omkaderen een foto van een gezinnetje naast een overdadig versierde kerstboom in een woonkamer met laag plafond. De vrouw van een jaar of veertig, die Mia Reimer Jensen moet zijn, staat met een kerstmuts op en lacht uitbundig naar de camera. Ze houdt een man vast die minstens tien jaar jonger moet zijn dan zij, maar de jongeman heeft meer aandacht voor een baby die met een rood kerstmanpakje aan in de armen ligt van een tienermeisje, ook met een kerstmuts op, dat op het vloerkleed zit en het kind liefdevol vasthoudt.

Thulin weet direct dat ze de vrouw eerder heeft gezien. De opluchting die ze begonnen was te voelen verdwijnt en haar spieren spannen zich aan. Ze zoomt in op het gezicht van de vrouw, terwijl ze in haar geheugen graaft.

'Daar ben ik weer. Hallo?'

'Ja,' zegt Thulin afwezig.

'De gezinsbegeleider heette Therese Solkær. Maar we weten niet waar ze nu is.'

'Heb je een foto van haar?' vraagt Thulin, terwijl ze inzoomt op de jongeman om te zien of zijn gezicht haar geheugen op gang kan helpen.

'Nee, helaas. Is er verder nog iets waar ik je mee kan helpen?'

Het gezicht van de jongeman zegt Thulin niets en pas wanneer ze inzoomt op het tienermeisje dat op het vloerkleed zit en het kindje vasthoudt, dringt het tot Thulin door dat ze naar een gezicht kijkt dat ze wel kan dromen.

'Hallo?' klinkt het uit de telefoon, maar Thulin kan geen antwoord geven.

Ze staart verlamd naar het lachende gezicht van Caroline Holst. Terwijl ze haar adem inhoudt en koortsachtig nadenkt, daagt het haar waar ze Mia Reimer Jensen eerder heeft gezien. En met wie.

86

Vertwijfeld lopen de tranen over Maries wangen. Meerdere keren moet ze snot en tranen wegvegen met haar mouw terwijl de woorden over de geheime telefoon van Caroline die ze gevonden heeft en die voor haar in de woonkeuken op tafel ligt verwilderd uit haar mond stromen. Ze kan niet stoppen met beven en ze moet zich concentreren om alle details mee te krijgen in haar verhaal over de correspondentie tussen Caroline en de jongeman, over wat ze op internet had gevonden waardoor ze terecht was gekomen bij een vrijstaand huis in Tingbjerg, over Caroline die babysitter was geweest, en over de oudere buurman die haar gewillig had verteld dat de jongeman getrouwd was geweest en nu dood was.

Als Marie klaar is met vertellen, is ze buiten adem en voelt ze de boosheid weer terugkomen. Bij het idee dat haar negentienjarige meisje een pion moet zijn geweest in een giftig huwelijk, kijkt ze woedend naar Therese, die bedachtzaam naar haar heeft staan luisteren met haar handen diep in haar jaszakken gestoken.

Zodra Marie het perceel in Tingbjerg had verlaten, had ze Therese gebeld, ook al wist ze dat die aan het werk was. Gelukkig had Therese kunnen opnemen en Marie was in het wilde weg gaan ratelen over alles wat ze had ontdekt. Het had niet lang geduurd voordat Therese haar liefdevol maar beslist had onderbroken en zei dat Marie moest proberen om het rustig aan te doen. Ze had gevraagd waar Marie was en toen Marie had gezegd dat ze nog in de auto zat, had Therese gezegd dat ze er direct aan zou komen zodat Marie niet alleen hoefde te zijn. Dat had Marie een goed idee gevonden, zodat ze dan meteen haar warrige gedachten op een rijtje kon zetten voordat ze de politie zouden bellen. Ze waren vrijwel tegelijkertijd thuisgekomen, Therese iets later dan

Marie. Gelukkig duurde het nog een paar uur voordat Thor en Malte uit school zouden komen en Therese had Marie gevraagd om te gaan zitten en bij het begin te beginnen. Thereses aanwezigheid had fijn gevoeld en het was bevrijdend geweest dat er empathisch naar haar geluisterd werd, maar nu Marie heeft verteld wat ze weet, merkt ze hoe ongeduldig ze is om contact met de politie op te nemen.

'Je hebt waarschijnlijk gelijk,' zegt Therese terwijl ze nadenkend knikt en haar verstandige ogen op Marie richt. 'Dat wat je hebt ontdekt is misschien belangrijk en daarom is het terecht dat de politie geïnformeerd moet worden. Maar niet door jou, Marie.'

Marie heeft haar hand al uitgestoken naar de telefoon in haar jas die ze over de stoelleuning heeft gelegd, maar nu kijkt ze verbaasd naar Therese, die met haar winterjas nog aan op de stoel naast haar gaat zitten. Ze legt haar hand op die van Marie en kijkt haar warm en bezorgd aan.

'Het is duidelijk dat je weer op het punt staat om volledig over je toeren te raken. En dat gaat gewoon niet. Je moet aan jezelf denken en voor jezelf zorgen. En je moet aan de jongens denken, die boos zullen worden als je jezelf hier weer in verliest. Ze hebben het zwaar gehad, Marie, dat weet jij ook.'

'Maar ik ga nu bellen. Ik moet...'

'Nee, je moet niks. Dat kan ík wel voor je doen.'

'Maar ik kan heel goed zelf...'

'Nee, dat kun je niet. Het begint hier net weer een beetje op een thuis te lijken!'

Therese heeft plotseling iets hards en verontwaardigds in haar blik en haar weigering voelt als een zweepslag.

Marie kijkt haar perplex aan. In de stilte die ontstaat kan Marie het niet laten om haar hand terug te trekken. Therese ontspant en kijkt haar verzoenend aan.

'Sorry dat ik het zo hard breng. Maar je hebt echt je rust nodig, Marie, en de jongens ook. Waarom gebruik je mij niet als woordvoerder? Geef mij het nummer van die rechercheur en dan bel ik haar direct.'

Therese gaat staan en haalt haar telefoon uit haar jas. Marie aarzelt, maar dan geeft ze toe en loopt ze naar het kruidenrek waar ze het visitekaartje van Naia Thulin heeft neergelegd. Ze geeft het aan Therese, die het nummer meteen invoert op haar telefoon. Even staat ze met haar blik op Marie gericht te wachten tot ze verbonden wordt en dan ziet Marie aan haar dat er wordt opgenomen.

'Ja, hallo, sorry dat ik stoor. Mijn naam is Therese Solkær en ik ben een vriendin van Marie Holst. Heb je even tijd?'

Terwijl Therese naar het antwoord luistert, pakt ze Carolines geheime telefoon van de eettafel en gebaart naar Marie dat ze die moet ontgrendelen. Marie doet wat ze zegt en voert de code in, zodat Therese toegang tot de telefoon krijgt. Therese vervolgt het gesprek dat ze is begonnen.

'Bedankt, dat klinkt goed. Het gaat om een van de oude telefoons van Caroline die Marie vandaag heeft gevonden. Die was verstopt op Carolines kamer, maar het is Marie gelukt om hem te openen en toen ze checkte wat erop stond...'

Terwijl Therese aan het praten is, gaat ze Maries slaapkamer binnen. Ze draait zich naar Marie en knipoogt geruststellend naar haar voordat ze de deur achter zich dichtdoet.

Marie blijft in de keuken staan. Haar eigen telefoon begint op de stoel aanhoudend te zoemen in haar jaszak, maar ze kan het even niet opbrengen om op te nemen. Door de slaapkamerdeur hoort ze Therese verder praten met Naia Thulin, maar iets in Marie voelt niet helemaal goed. Ze loopt naar de deur toe, maar als ze haar oor ertegenaan legt, hoort ze aan de flarden van Thereses woordenvloed dat ze loyaal alle details aan het vertellen is die Marie haar heeft gegeven. Toch verdwijnt dat vreemde gevoel niet en Marie begrijpt niet waarom.

Toen de oudere man met de sneeuwschep haar had verteld dat Lukas Evaldsen en het kind waren omgekomen bij een verkeersongeluk, had ze opgekeken van die informatie. Een verkeersongeluk. Net als waar Therese over had verteld in de rouwgroep. Over het auto-ongeluk dat de reden was dat zij haar man en kind had verloren. Maar verkeersongelukken kunnen iedereen overkomen en Therese had zelf verteld dat zij en haar man in Hornbæk hadden gewoond, niet in Tingbjerg. Bovendien was haar echtgenoot bankdirecteur geweest en was het haar jeugdliefde, geen leerling-kok die jonger was dan zij. Maar plotseling ziet Marie in dat ze alleen Thereses kant van het verhaal kent.

Marie voelt dat haar hart weer begint te bonken. De gedachte die haar zojuist te binnen schoot is niet te bevatten en ze probeert die van zich af te schudden. Maar dan beginnen haar benen te bewegen in de richting van de trap naar de kelderverdieping. Ze werpt een waakzame blik op de slaapkamerdeur voordat ze snel de trap af sluipt naar de keldergang en hoewel ze hoort dat haar telefoon blijft zoemen in haar jaszak, draait ze zich niet om.

Als ze Carolines kamer heeft bereikt, gaat ze midden op de vloer staan en kijkt zorgvuldig om zich heen. De kamer ligt erbij zoals ze die eerder die dag achtergelaten heeft. De resten van de kast liggen nog op de vloer waar ze die had neergelegd, en het stuk plastic is nog uitgespreid over de boxspring met Thereses tas en kleding.

Terwijl het vreemde gevoel toeneemt, rukt ze het plastic opzij, trekt Thereses tas naar zich toe en begint die koortsachtig te doorzoeken. Er zitten wat kleren in, een oude doktersroman, een leesbril, een toilettas, een föhn, een paar crèmepjes, maar niets anders. Niets persoonlijks, niets wat ook maar iets zegt. Voor de zekerheid kijkt Marie ook in de toilettas, en een tandenborstel, tandpasta, een kam, wat make-up en een paar oorbellen gaan door haar onrustige vingers, verder niets. Terwijl het bloed in haar oren suist, onderzoekt ze ook de kleine zijvakjes van de toilettas en in het laatste vakje, helemaal onderin, voelt ze met haar vingertoppen plotseling een stuk opgevouwen papier. Ze peutert het eruit en kijkt ernaar. Het gevouwen papier is wit, maar verkreukeld en versleten, en als ze het met trillende vingers vastbesloten openvouwt, ziet ze dat het een polaroidfoto is.

De foto is van drie gezichten die met hun hoofden op een kussen liggen in een ziekenhuisbed. Het lachende, blakende gezicht van Therese is het eerste wat Marie in het oog krijgt. Dan ziet ze een slapende, pasgeboren baby, en naast de baby een bezorgder gezicht dat ze herkent als dat van Lukas Evaldsen.

Het wordt zwart voor Maries ogen. Ze zet wankelend een stap

naar achteren en voelt hoe de misselijkheid zich verspreidt in haar middenrif, terwijl haar keel wordt dichtgesnoerd. Het voelt alsof ze in duizend stukken kan breken, maar dan vangt ze het geluid op van voetstappen die de trap af komen.

Ze stopt snel de foto terug in het zijvakje van de toilettas en doet die dicht. Dan smijt ze het kleine ding terug in de tas en zet ze die vlug op dezelfde plek als eerst. Ze weet nog net het plastic weer over het matras te trekken voordat Therese in de deuropening verschijnt.

'Zo! Nu heb ik haar alles kunnen vertellen. Ze bellen me terug zodra ze de zaak hebben onderzocht.'

Marie merkt dat Therese haar indringend aankijkt, maar ze kan niets zeggen of naar haar kijken. Stijf als een hark doet ze alsof ze bij het matras staat om de nis in de muur te bekijken waar de kast eerst stond.

'Goed,' brengt ze uit. 'Bedankt.'

Ze is bang dat ze zo moet overgeven.

'Graag gedaan. Het is belangrijk dat we nu even goed voor je zorgen, toch? Wat ben je aan het doen?'

Marie merkt dat Therese haar blik door de kamer laat gaan en ze geeft snel antwoord.

'Ik wilde alleen even kijken wat voor soort kast ik moet kopen. Ik denk dat ik nu even ga.'

'Nu?'

Ze hoort de verwondering in Thereses stem en doet haar best om besluitvaardig te klinken.

'Ja, nu. Dan kan ik het nog even doen voordat ze sluiten.'

Ze ziet vanuit haar ooghoeken dat Therese knikt.

'Natuurlijk. Goed idee.'

Marie probeert controle over haar lichaam te krijgen. Het lukt haar om haar benen te laten gehoorzamen en ze zet de eerste stappen naar de deuropening om weg te komen. Therese maakt echter geen aanstalten om aan de kant te gaan. Ze staat met haar handen in de diepe zakken van haar jas en als Marie stilhoudt en eindelijk naar haar kijkt, zijn Thereses ogen pikzwart en is haar gezichtsuitdrukking compleet veranderd.

‘Zou je niet eerst even achter je opruimen?’

Therese knikt naar iets achter haar. Marie draait zich gedesoriënteerd om en kijkt wat ze bedoelt. Door het plastic heen dat over de boxspring ligt valt haar oog op de tandenborstel die naast de tas ligt.

‘Ik tel tot één en ik tel tot twee...’

Dat is het laatste wat Marie hoort voordat er een doek in haar gezicht wordt geduwd en alles zwart wordt.

87

'Het is bijna tijd. U mag met mij meelopen,' zegt een jongere productieassistent met technische uitrusting om haar nek als ze haar hoofd door de deuropening naar binnen steekt.

Nylander knikt. Hij zit in de visagie bij een van de grootste tv-stations van het land. De moederlijke visagist die over hem heen gebogen staat poedert nog een laatste keer zorgvuldig zijn voorhoofd met de kwast, voordat ze met een glimlach het schort bij hem afdoet en hem uit de stoel laat glijden. Hij volgt de productieassistent op de voet door de gang, waar bij de medewerkers voorafgaand aan de uitzending zowel drukte als concentratie heerst. In het voorbijgaan merkt hij aan de blikken die hij krijgt dat de focus vandaag op hem ligt. Er zijn niet meer gruwelijke moorden om het volk mee te vermaken in de dagelijkse nieuwsuitzendingen, maar de misdrijven die zijn gepleegd moeten worden uitgeperst tot de laatste bloeddruppel. Deze keer met een exclusief, rechtstreeks uitgezonden interview met Nylander op de nieuwszender. Er zijn maar liefst vijfentwintig minuten uitgetrokken voor het interview en van de presentator weet Nylander zelfs al dat de invalshoek positief zal zijn. Dat is niet bepaald iets waar Nylander de laatste jaren gewend aan is geraakt, maar de wind is kennelijk uit een andere hoek gaan waaien. Er is sprake van een 'bijna sensationele comeback' voor de afdeling Ernstige Misdrijven tegen Personen, die in de woorden van de presentator 'herrezen is na het debacle met de kastanjemanzaak'. Een maand geleden zouden deze woorden Nylander als muziek in de oren hebben geklonken, maar terwijl hij de tv-studio nadert kan hij zich nog niet helemaal losmaken van het gevoel dat hij een jaknikker is van wie de korpsleiding de kloten heeft afgedraaid.

Dat gevoel was bij Nylander ontstaan in de nasleep van de ingelaste vergadering die hij een week geleden had gehouden met de korpsleiding na de vondst van het muziekbestand met het telversje op de telefoon van Torsten Vangsø. Hoewel Nylander het een belangrijke vondst had gevonden, had hij niet staan juichen toen hij er verslag van moest uitbrengen. Aan de ene kant had het gesprek met de moeder van Caroline Holst nog in zijn hoofd gezeten en aan de andere kant had hij nog aan de twijfel gedacht die Hess en Thulin hadden geuit over Torsten Vangsø. Gezien de kastanjemanzaak waarbij Nylander op verschillende momenten te overhaast was geweest met het aanwijzen van een dader, was hij behoedzaam geweest met het trekken van conclusies uit het onderzoek.

De leiding had echter anders naar de zaak gekeken. Met de enorme druk op de dienst, zowel vanuit de politiek als vanuit de ongeruste bevolking, stond de opluchting over de toenemende hoeveelheid bewijs tegenover Torsten Vangsø op hun gezichten te lezen. Toen ze hadden doorgevraagd over waarom Nylander aarzelde, was hij niet voldoende voorbereid geweest om zijn zaak te maken. Daarom had hij moeten buigen voor de wens van de leiding om diezelfde middag nog een persconferentie te beleggen.

'Neemt u alstublieft plaats,' zegt de jonge productieassistent tegen Nylander en ze wijst hem met een handgebaar naar een van de twee gestoffeerde designstoelen die voor de camera's in het studiolicht staan. De presentator zit al en hij steekt zijn hand naar Nylander uit en begint een professioneel kletspraatje terwijl een geluidstechnicus Nylander van een dasspeldmicrofoon voorziet.

Dat de persconferentie tegen zijn zin gehouden werd had Nylander echter niet kunnen vertellen aan Hess en Thulin toen die vlak voor aanvang binnen kwamen denderen. Onder normale omstandigheden had Nylander misschien een klein beetje vreugde gevoeld om hun protesten te negeren, maar dat was deze keer niet het geval. Hij had zich bovendien treurig gevoeld over dat hij Hess het bericht moest geven dat zijn broer op sterven lag in het ziekenhuis. Een trieste afsluiting die voor Hess natuurlijk tragisch was, maar die bovendien de consequentie had gehad dat

Nylander het vervolgens zonder Hess en Thulin had moeten stellen en hij alleen was achtergebleven met zijn twijfel.

Om een eind te maken aan die twijfel had Nylander zich in de loop van de week op de losse eindjes geworpen die Hess en Thulin gedurende het onderzoek hadden genoemd. Hij had navraag gedaan bij Forensische Opsporing over de auto met de deuk in het linkerachterspatbord, over de verschillen tussen de door de stalker verzonden foto's en de foto's die in het appartement van Torsten Vangsø waren gevonden, en hij had zelfs een kopie laten komen van de samenvatting van de oude zaak van de Landelijke Eenheid. Die had hem echter alleen de indruk gegeven dat er een paar gemene delers waren die net zo goed toevallig konden zijn.

Parallel daaraan had hij er verstandig genoeg voor gezorgd om zo veel mogelijk buiten de pers te houden. Wanneer hij toch gedwongen was om zich uit te spreken, had hij zijn woorden zorgvuldig afgewogen voor het geval er plotseling een duveltje uit een doosje zou springen in de vorm van een spoor dat het onderzoek op zijn kop zou zetten. Naarmate de dagen verstreken was er echter niets gebeurd en die ochtend, toen de presentator in hoogsteigen persoon Nylander had gebeld en hem de bedoeling van het interview had uitgelegd, had Nylander voor zichzelf besloten dat het tijd was om de vruchten van zijn werk te plukken.

'Twee minuten!' klinkt het luid ergens vanuit het donker van de tv-studio en de presentator geeft Nylander een schouderklopje ten teken dat ze zich klaar moeten maken. Nylander gaat goed rechtop zitten in de gestoffeerde zetel en in het licht van de schijnwerpers dringt het tot hem door hoezeer hij op dit ogenblik heeft gewacht. Er ligt een ongehoord zwaar jaar achter hem en het schiet door hem heen hoe slecht hij behandeld is en hoe erg hij en de afdeling de comeback, waarvoor hij zo geprezen gaat worden, verdienen. Als er iemand is die een ogenblik van erkenning en eer heeft verdiend, dan is hij het wel. En dan mag die innerlijke wroeging tegenover de nabestaanden van Caroline Holst worden vergeten en verzacht met de wetenschap dat hij gedaan heeft wat hij kon.

'Eén minuut. Heeft iedereen eraan gedacht zijn telefoon uit te zetten?' vraagt de geluidstechnicus, wiens hoofd vanuit het donker tevoorschijn is gekomen. 'Er komt geluid binnen over onze microfoons.'

Terwijl de presentator zich klaarmaakt met zijn papieren, haalt Nylander zijn telefoon uit zijn binnenzak. Hij is er zeker van dat hij hem bij de visagie had uitgezet, maar nu ziet hij dat hij alleen het geluid had uitgedaan.

Het is niet het aantal gemiste oproepen dat hem in verwarring brengt, maar het feit dat hij een bericht heeft ontvangen van Hess. Thulin heeft ook een bericht geschreven en ze heeft zelfs meerdere keren gebeld.

'Dertig seconden.'

Nylander kan alleen de bijgevoegde foto bekijken en fragmenten van de berichten lezen voordat hij zijn telefoon weer in zijn zak moet steken. Het bloed stroomt naar zijn hoofd. Hij voelt zijn hart bonzen, het zweet begint door het poeder heen op zijn voorhoofd te parelen en zijn handpalmen voelen klam. Het is alsof de twee namen op het kleine scherm hem een allergische reactie hebben bezorgd en de vragen schieten door zijn hoofd.

Waarom is Hess op de afdeling Forensische Genetica geweest? Waarom heeft Thulin een foto bijgevoegd van een gezin met Caroline Holst met een kerstmuts op? Waarom...

'Alles goed?' vraagt de presentator met een bezorgde blik.

'Ja. Alles is prima,' antwoordt Nylander en hij doet zijn best om er rustig uit te zien.

Met al zijn krachten overtuigt hij zichzelf ervan dat hij alles in de zaak is nagegaan en dat de schijnwerpers en camera's samen geen kruitvat vormen waar hij op zit, zoals zijn angst hem ingeeft.

'Vijf, vier, drie, twee...'

Nylander staat met een ruk op. Nog voordat de programmatune afgelopen is, heeft hij zijn stoel verlaten. Terwijl de presentator hem met open mond nastaart, haalt Nylander zijn telefoon tevoorschijn en stormt naar de uitgang.

88

Als Thulin eindelijk aankomt en in het donker parkeert bij het rijtjeshuis van Marie Holst in Hvidovre, is de locatie al overgenomen door verschillende patrouillewagens en burgerauto's van de politie. Uit het aantal kan ze niet opmaken wat de status in huis is en ze haast zich naar de woning. In het schijnsel van de straatlantaarns kan ze aan beide kanten van het rijtjeshuis zien dat Budtz en andere rechercheurs bezig zijn om bij de buren aan te kloppen en ze neemt het sneeuwgeruimde tuinpad zo snel ze kan. Door de open deuren naar de garage rechts van het tuinpad ziet ze dat een paar agenten in winterkleding bezig zijn het interieur te doorzoeken en als ze het trappetje naar de voordeur bereikt, ziet ze dat de voordeur van Marie Holst op een kier staat met duidelijke braaksporen. De cilinder van het slot is scheef geslagen en steekt eruit. Op de deurmat liggen zaagsel en losgerukte stukken hout van de deurpost, waardoor Thulins bezorgdheid alleen maar toeneemt. Ze kan onmiddellijk concluderen dat de voordeur niet werd opengedaan toen de agenten hier op verzoek van Thulin waren gekomen om contact met Marie Holst te krijgen. Met haar hart in haar keel duwt Thulin de deur open en stapt ze de rijtjeswoning binnen.

Toen Thulin in de auto langs de kant van de weg in Midden-Seeland Caroline Holst had herkend op de kerstfoto met Mia Reimer Jensen, wist ze ineens weer waar ze Mia Reimer Jensen eerder had gezien. Ze was in gezelschap geweest van Marie Holst toen die een week geleden was komen opdagen in de gang van het politiebureau en ze erop had gestaan om geïnformeerd te worden over de status van het onderzoek. Thulin herinnerde zich ook dat de vrouw zich had voorgesteld met een heel andere naam en toen de waarnemend vicedirecteur van het Centrum voor Familierecht de naam had genoemd van de externe consulent die was ontslagen, had Thulin plotseling weer geweten wat de vrouw had gezegd toen ze zich kort had voorgesteld in de gang.

Ik heet Therese en ik ben een vriendin van Marie uit de rouwgroep...

Bij die herinnering was Thulins hart op hol geslagen. Verward en met bange vermoedens had ze snel Marie Holst gebeld. Thulin had niet begrepen waarom Mia Reimer Jensen alias Therese Solkær zo dicht bij Marie Holst stond dat ze zich haar vriendin kon noemen, maar Thulins intuïtie vertelde haar dat Marie Holst naar alle waarschijnlijkheid totaal geen weet heeft van de geschiedenis van haar vriendin en het feit dat Caroline Holst haar gekend moest hebben. Marie Holst had na twee keer bellen echter nog steeds niet opgenomen en terwijl Thulin in allerijl koers terug naar Kopenhagen zette, had ze in plaats daarvan geprobeerd om Nylander te pakken te krijgen. Na meermaals gebeld en een bericht met de kerstfoto gestuurd te hebben, had hij teruggebeld. In een gejaagde stroom van woorden had ze geprobeerd hem op de hoogte te brengen van wat ze had ontdekt. Het had niet bijster veel indruk op hem gemaakt dat de dader, Bertel Reimer Jensen, meer dan dertig jaar geleden een dochter op Aggersminde had gehad. Toen ze echter vertelde dat die dochter de vrouw op de kerstfoto was en waarschijnlijk ook ene Therese Solkær die met ingang van 1 december vorig jaar was ontslagen bij de steungroep in het Centrum voor Familierecht vanwege grensoverschrijdend gedrag, waren zijn tegenwerpingen veranderd in stilzwijgen. Thulin had verwacht dat hij slechts inademde voor een reeks aan tegenargumenten, maar in plaats daarvan was hij geconcentreerd gaan luisteren, ook toen ze haar bezorgdheid over Marie Holst had geuit. Over dat die onwetend moest zijn over dat er een relatie was geweest tussen Caroline en Therese Solkær.

'Maar waarom staat Caroline Holst met die persoon op een kerstfoto? En wat zou het motief zijn om haar te vermoorden?' had Nylander gevraagd.

Daarop moest Thulin het antwoord schuldig blijven. Door de

plek van Caroline Holst op de vloer met haar armen om de baby in het kerstpakje had Thulin zich weer herinnerd dat Caroline voor verschillende gezinnen als kinderoppas had gewerkt. Misschien was dat de reden dat ze op die foto stond, maar dat viel niet met zekerheid te zeggen. Ze kon ook niet nagaan wat het motief voor de moord op Caroline Holst geweest zou kunnen zijn. Nylander had echter genoeg gehoord en tot haar opluchting had hij hun gesprek abrupt afgebroken om alles in paraatheid te brengen. Thulin had de weg naar Hvidovre zo snel als ze in de sneeuw had gekund afgelegd, maar ze had onderweg niets van Nylander gehoord. Terwijl ze rondkijkt in de woonkeuken van Marie Holst, kan ze nog steeds niet opmaken wat de status is.

Afgezien van de agenten die in het rijtjeshuis aanwezig zijn en die ze hoort op de bovenverdieping en in de kelder, ziet het huis er normaal en opgeruimd uit. Meer zelfs dan toen Thulin hier de eerste keer was. Het is duidelijk dat de woning is opgeknapt. De gezellige rommel heeft plaatsgemaakt voor een ordelijke netheid en vooral door meer accessoires en bloempotten in de vensterbanken. Nergens in de woonkeuken springt Thulin iets in het oog wat erop duidt dat er iets gewelddadigs is gebeurd. Maar in de zithoek achter in de kamer is Nylander samen met een andere rechercheur in gesprek met een man van een jaar of vijfenveertig in werkkleding. De man ziet er sterk aangedaan uit en zijn stem beeft van angst als hij zich ongeduldig naar Nylander buigt.

'Maar wat denken jullie dat er gebeurd kan zijn? Als Marie weg is, dan moeten jullie haar vinden!'

Nylander krijgt Thulin in het oog. Hij staat direct op en laat de ondervraging verder over aan de rechercheur.

'Wie is dat?' vraagt ze zacht als Nylander bij haar is gekomen.

'Tom Holst, de ex-man van Marie. Toen we constateerden dat het huis leeg was en dat haar telefoon uit stond, zijn we gaan rondbellen. Hij is hiernaartoe gereden, omdat hij bezorgd was geworden nadat we contact hadden opgenomen.'

'Wat weet hij?'

'Niets over waar Marie Holst nu is. Alleen dat Therese Solkær een vriendin is die ze na de dood van hun dochter heeft ontmoet in de rouwgroep. Hij heeft haar maar een paar keer ontmoet en hij kan verder niets zeggen behalve dat ze hem elke keer liever leek te ontwijken.'

'Als Marie Holst hier niet is, dan zou ze op haar werk kunnen zijn, op het gymnasium dus. Het is mogelijk dat ze alleen...'

'Nee.'

Nylander boort haar hoop meteen de grond in en kijkt haar aan met een strenge trek om zijn mond.

'Dat hebben we gecheckt en ze is de hele week al ziek gemeld. Aangezien de telefoon van Therese Solkær ook uit staat, kan er heel goed iets vervelends zijn gebeurd. Dus nu mag jij je best doen om me te vertellen waar ze in godsnaam kunnen zijn.'

Zijn toon is bars en hij kijkt haar afwachtend aan met een gezichtsuitdrukking die ze niet helemaal begrijpt.

'Dat weet ik toch niet. Raheem heeft Therese Solkær opgezocht in het register en gezien dat ze een woning had...'

'In Tingbjerg. Daar hebben we mensen gehad. Dat is een leeg huis zonder ook maar enige meubels en dat staat al een paar jaar in de verkoop. Waar kunnen ze verder nog zijn?'

Opnieuw kijkt hij haar nors aan. Thulin probeert na te denken, maar ze heeft geen idee waar Therese Solkær of Marie Holst zich kunnen bevinden. Nog voor ze goed en wel heeft kunnen nadenken, verliest hij zijn geduld.

'Waarom heb je hier verdomme niet eerder iets over gezegd?!'

'Ik wist niet waar het toe zou leiden...'

'Maar je had íéts kunnen zeggen. Júllie hadden iets kunnen zeggen. Maar in plaats daarvan snuffel je op eigen houtje rond in een oud kindertehuis, terwijl Hess met Klakstein van Forensische Genetica afspreekt en jullie mij pas informeren als het te laat is!'

Thulin wil zich opwinden en hem erop wijzen dat hij niet bepaald geïnteresseerd was in hun pogingen om het onderzoek een andere kant op te sturen dan naar Torsten Vangsø, maar de informatie over Hess overvalt haar.

'Bij Forensische Genetica? Vandaag?'

'Hou je niet van de domme. In een lullig berichtje vertelt hij dat hij bevestiging heeft gekregen dat het DNA onder de nagel van Caroline Holst afkomstig is van een nauwe verwant van Bertel Reimer Jensen, maar als ik Hess nu bel, neemt hij zijn telefoon niet op. Wat denken jullie wel niet, verdomme nog aan toe?!'

Voordat Thulin zich weet te herpakken, worden ze onderbroken.

'Baas?'

Budtz komt de keuken binnen terwijl hij gejaagd Nylanders aandacht zoekt. Op weg door de ruimte ontdekt hij dat het Thulin is die naast Nylander staat en het is alsof hij even zijn pas inhoudt als ze oogcontact krijgen. Thulin heeft hem niet meer gezien sinds zijn provocerende gedrag voorafgaand aan de persconferentie, maar zijn zelfverzekerde blik is ingeruild voor bezorgdheid als hij Nylander aankijkt.

'Ik heb net een van de buren gesproken. Een vrouw die voldoet aan de beschrijving van Therese Solkær is een uur geleden gezien toen ze hier wegreed. Een van de buren zegt dat het leek alsof ze zakken en in plastic gewikkeld bouwafval in de auto laadde voordat ze vertrok.'

89

In haar droom ziet ze Caroline duidelijk voor zich. Het is alsof ze om elkaar heen zweven ergens aan een sneeuwwitte hemel en Marie is zo dicht bij haar dat ze diep in haar heldere, glanzende ogen kan kijken. Caroline lacht terwijl ze iets vertelt wat Marie niet kan opvangen, maar dat geeft niets. Ze voelt Carolines lange haar als het wappert in de wind en in haar gezicht kriebelt. Ze vangt haar geur en de warmte van haar lichaam op wanneer ze heel dichtbij zweeft. Het is zo overweldigend en vreugdevol dat Marie zich naar haar uitstrekt, maar haar hand glijdt door de lucht alsof Caroline een hologram is. Het is alsof haar greep in het niets de zwaartekracht weer doet terugkomen. Ineens wordt ze naar beneden gezogen en wervelt ze door de zwarte duisternis. Haar hoofd doet plotseling pijn, ze proeft de misselijkmakende smaak van een wee medicijn achter in haar keel en vlak voordat ze de grond raakt, opent ze met een ruk haar ogen.

Het is donker om haar heen. Een motor bromt luidruchtig en de trillingen gaan door de plek waarop ze ligt. Ze merkt dat ze zich in een auto bevindt. Afzonderlijke, losgerukte lichtstrepen vliegen door haar blikveld. Het lijkt even geruststellend, maar ze kan niet echt iets zien en ze knippert en knippert. Dan dringt het tot haar door dat er iets op haar gezicht ligt. Plotseling merkt ze dat het dikke plastic aan haar huid kleeft. De lucht voelt vochtig met weinig zuurstof en ze wil haar mond openen om nieuwe lucht in te ademen, maar dat lukt haar niet. Haar mond is ergens mee dichtgemaakt en als ze haar handen omhoog wil doen om het plastic weg te halen, merkt ze dat die op haar rug zijn vastgebonden. Ze kan haar armen en benen niet van elkaar krijgen en ze draait zich heen en weer terwijl ze hysterisch met haar hoofd schudt om los te komen.

'Rustig maar. Als je je gedraagt, kunnen we het plastic nu wel weghalen.'

Haar stem is heel erg dichtbij en Marie verstijft van angst. Ze voelt een zware hand die hardhandig het plastic over haar gezicht beetpakt, en als het wordt weggehaald probeert Marie wanhopig om genoeg lucht door haar neus in te ademen. Dan kijkt ze panisch om zich heen en krijgt de gestalte in het oog die schuin rechts van haar in de chauffeursstoel op haar neerkijkt.

'Koekoek.'

In het licht van het dashboard ziet Marie dat Thereses ogen een paar seconden haast weemoedig op haar blijven rusten, voordat ze weer door de voorruit van de auto naar buiten kijkt om zich op het rijden te concentreren.

Het dringt tot Marie door dat ze met haar hoofd in de rijrichting op de bijrijdersstoel ligt die moet zijn neergeklapt en ze draait zich een beetje om rond te kunnen kijken. Ook de achterbank in de donkere auto is omlaaggeklapt en ze ziet dat haar lichaam uitgestrekt ligt, bedekt met dik, golvend plastic van bouwmateriaal, terwijl haar benen en voeten verstopt zijn tussen zakken vol bouwafval die ze herkent uit haar eigen garage. Helemaal achterin ziet ze de ruitenwisser van de achterruit die monotoon sneeuwvlokken verwijdert. Dan valt haar blik op het donker buiten. Jachtig draait ze haar hoofd naar de dichtstbijzijnde zijruit en terwijl ze ook daar het donker in kijkt en ze de kruinen van voorbijrazende, besneeuwde bomen kan ontwaren, moet ze denken aan Malte en Thor. Ze realiseert zich dat ze geen besef van tijd meer heeft en overmand door angst begint ze te schreeuwen achter haar dichtgeplakte mond. Ze kronkelt heen en weer en schreeuwt gedempt, waardoor Therese afkeurend en geïrriteerd naar haar kijkt.

'Wat is er? Er is niemand die je kan horen, Marie. Als je in de war bent en vragen hebt, wil ik je graag helpen, maar ik heb geen zin in een heleboel drama.'

Therese reikt naar Maries gezicht en Marie voelt haar nagels op een van haar wangen als ze de bedekking van haar mond beetpakt. In één harde, ongevoelige beweging trekt Therese eraan zodat Marie doorheeft dat het ducttape moet zijn, die nu alleen nog aan haar andere wang vastzit. De pijn schiet door Marie heen, terwijl ze haar mond opent om naar lucht te happen.

'Zo. Wat wilde je vragen? Vraag maar raak.'

Door de heftige ademteugen moet Marie hard hoesten en vanuit haar ooghoeken kan ze zien dat Therese begripvol knikt bij de hoestaanval, terwijl ze het stuur stevig vasthoudt en door de voorruit kijkt.

'Ja, het is niet leuk, maar je hebt het aan jezelf te danken, Marie. Je had je gedeisd moeten houden in plaats van je neus in zaken te steken die je geen klap aangaan.'

Zodra Marie haar stem weer terug heeft, kijkt ze wanhopig op.

'Waar zijn Thor en Malte?'

De weg hobbelt ongelijkmatig en Therese kijkt aandachtig door de voorruit.

'Je moet begrijpen dat dit niet iets is waar ik zin in had. Het lot bracht ons bij elkaar en ik had je heus wel de rug kunnen toekeren in de rouwgroep, maar in plaats daarvan probeerde ik je te helpen. Ik luisterde en hield het met je uit, ook toen je man al lang genoeg van je had. Ik vind zelfs dat we iets erg moois en bijzonders hadden samen en het irriteert me dat je me geen keuze hebt gelaten.'

Marie herkent de vrouw die aan het stuur zit niet. Met zwarte ogen en een strenge, licht verongelijkte trek om haar mond rust haar blik op de weg voor hen. Marie verheft vertwijfeld haar stem.

'Waar zijn ze?!'

Het is alsof Therese haast verdoofd haar vragen registreert en Marie ziet dat ze een blik op de klok op het dashboard werpt, terwijl haar gezicht weer even als vanouds lijkt.

'Thor zal nu wel vrij zijn. En zou Malte vandaag niet op die excursie gaan met de club?'

Marie voelt het bloed kloppen in haar lichaam. Ze probeert in te schatten of Therese de jongens iets kan hebben aangedaan, maar naar het antwoord te oordelen lijkt dat niet zo. Een paar tellen voelt ze hoe de opluchting zich door haar lijf verspreidt, maar dan gaat het door haar hoofd dat ze de tijd moet gebruiken om deze gestoorde vrouw tot rede te brengen. Ze weet niet waar ze naar op weg zijn of wat haar te wachten staat, maar ze moet haar hoofd koel houden. Ze dwingt haar stem te gehoorzamen.

'Therese, je moet nu omkeren. Voor je eigen bestwil. De jongens zullen er immers achter komen dat ik weg ben. Ze zullen contact opnemen met de politie en de politie zal dat in verband brengen met het belletje dat jij gepleegd hebt over die geheime telefoon van Caroline en dan weten ze allemaal dat jij het bent.'

'Ach, nee toch. Denk je nog steeds dat ik de politie heb gebeld?'

Haar stem klinkt kalm en Marie staart haar aan terwijl Therese vluchtig haar kant op kijkt.

'Dat was de telefooncentrale van de bouwmarkt waar ik een beetje tegen aan het babbelen was. Terwijl ik ondertussen gewist heb wat er op de telefoon van je dochter stond... Net zoals dat ik er overigens aan heb gedacht om de zoekopdrachten te wissen die je op je computer hebt gedaan.'

Marie merkt dat haar huid over haar hele lichaam begint te tintelen van angst, maar ze wil geen zwakte tonen en probeert het opnieuw.

'Dat maakt niet uit. Ze zullen me als vermist opgeven. Ze gaan met de politie praten en de politie zal met jóú praten. En ze zullen dingen onderzoeken en naar me op zoek gaan en mensen vragen of ze iets hebben gezien.'

'Bedankt, maar dat komt wel goed. Dat is zelfs de bedoeling. Begrijp je dan echt niet waartoe je me hebt gedwongen?'

Haar stem is nog steeds onaangedaan en Marie begrijpt er niets van. De weg hobbelt en Therese mindert oplettend wat vaart terwijl ze haar eigen vraag beantwoordt.

'Eerst zullen de jongens míj wel bellen, maar mijn telefoon staat natuurlijk uit. Waarschijnlijk omdat ik naar het zwembad was of zoiets. Dan zullen ze hun waardeloze vader bellen die al helemaal niets weet, en ja, dan zullen ze naar de politie gaan. "Wanneer hebben jullie haar voor het laatst gezien en hoe was ze eraan toe?" zal de agent vragen. En dan zullen de jongens wel moeten antwoorden dat je de laatste tijd niet zoveel hebt gelachen. Dat klopt, toch?'

Marie kijkt haar niet-begrijpend aan.

'Daarom zullen ze een opsporingsbericht laten uitgaan waaruit zal blijken dat je verdwenen bent met wat ze een "bedrukte gemoedstoestand" noemen. Dat is al een half overlijdensbericht, want in politiejargon betekent het dat ze bang zijn dat je je van het leven wilt beroven.'

Het dringt tot Marie door wat Therese zegt en wat ze van plan is. Verlamd staart ze omhoog en Therese kijkt kort omlaag voordat ze zich weer op de weg concentreert.

'Ja, het is een puinhoop, Marie. Maar ik zal die theorie moeten bevestigen wanneer ik over anderhalf uur terugkom. Samen met de jongens zal ik dan naar je gaan zoeken bij stations en in parken. En dat zullen we gedurende een paar weken elke dag blijven doen, totdat we het uiteindelijk moeten opgeven en elkaar moeten troosten.'

Marie kan eerst geen woord uitbrengen. Het scenario dat Therese schetst is een onbegrijpelijke nachtmerrie en hoewel ze het niet wil laten blijken, voelt ze de tranen prikken.

'Maar je kunt niet... Je houdt van de jongens. Dat heb ik toch gezien?'

Therese knikt resoluut zonder haar blik van de weg te halen.

'Reken maar dat ik van ze hou. En dat is iets moois wanneer een van je ouders zelfmoord pleegt. Terwijl jij je schoonheidsslaapje deed, dacht ik er ook even over na of het niet het beste zou zijn als ik hun voogd zou worden. Op die manier zou ik immers de hele tijd voor ze kunnen zorgen.'

Ze zijn op nog hobbeliger terrein terechtgekomen en Therese spant zich in om het stuur vast te houden terwijl Marie sprakeloos naar haar kijkt.

'Wat zeg je allemaal?'

'Eens zien. Daarvoor is het natuurlijk nodig dat de jongens hun verdriet en boosheid op hun vader richten die het zo vreselijk heeft laten afweten. Ik denk zelfs dat het zwaar zal wegen bij de autoriteiten als ze niet bij hem willen wonen en dan is het maar goed dat de beste vriendin van hun moeder het systeem van binnenuit kent.'

Marie kan haar gevoelens niet meer onder controle houden. Ze begint met al haar kracht heen en weer te draaien.

'Laat me gaan. Laat me nu gaan!'

Therese rijdt verder terwijl ze vaart mindert en haar veiligheidsgordel losmaakt.

'Ik begrijp je wel en het is voor mij ook niet makkelijk, Marie. Misschien is het een troost dat ik alles voor ze zal doen en dat ik niets dan goeds over je zal zeggen.'

'Laat me gaan! Laat me gaan, zeg ik je!'

'Zo, we zijn er. Het gesprek over Caroline kunnen we voeren wanneer we binnen zijn.'

Therese trapt op de rem en zet de motor af zodat de auto plotseling tot stilstand komt, en voordat Marie iets kan doen buigt Therese zich naar haar toe en duwt Maries kaken hard dicht zodat ze de tape weer over haar mond kan plakken.

'Als je eens wist hoe vaak ik op mijn tong heb moeten bijten om geen antwoord te geven op al je vragen, maar nu kan ik je alles vertellen zodat jij rust kunt krijgen. Tot zo.'

Therese heeft een doek en een doorzichtig flesje uit haar jaszakken gehaald en als Marie ziet dat ze de doek zorgvuldig bevochtigt met de weeë druppels uit het flesje, schreeuwt ze het weer uit vanachter haar dichtgeplakte mond.

90

'Hoe zit het met Hess? Hebben jullie iets van hem gehoord? Heeft hij jullie in de loop van de dag gebeld en ergens assistentie bij gevraagd?'

Thulin hoort zelf hoe ongeduldig en afgemeten ze klinkt. Ze voelt zich schuldig tegenover Raheem, die rustig antwoord geeft aan de andere kant van de lijn, hoewel hij genoeg te doen heeft.

'Nee, ik heb niets van hem gehoord.'

'Hoe zit het met de anderen in het team? Heeft hij gebeld of een bericht geschreven?'

'Moment, ik vraag het even.'

Thulin stapt het donker in voor het rijtjeshuis van Marie Holst, terwijl ze aan de telefoon hoort dat Raheem bij NC3 energiek door de gang loopt om zijn collega's te vinden om te vragen of iemand contact met Hess heeft gehad. Terwijl ze over het tuinpad loopt kan Thulin de weg zien, waar nu nog maar één auto met twee agenten staat om het perceel te bewaken. De overige politieauto's en burgerwagens zijn een voor een vertrokken en weggereden om mee te doen aan de opsporing van Therese Solkær en Marie Holst.

Na de mededeling van Budtz dat een van de buren gezien meende te hebben hoe een vrouw die aan de beschrijving van Therese Solkær voldeed haar auto achteruit bij de garage neerzette om die vol te laden met zakken en in plastic gewikkeld bouwafval om vervolgens weg te rijden, was Thulin zich serieus zorgen gaan maken om het lot van Marie Holst. Aan Nylanders gezicht had ze gezien dat hij ook dacht dat Marie Holst kon zijn blootgesteld aan dezelfde gruwelijke behandeling als de moordslachtoffers, maar aangezien Tom Holst in de woonkeuken aanwezig was geweest, hadden ze die mogelijkheid niet onder woorden gebracht. In plaats daarvan was er onmiddellijk een opsporingsbericht voor Marie Holst uitgegaan, terwijl de opsporing van Therese Solkær en haar auto, een oudere, donkerblauwe Skoda-stationwagen, alleen was omgeroepen op de politieradio. Nylander had tegenover Budtz en de overige rechercheurs benadrukt hoe belangrijk dat laatste was: als Therese Solkær naar aanleiding van een opsporingsbericht in het nieuws begreep dat ze verdacht en gezocht werd, viel niet te voorspellen wat ze Marie Holst zou aandoen – mocht die nog in leven zijn. In plaats daarvan waren er agenten gestuurd naar alle plekken die op een of andere manier met Therese Solkær in verband konden worden gebracht en die ze misschien weer zou opzoeken. Het Centrum voor Familierecht, de kerk die de vaste ontmoetingsplek van de rouwgroep was, het vrijstaande huis in Tingbjerg, voormalige werkplekken, enzovoort. In het crisiscentrum op het hoofdbureau was bovendien een opsporingscentrale ingericht waar personeel alle verkeerscamera's van Groot-Kopenhagen bekeek, maar tot nu toe had dat nog geen resultaat opgeleverd.

Tom Holst had ook niet verder kunnen bijdragen en de ondervraging werd afgebroken toen de kinderen van hem en Marie Holst, Thor en Malte, thuis waren gekomen nadat Tom Holst de oudste broer, Thor, had gevraagd om zijn broertje op te halen van de club. De twee jongens hadden er bang en terneergeslagen uitgezien bij de overweldigende politieaanwezigheid in hun hele huis. Ze hadden hun vader omhelsd en Thulin had het niet kunnen uitstaan om te bedenken dat die drie nog maar een paar jaar geleden hun dochter en grote zus hadden verloren en nu weer in angst en onzekerheid moesten zitten.

Helaas had Thulin erop moeten wijzen dat de politie met de twee jongens moest praten om erachter te komen wat zij wisten. De oudste jongen, Thor, had over Therese Solkær verteld dat ze er de laatste tijd veel voor hun moeder was geweest en had meegeholpen aan de opknapbeurt van het huis. Hij wist dat Therese Solkær had gezegd dat ze in een zomerhuisje woonde, maar hij wist niet waar dat was. Thulin en Nylander hadden uiteraard grondig naar het zomerhuisje gevraagd, aangezien nergens uit de informatie die ze over Therese Solkær hadden gevonden bleek dat zij er een zou bezitten, maar Thor had niet meer geweten. In zijn beschrijving van de vriendschap tussen de twee vrouwen was bovendien niets wat wees op een smeulend conflict. Daardoor had Thulin gedacht dat als de vrouw Marie Holst met geweld had weggevoerd, dat moest zijn omdat er plotseling een situatie was ontstaan waarbij ze zich ontmaskerd had gevoeld. Toen het uiteindelijk tot Thor was doorgedrongen dat ze Therese Solkær ervan verdachten iets te maken te hebben met het feit dat zijn moeder niet gevonden kon worden, werd hij overmand door schuldgevoelens en had gehuild over de manier waarop hij zijn moeder had behandeld. Zijn broertje Malte had hem geprobeerd te troosten en hield vol dat Therese Solkær hun moeder heus niets zou aandoen.

De aanblik van de twee jongens was hartverscheurend geweest, maar of er reden was om de jongste broer te geloven viel zeer te betwijfelen. Thulin had geduimd dat de research van Raheem en zijn team naar Therese Solkær in de openbare registers nieuwe ideeën zou kunnen geven voor plaatsen of personen die de vrouw zou kunnen opzoeken, maar toen hij had teruggebeld om Thulin een briefing te geven, was dat niet direct het geval geweest. In tegenstelling tot toen hij op Mia Reimer Jensen had gezocht, had het zoeken op Therese Solkær en haar persoonsnummer een wereld aan informatie gegeven, waarvan Thulin zou willen dat ze die veel eerder zou hebben gehad.

Therese Solkær was volgens Raheem in 2003 begonnen aan haar opleiding sociaal werk aan de hogeschool in Østerbro en in 2007 had ze die afgerond. De daaropvolgende dertien jaar had ze als sociaal werker gewerkt, maar ze was in die periode opvallend vaak van werkgever veranderd in Groot-Kopenhagen en over heel Seeland. Hoewel er veel goede redenen konden zijn voor de vele wisselingen, had Raheems opsomming van aangiftes tegen Therese Solkær in dezelfde periode Thulin een andere indruk gegeven.

Verschillende keren was er aangifte gedaan van bedreiging en stalking door mannelijke cliënten wiens begeleider ze was geweest. Eén keer in de gemeente Næstved, twee keer in de gemeente Solrød, twee keer in Albertslund en zo bleef het maar doorgaan. In sommige van de aangiftes waren er volgens Raheem door de cliënten ook beweringen gedaan over ongewenste seksuele aandacht en afpersing. De politie had in alle gevallen de zaken routinematig onderzocht, maar aangezien de sociale diensten Therese Solkær steeds hadden gesteund wanneer die beweerde dat het moest gaan om een wraakactie van de betreffende cliënten, die aan haar waren toegewezen voor onderzoek naar socialezekerheidsfraude in verband met uitbetaling van uitkeringen, waren alle aangiftes afgewezen.

In een aantekening uit 2020, toen Therese Solkær ongeveer achtendertig moest zijn geweest, had Raheem echter opgemerkt dat ze wel degelijk was ontslagen door de sociale dienst van de gemeente Allerød, maar dat was volgens de dossiers niet vanwege aangifte door een cliënt. In plaats daarvan was ze er door haar werkgever van beschuldigd dat ze een seksuele relatie was aangegaan met een werkloze man van vijfentwintig jaar die werd opgeleid tot kok, maar die problemen had om een leerplek te vinden. Therese Solkær had zich tegen de beschuldigingen verzet en het ontslag werd in plaats daarvan onderbouwd met een 'reorganisatie'. Via het bevolkingsregister had Raheem echter ontdekt dat de betreffende man, Lukas Evaldsen, zich kort daarna had laten inschrijven op hetzelfde adres als Therese Solkær. Het bleek vervolgens dat Therese Solkær een aanstelling kreeg bij een nieuwe gemeente, maar dat ze zich enkele maanden later had ziek gemeld vanwege 'ernstige complicaties tijdens de zwangerschap'. Ze bleef de rest van het jaar met ziekteverlof, en in november 2020 waren Therese Solkær en Lukas Evaldsen getrouwd in het stadhuis van Gladsaxe en was Therese Solkær bevallen van een zoon in het Herlev-ziekenhuis.

Thulin had vooral haar oren gespitst bij dat deel van Raheems resumé, dat leidde namelijk naar de kerstkaartfoto die Therese Solkær dat jaar naar Aggersminde had gestuurd. De informatie die Raheem vervolgens gaf getuigde er echter van dat het geen functioneel en harmonieus gezin was waarvoor Caroline Holst had gewerkt.

In 2021 was er volgens Raheem door hun buren meerdere keren melding gemaakt van echtelijke ruzies in het huis van het stel aan Toftemarken in Tingbjerg. Eén keer had de politie bij aankomst geconstateerd dat Lukas Evaldsen aanzienlijk letsel had bij zijn oog, dat volgens hemzelf door een ongelukkige val gekomen was. Uit het register bleek dat hij in mei was verhuisd en zich had laten uitschrijven van het adres. Kort daarna had hij een verzoek tot echtscheiding ingediend dat echter niet door Therese Solkær was ondertekend en de onenigheden waren er ook niet mee geëindigd. De daaropvolgende maanden was de man twee keer naar zijn plaatselijke politiebureau gegaan om aangifte tegen Therese Solkær te doen vanwege stalking en bedreiging. Bovendien had hij aangegeven dat hij zijn zoon niet mocht zien van haar. De plaatselijke politie had een onderzoek geopend naar de beweringen van Lukas Evaldsen, die hij bij een derde gelegenheid had herhaald, en die keer was Raheem extra opgevallen. Lukas Evaldsen had toen namelijk zijn zorgen geuit over wat Therese Solkær zijn vriendin zou kunnen aandoen, indien ze erachter zou komen dat hij die had. Lukas Evaldsen had de naam van zijn vriendin echter niet willen geven zolang de politie zijn beweringen over Therese Solkær niet serieus nam. Treurig genoeg waren die woorden zijn laatste gebleken in de zaak.

De laatste keer dat zijn naam en die van Therese Solkær opdoken in hetzelfde politierapport was met Lukas Evaldsen als overledene en met haar als nabestaande. Uit het rapport bleek dat Lukas Evaldsen zonder dat eerst te hebben afgesproken hun zoon had opgehaald van de crèche en er met hem vandoor was gegaan in een deelauto van Green Mobility, maar de auto was verongelukt op een verlaten landweg in de buurt van de snelweg naar Helsingør. Zowel Lukas Evaldsen als het kind was omgekomen. Bij het onderzoek van banden- en remsporen op de plaats van het ongeluk waren er volgens de Inspectie Verkeersongevallen aanwijzingen dat een andere auto de Green Mobility-auto had ingehaald en mogelijk de berm in had geduwd, maar aangezien er geen getuigen waren van het ongeluk, was de zaak tot op heden onopgelost.

Raheem had gezien dat het ongeluk had plaatsgevonden in september 2021, nog geen week voordat Caroline Holst het eerste bericht had ontvangen van haar onbekende stalker. Verder stonden er geen gegevens van Therese Solkær in de registers, behalve dat ze een paar maanden daarna door het Centrum voor Familierecht was aangenomen als consulent bij een steungroep, waar ze per 1 december vorig jaar echter weer was ontslagen. Maar dat was voor Thulin geen nieuwe informatie.

'Ja, hallo,' klinkt Raheems hijgende stem uit de telefoon, precies wanneer ze weer in de auto is gaan zitten en het portier heeft dichtgetrokken. 'Er is niemand in het team die sinds vorige week iets van Hess heeft gehoord. Voor zover bekend heeft hij vandaag nergens hulp bij gevraagd, dus misschien is hij alleen naar die afspraak met Forensische Genetica gegaan om de informatie door te sturen naar Nylander.'

Thulin kijkt zonder antwoord te geven door de voorruit naar buiten. Ondanks Jons dood kan ze zich nauwelijks voorstellen dat Hess de moeite zou nemen om bij Klakstein langs te gaan alleen om een bericht met die informatie naar Nylander te sturen, maar ze wil nu niet meer van Raheems tijd in beslag nemen.

'Geen probleem. Bedankt, Raheem. Bel me als er iets is.'

'Uiteraard.'

Ze beëindigt het gesprek en weet dat hij zich nu op nieuwe pogingen zal werpen om Therese Solkær te vinden, maar dat zal tijd kosten, iets wat ze niet hebben. Dat is de reden dat Thulin graag wil weten wat Hess heeft uitgevoerd. Ze had zich kunnen voorstellen dat hij eerder op de dag contact opgenomen zou hebben met het team van Raheem om hulp te krijgen bij het zoeken naar die nauwe verwant die Klakstein op hun afspraak had genoemd, maar dat was dus niet het geval geweest. Thulin heeft geen idee hoeveel Hess van de huidige ontwikkelingen in de zaak weet, maar zijn afspraak met de forensisch geneticus vond volgens

Nylander enkele uren geleden plaats. Dat betekent dat hij een voorsprong kan hebben ten opzichte van de opsporing die nu in gang is gezet.

Thulin probeert hem weer te bellen, maar zijn nummer gaat wederom direct naar de voicemail en ze hangt op. Als ze de motor start en richting wil aangeven om in te voegen in het verkeer, moet ze plotseling remmen en wachten op een groep jongens die in de sneeuw langsfietsen met hun rugzakken over hun schouders. In het voorbijgaan vangt ze een glimp op van een van de jongens, die een skateboard aan zijn rugzak heeft hangen op dezelfde manier als Le altijd doet. Wanneer ze dat ziet, pakt Thulin haar telefoon weer.

Ze belt snel en een paar lange tellen weet ze niet of haar oproep zal worden beantwoord, maar dan hoort ze de nukkige stem van Le.

'Wat is er?'

Thulin moet zichzelf eraan herinneren dat het gedoe met Bjørn voor een rotstemming had gezorgd toen ze Le thuis had afgezet. Ze probeert vriendelijk en rustig te klinken als ze op de norse begroeting van haar dochter reageert.

'Hoi lieverd. Sorry dat ik stoor, maar ik heb je hulp nodig. Heb je Mark nog steeds op je Snap Map?'

'Hoezo?'

'Niet omdat ik boos ben of zo, maar staat hij er nog op? Het is belangrijk dat ik hem te pakken krijg.'

Le geeft geen antwoord. Het duurt even en Thulin voelt haar ongeduld opkomen, hoewel ze probeert om zich te beheersen.

'Hallo? Le? Ben je er nog?'

Le's stem komt weer terug met monotone onverschilligheid.

'Ik heb het even gecheckt, maar ik kan niet zien waar hij is. Zijn telefoon is tweeëndertig minuten geleden uitgevallen, omdat de batterij leeg was. Dat was in de buurt van een plek die de Roskildefjord heet. Hoezo?'

Eerst begrijpt Thulin er niets van. Er is geen voor de hand liggende reden dat zijn afspraak met Klakstein hem naar de Roskildefjord heeft geleid. Even denkt ze dat Raheem misschien gelijk heeft dat Hess het bericht van Klakstein alleen aan Nylander heeft doorgegeven om ervanaf te zijn.

Dan herinnert ze zich plotseling wat er ooit bij de Roskildefjord lag. Ze ziet in waar Hess naar op weg moet zijn.

91

'We hebben helaas niet zoveel tijd, Marie, dus ik moet het kort houden. Het belangrijkste is dat ik je gewoon vertel waarom en hoe, zodat je antwoord krijgt op je vragen.'

Het geluid van Thereses stem haalt Marie uit haar verdoving. Versuft doet ze haar ogen open en ze beseft dat ze op haar zij ligt, met haar wang op een koude en vieze betonnen vloer. Het ruikt muf en bedompt, met een zweem van schimmel. Ze probeert zich instinctief om te draaien om met haar gezicht van de onsmakelijke vloer te komen, maar het dringt tot haar door dat ze nog steeds vastgebonden is. De kabelbinders zitten strak rond haar enkels en ze voelt ook scherpe plastic bandjes snijden in de huid rond haar polsen die op haar rug vastzitten. Ze is koud en nat en als ze haar hoofd optilt om langs haar lichaam omlaag te kijken, ziet ze dat haar broekspijpen doorweekt zijn. Rond haar schoenen liggen plasjes water op de betonnen vloer en ze ziet een spoor van plasjes naar een deur op slechts een paar meter bij haar vandaan. Door een kier van de deur ontwaart ze een glanzende stenen trap die naar boven leidt. Ze begrijpt dat ze daarboven door de sneeuw moet zijn gesleept voordat ze hier op de koude grond werd neergelegd. Voordat ze kan bedenken waarvoor ze die kennis kan gebruiken, hoort ze achter zich dat Therese luidruchtig met iets rammelt.

'De korte versie is natuurlijk dat het de schuld van je dochter was dat ik alles heb verloren wat ik liefhad. Sommige mensen zullen misschien zeggen dat ik het had moeten zien aankomen met zo'n mooi meisje in huis, maar ik dacht eigenlijk dat mijn man zelf had besloten om voor zijn verantwoordelijkheid weg te lopen. Pas toen hij en mijn kleine Aske overleden waren en ik de berichten op zijn telefoon kon lezen, drong het tot me door dat het Caroline was die zijn hoofd op hol had gebracht, maar daar stond tegenover dat ik het toen ineens begreep. Momentje.'

Met al haar kracht heeft Marie zich in een half zittende positie geworsteld. Ze draait zich om en ziet dat Therese zich in een kleine aangrenzende opslagruimte bevindt, waar ze aan het slepen en rommelen is terwijl ze zachtjes voor zich uit mompelt.

Marie probeert zich in paniek te oriënteren. De ruimte waarin ze zit is een oude betonnen kelder. Een kale gloeilamp hangt aan het plafond en werpt een scherp licht op de grijze muren. Er zijn geen ramen, er is alleen een vierkante ventilatieschacht in het dak waardoorheen Marie de wind in vlagen hoort huilen. In een hoek staan tuingereedschap en een bigbag met TUINAARDE erop. Aan een van de wanden hangt een brede plank met een heleboel flessen en potten met zelfgemaakte limonade en jam, wat erop wijst dat de ruimte wordt gebruikt als voorraadkelder. Maar dan krijgt Marie de kleine stellingkast tegen de muur aan de andere kant in het oog, met daarin vijf of zes rollen ducttape, opgerolde touwen, een verrekijker, plastic zakjes met kabelbinders en rollen met zwarte vuilniszakken, plus een breekijzer, een lange priem en een oude gereedschapskist. Boven op de kast torenen een paar grote, blauwe plastic vaten naast het kleine doorzichtige flesje uit de auto, en daar weer naast kan Marie nog net de lange, gladde steel van een bijl zien.

Marie staart als verlamd naar de stellingkast, maar op hetzelfde moment komt Therese met haar armen vol zijwaarts uit de donkere opslagruimte gelopen. Ze heeft haar jas uitgedaan en draagt met moeite een stapel opgevouwen verhuisdozen met zich mee.

'Maar hoewel ik kwaad was, keek ik natuurlijk eerst eens goed naar mezelf om erachter te komen of het misschien aan mij lag. Dat mag je nooit vergeten te doen, want niemand is perfect, maar ik kwam er dus op uit dat ik in een afschuwelijke situatie gebracht was terwijl zij vrolijk doorging alsof er niets was gebeurd. En toen kon ik er niet meer omheen.'

Als Therese bij Marie is aangekomen, buigt ze naar voren en laat met een onverwachte beweging de lastig te hanteren dozen los, zodat ze op de betonnen vloer vallen. Pas nu ziet Marie dat ze een pak van doorzichtig plastic over haar kleren heeft getrokken. Het is er net zo eentje als ze hebben gebruikt toen ze bij Marie thuis de muren hadden geverfd, maar nu boezemt het Marie angst in. Doodsbang begint ze zinloos aan haar kabelbinders te rukken. Terwijl ze haar polsen in tegengestelde richting draait om de plastic bandjes uit elkaar te trekken, gaat Therese op haar hurken naast haar zitten en begint zorgvuldig de rechthoekige stukken karton over de vloer uit te spreiden.

'In het begin stuurde ik haar gewoon berichten om haar bang te maken. Een soort verstoppertje, een oude gewoonte.'

Therese gooit geïrriteerd een gieter opzij die haar in de weg staat bij het verdelen van het karton.

'Maar ik was eigenlijk op het juiste moment aan het wachten en toen besloot ik dat het op de avond moest gebeuren dat er een feest was op het gymnasium. Ik heb lang in de auto gezeten in een van de zijstraten, zodat ik de ingang in de gaten kon houden, maar ik leek mijn kans gemist te hebben en was eigenlijk al op weg naar huis. Ik had net de sleutel in het contact gestoken en wilde die omdraaien, maar wie zag ik door de deur naar buiten komen…'

Marie doet haar best om niet te luisteren. Het zijn allemaal leugens en ze wil Thereses woorden niet horen. Haar hart bonkt en ze draait en keert haar polsen zo hard als ze kan. Dan gaat Therese staan. Ze zet haar handen in haar zij en kijkt keurend naar de vloerbedekking van stukken karton. Ze mompelt wat voor zich uit voordat ze verder praat.

'Dat was volkomen onverwacht. Ik had gedacht dat ze samen met vriendinnen naar huis zou gaan, of in elk geval een deel van de route, maar toen stond ze daar plotseling helemaal alleen op de stoep. Waarschijnlijk om een taxi te bellen. Toen ze een paar minuten met haar telefoon aan haar oor had gestaan, leek het alsof ze ongeduldig werd. Ze begon in elk geval richting de hoofdweg te lopen, waarop ik de auto startte en haar volgde.'

Therese is achter Marie gaan staan en hoewel Marie draait en worstelt om tegen te stribbelen, pakt Therese haar kalm beet onder haar armen en sleept ze Marie achteruit naar de stukken karton.

'Ze schrok natuurlijk even toen ik naast haar kwam rijden. Ik had mijn raampje opengedraaid en toen ze me herkende, liep ze snel verder. Ze haalde zelfs haar telefoon weer tevoorschijn, maar toen zei ik dat ze niet bang hoefde te zijn. Ik was niet boos, zei ik, ik wilde alleen even praten. We hadden immers allebei Lukas verloren, zei ik tegen haar, daar moest zij toch ook verdrietig over zijn? Even aarzelde ze en keek ze me aan. Weet je wat er toen gebeurde?'

Therese heeft Marie op het karton gesleept. Nu laat ze haar los en zet een stap naar achteren om haar werk te bewonderen.

'Ze deed de autodeur open en stapte bij me in. Helemaal uit zichzelf. Ik denk dat ze zich écht schuldig voelde. In elk geval had ze tranen in haar grote ogen en ze begon over Lukas te praten. Dat kon ik natuurlijk niet aanhoren, dus haalde ik de doek tevoorschijn.'

Marie kan het niet uitstaan om naar haar te luisteren. Haar maag draait zich om en ze is bang dat ze moet overgeven achter dat strakke stuk ducttape dat ze nog steeds over haar mond heeft. Ze probeert zichzelf koortsachtig af te leiden, maar dan begint ze te snikken en te schudden, ook al wil ze dat niet.

'Ik zal niet liegen, Marie. Het was niet fraai en ze vocht en krabde me met haar lange nagels, maar dat duurde niet lang en daarna reden we weg. Over dezelfde weg die wij tweeën net hebben afgelegd, trouwens. Toen we hier aankwamen, droeg ik haar naar binnen en legde haar op de grond, waar jij nu zit.'

Marie begint harder te snikken. Haar benen schokken ongecontroleerd en ze gilt achter de tape. Ze staakt haar pogingen om de kabelbinders los te krijgen. Dan pakt Therese de lange bijl van de stellingkast en begint het plastic dat om de kop zit af te wikkelen.

'Ze was natuurlijk bang en in de war toen ze bijkwam, eigenlijk een beetje zoals jij.' Met haar hoofd schuin kijkt Therese naar Marie. 'Ik weet dat je graag wilt weten wat ze zei voordat ze stierf, maar dat kan ik me gewoon niet meer herinneren. Je moet niet vergeten dat ik nog steeds erg kwaad was, ik kende je toen natuurlijk ook nog niet, en het was al veel te laat. En toen... ja, de rest weet je wel.'

Marie schreeuwt het uit achter de tape. Therese zucht diep en wendt zich tot haar met de bijl in haar handen.

'Ik weet het, maar nu heb ik het gezegd. Is er nog iets wat ik voor je kan doen?'

Marie keert haar gezicht vol walging van Therese af. De krampen golven door haar lijf en buiten zinnen krimpt ze ineen en brult uit alle macht. Haar hele lijf is vervuld van verdriet. Flarden van haar leven samen met Therese bij haar thuis met de jongens trekken aan haar geestesoog voorbij en zorgen ervoor dat ze nog harder begint te krijsen.

'Stil, Marie.'

Maar Marie kan zich niet inhouden. Ze brult zoals ze nog nooit gebruld heeft, geeft zich over aan de totale ineenstorting en probeert zich niet langer in te houden.

'Kop dicht, zeg ik je!' Therese heeft haar stem verheven, die ijskoud en kwaad snerpt in de richting van Marie, die abrupt stopt met schreeuwen.

In de stilte die volgt staat Therese muisstil en met ingehouden adem te luisteren, terwijl ze naar de ventilatieschacht kijkt.

Dan hoort Marie het ook. Tussen de huilende windstoten door, die monotoon tegen de ventilatieschacht slaan, klinkt een ander geluid. Het afgelegen en gedempte geluid van een motor. Er wordt stevig gas gegeven, de motor draait op volle toeren, sterft dan weg voordat er weer ongeduldig gas wordt gegeven.

Marie voelt plotseling de hoop door haar lichaam razen. Er zijn mensen en ze zijn vlakbij. Ze kijkt naar Therese, die nog steeds verstijfd staat te luisteren. Dan gooit ze de bijl jachtig weg op de kast en buigt zich in allerijl over Marie heen.

Voordat Marie iets kan doen, heeft Therese haar bij de kraag gevat en begint haar over de grond te slepen. Met lange, zware halen sleept ze haar met zich mee als een zak. Als ze de andere kant van de ruimte hebben bereikt, reikt ze met haar vrije hand omlaag en opent een langwerpig houten luik in de grond. Ze werpt het luik open zodat het tegen de muur leunt en stapt opzij, waarop Marie in een gat kijkt dat in het beton is gegoten. Plotseling dringt het tot haar door wat Therese van plan is. Ze draait krachtig om zich te verzetten, maar Therese is sterker. Met een stevige greep onder Maries armen trekt ze haar achterlangs omlaag op de koude bodem en stapt zelf weer uit het gat. Marie kijkt verwilderd rond. Het gat is zo groot als een badkuip, maar minder diep. Er staan beschimmelde zakken groente om haar heen, maar voordat ze zich zo kan draaien dat ze kan gaan zitten, begint er aarde op haar te vallen. Tussen de zware, vochtige kluiten aarde die op haar landen door ziet ze Therese staan met een ongebruikelijke, panische gezichtsuitdrukking, terwijl ze de grote zak leegkiepert boven het gat en de aarde uitspreidt.

Met dichtgeknepen ogen draait Marie haar hoofd heen en weer in een poging om haar gezicht vrij te houden van de aarde, maar het licht wordt steeds zwakker en het gewicht groter. Ten slotte hoort ze dat het luik boven haar met een klap dichtvalt. Het geluid van een hangslot dat wordt vastgezet in een beslag bereikt haar en het laatste wat ze van Therese hoort zijn daadkrachtige stappen die snel over de betonnen vloer gaan.

92

De hoge, besneeuwde sparren zwaaien dreigend in het donker en het voelt alsof de wind door merg en been gaat, want zijn kleren zijn nog steeds vochtig en klam. Achter hem, midden op de bosweg, staat zijn auto stationair te draaien, terwijl hij zelf in het licht van de koplampen langs de kant van de weg loopt en zoekend met zijn natte schoenen in de sneeuw schopt. Hess merkt dat het koude zweet op zijn voorhoofd begint te parelen, alsof hij koorts heeft, maar als hij voelt dat een van zijn voeten op weerstand stuit in de sneeuw, vergeet hij zijn vermoeidheid en pijnlijke spieren. Hij bukt zich snel om de sneeuw met zijn blote handen weg te vegen. Een waaier gevallen dennentakken blijkt aan de bodem vastgevroren te zijn. Hij slaagt erin om de takken los te rukken en als hij er zeker van is dat ze groot genoeg zijn voor het beoogde doel, loopt hij terug naar de auto, die nog steeds schuin staat met het rechtervoorwiel ingegraven in het gat in de weg waar hij in is gereden. Na zijn herhaalde pogingen om op hoge snelheid uit het gat te komen, heeft het draaiende wiel de randen van het gat zo glad als ijs gemaakt. Hij probeert daarom de dennentakken zo te plaatsen dat het wiel voldoende grip kan krijgen, voordat hij koud en bezweet weer instapt en het portier achter zich dichttrekt. Met stijve vingers zet hij de auto in de versnelling, laat de koppeling opkomen en geeft gas. Terwijl hij merkt dat de takken verbrijzeld worden onder het gewicht van de auto, komt deze met moeite omhoog uit het gat en voorzichtig kan hij de besneeuwde weg door het bos verder afleggen.

Tot zijn grote bezorgdheid had Hess zojuist op het nieuws gehoord dat Marie Holst wordt gezocht en als vermist is opgegeven. Er werden op de radio geen verdere omstandigheden bekendgemaakt, alleen dat Marie Holst verdwenen was uit haar woning en sinds die ochtend niet meer gezien was. Hess had meteen gedacht dat hij Nylander of Thulin te pakken moest krijgen, maar het zwarte scherm had hem eraan herinnerd dat zijn telefoon voor de tweede keer die dag zonder stroom was komen te zitten. Zodoende had hij niet de mogelijkheid gehad om erachter te komen wat er was gebeurd. In zijn ogen was Marie Holst een sterk iemand die niet vrijwillig bij haar kinderen weg zou gaan zonder iets van zich te laten horen. Vanwege zijn zorgen had hij even overwogen om te keren om een plek te vinden waar hij kon bellen, maar het was al een poos geleden dat hij iets van leven had gezien op het terrein met zomerhuisjes waar hij rondreed. Bovendien had hij het gevoel dat hij dicht bij zijn doel moest zijn.

Na zijn bezoek aan forensisch geneticus Klakstein had Hess een van de beschikbare deelauto's gehuurd die voor het Rijksziekenhuis hadden gestaan en bij gebrek aan een beter idee was hij rechtstreeks naar het Rijksarchief gereden om te checken wat er in de oude zaak van de Landelijke Eenheid stond over de familieomstandigheden van Bertel Reimer Jensen. De archivaris was zo behulpzaam geweest om het materiaal dat net die dag was geretourneerd op te zoeken. Hij had Hess ook zijn oplader geleend, zodat Hess zijn telefoon weer tot leven kon wekken om Nylander te informeren over wat het gesprek met Klakstein had opgeleverd. Hess had Nylander echter heel bewust alleen een uitgebreid bericht gestuurd met verwijzing naar de forensisch geneticus, waarna hij zijn telefoon weer had uitgezet. Hij had geen puf gehad om te moeten luisteren naar de reeks geschokte vragen die het DNA-resultaat ongetwijfeld zou oproepen bij het hoofd van de afdeling Moordzaken. Bovendien had hij niet kunnen bijdragen met kennis over wie die nauwe verwant van Bertel Reimer Jensen zou kunnen zijn.

Gezeten in de leeszaal met het materiaal voor zich waren de mogelijkheden echter al snel concreet geworden. Bertel Reimer Jensen had zijn ouders vroeg in zijn leven verloren, dus op het moment van zijn arrestatie in 1992 had hij drie nauwe verwanten gehad die overeenkwamen met Klaksteins definitie: een dochter van negen jaar en twee jongere broers van zevenentwintig en tweeëndertig jaar die in dezelfde streek hadden gewoond als hijzelf. Ze waren alle drie bij naam genoemd als een routinematig onderdeel van de beschrijving van het leven van Bertel Reimer Jensen, zij het zonder persoonsnummers. Aangespoord door de informatie had Hess een van de vaste computers in de leeszaal gebruikt om in te loggen bij de registers van de politie om de betreffende personen te lokaliseren, maar daarna was het moeilijker geworden. De twee broers waren een jaar na de arrestatie van hun grote broer uit de streek verhuisd en het bleek uit het bevolkingsregister dat de broers zich in eerste instantie respectievelijk op Funen en in Noord-Seeland hadden gevestigd, tot ze zich in 1994 en 1995 hadden uitgeschreven van hun adressen en waren geëmigreerd, maar waarheen stond er niet bij vermeld.

Wat de dochter van Bertel Reimer Jensen betreft waren er haast nog minder gegevens en aangezien haar moeder ook was overleden, waren er geen familieleden om het te vragen. Hess had kunnen ontdekken dat de dochter, Mia Reimer Jensen, tot haar achttiende, in 2001, eerst in een kindertehuis en vervolgens in een jongerenpension had gewoond in Seeland, maar ook zij was daarna in rook opgegaan, alsof ze niet langer bestond. Hess had dat patroon geïnterpreteerd alsof de naaste familieleden misschien van de radar hadden willen verdwijnen om niet meer in verband te worden gebracht met de misdaden die waren gepleegd.

Nadat hij vergeefs tijd had besteed om de namen van de dochter en de twee broers te controleren in verschillende registers, begon Hess te vrezen dat hij genoodzaakt zou zijn om buiten de landsgrenzen te gaan zoeken. Dat zou veel meer tijd kosten, maar net toen hij zich daarop begon in te stellen, was er plotseling een registratie van het kadaster uit 2001 opgedoken in zijn zoekresultaten. Uit de registratie bleek dat Mia Reimer Jensen toen ze meerderjarig werd een zomerhuisje aan Hybenvej 121 aan de Roskildefjord van haar ouders had geërfd. Hess had direct begrepen dat het moest gaan om het zomerhuisje en het terrein waar de misdrijven meer dan dertig jaar geleden waren gepleegd. Toen hij het adres op de website van het kadaster had opgezocht, had hij verwacht dat het al lang van eigenaar veranderd zou zijn. Verrassend genoeg bleek echter dat Mia Reimer Jensen sinds 2001 als eigenaar van het huis geregistreerd stond en dat dat nog steeds zo was.

Snel had Hess voor zichzelf besloten dat het zomerhuisje zijn enige kans was om meer te weten te komen over de naaste familie van Bertel Reimer Jensen. Toen het na even zoeken bleek dat er geen telefoon op het adres geregistreerd stond, had hij de archivaris gehaast bedankt voor zijn hulp, was naar zijn auto gelopen en had koers gezet naar de Roskildefjord. Hoewel het hem niet waarschijnlijk lijkt dat Mia Reimer Jensen buiten het seizoen aanwezig is op het terrein met zomerhuisjes, of dat er überhaupt veel mensen zijn, kan iedereen die hij te spreken kan krijgen op het erf of in de naastgelegen huisjes hem meer informatie geven dan hij nu heeft.

Ondanks de sneeuw was de rit van ongeveer drie kwartier vlot verlopen, in elk geval tot hij een stuk bij Frederikssund vandaan de Kulhusvej had bereikt en hij was afgeslagen naar het terrein met zomerhuisjes. Hierna was er weinig sneeuw geruimd, waardoor hij gedwongen was om erg langzaam en voorzichtig te rijden. Zijn humeur was er ook niet beter op geworden toen zijn telefoon opnieuw was uitgevallen vanwege een lege batterij. Voordat dat was gebeurd, had hij echter een oud, bijna helemaal met sneeuw bedekt bordje bereikt dat hem vertelde dat hij de Hybenvej op was gereden, maar het huisje was toch moeilijk te vinden geweest. Vanaf de lange weg liepen een heleboel kronkelige weggetjes naar de fjord en aan die weggetjes lagen groepjes zomerhuizen verscholen in het natuurlijke terrein tussen bomen, struikgewas en riet. Er was geen straatverlichting, de afstand tussen de huisjes was groot en de huisnummers werden maar spaarzaam aangegeven. Zodoende had Hess over verschillende besneeuwde en onbegaanbare zijweggetjes gereden alleen om vast te stellen dat nummer 121 ergens anders moest liggen. Gehuld in sneeuw hadden de huisjes er op een enkele uitzondering na donker en onbewoond bij gelegen en nu hij tussen de bomen door plotseling het schijnsel van elektrisch licht kan zien, veert hij op en begint op te letten. Met grote voorzichtigheid rijdt hij nog een bocht met bomen aan weerszijden door en als hij het stuur daarna weer recht draait, ziet hij dat hij aan het einde van het weggetje is gekomen. Hij is direct een natuurerf op gereden en tussen kale fruitbomen ziet hij een kleine, ondergesneeuwde binnenplaats voor een bescheiden, donker huis. Hij besluit om tot de binnenplaats te rijden en als hij aankomt, remt hij en tuurt door de voorruit.

Het eerste wat hem opvalt is hoe wild begroeid het natuurerf is. In het licht van de koplampen kan hij de zwaaiende, besneeuwde bomen en struiken zien die zich naar beide kanten van het huis uitstrekken, alsof de natuur langzaam bezig is om het perceel over te nemen en alleen vanwege de winter gestopt is. De begroeiing lijkt verder te gaan aan de achterkant van het huis, maar helemaal achteraan op het grote erf ziet Hess ook de stengels overeind staan van een rietgebied, wat moet betekenen dat het erf helemaal tot aan de fjord loopt.

Hoewel hij geen huisnummer of brievenbus ziet, weet Hess direct dat hij op de juiste plek is aangekomen. Het huis ziet er anders uit, knusser en beduidend beter onderhouden dan destijds, maar hij herkent het mos op het besneeuwde dak, de kleine schoorsteen en de veranda voor de voordeur van de foto's die in de zomer van 1992 door Forensische Opsporing van het huis zijn genomen. De carport rechts van de kleine binnenplaats moet daarentegen een nieuwere aanbouw zijn en hij ziet dat het elektrische licht dat hij tussen de bomen door had kunnen onderscheiden afkomstig is van een buitenlamp onder het afdak van de carport. Hess ziet daardoor dat er een oudere, donkere Skodastationwagen geparkeerd staat.

Hess zet de motor af, stapt uit en doet de deur achter zich dicht. Buiten in de vrieskou voelt hij zijn klamme kleren weer ijskoud worden en bij het geluid van de windstoten die de sneeuw doen opwaaien en over het erf laten stuiven begeeft hij zich in de richting van het huis. Het huis ziet er verlaten uit, afgezien van een raam met een oplichtend klokje van een oven en een paar rode lampjes van een koelkast is er geen licht te zien. Als hij de carport met de geparkeerde auto passeert, merkt hij op dat er nog sneeuw op de achterruit zit waar die niet door de ruitenwisser is weggeveegd, waardoor hij inschat dat de auto het afgelopen uur bij het huis moet zijn aangekomen. Hij bereikt de kleine veranda en gaat op een versleten deurmat staan met de tekst HOME SWEET HOME erop, en met kracht achter zijn knokkels klopt hij op de voordeur. Even blijft hij in de wind staan wachten zonder dat er iets gebeurt, dus probeert hij het opnieuw. Er verstrijken een paar seconden en Hess wil net om het huis lopen om door de ramen naar binnen te kijken wanneer hij voetstappen achter de deur hoort. Een snoer kerstlichtjes dat rond de deurpost hangt gaat branden en terwijl Hess met zijn ogen knippert om te wennen aan het scherpe licht, wordt de deur op een kier geopend. Achter een veiligheidsketting kijkt een vrouw hem zwijgend en achterdochtig aan.

Hij schat in dat de vrouw begin veertig is, wat wil zeggen dat ze ongeveer zo oud is als Mia Reimer Jensen nu zou moeten zijn. Hij is meteen op zijn hoede, maar hij doet zijn best om de vrouw rustig en vriendelijk aan te kijken.

'Sorry dat ik stoor. Is dit Hybenvej 121?'

'Wie wil dat weten?' vraagt de vrouw afwerend.

Haar blik rust nog steeds achterdochtig op hem en ze maakt geen aanstalten om de veiligheidsketting van de deur te halen. Hess reikt in zijn binnenzak en haalt zijn politielegitimatie tevoorschijn. Hij houdt die in de kier van de deur voor haar gezicht en terwijl de ogen van de vrouw over de tekst van de legitimatie glijden, bestudeert hij haar gelaatstrekken en komt tot de conclusie dat hij haar niet eerder heeft gezien.

'Politie?' roept de vrouw uit met oprechte verwondering.

Hess knikt en de vrouw laat haar achterdocht varen terwijl een opgeluchte glimlach zich over haar gezicht verspreidt.

'Sorry, ik zal opendoen. Ik weet niet wie ik dacht dat je was, maar in deze tijd van het jaar komt er niet bepaald elke dag iemand langs en je kunt niet voorzichtig genoeg zijn.'

De vrouw haalt de veiligheidsketting eraf en doet de deur open, zodat Hess kan zien dat ze informeel gekleed is in een broek, gebreide trui, wollen sokken en oranje Crocs. Haar handen zien er een beetje modderig uit, alsof ze net een plant heeft verpot.

'Volkomen begrijpelijk,' antwoordt hij. 'Maar is dit Hybenvej 121?'

'Ja, dat klopt,' zegt de vrouw bevestigend.

'En u bent de eigenaar?' vervolgt hij, terwijl hij zijn best doet om haar blik vast te houden.

'Nee, niet de eigenaar, maar de huurder. Ik heb het huis het afgelopen jaar gehuurd via een verhuurmakelaar. Hoezo? Waar gaat het om?'

De vrouw kijkt terug met snel knipperende, nieuwsgierige ogen en hoewel ze geloofwaardig overkomt, merkt Hess dat hij moeilijk hoogte van haar kan krijgen.

'Hebt u misschien een legitimatiebewijs voor mij?'

De vrouw kijkt hem verrast aan, maar dan kiest ze ervoor om zijn verzoek in te willigen.

'Ja, natuurlijk. Moment, even zoeken...'

Ze draait zich om en begint te voelen in de zakken van een winterjas die aan de kapstok naast de deur hangt. Terwijl ze zoekt, probeert Hess het huis in te kijken, maar de voordeur blokkeert zijn zicht en hij kan niet meer zien dan het kleine halletje, dat er normaal uitziet. Een paar landelijke, natte winterlaarzen in een damesmaat staan netjes op een handdoek onder de winterjas en op een ladekastje onder een spiegel ziet hij een grote lantaarn, een paar gebreide handschoenen en een netjes opgevouwen sjaal.

De vrouw overhandigt hem een pasje, dat hij aanneemt. Het is een gewoon rijbewijs met een pasfoto waarop de vrouw er jonger en een beetje chagrijnig uitziet en als Hess de naam op het pasje leest, Therese Solkær, voelt hij teleurstelling.

'Is het omdat ik hier 's winters niet mag wonen?' vraagt de vrouw met een zweem nervositeit in haar stem. 'De verhuurmakelaar zei dat het huis het hele jaar door bewoond mag worden, dus ik heb het te goeder trouw gehuurd, maar als ik heel eerlijk ben, weet ik niet of dat klopt.'

Hess geeft het rijbewijs terug.

'Dat is vast geen probleem, maar ik wil graag weten of u de eigenaar van het huis hebt ontmoet, en of u weet waar diegene is.'

De vrouw pakt haar rijbewijs aan en schudt haar hoofd. 'Nee, helaas. Het is allemaal geregeld via de verhuurmakelaar en daar heb ik alleen contact mee als ik moet klagen over bevroren waterleidingen, maar ze zijn niet zo goed in het opnemen van de telefoon.'

'Hoe heet de verhuurmakelaar?'

'Ik had ze op internet gevonden. SummerHousing.'

'SummerHousing?'

'Ja. Het klonk toen erg aanlokkelijk, maar op dit moment doen ze hun naam niet echt eer aan.'

De vrouw glimlacht een beetje gekscherend en spert haar ogen open terwijl ze knikt in de richting van de besneeuwde omgeving.

'En u woont hier alleen?'

'Ja. Tenzij ik bezoek heb van vrienden. Af en toe logeer ik bij een vriendin in de stad als ik laat moet werken of als ze hulp nodig heeft met haar kinderen. Ik ben daar de laatste tijd vaak, trouwens, dus u hebt geluk dat ik überhaupt thuis ben.'

De vrouw glimlacht opgewekt en Hess knikt bedrukt. Haar waakzaamheid lijkt volledig verdwenen te zijn en de vrolijke, keuvelende toon vermoeit hem, maar hij probeert zich te vermannen om haar een glimlach te schenken.

'Bedankt, dan had ik zeker geluk. Ik zal u niet langer storen, een prettige avond nog.'

'Ja, hetzelfde dan maar,' zegt de vrouw enigszins verrast over het fet dat hij het gesprek zo plotseling afsluit.

Hess draait zich om en stapt in de knerpende sneeuw op de binnenplaats terwijl hij hoort dat ze de voordeur achter hem dichtdoet. Op weg terug langs de carport heeft hij het gevoel dat ze hem nakijkt vanuit een van de ramen van het huis en dat kan hij haar niet kwalijk nemen. Zijn vragen waren op niets uitgelopen en waren alweer voorbij voordat hij goed en wel begonnen was, maar hij had in elk geval de naam van de verhuurmakelaar meegekregen. Hoewel hij het koud heeft en zijn ogen koortsig zwaar voelen, neemt hij zich voor om koers te zetten naar het hoofdbureau in Kopenhagen. SummerHousing moet beschikken over de contactgegevens van Mia Reimer Jensen en bovendien wil hij graag op de hoogte worden gebracht van de omstandigheden rond de verdwijning van Marie Holst. Maar dan blijft hij abrupt staan.

In het licht van de buitenlamp in de carport springt hem iets in het oog; de geparkeerde Skoda heeft een kras op het achterspatbord, aan de linkerkant. Als hij zijn ogen langzaam langs de kras over de zijkant van de auto laat gaan, houdt hij zijn adem in. Een duidelijke deuk tekent zich af in de carrosserie. De deuk is niet te zien vanaf de andere kant van de auto, daarom had hij die niet opgemerkt toen hij aankwam, maar hiervandaan is de schade niet te missen. Hij weet direct waar de aanblik hem aan doet denken: de zwart-witopname van de videocamera bij het Centrum voor Familierecht met de onbekende, gedeukte auto die wegreed in het donker en achter Torsten en Ditte Vangsø aan ging.

Even blijft Hess staan, niet in staat om zich te bewegen. Hij voelt dat zijn hart is gaan bonzen en zijn gedachten vliegen in het rond in ongerichte pogingen om te bedenken wat hij moet doen. Hij staat nog steeds met zijn rug naar de donkere ramen van het zomerhuisje en steekt snel zijn handen in zijn jaszakken alsof hij alleen gestopt is om zijn autosleutel te zoeken. Dan begint hij weer te lopen, maar onderweg zorgt hij er terloops voor dat hij zo dicht mogelijk langs de geparkeerde auto komt en hij doet zijn best om de indruk te geven dat hij alleen een toevallige blik in de carport werpt. Als hij gezien heeft wat hij wil, slentert hij rustig over het erf en als hij zijn deelauto heeft bereikt, stapt hij nonchalant in en slaat de autodeur achter zich dicht.

In het donker van de auto komt hij gejaagd weer op adem. Zijn blik schiet van het ene pikzwarte raam naar het andere in het huis voor hem, maar hij kan niet zien of de vrouw hem ergens daarbinnen gadeslaat. Hij probeert zichzelf te vertellen dat zijn gevoel te wijten kan zijn aan een samenloop van omstandigheden, maar de aanwijzingen van het tegenovergestelde stapelen zich op. De registratie in het kadaster over het zomerhuisje van Mia Reimer

Jensen. Een deuk aan de linkerkant van de auto die bij dat adres geparkeerd staat. De glimp van de binnenkant van de auto die hij zojuist wist op te vangen toen hij door de ruit van de achterklep had gekeken. Alle passagiersstoelen waren neergeklapt, alsof er iets groots was vervoerd en er had een heleboel plastic met het logo van een bouwmarkt in de auto geslingerd, samen met een paar vuilniszakken.

Terwijl zijn hart als een bezetene tekeergaat en het koude zweet op zijn voorhoofd staat, is hij als een gek bezig om overzicht over de situatie te krijgen. Zijn telefoon is leeg, dus hij kan niet bellen voor versterking of om te zeggen waar hij is of wat hij heeft ontdekt. Hij heeft zijn dienstwapen niet bij zich, want hij is niet thuis geweest sinds Jons begrafenis. En als de vrouw echt de moordenaar is die ze zoeken, kan hij niet weten wat hem in dat huis te wachten staat.

Hij doet het portier weer open. De herinnering aan de opsporing van Marie Holst in het nieuwsbulletin heeft zijn keuze plotseling voor de hand liggend gemaakt. Bovendien vermoedt hij dat hij sterker is dan die vrouw. Voordat hij zich kan bedenken, stapt Hess de wind in.

93

‘Of ik een oplader heb?’

De vrouw fronst afkeurend haar wenkbrauwen bij zijn vraag. Nog een koude windstoot rukt aan de veranda en Hess knikt terwijl hij met zijn ogen knippert vanwege het felle licht van de kerstverlichting.

‘Ja, het spijt me. Ik heb even een paar minuten stroom nodig. Ik heb beloofd om nu een belangrijk bericht te versturen en ik moet even op mijn telefoon kijken om te zien wat het nummer van diegene is.’

Die leugen is zo gepland dat hij niet het risico loopt dat de vrouw het probleem kan oplossen door aan te bieden dat hij haar telefoon kan gebruiken, maar hij ziet aan de afwijzende blik op haar gezicht dat ze niet van plan is om hem binnen te laten.

‘Ik geloof eigenlijk niet dat ik een oplader heb. Als ik me niet vergis ben ik die bij mijn vriendin thuis vergeten.’

‘Zou u toch even voor me willen kijken?’

Hess doet zijn best om zijn opdringerige vraag te begeleiden met een verontschuldigende glimlach. Als er nog een windvlaag over de veranda trekt, houdt hij de kraag van zijn jas bij zijn hals bij elkaar om te laten zien dat hij het koud heeft. Als de vrouw dat ziet, lijkt ze weer aan haar gastvrijheid te denken.

‘Maar natuurlijk. Wat ben ik aan het doen? Kom toch binnen in de warmte!’

Met een vluchtig lachje houdt ze de voordeur helemaal open en zet uitnodigend een stap achteruit, zodat Hess binnen kan komen.

‘Ontzettend bedankt. Dat is heel vriendelijk van u.’

Hij knikt haar dankbaar toe en als hij binnen in het warme halletje is gekomen, doet ze de deur achter hem dicht.

'Maar ik weet dus niet zeker of ik een oplader heb. Ik zal even moeten zoeken.'

Ze wurmt zich langs hem en doet de deur naar de kamer open. Hess kijkt haar na terwijl ze het licht daar aandoet.

'Geen probleem. Ik zal mijn schoenen uitdoen.'

Hij heeft al een van zijn natte schoenen uitgetrokken en als ze zich naar hem omdraait, ziet hij aan haar blik dat ze erop had gerekend dat hij in het halletje zou blijven staan wachten.

'Ja, bedankt. Dat is wel fijn.'

Ze loopt verder de kamer in en hij hoort haar Crocs tikken op een houten vloer. Zo snel hij kan trekt hij ook zijn andere schoen uit en volgt hij haar. Hij is erop gebrand om in de gaten te houden wat ze doet, maar als hij de kamer binnenkomt, ziet hij dat ze gewoon op de planken van een hoog, langwerpig boekenrek dat langs een van de muren staat aan het kijken is.

'Hm. Hij ligt hier altijd ergens, maar ik zie hem nu niet...'

Hess kijkt rond. Door een deuropening aan zijn linkerhand kijkt hij een kleine, gezellige keuken in met een koelkast en oven, en een gootsteen met een ouderwets afdruiprek. Een rij vervaarlijk uitziende keukenmessen hangt aan een magneet aan de muur boven het aanrecht, maar er is verder niets verdachts te zien en hij richt zijn aandacht op de kamer.

De woonkamer is groot en ziet er misschien nog wel groter uit doordat het plafond doorloopt tot in de nok. De boekenkast voor de witgeverfde muur, waar de vrouw nog steeds in staat te zoeken, staat vol met boeken, stapels ringbanden, vazen met droogbloemen en accessoires. Langs de tegenovergelegen muur staat een hoge secretaire met een aftandse laptop en ernaast staan een houtkachel en een lange bank met kleurrijke kussens en wollen dekentjes. Achter in een serre met witte terrasdeuren, die waarschijnlijk uitkijken op de fjord, staat een grote eettafel met vier stoelen. Er is niets wat erop wijst dat er anderen in huis aanwezig zijn en zijn ogen gaan automatisch naar de deuropening naast de boekenkast, die naar een gang lijkt te voeren.

'Nee, geen oplader,' klinkt het geërgerd van de vrouw als ze is opgestaan bij een van de lagere planken in de kast. 'Ik leg hem anders altijd hier neer.'

'Dat ken ik,' zegt Hess. 'Ik heb voor de mijne thuis ook een vaste plek, maar dat helpt niks en meestal moet ik alsnog alle kamers langs voordat ik hem kan vinden.'

'Ja... Ja, misschien hebt u gelijk.'

De vrouw schenkt hem een korte glimlach, maar als ze een zoekende blik door de kamer werpt, meent hij te merken dat ze even niet weet wat ze aan moet met zijn aanwezigheid en zijn opmerking die haar aanspoort om verder te zoeken. Als ze klaar is met rondkijken, loopt ze kordaat naar de deuropening naar de gang.

'U hebt wel een gezellig huis,' zegt hij terwijl hij zo nonchalant mogelijk achter haar aan loopt. 'Is het niet te ver weg als u in de stad werkt?'

'Dat vind ik niet. Het is zelfs erg fijn om een eindje te kunnen rijden zodat je je hoofd even kunt leegmaken na het werk.'

Ze is de smalle, donkere gang met deuren aan beide kanten in gelopen en hoewel haar toon weer licht en joviaal is geworden, merkt hij aan de manier waarop ze over haar schouder kijkt dat ze het niets vindt dat hij haar volgt.

'Wat voor werk doet u?' vraagt hij terwijl hij discreet een blik werpt in de kamer waar ze net langsgelopen is. Het is een kledingkamer; er staat een verhuisdoos met wat kleren op de vloer onder het donkere raam, maar verder is er niets te zien.

'De afgelopen jaren was het vooral gezinsbegeleiding. Ik ben sociaal werker.'

'O ja? Interessant. Waar dan?'

Ze zijn een badkamer gepasseerd, waarvan Hess kon constateren dat die leeg was en geen douchegordijn had, en nu is de vrouw net een kamer in gegaan aan het einde van de gang. Als Hess aan komt lopen, ziet hij dat het een slaapkamer is, ingericht met een groot, opgemaakt bed met een gevlochten hoofdeinde, een nachtkastje en een paar kledingkasten. Het is er koel en de vrouw heeft het licht aangedaan en controleert een stopcontact achter het nachtkastje.

'Ik heb op heel veel plekken gewerkt. Het is niet bepaald werk dat uit de mode raakt, dus er is genoeg te doen. Maar nu ben ik toevallig met ziekteverlof.'

'O ja? Waarom dat, als ik vragen mag?'

Terwijl de vrouw naar de kledingkasten loopt, laat hij zijn blik onderzoekend langs alle hoeken gaan, maar er is niets ongebruikelijks op te merken.

'Stress,' zegt ze met een gefrustreerde zucht terwijl ze een kledingkast opent en snel weer sluit voordat ze de volgende opendoet. 'Ik ben een beetje het type dat de problemen mee naar huis neemt, maar je moet ook voor jezelf zorgen als niemand anders dat doet. Wat was u hier ook alweer aan het onderzoeken?'

Ze heeft de tweede kledingkast dichtgedaan en kijkt hem vragend aan als ze bij de deur langs hem heen schuift om terug de gang op te gaan. Hij draait zich om en volgt haar.

'Dat had ik eigenlijk nog niet gezegd,' antwoordt hij zo ontspannen mogelijk. 'Maar we proberen een paar onwillige eigenaren van zomerhuisjes te pakken te krijgen die onoplettend genoeg niet de juiste belasting op hun onroerend goed hebben betaald.'

'Aha. Al iemand gevangen?' Ze zijn weer terug in de woonkamer en ze draait zich vragend naar hem om als ze de eettafel in de serre bereikt.

Hess glimlacht ontwapenend. 'Dat weet ik eigenlijk niet. Het is mijn taak om ze een laatste mogelijkheid te geven om alles op orde te brengen, verder is het aan de incassoafdeling.'

Bij de eettafel valt zijn blik op een paar ingedroogde vlekken op het tafelblad en hij steekt onwillekeurig zijn hand uit om te voelen wat het is.

'Nee, raak ze maar niet aan. Sorry, die zijn van mijn vogels,' roept de vrouw uit als ze de vlekken ook in het oog krijgt.

Ze grijpt een beetje gejaagd naar een uitgewrongen doek die op een rechthoekig voorwerp ligt dat afgedekt met een zwarte doek op een standaard naast de eettafel staat. Ze begint de tafel af te nemen en Hess ziet dat de vlekken ingedroogde vogelpoepjes zijn.

'Uw vogels?'

Als ze de vlekken effectief heeft verwijderd, wendt ze zich tot het rechthoekige voorwerp en verwijdert het zwarte kleed, zodat er een vogelkooi tevoorschijn komt. In de kooi ziet Hess twee vogeltjes die beginnen te bewegen en piepen, terwijl ze tussen de stokjes heen en weer huppen.

'Het is misschien niet zo hygiënisch, maar soms laat ik de tortelduifjes eruit om rond te vliegen in de kamer, zodat ze wat beweging krijgen.'

'Tortelduifjes?'

Hess weet niet veel van vogels. Zijn ervaring stopt bij de beo van Jon, maar hij kan zien dat de twee vogels in de kooi onmogelijk duiven kunnen zijn.

'Zo noem ik ze gewoon soms,' zegt de vrouw lachend. 'Dwergpapegaaien zijn erg trouw en het vrouwtje en het mannetje blijven hun hele leven bij elkaar,' vervolgt ze terwijl ze speels een van haar vingers door de spijlen naar de vogels steekt, die nu helemaal wakker zijn en erop los kwetteren.

Hess knikt terwijl hij haar stiekem opneemt en hij kan zich niet inhouden. 'Dat kan toch ook moeilijk anders als je altijd in een kooitje zit?'

De glimlach van de vrouw blijft op haar mond zitten, maar het is alsof haar ogen niet meelachen als ze van de vogels naar hem opkijkt. Hij kijkt terug en hoewel hij al zijn vermogens gebruikt, kan hij niet zien of zijn opmerking haar provoceert of alleen verwondert.

'Helaas kan ik u niet helpen met die oplader. U zult moeten stoppen bij het dichtstbijzijnde tankstation om er een te kopen als het zo belangrijk is.'

'Ja, dat is waarschijnlijk het beste,' zegt hij met een knikje om zijn leugen overeind te houden. 'Is er een hier in de buurt?'

'Ik kan u wel een kaart meegeven van het plaatselijke toeristenbureau.'

'Heel graag.'

Ze loopt terug naar het boekenrek en begint te zoeken in een stapel papieren die op een van de onderste planken aan het uiteinde van de kast ligt. Gefrustreerd kijkt Hess nog eens om zich heen in de woonkamer. Het heeft hem niet minder achterdochtig gemaakt om bij de vrouw in huis te zijn, maar hij heeft niets ongebruikelijks gevonden en ook nu springt hem niets in het oog. In plaats daarvan ziet hij zijn eigen onduidelijke spiegelbeeld in de ruiten van de terrasdeuren en hij zet een paar stappen dichterbij om uit te kunnen kijken over het terrein. Hij schermt zijn blik af met zijn handen, knijpt zijn ogen tot spleetjes en kijkt rond in het donker, dat één grote zwarte massa lijkt. Hij voelt dat de windstoten het koude raam een beetje laten trillen. Hij brengt zijn handen omlaag en wil zich net omdraaien als zijn oog valt op iets wat lijkt op een dunne streep licht tussen zwaaiende bomen en struiken een eindje verderop op het natuurerf.

'Wat is dat?' vraagt hij terwijl hij zijn handen weer tegen de ruit zet en zijn ogen samenknijpt.

'Wat is wat?'

Hij hoort aan het gedempte geluid van de stem van de vrouw dat ze bijna haar hele hoofd tussen de planken van het boekenrek moet hebben gestoken, terwijl ze rammelt met iets zwaars.

Hij concentreert zich op het licht. Het is erg zwak en moet zich op twintig tot vijfentwintig meter afstand van het huis bevinden en plotseling komt het hem voor dat er meerdere lichtstrepen in het donker zijn die samen een vierkant vormen.

'Dat licht. Er brandt licht in uw tuin.'

Hij wendt zich weer tot de vrouw en wijst, maar ze blijft op haar hurken zitten met beide handen in een mand in de kast gestoken.

'O, dat is gewoon het berghok,' zegt ze op bagatelliserende toon terwijl ze hem met een glimlach aankijkt. 'Ik moet vergeten zijn om het licht uit te doen toen ik er net was om de temperatuur te controleren.'

De vrouw gaat door met haar zoektocht naar de toeristische plattegrond, maar bij haar woorden draait Hess zich verrast om naar het raam.

'Berghok?'

Nu hij het weet, ziet hij het. De strepen licht die zwakjes door de dichte duisternis dringen komen van kieren rond een deur in een verhoging in het sneeuwlandschap. Het wordt hem tot zijn afschuw duidelijk dat het ondergrondse berghok, waar Bertel Reimer Jensen dertig jaar geleden kinderen vermoordde en in stukken hakte, nog steeds bestaat. Verlamd staart hij naar de omtrek van de deur in het donker en voor hij verder kan denken hoort hij het geluid van de oranje Crocs die over de houten vloer bewegen.

'Ja, het berghok dat mijn vader gebouwd heeft. Maar dat weet je best, anders stond je hier nu niet.'

Hij kan zich niet op tijd omdraaien. In de weerspiegeling van de ruit ziet hij haar achter zich opduiken met een bijl met lange steel opgeheven boven haar hoofd. Bliksemsnel en met grote kracht zwaait ze die in zijn richting. Hij duikt vlug opzij, maar het is te laat en het scherpe blad hakt zwaar in zijn rechterschouder. De pijn is niet te bevatten. Het blad boort zich in zijn vlees tot het stopt op zijn botten en hij schreeuwt het uit. De vogels schetteren en fladderen opgewonden in hun kooi, de lamp boven de eettafel slingert heen en weer en met zijn andere arm grijpt hij wankelend naar een stoel, maar ze heeft de bijl alweer opgetild. In een razendsnelle boog zwaait ze ermee naar hem, deze keer met de hamerkant vooruit. Hij laat de stoel los en houdt zijn onderarm voor zijn hoofd om de slag af te weren, maar die is te krachtig en de bijl slaat zijn arm weg en raakt hem op zijn linkerslaap. Het wordt even zwart voor zijn ogen. Het voelt alsof het nagalmt in zijn schedel en alle geluiden om hem heen verdwijnen. Hij voelt het bloed over zijn oog druipen en hij steekt blindelings zijn arm uit om zich ergens aan vast te houden om rechtop te blijven, maar de stoel kiepert om, de tafel glijdt weg over de vloer en zijn benen wijken onder hem vandaan. Verdwaasd en met vreselijke pijn zakt hij in elkaar op de houten vloer terwijl hij vecht om bij bewustzijn te blijven. Zijn lichaam schokt ongecontroleerd in een poging om weer op te staan, maar dan flitst de bijl rakelings langs zijn wang en het vlijmscherpe blad boort zich diep in zijn rechterdij. Hij schreeuwt als een bezetene en deze keer krimpt hij ineen over de langwerpige, open wond in zijn dij, die hij voelt tussen zijn trillende handen. Het bloed stroomt eruit en voordat hij zich kan oriënteren ramt ze de hamerkant van de bijl hard tegen de rechterkant van zijn borstkas. Hij hoort zijn ribben kraken en hij brult van de pijn.

Dan stopt ze. Gechoqueerd en weerloos ligt hij op de vloer met zijn hoofd tegen de terrasdeuren naar adem te snakken. Er loopt nog steeds bloed van zijn slaap in zijn oog, hij is niet in staat om zich te bewegen en de open wond in zijn dij is doordrenkt met kleverig bloed dat druipend een plas op de vloer vormt.

Nog steeds met de bijl in haar hand buigt ze zich over hem heen en onderzoekt gejaagd zijn bovenlichaam en jaszakken. In een waas merkt hij dat ze zijn telefoon en autosleutels pakt. Ze komt overeind en checkt of zijn telefoon aangaat en als dat niet het geval is, legt ze hem samen met de sleutels weg op de vogelkooi. Verdoofd en hijgend probeert hij naar haar op te kijken en ze ontmoet zijn blik, tegelijkertijd houdt ze de lange steel van de bijl met beide handen vast en drukt de bloederige kop tegen zijn hals.

'Hoe heb je me gevonden?'

Hij voelt het scherpe blad tegen zijn strot, maar hij is niet in staat ook maar een woord uit te brengen. Ze kijkt hem uitdrukkingsloos aan. Dan doet ze zorgvuldig een lok van haar samengeklitte haar achter haar oor, haalt de bijl van zijn keel en zet die in plaats daarvan in de gapende wond in zijn dij.

'Hoe?'

Met beide handen drukt ze de kop van de bijl langzaam dieper in zijn wond en de pijn schiet door zijn been en verspreidt zich door zijn hele lichaam. Hij zoekt panisch in zijn gedachten.

'Jouw DNA van Caroline Holst...'

'Wat is daarmee?'

'Matcht met dat van je vader.'

Hij hijgt van de pijn en steunt en zweet. Hij heeft het gevoel dat hij moet overgeven, maar dan haalt ze de bijl weg. Hij kan zien dat zijn antwoord haar verrast. Het ziet eruit alsof een kettingreactie van gedachten bij haar in gang is gezet en dan knikt ze peinzend.

'Dat zal wel. Daar had ik niet aan gedacht.'

Zijn gewonde lichaam begint nu tegen zijn wil te trillen en te schokken, maar de vrouw lijkt het niet te merken. Ze neemt rustig een stoel en gaat naast hem zitten terwijl ze hem in de ogen kijkt.

'Maar als je zijn verhaal kent, dan weet je dat ik niet ben zoals hij. Ik ben het tegenovergestelde. Ik hélp de kinderen. Ik hélp de gezinnen. Tegen koekoeksjongen zoals hij. Begrijp je wat ik zeg?'

Hij begrijpt er helemaal niets van en is te versuft om een antwoord te kunnen bedenken, maar dat lijkt haar niet te deren. Onaangedaan vervolgt ze haar monoloog.

'Helaas denken de meeste mensen dat het in het leven alleen maar draait om neuken en wippen voor persoonlijk geluk. Mensen denken dat ze rond kunnen shoppen en met de gevoelens van anderen kunnen spelen. Je benen te pas en te onpas spreiden en hem erin steken waar je maar kunt, want je kinderen en gezin thuis zijn niet meer dan een "kooi". Niet meer dan een belachelijke, ouderwetse kooi die je kunt aanschaffen en weer bij het grofvuil kunt zetten als je er geen zin meer in hebt. Of denk jij misschien ook zo?'

Even kijkt ze hem aan met walging op haar gezicht alsof hij een insect onder een vergrootglas is. Dan staat ze met een krachtige beweging op.

'Helaas heb ik geen tijd voor het uitgebreide praatje. Daarentegen wil ik graag horen wie er allemaal weten dat jij naar het platteland bent gereden.'

Ze tilt haar voet op en zet haar oranje, plastic Croc op de vleeswond in zijn dij en als ze haar gewicht erop zet, kronkelt hij van de pijn.

'Ik denk dat je alleen bent. Anders waren jullie wel met meer geweest. En als je telefoon het had gedaan, zou je die wel gebruikt hebben om een hulplijn te bellen in plaats van terug te keren naar het peperkoekhuisje.'

De pijn pulseert door zijn lichaam. Hij merkt dat het bloedverlies van de grote wond in zijn been hem draaierig maakt. Het schiet door hem heen dat hij zo meteen zijn bewustzijn verliest als het bloeden niet wordt gestelpt en hij zoekt als een gek naar iets om te zeggen waarmee hij tijd kan winnen.

'Ik heb mijn telefoon niet gebruikt, maar de portofoon,' weet hij uit te brengen.

Ze kijkt op hem neer terwijl er een grote glimlach op haar gezicht verschijnt.

'De portofoon?'

Met haar wijsvinger trekt ze de huid onder haar oog omlaag om de draak met hem te steken en hij ziet dat ze er geen snars van gelooft.

Hij schat in dat hij beter niets meer kan zeggen in een poging om haar te overtuigen. Als hij wil dat ze hem gelooft, moet hij onverschillig lijken en hij kijkt weg alsof hij het opgeeft. Meteen staat ze weer met haar volle gewicht op de wond en hij kronkelt opnieuw van de pijn, maar hij hoort dat haar stem nu ernstig is.

'Welke portofoon? De portofoon in de auto?'

Hess sluit zijn ogen zonder antwoord te geven. In de stilte die volgt merkt hij dat ze hem staat te bekijken. Dan wordt plotseling de druk van zijn dij gehaald en hoort hij dat ze de autosleutels van de vogelkooi grist. Voorzichtig doet hij zijn ogen open en tussen de tafelpoten door ziet hij dat ze zich omdraait. Kordaat tikken haar oranje Crocs over de houten vloer naar het halletje, waar ze met de bijl in haar hand de voordeur opentrekt en naar buiten gaat.

Hij weet dat het maar een paar seconden zal duren voordat ze bij zijn auto is en het haar duidelijk wordt dat hij gelogen heeft. Met zijn goede arm zet hij een hand op de vloer en hij weet overeind te komen zodat hij met zijn rug tegen de terrasdeuren kan leunen. Terwijl hij dat doet, krijgt hij wat in het oog. Bij het gordijn in de serre, slechts een meter bij hem vandaan, hangt een witte computerlader uit het stopcontact in de muur en hij begint er meteen naartoe te kruipen. Het doet overal pijn in zijn lijf en als hij dichtbij genoeg is gekomen om net bij het snoer te kunnen, rukt hij het naar zich toe. Met het ene uiteinde tussen zijn tanden begint hij met zijn goede hand het snoer om zijn dijbeen te wikkelen om het te gebruiken als tourniquet, maar op hetzelfde moment hoort hij aan de geluiden van het erf dat ze zijn auto van het slot haalt en het portier opendoet.

Zo snel hij kan doet hij het snoer vlak boven de vleeswond twee keer om zijn been en terwijl hij in het uiteinde bijt, trekt hij met zijn goede hand zo hard mogelijk aan de kabel. Door de pijn brult hij het uit tussen zijn op elkaar geklemde tanden en als hij hijgend naar beneden kijkt, is de kabel diep in zijn dijbeen getrokken. Dan hoort hij dat het portier buiten hard wordt dichtgesmeten. Terwijl hij zijn tanden nog steeds om het uiteinde van het snoer geklemd houdt, probeert hij een lus in het andere uiteinde te leggen. Als dat gelukt is, trekt hij de knoop aan en probeert hij direct op de been te komen. Zijn gedachten gaan even naar het slot van de voordeur en de messen aan de magneet in de keuken, maar dat is te ver weg. Daarom vecht hij om op één knie te komen en het draaislot van de terrasdeuren te pakken. Dat gaat met een klik open en zodra hij zich aan de deurkruk overeind heeft getrokken, duwt hij die omlaag en tuimelt hij de deur uit.

Op kousenvoeten wankelt hij over het houten terras en strompelt een paar treden af tot hij in de sneeuw op het natuurerf staat. Hij heeft geen tijd om na te denken en gaat hinkend verder bij het huis vandaan het donker in, hoewel hij geen hand voor ogen ziet. Ineens herinnert hij zich het dichte rietgebied bij de fjord dat hij zag toen hij aankwam. Terwijl de sneeuw hem in de windvlagen om de oren vliegt, sleept hij zich voort in de hoop dat hij de goede kant opgaat. Uiteindelijk voelt hij dat het terrein onder zijn voeten door de sneeuw begint te prikken, en als hij opkijkt ontwaart hij de lange stengels in het donker voor hem. Hij werpt zich de laatste paar meter vooruit en als hij een stuk het lange, stugge riet in is gelopen, laat hij zich op één knie zakken en draait zich buiten adem om.

Hij heeft zich een meter of twintig bij het huis vandaan weten te slepen en tussen de wuivende stengels door ziet hij in de openstaande terrasdeuren de omtrek van de vrouw die in de deuropening komt staan. Ze tuurt zwijgend alle kanten op de duisternis in en als ze zijn kant op kijkt, drukt hij zich zo ver mogelijk omlaag.

Hess houdt een paar seconden zijn adem in en als hij rillend van de kou weer opkijkt, ziet hij dat ze terug de woonkamer in gaat en uit het zicht verdwijnt. Nog steeds met zijn hart in zijn keel en met de kloppende pijn van zijn dij en schouder probeert hij voor zichzelf te bedenken wat dat betekent. Ze kan hem onmogelijk hebben gezien vanaf de terrasdeuren, want hij weet nog hoe zwart het terrein eruit had gezien toen hij zelf zojuist door het raam in dezelfde richting had gekeken. De gedachte schiet door hem heen dat ze wel zal moeten inzien dat ze de zaken niet meer onder controle heeft en dat de slag verloren is. Ze kan er niet zeker van zijn dat er op dit moment geen versterking onderweg is naar het huis en tenzij ze gearresteerd wil worden, moet ze in haar auto stappen en ervandoor gaan. Zodra hij straks haar auto hoort starten, zal hij binnen zoeken en zodra hij het berghok heeft bereikt, zal hij...

Zijn fantasie wordt afgekapt door wat hij in de terrasdeuren ziet. Hij ziet dat ze haar winterjas en de degelijke winterlaarzen heeft aangetrokken. In haar ene hand heeft ze een brandende zaklantaarn en in de andere de bijl. Terwijl ze de trap af gaat naar het natuurerf, hoort hij haar stem in de wind.

'Ik tel tot één en ik tel tot twee. De kip die neemt geen schoenen mee. Ik tel tot drie en vier, dat kost geen tijd. Kijk hoe de kip haar vleugels spreidt...'

94

Met bevende vingertoppen onderzoekt Marie de spleten tussen de planken die over haar gezicht liggen als het deksel van een kist. Ze ligt op haar rug en tast blindelings in het duister terwijl ze koortsachtig zoekt naar een gat van een knoest of een kier die aan haar aandacht is ontsnapt. Wanneer de splinters zich in haar vingers boren, trekt ze die even terug van de pijn, totdat ze systematisch alle planken weer langsgaat en ze die voor de tweede keer allemaal onderzocht heeft. Dan raakt ze in paniek. In de krappe ruimte voelt ze de aarde overal op haar lichaam en ze hamert wild met haar handpalmen op het deksel en schreeuwt om hulp. Maar het enige antwoord dat ze krijgt is het geluid van het hangslot dat metaalachtig rammelt in het beslag.

Kort daarvoor had Marie nog een wilde hoop gekoesterd omdat het plastic bandje waarmee haar polsen op haar rug vastzaten plotseling was losgegaan. Ze had die strijd na vele vergeefse pogingen om los te komen verder opgegeven, maar ineens had de kabelbinder het begeven toen ze ondergegraven had geworsteld om zich op haar zij te draaien.

Het eerste wat ze had gedaan, was haar handen door de zware, vochtige aarde naar haar gezicht brengen, waar ze de aarde opzij had geschraapt en de ducttape van haar mond had getrokken. Na een paar keer gulzig te hebben ingeademd, had ze voorzichtig het laatste beetje aarde uit haar ogen geveegd en was ze gaan onderzoeken hoe ze eruit zou kunnen komen. De auto die ze eerder gas had horen geven was dichtbij geweest, dus misschien was de hulp nabij, maar niemand zou zich kunnen voorstellen dat ze hier ligt, dus moet ze snel handelen.

Toen ze haar handen tegen het luik had geduwd zodat het hangslot in het beslag rammelde, had ze gemerkt dat het meegaf.

Langs de randen had ze gezien dat er smalle strepen licht van bovenaf de ruimte binnendrongen. Met haar vingertoppen had ze gevoeld of ze haar vinger naar buiten kon steken zodat ze misschien in staat was om de buitenste planken van het luik eraf te wrikken. Maar hoe ze het ook had geprobeerd, het was haar niet gelukt om grip te krijgen. In plaats daarvan had ze gehoopt om een spleet of een gat in de planken te vinden om beet te pakken, maar nu haar wanhopige vuistslagen tegen het luik wegsterven, ziet ze in dat ze een andere manier moet vinden.

Ze buigt haar knieën en drukt ze hard omhoog tegen het luik zodat ze klem zitten, terwijl ze tegelijkertijd afwisselend met haar handpalmen en vuisten tegen de planken duwt en slaat. Het oude luik kraakt luid, maar verder gebeurt er niets, ook al blijft ze duwen tot haar handen gevoelloos zijn.

Kreunend en naar adem happend laat ze zich weer op de ijskoude aarde zakken, maar dan voelt ze onder haar achterhoofd iets hards en scherps wat haar prikt en pijn doet. Ze tilt haar hoofd op en probeert het weg te halen. Tastend in de vette aarde krijgt ze een lang, dun ding te pakken. Ze realiseert zich dat het een spijker is.

Snel trekt ze de spijker naar zich toe en ze gaat weer liggen zodat ze hem met beide handen kan onderzoeken. Ze voelt aan het ongelijkmatige, poreuze oppervlak dat hij roestig is, maar hij is dik en ongeveer tien centimeter lang. De bescheiden vondst geeft haar hernieuwde krachten.

Even ligt ze stil en staart in het donker geconcentreerd omhoog naar het luik, tot ze een microscopisch strookje licht ziet aan de rechterkant. Ze tilt haar hand op en voelt een kleine spleet naast de buitenste plank. Tastend met haar vingertoppen weet ze met enige moeite de punt van de spijker in de kier te steken. Dan zet ze haar rechterhand op de kop van de spijker terwijl ze zo hard duwt als ze kan.

De spijker dringt iets dieper in de spleet, maar gaat er niet helemaal doorheen. Marie probeert het opnieuw, maar het lukt niet. In een wanhopige, gefrustreerde poging begint ze met haar hand tegen de spijker te slaan alsof die een hamer is. Het doet waanzinnig veel pijn, maar ze wil niet stoppen. Ze blijft met haar hand in het donker omhooghameren totdat ze de spijkerkop door haar huid voelt gaan.

Marie gilt. Ze trekt haar hand terug, maar aan de breedte van de lichtstrook kan ze zien dat de spijker op miraculeuze wijze de kier begint binnen te dringen. Ze trekt haar mouw over de bloedende hand en begint weer opnieuw. Bij de onwerkelijke pijnscheuten merkt ze dat de spijker bij elke slag wat dieper komt en aan het licht dat door de kier schijnt ziet ze dat de planken van elkaar beginnen te wijken.

95

Het stijf bevroren riet wuift in de wind en zwiept in zijn gezicht terwijl hij naar voren strompelt. Hess werpt een gejaagde blik over zijn schouder en vangt een glimp op van de lichtbundel van de lantaarn, die vijftien tot twintig meter achter hem zoekend over het landschap glijdt. Het licht danst even onrustig over het riet links van hem, maar dan zwaait het doelgericht in zijn richting en werpt hij zich op de grond. Hij ligt doodstil met zijn rug op de ijzig harde bodem tussen het riet en kijkt afwachtend bij de stengels omhoog. Zijn adem vormt witte wolkjes boven zijn gezicht en hij probeert zo min mogelijk adem te halen om niet te verraden waar hij is. Zodra hij het licht verder naar rechts ziet gaan, dwingt hij zich weer op de been en hobbelt koortsachtig verder, terwijl hij gebukt blijft.

Het had zijn achtervolger maar een paar tellen gekost om uit te zoeken in welke richting hij was gegaan. Zodra ze het terras af was gekomen, had hij aan het licht van haar zaklamp kunnen zien dat ze in een rechte lijn zijn voetsporen over het terrein was gevolgd om rechtstreeks zijn kant op te komen. Hij had zich zo snel hij kon verder gesleept, maar wanneer hij af en toe keek waar de lichtbundel achter hem zich bevond, werd duidelijk dat ze zijn route nog steeds nauwgezet volgde en op weg was naar hetzelfde rietgebied als hij, wat hem panisch maakte. Het maakte niet uit dat hij oplette om geen geknakte rietstengels achter te laten terwijl de wonden in zijn schouder en dijbeen duidelijke bloedsporen achterlieten en een paadje vormden dat ze moeiteloos kon volgen. Bij dat inzicht had hij geprobeerd het tempo op te voeren. Om de vrouw zo veel mogelijk in de war te brengen, had hij ook zijn best gedaan om in grote bogen heen en weer te zigzaggen. Verder had hij zich in de wind die over het landschap huilde en blies geen zorgen gemaakt over het lawaai dat hij maakte wanneer hij het riet opzijduwde en zich een weg baande. Af en toe had hij gehoopt dat ze het zou opgeven vanwege de moeite die het kostte om hem te volgen, maar toen had hij haar stem in het donker weer haar waanzin horen schallen met nog een regel uit het versje. Terwijl hij zich naar voren werpt en probeert te bedenken hoe hij kan ontkomen, hoort hij haar opnieuw achter zich.

'Ik tel tot zeven, acht en negen. In een knoopsgat kom je geen bloemen tegen.'

Hij merkt dat ze roept om hem bang te maken en hoewel hij weet dat in paniek raken het ergste is wat hij kan doen, ziet hij toch haar krankzinnige gezicht en de kop van de bijl voor zich. Hij hoort nu stukken ijs bij elke stap onder zijn voeten kraken en de gladde ondergrond maakt het moeilijker om in evenwicht te blijven. Het dringt tot hem door dat het ijs moet betekenen dat hij de fjord dicht genaderd is en als hij nog een dichte bos riet opzijduwt, blijft hij abrupt staan en kijkt hij buiten adem voor zich uit.

Voor hem strekt de fjord zich uit als een grote ijsschots. In de verte, aan de andere kant van de fjord, onderscheidt hij kleine stipjes licht, die van huizen afkomstig moeten zijn. Zonder er verder bij na te denken stapt hij geestdriftig het ijs op. Dat breekt meteen en hij zakt erdoorheen, waardoor hij tot zijn enkels in het ijskoude water staat.

Koortsachtig draait hij zich om naar de lichtbundel, die ongeveer vijfentwintig meter achter hem wiegend naderbij komt door het riet. Achter de lichtbundel, misschien zo'n zeventig meter verderop, ziet hij het warme gele licht van het zomerhuisje en hij ziet in dat hij maar op één manier aan zijn achtervolger kan ontkomen, namelijk door terug te gaan naar de oever en in een grote boog om haar heen te trekken. Maar als hij dat probeert, riskeert hij dat ze hem gemakkelijk de weg kan afsnijden, tenzij ze zoals nu doorloopt naar de fjord.

Hess doet snel zijn jas uit. Met zijn goede arm weet hij het kledingstuk over zijn gewonde schouder te trekken en terwijl hij de pijn van de aanraking en de snijdende kou verbijt, wurmt hij zich uit zijn jas. Hij loopt terug naar het dichte riet waar hij net langs is gekomen. Haastig plaatst hij de jas tussen de stengels zodat die laag en met de rug in de richting van de lichtbundel hangt. Zodra hij tevreden is met het resultaat, begint hij verder te strompelen. Met de fjord aan zijn linkerkant volgt hij de buitenrand van de rietkraag terwijl hij in gedachten duimt dat zijn list zal werken. Als ze in het licht van haar lantaarn een glimp van zijn jas opvangt, zal ze er mogelijk helemaal naartoe gaan als ze denkt dat hij het is. In dat geval kan hij tijd winnen en een voorsprong opbouwen voordat ze begrijpt dat ze voor de gek is gehouden.

Als hij vindt dat hij ver genoeg is gekomen, loopt hij het riet in, recht op de oever af, en onder zijn ijskoude voeten hoort hij het ijs weer kraken. Hij zorgt ervoor dat hij zijn hoofd ingetrokken houdt terwijl hij zich tussen de stengels door verplaatst en als hij het een keer aandurft om schuin naar rechts over het rietland uit te kijken, constateert hij tot zijn opluchting dat de lichtbundel nog steeds in de richting van de fjord beweegt.

'Ik tel tot tien. De laatste blijft staan. De anderen trekken hun pyjama aan!'

Hess voelt de hoop toenemen. Eenmaal op de oever kan hij het huis bereiken. Hij kan de deuren van binnenuit op slot doen, iets vinden om zich mee te verdedigen en nieuwe mogelijkheden zullen zich aandienen. De gedachten trekken door naar zijn lichaam en het is alsof het daardoor nieuwe energie krijgt in zijn bewegingen. Maar dan registreert hij vanuit zijn ooghoeken ineens dat de lamp in het rietland rechts van hem wordt uitgedaan.

Hess blijft abrupt staan. Hij haalt hijgend adem en drukt zich tegen de grond. Als hij is uitgeblazen, luistert hij met ingehouden adem, maar het enige wat hij hoort zijn de windstoten die het riet om hem heen van de ene naar de andere kant platdrukken. Voorzichtig tilt hij zijn hoofd op en kijkt naar het punt waar de zaklantaarn de laatste keer scheen, maar het riet wordt nu omsloten door een compacte duisternis. Het enige licht dat hij kan zien, is het gele licht vanuit het huis. Terwijl hij tevergeefs wacht tot de lantaarn weer wordt aangezet, dringt het met stijgende angst tot hem door dat zijn achtervolger heeft besloten dat het spelletje verstoppertje verder in het donker zal plaatsvinden.

Hess aarzelt. Zijn lichaam, dat zich eerder nog met hernieuwde kracht vooruit had verplaatst, rilt nu van de kou en het bloedverlies. Hij beseft dat hij geen schijn van kans heeft om te overleven als hij blijft waar hij is. De gedachte gaat door zijn hoofd dat het niet ondenkbaar is dat zijn achtervolger zijn jas bij de fjord heeft gezien en de lamp heeft uitgedaan om er in het donker naartoe te sluipen, in de veronderstelling dat hij het is.

Bij die gedachte zet Hess zich weer af en ploetert verder naar de oever. Met het licht van het huis als baken beweegt hij zo snel hij kan. Met zijn goede arm mept hij het riet opzij, terwijl hij zijn gewonde been achter zich aan sleept, en nu gebruikt hij geen tijd en energie meer om gebukt te blijven. Hij zit in een ritme en hij houdt zijn tempo vast zonder om te kijken. Onder zijn voeten hebben de stukken ijs plaatsgemaakt voor het stekelige terrein dat hij had gevoeld toen hij een eeuwigheid geleden voor het eerst het riet in was gegaan. Als hij zijn hoofd optilt en opkijkt, ziet hij plotseling het besneeuwde natuurerf tussen de stengels voor hem. Nog een paar meter en dan is hij terug op…

'Gevonden.'

Vanuit de zwarte duisternis komt ze aan zijn rechterkant uit het riet omhoog. Hij staat als versteend, maar het zware suizen in de lucht doet hem reageren en hij werpt zich instinctief opzij. De bijl volgt hem en hij voelt de botte kant van de kop onder zijn rechterschouderblad op zijn rug dreunen. De klap is zo krachtig dat zijn benen dubbelklappen. Tuimelend in het riet grijpt hij naar iets om zich aan overeind te houden, maar dan hoort hij het suizende geluid weer en deze keer is de bijl gericht op de vleeswond in zijn dij. De slag komt net boven zijn knie terecht en hij brult het uit van de pijn. Een paar seconden ervaart hij alles in slow motion. Hij ziet zichzelf langzaam tegen de grond vallen en als hij zijn ogen weer opslaat, ligt hij op zijn knieën met zijn gezicht tegen de aarde. Hij schudt zijn hoofd en probeert op te staan, maar dan treft de eerste schop hem in zijn ribben.

Bij elke trap schiet zijn lichaam in een kramp en hij merkt dat de kracht uit hem wegvloeit. Hij kan zijn goede arm niet langer optillen om zich te beschermen, ook niet als een schop hem op zijn kaak raakt. Het galmt in zijn hoofd en de smaak van ijzer verspreidt zich in zijn mond. Toch is het alsof alle pijn langzaam verdwijnt en flarden van zijn leven trekken in zijn binnenste voorbij. Jon die hem op zijn gebruinde schouders draagt. Thulins liefkozingen. Le's hand in de zijne.

Na nog een krachtige trap komt hij op zijn rug terecht en liggend tussen het riet staart hij omhoog naar de weinige, zwakke sterren die aan de hemel staan. Hij merkt dat ze naast hem gaat staan en hem bekijkt. Zijn goede hand beeft en zoekt mechanisch naar iets op de grond tussen de rietstengels om zich mee te verdedigen, maar hij merkt dat er niets is. Alleen losse sneeuw die tussen zijn vingers glipt. Net als al het andere. Net als alles wat hij nooit heeft gezegd en alles wat hij nooit heeft gedaan. Met zijn blik op de sterren gericht ontwaart hij ergens aan de rand van zijn blikveld dat ze de bijl boven hem optilt en hij grijpt met zijn hand krampachtig in het niets.

Maar dan hoort hij een ander geluid dan het bekende suizen. Een holle klap en het geluid van stof die wordt doorboord. Hij registreert dat de gestalte boven hem verstijfd is met een gepijnigde grimas. Hij ziet de bijl uit haar handen vallen en de grond raken, zodat de steel rustig op zijn been terechtkomt. De vrouw wankelt onzeker en zakt naast hem neer op haar knieën. In het donker ziet hij het onbegrip in haar blik die blind in het riet kijkt en op haar rug ziet hij dat een voorwerp zo diep tussen haar schouderbladen is gestoken dat alleen een langwerpige steel nog uitsteekt. Met een hand tast de vrouw vergeefs in de lucht boven zich, maar ze kan niet bij datgene wat ze zoekt.

Op hetzelfde moment merkt hij dat iemand de steel van de bijl van zijn been haalt en hij dwingt zijn blik omhoog in het donker. Een tengere gestalte staat op hen allebei neer te kijken. Hijgend naar lucht en met de adem dampend uit haar mond. Haar gezicht is besmeurd met aarde, haar ogen zijn bloeddoorlopen en dan tilt ze met een vertrokken gezicht de bijl op. Die suist zwaar door de lucht en voordat alles zwart wordt, dringt het tot hem door dat het Marie Holst is.

De eerste zondag in mei, nu

96

De wind voelt nog steeds koud, maar als de zonnestralen door het wolkendek beginnen te breken kan Thulin het voorjaar echt voelen. Door het licht exploderen de kleuren om haar heen, overal schitteren de stralen plotseling in fietsbellen, autoruiten en daken. Ze knijpt haar ogen stijf dicht en doet ze langzaam weer open om alles in zich op te kunnen nemen. Door de warmte moet ze algauw haar jas half openritsen en terwijl ze naar achteren leunt tegen de rugleuning van het bankje laat ze haar blik willekeurig over het gekrioel voor zich gaan. Op skateboards of stepjes schieten tientallen jonge mensen behendig langs elkaar heen en hun vrolijke gezichten en uitgelaten stemmen doen Thulin denken aan dansende koeien in de wei, die na een lange winter achter slot en grendel in de stal weer worden vrijgelaten.

Vanaf haar plek heeft Thulin uitzicht op het grootste deel van de baan die zich slingerend voor haar uitstrekt met halsbrekende bowls, ramps en halfpipes, maar zo nu en dan doet ze gewoon haar ogen dicht om van de zon te genieten. Als ze die dan even later weer opendoet, blijft haar blik hangen op de aanblik van de enorme boomkronen die een eindje verderop in Fælledparken vrolijk deinen in de wind. De schitterende, groene kleuren ontvouwen zich overdadig in de oude, hoge bomen waardoor ze de aangrenzende gebouwen van het Rijksziekenhuis er haast aantrekkelijk uit laten zien.

Even is het een heel onwerkelijk gezicht, aangezien het nog niet zo lang geleden is dat alles dor, kaal of bedekt met sneeuw was, maar dan wervelt haar blik weer terug naar de skatebaan als ze vanuit haar ooghoeken de kleine gestalte van Le ziet. Ze is gemakkelijk te herkennen in haar gele broek en met haar haren die alle kanten op wapperen wanneer ze in volle vaart haar gewaagde sprongen maakt. Met haar linkerbeen op het board versnelt ze door zich op het beton af te zetten met haar rechter en van een afstand lijkt het wonderbaarlijk dat zij en de anderen elkaar überhaupt weten te vermijden. Thulin kan echter ook constateren dat Le, ondanks haar moederlijke vermaningen, de lente heeft verwelkomd door zowel haar jas als haar helm en elleboogbeschermers aan de kant te leggen. Toch merkt Thulin dat het erg lang zal duren voordat ze haar weer zal corrigeren.

Het was de mededeling van Le over de Snap Map die liet zien waar Hess als laatste was geweest die Thulin de mogelijkheid had gegeven om te reageren. Zodra het tot haar was doorgedrongen dat Hess in de buurt van de Roskildefjord was, had ze zich herinnerd dat het dertig jaar geleden in een zomerhuisje in die streek was geweest waar de misdaden zich hadden afgespeeld. Ze had Raheem meteen gevraagd het zomerhuisje na te trekken en na een paar seconden zoeken in het kadaster had hij Thulin verteld dat het zomerhuisje al sinds 2001 op naam stond van Mia Reimer Jensen. Thulin had zich gerealiseerd dat Hess hetzelfde ontdekt moest hebben en ze had ervoor gekozen om het zwaailicht op het dak te zetten en ervandoor te gaan, terwijl ze onderweg Nylander had gebeld om hem te vertellen over het spoor naar Mia Reimer Jensen alias Therese Solkær.

Vrijwel tegelijkertijd met de plaatselijke agenten van het politiebureau van Roskilde, die door Nylander gewaarschuwd en vooruitgestuurd waren, was Thulin aangekomen op het terrein met zomerhuisjes. Het zomerhuisje lag aan het eind van een doodlopende weg dicht bij de fjord en het gebouw was gemakkelijk te herkennen geweest van de foto's die ze in de oude dossiers had gezien. De deelauto die op de binnenplaats geparkeerd stond had haar verteld dat Hess vermoedelijk op het perceel was en toen ze in de carport de donkerblauwe Skoda met een deuk in het linkerachterspatbord had zien staan, was ze zich serieus zorgen gaan maken. Ze ging ervan uit dat hij bij aankomst niet zeker kon weten dat Therese Solkær de dader was, want in dat geval zou hij namelijk een manier hebben gevonden om Nylander te alarmeren. Toen ze aan de voorkant van het huis door het keukenraam naar binnen had getuurd, verontrustte het haar dat het leeg en stil leek, ook al brandde er licht binnen.

De agenten hadden de voordeur ingetrapt en Thulin was met getrokken pistool naar binnen gegaan. In het halletje was er niets geweest wat opviel, maar zodra ze de woonkamer waren binnengekomen had Thulin de omgevallen stoelen en het bloed op de vloer van de serre in het oog gekregen. Er zaten duidelijk houwen in de vloerplanken, er stonden voetstappen in een grote, uitgesmeerde plas bloed en de donkerrode vlekken liepen door naar de deurklink van de terrasdeuren, zodat Thulin die had geopend en naar buiten was gegaan. In de ijskoude wind op het terras had ze het grote rietgebied bij de fjord kunnen ontwaren, waarvandaan een tengere persoon met veel moeite een levenloos iemand achter zich aan naar het huis sleepte. Nog steeds met geheven pistool was ze de persoon tegemoetgegaan, maar tot haar enorme opluchting was het haar duidelijk geworden dat het Marie Holst was die met bloederige handen, aarde in haar gezicht en een apathische gezichtsuitdrukking probeerde om Hess met zich mee te trekken.

Toen Thulin zich over zijn bewusteloze lichaam boog, was ze in shock geweest. Zijn gezicht, handen en kleding waren besmeurd met bloed. Hij had een grote snee in zijn slaap en in zijn rechterschouder en met name in zijn rechterdij zaten diepe vleeswonden. Om zijn dijbeen zat een snoer gewikkeld alsof hij had geprobeerd om het bloedverlies te stelpen en hij had geen schoenen en jas aan. Met bevende vingers had Thulin zijn halsslagader gevoeld en ze had zijn hartslag nauwelijks kunnen waarnemen. Ze had de agenten geroepen die ondertussen het sleepspoor hadden gevolgd en hadden vastgesteld dat Therese Solkær dicht bij de oever dood in het riet lag.

Er was snel een ambulance gebeld, maar toen Nylander en meerdere rechercheurs op hetzelfde moment ter plaatse waren gekomen, was Thulin van gedachten veranderd en had ze erop gestaan dat hij in een dienstauto werd getild om direct te worden weggebracht, zodat ze niet hoefden te wachten. In het dichtstbijzijnde ziekenhuis in Frederikssund was hij rechtstreeks naar een operatiekamer gebracht, maar het had niet lang geduurd voordat Thulin op de gang te horen kreeg dat zijn verwondingen zo gecompliceerd waren dat hij naar het Rijksziekenhuis moest worden gebracht. Per helikopter was zowel hij als zij daarheen gevlogen. Alles verliep ontzettend hectisch en gehaast en vanaf het helikopterplatform op het dak van het ziekenhuis was hij naar een nieuwe operatiekamer gebracht terwijl zij in onzekerheid op de gang had moeten wachten.

Vreselijke gedachten hadden door haar hoofd gespookt. Ze had gedacht aan hun laatste ontmoeting, aan zijn bedroefde gezicht op Jons begrafenis, en het was ondraaglijk geweest om te bedenken dat hij misschien niet meer zou bijkomen. Pas rond vijf uur de volgende ochtend had een arts haar opgezocht met de mededeling dat de operaties goed waren verlopen, maar dat ze zijn toestand moesten afwachten omdat het bloedverlies en de onderkoeling enorm belastend voor zijn lichaam waren geweest. Nog een paar uur lang had Thulin het ergste gevreesd, totdat een andere arts haar aan het einde van de ochtend eindelijk had kunnen vertellen dat Hess nog steeds verzwakt was, maar dat zijn toestand stabiel was.

Thulin had gevraagd of ze bij hem langs mocht gaan en de tranen hadden over haar wangen gelopen toen ze hem met gesloten ogen, net als Jon, in een eenpersoonskamer had zien liggen. Van top tot teen ingezwachteld, met een infuus in zijn arm en verschillende apparaten die zijn vitale functies in de gaten moesten houden. Maar hij was in leven geweest en dat was het enige wat van betekenis was. Snikkend was ze bij zijn ziekenhuisbed gaan zitten en toen hij haar een paar minuten later na een aantal keer knipperen had ontdekt, had hij geprobeerd te glimlachen.

Een paar weken lang had Thulin haar dagen verdeeld tussen bezoekjes aan Hess in het ziekenhuis en haar werk. De nieuwe ontwikkeling in het onderzoek had veel ruimte ingenomen en er waren veel vergaderingen gehouden. Er was geen twijfel geweest over de schuld van Therese Solkær, maar een nieuw probleem had de kop opgestoken. Bij de sectie van Therese Solkær hadden de forensisch pathologen vastgesteld welk letsel haar was toegebracht. Een lange priem, vermoedelijk afkomstig uit het afschuwelijke berghok op het erf van het zomerhuisje, was tussen haar schouderbladen gestoken, maar haar dood was veroorzaakt door drie slagen op haar achterhoofd met de bijl die bij het lichaam gevonden was. De vingerafdrukken van Marie Holst stonden op zowel de priem als de bijl, wat een punt van aandacht was geworden.

Thulin was aanwezig geweest bij het verhoor waarvoor Marie Holst was opgeroepen. De ranke vrouw had niet geprobeerd om het weg te redeneren, maar in spaarzame bewoordingen vertelde ze dat ze de bijl had gebruikt om te doden. Niet om zich te verdedigen. De procureur-generaal had verklaard dat het Openbaar Ministerie in dat geval geen andere keuze had dan haar aan te klagen. Thulin had vervolgens onder vier ogen met Marie Holst gepraat. Ze had zichzelf ervan verzekerd dat Marie Holst begreep welke keuze ze maakte door te ontkennen dat ze uit noodweer had gehandeld, maar Marie Holst had geen spijt gehad. Ze zou de straf die haar toekwam op zich nemen, ook al zou ze natuurlijk een advocaat in de arm nemen die haar situatie begreep. Daarna had ze Thulin met een handdruk bedankt en was ze de deur uitgegaan. Op de gang hadden haar twee jongens samen met hun vader gewacht en Thulin had gezien dat ze elkaar omhelsden en naar buiten gingen. Stilletjes had Thulin gehoopt dat de straf zo laag mogelijk zou uitvallen en dat hoopt ze nog steeds.

Thulin wordt uit haar gedachten gehaald als ze Le weer voorbij ziet zoeven en deze keer is het Hess bijna gelukt om haar bij te houden. Op het oude tweedehandsskateboard dat hij een week geleden heeft aangeschaft rolt hij met moeite achter Le aan terwijl hij zijn telefoon omhooghoudt om haar trucjes te filmen.

'Ik maak nog even een rondje, oké?' zegt hij buiten adem tegen Thulin terwijl hij langs haar komt.

Thulin knikt met een glimlach. Als Le even later stopt, ziet Thulin dat hij haar complimenten geeft. Het is duidelijk te zien dat hij nog steeds mank loopt en Thulin weet door de pijnstillers die hij neemt dat het bewegen hem pijn doet, maar sinds hij ontslagen is volgt hij het revalidatietraject in het Rijksziekenhuis.

Het voelt gek, maar ondanks zijn verwondingen is de afgelopen maand hun beste maand samen geweest. Thulin had verder geen verwachtingen gehad, maar hij had zelf toenadering gezocht zodra hij ontslagen was. Ze had hem opgezocht in Odinparken en hij had gezegd dat het een goede training zou zijn om bij hen op bezoek te komen en alle trappen in hun portiek te beklimmen. Na een geheimzinnig gesprek met Le had hij ook de beo bij zich gehad, met als excuus dat Nehru er geen plek voor had gehad. De beo was op Le's kamer gezet en na een paar weken was Hess min of meer bij Thulin ingetrokken.

Thulin kan merken dat er iets bij hem veranderd is. Hij vermijdt haar blik niet meer, maar laat de zijne juist op haar rusten zodat ze soms niet weet wat ze met zichzelf aan moet. Hij heeft nog steeds verdriet om de dood van Jon, maar al zijn overige voorbehouden zijn weg. Ze hebben het niet onder woorden gebracht en dat wil ze ook niet, want het is goed nu en dat is het enige wat telt. Morgenvroeg moet hij weliswaar terug naar Den Haag om weer aan het werk te gaan, maar op dit moment is ze vooral dankbaar voor de tijd die ze samen hebben doorgebracht.

Hij komt hijgend naast haar zitten op het bankje terwijl hij haar een brede glimlach schenkt. Een paar minuten zitten ze gewoon zo naar Le te kijken en hoewel Thulin geen zin heeft om het moment te verstoren, voelt ze dat ze moet delen waarover ze heeft nagedacht en wat ze misschien voor zich uit heeft geschoven om tegen hem te zeggen.

'Ik heb iets besloten,' begint ze.

Hess zwaait naar Le wanneer die langskomt en Thulin zwaait ook terwijl ze verder praat.

'Het hangt er allemaal van af of Le erbij blijft dat ze op een gegeven moment naar een kostschool wil. Maar als dat nog zo is, ben ik van plan om te solliciteren bij de Landelijke Eenheid.'

Ze merkt dat hij verbaasd haar kant op kijkt. Ze kijkt hem niet aan, maar blijft over de skatebaan uitkijken.

'Ze willen weer een ondersteunende eenheid oprichten. Een eenheid die in het hele land kan worden ingezet om te helpen bij onderzoek naar de zware zaken. Net zoals toen mijn vader en Aksel er lid van waren.'

Hij zegt niets. Ze weet dat hij begrijpt waarom ze tot dat besluit gekomen is. Maar zijn stilzwijgen zegt haar ook dat dat niet was wat hij hoopte dat ze zou zeggen. Onzekerheid en schuldgevoel bekruipen Thulin plotseling.

'Ik wilde je het gewoon vertellen. Het is verder niets waar je over hoeft na te denken. Ik weet helemaal niet of het gaat lukken, maar dat zal ik wel zien.'

Ze voelt zich plotseling dom en voelt een afstand tussen hen, maar dan merkt ze dat zijn hand de hare pakt.

'Je bedoelt dat *wíj* dat wel zullen zien.'

Ze kijkt naar hem en vangt een glimp op van zijn verschillend gekleurde ogen. Dan knijpt hij even in haar hand en draait zijn gezicht naar de zon.

Een woord van dank aan…

Mijn vrouw Kristina, voor al je liefde en je geloof in mij. Sylvester, voor al onze uitstapjes naar skateparken en voetbalwedstrijden. Silas, voor je verhalen over je leven op het gymnasium en voor onze vele gesprekken over thrillers. Jullie zijn mijn dagelijkse inspiratie ♥.

Mijn vrienden Roland Jarlgaard, Allan Thorvaldsen, Martin Volf Sørensen en Ole Sas Thrane. Voor jullie warme en aanhoudende steun wanneer ik die nodig heb.

Mijn redacteur bij uitgeverij Politikens Forlag, Stinne Lender. Je hebt mijn tekst verbeterd met je geweldige taalgevoel en bleek te beschikken over een heerlijk, onverwacht vermogen om mee te denken over de kwaadaardige rijmpjes.

Junior redacteur bij Politikens Forlag Maaike Hazen. Je was een enorme steun en toeverlaat toen ik moest beginnen, en ook later toen er onderzoek moest worden gedaan.

Lene Juul, de uitgever van Politikens Forlag. Het is helemaal niet zeker of ik überhaupt boeken zou schrijven als jij me niet gevraagd had. Bedankt voor je enthousiasme.

Halfdan Rasmussen en zijn erfgenamen voor het gebruik van *Tælle til een*, waarvan de onschuld en mooie poëzie dit boek zullen overleven.

Mijn agent, Lars Ringhof. Voor je enorme ervaring, je input op mijn tekst en onze vele gesprekken.

Jens Møller Jensen, voormalig hoofd Moordzaken en leidinggevende van de afdeling Ernstige Misdrijven tegen Personen. Omdat je het boek hebt gelezen en ervoor hebt gezorgd dat ik geen al te grote fouten heb gemaakt.

Tekstredacteur Mille Haynes, voor het sparren en voor je ordelijkheid. Scenarioschrijvers Emilie Lebech Kaae en Dorte W.

Høgh, voor jullie energie en het sparren.

Creatief consulent Peter Skovgaard, voor onze researchuitstapjes en goede gesprekken over het leven.

De politie van Vestegnen, en in het bijzonder Tue Kirkegaard Lauenblad, die de moeite heeft genomen om met mij te praten en me rond te leiden.

Lars Mortensen, hoofd van het Nationalt Cyber Crime Center, die mij heeft binnengelaten en heeft verteld over het werk van NC3.

Kasper Bræmer-Jensen voor een goed college over telecommunicatieverkeer, phishing en andere vormen van fraude.

Mijn lievelingsplek op aarde, Poros in Griekenland. Mijn dank gaat uit naar alle hartelijke mensen die ik er ken en niet in de laatste plaats naar Helen Hotel in de baai van Askeli. Ik verlang er altijd naar terug.

Lees ook van Søren Sveistrup

Op de eerste dinsdag van oktober keert Rosa Hartung terug op haar post als minister van Sociale zaken. Na de dramatische verdwijning van haar twaalfjarige dochter heeft ze een jaar verlof genomen. Een psychisch gestoorde man heeft de moord op Hartungs dochter bekend, maar het lichaam is nooit gevonden.
Op dezelfde dag dat Hartung terugkeert in het parlement, wordt een jonge vrouw op brute wijze vermoord in haar huis in een buitenwijk van Kopenhagen. Wanneer de rechercheurs Thulin en Hess arriveren op de plaats delict treffen ze een kastanjepoppetje aan, dat een sinister geheim bij zich blijkt te dragen. En dan wordt er nog een vrouw vermoord. Het heeft er alle schijn van dat de missie van de moordenaar nog niet voorbij is…